U0964968

第十三届金盾文学奖
获奖作品集

公安部宣传局 编

群众出版社
·北京·

图书在版编目（CIP）数据

第十三届金盾文学奖获奖作品集／公安部宣传局编．—北京：群众出版社，2018. 6
ISBN 978－7－5014－5835－6

Ⅰ. ①第…　Ⅱ. ①公…　Ⅲ. ①中国文学—当代文学—作品综合集　Ⅳ. ①I217. 1

中国版本图书馆 CIP 数据核字（2018）第 117763 号

第十三届金盾文学奖获奖作品集

公安部宣传局　编

出版发行：群众出版社
地　　址：北京市丰台区方庄芳星园三区 15 号楼
邮政编码：100078
经　　销：新华书店
印　　刷：北京市泰锐印刷有限责任公司

版　　次：2018 年 9 月第 1 版
印　　次：2018 年 9 月第 1 次
印　　张：25. 5
开　　本：787 毫米 × 1092 毫米　1/16
字　　数：486 千字

书　　号：ISBN 978－7－5014－5835－6
定　　价：63. 00 元

网　　址：www. qzcbs. com
电子邮箱：qzcbs@ sohu. com

营销中心电话：010－83903254
读者服务部电话（门市）：010－83903257
警官读者俱乐部电话（网购、邮购）：010－83903253
文艺分社电话：010－83901350

本社图书出现印装质量问题，由本社负责退换
版权所有　侵权必究

目　录

小　说

目　录

报告文学

驻站（节选）

晓　重

引子

每逢周末，平海北站派出所所长大刘固定值夜班。

大刘做事一贯很外场也很讲究，当初几位所领导分班的时候他主动挑每周一、五值班，每周一肯定是最忙的，每周五值班以后周六肯定还要饶上半天。但他是所长，所长就得先人后己，所长就得表现出带头作用来。这个带头作用不能光表现在拿的工资奖金比别人高，还得表现在能带头吃点儿小亏。要不然说的话就没人听，没人听你的话，这个所长干得还有嘛意思。

大刘不怕值夜班，也不怕熬夜解决问题，就怕半夜接电话。半夜接电话也不要紧，要紧的是这电话是从沿线驻站点狼窝铺打来的。

您听听这个倒霉名字，狼窝铺。此地有狼，一窝，还在铺上。狼都在铺上了人怎么办呢？

一连好几个月，逢大刘值班狼窝铺那边的驻站民警老孙准打电话求援，不是货物列车被盗就是整车的车门被撬，最不济还报告在巡线的时候发现钢轨扣件少了几套。连大刘自己都觉得自己挺矫情的，什么倒霉事都找自己。按照上级规定和领导的要求，有情况就要出警，出警就得紧锣密鼓地长途奔袭，山路崎岖坑坑洼洼，一次狼窝铺跑下来能把警车油箱里的油跑没一多半。关键是赶到现场的时候黄花菜早凉了，别说抓人缴赃搜集证据，连草坑里蹦的蛤蟆都找不着了。

所以每当值班民警听到要去狼窝铺出警，保准是个个撇嘴龇牙怨声载道。治安组的警长常胜，还给狼窝铺车站的驻站民警老孙起了个响亮的外号——“午夜凶铃中国版”。

不过话说回来，最近几次大刘值夜班倒是很消停，来往的旅客列车都很正点，站区里既没有旅客打架闹纠纷，也没有醉鬼摔酒瓶子撒酒疯，连往常来派出所如走平地的“文疯子”韩婶也不来了。韩婶以前不疯，自打小孙子在车站广场里走失以后，韩婶像被雷击了似的，从此变得疯疯癫癫，有事没事就到派出所来找孙子，总要弄得抽出一个专人来照顾她。

更让大刘感到意外的是，狼窝铺那边竟然也风平浪静。越没事大刘的心里边越不踏实，于是从吃完晚饭后就全副武装，悄悄地换上厚底皮鞋，备好手电筒和几个电台，做好了紧急出动的准备。眼看着时间快近午夜，还是一点儿动静也没有。他打个哈欠觉得应该可以睡觉了，于是洗漱完毕铺好床单被子，刚躺上去直了直腰，电话铃声急促地响了起来……

大刘条件反射似的浑身颤抖了一下，连忙抓起床边的电话，没等听清楚对方说的是什么，心里边已经开始盘算应急预案了。

“是刘所吗，您睡觉了？”电话里的声音清晰透亮。

“没睡……你谁呀……”大刘的声音有点儿颤悠。

“您耳朵怎么了？是我，常胜呀。”来电话的是值班的治安警长常胜。

大刘悄悄地喘了口大气，对着电话不耐烦地说：“你不好好休息给我打嘛电话呀。忙了一天还不累？不累出去巡线去。”

电话听筒里传来常胜的呵呵声：“刘所，我这不是给你报平安吗？刚按您的要求又巡视了一遍站区外围，没发现嘛情况，平安无事。”

“没发现情况打什么电话呀，我这刚躺下想眯会儿，你这不是搅和吗……”

“咳，我不是觉得您不会睡这么早吗？要按往常这个点儿，狼窝铺那儿就该有事了，我是说呀……”

“闭嘴！我说怎么我一值班就有情况呢，敢情都是你这张黑嘴妨的。”大刘冲电话里骂道，“我可警告你，趁着我没骂街你马上撂电话。”

电话里的常胜呵呵两声说我撂电话，跟着挂断了自己的声音。大刘反而有点儿郁闷了。他使劲把电话朝桌子上一扔，返回床上拉起被子围了个严实。挨上枕头大刘就睡着了，迷迷糊糊地，他觉得自己在爬山，费了半天的劲儿爬到山顶回头看时，来的路却看不见了，急得他在原地转磨磨。就在这时他觉得有人在腰间一个劲儿地捅他，回身看，没有人呀，正纳闷的工夫腰上又让人捅了几下。这下大刘急了，猛回手一把抓住捅他的东西，奇怪的是这个东西还在手里不停地颤动。

这是手机震动的声音。

大刘猛然惊醒，伸手把手机贴在耳朵上。话筒里又传来常胜的声音：“刘所，您怎么不接电话呢？我足足打了两分钟了。”大刘伸手抹了把脸：“睡着了，什么事？”

“狼窝铺站停留的一列货物列车被盗了！老孙打你屋里电话一直占线就打到值班室来了。”

大刘连忙抬眼看看座机，电话像个灯笼一样垂着长线挂在桌子下面。他运了口气说：“都是你这张嘴瞎咧咧的。马上，叫着值班的弟兄出警。你小子给我开车，快！出现场！”

警车打着爆闪一头扎进了夜幕中。

常胜这段时间虽然跟着所长大刘值班跑了几趟狼窝铺车站，但因为都是夜间对来往的路径不太熟悉。于是，大刘当导航仪指路，常胜驾驶警车，驶出市区以后挂着股烟尘直接奔向乡间小道。汽车在土路上左右摇摆，像大海里的小船飘飘摇摇但速度丝毫不减。车后面的几个弟兄哼哼唧唧地使劲拉住把手，身体随着车身的晃动不停地调整姿势，好几次撞着脑袋碰着屁股刚要张嘴抱怨，瞧一眼前面的大刘和常胜，又都把话咽了回去。眼看着车窗外面有模糊的亮光了，大刘抬起手腕看看表冲常胜说：“先去驻站点接上老孙，让他带着去现场。”

常胜端着方向盘撇撇嘴说：“您给老孙打个电话，让他到路口接咱这帮人多好呀……”

“少废话，让你干吗就干吗。”大刘没等常胜把话说完就截住了话头。

汽车在扭了个九十度角以后开上了狼窝铺站台。大刘下车后冲着站台西边的两间平房边走边喊：“老孙，在屋里吗？出来吧，我们来了！”说话的声音跟早年间八路军进村喊地下党似的。常胜紧跟在大刘的后面，一不留神被脚底下的砖头绊了个趔趄，他凝神看看地下，怎么净是零散的砖头石块呢。还没等他琢磨出来是怎么回事，老孙已经披着衣服从屋里出来了。

所长大刘连忙紧走两步拉住老孙的手，那样子极像是火线慰问：“老哥哥，你辛苦了。让你受累了……”

老孙边提拉着脚底下的鞋边摆手：“没事儿，没事儿。咱们的人都来了吗？我带你们去现场。”常胜看着老孙猥琐的造型心里说，这不整个一敌占区的维持会会长吗？哪像个警察呀。还没等他转过神儿来，大刘用手推他一把说道：“别愣神儿，快开车去啊。”

警车在老孙的指引下围着车站兜了一个大圈，才从一条坑坑洼洼的斜坡上开进了货场。狼窝铺车站不大，货场可不小，蜿蜿蜒蜒向外辐射出好几里地，一般都是停放着待起运的保留车底。货车中的货物大到集装箱、粮食化肥、家用电器，小到香烟名酒、日用百货，几乎应有尽有。内行人往往瞅一眼货车上的编号，就能知道个八九不离十。经常偷铁路的贼们也掌握了这门技巧，辨识各种货物的本事不比铁路工人差多少，所以动起手来就三个字“稳、准、狠”。

得手以后也是三个字：“跑得快！”

常胜他们几个人在现场按照程序拍照、画图、做完记录以后，大刘挥了挥手说：“走吧，顺道把老孙送回去。”老孙点着头紧跟着大刘坐到车里，好像总是欲言又止。直到常胜把车停在小站的站台上，老孙钻出车门，向前走了几步，又转回身低着头探进车里，朝大刘讷讷地说：“刘所……您看……您看我上次跟您说的那个事？”

“老孙，老哥哥，我记着呢。”大刘赶忙掏出口袋里的两盒烟卷塞进老孙的手里，“您再坚持几天，就几天，我保证回去后马上商量派人的事。”

第一章

平海北站派出所所长室里烟雾缭绕。虽然开着窗户半掩着门，但还是能感觉到里面几个烟枪在争相地喷云吐雾。明眼人一看就知道，这是派出所几个领导聚一块儿开所务会呢，而且保准有悬而未决的难题。要不然早就该干吗干吗去了，谁有心思在这里边污染环境制造雾霾，边装大尾巴狼玩深沉呢。

所长大刘把手里的烟狠劲朝烟灰缸里摁去，边摁边转着圈，眼睛扫着周围的教导员和三个副所长说：“几位，都装得差不多了吧？说话呀！拿意见啊！”

教导员老李沉吟了下说：“刘所刚讲的的确是个问题，狼窝铺驻站点的老孙已经超期服役了，咱不能不让人家退休吧。可让他退休，谁能顶这个空缺呢……”

“就是啊，别看驻站这个活儿谁都不愿意干，可是真够材料的人不多。”副所长王成说这话的时候瞥了一眼大刘，见对方没有阻止他的意思咳嗽了声继续道，“咱先别说这个倒霉狼窝铺站地处偏远，交通不便，治安环境复杂。就说派进去的这个人，必须得具备很强的单警作战能力，业务不好的不行，真遇到点儿事还不够自己着急的呢。脾气太绵的也不行，狼窝铺站周边经常出案子，反应不快还得咱们给他顶雷擦屁股。脾气太暴了容易出事也不行，我们还得考虑民警的自身安全。所以呀……”

“你这话佐料太多了，直接点儿！”大刘没好气地朝王成摆摆手。

“所以呀……这派进去的人选得慎重考虑。”

“你这车轱辘话都跟谁学的？整个一出了村过了河，过了河进了城，进了城找二婶，找了二婶转磨磨。”所长大刘冲王成瞪了一眼。因为大刘在所里的资历老，又是当了好多年的主管所长，平时做事也有股霸气。底下的副所长不是以前的小兄弟，就是比他岁数小很多，所以都怵他。

果然，王成把脖子一缩，不言声了。

副所长顾明坐得离大刘最远，听他挖苦王成不由得咧嘴想笑，笑模样还没完成大刘用手一指他说："小顾，别总往后捎，你分管沿线治安，按理说你应该拿主意。你说说。"

顾明连忙把涌上来的笑容收回去，向前挺挺身子："我有个不成熟的想法，不成熟……"

"不成熟就蒸熟了再说。都跟谁学的这是，满嘴的废话。"大刘有点儿上火了。

教导员老李边端着水壶站起来给大刘续水，边给顾明解围说："刘所，烟抽多了上火，喝点儿水。咱们先听听小顾的意见，万一人家的主意行呢。是不是？"所长大刘没再说话，教导员的面子还是得给，他端起杯子抿着里面的茶水，眼睛却瞟着顾明。

顾明又朝前挺挺身子，像是下了很大决心似的："大家都知道，狼窝铺驻站点是咱们所管辖的最远的一个点。以前也不是没有派进去过人，可是都待不长。驻站点环境不好是客观原因，可咱们也得想想办法呀。"

王成扭过身子冲顾明说："想什么办法？把派出所搬过去，要不就按照五星级宾馆的模样装修一遍，你就是把迪拜的那个七星的宾馆搬过去……可也得搬得过去呀。"

顾明连忙举手比画："我不是这个意思，我是说咱们可以想个别的办法。比如，驻站的民警可以轮换呀。时间可以是半年，也可以是一年、两年。这样也许会好一点儿。"

半天没发言的副所长耿建军听完这话点点头："小顾的意见不错。咱不要派进去人跟进拘留所似的，就把人家固定在那儿，定个时间段轮换一下挺好的。一来可以锻炼队伍，二来也能考查民警。再说了，当地的自然风光也不错。别小看了狼窝铺，当地土特产丰富，据说以前宋辽打仗的时候穆桂英还在那儿驻过兵呢。"

"你说的那都是老黄历了，知道为嘛狼窝铺旅游项目一直开发不了吗？"王成接过话头儿，"就因为交通不便，要不是铁路运输线从那儿过，村里人几辈子都不见得认识火车。"

耿建军摇摇头："我倒觉得没开发挺好，山里的东西都是纯绿色没受过污染。去年王处长的闺女怀孕，王处指名要狼窝铺的核桃给闺女补钙。刘所一个电话，老孙就给买了一筐。回来一看个个儿饱满。”

大刘听到这话放下杯子点点头：“要说起来真材实料，还是得狼窝铺的东西好。上次内保的张科长还让我给他买了筐红枣呢。那红枣真是肉厚味甜，掰开还带着细丝……”

王成掏出烟卷给大刘和耿建军递过去：“话又说回来，这老孙一退休，连个给咱买东西的人都没有了。别人没他在当地混得熟啊。”

“也是啊，老孙心细，了解当地的情况，不会吃亏……”

会议的主题本来是商量如何往驻站点派人的，开着开着变成讨论开发各种旅游项目和购买土特产了。

教导员老李连忙咳嗽几声算是把这个话题压下去了。

他看看所长大刘，大刘知道老李有话要说，举手示意几个副所长别说话了，然后转过眼神盯着老李。老李吸了口烟：“刚才你们商量的时候我也想了想，有这么个想法，我说出来大伙儿合计一下看行不行。既然都认为狼窝铺驻站点辛苦，咱们为什么不把它当成一个考核骨干和后备干部的地方呢?”说完这话老李喝了口水，看见大家的眼神都被自己吸引过来了才稳重地放下水杯，继续说道，“我们可以从所里的党员、骨干、警长，甚至是准备参加竞聘的人员里面进行挑选，派驻进去定期轮换。都见见世面嘛。”

王成马上点头说好，这个办法不错，谁想进步就让谁去，不去就说明思想有问题。老李连忙摆手制止：“话不能这么说。但是，作为一个所里的骨干应该具备这样的素质。再说了，咱们可以跟其他部门学习嘛，对进驻到狼窝铺的民警待遇上给予倾斜，像什么交通补助、误餐费、夜班费什么的都可以多给点儿嘛。”

王成又马上点点头说对，咱就按援藏干部那待遇，待遇优厚，谁去谁光荣。大刘狠狠地瞪了王成一眼，心里说这小子就他妈知道拍教导员马屁，这话说得多丧气呀，谁去谁光荣，合着谁去谁要死怎么的。他接过话头儿说：“别瞎咧咧，谁不知道多给钱好，钱呢？我们也不能拿钱赶着民警去艰苦的地方呀。”

老李连连点头：“刘所说得对。我们不能用钱用利益驱使让民警去，要形成一个长效的机制。所以我建议干脆这次去狼窝铺的人就从准备竞聘副所长的人选里出。刘所，你认为怎样?”

大刘抽了口烟没着急点头，他心里盘算着：这是教导员把球往自己怀里踢。我一点头认为行，他肯定转脸就得说是我拍的板。眼下在派出所里呼声最高、准备参加竞聘的就两个人。一个是常胜，执勤组的警长，自己一手带起来的兵。另一个是张彦斌，内保组的警长，据说跟市局宣传处的副处长有关系，这个副处长跟老李挺熟悉。叫谁去驻站点名义上是锻炼，可实际上等于发配，更重要的是远离市区，对以后的竞聘不利。这两块泥我怎么搓？想到这儿他假装思考，用目光盯着耿建军。

耿建军跟大刘搭伙工作的时间最长，自认为能理解领导意图。平时大刘一个眼神他就知道该不该表态，该不该接个话茬儿。可这回他把大刘的意思误解了，他认为大刘默认老李的建议。所以他马上跳出来发表意见，赞同教导员老李的建议。他这么一表态，王成、顾明也连忙表示同意。这下倒好，所长大刘想拦也拦不住了，只好点头说：“那咱们就定定人选吧，常胜和张彦斌，你们说说派他俩谁去？”

到了这个裉节儿上，会议又冷场了。这不明摆着的吗？让谁去是个敏感的问题，几个副所长都不约而同地选择了沉默。过了一会儿，还是老李咳嗽一声说：“我看……综合起来考虑，常胜去比较合适。首先常胜是警长，所里的骨干。公安业务能力强，人也精明能干，处理事情头脑灵活，点子也多……”

“常胜不行。他带着执勤组呢。”大刘迅速地在心里盘算了一下，老李这是明修栈道，暗度陈仓。竞聘的节骨眼上把常胜支出去，好保证张彦斌没有竞争对手，你这小算盘扒拉得够细致的。“所里的指标还要完成呢，执勤组担负着车站治安、巡逻、抓获各类网上犯罪嫌疑人的工作。这个时候让常胜去不合适。还是让张彦斌去吧，驻站本来就是内保工作，张彦斌更熟悉一些。”

老李刚要提反对意见，口袋里的手机噼里啪啦地响了起来。大刘嘿嘿一笑：“我说老李，这彩铃是谁给你设定的？每回一响都跟要拆房似的。”老李在大家的笑声中举起手机，刚答应了一句，我是老李，脸上的笑容立刻凝固了，跟接了圣旨似的。几个人见他不住地点头配合着满脸的严肃，就知道是有要紧的事情了。果然，老李听完对方的话连忙跟上一句：“我们正开会呢。你等着，我把电话给刘所。”说完举起手机塞到大刘的手里，“督察队范队长，你接。”

大刘接过老李的手机冲话筒大声说：“老范，有嘛事啊？我们正开会学习你们督察队下发的文件呢……什么？你慢点儿说……”瞄着大刘接电话的表情，王成偷偷地冲顾明挤了挤眼。顾明抬眼看了下大刘阴沉的神情，做个鬼脸吐了下舌头。大刘接完电话顺势把手机朝桌子上一扔，从鼻子里长长地呼出口大气。

耿建军试探性地小声问了一句：“刘所，嘛事呀？”

大刘斜了他一眼说：“嘛事？叫常胜上我这儿报到，等着督察队过堂。”

直到在派出所的会议室里，常胜面对督察队民警质询的时候，也没弄明白自己的光辉形象是怎么让人家拍照以后搁在网上的。最可气的是，这位做好事不留名的网民还给这张照片配个响亮的名字加解说——如此执法的警察，挥舞着闪亮的钢刀。

照片里的常胜用脚踩住一个学生模样的男青年，横眉立目地举着把东洋武士刀，龇牙咧嘴地不知道是正在喘气还是在骂街。再看躺在地上的男青年，四仰八叉瞪着双惊恐的眼睛，整个一魂飞魄散的模样。两相对比，连常胜自己都觉得自己面目可憎。

常胜绞尽脑汁也想不起自己什么时候挥舞着武士刀摆出一副恶警的造型，尤其还是在大庭广众之下。于是他使劲地向督察队的同志解释，可是越解释越语无伦次，越语无伦次督察队的同志就越用怀疑的眼神盯着他看，仿佛他动手打人的这件事情已经确定了。这把常胜急得是满头冒汗，他摘下帽子擦汗的时候瞥了一眼窗外，眼前就是火车站的进站查危口。他猛地拍了下大腿说："我想起来了！"

随着常胜手舞足蹈的叙述，屋子里的人们弄清了事情的原委。那是个周末的上午，正赶上常胜这个警组在车站当班值勤，常胜简单地按人头把值勤岗位分配下去后就去站台上疏导旅客了。刚过了一会儿，手持电台里就传出了值勤民警小于的呼叫声音。语气急促，显然是有急事。车站派出所里的警长这个工作其实是救火队长，一般情况下属于哪里有困难就冲向哪里的角色。手下的弟兄有麻烦了，常胜义不容辞地应该过去支援一下。

常胜赶到进站口的时候，看见民警小于正被一帮人围着。这帮人少说得有五六个，他们把小于夹在中间连比画带说，民警小于顾左顾不了右，一副狼狈的模样。突然，常胜看见一个男青年扬手举起一把日本式的武士刀，刀锋在阳光下闪烁着刺眼的光芒。他当即大喝一声："住手！"然后飞步跑到男青年身边，扬手托住他持刀的手腕朝外一别，卷腕夺下了武士刀，紧跟着斜步背胯，把这位持刀男青年结结实实地扔在地上。躺在地上的男青年刚要挣扎着爬起来，常胜上去一脚踩在他身上，举着武士刀朝他喊道："你还敢拔刀袭警？"

这突如其来的情况把围着小于的几个年轻人吓坏了，连忙转身朝常胜连敬礼带鞠躬地解释。常胜记得自己当时大手一挥说，都别动。还敢动刀围攻警察，你们几个胆子也太大了吧。这一句话说完，几个年轻人连忙摇着手，解释着事情的由来。

原来这是几个来平海旅游的大学生，因为看着这种极像武士刀的工艺品好玩，所以一人买了一把准备带回去。可是到进站检查危险品的时候被检查了出来。武士刀的长度超过了管制刀具的尺度，所以小于告诉他们不能随身携带，建议他们托运或是由送他们的同学带回邮寄。几个大学生围着民警小于不停地解释。其中一个学生为了证明刀子没有杀伤力，连只鸡也宰不了，拔出刀要在自己的胳膊上进行试验。正巧常胜赶过来，才发生了刚才的一幕。

事后处理得很顺利。常胜赶忙向被自己摔了个马趴的学生道歉，非要领着他去车站旁边的医院进行检查。这位同学伸胳膊踢腿地表示自己没受伤，他们这群大学生业余时间喜欢练习跆拳道，可没想到这洋功夫让常胜一个背胯给打收摊儿了。他反而拉着常胜想学两手。常胜说中国武术博大精深，现给你们做普及时间来不及，不如这样，欢迎你们有时间再来平海旅游，到时候咱们一起切磋。但是按照规定，管制刀具不能携带上车，只好请你们托运回去了。几个大学生表示理解，在常胜的带领下高高兴兴地办理了托运手续。常胜把他们送上火车后，带领着警组里的弟兄继续上班，一切似乎都顺理成章地进行着。

可这网络上爆出的一张照片，怎么看都像是常胜在行凶。最要命的是，这件事虽然有民警小于和车站的职工证明，但准备联系这几个大学生的时候，发现当班记录上根本没有登记。常胜翻遍了执勤用的记录本，唯独缺少周末那天的两页，于是常胜说的话成了一面官司，民警小于和车站职工的证明在督察队员的眼里均值得商榷。

督察队只能宣布无法核实。但常胜得停职反省，等候上级的处理。再说明白点儿，就是解除一切职务，发给他把墩布在所里负责卫生保洁。

停职反省到第三天头上，常胜被所长大刘叫进办公室。

没有任何寒暄，大刘指了指眼前的座位，常胜把手里的墩布往墙上一靠，一屁股坐领导对立面上了。大刘好像习惯了常胜的这种举动，顺手扔过去支烟，点燃以后问了一句："怎么样，这两天想明白了吗?"

"想明白了，我处理事情太急躁，愿意接受处分。可当时那种情况……"常胜仍然梗着脖子。

"你这倔驴脾气，怪不得你媳妇不待见你呢。"大刘指着常胜说，"你也不和人家周颖好好学学，看看人家年纪轻轻的就当领导了，再看看你。"

"我怎么了？我不也当领导吗？好歹还带着几个人给车站看家护院呢。"

"快打住吧。整个一屎壳郎上马路——你装美军的大悍马。"大刘连气带骂地数落着常胜，"一个小警长算个屁，你媳妇周颖当科长都不像你这样。德行!"

常胜晃了晃脑袋说："那你怎么不想着提拔提拔我呢？也让我在家里扬眉吐气一回。"

大刘扭脸看了看门外，走道里很静，没有来往穿梭的人们，他把脸转回来冲着常胜："你让我怎么说你呢，宝贝儿。你要是把你这狗脾气改改不早就进步了吗?"常胜刚要接话茬儿就被大刘用手势制止住，"不许抢我话，给我好好听着。我还能干几年呀，眼看着就快到点儿了。几次向上级领导和组织部门推荐你，也嘱咐你让你夹着点儿尾巴。你倒好，聋子宰猪——满不听哼哼。前年你学雷锋做好事送个小脑萎缩行动不便的老大娘回家，送完就回来吧。你来个新鲜的，把人家的儿子连挖苦带损地一通数落，人家能不投诉你吗？”

“那是她儿子不孝顺，典型的混账，想省个打车的钱自己报的警。我就是对他进行下德育教育。”

“用你？你把自己当教授了？去年，旅客和车站服务员争执起来，你来个胳膊肘朝外拐，数落一通服务员的不是，三下五除二处理完了。结果呢，弄得车站领导对你都有意见。”

“那就是服务员的错，把车次弄混了，人家旅客坐了一站地觉得不对，又费劲倒车回来。耽误事不说还搭工夫搭钱，能不找她讲理吗？不大巴掌抽她就不错了。我帮旅客调解也是为铁路部门挽回影响。”

大刘运了口气：“那这回呢。这回你不矫情了吧。好嘛，窝窝头翻跟头——显你大眼儿，你倒是看清楚了呀，不管不顾上去就给人家撂趴下了。本来今年还想让你竞聘副所长的，你看看你，一到关键时刻就出事，比他妈写的还准呢。”

常胜吐出口烟雾：“刘所，你打算改职称当教导员吧，这算是给我做思想工作吗？怎么卖大力丸还带骂街的。”

大刘摆摆手：“别跟我贫。谈思想讲形势，搞联谊串门子，假模假式去家访的事儿归李教导员管，咱们说正题。经所务会集体研究决定，准备让你去咱派出所管内的狼窝铺驻站点驻站，换个环境，也算是对上级领导有个交代。”说到这大刘缓了口气，“当然了，把你调离车站这样的窗口单位，你可以理解成为是对你的处分，不过我们定了，你还享受警长的职务津贴，同时享受沿线驻站的补助，就不再上报上级给你任何形式上的处分了……”

常胜当时斩钉截铁地表示，不去，愿意接受上级作出的任何处理决定。不为别的，就是丢不起这个人！结果换来了大刘一通推心置腹的埋怨，什么所领导这么做是为了保护你，什么你去驻站狼窝铺是加强了那里的治安力量，什么我们费了好大的劲才使你免予处分，你不仅不领情还狗咬吕洞宾，等等。最后大刘很深情地拍了拍他的肩膀说：“一年，就一年，一年不出事，我准把你调回来。”

所长大刘声情并茂地说到这个份儿上，顺手再饶上点儿哥们儿义气，把常胜弄得彻底没话了。他本来还想问问竞聘的事情，可话到嘴边却又不知如何张口了。

常胜垂头丧气地给家里买了些必需的生活用品，平时这个差使周颖从来不管。进屋后掏出手机拨出个熟悉的号码。电话接通后对方立即按掉了，听筒里传来“您拨打的电话正在通话中”的提示音。这又让常胜很别扭，心里埋怨着自己的老婆周颖，怎么连个电话都不愿意接呢？他边烦躁地扔下手机边走到旁边房间门口，探头看看，患病的老娘躺在床上正睡觉呢。常胜又回到厅里拿起手机，刚要给上学的孩子发个信息嘱咐几句，一条信息顶了进来，是周颖的：“开会呢，不方便接电话，有事吗？”

常胜撇撇嘴，按下几行字发了回去：“我被发配沧州了，今天就得去狼窝铺驻站。打电话是想告诉你一声，去学校接孩子。”

少顷，周颖回了条短信，内容特简单：“知道了，多注意身体。”

常胜憋了一口气，心里话说真是官大脾气长，跟自己爷们儿还耍官腔，也不问问我什么时候能回来……

第二章

初夏的天气虽不是很热，但阴晴不定，变幻莫测，说不上什么时候头顶烈日艳阳高照，什么时候就风起云涌狂风暴雨。

汽车在坑坑洼洼的山道上费劲地向前行驶，坐在车里的常胜同样费劲地把目光透过车窗向外望去。完了，一脑袋扎进山里来了。想到这他把目光收回到车里，透过反光镜使劲地盯着所长大刘。

大刘的眼睛从车开进山路的时候就闭上了，一闭就是一个多钟头，根本没有要搭理他的意思。

常胜心里彻底郁闷了，他甚至有点儿后悔接受所长大刘的建议来到这个叫狼窝铺的地方驻站，你瞧瞧这倒霉名字。“看这环境，用不了一个月，我不成烈士贴在光荣榜上，也得成一级英模让同志们怀着无比崇敬的心情来瞻仰。”想到这些常胜不由得摸了摸警服口袋。还好，自己喜欢的物件静静地躺在里面，只是摸着有点儿凉。那是只名牌复音口琴，常胜的业余爱好。想当初他就是吹着这个口琴让周颖心旷神怡义无反顾地嫁给他的。

铁路公安许多年来始终有一个区别于其他警种的职业，那就是驻站民警。因为铁路特殊的线路环境和地理位置，要在许多地方设立些货物列车的停靠站，一般都是三四等的小站。有车站就得有民警去驻守巡视，就得代表公安机关行使法律权力，维护车站和货物列车的安全。可是一个偏远的小站，无论从什么角度上讲都不适合配置一个满员的派出所，也没有这么多的警力可派。再说地方上还有乡、镇一级的公安派出所呢。所以就由分管这条线路的车站派出所指派民警去进驻车站开展工作。有的驻站点自然环境和治安环境相对好些，停靠的货物列车、通过的旅客列车也不是很频繁，有的地方则是地处偏僻，货盗案件频发，谁去驻站谁都头疼。

狼窝铺站驻站点就是后者。

它是平海北站派出所管界内最远的一个驻站点，把常胜派到这里来驻站，真有点儿充军发配的意思。

汽车在扭了个九十度角以后开上了简陋的站台。站台上，民警老孙正带着车站站长迎接他们呢。

所长大刘的眼睛终于睁开了，他走下车热情地和站长与老孙握着手，同时把常胜叫过来进行介绍。站长是个四十出头、有些谢顶的中年人，脸上表情很丰富，与常胜握手时也很有力量，一看就是个在基层混了多年的小干部。老孙跟常胜以前就认识，两人掏出烟来互相礼让着。大刘拍着站长的肩膀走到边上寒暄去了，趁这个工夫常胜拽了拽老孙的衣襟："老孙，跟兄弟交个实底儿，这倒霉地方到底怎么样？"

老孙看一眼正和站长老贾说话的大刘："大刘没跟你介绍这里的情况呀？"

"他只是简单地说了说，反正是强调了治安环境复杂，周边的村庄都有重点人，尤其是这个狼窝铺村，据说货盗还很厉害。"常胜说的"货盗"就是盗窃铁路运输的货物，铁路公安对此都简称叫"货盗"。

老孙为难地点点头，脸上的表情很复杂："他是把事情说简单了呀，兄弟。咱这个驻站点属于麻将牌里的十三不靠，地方的乡、镇政府，乡派出所八竿子打不着，是离哪儿都远。这先不说，就说周围的这三个村吧，村民不多可分布得散。有个小学校在学的孩子也不少，可是搞路外宣传就看不见人了。沿线的哪个村都有几个铁道游击队。尤其这个狼窝铺，现在还在外漂着几个咱们要抓的货盗嫌疑人呢。村里的村民看着和善，跟你点头客气，可真有了事，你就知道是陷入了人民战争的汪洋大海，没人能帮你啊。"

常胜问道："车站这方面怎么样，不能咱自己跟这帮人斗，他们也不说帮忙搭把手？"

老孙摇摇头："这么小的车站，值班的人员加起来也就十来人，还得兼顾各个工种，谁有工夫管你啊。再说了，多一事不如少一事，人家下班回城里了，哪像咱们一住十天半个月才换次班，真有事情还得靠自己。"

老孙这一番话倒让常胜起了好奇心，他又递过去一支烟："你说说，要真有了事，我怎么办呀？"

"千万得保证安全，抓紧向所里汇报呀，出警的时候最好别一个人去，太危险。还有就是别让人家半夜砸你玻璃，给你来一通砖头子，自己的安全比嘛都重要。"

"还真有这事，你让人砸过？"常胜有些怀疑禁不住追问道，"怎么以前没听你跟所里反映过呢。这里的人还敢打警察啊?”

老孙叹了口气:“不提这事了。你刚来先熟悉熟悉周边环境,我就不陪你了,正好所里有车,我跟他们回市里。”说完老孙回头望望房子旁边一片绿油油的菜地,“我算是熬出来了……这些菜留着你吃吧,能省不少钱呢。”

“你话还没说完呢。”常胜拉住老孙的手,“咱这驻站点就一个人,出警的时候不自己去能怎么办呢?”

老孙偷偷瞧一眼跟所长大刘说话的站长,摆出一副推心置腹的架势小声道:“兄弟,实在不行就叫上几个值夜班的职工跟你一块儿去,这不丢人。千万别逞能,黑灯瞎火伤着自己不值……”

刚到地方没有十分钟老孙就给常胜上了生动的一课。常胜也从老孙疲惫的眼神里的确读出了许多辛苦和无奈,他不想再去刺激老孙了,因为自己可能马上就要面临这样的窘迫,面临着孤立无援的困境。现在转身回市里去?想到这他立即推翻了这个念头。这样不是自己的风格,可目前的环境自己又该如何面对呢?

汽车载着大刘和老孙在站台上拐了个九十度角消失在常胜的视线里。此刻他脑子里还在回荡着所长大刘临上车时说的话:“我可不指望你能出什么成绩,看好这个家,只要不出大案子,我保准兑现答应你的事。”

驻站点的小屋里,常胜收拾好带来的东西,随手翻阅着老孙留给自己的内保台账。这是驻站民警必须要做的工作,每个驻站点的内保台账上都会详细地记载着车站的管辖线路长度、沿线状况、车站面积、铁路道岔和各项设施设备,同时还有车站周边村庄的坐落位置、人口数量和村里的各级组织情况。可别小看了这些东西,往往能给初学者提供第一手资料。

常胜将台账翻到狼窝铺村。账面上记载着村里的人员数量,紧跟着就是大骡子大马的牲口数量。常胜咧嘴笑了,这个老孙呀,做台账怎么把人和牲口排一块儿了。他继续翻看着村委会的介绍。村支书叫王喜柱,名字倒是挺顺溜的,五十多岁,倒也属于年富力强的序列。村里几乎没什么外来人口,本来嘛,这地方的外来人口除了车站职工,就是自己这个警察了。村庄不小,有百十户人家,还有一个在乡里注了册的小学。

当把内保台账翻到停留列车的货场时,上面的记录密密麻麻,制作的图表也很粗糙。他决定去现场看看,既然早晚要去,那就趁着天还没黑遛遛食儿。想到这常胜拿起帽子扣在脑袋上,出门顺着铁路溜达过去。

快走到货场上停留列车的时候,常胜看见五六个人穿着有些发旧的铁路路服,肩上扛着印着化肥字样的尼龙袋子朝他迎面走来。

这几个人显然也看见了走过来的警察,稍微停顿了一下,仍旧扛着东西向前走，快到对面了都没有理睬他。自己刚来驻站，人家还不认识我。想到这常胜冲前面打头儿的挥了挥手说："几位，忙着呢。"打头儿的人没有这个思想准备，听见他打招呼嘴里嚅动了一下，没出声，只是朝他点了下头匆匆地擦肩而过。

这的人都什么毛病，朝面连个客气话也不会说。常胜边想着边走到货车前面转悠着。走到列车中部的时候，一节虚掩的车厢门引起他的注意。凑过去一看，铅封被铰断了，车厢门口有明显蹬踏的痕迹，再往车厢里面看，货物被翻散落一地。这是有人偷东西呀！他脑子够使唤，马上反应到刚才与自己擦肩而过的那几个人。几个蟊贼胆真不小啊！大白天的就敢来偷，最可气的是见了警察还不落荒而逃，竟然非常镇静地扛着偷来的东西和我点头，尤其是自己刚来的第一天，这简直就是蔑视。

常胜的脾气上来了，老孙刚嘱咐的话立刻变成了耳旁风。他转身顺着来路追了下去。他跑到站台上，迎面正碰上谢顶站长老贾骑着自行车朝他过来。他伸手抓住站长的自行车把，嘴里说着："站长，把你车借我用用。"手里已经开始往下推站长了。

"你干吗去呀？我正满处找你呢，你今天刚来我准备给你接风洗尘，欢迎你来到咱狼窝铺车站……"

"先别欢迎了，咱家东西让人偷了。"说完话常胜拽过自行车蹁腿上去就往前蹬。身后留下老贾的喊声："我说兄弟，你可小心着点儿呀！"

此时的常胜与其说是职责所在，还不如说是被几个小偷欺骗后的愤怒。自行车在他脚底下蹬得稀里哗啦山响，奔着小偷出去的路线追了下去。刚追过一个山坡就看见几个小子扛着袋子正一溜儿小跑呢，他运足了气朝前面大喊一声："都给我站住，我是警察！"

没想到几个人丝毫没有惧怕的意思，依旧迈着小碎步朝前跑着，倒是有一个人回头看了看他，然后跟没事人一样继续赶路。常胜真是憋不住了，刚来时在汽车上对自己所犯错误的懊悔立即推翻，只剩下动手抓人这个念头了。

平心说，常胜不是个粗鲁的汉子，他也懂得逢强智取遇弱活擒的道理，没傻到自己一个人去追捕一帮人的地步，但是他这么做也有自己的道理。你想想看，来狼窝铺第一天就遭遇上这样的事，如果不先把威风树立起来以后还怎么开展工作，真要是第一炮打闷了，那他常胜还不就真成一块棉花地了，谁都能捏，谁都能随便从这块地里摘取果实。所以他得借这个机会打出名来，顺便给自己做做广告。常胜从小练武手脚利索，根本就没把这几个小贼放在眼里。

再说了，从他们扛包小跑儿的身量上看，充其量也就是一股贼劲。

警告无效，咱就来真的。

常胜猛力蹬着自行车朝离自己最近的人撞了过去，在即将撞到那人的后背时，他双手双脚共同朝下使力，身子“腾”地飞离车身，这个只有在杂技团演出时才能见着的动作让几个小贼睁圆了眼睛。没容他们眨眼，自行车已经撞上自己同伴的后背，这小子“哎哟”一声，摆出一个前仰的造型，跟肩上的袋子一起摔到路边的沟里。

落地的常胜趔趄两步没等站稳奔前就追，离他最近的一个小子慌得扔下肩上的袋子撒腿就跑，刚跑两步让常胜一把抓住衣服后襟，顺势朝前猛推，这小子叽里咕噜地也掉沟里去了。几秒钟的工夫撞趴下一个，推沟里一个，可把前面几个吓坏了，忙扔下肩上的袋子四散奔逃，转眼就跑了个精光。

常胜从沟里把那小子提拎出来，回头再看后面，只剩下四仰八叉的自行车和化肥袋子，人早跑没影了。他看着穿铁路制服的小偷运了口气：“你，你小子先告诉我，这路服是从哪儿弄来的？”

穿路服的小子显然还没从刚才摔的跟头里清醒过来，边晃荡着胳膊边说：“至于吗？我不就搬了袋化肥吗？你怎么往沟里踹我……”

这话差点儿没把常胜气乐了，他用力往上提了下这小子的后襟：“你这是搬吗？你他妈这是偷！说，铁路制服怎么来的？”

“我在车站上捡的。”

“嚯，有这样的好事，满地扔衣服让你捡，谁这么富裕呀？”说完常胜手里加了把劲，勒得这小子直咳嗽，“说，你叫嘛名字？你们是哪儿的人？刚跑走的那几个人是谁？”

这小子边咳嗽边用手指着自己的嗓子，意思是说你勒得太狠了，我说不出话来。常胜松松手说：“别跟我装可怜，回答我问题。”

“我，我叫赵广田，就是狼窝铺村的……你勒得我……”

常胜索性把手松开，指着散落在地上的化肥说：“赵广田，你也别闲着，先给我把你们偷的东西聚成堆，边干活儿边说。快点儿！”

赵广田从地上爬起来，在常胜的监视下收拢着化肥，嘴里不停地叨咕着：“政府，我这是头一次来拿东西，跟他们几个人都不认识，您就当个屁把我放了得了，我对天发誓说的都是真话……”

常胜哼了一声：“就冲你说的这个话，你小子也不是什么好油。你以前受过公安机关打击处理吧，你瞧你一口一个政府喊得这个脆生劲，肯定进去过呀。”说完整了整腰带，“头一次拿东西，你管到铁路上偷东西叫拿，可见你是常来常往都偷成习惯了。我还放了你？我不收拾你就不错了。”

赵广田的嘴差点儿咧后脑勺上去，满脸的痛苦：“政府，您冤枉我呀……”

“别废话，抓紧干，把那自行车给我弄出来，那是找人借的。”常胜知道小偷的行规，那就是如果被逮着了，保准红口白牙说自己是第一次偷，顺便着诅咒发誓不认识任何同伙，坚持独立行窃保护组织的信念。因为这样，外面的同伙才有可能照顾你的家小，同时采取各种方式积极组织营救。所以，常胜根本没打算再细问，他还沉浸在刚才恶虎扑群羊的潇洒里不能自拔呢。

化肥都归置成一垛，规规矩矩地码放在道边。常胜正琢磨着如何把这些东西搬回车站，远处传来汽车喇叭的声音。他抬眼望去，山路上开来一辆八成新的丰田小卡车。

想吃冰下雹子，运输工具来了。

常胜警告赵广田不许动，双手叉腰站在路中央，这绝不是摆造型显威风，而是为了让开车的司机看见他。小卡车越来越近了，司机的轮廓也清晰了，原来是个女司机。常胜再仔细看看车上，两边车帮上探出一溜小脑袋，冲着他指指点点。这辆车是干什么的？怎么装的都是小孩子？

女司机显然看见了站在路中央的常胜，很耐心地又按了两下喇叭，这反倒给常胜提了醒，他索性叉开两腿挺挺腰板，伸手向前，冲汽车摆了个停车的手势。

汽车停了。女司机拉开车门的瞬间让常胜感到很是养眼，宽大的白色T恤衫配了条浅色的牛仔裤，脚上是一双白色旅游鞋，T恤衫下摆处松松地打了个结之后浑身上下就显得那么与众不同。他使劲眨眨眼，心想，怪了，这倒霉地方还能出现造型如此时尚的女人。还没容他回过神来，女司机先说话了：“警察先生，想让我认识你也没必要用这种方式吧？”

常胜乐了：“我没想到司机是个女同志，我叫常胜，狼窝铺车站的驻站民警，您怎么称呼？”

女司机甩了甩齐肩的头发：“王冬雨，狼窝铺小学教导主任。”

“没想到您还是个领导，这更好办了。”常胜回身指了指赵广田和化肥袋子，“这么多东西我弄不回去，想借你的车拉个脚帮我送到前面的车站。”

王冬雨看一眼堆着的化肥袋，又瞥瞥蹲在地上的赵广田，点点头说：“没问题，警民互助嘛。你给多少钱？”

常胜一时没反应过来，愣了一下说：“你怎么，怎么还要钱呢……没看见警察办案吗？”

王冬雨甩了下头发：“一看你就是新来的。以前你们这里的警察老孙雇我的车拉东西，都给报酬。”

常胜暗地里运了口气，心里说今天出门也没看看皇历，遇上的不是小偷就是劫道的。他摸摸口袋，新换的警服上下四个口袋竟然一分钱没有。看了眼蹲在地上的赵广田，用腿踢了一下说：“哎，你有钱吗？”

赵广田听见这话差点儿没哭出来，他仰头看着常胜说：“政府，我们出门谁身上还带着钱呀……”可也是呀，贼出来偷东西是挣钱，谁还能带着钱呢。

常胜朝王冬雨摊开两手说：“你看见了吧，我和这小子都没钱。不如这样，你先帮我把东西送回前面的车站，到了车站我再给你钱。”

王冬雨紧跟着接上一句：“你给多少？”这话把常胜气得咧嘴直吸凉气，但还不能发作，只好朝对方说：“二十块，行了吧。”

王冬雨摇了摇头：“凑合吧，二十就二十。可你也得帮我一个忙。能行，我就帮你送东西。不行，各走各的路。”看见常胜无奈地点头，她继续说，“帮你送完东西，你得和我一块儿把这些学生挨个儿送回家。”

常胜冲赵广田比画着让他先上车。王冬雨对车上的孩子说道：“同学们，我们要有礼貌，看见警察叔叔该说什么呀？”孩子们齐声冲着常胜和赵广田喊道：“警察叔叔们好……”常胜连忙摇着手：“错了！别警察叔叔们，没他什么事。你们问我一个叔叔好就行。”

汽车顺着常胜追出来的小道晃晃悠悠地开进了狼窝铺车站。站长老贾正在站台上等着常胜回来呢。常胜先跳下车冲老贾喊道：“站长，你找个手推车让这小子把化肥推回去。你的自行车在汽车上呢。”说完捅了下赵广田，“该你干活儿了，给我挨个儿把化肥袋子搬下来运回去。”

说完这些话常胜扭过头，看见王冬雨正盯着自己，他连忙又喊住老贾说道：“站长，你等会儿……”然后把老贾拽到一边悄声嘀咕。

看着赵广田把化肥原封不动地放回到车厢里，常胜用手点着他说：“你这是盗窃少量公私财物，违反了《治安管理处罚法》，得对你进行处罚……但是，我本着惩罚与教育相结合以教育为主的目的，对你进行法治教育。”赵广田的脑袋像小鸡啄米似的不停地点着，可眼睛却不住地瞟着站台上的王冬雨。“你那双小眼儿瞎踅摸什么？”常胜大声地呵斥着。赵广田连忙把眼神收回来盯着面前的常胜。

常胜挺了挺胸清清嗓子说：“你回去告诉跟你一起的那几块料，我姓常，叫常胜，狼窝铺站驻站民警。车站这一片所有的货场、线路、仓库从今天起都归我管。让他们以后离车站远点儿。听见了吗？”

“听见了，政府。”赵广田连忙点头答应着，可眼睛还在瞟着王冬雨。

这个举动让常胜很恼火，他伸手捅了赵广田一下：“你总看她干吗？她是你干妈呀？你出来偷东西还带家长是吗？”

“不是，不是。”赵广田摇着手解释着，“她是，她是三叔的闺女……”

"三叔是谁?"

"三叔是村、村委会主任,书记……王喜柱。"

常胜听明白了,原来这个时尚的教导主任是村委会主任王喜柱的女儿。怪不得这小子总拿眼睛瞟她呢。想到这常胜朝赵广田挥挥手:"行了,对你的法治教育就进行到这。你现在就回家去吧,跑着走,把我跟你讲的话告诉你那些狐朋狗友们。知道吗?"

赵广田点着头一溜儿小跑地奔出了站台。站台上的王冬雨正有一句没一句地和站长老贾搭讪着,看见常胜转身过来她指着汽车说:"帮你送完东西了,你也该帮我送送孩子们了。走吧。"常胜只好朝老贾摆摆手:"站长,你瞧我第一天来就这么热闹。你的接风饭等我回来再吃吧。"

站长一个劲儿地点头,意思好像是表示理解,又好像是很高兴常胜去送王冬雨似的。

山里的天气变化快,太阳落下去的时候在车里的常胜竟然觉得有点儿凉意。他转头看看把着方向盘目视前方的王冬雨咳嗽了一声,王冬雨转头看看他说:"山路不好走,你别一惊一乍的。"

常胜挪动了下身子说:"开了半天一个劫道的都没遇上呀,要说这地方治安环境不错。你拉着我跑这一趟干吗呢?"

王冬雨嘿嘿一笑:"看过《三国演义》吗?草船借箭这一章读过吧?"

"哦,你拿自己当诸葛亮了,合着我是鲁肃。"

"美的你。你是船上的稻草人!"

这句话把常胜说愣了。还没等他明白过来怎么回事,王冬雨已经靠边停车了。她打开车门撂下句"在这等着",跑到车后从上面伸手抱下来个孩子,然后朝着路边亮灯的房子走过去。说来也怪,王冬雨到了房门前里面立即钻出来两个男女,老远看上去他们像是两口子,这两人像看见圣贤似的冲王冬雨点头哈腰。王冬雨不知和对方说了几句什么,猛地回头朝车里的常胜喊道:"常警官,你是跟着我来的吧?"

常胜心里话说,我可不是跟着你来的吗?你还讹我二十块钱呢。"是,我是跟着你来的!"他没好气地探出脑袋冲王冬雨喊着。

王冬雨朝他挑起大拇指,回过头去又和这对男女说了几句话,这两口子不停地点着头似乎是听明白了。然后王冬雨才跑回到车里,打着火开动汽车,继续沿着山路跑下去。一路上每当将孩子送到家门口时,她就照方抓药般地问常胜。好几遍下来把常胜问得怒火直往脑门上撞,几次想发作,王冬雨都指着后面的孩子说:"警察叔叔,注意点儿形象啊。"常胜只好把气咽回到肚子里。

最后一个孩子送完了。没等常胜开口，王冬雨先从口袋里掏出盒烟卷递过去：“抽吧，我请客，这是我拿我爸的。”

“我不抽，抽完怕给不起你钱！”常胜气哼哼地看着王冬雨，“我说王主任，你拉着我送孩子我没意见。可是你到人家门口就弄这么一出，还‘业余木匠——就这一锯（句）’，你是不是拿我当枪使啊？”

王冬雨笑嘻嘻地点点头说：“就是拿你当枪使呀，可你先别发火，听我说完你再着急。如果我说清楚原委你气儿还没消，再龇牙咧嘴地喊。行吗？”

常胜从鼻孔里“哼”出一声，斜着眼珠盯着眼前的王冬雨。“狼窝铺这个地方外出打工的人多，再加上地处山区经济收入不高，很多家长都不愿意让自己的孩子上学。”王冬雨指着黑乎乎的远山继续说，“孩子不上学就学不到知识，我们当老师的能不管吗？以前我总是吓唬他们这些家长，让他们保证孩子的出勤率。可是他们常常有借口，不是学校太远了山路不好走，就是家里没钱交不起学费。有的干脆就直说，不想让孩子上学了。”

“那你也不能用警察吓唬人呀。”

王冬雨打开烟盒抽出支烟递给常胜：“我也想了不少办法，比如和县教育局联合开展了个爱心捐助活动，又让我老爸召集村里的劳力修缮了学校，包括我开的这辆车还是自己家的呢，用车接送远道的孩子们上下学，既安全还能保证学生们准时到校。”

“你说了半天，没听出来和我有什么关系呀？”常胜疑惑地问道。

“最近这段时间，有几家偷着想把孩子送到城里去帮工，要么就是不许孩子来上学。我得找个人吓唬他们呀。赶巧你撞我枪口上了，我就跟他们说你是上面派来专管失学儿童的警察，专门检查这个事。他们一听害怕了，都表示要继续送孩子上学，不让孩子干农活儿或者往城里跑了。”

常胜听完撇撇嘴，把涌上来的话咽了回去。这一刻他想到了自己的儿子小勇，他和这些孩子几乎同龄，但学习和生活的环境却有着如此大的差别。十几岁的孩子了每天不叫不起床，不给零花钱不给买手机不给带好转天的课本就“罢课”，经常和几个小狐朋狗友逃课去网吧上网。更气人的是学着青春剧里边的情节给女生写情书，被人家举报到老师那里后，还振振有词地说写情书是因为崇拜莎士比亚，为了以后当作家做准备，自己先体验一下生活。气得老师在电话里把自己好一通数落。想到这些常胜摆摆手示意王冬雨开车，此时他已经把满腔的怨气消于无形了，甚至在心里有点儿佩服这个二十多岁的女教导主任。

汽车歪歪扭扭地开回到站台上。常胜转身下车关上车门刚要离开时，王冬雨在车里叫住了他：“常警官，今天的事真得谢谢你帮忙。欢迎你有时间来学校参观，给孩子们上铁路安全课。”说完从车窗内伸出手，手里捏着二十块钱，“常警官，这是你的钱，拿走吧，今天算我免费帮助你执行公务。”

常胜听罢连忙摆着手，本想说两句仗义的话语，可话到嘴边却变成了：“你也怪不容易的，这二十块钱就算我扶贫了。”说完这话常胜就直后悔，拿眼瞟着王冬雨，生怕这个村里的高干子弟、学校的教导主任给自己来个窝脖儿。没想到王冬雨反而开心地笑了笑：“谢谢常警官的慷慨捐赠，就算是你初次给学校的孩子们买学习用品了……”

没等常胜再答话，王冬雨猛踩下油门，汽车拖着股黑烟拐过站台，钻进了黑乎乎的夜幕中。

这回轮到常胜郁闷了，本想再去车站办公室找贾站长赴宴的，但是抬头看看满天的星星索性打消了这个念头。他像个塌了架的老鹰一样，费劲地晃晃翅膀，一步一步地走回了民警老孙给他留下的那个小屋。屋里面清锅冷灶的没有半点生气，屋外面冷风飕飕地唱着晚歌。常胜揉揉饿扁了的肚子，用电炉子烧开水泡上自带的方便面，趁着泡面的工夫操起手机给媳妇周颖发了条信息：“我到狼窝铺了，孩子怎么样？咱妈怎么样？”

过了好一会儿，手机屏幕上显示飞进来个信封。常胜按动按键看到：“一切均好，你注意安全。”这就完了？一句话就把我打发了，也不问问我吃没吃饭。周颖官样文章的回复弄得常胜索然无味。他烦躁地把手机扔在床上，捧起那碗方便面刚要张嘴，忽然，窗外传来了一声凄厉的惨叫。

第三章

叫声在夜晚的山里显得格外刺耳，惊得常胜差点儿把手里的碗面扔到地上。

他急忙提起口气，顺手操起门边的一把铁锨，摆出一副要战斗的姿势，竖起耳朵探听着外面的动静。果然，外面连续地又叫了几声。这次常胜听出来了，这是有人掐着嗓子在学鬼哭狼嚎呢。这样的夜晚，谁会到靠近山脚边上的车站来学鬼叫呢。肯定是傍晚那几个丢下化肥袋子逃跑的小子，他们趁晚上黑灯瞎火找我的后账来了。

拿我当小孩子吓唬呢？这个念头一产生，常胜的无名火直接顶到脑门上，他拎起铁锨抬脚踹开房门两步冲了出去。迎着夜晚的山风，拉开个准备开打的架势，像个武士似的朝着黑不见底的山峦喊道：“谁在野地里学鬼哭呢？有种的都他妈的给我站出来，咱们当面比画比画！”像是响应他的号召一样，几块砖头从黑夜里“嗖、嗖、嗖”地飞了出来。常胜连忙左躲右闪抡起铁锨猛一阵抵挡，但身上还是挨上了两下。气得他弯腰顺手捡起地上的砖头，朝着黑暗里扔了回去。像是挑衅，黑暗中又把砖头扔了回来。

就这样常胜在明处，人家在暗处，常胜无法冲过去，那边也不敢冲出来，两边砖头石块乱飞折腾了足有十几分钟，站台上满地都是砖头，一片狼藉。常胜连扔带骂忙活半天，最后累得一屁股坐在了地上。对方像是欣赏完表演，戏耍完他以后悄悄地退场了。留下常胜独自握着铁锨，像只受伤的狼不停地喘着粗气。

常胜压抑住胸口狂躁的心跳，拖着铁锨往屋里走，边走边想起来白天老孙嘱咐自己的话。“看来真是到了敌占区了。我在站台上连喊带叫地折腾半天，周围是群山连绵漆黑一片，可车站里竟然没有个人出来帮帮忙，整个一找不着组织的孩子。”刚走到门边，他借着窗户里透出来的光看过去，忽然发现房子背后的菜地有些异样，白天还是挺平整的，怎么现在看着凹凸不平的？绕过来仔细一看，差点儿没把他鼻子气歪了。

原来，面积不大的菜地像被猪拱了似的，这一堆那一块，挺新鲜的白菜、辣椒和茄子都给刨出来了，胡乱地散落满地，有点儿像老电影里的鬼子兵进村，典型的连根拔起寸草不留。

常胜这个时候才恍然大悟，敢情人家是跟自己耍了个调虎离山。前门扔砖头，后门有人抄后路，这是摆明了与自己叫板，顺便来了个下马威。谁让你白天单人独骑地耍了半天的威风，显然是找后账来了。这小小的狼窝铺真是风紧水深呀。想要给派出所打个电话求援，但自己前两天还人前人后数落着狼窝铺的老孙是“午夜凶铃”呢，这个时候报应就轮到自己身上了。今天晚上请求增援的电话要是打出去，说来驻站点的第一天就让人家劈头盖脸地砸了一通砖头，刨了一片菜地，最后连是谁都找不着，明天肯定会传遍全所上下尽人皆知，让同事们背地里品头论足不说，自己面子上也过不去呀。常胜在电话机跟前转了好几回磨，拿起话机又放下，举起手机又扔到床上。这回真应了李教导员平时开会搞教育说的话了，脑海中产生激烈的思想斗争，在组织纪律和个人私利面前，掂量掂量哪头儿轻哪头儿重。常胜是反复地掂量了，只不过这个思想斗争不是触犯警戒违反纪律，而是向不向所里求援。他像个戏剧学院里的新生练台步一样，在屋子里来回地走柳儿。最后咬牙跺脚地决定，忍了！不是他愿意吃这个哑巴亏，而是实在丢不起这个人。

山里的气候说变就变，昨天晚上还是阴风阵阵愁云惨淡，转天就晴空万里艳阳高照了。要不是爬上山坡的太阳透过破碎的窗户把刺眼的光线洒在常胜的脸上，他还不知道天已经大亮了呢。这个夜晚可能是常胜从警以来最憋屈的时候了，更让常胜别扭的是，自己竟然窝窝囊囊地睡着了，而且睡得那么死，连身上的警服都没有脱。

屋外传进来站长老贾的声音，像是正在指挥着职工搞卫生。常胜伸手在脸上胡噜一把，推开门走了出去。果然，老贾正带着三个职工推着小车收拾着满地的砖头呢。老贾看见常胜把手里的铁锨往墙边上一靠，从口袋里掏出烟卷奔他递了过来："来，常警官，先抽支烟。过会儿这哥儿几个就帮你收拾利索了。"

常胜接过烟放在嘴边半天没有点燃。有心说你贾站长带着人昨天晚上干吗去了，我这边一个人连蹿带蹦连喊带叫地折腾了半宿，两边的砖头飞得跟流星赶月似的，这么大的动静，你在车站不可能充耳不闻吧？可就是没有一个人出来望望风，搭把手。现在天亮了，你倒带着人来打扫战场了，简直是看我的笑话。但是还不能埋怨，毕竟人家是来给你帮忙的。俗话说，举手不打笑脸人，更何况人家还满脸堆笑地给你烟呢！

站长老贾可能也瞧出来常胜的想法了，连忙打着火凑上去给他点燃香烟，借机朝常胜跟前上了一步说："常警官，昨天晚上你这边闹腾我们知道，可值夜班的职工都在岗位上呢。一个萝卜一个坑，实在抽不出人手来呀。你也清楚，咱们狼窝铺站夜间有好几趟列车通过。夜间行车运转、信号都很重要，职工们都瞪着眼睛保安全呢。再说了，狼窝铺的治安环境不好，夜里大家伙都不敢出来，你可别埋怨我们不帮忙呀，呵呵……"

几句话说得有礼有面，把犄角旮旯都给腻瓷实了，给常胜剩下的只有表示感谢的话了。常胜在心里运足了一口气，使劲把脸上的肉挤挤，笑容灿烂得如同菜地里满处散放的茄子白菜。"贾站，你多想了，我可没有埋怨你的意思，谁让咱一脑袋扎到狼窝铺这个地方来呢，压根儿没想到他们村的欢迎仪式会这么搞。"

贾站长无奈地撇撇嘴说："常警官，你是不知道呀，狼窝铺这个地方自古就是兵家必争之地，在历史上作为战场、屯兵的典故早就有记载。远的别说了，就说抗日战争时期吧，国共两党的游击队、先遣队都在这片山区里活动过。"

"你这算是给我普及知识，我得好好听听。"常胜不由自主地环视了下周边起伏的群山。

贾站长客气地朝常胜摆摆手："当年小日本够猖狂吧，弄两个小队就敢把县城占领了。可是整整一个大队，扛着迫击炮带着机关枪掷弹筒钻进山里来剿游击队，结果怎么样？还不是让游击队打得鼻青脸肿满地找牙，最后抬着好几十具尸首回去了。知道为什么吗？此地太险恶，游击队更狡猾。再加上当地的居民不认大日本皇军只认共产党游击队，家家户户联起手来帮助游击队，所以该他们小日本倒霉。”

常胜疑惑地回视一眼贾站长说：“照你这么说日本人吃了亏就不来报复吗？这不像他们的狗屎性格呀。”

“来了啊，在山里修炮楼安铁丝网，好一通折腾，没到半年生生地让村民和游击队给挤对走了。”这句话把常胜的兴趣勾起来了，不错眼珠地盯着对方。贾站长见自己的话有市场，更加手舞足蹈地继续演讲着：“说起这个事可热闹，当年日本鬼子修的炮楼离咱车站现在的位置不远，选的地点不错，可是架不住游击队白天晚上地打黑枪呀，没完没了地骚扰。老百姓还把水源给断了，鬼子吃水就得出来挑，可出来容易回去就难了，基本上都‘玉碎’在山泉那边了。”

“老百姓给水里下毒了？”

“没有，咱自己不是还得喝水吗？‘皇军们’不是踩上地雷就是让神枪手给点了炮儿，炮楼里也没有通信设备，鬼子养的军用信鸽本来想传递信息，可放出去几只死几只，全下汤锅了。”

“神枪手用枪打的呀？”

“子弹多贵呀。是村民们放的鹰给叼走了。日本鬼子原本打算依着山道修条公路好支援山里，结果山下放炮修路，山上也放炮往下炸石头，白天抽冷子就是一枪，再不济就是将自制的手榴弹扔完就跑，晚上不是埋地雷就是学鬼叫，要多瘆人有多瘆人。把小日本折腾得胡说八道，只好放弃修路。临了一句评语，这地方统统地良民不是。”

最后这句话把常胜逗乐了，可是转过来一想，自己目前的处境不比当年的日本兵好多少，虽然人家没对自己打黑枪，可是这满地的砖头和连根拔起的蔬菜，和当年挤对日本鬼子的招数如出一辙。再多想想，贾站长怎么有心情跟自己聊这些呢？他是不是隐含着有什么话要说？常胜的脑子快速地旋转了几圈，冲着贾站长笑了笑说：“贾站，我是初来乍到，不了解此地还有这么悠久的革命传统。你是狼窝铺的老人了，给我介绍点儿经验吧。”

贾站长面露诧异：“老孙没跟你说过吗？”

常胜摇摇头：“你刚才说的这些我是头一回听，老孙根本就没念叨过。我还纳闷呢，这么恶劣的环境老孙是怎么挺过来的啊？”

贾站长瞧瞧周围，摆出一副知心贴近的架势朝常胜耳边凑过来：“老孙平时也是睁一只眼闭一只眼，只要这帮孙子别惹大祸，别折腾出安全事故来就行。真要管，老孙都六十岁的人了，怎么去抓贼啊？”

“我昨天可看见他们破封盗窃了，这样的事还算小吗？”常胜说的是行话，铁路运输时整节车皮装满货物后，要在车厢外面车锁的连接处加盖铅封，铅封上显示着发出站的标识，这个铅封只有到达终点站时才能打开。列车在运行中沿途停靠各个车站，列检人员都要检查铅封是否完整。如果有破损，那就是运输物资被盗窃过。

“唉……”贾站长长长地叹了口气，“小偷小摸的事情常有，只要丢的东西不多，我让列检员补上铅封也就算了。再说运输货物都有保险理赔，大不了铁路倒霉赔点儿钱呗。”

常胜似乎有点儿醒悟，但仍感觉有些疑惑未解开，于是他伸手拍了拍贾站长的肩头，也摆出一副知己的造型小声说：“要像你说的这样，老孙不就成了地下工作者了吗？他就没发展点儿自己的人马，没几个知己的朋友呀？”

贾站长斜眼看了看常胜，又立刻把不屑换作了笑逐颜开：“常警官，我明白了，你这是套我的话儿呀。不过也没关系，你刚来咱这个车站，有些事情我应该多和你念叨念叨。”说完他又递过去一支烟，拦住了想解释的常胜，“我们长年累月地在外面待着不容易，咱们在村民眼里是外人，就跟城市里的人拿斜眼看农民工一样，没什么区别。老孙这么多年驻站能待下来，不光是靠勤勤恳恳任劳任怨，也得脑筋急转弯，也得靠做重点人的重点工作呀。”

这个论点让常胜更疑惑了，他不由自主地竖起耳朵贴近了贾站长。

“其实也不神秘，就是层窗户纸一捅就破。”贾站长得意地呼出口烟，“我们工作有困难时怎么办？得找上级找组织吧。当然了，你这个组织远点儿，派出所离狼窝铺开车就得两个多钟头。但你可以在当地找啊。”

“你的意思是说，我找当地村委会？”

“对呀！要不说当警察的没傻子呢，脑子转得就是快！”

这句话噎得常胜半口烟差点儿没喷出来，朝贾站长直瞪眼。心里琢磨着，贾站长这句好话我怎么没听出来好呢？心里边想嘴上边说道：“你说的重点人，该不会是这里的村委会主任王喜柱吧？”

“就是他呀。”贾站长指着站台说，“昨天晚上，你不是还帮助他闺女送学生回家吗？这个女孩子不错，就是脑子有点儿轴，大学毕业后放着市里的大公司不去，非要回这个穷乡僻壤的乡办小学当志愿者，天天带着孩子们上课读书。”

这句话让常胜回想起昨天晚上的情景，原来王冬雨还是个不拿任何薪水的志愿者，先不说这么做出于何种想法，冲她对孩子们认真呵护的这股劲儿，在心里对她的好感又添上了几分。“怪不得昨天你跟她聊得这么热闹呢，原来有她爸爸这层关系啊。”

“话不能这么说，抛开她爸爸是村委会主任不谈，人家女孩子能跑进山沟里来义务支教教育下一代，这思想境界就够高的。”

常胜听完这句话不由得咧嘴笑了：“贾站长，我怎么听着你这话音有点儿像支部书记的味儿呢，一套一套的。你是不是一马双跨身兼数职呀？”

贾站长摇摇手说：“常警官，你可别给我乱封官，咱车站有书记。这几天轮到他倒休，书记姓郑，叫郑义，等他回车站时我给你们介绍认识下。说了半天，你到底是怎么想的呀？”

“怎么想的？你都给我指出道来了，我不得去蹚蹚呀。”谈话进行到这个程度常胜已经有主意了，他想去拜会一下这位村委会主任。

还是贾站长的那辆自行车，常胜骑着它行进在乡村的小道上。坑坑洼洼的路面把他屁股颠得像坐在气球上一样，不敢使劲还不能离开，不得不来回地扭着身体。原本想借此机会好好观察下沿途的情况，欣赏欣赏社会主义新农村的景象，结果让这凹凸不平的道路颠簸得全然没有了兴致。

车站离狼窝铺村不算远，但一路上的曲折蜿蜒却让常胜感觉到像是在长征。此时他还不知道，就是因为这一次看似例行的走访，在以后的日子里将自己与这个不起眼的小站，还有这个小村庄紧紧地联系到了一起，以至于每每想起都会痛彻心扉无法自拔。

常胜按照贾站长的指点，拐弯抹角地骑车进了村，发现村里只有一条翻边冒泥像搓板样的柏油路能通向远方，其余的充其量只能叫作“小道”，根本无法通过大型的载重车辆。再抬眼朝村里望去，错落有致的民居墙上挂着的各种山货，院子里种植的核桃、红果树，无一例外地向人们展现着浓烈的山乡气息。

他边在小道上骑行，边迎接着蹲在墙根的几个老农疑惑的目光。他想张嘴问问村支书王喜柱的具体住址，但话到嘴边又咽了回去。因为刚要凑过去，对方就采取了明显的躲避动作，这个肢体语言常胜很明白，人家是不愿意跟你交流。无奈之中他只好骑着车在村里转悠开了，绕过一排青砖砌墙的农家院，一眼看见墙边有两个人：年长的那个穿着身老式的绿色警服，虽然有些旧但很平整，叼着根烟卷面冲着墙；年轻的那个正用板刷起劲地在平整的墙壁上涂抹着什么。

看这阵势肯定是写标语呢，常胜心里想着手里将车把一扭，滑行了两步凑过去观看。不看不要紧，仔细看完差点儿没把自己笑喷了，急忙咳嗽几声掩饰过去。墙上的标语虽说字体差点儿，但措辞却很有震撼力，足以表明狼窝铺村对计划生育这项国策的决心。墙上的字是“该扎不扎，堵门封家，上吊给绳，喝药给饼！”。仔细一瞧写字的这个人，常胜更认识了，就是昨天让自己抓住后一通训斥落荒而走的赵广田。

“赵广田，你们村喝药还管饭是吗？”

随着常胜的问话，赵广田紧跟着打了个冷战，连忙回头找声音源。看见两脚踩地跨在自行车横梁上穿着警服的常胜，脸上掠过一丝惊恐：“政府，不……不管饭。”

“不管饭你写喝药给饼。农药就着大饼吃？知道的是你们村福利不错，不知道的还认为村里鼓励自杀呢！”

这句话引起了旁边年长者的注意。他急忙凑前两步，仔细看完墙上的“饼”字回身抬腿给了赵广田一脚。“赵家老二，你小子怎么写的？净他妈篡改我的话。我是这么说的吗？我的原话是喝药给瓶儿。难怪有些政策布置不下去呢，到你们手里就变了味儿。”

赵广田被踹了一脚连动都没敢动，嘴里不停地叨咕着：“三叔，三叔，您别生气，我写错了，我马上改过来。”

“还改个屁啊！斗大的字都写墙上了，你说怎么改？”被称作三叔的人高声地训斥着赵广田，同时不停地从鼻孔中喘着粗气。

眼前的情景把常胜调皮的心态勾起来了，他冲着墙上的字端详了一下说：“好办。把饼字左边涂了，右边再加上个瓦字不就得了。”

三叔听完这句话，先看看常胜，又回头朝着墙上的字用手比画了一下，不停地点着头。“还是公安同志水平高。赵家老二，你小子马上给我改过来。”看着赵广田用板刷在墙上又蹭又抹地忙活，三叔从口袋里掏出盒揉搓得变了形、已经分辨不出品牌的烟卷，边往外抻边对常胜笑着，“公安同志，你是乡上派出所的吧？我怎么没见过你呢？”

常胜蹁腿下车朝着对方说道：“我不是乡派出所的，是狼窝铺车站的驻站民警。请问您是哪位？”其实从赵广田称呼对方“三叔”的口气中，他已经猜出眼前这位穿着旧式警服的年长者是何许人了。

“站上的公安不是老孙吗？”说话间烟卷递了过来，“我叫王喜柱，我跟老孙特别熟。他怎么没来呀？”

“您就是村支书吧。老孙快到退休年龄了，不能总常年在外面驻站，所里安排我接替他的工作。我姓常，叫常胜。您以后就叫我小常吧。”常胜字斟句酌地说着官话，虽然有点儿拗口但还算冠冕堂皇。王喜柱连忙摇摇手说：“我可不敢跟你们公安套近乎，还是叫你常警官吧。常警官来村里什么事啊？”

常胜斜了一眼正对着墙奋笔疾书的赵广田说：“村长，车站昨天发生一起运输物资被窃的案件，几个人明目张胆地就敢破封偷窃化肥。我是来村里走访一下，主要是想和村委会、治保会接上头，因为这个地方治安环境不好，所以得商量下群防群治的办法。”

“常警官，你也许是不了解情况吧，我们村可是乡上、镇里的治安模范村。

你们所老孙待了这么多年都没说过啥，你刚来两天就说这里治安不好了。”王喜柱的脸色有些不好看，仿佛是挂了层霜一样。

常胜没想到对方的话这么倔，噎得自己往下咽了口唾沫指着赵广田说：“昨天偷东西的人里面就有他，村长如果不信可以问问呀。”

王喜柱回头瞥了一眼赵广田，回过头朝常胜道：“常警官，这事我知道。赵家老二让你教育后就跑我这坦白来了。我对他又进行了一次更加严厉的再教育，棍子都打折了。昨天罚他给村里的几位五保户干活儿收拾场院，然后才跟着我宣传国策。”

“可是偷东西的不止他一个呀，半夜里他们还来报复我，又扔砖头又学鬼叫的，还把老孙辛辛苦苦种的菜给拔了……”

“常警官，我说你初来乍到不了解情况吧。”王喜柱抽了口烟使劲地吐出一串烟雾，挥手指着周围起伏的山峦说，“你顺着我的手看，东面是龙家营，西面是后封台，南面是挂甲屯，北面是下马庄，中间才是狼窝铺村。火车道从咱们这个村通过，火车站还建设在咱这里。四邻八乡的这么多人都往村里来，你不能说偷东西的全是我狼窝铺的人吧！”

常胜被这话问住了，自己刚来狼窝铺车站一天，别说眼前的这个狼窝铺村了，就连车站周围的环境还没弄清楚呢。听着王喜柱如数家珍地念叨着各个村庄的名字，他真的感到有点儿转向。看着对方疑惑的眼神，王喜柱的嘴角微微向上翘了翘：“常警官，按说你来咱村里视察，我应该带你四处看看，可是乡里过两天就来检查计划生育工作，我得赶紧布置一下，你就得自己溜达溜达了。”没等常胜接茬儿说话，王喜柱摆出个歉疚的姿势说了句，“你待着，有事再找我，我得继续写标语去。”然后叫上赵广田拐个弯消失得无影无踪。

连口水也没给喝，就这么把常胜一个人撂旱地上了。

常胜心里别扭得像吃了个死耗子。走，不知道怎么下这个台阶；不走，又觉得站在这里特别尴尬。只好反复地转动着身子慢慢挪到自行车前，两只手好不容易摸到自行车的车把，一咬牙侧身上车，顺着原路像败兵似的往车站骑。

刚骑到大路口，汽车喇叭鼓点般连续不断的叫声将他从郁闷中唤了回来。“这是谁跟我示威呢？”他抬眼一看，还是昨天那辆运送孩子的汽车，里面坐的正是乡村学校的教导主任——王冬雨。

这个时候碰到王冬雨常胜心里有股说不出的滋味。自从来到狼窝铺不到两天的时间里，跟自己相处时间最长、说话最多的就是这个乡村小学的教导主任了。可是偏偏在自己被她爸爸王喜柱“冷处理”的当日，她笑容可掬地出现在眼前。是碰巧路过，还是等着看我的笑话呢？“你怎么在这儿？等着看我被你爹礼送出境呢？”常胜没好气地冲着王冬雨说道，“好歹我还帮你护送孩子们放学回家，给你当了一把打鬼的钟馗呢，你就这么跟我搞警民互助呀。”

王冬雨笑呵呵地朝车后一挥手，示意常胜将自行车放在车厢里，等常胜拉开车门猛地坐到驾驶室里才说道：“我在学校里看见你骑车过去，就知道你要去村里搞调查。赶紧发动车想追上你，可这个破车怎么也打不着火，等修好了再开出来，你这不是已经打道回府了吗？呵呵……”

常胜哼了一声：“我这回算是领教贵村村干部的狡猾了，云山雾罩地跟我白话一通，这个屯那个庄的，炫了半天，最后让我没事儿自己遛遛。还让我有事找他，真有事我往哪找去呀！”

“你跟我爸都说什么了？看你这气呼呼的样子。”

王冬雨凝神静气地听着常胜的叙述，其间几次把脸扭向车窗外，而后立即转回头又摆出一副认真听讲的架势。这个举动常胜再笨也看明白了，收住话头把眼睛一瞪朝着她说道：“要笑你就笑出声来，别吭哧吭哧地憋着，小心憋出毛病来还得去医院看病。”

“你挺聪明的呀，怎么还没有老孙心眼儿多呢？”

“这话什么意思，挤对我还是拿我开心？”

“一看你就是在城市里待惯了，不了解乡下农村的具体情况。”王冬雨摆摆手说道，“和我们这里的人打交道有几种办法。一是大脑袋，二是小爷们，三是打围子，四是拜兄弟，你哪样儿都不占还正儿八经地跟我爸爸打官腔，他可不就给你来个官对官。不瞒你说他转身一走心里准得骂你奥特，说你装大个儿不懂事。这点上你还真不如老孙呢。”

“哦，老孙跟你爸爸拜把兄弟了？”常胜没好气地嘟囔着。

“瞎说什么呀！”王冬雨冲常胜翻了个白眼，“我是说人家老孙会套近乎，能拉近相互之间的感情。远的别说，老孙每次从市里回来都给我老爸带条烟，没事儿的时候两人还能喝两口，连他身上穿的警服还是老孙送的呢。你说说看，老孙有事我爸爸能不帮他吗？”

这几句话引起了常胜的兴趣，往里蹭蹭身子对着王冬雨说：“主任，你给我仔细讲讲这里面的事，就是你刚才说的什么‘一四’的。”

王冬雨朝常胜莞尔一笑：“想知道呀，行。我的讲课费是一节课四百块人民币，看你昨天帮助过我的分儿上给你打一对折，两百块。”

“你劫道去吧！我一个月才挣多少钱啊！”常胜差点儿没蹦起来，“王主任，你好歹也是个人民教师，怎么张嘴闭嘴离不开钱呢，你钻钱眼儿里去了？”

王冬雨一点儿也没有不好意思的样子，依旧朝着常胜嘿嘿地笑着：“听不听在你自己，不愿意就拉倒。我还告诉你，就是给我爸爸干活儿也得要钱!”

常胜愤愤地推开车门想出去，可是转念一想又坐了下来。在目前的环境下，离开王冬雨谁还会跟自己说这些呢。从今天村里人们投过来的目光上看，和自己以往看小偷、嫌疑人的眼神没多大区别，都是疑惑加上不信任。这种距离感和陌生感真不是能在短时间内消除的。常胜悄悄地叹口气，摸摸口袋，转脸对王冬雨摆出一副笑容可掬的姿态说：“我出门没带这么多钱，划划价，五十块钱成吗?”

“一百！不许再划价了。”

常胜咬咬牙心里骂道，认钱不认人的丫头片子，嘴上却说：“答应你，开课吧。听不明白不给钱啊。”

“我不怕你赖账。”王冬雨笑笑说，“狼窝铺的环境想必你也了解点儿，这里的人们虽说民风彪悍但不刁蛮，热情好客厚道实在却不虚伪……”

“你还别说，这点我真没看出来。”常胜耸耸肩。

“别打岔，老师说话不许随便插嘴接下茬儿。”王冬雨瞪了常胜一眼继续说道，“山里人说的大脑袋不是你想的大檐帽，是上面来的大官。乡里的镇上的区里的，还有市里的领导来检查工作，我爸爸都得跟在人家屁股后面，上面的领导嘴大手大脑袋大，一说一串一划拉一片，一摇脑袋不同意，我爸不得跟人家说好听的呀。他这样子老百姓看在眼里，自然都会买账。”

看着常胜凝神静气地听自己演讲的神态，王冬雨调整了身子继续说：“小爷们就好解释了，谁都不惹谁都不得罪，谁骂你打你都接着，老老实实地在狼窝铺当个窝囊废。这样人家也不会欺负你。”

常胜哼了一声，眼神里露出几许不屑。王冬雨装作没看见：“打围子是句老话，就是说要和山里人套交情，感情远近不说，至少要混个脸熟。拜兄弟看字面上你也能理解，能和山里人当真朋友做兄弟，能把心掏给他们，他们也肯定对你交心对你坦诚相见。”

“能吗？别回来我把心掏给他们，还落个特二的下场?”

王冬雨白了常胜一眼答道：“你觉得今天让人家把你撂旱地上，没人搭理你，看你都跟看日本鬼子进村似的不二吗?”

这句话深深地刺痛了常胜，他不由自主地叹了口气。王冬雨说的有道理，自己来到狼窝铺驻站，就好比农民工进城打工，新的空气新的环境，新的人群新的待遇。人家农民工进城好歹还有个老乡照应呢，可是自己却被一辆汽车连人带铺盖卷拉到地方，转瞬之间就落得个无依无靠冷冷清清。摆在自己面前的有两条路，要么卷起铺盖回去，要么咬牙跺脚地坚守……

汽车在凹凸不平的山间小路上行驶着。临近狼窝铺车站的岔路口时，汽车似乎犹豫了一下，经过短暂的停顿后掉头奔着另一条路开下去。这条路是通往县城的，县城里每天有长途汽车开往平海市。

县城的长途汽车站建设得很简单，用铁栏杆围起来的空地上停放着十几辆五颜六色、长短不一的汽车，每辆车窗前都贴着白板红字的站名，有几辆车正在浑身颤抖地发动着。老远望去活脱一个二手汽车交易市场。一出一进两个大门像伸出的爪子指向街道。在大门口附近盘踞的小摊贩，向来往的人们兜售着诸如玉米、茶鸡蛋、煎饼果子、饮料等各种中式快餐，再加上贩卖核桃、红果、蘑菇、黄花菜等山货的叫卖声，仿佛给这两只爪子增添了很多枝杈。

“你就送到这儿吧，麻烦把自行车带回去还给贾站长。”常胜透过车窗望着蠢蠢欲动的汽车甩给王冬雨一句话。

王冬雨的眼神里飘过一丝鄙夷的目光：“逃跑回平海也得带上铺盖卷吧，就这样自己一个人回去?”

“你懂什么，我这叫转进，回去搬救兵!”

“行，你搬救兵以前先给我结账吧。”

常胜哼了一声，从口袋里掏出张一百元的纸币递给王冬雨。

“是真的吗？假币我可不要。”

“睁大眼睛仔细看看，上面写着呢，中国人民很行。”

“你认字吗？这上面写的是中国人民银行!”

“哦，我一直认为是人民币上弘扬民族气节呢。不过话说回来，我这个平海的铁路警察也很行!”

“是吗？我拭目以待。”

名提（节选）

吕　铮

第一章　审讯

1. 死后性行为

审讯室里的暖气不暖，潮气很重，空气中混杂着一种难闻的味道。这种味道很难用语言形容。在密不透风的十平方米空间里，每天都上演着人与人斗争的残酷游戏。谁也不会去细看贴在墙上的《犯罪嫌疑人权利义务告知书》，在讯问的高压下，无数人都在经历着胆怯、侥幸、彷徨、抵抗的心理过程，也有无数人因为自己的罪恶从身心的巅峰跌到谷底，直至防线崩塌，低头悔罪。这里的安静令人窒息，那种混合着潮湿、灰尘、烟草、唾液气息的味道弥散其间。这里的喧嚣令人恐惧，惊心动魄的溃败往往是棋输一着后的摧枯拉朽。如果不是无奈或强迫，谁也不会想在这样的地方多待上一分钟。

坐在审讯台后的主审警官不到六十岁的年纪，人长得干巴瘦的，皱巴巴的脸上刻满了岁月的痕迹，他一张嘴说话就表情多变，绷起脸来面沉似水，放松下去皮笑肉不笑，要不是有那身警服撑着，倒真像是个混迹社会的瘾君子。他叫齐孝石，是B市公安局预审支队的预审员，将近四十年的警察生涯，有三分之二都搁在了预审这行里。

预审预审，说白了就是审讯，从早到晚的工作就是不停跟人说话，真的假的夸大的缩小的，斗智斗勇斗心，藏锋藏智藏势，见人说人话见鬼说鬼话，目的是揭穿谎言获得真相。干这活儿的后遗症就是，上班话痨回家就成了哑巴，工作越使劲回家就越颓废。但是无奈，干什么就得吆喝什么，要想揭穿谎言、还原事实，就得拿语言当武器，硬过水滴石穿的柔软，快过绳锯木断的缓慢，七十二变对三十六变，一句顶一句，一环扣一环，靠思维逻辑来判断供述的清白，靠推理判断来找寻漏洞和切入点。预审这活儿熬人啊，动脑子费嘴子，齐孝石早就干烦了干腻歪了，要不是为了报上去的退休申请尽快能批下来，这位爷早就继续泡病号去了，真犯不着跟这审讯台下的苦瓜脸费唾沫较劲。

“哎，怎么回事啊？半天一句话都不言语，干吗呢？闷得儿蜜了您呐？”齐孝石用指关节敲打着桌面，不耐烦地问。

“我……我没什么可说的。”审讯台下坐着一个胖子，一身肉堆满了讯问椅，肥厚的双手被手铐铐着，勒出了两道红印。这一宿熬夜问话，把他的生物钟彻底打乱，他满脸油腻萎靡不振，气喘吁吁地回答，“警官，我都反复跟您说了，我没杀人，真的。我就……就是去了一趟她住的地方，连门儿都没进，我冤枉啊，真的冤枉……”

齐孝石不屑一顾地看着他，心里觉得好笑。他没有立即接话，用眼睛默默地看着对方。嫌疑人被他这么一看，表情更不自然了。“真的……真的不是我……”

齐孝石知道火候快到了，但也不想费太大劲使什么敲山震虎的套路，他准备玩玩面前这个对手，就像猫抓到老鼠会戏弄一番一样。

与此同时，在B市郊区的一处工地，警察荷枪实弹地将各个出口严密封锁。一辆警车呼啸而过，猛地刹车。一个便衣警官从车里走出，在几个制服警的簇拥下进了工地。

“那队，现场的人员都已经控制住了，刑事技术人员也在做鉴定，我们排查了工地的所有工人，除了两个人在一周前离职，其他的人员都在现场。我们分析，作案的凶犯很可能就混迹其中。”刑警队的刘队说着案情。

便衣警官叫那海涛，身材挺拔相貌英俊，眉宇间流露着一股骄傲的自信，他今年才刚满三十岁，就已经担任B市公安局预审支队的副大队长。今天因为配合调查下属分局侦查的一起命案，紧急赶赴现场。别看那海涛年纪轻轻，但在B市公安局却是个响当当的人物，这几年凭着过硬的预审技术连破大案，被同事们戏称为“那三斧子”，不愧是预审支队长龚培德的得意门生。

那海涛听了介绍默默点头。“嗯，刘队，如此分析，凶手该是故意不离开工地，以防止别人对他的怀疑。而且考虑到被杀女子的死亡地点，基本可以排除外人作案的可能。”那海涛说。

“对，你的分析正确，我们是今早八点接到报案，一个工人在工地围墙的土堆里发现了这具被掩埋的女尸。经过调查，死者今年十八岁，是湖北黄冈人，死前在工地食堂帮忙。据技术初步检验，死者的死亡原因是窒息致死，死亡时间不超过24小时，而且在死亡前后曾发生过性行为。”刘队说。

那海涛一边走一边提炼着案情中的关键词，窒息，24小时，性行为。“是先奸后杀，还是先杀后奸？”那海涛问。

“这……应该是死后发生的性行为。”刘队含蓄地回答。

2. 点儿八的“中南海”

齐孝石没搭理胖子喋喋不休的辩解，他从烟盒儿里抽出一根点儿八的“中南海”，捏住烟屁有节奏地往桌子上戳，让烟丝在惯性中变得紧实，然后掏出打火机，点燃、吸吮，有条不紊。书记员有眼力见儿，把茶杯端到齐孝石面前。齐孝石抿了一口酽茶，顿时觉得脑子清醒了许多，索性从兜里掏出两个核桃，咔咔地盘玩起来。胖嫌疑人看他这一通摆忙，不知他葫芦里卖的什么药，一旁的书记员却见怪不怪，在预审支队谁不知道齐师傅的毛病，审讯一开始有三样东西不能少，一是烟，二是茶，三是核桃。烟他不抽好烟，就抽点儿八的“中南海”，甭管是大案子小案子，一律要准备三包。茶也不要什么好茶，就茶叶店里的“高沫儿”就行，但必须沏酽些，淡茶他不喝。再有就是他随身带的那两个核桃，平时揣在兜里，只要一拿出来盘玩，一准就是玩人的阴招要开始了。齐孝石在预审支队也有个外号，叫七小时，意思也直接，这么多年来，就没有哪个嫌疑人能在他手里扛过七小时。

“您……您这核桃是‘鸡心’吧？”胖嫌疑人讨好地问。

“咳，什么‘鸡心’啊，我这穷警察哪玩得起鸡心啊？秋子，十块钱买一对儿还觉得亏了呢。”齐孝石撇着嘴说，“怎么着？你也懂行？”

“我不懂，就是有几个朋友好玩这个。齐警官，等我出去了，立马送您一‘狮子头’。”胖嫌疑人投其所好。

“哎哟喂，那可忒贵了，我可受不得。”齐孝石表情夸张地说，“您还是省省吧，这好玩意儿到我这土鳖手里，一准给糟践了。”

“咳，您别这么说啊。”胖嫌疑人努力拉近和齐孝石的距离。

“哎，我说哥们儿，你也用不着跟我这套瓷，也甭掉腰子。咱都是爷们儿，明人不说暗话，如果那小娘们儿是你办的，就一句话，认了，咱就翻篇儿，我一准给你弄个从轻。当然，要不是你办的，敢拍着胸脯保证，我也不会为难你。别总在这儿耗着，跟谁较劲呢，还不是给自己挖坑儿。”齐孝石的语气里透着烦躁。

胖嫌疑人全身一挺，要不是手被铐着就差立正了。“齐警官，我对天发誓，这人真不是我杀的，您看我这样，斯斯文文的，哪有那个胆啊。我都反复跟您说了，那天我去那个楼，就是为了看刘媛媛这几天为什么没来上班。结果敲了半天门也没开，我觉得屋里没人，就回去了……谁能想到，她竟然死在了屋里……”胖嫌疑人是死者刘媛媛公司的老板，再过一小时，就整整被公安局传唤二十四个小时了。按照法律规定，过了二十四小时再没拿下口供，就要立即放人。这个案子本不该由齐孝石管，刑警队在抓捕犯罪嫌疑人之后，应该在办理传唤的二十四小时之内进行初审，拿下口供再移送预审。但市局领导考虑到这个案件的严重性，而且死者还是某个上级领导八竿子打不着的亲戚，就让预审支队的老油条齐孝石提前介入，速战速决。但没想到刑警和预审的衔接却出了岔子，刑警队以为预审支队通知了齐孝石，而预审支队却认为刑警队直接给了他信儿，这一耽误就是十多个小时，等齐孝石坐堂问案的时候，离传唤结束就只剩不到四个小时了。刑警队的头儿捏了把汗，就差给齐孝石作揖了。齐孝石却不慌不忙，一上来就聊天唠嗑，压根儿没有争分夺秒的意思。

齐孝石微笑着听胖子辩解，心里默默盘算着时间。

“行，你怎么说，我就怎么记。”齐孝石冲他点头，“我告诉你啊，现在公安局办案啊，讲究的是重证据、轻口供，其实你说不说跟最后的定罪没什么关系。你说了，态度好，争取积极主动，没准就能弄个从轻发落。不说，凭证据，也能零口供定罪。”

“对，对，您说得对。”胖嫌疑人连连称是。

“再说了，我就是今儿个逼着你撂了，你承认是杀人了，等你到了检察院、法院一翻供，这不也白瞎吗？还得从头儿再来。所以说啊，这公安局弄个预审就是多余。有证据就抓人，别管人家承不承认；没证据就放人，疑罪从无。我们这些搞预审的啊，实际上就是人家刑警队的碎催，干人家不愿意干的活儿，干好了你是应该的，干不好，嘿，这倒是你的毛病了。”齐孝石又说。

“哎哟，齐警官，您别这么说啊。要我看啊，在这些警察里啊，还就是您最明白。”胖嫌疑人点头如啄米，“您说我是一老板，公司上上下下好几十号人呢，你们这么一传唤我，弄得满城风雨，我就是回去了都不知道怎么解释啊。”胖嫌疑人面带苦色。

“哎，这我可管不了，怎么解释是你的事，现在我的工作是给你做笔录。人家刑警队可说了，人放我这儿了，他们不管了。嘿，你听这话茬儿，这意思就是让我给他们干擦屁股的活儿呗。”齐孝石转头冲书记员说。

书记员笑笑，知道这自然不是笔录上该记的话。

“得了得了，先歇会儿，唉，我这腰啊……” 齐孝石说着伸展了一下双臂，“哎，哥们儿，来根烟抽吧？”

“哎，好，好，那谢谢您了。”胖嫌疑人的烟瘾早就犯了，一听这话两眼都放光。

“来，我这不是什么好烟，你凑合抽吧。”齐孝石说着就起身，给嫌疑人递过一支烟，然后又打着打火机给他点燃。

胖嫌疑人解恨似的深吸了一口，长长地喷吐，仿佛心里郁结许久的压力都缓解了一半。

在工地围墙边埋尸的现场，那海涛和刘队蹲在尸体旁仔细地观察，一旁的技术人员已经勘查完毕。

“死者的性行为是发生在死亡之后？”那海涛抬头问技术员。

技术员是个年轻的女警察，有些不好意思：“是，那队，根据初步检查，是死后发生的性行为。”

“哼，死后还叫性行为吗？那叫奸尸。”那海涛直来直去。

“哎，我说那队，你这一连几个问题怎么都围绕着性行为啊？”刘队笑着不解地问。

“啊？这……这怎么了？有什么不妥吗？”那海涛反问。

“哎，这倒不是什么不妥，我是觉得，咱们现在主要的工作，是不是立即突审一下工地里几个有嫌疑的工人，现在距案发还不到 24 小时，人员都在，我想还是有破案条件的。”刘队说得含蓄，但意思已经再明白不过了，那就是叫你们预审来，不是搞痕迹的，而是去审人的，用不着对技术指手画脚。

那海涛当然明白这话里的意思，他默默地摇摇头，一字一句地说：“刘队，我之所以一直问强奸在死亡的前后，目的在于确认死者发生的性行为到底是自愿的还是被迫的，先杀后奸这说明什么问题？这说明，第一，凶手很强悍，把十八岁的年轻女孩儿挟持到围墙旁，七老八十的人可做不到。第二，凶手的意图很明显，就是要实施强奸，对被害人施暴。第三，凶手很匆忙，因为害怕死者呼救被别人发现，就从强奸转为杀人。第四，凶手很饥渴，在死者死亡之后还继续实施强奸。经过这些判断，咱们得出了什么结论？就是凶手的年龄不超过五十岁，独来独往，长期没有性生活，且发案当时没有和其他人待在一起。”

“对，对，你说得很对。”刘队如梦方醒。

“所以咱们要尽力筛查，不能浪费警力做无用功，工地现在有民工近三百人，如果逐一排查讯问，耗时耗力不说，还不一定能获得真相。”那海涛说着又仔细打量起尸体，突然被一个细节吸引住了，他默默地用戴着橡胶手套的手捏起尸体的几根手指，回头问女技术员，“这是什么？”

3. 无中生有

在审讯室里，胖嫌疑人连抽了三根中南海，因为吸得过猛，几次都咳嗽起来。

“怎么回事？抽不惯这烟？”齐孝石问。

“啊，还行还行，怪我没出息，抽得猛了些。”胖嫌疑人自嘲地说。

“平时抽什么烟？烤烟还是混合的？”齐孝石问。

“啊，平时我不抽混合的，抽不习惯，生痰。一直抽烤烟。”胖嫌疑人回答。

“烤烟？红塔山啊？”齐孝石问。

“不是，抽芙蓉王。”胖嫌疑人回答。

“芙蓉王啊……”齐孝石点点头，“哎，老板就是老板，不像我们穷警察啊，一辈子就这一个牌子，想换也没本事啊。”

“您别这么说啊，我抽烟就这毛病，也说不上什么烟好，什么烟坏，就是个习惯。”胖嫌疑人说。

“那这烟我可就对不住了，您凑合抽。”齐孝石笑了一下。

“您可别这么说，已经很感谢您照顾了。”胖嫌疑人说，“咱这么着，我也不白抽，这是您私人的烟，我在这儿抽一根，出去我还您一条，咱好歹也得交个朋友不是？”

“哈哈，我就喜欢你这样的痛快人。”齐孝石笑了，“芙蓉王我也抽过，去年还有一哥们儿送了我一条蓝钻的芙蓉王，好抽得很。”

“对，我平时抽的也是蓝钻芙蓉王。”胖嫌疑人脱口而出。他没有注意，齐孝石一旁闲了许久的书记员已经开始默默记录了。

“蓝钻芙蓉王多少钱一条啊？”齐孝石问。

“一条990，多买几条大概950吧。”嫌疑人答。

“够贵的。一直就抽这个？”齐孝石接着问。

“是啊，您还不知道，这抽烟的人都随性，习惯了什么味道就轻易不会改。”胖嫌疑人答。

“我看你这烟瘾也挺大的，每天得抽一包吧？”齐孝石问。

“一包？您可说错了，我每天都得两包起。”胖嫌疑人答。

“那基本就是烟不离口了。”齐孝石说。

“可不，特别是聊天谈事的时候，一叼上就一根接一根。”胖嫌疑人答。

“到刘媛媛家的时候也叼着烟进去的？”齐孝石问。

“啊？”胖嫌疑人一愣，显然不明白齐孝石的用意。

“抽完了还把烟头踩灭在她卧室地上了？”齐孝石继续发问。

“我……不是，我没去过……”胖嫌疑人想辩解，却被齐孝石打断。

“然后就又续了一根，接着跟刘媛媛谈，后来谈不拢了，你就把刚抽了半根的蓝钻芙蓉王丢在地上，然后把她按在床上掐住了她的脖子！”齐孝石突然提高了声音加快了语速。

“不是！不是我干的，你说得不对！”胖嫌疑人也大声地辩解。

“然后她就在床上挣扎，你就继续掐住刘媛媛的脖子，直到她窒息身亡！”齐孝石继续大声说，不顾对方辩解，“然后你又在卧室抽了一根烟才离开，离开时自作聪明地用她洗手间的毛巾擦掉了指纹，又拿走了掉在地上的烟头，是不是？”齐孝石大声地质问。

“不是，不是，那些烟头不是我抽的烟，我没有去过刘媛媛的家，我说过了，我说过了！”嫌疑人也变得疯狂起来，极力地否认。

“但你忘了！你忘了拿走最早扔到地上的那个烟头，那个被你无意间踢到床底下的烟头！你以为审你之前剪掉你的几根头发是给您理发吗？呵呵，公安局可没这个服务项目。你以为那个烟头上没有你的痕迹吗？听说过 DNA 鉴定吗？还用我说得再细点儿吗？你醒醒吧！”齐孝石猛地拍响了桌子。

胖嫌疑人一愣，脑袋里顿时响了一个炸雷。

书记员迅速地做着记录，心里对齐孝石暗挑大指，引而不发，这招儿用得真妙。

“为什么杀了她？说话！”齐孝石乘胜追击，一问到底。

“我……我能再抽根烟吗？”胖嫌疑人沉默了许久才挤出这么一句。

齐孝石心里暗笑，把一包中南海连打火机都给他扔了过去：“混合型，凑合抽！”

嫌疑人再没闲心跟他斗贫，默默地喷吐了一会儿，缓缓地回答：“因为她跟我要钱，说我不给钱，就要到公司和我家去闹，我不可能因为她和我妻子离婚，所以我就去和她谈，没想到……没想到谈不拢，她就大喊，我就……我就……”胖嫌疑人情绪失控，捂住脸哭了起来。

齐孝石摇摇头：“闲的！我说你就是闲的，没事干什么不好，包什么小三儿啊，没事抽什么烟不好，还非抽什么蓝钻啊！一个耍鸡贼，一个抖机灵，最后都没好下场。”

“是，我是闲的，真他妈闲的！”嫌疑人低下头，连抽了自己几个大嘴巴。

齐孝石看着对手的这个德行，终于撇着嘴笑了，那一脸褶子舒展开，比哭还难看。干了四十年的预审了，整天跟人说瞎话，有意思吗？齐孝石扪心自问。面前这个傻胖子怎能知道，那进来时剪头发，取什么 DNA 的都是假象，就凭 B 市现在的技术，还没达到几个小时出 DNA 鉴定的水平。但就因为他抽的烟特别，是别人不抽的芙蓉王蓝钻，所以才真的挖坑给自己埋了。这是典型的预审手段，无中生有。预审啊，有时就是拿所谓正义的谎言去击破恶意的谎言，计中计、骗中骗，魔高一尺道高一丈，没有人进了审讯室就束手就擒如实供述的，所以就只能用头脑、用语言当作武器，以高超的审讯方式去战胜犯罪嫌疑人的鬼蜮伎俩。齐孝石可从来没动手打过人，刑讯逼供、执法犯法的低级错误他才不犯，这些年来他靠着过硬的审讯技巧创出了七小时的名号，也凭借着这三包烟、半杯酽茶、俩核桃在预审圈里占据了一席之地，成了人所共知的“名提”（公安行话，著名提审）。预审支队的几个年轻人曾经琢磨过他的这些道具，有点儿结巴的大学生小吕曾经振振有词地跟小哥儿几个讲，三包烟保持了齐孝石审讯时的基本烟量，特别是对抽烟的嫌疑人，这烟的诱惑很大，可以成为武器，适时地给对方烟抽，从心理学上讲可以拉近彼此的心理距离，打开对方的心门。为了保持审讯的连续性，避免审讯情绪和压力的中断，齐孝石在审讯时基本不上厕所，这半杯酽茶保证了最基本饮水，同时能起到提神的作用。最后是俩核桃，也许这是吸引对方注意力的致命法宝，小吕观察过，齐孝石每当要转讯问方向的时候，都会先把核桃揉响。齐孝石听别人跟他说过小吕的论断，但没有表态，只是不屑地一笑了之。

4. 声东击西

那海涛那边也“见果儿”了，他没有遵循预审人员一对一询问的规定，破例让刘队把所有发案时间内单独行动的人聚集在一个屋子里，一起询问。

刘队丈二和尚摸不着头脑，弄不清那海涛这么自负的举动到底能不能对破案起到帮助。按说预审讲究的是单独询问，这样既可以保证嫌疑人之间不会串供，又能起到相互检举相互瓦解的作用。但他没有反驳，反而想检验一下那海涛这非常规工作的效果。那海涛是 B 市预审的名提，几年来连破大案，上升势头很猛，但这名提到底是真才实学还是徒有虚名，行家一出手便知有没有，刘队拭目以待。

那海涛没穿制服，但说话办事一看就是警察。他属于挂相的预审员，眼神犀利，说话咄咄逼人，与人一照面就给对方下马威。

“各位请配合，都脱去上衣。”那海涛毋庸置疑地说。

在场的十几个民工面面相觑，都琢磨不出这个年轻警察的意图。

“脱，请大家配合一下。”那海涛继续要求。

民工们左顾右盼了一会儿，纷纷按照他的要求脱去上衣，一个个健壮的身体展现在面前。

那海涛走到人群中，仔细地观看。刘队用手托着下巴慢慢摸出了门道。面对这么多男人的身体，女技术员显得有些拘束。这时，那海涛停在了一个年轻民工身旁。

“后背怎么回事?”那海涛问。

年轻民工浑身一颤，低着头躲避那海涛的眼神：“后背……后背是我洗澡时挠的。”

“挠的? 你现在挠给我看看?”那海涛说。

民工不知所措，按照那海涛的要求用手去挠，却总是挠不到那个位置。

“行了，别挠了，你够不着。”那海涛不屑地摇头。

“刘队，给他办个传唤手续。”那海涛指着那人说，年轻民工一下就急了，拨开众人冲着往敞开的窗户外面跳。没想到刚跳出去，就被埋伏好的刑警扑倒在地。

那海涛自信地笑着走到女技术员身边：“你马上对死者指甲内的皮屑进行取样，对比一下与嫌疑人的DNA是否同一。”然后又回头对刘队说，“你可以向我们支队报这个嫌疑人的刑事拘留手续了，现场突审就不用了，直接到看守所再说吧。”

“行，不愧是传说中的‘那三斧子’，预审名提，声东击西，一出马就破案，不佩服不行啊。”刘队点着头说。

“呵呵，侦查是预审的基础，我只不过是干了你们应该干的活儿。”那海涛哼了一声，转身走出了房间，噎得刘队哑口无言。

审讯室外，书记员整理好案卷走在齐孝石的身后。

“齐师傅，收我当徒弟吧。”书记员鼓起勇气说。

“什么?”齐孝石一愣，撇嘴一乐，“别，别，咱们是革命同志，别搞什么师傅徒弟的，咱们相互学习，相互学习。”

“哎，齐师傅，真的，在咱们支队，我最佩服的人就是您，人说老将出马一个顶俩，这说的就是您这样的老前辈，我说的是真心话，您就收了我吧。”书记员央求起来。

齐孝石最怕的就是年轻人跟他提这个，见不好拒绝，就索性板起了脸：“哎，别说了，我这人的毛病你不是不知道，不收徒弟。你要是问案子碰到什么硬茬过不去，我帮着出出主意没问题，但当徒弟就算了，再说……”齐孝石停顿了一下，“我没几个月就退休了，也担不起这么大的责任。”他特意补充道。

书记员还不死心：“齐师傅，是不是因为那队长的事你才不收徒弟啊?”

这话一出，可有点儿惹烦齐孝石了，他皱皱眉头，一脸褶子堆在了一起：“放屁，他与我有一毛钱关系吗？陈芝麻烂谷子的事儿了，还翻扯!”齐孝石说着就背起手，快步走出预审区，留下书记员一人尴尬万分。

“哼，还不是因为那三斧子的事儿……”书记员早就听说过七小时和那三斧子之间的故事。

5. 昔日师徒

正经要说论师徒关系，那海涛才是齐孝石的徒弟。十多年前从警校毕业分配到预审科的时候，那海涛跟的师傅就是齐孝石。当时齐孝石才四十多岁，人比现在多少还胖点儿，脸上的褶子也没堆得那么邪乎。齐孝石还是预审科的副科长，与副科长龚培德是出了名的两个预审名提。B市上下的案子只要交给两人中的一个，就一准能查清事实、还原口供，颇有点儿卧龙凤雏得一人安天下的架势。

但虽然同为副科长和“名提”，两人的路子却截然不同，龚培德毕业于法律院校，工作严谨细致、一丝不苟，严格按规定程序办案，对刑警、派出所送来的案子都十分苛责，遇到证据不充分的案件坚决退回。名义上是保证法律的公正客观，而实际上却是为了保证他作为预审员的批捕率。搞预审的考核讲的就是批捕率，所谓批捕率就是在刑事拘留犯罪嫌疑人之后，用相应证据到检察机关申请批准逮捕的成功概率，成功概率越大，就说明预审的工作越严谨，考评的分数就会越高。龚培德在预审科工作名列前茅正在于他几乎百分之百的批捕率。

而齐孝石则不同，他到预审科之前就干过不下三四个警种，派出所、刑警、经侦都曾经涉足，见多识广、经验丰富，是个典型的“社会工作者”，也深深理解基层警察办案的不易。所以就冲龚培德动不动退人家案子这点，齐孝石就看不上他。基层民警抓个嫌疑人多不容易啊，先不说抓捕过程的惊心动魄、刀尖上行走，就是常态性的“三班一倒”连轴转也让民警付出了常人难以想象的代价，到头儿来人好不容易抓到了，初审口供一时下不来，到了预审就直接给退回去了，这叫什么事啊！在公安的警种中，举个浅显的例子，预审工作就是做菜的厨师。

如果将案子比作一盘儿菜的话，刑侦、经侦、派出所等办案部门的工作就是备菜和切菜，而预审的工作则是拿起炒勺、精心烹制菜肴，最后端盘上桌。没听说哪个厨子让伙计炒好了给自己端来的，那还要厨子干什么。再说，嫌疑人也不白给，审讯这种针尖对麦芒的近距离较量，是要集中全部精力和智力的正面交锋。如果说在抓捕过程中，嫌疑人是在困兽犹斗，那么在预审环节，他们就在做最后一搏。

性格决定命运，这两个预审“名提”也命运迥异，几十年预审干下来，齐孝石与基层办案单位的兄弟们打得火热，人送外号“七小时”，在B市警界扬名立万，受到了同行们的褒奖和尊重。而龚培德呢，则一步一个脚印，坚守着自己办案的标准和底线，从副科长一步一个台阶，一直升到了今天的预审支队长，虽然身边没几个嘘寒问暖的真心朋友，却在真正意义上成了B市警界的预审领头人。青春易逝，年华易老，转眼物是人非，两人如今的地位已有天壤之别，生活也是大相径庭。龚培德刚刚被提名为B市公安局的副局长，正在公示阶段，而齐孝石则申请了提前退休，即将告别警察生涯。两个昔日的预审“名提”至今却是形同陌路，许多同事都知道，造成两个人关系破裂的，就是那海涛的改换师门。

齐孝石用脚踹开了技术室虚掩的门，背着手往里面喊：“老赵头儿，在不？晚上整两口儿啊？”

屋里的老赵一听是他就乐了，隔着一间屋就答道：“行啊，老齐，上次那半瓶‘二得子’还存在酒馆里呢，晚上报销了它。”

这两位老警察岁数相当，没事下班后就到廉价饭馆整一口儿，要不是公安部下发了《五条禁令》，禁止工作时间饮酒，老赵原来出现场还揣着酒呢。倒不是因为他酒瘾大，而是为了遮遮凶案现场的那个味儿。

齐孝石摇头晃脑地往里走，没想到一抬眼就看见了那海涛。

“师……师傅，您……来了？”那海涛一见齐孝石就规矩起来，脸上的骄傲和自负顿时烟消云散。

“哎哟喂，那队长啊，你怎么来这儿了？检查指导工作还是亲自办案？”齐孝石一张嘴就带着挖苦。

“什么队长啊，师傅……我这刚配合刑警队弄了一个强奸杀人的案子，这不找赵师傅做DNA检验来了嘛。”那海涛满脸堆笑。

“别，您可别叫我师傅师傅的，我可不敢，您师傅是龚培德，龚支队长，不，现在是不是该叫龚局长了？我啊，一个老警，就叫我老齐，或者老齐头儿就行。您现在可是预审支队堂堂的副大队长，我一快退休的糟老头子，臊眉耷眼的，见了您面儿得立正敬礼，得哈着，咱俩是正经的上下级关系。”齐孝石脸一耷拉嘴一撇，摆出一副让那海涛难受的模样。

“这……”那海涛一时语塞，“那赵师傅，我还……有点儿事，那就麻烦您了，等 DNA 结果出来了，您告诉我啊，先……先走了。”那海涛忙跟老赵交代，绕着齐孝石像避瘟神一样地向门外走。

“师傅，那我走了啊。”他临走时还不忘客气一句。

“走好您，不送。”齐孝石头也不回地回答。

见那海涛走了，老赵叹了口气说：“干吗啊？老齐，都这么多年了，你那股邪火还没压下去？”

“邪火？什么邪火啊？我对他能有什么邪火？人家是副大队长，是领导，是有名的‘那三斧子’，预审名提，我是一大头兵，一干活儿的，我敢对他有什么邪火？”齐孝石不爱听了，脸往下一耷拉，“你这老东西别总跟我翻小账儿，陈芝麻烂谷子的你丫累不累啊？那你说我怎么对他啊，哈着？姥姥！”

“行行行，不说了，不说了，行了吧。”老赵赶紧救火，他知道齐孝石这脾气，沾火就着不说，火气一上来还没完没了，“说正事，你找我干吗？不光是为了喝酒吧？”老赵打马虎眼。

“废话，我大白天找你，能就是为了喝酒吗？我撒癔症啊，我他妈又不是酒鬼。”齐孝石骂了一句，“那个胖子的 DNA 结果出来没有？我还等着用呢！”齐孝石没好气地问。

“哎，快了快了，都说了出来我告诉你，你急什么啊，人不是都刑拘了吗？时间富余啊。”老赵说。

“放屁，时间富余个屁。”齐孝石说，“就你们这些搞技术的，一辈子都烂泥扶不上墙，一到肯紧上就拉胯掉链子，干什么都拖着，屎不到屁股门不拉，非到最后没辙了才出报告。”齐孝石说着就往外走，但还不依不饶，“我告诉你啊，老赵，这报告再晚明天你也得给我出了！要是让我知道，这报告出在那小子之后，胳膊肘往外拐，我他妈饶不了你！”

老赵刚要反驳，齐孝石一转身就出了门。

“嘿，你这老孙子，这跟谁啊这是！哎，也真他妈怪我多嘴，我管他们师徒俩的烂事干吗！”老赵也气不打一处来，“事儿逼……”老赵按捺不住也骂了一句。

“嘿，你说谁！”齐孝石并没走远，一听这话几步又折了回来。

“哎，我什么都没说啊。”老赵矢口否认。

齐孝石撇着嘴摇头：“你老家伙，可别当吃里爬外的货，甭他妈跟我这打马虎眼。”

老赵看着他这样子，反被逗笑了：“你呀，一辈子都这个德行，整天跟人斗，都快成斗鸡了。我说你呀，还提小龚，人家正走背字儿呢。”

“走背字儿呢？”齐孝石眼眉一挑，“都当副局长了，还点儿背？”齐孝石问。

第二章　龚支队长

6. 纪委调查

那海涛愤愤的，下午办案成功的好心情被一扫而光。他回到副大队长办公室，刚一进屋就碰到找他签字的小吕。

“那……那……那队，我……我……”小吕说话有点儿结巴，平时没事儿，一遇到领导就严重。

那海涛正在气头上，一听小吕这状态更是冒火。“那那那什么，好好说话不会啊！”那海涛是小吕的师傅，在工作上自然对他更加苛刻，“你整天这么说话能成一个好预审员吗？预审员讲究的是什么啊？你给我说说。”

“预审……预审……讲的是……是……”小吕努力克制着说话的节奏，但结巴却越来越明显。

“预审讲的就是与人沟通、与人斗。调虎离山、引蛇出洞、旁敲侧击、欲擒故纵，斗智、斗勇、斗心，藏锋、藏智、藏势，关键时举证、看破绽突击。想要在预审界混出成绩，成为名提，必须熟练掌握这些技巧。你说你连话都说不利落，还怎么跟人沟通、跟人斗啊？啊？”那海涛这股无名火，一股脑地撒在了小吕身上。

小吕的自尊心受到严重打击，顿时低下了头，一言不发。

那海涛看小吕这样，也觉得自己有点儿过：“哎，我啊，就是对你恨铁不成钢。说话，找我什么事？”

小吕努力克制住委屈，断断续续地说：“法制……处，送……过来一个案子，您看……看分给谁。”他说着递过材料。

那海涛取过材料简单一看，是经侦支队送来的一个职务侵占的案子，案件并不复杂，金额也不算很大。“给你吧，不是我说你，你真得好好练练了，特别是这张嘴。预审员靠嘴吃饭，靠嘴干活儿，靠嘴跟嫌疑人斗法，嘴是武器啊。你连嘴都练不好，那还怎么当预审员？”那海涛说着就往批示栏上签字，“转大队吕铮办理……”

小吕知道师傅是为他好，但还是不自信地问：“师傅，这……案子给我……行……行吗？”

“嗯？有什么不行的？你怕啊？有什么事我给你兜着，大刀阔斧地问！不就一国企高管吗？这再拿不下怎么当我‘那三斧子’的徒弟？”那海涛笑了一下。

小吕受到了鼓励，表情也不再苦瓜了：“行……师傅，我一定……好好干！”说完，转身要走。

“哎，你等会儿。”那海涛叫住小吕，“你把刚才那句话再给我重说一遍，别紧张，慢慢说。”

“嗯。师傅，我……我……一……一定……”小吕又紧张起来，上气不接下气。

“你这样，跟我说，一个字一个字地说，师，傅，我，一，定，好，好，干。说！”那海涛说。

小吕停顿了一下，按照那海涛的频率一个字一个字地说：“师，傅，我，一，定，好，好，干。”

“哎，这不结了。”那海涛笑了。他真是对小吕恨铁不成钢，但有时却又自私地觉得，有一个人能在自己面前紧张也挺好。而他却忘了刚才自己在齐孝石面前的狼狈相。

夕阳西沉，雾霾中的傍晚灰蒙蒙的。橘色的余晖在灰黑的天幕中弥散着，像没被搅匀的西红柿蛋花汤，毫无美感。

那海涛走到龚培德的办公室门前，轻轻地敲门：“师傅，在吗？”龚培德是他的第二任师傅，也是他现在的直接领导，在没有外人的时候，他习惯这样称呼龚培德。那海涛想汇报一下白天破案的情况，但敲了半天，屋里都没有动静。他停顿了一下，拿出手机拨通了龚培德的电话，却发现是关机状态。

“那队，您找龚支？”这时，预审支队的内勤蒋梅走了过来。警察之间层级分明，预审支队是正处级单位，下设几个副处级的大队。警察之间的称呼，习惯把简化的职位挂在姓名之后。那海涛是副大队长，正科级，同事们就高不就低，叫他那队，而龚培德是支队长，正处级，同事们就尊称他为龚支。

那海涛客气地点了点头：“是啊，有个案子我想跟他说说，人呢？一天都没见着。”

“他……”蒋梅欲言又止，“那队，你还不知道吗?”

“啊?知道什么?怎么了?”那海涛疑惑。

“龚支早晨被市局纪委带走了，到现在都还没回来。”蒋梅回答。

“什么?市局纪委?纪委凭什么带他走?出什么事了?”那海涛惊讶，一连几个疑问。

“唉……还不是上次那个案子，嫌疑人一出去就开始告龚支，说他在审讯时进行了刑讯逼供，正好那天讯问室的录像出了问题，嫌疑人身上又有伤，龚支有口难辩。”蒋梅回答。

“龚支不可能刑讯逼供的，谁出这问题他也不会出。”那海涛了解龚培德的性格，一向严谨的他不可能犯这种低级错误，“但也不至于被市局纪委带走啊，怎么能这么随随便便就下定论呢?”那海涛自言自语，“他走时说了什么没有?”那海涛问。

“没说什么，就跟着纪委走了，要不你给他打个电话试试，都这个时候了，人也该回来了。”蒋梅说。

“打了，关机。”那海涛有些恍惚，“嗯，那没事儿了，蒋姐。到点儿了，你下班回家吧，要不赶不上班车了。”

“嗯，那要没什么事我就先走了，那什么……”蒋梅停顿了一下说，“我有个同学在市局纪委工作，要不晚上我旁敲侧击地问问看，打听打听龚支的事情到底严不严重。”她一副关切的表情。

“不用不用。”那海涛忙摆手，“我相信龚支没事儿的，用不着这么兴师动众，他本来清清白白的，没什么问题，你这一问反倒显得咱们心虚了。”那海涛考虑得比较周全。

“也是……好，那我走了，明儿见。”蒋梅冲他点点头，转身走了。

那海涛默默伫立在师傅龚培德办公室门前，一种不祥的预感从心底升腾起来。这种感觉说不好是因何而起，却挥之不散。他自然不会相信龚培德会在审讯中动手打人，这绝对不是师傅的工作作风，但市局纪委如果不掌握真凭实据，也不会轻易将人带走，特别是像师傅这样的正处级干部，况且还在提拔副局长的肯綮上。要不是因为这个案子，师傅的副局长公示将在周末结束，他将走上警察生涯的又一个巅峰。但事不凑巧，恰恰就在这个考察的关键节点，控告他的举报东窗事发，这不但很有可能毁了师傅来之不易的努力，也将连带阻碍那海涛自己的仕途进展。俗话说一人得道鸡犬升天，这虽然不是个好词，但也是不争的事实。

“唉……”那海涛深深地叹了一口气，他怎会想到，这件事会引发如此恶劣的影响。师傅，到底出了什么事？那海涛焦急万分，师傅这个称谓，是属于龚培德的。

7. 退休腾地儿

“还记得去年破的那个案子吗？”老赵自顾自地饮了一口酒说。

“哪起案子？”齐孝石停了嘴里嚼的花生米。

“就是经侦移送过来的那起税案，市局的领导觉得疑难重大，就让龚培德亲自主审的那个。”老赵说，“这些天闹得动静可不轻啊，在移送起诉的时候，犯罪嫌疑人不但全盘翻供，还说龚培德在审讯过程中使用了刑讯逼供。检察院给他验伤，还真验出了问题，左边第三根肋骨骨折，腹部还有青肿，又赶上龚培德在问关键一堂笔录时，讯问室的监控坏了，调不出录像，这下让龚培德有口难辩，一下就被攥住把柄了。这不，听说今天早上被市局纪委给带走了，到下班时还没回来。”

“啊？被市局纪委带走了？”齐孝石大惊，“我怎么没听说啊？”

“你怎么没听说……你除了眼么前的那点儿事，关心过什么……”老赵摇头，“下午在技术室的时候我本来想告诉你，但瞧你那个德行，鼻子不是鼻子脸不是脸，你倒让我说话啊。”

“哎……这不裹乱吗……”齐孝石感叹，“我不相信龚培德能干出刑讯逼供的事儿，他这人的性子我了解，这么多年了，只听说过他不收案子耍鸡贼的事，却从没听过他为了案子玩猫儿腻干杂七杂八的。我看这事有蹊跷。”

“嗯，我觉得也是。这里面没准有事儿。”老赵说着就与齐孝石碰杯，“这小龚啊，一辈子精明，没想到在这肯綮上栽了跟头，这眼瞧着就副局长了，差几天公示就结束了，这下，完了。”老赵一声叹息。这帮老警察混了一辈子了，凡事都看得明白，到这个岁数早就没了幸灾乐祸的闲心，而只有兔死狐悲的感叹。

“我说他啊，就是个官儿迷，一辈子就会往上爬，副科、正科、副处、正处，哪他妈有个头儿啊，到最后还不是退休回家？”齐孝石叹了一口气，喝了一口酒。

“要我说啊，还是你活得明白，活得自在，再过几个月就退休了，平安落地，挺好。”老赵无缘无故地叹了口气，“哎……但你和小龚啊，再怎么着也都算是预审‘名提’，在警察圈儿里有头有脸儿，比我强，都比我强。”

“狗屁‘名提’，有个屁用！当了一辈子碎催，到老了在单位也臊眉耷眼，谁还记得你那点儿光荣历史啊。现在的人啊，猴儿爬树，看着上边人的屁股，拿自己屁股对着底下人。我和龚培德算什么预审‘名提’啊，要说‘名提’那得说是襄城预审支队的‘老鬼’，丫年轻时多牛逼啊，脑子快，手段狠，见人说人话，见鬼说鬼话，经手的案子没有不干净利落脆的，连公安部都调他去外省审人，最后呢？不也就四十多岁就栽河里淹死了。到现在谁还能记得他？要我说啊，岁数大了就给年轻人腾地儿，别让人家说咱们占着茅坑不拉屎。”齐孝石叹了口气，“我这一辈子啊，跟人斗嘴、斗心眼，斗了半天自己的窝儿都散了架了，媳妇也走了，闺女也不在身边，到头儿来真是应了那首歌唱的了，‘一无所有’啊……唉……”齐孝石说着沮丧起来。

“你瞧你，下午那股子浑蛋德行都哪儿去了？”老赵摇头，“但要说起‘老鬼’，也是真够可惜的，听说他当时就为了省俩钱儿，脑溢血了还自己蹬着自行车上医院，年纪轻轻就撒手人寰，唉……他可是预审圈里的传奇啊……”老赵叹了一口气，“这当警察的啊，都是表面风光、内心彷徨，在人前耀武扬威，实际上活得比谁都不如。听说‘老鬼’在没了之后，给老婆孩子没剩下几个子儿。”

“就这样那帮大老爷还不给警察涨工资呢。”齐孝石啐了口吐沫，“他们是整天在办公室里看报纸喝茶，压根儿不知道这帮穷伙计的艰难日子。”

“得了得了，莫谈政治。”老赵马上转移话题，“我倒劝你啊，趁着还不算太老，戒烟戒酒，锻炼身体，再续个老伴，别老一个人独着了。”

“呵呵，续个老伴，我他妈还再生个大胖小子呢。”齐孝石自嘲地坏笑，一脸褶子把眼睛都给挤没了。

“你个老流氓，忒矫情，一辈子就没正经过。”老赵也笑了，“我说的是真话，要不要我给你介绍一个啊？我老伴认识一个丧偶的，岁数也不大，还不到五十……”

“得得得，你让人家好好待着吧，行吗？喝酒，喝酒。”齐孝石举起酒杯，逼着老赵一饮而尽。

那海涛在市局门前等到将近九点，才等到龚培德。龚培德今年五十出头，身材健硕，一张方脸鼻直口阔，在路灯的照射下，却满目愁云、脸色铁灰。

“师傅，怎么回事啊？”那海涛三步并作两步迎了过去。

“别问了，累了……”龚培德有气无力地说，“送我回去吧。”

“嗯，回哪儿？”那海涛问。在他的印象里，龚培德在单位住的频率是要远大于回家的。

“回单位吧。”龚培德靠在汽车后座上，仰面不语，心事重重。

在回程的路上，那海涛透过后视镜看着龚培德的满目愁云，思绪不由得回到了多年以前。那时自己刚刚二十出头，因为努力钻研业务，不怕苦累，已经成了预审科最年轻的预审员。预审员虽然只是个虚职，但与书记员相比却有着天壤之别。当了预审员就意味着可以独立受理案件，就意味着从幕后走到台前，可以按照自己的侦查思路进行审讯，这是所有从事预审工作的警察要迈上的第一个台阶。按照预审科以往的惯例，走上这个台阶起码需要十年左右的时间，这十年需要勤勤恳恳、兢兢业业、打水擦地、记录订卷，干别人不干的活儿，忍受默默无闻的苦累。而那海涛却因为跟了预审科里的鬼才，名提齐孝石，仅用了四年时间便被破格提拔为预审员。齐孝石教那海涛的方法只有一个字，那就是“干”，实践出真知，一切从行动开始。那海涛获得了比同龄警察多出数倍的实践机会，再加上自己勤奋努力，很快便开了窍，一连拿下了几个重特大案件，让领导和同事们刮目相看。

当时那海涛年轻有为，雄姿英发，审讯以稳准狠见长，步师傅齐孝石的后尘，也得了个外号，叫“那三斧子”，也算一个小有名气的预审名提。虽然知名度还远不及师傅的“七小时”，但与同龄人横比，却是一马当先。

既然话说到了“七小时”，那就不能不说说这个外号的由来。这个外号来源于当年齐孝石破获的一起惊天大案，那是块难啃的硬骨头，对手是一个三进宫的老炮儿（老流氓）。

8. 名提“七小时”

那是2003年年初的一天，预审科接到紧急任务，要派遣一名预审专家配合市局刑侦支队突审犯罪嫌疑人。预审科选了又选，最后在龚培德的主动让贤下，选中了齐孝石承担重任。齐孝石知道龚培德为什么不接这活儿，犯罪嫌疑人外号叫老三，当年四十多岁，是南城有名的老炮儿，年轻时曾因为抢劫和盗窃被分别判了五年和三年有期徒刑，去年又因为敲诈勒索被刑事拘留，但因被害人临时更改口供被取保候审，最后逍遥法外。是人都能猜出被害人是受到了老三的威胁，但就是找不到证据。刑警队的兄弟们好说歹说，被害人就一口咬定说是自己冤枉了老三。老三出去后，恶习不改，仅隔了半年时间又犯罪升级，干了一起惊天大案，杀人碎尸。

被害者是一个不满十五岁的少女，几天前外出游玩后就再没回家，直至她的尸体残肢被河水冲到岸上，才被路人发现报案。由于性质特别恶劣，为减少社会的恐慌情绪，市局成立了专案组，要求限期破案。发现尸体的地方并非第一案发现场，且被河水浸泡，无法确定准确的案发时间及地点，对案件的破获造成了极大的阻力。

被害者居住的小区属于回迁房，居民结构复杂，人员流动性强，且没有监控设施。专案民警只得通过小区外的监控获取线索。但由于外围监控距离较远，图像不够清晰，民警又从基础工作做起，对周边的群众进行询问，同时集中力量对小区内的所有可疑人、重点人进行排查，发现老三的作案嫌疑最大。老三不但有前科，而且根据走访的居民反映，当天还曾经尾随过被害的少女。但由于没有直接证据，无法对他立即实施抓捕。有经验的老侦查员不打无准备之仗，在详细分析老三的性格特点和前科情况之后，使用了引蛇出洞的招数。他们找了几条警犬，大张旗鼓地在小区进行痕迹取证，这下引来了不少居民围观。在人群中，刑警们发现了老三的身影。老三牵着自己家的黑背犬，以遛狗为掩护随时注意着刑警们的动向，有时甚至就在旁边像没事儿人似的看着，惊人地冷酷与冷静。刑警们经过观察，以及对多条线索的分析、串并，初步锁定了老三就是杀人碎尸的重要嫌疑人，于是进行了传唤。

但因为没有直接证据，老三进了看守所之后，吃喝一点儿都不耽误，只是一到审讯的时候就缄口不言，问急了就死猪不怕开水烫地叫嚣："有本事你们就崩了我。"这让许多预审员都吃了苦头。这个案件当年被公安部列为督办案件，如果迟迟拿不下来，不但让居民人心惶惶，也无法给被害人家属一个交代。市局局长跟公安部的领导立下了军令状，如果拿不下案件，自己就引咎辞职。所以选齐孝石来主审这个案件，无疑是将千钧的压力压在了他一个人的身上。

齐孝石自然明白这个道理，但他不会像龚培德那样前思后想权衡利弊，也不会反复考量这个案件如果拿不下的后果。审讯对他来说不只是一个工作，还是一种挑战。预审干久了，反而会对软弱的对手产生厌倦，齐孝石在内心里渴望遇到难啃的骨头、棋逢对手的较量，也许那样获得的胜利才能真正体现出自身的价值。给他打下手当书记员的，就是当时刚参加工作的那海涛，他唯一收过的徒弟。

那次的审讯很艰难，齐孝石惯例式准备的三包烟、半杯茶弹尽粮绝，从始至终也没机会掏出来核桃。话赶话，事跟事，一句顶一句，随时发问随时变线，警察和罪犯头脑的对抗几乎到了巅峰状态。刚开始那海涛做记录，后来连续三个小时手就有点儿跟不上了，预审科的老科长邢克生就过来当记录员，再后来局长都亲自旁听审问。审讯室的空气仿佛凝固了一般，除了齐孝石和老三你来我往的快速答辩，其他人一句话都不敢说。

刚开始老三面无表情，目光永远看着墙壁，无论齐孝石怎么发问都不与他直视，任凭怎么发问也不回答。齐孝石就开始用激将法，从老三小时候打架被送工读学校聊起，一直说到他抢劫了十块钱被判了五年，再到他老婆跟他离婚，出来找不着工作，讽刺挖苦嬉笑怒骂，逼得老三忍不住还嘴。齐孝石见有成效，就继续煽风点火，说老三不是爷们儿，这么多年连媳妇也讨不着，人生失败。老三从愤怒到再次沉默，在心里实际上已经输了一筹，齐孝石此番做法，就是为了打掉老三心中的盲目自信，让他感到自己的卑微与无力。果然，此役过后，老三不再狡辩，所有的回答就剩下三句话。

“不是我。”

“不知道。”

“有证据就崩了我。”

这三句话一出，老三只剩下消极抵抗。齐孝石当然不会放过继续对他进行打击。在齐孝石抽完第二包烟的时候，已经过了凌晨一点，他抿着到了根儿的高沫儿酽茶，凭着自己长期失眠的底子，与老三打起了疲劳战。他开始对老三“围城打援”，他模拟案发现场，逐一讯问老三家的各处角落，从门厅到卧室，从衣柜到餐桌，从里到外、从上到下，不落下一处。虽然老三仍是那三句话的回答，有时甚至避而不答。这反复的讯问看似机械，却目的直接，那就是齐孝石在重复的发问中仔细观察着老三表情的每一个细微变化，以此去判断老三内心的想法。在说到住所的卧室时，老三的眼睛突然一动，但随即又恢复了平静。齐孝石似乎找到了线索，又东拉西扯地说了好一会儿，再次“无意中”提到了卧室这个词，老三的眼睛又动了一下，齐孝石心里觉得有戏，就开始围绕着卧室做文章，果然老三在疲劳战术的打击下，显得有些力不从心。这时，齐孝石给身边当书记员的邢科长悄悄地写了一个条，上面是：重新勘查卧室。

又过了两个小时，三包烟、半杯酽茶弹尽粮绝之际，邢科长终于走进了审讯室，不动声色地递给齐孝石一个字条，上面的内容令他兴奋不已。

“经勘查，嫌疑人卧室墙壁系重新粉刷，在粉刷下发现血迹。”

成了！齐孝石心里有底了。这个至关重要的线索，验证了他的判断，犯罪嫌疑人老三没有条件在其他地点处理尸体，碎尸地点肯定在他家中。但喜怒不形于色是预审员的基本功，齐孝石面沉似水，但在心里却开始默默盘算起如何在适当的时机使用这颗“子弹”。掌握时机发出证据，是预审策略敲山震虎的最重要环节，如果时机把握不好，不但会浪费“子弹”，还会造成敌我心理态势的反转。齐孝石没有选择立即出示证据，而是相时而动，准备在关键时刻给老三致命一击。不久，这个时刻到了。

在审讯进行到第七个小时的时候，老三终于抽了一根齐孝石的烟，两人之间的针锋相对也渐渐转入缓冲区。齐孝石谈起了自己母亲的去世，说当了警察这么多年，没什么事是后悔的，而只有因为审人没能看到母亲最后一面才是终身的遗憾。没想到，一向冷酷的老三却在这个话题下动容了，他默默地抽着烟，宛如一尊雕塑，冷漠的表情抑制不住心底的波澜。

“我们刚才又对你家进行了搜查，因为要有见证人在场，所以把你母亲接到了你家。”齐孝石如是说。

老三紧闭的双眼突然圆睁：“你们把她怎么样了？”老三竟是质问的语气。

“我们不会为难老人的，但老人很疲惫，搜查完之后就睡在了你的卧室。”齐孝石死盯着老三的眼睛说。

一秒、两秒，齐孝石从老三冷漠的眼神中慢慢看到了犹豫、矛盾、退缩，直至恐惧。齐孝石知道时机来了，决定使用那颗关键的“子弹”。

“但我们没让老人在那里住，因为你我都知道……那是你干事儿的地方！”齐孝石肯定地说。中国话中的一语双关和一词多义，是外国话没法儿比的。齐孝石所说的“干事儿的地方”，就是一语双关，说是指碎尸的地点吧，没问题，但要说是干其他事的地方吧，也行。这样一来不仅起到了敲山震虎的效果，还给自己留了余地，一箭双雕、进退自如。

老三浑身震颤，眼神中全是绝望。

“老三，什么都别隐瞒了。说白了，你丫横竖都是死罪，别犯浑让我看不起你，死得有点儿尊严，就算吃颗黑枣也得像个爷们儿，我们会通知你的亲属照顾你的母亲。”齐孝石下达了最后通牒。

撂了（公安行话，招供）！撂了！老三认罪了！七个小时！唯一的关键证据！不愧为预审名提，齐孝石在全面掌握老三前科记录、生活履历、家庭情况、作案现场等情况，分析其性格特点、辩解策略等的基础上，跟他打了一场时间不长但对抗激烈的攻守战斗，最后一举拿下了口供。这是典型的“浑水摸鱼”，再“重点突击”。

齐孝石走出讯问室的时候，什么话也没说，只是默默抽了局长递来的一根香烟，消瘦的身形在月色的照映下宛如剪影，他就那么站着、站着，足足有十来分钟。

这是那海涛至今也忘不了的镜头。

“讯问，一般是不能中断的，我们在审讯对方，对方也在揣摩我们，哪怕只暂停一小会儿，对方的心理防线就会重新筑起，之前的全部努力就可能付之东流。”这是齐孝石不止一次教给那海涛的预审方法。“第一个小时聊，第二个小时磨，第三个小时绕，第四个小时引，第五个小时迷，第六个小时拍，第七个小时供！”这是齐孝石之所以能在七小时内攻无不克的制胜法宝。烟、茶，都是顶着自己腰杆的武器，核桃其实不是什么工具，而是他曾经的老伴给他买的小玩意儿。那海涛因为跟了齐孝石而迅速长进。在那次审讯之后，齐孝石就有了“七小时”的外号，这些年无论“七小时”审什么案子，都能在七个小时内拿下口供，在警界同行的街谈巷议中，他已经成了继襄城预审“老鬼”之后，又一个被神化了的人物。但不料，就在齐孝石扬名警界一帆风顺没多久，他却重重撞上了一座令他折戟沉沙的暗礁，从此一蹶不振，从巅峰到谷底，一切的荣誉都离他远去，只留下一个“七小时”的虚名和逐渐衰老的躯壳。

那海涛也终因耐不住寂寞，接受了龚培德抛来的橄榄枝，转投到了他的名下。齐孝石勃然大怒，与那海涛恩断义绝，从此没了师徒名分。一声叹息啊，世事无常，百转千回，岁月的尘土可以将往事掩盖，却遮挡不住人心中的爱恨，未来裹挟着现在，变为过去，一晃十年，物是人非……

9. 陌生的名提老友

夜静了，看窗外的景色唯一变化的就是路上车尾灯的闪烁。这是一个反复无常的城市，白天的繁华喧嚣是它的假面，身处其中却感受不到真实的心跳和呼吸，而只有在深夜，它才会剥去伪装，露出瘦骨嶙峋的身体，像我们每个人一样寂寞和无助。

齐孝石酒喝大了，摇摇晃晃地回到了预审支队的办公室，楼道静得诡异，时间过了十一点，值班员都已经入睡。齐孝石觉得头晕，刚才和老赵干了整整两瓶二锅头，老赵吐得稀里哗啦的，齐孝石就看着他哈哈大笑，最后笑着笑着自己也吐了一地。唉，时光啊，总是他妈的匆匆而逝，想当年刚来预审科那会儿，老赵这小子还是个挨欺负的小四眼儿。齐孝石不由自主地回忆着，但手中却没停下动作，他挪开办公室靠墙的桌子，把放在里面的行军床搬了出来，三下五除二地打开放平，又从铁皮柜子里取出被褥，平整地铺好，但找了半天，枕头却不见踪迹。他在漆黑的房间里伫立，周边没有一点儿声音，回忆中的豪情壮志与现实的枯萎呈现巨大的反差，他很沮丧，机械地寻找着枕头，感到无所适从。齐孝石浑身上下摸了半天才找出香烟，但找了半天却没了打火机。妈的，睡觉没枕头，抽烟没火，这简直就是自己生活的隐喻。齐孝石正烦着，身后突然发出了声音，灯也亮了。

“老齐，还没睡?”

齐孝石回头一看，来人正是龚培德。

“找不着枕头了，睡什么睡。”齐孝石酒劲还没过，说起话来像孩子般沮丧。

龚培德脸色青灰，愁眉不展，他下意识地帮齐孝石在屋里寻找，走了几步从一个椅子上拿起了一个枕头。

“是这个吗？”龚培德问。

齐孝石摇摇晃晃地过来细瞅：“是，拿他妈我的枕头当靠垫，小吕这兔崽子……”齐孝石轻声地咒骂，“你有事儿吗？”齐孝石想起了龚培德还在身边。

龚培德欲言又止，抿了半天嘴唇也没说话。

“没事我睡了啊，和老赵这孙子喝大了……”齐孝石对龚培德还算客气，但两人毕竟不是一条船上的人。

龚培德知道这是逐客令，但还是没走。他本想说“老齐，咱老哥儿俩喝点儿去”，但齐孝石此刻已酒足饭饱。龚培德哑巴似的站在那里，一点儿没有往常的骄傲和自信。

“你是不是有事啊？”齐孝石一屁股坐在行军床上，靠着枕头说。

“嗯，也没什么事，就想和你聊聊。”龚培德说。

“聊？聊什么？有什么可聊的？”齐孝石半卧着说。他的酒劲退了一些，表情又恢复了大大咧咧的样子，他对待龚培德一直是这个态度。

龚培德拉过把椅子，坐在齐孝石旁边，两人隔着一米左右的距离，正好可以摆个饭桌。但现在是在办公室，既没有饭桌，也没有白酒、花生米，就空空地隔着那么个距离。

“老齐，咱们认识多少年了？”龚培德没头没尾地说。

“多少年了？我不记得了。”齐孝石没好气地说。

“三十年了，三十年啊。”龚培德说。

“陈芝麻烂谷子的……你有事吗？有话直说。”齐孝石说。

“没事就不能找你聊聊？”龚培德反问。

“行，没问题。你是头儿，我是兵，你是大拿，我是碎催，无论是聊天还是做思想政治工作，我都得听着。怎么着？用我立正稍息吗？”齐孝石拿出一根烟叼在嘴里。

龚培德取出打火机打着，送到齐孝石面前，齐孝石犹豫了一下，把烟嘴迎了过去。他没接齐孝石的话，自顾自地说：“记得那时咱们都二十多岁，你最大，老赵第二，我最小。”龚培德对着天花板笑了一下，“你最能折腾，老赵最腼腆，我最听领导的话。预审科一开会啊，你准迟到，动不动就捅娄子，老科长没少替你扛雷。老赵呢，踏踏实实的，跟现在一样，没审出几个大案子，也没犯过啥错误，内勤干了十年，又被调到技术，这一辈子踏踏实实风平浪静的，也挺好。”龚培德说得很感慨。

“你撒什么癔症，到底想说什么？”齐孝石疑惑。

“呵呵，没什么，就是觉得感慨，这一晃几十年了，好像就在昨天。现在想想，咱们年轻时你争我抢的，都想冲在前头，但最后能得到什么呢？什么也得不到。”龚培德说。

“别跟我这念秧儿，我是一辈子什么也没得到，你能没得到吗？笑话。”齐孝石有些反感，“我马上就退休了，姥姥不疼舅舅不爱的，一辈子除了年轻时挣蹦过几下，还不是闷了这么多年。你不一样啊，预审支队的大支队长，好几个二等功、三等功的，全国预审能手，咱俩不一样，不能往一块儿扯。”齐孝石吸了一口烟说。

“你呀，老齐，这么多年了，你还在怪我？”龚培德说。

“怪你？我怪你什么啊？”齐孝石索性跷腿躺在了行军床上。

“还不是刘松林那个案子让你背了黑锅。”龚培德少有地直接。

齐孝石躺在床上，眼睛看着天花板，一言不发。

“那确实是我的错，当时为了竞争预审科的科长，那个案件我不敢承担责任……让你背了这么多年……哎……对不住了……”龚培德缓缓地说，也掏出一根烟，点燃，“什么叫铁证如山啊，就是口供与证据一定要紧紧相扣，不能有一点儿差错，重证据轻口供说得简单，但办起案来，谁能完全杜绝主观臆断啊。”

龚培德说完也沉默了，房间里顿时安静了，除了门旁的一个白炽灯损坏前的忽亮忽灭，世界仿佛都停止了运转。

10. 十年旧案

时间一下就回到了2004年。“非典”过后的城市有种获得新生的轻松，公共场所重新开放，人们再次涌上街头，万物回春，百废待兴。

预审科却接到了经侦移送来的一起案件，本市新远集团的老总刘松林因为涉嫌一起经济案件被刑事拘留。新远集团是本市的纳税大户，主营房地产业务，在酒店、传媒、娱乐等方面也有涉及。因为案情重大，预审科决定由副科长龚培德亲自上阵作为主审。龚培德为此做了大量的前期工作，不但对刘松林的个人经历、家庭关系、企业情况做了全面的调查，还对新远集团近年来的经营状况做了资料搜集。经侦移送的罪名是刘松林涉嫌向非国家工作人员行贿，他为了获得一个项目的经营权，向对方主管人员行贿多达两千万元人民币。

这起案件虽然领导关注、金额特别巨大且涉及嫌疑人身份非同寻常，对于预审员来说有着不小的压力，但对于像龚培德这样的预审“名提”，这个案件的审理难度并不大。所谓向非国家工作人员行贿罪，实际上手段和罪名都和检察院管辖的行贿罪大同小异，只不过依照分工，属于国家工作人员的，由检察院反贪局负责，而属于非国家工作人员的，由公安部门负责。行贿和受贿，本就是拴在绳子两头的蚂蚱，一个认了，另一个也跑不了。这起案件人赃俱获，账目、受贿人的口供都基本拿下了，对待刘松林这样的行贿者，基本等于是瓮中捉鳖。

龚培德开始审理的时候顺风顺水，不到两天就拿下了基本口供。但事不凑巧，到了第三天的时候，龚培德突发疾病，腹泻不止，被紧急送到医院治疗，这审讯刘松林的工作就被紧急调到了齐孝石手里。齐孝石没有怨言，临危受命，迅速熟悉材料，蓄势待发。而就在他接下刘松林的审讯工作后，却发现了不同寻常的问题。

刘松林全面翻供，之前关键性的供述环节不但被全面推翻，而且都有了合理的解释。齐孝石费解至极，他反复查看之前龚培德做过的笔录，又详细研究了经侦所做的前期工作和获取的大量证据，不明白龚培德怎么会在一夜之间就从混沌变为开悟。这时，刘松林聘请的律师团同时在外界施压，说公安局错抓好人，让本市的优秀企业家身陷囹圄，一时舆论哗然。经侦的领导也顶不住压力，多次过来和预审开会，询问刘松林的下一步处理到底是该报检察院批准逮捕，还是直接取保候审。齐孝石综合分析了刘松林行贿的事实，让经侦配合他一起再做几步关键工作，争取不以口供为主要砝码，零口供批捕。于是警方再次讯问了涉嫌受贿的相关企业人员，得到的结果竟然也是全面翻供，企业人员称与刘松林的款项来往是正常的借款关系，而且还由其家属找出了之前打下的借条。怪事层出不穷，涉案公司的会计也紧急报告警方，说警方要其交出的账本丢了，和自己汽车后备箱的其他财物一起，被人窃走。齐孝石不信，让会计提供报警记录，没想到去刑警队一查，会计还真报案了。无奈中，齐孝石想到了调取刘松林行贿前后的监控录像，没想到监控室的水管漏水，把设备和录像带全部泡坏。一切证据都消失了！

经侦的领导打了退堂鼓，告诫齐孝石也要量力而为，毕竟如果是冤假错案，公安机关是要为此承担行政赔偿的。但齐孝石不管，他知道世界上不可能有这样的巧合，他又以自己的方式分几次问了刘松林相同的重点问题，发现刘松林的供述不但前后不一，而且在刻意回避着什么，特别在几个关键的问题上闪烁其词，一看就是经人指点。搞预审的都异常敏感，齐孝石明白了，这里面有诈。但他不想去猜测，也不敢去猜测，这一切是否与龚培德有关。

“账丢了，呵呵，说是放在汽车后备箱里被撬了，还真报了案了；水管漏了，录像带进水了；受贿的翻供了，说自己是借款，查他的银行账户吧，还他妈真有每个月两万的还款。借了两千万，每个月还两万，要还一千个月，将近一百年，还不要利息。这他妈鬼才信啊!”齐孝石突然发作，猛地从行军床上坐起，“你信吗？啊?”他质问。

龚培德一惊，眼神复杂：“老齐……咱能不能……不提这个……”龚培德缓缓地回答。

“我就想问问，是不是有人在这儿吃里爬外了，跟我这打马虎眼了?”齐孝石提高嗓音。

“老齐……这……”龚培德无言以对。

“他们走你的托儿了?”齐孝石直逼着龚培德，一下把十年来在心中郁积的疑问脱口而出。

“你说什么呢……我……”龚培德回避着。

“今儿个这儿就咱俩，你也甭抖机灵，我也不弄那猫儿腻。都他妈是审人的人，抖攒儿要鸡贼，那是不局气。我憋了这么多年了，就想问你一句，你他妈是不是湿鞋了？是不是!”齐孝石步步紧逼。

“老齐，这都过去多少年的事了，到现在你还过不去吗?”龚培德说。

“过不去!”齐孝石斩钉截铁地回答，“这么多年了，我就想问问你，你丫还是不是一个警察，是他妈当官重要，还是良心重要？你丫要还拿自己当警察，就拍着胸脯跟我说句实话，你到底在那案子上湿没湿鞋。别跟我这儿掉腰子装孙子，你要是不说，咱俩之间的这道坎儿永远也过不了。”齐孝石气喘吁吁。

“唉……”龚培德一声叹息，站了起来，他摇了摇头，“老齐，我自认为没做亏心的事，没坏了警察的良心……”龚培德说。

“没有就好，没有就能睡个踏实觉，就不怕人家找后账。”齐孝石说着又躺了下去。

“唉……”话不投机半句多，龚培德站了起来，“小那……你还得好好带带。他虽然搞了不少像样的案子，但还是随了我的毛病了，做事太急，有时缺少方法策略，容易吃亏。”

“哼，笑话。”齐孝石把双手枕在脑后，“他是你的徒弟，我带什么，人家是副大队长，人称‘那三斧子’。急有急的方法，缓有缓的道理，猫有猫道，狗有狗道，我没什么可教他的了。”

龚培德无言以对。“咱们的事，不要放在孩子身上。再怎么着，他也叫过你师傅。”龚培德叹了口气，“我失眠的毛病一直治不好，这些年来没睡过几个好觉，行，你休息吧，我走了……”

龚培德说完，缓缓地离开了办公室。

齐孝石用余光看着他离去的背影，突然有种心酸，泪腺似乎要开始工作。但他极力地抑制住这种不明不白的伤感，做了几个深呼吸才强压下去。龚培德也老了，虽然他比自己小几岁，但毕竟也是五十多岁的人了，那步伐和体态也大不如前。酒精让人感性，齐孝石的鼻子又开始发酸，他叹了口气，感觉自己也是越发脆弱了。想当年预审科的邢科长说啊，要想当一个合格的预审员啊，基本功之一就是要掩藏好自己的真实情感，不然就会被别人利用，成为弱点。呵呵，这句话虽然听着扯淡，但在实际工作中却是至理名言。

齐孝石不争气地再次失眠了，那深藏在内心的往事像失控的 DVD 一样，强硬地循环播放。那个案子是他预审生涯的分水岭，他由巅峰到谷底，一落千丈，一败涂地。

刘松林最后被取保候审。为了挽回名誉和证明清白，他一不做二不休，高薪聘请了几个律师，一方面大肆宣扬公安局违法办案、错抓良善，一方面高调申请行政赔偿、要求惩戒相关办案人。检察院向公安局发来了执法建议书，要求公安机关依法撤销案件、对当事人进行妥善的安抚赔偿。市局对齐孝石做了内部处理，免去了他预审科副科长的职务，转为一个普通民警。“预审七小时”的神话就此破灭，成了办案武断片面的代名词。

齐孝石从主管审查经济案件的重点岗位调换到了审查小偷小摸、伤害盗抢的探组。刘松林不但全须全尾地重回商界，而且相关的涉案人员也都逍遥法外，齐孝石恨在心里，却无能为力。他是一名警察，不是行侠天下的剑客，不能未经审判去惩恶扬善。齐孝石没有放弃，几次找到经侦的江浩队长要求重新查案，但都被严词拒绝。江浩队长说的也有道理，案结事了，人要是能抓早就办了，现在检察院都要求结案了，侦查部门也束手无策。齐孝石几番挣扎，最终只得无奈承认了这个现实，世上没有常胜将军，法律的利剑有时也无法斩断所有罪恶的荆棘。但不料一波未平一波又起，齐孝石折戟沉沙刚过了几个月，他一直全力培养的徒弟那海涛也选择了离开，转投到了龚培德的门下。

“唉……”齐孝石躺在软塌塌的行军床上，腰部一阵酸疼。他披着警服坐起来，光着脚盘起腿，默默地抽烟，不时剧烈地咳嗽。回忆像个剪辑失败的电影，顺序错乱，一下又回到了三十年前。

预审科那时还在城东的焦化厂附近，每天都能看到不远处喷涌而出的黑烟。年轻时的齐孝石、老赵和龚培德还都是书记员，属于没家没业没钱的三无人员，没事就在一起喝酒聊天。谈起自己的梦想，老赵说，要在这个城市立足，踏踏实实地生活，找一个好媳妇，生一个健康的孩子，把父母从外地接过来；龚培德说，要走仕途，要当官，官当得越大就越能实现自己惩恶扬善的抱负；而齐孝石呢，说了些什么呢？大概是诸如“要成为最厉害的预审员”这样的废话。而就在那天傍晚，齐孝石和龚培德在焦化厂的篮球场上打起了赌，也不知起因是什么。记得当时齐孝石说，只要龚培德能在篮球架下扎马步三十分钟，自己就连吹十瓶啤酒。老赵刚开始还劝，后来看到两人都脸红脖子粗地斗气，也就不再管了。于是，龚培德这家伙还真的在篮球架下扎了三十分钟的马步，到最后五分钟的时候，衣服都被汗水浸透了，半泡尿还尿在了裤子里，但还真就没松腿。三十分钟后，龚培德仰躺在地上双腿抽筋，却忍住疼哈哈大笑，叫嚣着让齐孝石连吹十瓶啤酒。后来的事情齐孝石便记忆犹新了，在小饭馆里，自己豪迈地一下打开十瓶啤酒，从喝完一瓶接一瓶到喝完一瓶吐一瓶，从饭馆喝到了洗胃的医院。那时真年轻啊，头天洗了胃，第二天早晨还接着审人。唉……

但如今呢，齐孝石又想，老赵到他妈现在也没住上梦寐以求的大房子，爹妈到死也没能到大城市生活，倒确实是踏踏实实、忍气吞声了一辈子。龚培德呢，当了大官实现了愿望，却和老朋友们形同陌路，仕途让他变了嘴脸，一出口就是官话，只顾往上爬，不看脚下的路。而自己呢，到底在这一辈子与人斗的日子中得到了什么？他找不到答案。天慢慢地亮了，办公室窗帘的缝隙里透出微光，齐孝石感到身心俱疲，烟也再抽不出味道。他默默地想，这都是怎么了？为什么年轻时热得滚烫，到最后却冷得冰凉，本来挺好的几个人，到头儿来都成了冤家？这世界，到底他妈的怎么了？

警官王快乐（节选）

李　迪

王快乐，鸭梨脸，四十有三，无锡惠山新城幸福社区片儿警。军旅生涯20年干到营级，转业入警重头来。没有怨言，生就乐天，正直，善良，古道热肠又智慧幽默，没有清规戒律，不按常理出牌，一切为了百姓安居乐业。

社区生活就这么婆婆妈妈家长里短，全让王快乐赶上了。在以下这些千字故事里，他累，他忙，他哭，他笑，他抓耳挠腮，他没家没夜，着眼小事，鸡毛蒜皮，服务百姓，为民解忧。最终，走进百户千家，成了群众的亲人。

用快乐化解不快乐，让快乐像阳光一样温暖，这就是他小小的中国梦！

因为，我们实在需要快乐。

来点儿快乐吧，五块钱的！

1　金耳环

幸福社区地处惠山开发区城乡接合部。南临太湖，北靠长江，水网纵横，丘陵起伏，山清水秀好家园。但开发伊始有点儿乱，土地变工地，农民成市民。王快乐来此落脚，没人认识他，如同空气一样。这如何开展工作？

他正闹心，忽听警务室外有人吆喝，啤酒瓶子废塑料的卖！好嘛，真炸！收破烂儿的与时俱进用上电喇叭啦！

王快乐顿开茅塞，也买来一个喇叭。没想到，刚出门，收破烂儿的就堵上来，哎，这片儿破烂儿我包啦！

王快乐笑了，你没看见我穿警服吗？

收破烂儿的说，你捡个警服穿上就是爷啦？有本事穿太空服，两脚不着地，你飞！

王快乐说，那多费火箭啊！说完，自顾往前走，收破烂儿的紧跟。来到菜市场，只见人挤人。王快乐一开喇叭——

乡亲们，我是新来的社区民警，我叫王快乐！

收破烂儿的一看，扭头就跑。

王快乐接着喊——

人多的地方要保管好自己的财物！家长带好孩子，老人留神脚下！

菜市场里大眼瞪小眼。

有的说，真开眼！

有的说，这呆子！

王快乐笑了笑，仍旧边走边喊。

为了回头率豁出去了，哪儿人多往哪儿钻。

想不到，第二天就有人来敲门，王警官，村东打起来了！

谁和谁？两妯娌，彩花和杏花。

两家人住前后，两姐妹并蒂莲，可莲不开花尽发叉儿。

这天，彩花家修外墙，运沙车把路碾成老妈妈脸，杏花随手铲了几铲沙垫上。彩花锄地回来刚好看见，这是我家的，你手闲啊？一锄头捅过去。还好杏花闪得快，不然就当草给锄了。她暴喝一声，彩花脸上就挨了传说中的一鹰爪。于是，飞沙走石。

王快乐赶到现场，混战已停。

彩花说杏花抢了她耳环，杏花也说彩花抢了她耳环。

王快乐问，到底谁抢了谁？

两人异口同声，她抢了我！不信你翻！

得，成真假美猴王啦！

王快乐对协警小吴说，快去给我拿金子探测器来！

小吴都傻了，心想哪来的这东西呀？

王快乐冲他一挤眼，他明白了，转身就走。

疯子演戏呆子看。王快乐接茬儿吓唬，要是测出谁身上有金子，马上带派出所！

杏花扛不住了，她锄我，我就抢了她耳环。

那你的耳环呢？

我自己揪下来，一起塞兜里了。

好，快掏出来吧！

杏花一掏，脸儿当时就绿了。掏出的两只耳环，一大一小！

王快乐说，准是打架丢了，还不赶快找！

两妯娌忙趴地上找。王快乐也跟着找，恨不得变成二郎神。突然，他叫起来，我找到一只啦！

两妯娌喜出望外，一看，是小的！

这是杏花的！彩花哭起来，我的没找到呀，呜呜呜！

王快乐说，你俩往后还打不？

不打了！

算话不？

算，算！

王快乐说，你们看，那是什么？

两姐妹同时回过头，只见沙地上有一个小东西在暮色中闪着夺目金光。正是彩花的另一只耳环！两姐妹高兴地抱在一起。

其实，王快乐一次就捡到了两只。

第二天，他把两家人叫到一起，说，兄弟亲土变金，姐妹亲捡到金。你们要珍惜亲情！

两兄弟说，再吵收回耳环！

两姐妹说，别想！

2　胡老汉惊魂

外来人口被无锡人称为新市民。新市民多是幸福社区的特点，也是治安管理的难点。一天，胡老汉对王快乐说：我们晚上都不敢出门，就怕遇上坏人！

王快乐说：这正是我想要解决的。你们当地人都把房子租给新市民，您是不是也一样啊？

胡老汉迟疑了一会儿说：我……出租了十间。

王快乐说：那您是大房东啦，我正想找您呢。您看，我这儿有个登记本，现在发给您，您家有多少房客，都要登记下来交给我。

胡老汉问：登记这个干什么？

王快乐说：您不是想晚上能出门吗？那就从登记新市民入手。您登记了，我就能查出他是好人还是坏人。

胡老汉说：我那里没有坏人，不需要登记。

王快乐笑了：坏人谁写在脸上？您试试好不好？只要您去登记，也许就能发现问题。

胡老汉将信将疑，收下了登记本。

王快乐说：万一发现了情况，您千万别惊动，赶快来喊我！

胡老汉笑了：你们当警察的，看谁都像坏人！

回家后，胡老汉想起一个姓张的房客正好该交房租，就打算连收租带登记。进屋一看，床上躺了三四个人，身上都刺了花儿。胡老汉看呆了，当初姓张的说只有他一个人租住，这些人都是哪儿来的？

他跟姓张的要房租，姓张的说：明天给你！

胡老汉又说：房租明天给可以，但是你们今天要登记。你说只有你一个人，现在住了这么多，个个都要登记！

姓张的说：行，你把本儿放这儿，登记完了，明早连房租一起给你！

晚上，胡老汉翻来覆去睡不着。第二天一早，他慌慌张张跑到警务室报告。王快乐一听情况不对，二话没说就赶往他家。快到出租房时，他把胡老汉拦到一边儿：您别进去，危险！

说完，他快步上前，推门一看，哪儿还有人？

胡老汉气得吼起来：鬼！

王快乐说：这回您信了吧？

胡老汉说：王警官，要不是你提醒，哪天我被他们抢了也说不定。往后，不但我要登记，还要跟老哥老姐们说，让他们配合你，做好登记，不要怕吓跑房客。万一住下个杀人犯，脑袋搬了家，钱还有什么用？

事有凑巧。没过几天，胡老汉再次惊魂。

这天，他突然接到王快乐的电话，问他入住登记全不全。

胡老汉说：一人一格，滴水不漏！

王快乐说：好，您赶快拿来！

胡老汉把登记本送到，王快乐在电脑上一查：9 号房住的什么人？

胡老汉说：是个油漆工，满身油漆味儿，没错，就是他！

王快乐从登记本上抄下油漆工的手机号，报告了刑警队。便衣警察叫油漆工的朋友打电话，约他在酒店见面。这厮一到，直接拿下。

胡老汉问：这家伙是什么鬼？

王快乐说：强奸犯！

胡老汉眼珠子都差点儿掉出来，乖乖，幸亏家里面就我这么一个糟老头子！

3　董老头儿

董老头儿是个老怪物。喝醉了误走进别人家，躺下就睡；嫌旁人路过他家太吵，有本事在门口挖条沟，搭块板儿，自己一进屋就把板儿撤了，谁也别过。更要命的是仇警！警务室在隔壁，他从来不理王快乐。一打听，原来，N年前，他在家打麻将被抓了，发誓说没赌也不行，不交罚款不放人，从此跟公安结下梁子。王快乐心里有了数。

年底，社区拆旧盖新，拆迁办要给行动不便的孤寡老人盖一批过渡房，董老头儿也在其中。王快乐提出过渡房要结实，水电设施要安全。拆迁办主任说：你把心放肚子里，咱照着白宫盖，抗三百级地震，回头不用了就处理给奥巴马。哈哈哈！

王快乐帮老人们安顿下来，不由得叹口气，这些老人，今年走一个，明年走两个，最终搬进新房的能有几人？他挨个儿跟老人打招呼，说有什么问题就找我，随叫随到。

来到董老头儿跟前，董老头儿装聋作哑，王快乐笑了笑。

紧接着，到了年关。三十这天晚上，董老头儿正忙乎饭，突然，停电了，电炒锅里的菜一下子没了动静。他骂了一句，出门一看，不光他家，整片过渡房都停了电，黑咕隆咚像是进了山。

年夜饭停了，电热毯凉了，更别说春晚了。这年怎么过？

老人们马上报告王快乐。

王快乐刚端起饭碗，听信儿就往社区赶。半路上又想，年三十打电话喊人来修，那叫瞎子点灯白费蜡。不行！他又掉头往电力公司跑。来到值班室，好话一大筐。电工说，好吧，走！王快乐带着电工呼啦啦赶到小区，搭梯子拽线跟着一起干。

线接通，闸合上，家家户户重放光明。

电虽然来了，王快乐还是不放心，生怕再出什么事。他决定不回家了，就住在警务室。

在合家团圆的大年夜，王快乐一个人，骑着电瓶车，顶着寒风，在过渡房前后到处转。一面转，一面看，这才看清，当初建房时连电杆都没栽，只拉了一根线过来，更别说安装变压器了。这不行！一不安全，二不长久。盖房不是一天两天，老人们的安全很重要。节后去跑这件事！就算拆迁办是块铁，我也要揣进怀里焐热了。王快乐转着转着，电瓶车没电了，只好下来推着走。

走着，走着，忽听身后有人喊：王警官！

回头一看，是董老头儿。

董老头儿已经跟了好久，实在不忍心，终于喊出声。

他上前拽住王快乐：走，快到屋里喝一杯，暖和暖和！

王快乐心头一热，眼圈儿都潮了。

来到屋里，亮堂堂地坐下。一杯老酒下肚，两盘饺子端来。董老头儿说：王警官，你来社区做的一切我都看见了。大过年的，为断电你忙了一晚上还不放心，还在风里到处走。用电视机里的话说，你是一位人民的好警察，我佩服你！

听他这样说，王快乐比吃饺子还香：董大爷，有些事以前我们做得不好，我给您道个歉！

董老头儿杯子一举，说：什么都别说了，全在酒里了！

4　只求你们一件事

这天，邻居董老头儿推开警务室的门，王警官，门口来了三个孩子，你没看见吗？王快乐连忙放下手里的活儿，抬眼一看，果然，三个女孩儿正在探头探脑。一个大点儿的，也就十五六岁，另外两个还要小些。哎哟，看着面生，口音也不对，不是社区的。王快乐就问，你们找谁呀？大女孩儿说，我们找警察叔叔！王快乐笑了，我就是啊！大女孩儿说，我们知道你就是！王快乐说，真聪明！你们要我帮什么忙啊？女孩儿说，我们要赶路，没钱了！王快乐愣了，你们从哪里来？三个孩子都不说。又问，你们要到哪里去？得，问话充满哲理。大女孩儿说，我们要去余姚。王快乐吃了一惊，余姚离这儿很远啊，你们去干吗？三个孩子齐声说，去打工！王快乐一听，鸭梨脸都歪了，你们是未成年人，不能打工！如果赶路钱不够，我可以帮助你们。但是不能让你们去打工。这很危险，说不定会遇到坏人！三个孩子你看看我，我看看你，没了主意。王快乐说，你们饿了吧，先跟我去吃点儿东西，行吗？

王快乐领着三个孩子来到派出所，迎面碰见所长。所长一咧嘴，哟嗬！王快乐赶紧接上话，我又捡人回来啦！女民警们看见来了三个女孩儿，纷纷围过来问长问短。她们的性别优势很快显现出来。当王快乐提着一摞盒饭回来时，一个女民警悄悄告诉他，三个女孩儿都是湖北松滋的，她们听说余姚又能挣钱又好玩，就背着家人跑出来了。你看看，多危险，这要碰上坏人，再把她们骗了拐卖了！

搞清来龙去脉，接下来的工作就是王快乐的了。他通过户籍查到当地派出所，派出所很快跟家人对接上。好家伙，家长们当时就在电话里哭起来，呜呜呜！哇哇哇！王快乐说别哭了，快来接孩子吧！家长们马上开了一辆中巴车赶过来。王快乐说你们人生地不熟，来到这里如果找不到我们，就把车停到目标大点儿的地方，我把孩子给你们送过去！

这时候，天已经黑了。王快乐又买来饭菜和水果，三个孩子才吃了几口，就趴在桌上睡着了，看着真叫人心疼。王快乐把值班室的被子抱来给她们盖上，又脱下自己的大衣加在上面。为了不影响她们睡觉，还关掉了大灯。

一个人，静静地，守着黑夜，守着冷风，守着孩子们。

就这样，耳不关闭，目不交睫，一直守到清晨五点多，终于，听到汽车响，看到车灯亮。孩子们的亲人来了！

抱紧，痛哭，令人心酸的喊叫。接着，家长们又一起拥上来，拉住王快乐，要跪下，要磕头，千恩万谢。王快乐急忙扶起他们，说不要谢，不要谢，我只求你们一件事，你们能做到，我就心安了。

家长们抢着说，什么事，你尽管说！

王快乐说，回去不要打孩子！

听他这样说，大人孩子再次抱头痛哭……

5　倒霉蛋儿

董老头儿买菜回来，忽然看见一个人顺下水管道往三楼住户的后窗户里钻，上身已进去，屁股还在外面扭。有贼！赶紧报告王快乐。王快乐说，好啊，瓮中捉鳖！马上组织起一帮人来。谁啊？社区门口蹬三轮的。他们边等活儿边打扑克，一听抓贼，嗷嗷叫。

进贼的楼正面是一条小河，王快乐布置人守在河边，防止贼跳河。同时在楼后布阵，断其退路。一切妥当，他首当其冲，带人进楼。咚咚咚！门敲得震天响。小贼，我是警察！你被包围了，乖乖开门出来吧！

贼一听，慌了手脚，在屋里乱窜。房屋正面是一大排玻璃阳台，他窜到阳台上，才一露脸儿，就听见头顶上有人叫，贼上阳台啦！他吓了一跳，啊？还用上直升机啦？定睛再看，原来，守在河边的人乱吼，抓贼啊！抓贼啊！惊动了河对面楼上的住户，家家打开窗户，纷纷探出头来人肉搜索，隔着玻璃练透视眼，观看稀有动物。贼向阳台东边跑，透视眼们就喊，贼跑东边去了！贼掉头往西，透视眼们又喊，贼往西边跑了！

王快乐听见外面这么热闹，忍不住笑起来，哈哈，抓贼像过年啊！

邻居纷纷出来看热闹。

王快乐问，这家房主是不是啤酒厂黄厂长？

回答说是！

王快乐打开警民联系手册，很快找到电话。黄厂长，贼钻到你家去了，你赶快回来吧！

黄厂长一头大汗跑回来，掏出钥匙一插，哎哟，开不开！贼从里面上了保险！

有人说，闪开，我来踹门！

王快乐急忙拦住，你一发功门就不能要了！谁家有绳子？快拿来，多拿几条，咱们从楼上窗户爬进去！

很快，拿来五条绳子。王快乐带人来到楼上住户家的阳台，打开全部窗户，大声说，贼不怕死，咱也不怕死！来，学我的样子，把绳拴牢在腰上，从东到西分散开，拿好武器，听我口令一块儿下！

屋里的贼一听，啊？五个人！还带着武器？吓得魂飞魄散。

哪儿有什么武器啊，纯粹精神战术。王快乐刚要发口令，忽听扑通一声，对面透视眼们乱叫起来，贼跳河啦！贼跳河啦！

哎呀，这是个古河，看上去有水，其实很浅，下面全是泥。贼像树桩一样栽下去，泥就没到肚脐眼儿，想动都动不了。这可真叫“栽了”！

王快乐来到河边，脱鞋就要下，被董老头儿拦住，慢着，船来了！

王快乐扭脸一看，只见一伙人扛着几个大木盆赶来。哈哈，木盆下水，一人一盆，木棍一戳，戳到贼身边，用绳子把贼一绑，喊一声拉！岸上的人出力一拉，像拔葱一样把贼拔上来。一审，是个惯犯，刚从牢里出来。

押回派出所的路上，贼说，我两手空空的，还不如偷一点儿呢。

王快乐问，为什么？

他说，都说贼不空行啊！

王快乐说，你个倒霉蛋儿！那屋里根本没住人，空的！

6　请仙容易送仙难

老周死了老伴儿，有人给他介绍了一个，叫凤仙，听着像民国的人，比老周还小六岁。老周一看，又凤又仙，王八绿豆对上了眼儿。儿子听说这女的好赌，死活不同意。老周到底没听儿子的。婚后半年，家里钱就不够用了，两人大闹天宫。老周悔青肠子，离婚！谁知，请仙容易送仙难，她要分房产。老周很生气，后果很严重，把门锁起来跑外边住去了。凤仙进不去就回娘家了。

这天，儿子看见了老周，蓬头垢面，心疼地强拉回家。好事的邻居通报给凤仙。凤仙赶来，没进门就叫起来。儿子一生气走了，半道碰见一个人，谁呀？鸭梨脸王快乐。他听小周一念叨，坏了，别吵急了再抄家伙！

王快乐脚下生风，赶到周家一看，两个人已打得灿烂辉煌。老周左耳已残，半边血脸唱鬼戏。凤仙呢，躺在地上哎嗨哟，说脚被踹断了。王快乐一看，大事不好，赶紧把一对冤家送医院。凤仙牙快，咬得老周不轻，鉴定下来凤仙要吃官司。老周说，严惩！看她还分不分房！王快乐说，你消消气。你光想严惩她了，就没想想你足下功夫了得？老周问，怎么啦？王快乐说踹断她脚啦！老周傻了，真的？王快乐说，凤仙再仙也飞不起来了，没听你说去哪儿练过啊。老周哆嗦了。王快乐乘胜追问，你俩谁罪过大？老周说，别考我啦，我收回严惩行不？王快乐说，一日夫妻百日恩，你俩在一起都半年了，恩到南天门去了，忘了你瞧上人家的时候啦？老周说，谁让她分我的房啊？王快乐说，大葱蘸酱卷煎饼，一码是一码。你耳朵破了，她脚断了，说吧，先抓你们俩谁？老周说，谁都不抓行不？我给她治脚……

王快乐笑了，你原谅她了？老周说，我原谅了，不知道她干不干？

凤仙当然不干，要让法院判老周赔钱。王快乐问，赔多少？凤仙说，最少二十万！我问过中介了，那房也就值四十万。王快乐笑了，这等于跟他分房产啊！凤仙说，谁让他踹断我的脚呢？摊上了！王快乐说，房是房，脚是脚！凤仙问，那你说怎么办？王快乐说，当然有办法。你先回答我一个问题。凤仙一歪脖儿，说吧！

王快乐说，听题，你这脚是第几次断啦？

凤仙一下子成了呆瓜。她哪儿知道，王快乐不是省油的灯，私下从大夫那里了解到，凤仙的脚骨断裂是旧伤。老底被揭，凤仙哭起来，承认因为交通事故撞断过脚。

凤仙，你别哭了，老周请你原谅他，他要为你治脚。你呢，咬伤他耳朵，论罪可以判刑，但老周念你们夫妻一场，要求不追究你的责任。你们夫妻一场，百年修得同船渡，千年修得共枕眠。我说了，你别不爱听，老周是因为你赌才来气，孩子也为这个。家有金山都扛不住赌，就别说你家没金山了。听我劝，往后别赌了。十赌九输，好好过日子吧！

凤仙一边哭，一边点头……

7　胶水事件

一大早，强师傅就来警务室报案，说他家大门的锁眼儿被老冯家用胶水堵了，打不开了。

王快乐问，你怎么知道是老冯家干的？

强师傅说，嗨，我不是骑车撞了他一下吗？

王快乐一听，啊？老冯他人呢？

强师傅说，医院里呢！

王快乐赶到医院一看，哪儿是撞了一下啊，撞大发了！老冯的小腿儿断了三截儿。两个人骑的都是电动车，老冯是逆行，强师傅觉得自己没错，爱咋地咋地。王快乐明白，老冯的十级伤残是铁定的，要是骗骗大夫，硬说腿儿伸不直，定个九级也有可能。

老冯说，不干，我要定八级，让他赔死！

王快乐笑了，定级不是凭您说，八级要一腿儿长一腿儿短！您先消消气儿，街里街坊的，往后还要一起过日子呢！

回来后，王快乐对强师傅说，论责任，他主您次。但是他人伤了，将来到了法院，也得判您赔。

强师傅说，凭什么啊？

王快乐说，凭交通法啊！不如咱们现在主动点儿，争取日后少赔点儿。

强师傅说，王警官，你不害人，我听你的。

王快乐说，老冯说话要开刀，您先给垫付两万。之后，还要护理。如果叫护工，一天最起码两百块，这个钱也要您出，很冤的。不如叫您爱人翠芬去护理，省了钱还缓和了两家矛盾。

翠芬抢着说，我去！反正我也没工作。要不他家三天两头儿地上胶水，到哪儿算一站啊！

就这样，老冯开了刀，翠芬精心服侍了半个多月。

老冯很感动，说妹子啊，以前我们是冤家，现在成亲戚了！

王快乐接上去说，老冯，您看到人家的诚意了吧？强师傅说啦，该怎么赔就怎么赔。不过，您能不能不上法院啊？

翠芬说，就是，我儿子正处对象，我们往被告席上一站，再被人家看到，或者被报纸登了，老脸还往哪儿放？说不定连儿子的对象都吹了！

老冯说，好吧，我不上法院了，咱们就走调解。专家说定几级就定几级，行不？

其实，王快乐知道强师傅的家底儿，别说八级九级，就是十级，也够砸锅卖铁的。可是，定级赔钱这一关，说什么也绕不过去啊！

王快乐正为下一步发愁，忽然有一对年轻人来找。

谁呀？强师傅的儿子跟对象小凤。

王快乐说，噢，小强，你妈今天还说起你处对象的事，小凤很漂亮啊！

小强说，小凤不是我妈说的那个对象。

王快乐笑了，你小子还脚踩两只船啊？

小强说，哪儿能啊，两只船要是往两边一开，我直接就劈两半儿了！其实，我就小凤这一只船，可我妈死活不同意，非要给我介绍一个。我就是来求您帮忙的，您跟我妈说说，她介绍的那个一听我爸摊上事了，吓得手机都关了。可是小凤说，大不了我俩照个相就浪迹天涯，省下钱赔冯叔。

小凤说，王警官，您别听他忽悠。不过，我老爸说了，先不给我们买车了。他有三辆，让我们随便挑一辆，省下钱赔冯叔。

王快乐差点儿疯了，好好好，这个胶水我当，保证把你俩粘起来！

8　有女万事足

天刚亮，警务室的门就被敲响。值夜班的王快乐爬起来一看，是居民老潘。王警官，你能帮我忙吗？

王快乐说，好啊，什么事？

老潘结巴起来，杨，杨……要生了！

羊要生了？要找兽医？

不，不是羊，是人！

噢，你老婆要生了？

不，是杨……

到底是人还是羊？你别说了，快带我去！

原来，租住在潘家的一个女孩儿要生。女孩儿姓杨，没结婚就怀上了孩子。男友因为偷东西被抓了，她不敢跟家里说，又没钱上医院。老潘带着王快乐前脚赶到，后脚就跟进一个接生婆，姑娘的羊水都破了，大老爷们儿闪一边儿去！

王快乐一看，接生婆拎着一把剪子要进屋，他急忙拦住，说你别胡来！接着，拨通了手机，妇产医院吗？我是民警王快乐，我女儿要生了……

不多时，救护车哇哇赶到，医生抢着下了车。

再不多时，出租房里传出婴儿惊天的哭声。

女医生对王快乐说，恭喜你，母女平安！

王快乐傻笑笑，有女万事足！

女医生说，你这话说得真好，我要说给那些生女孩儿的听。又说，我还要批评你几句，你再忙，也不能不顾女儿啊，多危险！

王快乐抓抓脑壳，啊，啊，大夫，谢谢你啦！你们先请回，我一会儿就去医院交费！

医生走了。接生婆还不走，王快乐问，你有事需要帮助吗？

接生婆说，王警官，你是好人。我等在这儿，就是想跟你说这句话。

王快乐笑了，谢谢啦！我刚才说话不礼貌，你别在意！

接生婆也笑了，看你说的，我也是看孩子可怜才来的。

王快乐说，大姐，正好，我求你个事儿，你有经验，帮忙照料几天行吗？一切花费由我付。

接生婆说，嗨，你为谁啊？交给我好了，不用你的钱！

中午，王快乐买好饭送过去，见老潘做了鸡汤，接生婆也给女婴洗了澡。他鼻子一酸，放下饭，又急忙赶到商店，想给母女俩买点儿穿的用的。不料，在门口碰上了女医生。女医生递给他两大包母婴用品，这算我的一点儿心意！

王快乐傻笑笑，这，这怎么好意思？

女医生说，你再忽悠！我全知道啦，女孩儿姓杨不姓王！

王快乐愣了一下，又抓抓脑壳，谢谢啦，还是好人多！

女医生说，王警官天下第一好！

王快乐笑归笑，心想带孩子不是一天两天的事，就跟女孩儿商量，请她父母来照顾。女孩儿死活不干。没办法，又去找男方家人。

男方的老母亲说，我只知道儿子进了班房，想不到还造了孽，真让我丢不起人！

王快乐说，现在不是丢人，是救人！您儿子在里边也会感谢您！

老人的眼泪哗哗的，唉，再难也要认下这没过门儿的儿媳妇。

她跟王快乐来到社区，接母女俩回家。王快乐给她装了五千块钱，又帮着买了车票，说往后有什么困难，就给我打电话。

后来，好消息不断，母女平安，老人的儿子因为表现好减了刑，也快回家了。老人感激不尽，特意来谢王快乐。

王快乐哈哈一笑，谢什么，应该的！

9　要脑袋给你一个

社区有个王家村。这天，小王把桌子横在老王的杂货店前，躺在上面晒太阳。这是演的哪一出啊？原来，老王手头吃紧，没跟老婆商量，就把店卖给了小王，说好八十万，小王先给了十万定金。有好事者说，这么好的店卖成豆腐价。我要是帮你卖，怎么也卖一百万！老王悔断肠，老婆满地滚。小王看出老王想变卦，就把桌子横在店前，老王也不弱，喊来七八人。

剑拔弩张时刻，王快乐闻讯现身。

他对老王说，房子不是鸡鸭鹅，你收了定金，不能说不卖就不卖。这事从根儿上讲是你不对。

小王也跳起来，泼出的水别想收回！

王快乐转向他，你横桌子挡店门也不对。房子没过户，就不是你的。如果老王打了你，你找谁说理？

小王说老天快下雪吧，我比窦娥还冤！

老王说，我也没办法，老婆要出人命！

小王说，你少来！合同上写明了，反悔要赔双倍定金，少一分也不行！

老王说，要钱没有，要脑袋给你一个！

小王说，我自己有脑袋，多一个没地方安！

王快乐吼起来，你们再吵我就不管了！乡里乡亲的，往后还要一起过，对不对？两个人都不吭声了。老王，你的生意先停两天。小王，你也把桌子抬回去。你俩消消气，给我点儿时间。

回来后，王快乐先找老王谈，说你要么把房子卖给小王，要么退回定金加违约金，就算到法院也是这个理儿。

老王说，定金肯定退，违约金开口就十万，我受不了。

王快乐问，那你说多少合适？

老王说，五万。

王快乐说，少了点儿吧？

老王说，顶多六万！不要就算了，爱告哪儿告哪儿去！

王快乐笑了，你不是手头紧吗？怎么还能拿六万？

老王到底老实，说王警官你是好人，当初我的营业执照办不下来，还是你帮着跑的。跟你实说吧，有人能帮我卖一百万。我赔小王六万，再给中间人两万，我还多得十二万呢，这事你可别说出去啊！

从老王家出来，王快乐心里有了底。

可是，小王却吃了秤砣铁了心，说白纸黑字，少了十万不行！

王快乐说，他真拿不出来你能咬死他？

小王说，再硌了我牙！又狡猾一笑，我知道他又换大东家了，就是赌这口气！

得，老王的篮子里有几个蛋，小王早数过来啦。怎么办？

王快乐又去找了一个人。谁呀？小王的叔叔，退下来的老村长。

王快乐知道这叔侄俩情同父子，特来求救。

老村长说，小王哪儿都好，就是争强好胜。要我说，让老王赔五万就到头儿啦！这还是因为他又卖了高价，否则一分也不赔！

王快乐说，老王能拿六万。

老村长沉思片刻，好吧，息事宁人，赔偿合同还是写十万，给小王个满意。老王拿六万，剩下的我补。王警官，你千万别告诉小王啊！

王快乐鼻子一酸，心说怎么能不告诉小王呢，也许他会回心转意呢！

想不到，小王听王快乐说了，半天没吭声。

王快乐又打起鼓来，后悔自己嘴太快。

就在这时，小王说，算了，就让老王拿五万吧！

10　猫猫来访

警务室后窗下的花园里来了一只猫，浅黄的短毛大眼睛。当然，它不是来报警的。闲庭猫步，流浪至此。董老头儿说，王警官，它看上了你的花园呀！王快乐很快乐，它叫什么名儿？董老头儿笑得像只猫，嗨，它有什么名儿啊，你要上户口，就叫它咪咪吧！又说，它要当妈妈啦！王快乐惊叫一声，真的？他感到问题很严重，从妇产医院到奶粉的选择。董老头儿说，你想得太多了！只要拿个纸箱放花园里就行。生的时候，你不能看！听不到小猫叫就是难产，我去喊猫奶奶。猫奶奶是社区居民郭老太，收养了十几只流浪猫，因此得美号。王快乐说，好吧，我多准备几个纸箱。村村点火，处处冒烟。

王快乐在花园里安置纸箱，过足开发商瘾。咪咪跳上窗台，居高临下关心自己的房产。看它一脸满意，王快乐像吃了冰激凌，还是哈根达斯的。

终于，咪咪要生了。眼见它钻进桂树下的纸箱，王快乐守了半天也没动静。远了，听不到小猫叫；近了，又怕惊动了咪咪。真急人！

正急，奇迹发生——

一根长长的纸筒从他肩头滑过来，刚好够得着产房。哦，是董老头儿用报纸卷成的纸筒。古代兵器延长了王快乐的耳朵，连蚂蚁咳嗽都听得见。他潜伏暗处聆听，直到耳朵听肿，也没动静。他终于忍不住了，爬到树下一看，咪咪根本没在！什么时候，轻轻地它走了，正如它轻轻地来。

这一夜，王快乐睡不着，心被无形的大手揪起。

天刚亮，他就爬起来，迫不及待往外看。窗帘刚拉开一条缝儿，就撞上一对大睁的猫眼！

想偷看吗，老年地下工作者？

哎哟，咪咪的肚子瘪了，它生了！王快乐连忙炖鸡炖鱼。你把宝宝生哪儿了？他问咪咪。咪咪不回答。啊呜啊呜，吃完就没影啦！董老头儿说，你把心放肚子里，猫猫天下第一聪明！王快乐只好收起好奇，专事伙食。每天，咪咪定时用膳，吃完就走。

这天傍黑，王快乐刚摆好御膳，忽见咪咪嘴里叼着什么过来，啊，一只没睁眼的小猫！很快地，咪咪叼起宝宝钻进花丛。不一会儿，又叼来另一只。先后叼出四个雪白的绒球儿，请王快乐鉴宝。

当天夜里，下起大雨，王快乐哪儿还能睡！他打着伞走进花园。咪咪，别怕，我送伞来啦！花丛里没动静。他亮起手电一看，咪咪一家没在！花丛下，有一个用破布头垫起的小窝，已经被雨淋透。王快乐的眼泪一下子冲来，咪咪啊，你预感今夜有雨，你要搬家，临走带孩子来跟我告别。这么大的雨，你和孩子在哪儿啊？

第二天，猫奶奶闻讯赶来，王警官，你仁义，你对咪咪好，它知道。它还会回来的！

果然，过了不久，咪咪当真带着孩子回到了花园。王快乐喜出望外，哦，不是四只，是五只！

猫奶奶说，嗬，四白一黑，五朵金花！

喵——喵——喵！

11　一脚一只羊

回民马老汉开的拉面馆，味道正宗服务好，成了社区一乐。

这天中午，马老汉像往常一样边做拉面边招呼客人，一辆宝马车炫着红光停在路边，一个女人扭着腰下来。喂，她冲马老汉喊道，给我来一碗，多放肉！说着，屁股坐下。马老汉应声拉面，龙飞凤舞，细长的面条水似的在他两手间流淌。女人忽然叫起来，妈呀，你的手怎么这样脏啊！马老汉笑笑，是黑，不是脏！女人说，你怎么不戴手套啊？马老汉又笑笑，没听说拉面戴手套的，全凭手感呢！

一旁吃面的人都笑起来。女人一下翻了脸，起身就走，我不要了！马老汉上前拦住，都做好了，咋能不要呢？女人叫起来，不要就不要！起开！马老汉不动窝儿，你不能不讲理啊！女人突然横起来，就不讲理了，怎么着？起开，好狗不挡道儿！说着，抬腿踢了马老汉一脚。这……踢不要紧，吃面的人都站起来，指着她七嘴八舌，哪儿来的疯婆娘，跑这儿撒野来了！

不知谁打了电话，说有人欺负马老汉。好家伙，呼啦啦来了四五十人，拳头举得树林子似的。耍横的女人哪儿见过这个，吓成面团儿筛成糠。有人叫着，把她的车掀了，看她还牛不牛？群情激愤，说话要掀车。

王快乐闻讯赶来，乡亲们，有话好好说，掀车多费力啊！

大家这才住了手。

王快乐上前安慰马老汉，您消消气，咱们先上医院。马老汉说，这么多人等着吃面，耽误不起。医院不去了，叫她赔我！众人喊道，对，叫她赔！王快乐说，无理踢人，该赔！人们都鼓起掌来。王快乐扭头问女人，你愿意赔偿老人吗？女人点头如鸡啄米，愿意，愿意。王快乐反倒抓起脑壳，心想，踢一脚该怎么赔呢？

这时，有人站出来说，按我们的规矩，打人要阿訇处理，打一拳赔半只羊，踢一脚赔一只羊！马老汉说，对，她踢了我一脚，要赔我一只羊！众人又乱起来，让她赔，一脚一只羊！

女人拉拉王快乐的衣袖说，一只羊就一只羊。王快乐小算盘一打，按当下市价，一只羊没两千元下不来。这代价也太大了，走到哪儿也说不过去。他冲回民弟兄们笑着说，好吧，就按阿訇处理，一脚一只羊。你们说，我能不能当个阿訇啊？听他这样问，人们又乱了，王警官你好是好，可你当不了阿訇！王快乐问，为什么？大伙都笑了，你不是回民啊，再说你也不通熟《古兰经》！王快乐点点头，噢，既然我不配当阿訇，那处理事情就要比阿訇低一格，对不对？大家都说对着呢，要低一格。王快乐说，这样吧，要我说，让她给马老汉道个歉，再赔三百块，行不？马老汉带头说，行！

事情解决了。第二天，马老汉用三百块买了一条烟送给王快乐，说我不缺这个钱，要的是这个理！王快乐痛快地收下。又过了几天，马老汉的小孙子过满月，王快乐包了个红包送去，也是三百块。

12 敲锣遇险

社区建设得很快，眨眼又起一片楼，更多陌生人搬了进来。怎样让老百姓尽快认识自己，更好地为他们服务呢？

王快乐又想到用喇叭去喊话。他拿起喇叭一试，哎哟，不响了。晃一晃，还不响。忙送去修。

人家说，这破玩意儿还修什么？扔了得了！

王快乐舍不得，这是他的“革命文物”啊！

这天傍晚，社区一阵锣响。不知谁家有喜，请来锡剧班，人头攒动，你拥我挤。

王快乐突然开了窍，哎哟喂，要是我也敲起锣来会怎样？

第二天，他就弄来一面锣，走到新区人多的地方，还没敲，心就跳起来。我在部队好歹是个副营，跑到这儿来敲锣？嗨，为了回头率，豁出鸭梨脸！

咣！咣！咣！大锣一敲，动静不小——

耍猴的来啦！

谁说的？是傻子！

王快乐装作没听见，扯脖子就喊——

我是民警王快乐，大家有事来找我！平安社区保平安，出门关窗上好锁。咣！咣！咣！

一连敲了两天，很多新居民都认识王快乐了。第三天，他又来到集市，刚要敲锣，一个人慌慌张张跑来，王警官，有人要跳楼！

啊？王快乐顾不得多问，跟着报警人就跑。来到一幢高楼前，只见楼顶上站着一个小伙子，摆出姿势正要往下跳，楼下好几个人拉着棉被准备接。

王快乐急忙喊，小伙子，先别跳，等等我！有什么事跟我说！边喊边上了电梯。

来到楼顶，见小伙子还在，王快乐踏实了。你，你真好，等我呢，没让我白跑！

小伙子叫起来，你别往前来！再往前，我就跳！

王快乐说，好！接着，自己给自己喊起口号，一二——立定！

随着口号，来了个标准的立定军姿。

小伙子忍不住笑了。

王快乐说，好吧，你笑了。说说吧，为什么？

小伙子说，我说了你也解决不了！

王快乐说，我解决不了，你再跳，行不？

原来，小伙子姓孙，跟一个姓郑的女孩儿好上了。两人没结婚，女孩儿就怀了孕。想不到她又看上了别人，非要把孩子打掉跟小孙散伙。小孙感到自己各方面条件都不如小郑的新男友，要用死来证明自己的真爱。

王快乐说，哎呀，你真傻，你跳下去了，小郑就是回心转意了，你也不知道！

小孙忽然激动了，哇地哭起来，她不会回心转意，她连我们的孩子都不想要了！我活着还有什么意思？说完，又要往下跳。

王快乐说，好吧，你真要死，我也拦不住，随你了。你在这儿还有什么亲戚？临死前应该告诉他们一声，对不对？

小孙说，我就有一个舅舅在这儿。

王快乐问，他手机多少号？

小孙顺嘴说出来。

王快乐很快拨通了，喂，喂，你外甥小孙要跟你说话！

说着，走上前去，把手机递给小孙。

小孙伸手刚要接，王快乐猛扑上去，一把抱住了他！

楼下的人们齐声叫好，跟着又鼓起掌来。

13　楼上楼下

这天，租住在七号楼四层的老胡，哭丧着脸来找王快乐：王警官，救命啊，我家都成化粪池啦，臭得睁不开眼！

王快乐忙问，臭从何来？

老胡说，楼下有人放屁！

王快乐忍不住笑了，哪儿有那么给力的屁！

原来，住在三层的阎老太爱吃臭豆腐。黑黑的，方方的，油一炸，屎臭！

王快乐说，萝卜白菜各有所爱，这个不好管。问题是臭味儿怎么上的楼？他到实地一看，七号楼有个共用烟道，各户油烟机的出气管都插里头，五味杂陈直上九霄。而老胡家安装的烟道有毛病，油烟倒灌，臭气尽收。王快乐找到房东，房东一脸旧社会，说找过装修公司好几次，一拖再拖就是不给解决，收了钱就完事儿，这叫什么买卖！

王快乐说，我去！

装修公司的胖经理正闷头算账，忽闻异臭，大叫起来，谁拉屎啦？王快乐把臭豆腐往他眼前一推：味道好极了，是吗？胖经理吃了一惊：王警官，您这是……

于是，问题迎“臭”而解，老胡家空气达标。没想到，过了几天，阎老太也哭丧着脸找来说，王警官，救命啊，老胡家有个小孩儿，又跑又跳，还扔皮球，嘭！嘭！吵得我没法儿睡觉！

王快乐问，您晚上几点睡？

阎老太说，十点！

王快乐去劝老胡，十点以后不要发出声响。

老胡念王快乐的好，答应得很痛快。

平安无事数日，阎老太又找来了：王警官，不行，我现在八点就困了。

王快乐又去找老胡。老胡说，好，八点就八点！可是，没过两天，阎老太说，不行，我现在白天也要睡！

王快乐说，这可不好办，那是一家子大活人啊！除非房东不租给老胡。阎老太说，好啊，好啊，麻烦你跟房东说说！

房东听王快乐一说，嘴噘得像骆驼，我指着房租养老呢，哪儿像阎家啊，她儿子是大老板，听说要给敬老院捐五十万元呢！

王快乐一听，来了主意。他兴冲冲地对阎老太说，行了，房东不租给老胡了。

阎老太连说，好好好！

王快乐又掏出一张纸说，可是，房东说，找她租房的排着队呢！我给您念念，有锡剧演员，有跳街舞的大妈，还有参赛的钢琴家，听说参赛曲目叫《小夜曲》，专门半夜里弹……

阎老太一听，脸又歪了。

王快乐说，这样吧，我知道您儿子有钱，您叫他把楼上租下来，不住人，问题就彻底解决了。

阎老太咬咬牙，行，豁出去了！

王快乐费尽口舌给老胡找了新住处。老胡说我早吃不消了，这老太太动不动就上楼砸门。现在可好了，没人咚咚咚，也不闻屎臭！

楼上腾空了，儿子租下了，阎老太国泰民安。她逢人就夸王快乐。夸就夸吧，还找补一句，你们谁家嫌楼上吵，就去找王警官，他能把人赶走！

结果，好几个老太太都要找王快乐。

王快乐哭丧着脸对阎老太说，救命啊，您千万不能这样广播，我吃不消啊！

14　葱姜蒜

社区里有一对打工夫妻，男的姓丛，女的姓姜，葱啊姜的，全是调料。两人不知为什么常吵闹。邻居说，嗨，没大事，全是葱姜蒜！

夫妻俩有个儿子，快十岁了，脑子有点儿毛病，整天蹲在家里。

这天，家里吃饭，有个香菇咸菜，儿子把着不给人吃。丛生气了，一巴掌打过去，说你这个神经病可以去死了！姜去护儿子，他连姜一起打，说就是你傻，才生了这么个东西！有人看见，跑出去告诉姜的弟弟，说你姐夫打你姐！姜的弟弟跑过来，不由分说，一棒子下去断成两截儿，丛当时就趴下了。送进医院，又拍片子又下猛药，前后花了七千多。姜的弟弟给了一万。丛说怎么也得赔四五万。从那天起，他每天都找王快乐讨公道，说不行就离婚。姜呢，也找王快乐闹离婚。

夫妻俩轮流葱姜蒜，真够王快乐一梦！

这都不说，两人还赌气不回家。儿子呢，整天蹲在墙角，邻居这给一口，那给一口。王快乐干脆在小饭铺押了钱，让伙计跑去送饭。可是，这到哪儿算一站啊？再说，孩子万一出啥事就糟了。王快乐急得鸭梨脸都变了形。没辙，解扣还要系扣人。

王快乐找到丛。丛说你去找姜吧。找到姜，姜说你去找丛吧！

说是这样说，但话里话外王快乐听出两人对儿子很上心。

怎么办？警官难断家务事。王快乐说，我也不管了！

这天，孩子被村民老刘带出去玩。想不到，腿瘸偏遇路不平，正走着，后面来了一辆电瓶车，偏偏就撞了孩子。老刘吓出白毛汗，又喊人又打120。救护车哇哇哇来了。

消息一下传开，丛姜的儿子被撞了！住院了！

邻居听到，火上房跑去找他们夫妻俩。

姜先赶到医院，一进门，要死要活。

王快乐说，看看吧！你们闹有什么好？

丛也赶来，四脖子汗淌。

王快乐又说，你们闹有什么好？看看吧！

两人都说，为了孩子往后再也不闹了。

医生说，还好伤得不重，住一周就可以出院。

结果，丛姜天天守在医院，一家人真的好起来。

一周后，孩子出院了，欢天喜地把家回。

还是葱姜蒜。调料放好，饭菜做好，日子过好。

王快乐把村民老刘、电瓶车肇事者，还有医院的大夫，全都请到小饭铺，大快朵颐。众人抹抹嘴发誓，永远保守秘密！

老刘画蛇添足，打死也不说！

保守什么秘密呀？

嗨，你还没猜着吗？

除了孩子一点儿没碰着，住院花费却是真金白银。大导演王快乐自掏腰包，去工资里报销。

15　神仙点化

老杜的电瓶车被偷了，跑到警务室骂。协警小吴请他进屋登记，他大眼珠子掉出来，管球用！小吴苦笑笑，等王警官开会回来你找找他？老杜说，找就找，不怕他青面獠牙！王快乐刚好回来，笑着说，你看我是青面獠牙吗？老杜看了看说，面青，牙还不獠！他指着墙上的奖状说，这是办假证的给你做的吧？还不赶快摘下来！有本事你到街上摆个摊儿，听听老百姓说什么！王快乐说你还是登记一下，也好帮你找。老杜说，咱们闹点儿实在的，你的车能不能先借我骑几天？王快乐说行。小吴急忙拦住，使不得，要是传出去，借车的老百姓能排出二里地！王快乐傻了。老杜笑起来。笑罢，手一甩，走了。

他走了，王快乐却端起茶往鼻孔送。郁闷良久，他的心沉了下来，想起老杜的话，哎哟喂，这是神仙点化我啊！对，我就摆个摊儿！

周日，王快乐在社区门口拉起横幅：“王快乐服务日”。在桌子上摆上警民联系卡、报警器、小偷作案工具……他高门大嗓地喊，走过路过别错过，看小偷怎么撬锁，看小偷怎么偷车。老百姓都围上来。王快乐用液压钳夹住车锁，轻轻一合，咔吧！断成两截。哎哟喃！老百姓惊叫起来，比吃黄瓜还脆！王快乐说，车子要存车棚里，可别怕麻烦！还有，安防盗门不能图便宜，空心铝的不行！说着，又演示小偷如何穿越伪劣防盗门，老百姓再次惊呼，赶上崂山道士啦！

看的人越聚越多，王快乐嗓门直逼帕瓦罗蒂，欢迎大家提意见提要求！想骂也行！

哪儿还有人骂？你一言我一语，提意见说要求。没车棚咋办？马上安！哪种防盗门最安全？样品给你看！灭火器咋使？我这就操练，大家闪一闪！有个老汉挤上来吼，我借了一台电焊机，转眼就没了！王快乐问，丢多长时间啦？老汉说，十年啦！王快乐大嘴一咧，时间太长啦，我只能给您道个歉！有个女人挤上来叫，我家闹过贼，是顺着下水管爬进来的！王快乐说，等会儿我就去你家，把下水管缠上铁丝网！有个大妈说，警务室的灯太暗了，晚上看不到！王快乐说，好，我换个大灯泡，让警务室成为百姓心中的灯！话音没落，掌声一片。

这时，一位老工程师探身说，河边建了个亭子，凳子靠背儿太矮，小孩儿会摔下去，老人也不安全。我知道这不属于你管，可憋在心里难受！王快乐说，您提得好，不能等人掉水里再着急，这事我该管！

王快乐风风火火找人修，想不到推来推去竟然推到文物局。人家问，哪个朝代的？什么亭？王快乐气得半死，脑残亭！放下电话，脸拉成驴。老百姓办点儿事怎么这么难！这时，建设局来电，社区埋管道请王警官帮忙维持秩序。王快乐说，正好，我有个事你们先给办了吧！对方一听，修亭子？这不归我们管。王快乐啪地把电话挂了。过了一会儿，对方醒过味儿，又打过来，亭子的事好商量，我们这就去修！

靠背儿加高了，百姓高兴了。王快乐心说，摆摊儿真好，我要坚持下去！

在摆摊儿中，有人悄声说出线索。王快乐蹲守两夜，抓住偷车贼，找回老杜的车。老杜举着锦旗来到警务室，高声叫着，挂哪儿！

王快乐大嘴咧成瓢。

暗斗（节选）

张和平

第一章　机缘巧合

李晓玲是个典型的北方女孩儿，一米六五的个头儿，长得跟面团儿似的，瓜子脸，丹凤眉，一笑两个酒窝，特别是一双会说话的大眼睛散发着无穷的魅力，在学生时代同学们都叫她瓷娃娃。李晓玲不仅漂亮，而且毕业于省重点财会院校，在毕业之前就已经拿到了高级会计证书。

2012 年，李晓玲如期毕业了。虽说是重点院校，人又长得漂亮，但她在找工作时却一波三折。其实早在李晓玲还没有毕业时，父母就开始紧锣密鼓地为她张罗着，托了十多个同学和好友，但都没有结果。

在随后的日子里，李晓玲参加了十几次人才洽谈会，投递了几十份个人简历，甚至还远赴北京，参加了人才招聘会，但是仍没有找到理想的工作。最后，她看到了华谊公司的简介，得知收入还不错，便选择了这里作为自己职业生涯的起点。

可李晓玲工作不久后就发现，这家公司的实际情况和公司简介上有着天壤之别，总经理张海东涉嫌买卖增值税发票，李晓玲顿时吓出了一身冷汗，于是没过多长时间便辞职了。辞职后的李晓玲无所事事，每天待在家里靠上 QQ 聊天打发无聊时光。眼看着同学们都找到了工作，有的已经结婚生子了，而自己至今却连工作都没有着落。

李晓玲虽然是个“80 后”的女孩子，但也不是啃老族，希望能够自食其力，看到父母每天起早贪黑地忙着挣钱，自己却待在家里无所事事，心里很不是滋味。当她得知岩霞制药公司的招聘消息后，立刻从网上查了这家公司的相关信息，并打印了一本厚厚的资料，认认真真地看了一个礼拜，那刻苦程度简直比高考还用功。

面试那天，李晓玲刻意打扮了一下自己。因为她知道，现在女孩子找工作光凭文凭是远远不够的，需要的是各方面能力，现在的大学毕业生简直多如牛毛，而好的工作却没多少。经历过几次失败后，李晓玲冷静了许多，也清醒了许多，当今的大学生不都是这样吗？再试一次吧！俗话说，有枣没枣打三竿子，万一能进去呢！

当李晓玲走进气派的岩霞大厦的那一刻，仿佛找到了自己的归宿。

岩霞大厦位于延北市的开发区，虽然位置比较偏僻，却成了延北市独特的一景，13层的办公大楼在延北虽然不是最高的，但是在开发区里已经是鹤立鸡群了。特别是到了晚上，岩霞大厦顶上巨大的霓虹灯在延北市的夜空格外醒目。

面试是在岩霞制药公司的大会议室里进行的，招工指标虽然只有20个，但前来面试的足有300余人。为了赶早排队，李晓玲连早饭都没来得及吃，眼看到中午了，嘴里发黏，但又不敢走开，只得看着一个个人进去面试，盼着快点儿叫到自己。

那位系着丝质领带的员工又出来喊了下一批面试人的名字，李晓玲竖起耳朵，终于听到了自己的名字，心中不免有几分忐忑。她赶忙掏出小镜子和唇膏简单涂了几下，怯生生地走进了大会议室。

面试席前端坐着两男一女，那个女的大概是秘书，在记录着什么。

李晓玲毕恭毕敬地把自己的简历递了过去，不安地四处打量了一下。

主考官是个40多岁的男人，文质彬彬的，头发梳得一丝不苟，戴着一副金丝边眼镜，给人一种精干的感觉。

“了解我们公司吗？”主考官看着李晓玲冷冷地问道。

李晓玲半个屁股坐在凳子上，红着脸说：“了解一点儿，岩霞制药是本市最大的一家制药企业，有员工2000人，主要生产中成药和生物药剂。”

中年男人放下简历，一下子被眼前的这个姑娘吸引住了。只见李晓玲高挑的身材，瓜子形的脸细嫩而又白亮，长长的凤眼垂着，透露出一种独特的气质；密密的睫毛覆在那两轮弦月上，显得扑朔迷离，略带桃红的脸蛋上有个豌豆大小的酒窝，而嘴角的一颗浅浅的美人痣更添了三分妩媚。

中年男人稳了稳神，开始按部就班地提问，李晓玲则不卑不亢，微笑着一一作答。不知是由于李晓玲出众的回答吸引了中年男人，还是李晓玲的气质打动了他，中年男人点点头，拿起李晓玲的简历，端详了一会儿，接着问道：“岩霞制药最高的追求是什么？”

“最高追求，最高追求，是……”李晓玲这几天一直在研究岩霞制药公司的有关资料，可资料上没有写这个问题呀，但又不知说什么。她面色有些绯红，心想：完了，这下肯定又没戏了。

中年男人见状，说：“岩霞制药的最高追求就写在岩霞大厦大堂正面的屏风上，好了，对你的面试结束了。好，下一个。”

李晓玲悻悻地站起身，转身要走，但一抬眼就看到了地上散落着一张面试表，大概是之前的人面试完了落下的，便弯腰捡起放到案头上，向考官鞠了一躬，走出了考场。

李晓玲感觉自己找工作无望，便约了好姐们儿武秀菊和李梅，骑着自己的电动自行车来到了解放路，一头钻进了夜逍遥歌厅，疯狂地蹦了两个小时，直蹦得浑身是汗，随后又和她们狂饮了两大杯扎啤，直到半夜才回到家中。

李晓玲一觉睡到第二天日出三竿，才蒙眬醒来。

母亲一边收拾着李晓玲的床，一边说道：“昨天晚上你的手机响个不停，是怎么回事儿？是不是男朋友找你了？”

正在卫生间洗漱的李晓玲听了这话，顿时一怔，赶忙停止洗漱，拿过手机一看，竟有四个未接电话，还有一条短信。未接电话和短信都来自岩霞制药，李晓玲翻看着短信，只见短信写道：李晓玲，你已被我公司录取，请于三日内到公司人事部报到。

看到这个消息，李晓玲简直不敢相信自己的眼睛，难道好运就这么无声无息地降临到自己的头上了吗？她立刻抱着母亲亲了一口，说道：“我找到工作了。”然后高兴地跳了起来。

母亲也被李晓玲的表情感染了，问道：“先别发疯了，告诉妈，是哪个单位？我也高兴高兴！”

“是岩霞制药。”李晓玲兴奋地说。

父亲不知什么时候走了进来，不无惊讶地说：“岩霞制药是个不错的单位，但也是个民营公司呀！”

“民营公司怎么了？岩霞制药比我原来所在的那个公司强多了，最起码是个正经单位，是延北市最牛的企业，据说还是咱市的利税大户呢。”

“阿弥陀佛。”父亲长出了一口气。

第二天，李晓玲骑着电动车来到了岩霞制药公司。她把电动车停好后，望着岩霞制药公司的办公大楼，抑制不住内心的兴奋，先是舒展了一下腰肢，然后竟然动情地跳了起来。

李晓玲先去了人事部报到，然后被领进了窗明几净的财务部。财务总监刘芳菲是个40岁左右的女人，个头儿不高，长得挺白净，戴着一副眼镜，人们都叫她刘总。刘芳菲见到李晓玲后，先是用异样的目光看着她，过了好一会儿，才阴沉着脸问道："哪个学校毕业的？"

李晓玲说："省重点财会院校，我初来乍到，请您多多关照。"

刘芳菲站起身说："嗯，小嘴儿还挺甜的。小李，在财务部上班，有两条要记住：一是管住自己的嘴，二是管住自己的心。"说着，她带着李晓玲推开财务室的防盗门，指着最里面的一台电脑说："你在那里办公，先熟悉一下公司的情况。"说完就转身走了。

"这……"李晓玲本打算和刘芳菲多说几句，套套近乎，但看到刘芳菲不悦的表情，只得作罢。

李晓玲坐下后，抬眼向财务室看去，瞬间就被这里的一切惊呆了，这哪里是什么财务室，简直凌乱到家了！桌面上不仅堆放着女孩儿喜欢吃的零食、喜欢看的画报，甚至在一旁还挂着女孩儿穿的衣物，凌乱程度和大厦整洁的外表判若两样。

李晓玲简单收拾了一下桌面，刚刚打开电脑，准备看一下公司的相关资料，公关部的一个梳着马尾辫的女子疾步走来，说："你是新来的吧，徐总经理找你。"

徐总经理正是面试那天那个戴金丝边眼镜的中年男人，叫徐广泽。徐广泽见李晓玲进了门，就给李晓玲倒了杯水，又端详了李晓玲一会儿，深沉地问："怎么样？对本公司的第一印象如何？"

李晓玲看了看眼前这个总经理，兴冲冲地说："挺好的，完全出乎我的意料。"

徐广泽笑着问："你的意料是什么样儿？"

李晓玲腼腆一笑道："我的预料其实也没什么。"

徐广泽见李晓玲不说话，便沉吟道："你先熟悉一下环境，尽快熟悉一下业务，进入角色。对了，我已经向董事长请示了，你先熟悉一下公司的账目往来。记住，多向刘总请示，她是你的直接领导。"

从总经理室出来，李晓玲一身轻松，回到了自己的办公室，翻看起公司的相关资料来。

一连几天，除了参加财务部每天的例会，李晓玲都足不出屋，认真分析公司的经营情况。

岩霞制药是一家省内较大的制药企业，由徐艳泽、徐广泽兄弟二人共同创建，董事长徐艳泽是个残疾人，远在省城，很少到公司来，而徐广泽是总经理，负责公司的具体运营。公司除了在延北市总部的高科技研究所、实验室、销售部外，还下辖五个制药厂，分散在周边两个县，全公司共有员工2000余人，每年的产值接近两个亿。

第二章　蹊跷案件

当延北市刑侦大队重案队探长欧阳林赶到案发现场时，已是上午时分。

欧阳林的探组昨天晚上值班，天刚蒙蒙亮，他便接到指挥中心的出警指令，发生的是一桩盗窃案。

案发现场位于青城小区，报案者是个老太太。据老太太讲：自己的儿子和儿媳到东北旅游去了，临走时，儿子让母亲照顾一下家中的小狗。今天一早，当她赶到儿子家时，发现房门大开，再仔细一看，防盗门敞开着，客厅和卧室被翻了个遍，柜子里的被子、衣物都被扔在了地上。老太太顿时蒙了，赶忙让邻居帮着报了案。

欧阳林让老太太查看一下被盗了什么物品，老太太也说不出个所以然来，只是说家中的一台笔记本电脑没了，再有就是卧室里的一个玉貔貅不见了，听说那个玉貔貅价值数万元。

欧阳林一听被盗了几万元的物品，不敢怠慢，赶忙用电台向指挥中心报告了情况，并迅速拨通了主人的电话，告诉她家中被盗，让她马上回来。女主人王桂芳听说家中被盗，在电话那头就慌了，表示马上返回延北。

由于主人不在家，无法对被盗的物品进行统计，只能对现场进行拍照取证。欧阳林勘查完现场，已经快中午了，他让老太太锁好了房门，便带着队员驾车回到重案队。

第二天一早，欧阳林再次来到了案发现场。女主人王桂芳见到警察造访，表现得很惊慌。当欧阳林问起丢失的物品时，王桂芳却突然改口说什么都没有丢，至于那台笔记本电脑，根本就不存在，自己家里根本就没有。欧阳林很诧异，又问起那个貔貅的下落，王桂芳说，前些日子打扫卫生时，没注意给碰坏了，因为也就值百把块钱，便给扔了。

欧阳林无意中看了一眼王桂芳，乍一看，这是一个很高贵的少妇，长得很标致，白皙的脖子上挂了一串金灿灿的黄金项链，让人一看就眼前一亮。

王桂芳被看得有些慌了，不好意思地说道："你这么看，我都不好意思了。"

欧阳林盯视着王桂芳："这么说，你家没有丢东西喽。"

王桂芳点了点头，说："真的没丢什么东西，麻烦你们了。"说着，她从茶几上拿了盒烟，抽出一支要递给欧阳林，欧阳林赶忙摆了摆手说：“谢谢，我不会。”不料，王桂芳竟然自己点了支烟，用鲜红的嘴巴深深吸了一口，然后吐出一缕青烟。

欧阳林顿时哭笑不得，心想：闹了半天，敢情这家没有进贼呀！但历来贼不走空，莫非这个贼发了善心，看到这家中豪华的陈设无动于衷吗？

当欧阳林把这件事情向刑侦大队大队长陈万强汇报后，陈大队长的眉头顿时皱了起来。世界上有这么大方的贼吗？再说，贼是怎么进的屋？防盗门没有撬痕，肯定是用钥匙开的门，属于那种技术开锁。

“事主家的情况怎么样？”陈大队长翻看着欧阳林的现场勘查记录，头也不抬地问道。

“这家的男主人叫李生，在延北市环卫所工作，女主人叫王桂芳，三个月前刚从岩霞制药辞职。”

陈大队长看了看欧阳林，问：“岩霞制药？她在岩霞制药做什么工作？是因为什么辞职的？”

“不知道。”欧阳林不明白陈大队长为什么会问他这些问题。

“你这个探长是怎么当的！”陈大队长有些发火了。

欧阳林顿时慌了：“我考虑这些情况可能与案件无关，所以就……”

“什么都可能与案件有关系。欧阳，你快去查查，说不定从这里面就能倒腾出点儿线索来。”

欧阳林悻悻地走出了警队，在便道上走着，慢慢梳理着自己的思路。突然，他想起了李晓玲。李晓玲是他的高中同学，毕业后欧阳林考上了警官大学，而李晓玲考上了省财会学院，听说她在岩霞制药工作。

傍晚时分，欧阳林把李晓玲约了出来，地点在口福居火锅店。

欧阳林不到五点半就来了，他估计李晓玲也快到了，便躲在饭店门前的一个角落里，观察着门前来来往往的人，猜想着李晓玲现在的模样。毕竟，两个人已经好几年没见面了。

差十分钟六点，一辆出租车在饭店门前停了下来，李晓玲下了车，快步进了饭店的大门。欧阳林等李晓玲进了饭店，才随后跟了进去。

欧阳林走进雅间的时候，李晓玲正站在那儿发呆，她回头看了看，发现只有欧阳林一人，感觉有些惊奇，问道：“怎么就咱俩？”

欧阳林调侃道：“难道请一桌人？我可没那么多钱，快请坐吧。”

李晓玲看着欧阳林笑了笑：“你们这些警察呀，把什么事儿都搞得神神秘秘的，连吃饭也不放过。”

“我说美女，打击面别太大了啊，我可是你的同学。”

“好了，不说这个了，今天找我有什么事？打个电话不就行了，还吃什么饭。”

“咋啦，没事儿就不许请美女吃饭呀。”

“当然可以啦，好，那我今天就好好宰你一顿。”

“能请你吃饭，我不胜感激。”

李晓玲点了菜，征询欧阳林的意见：“今天喝什么？”

欧阳林说：“有美女陪着，一定要喝得尽兴，上白的，今天咱俩一醉方休！”

李晓玲合上了菜单：“好，听你的。”

等服务员把酒菜端上来，欧阳林倒满了一大杯白酒，又给李晓玲斟满了一杯，端起酒杯笑呵呵地说：“你真是越来越漂亮了，听说你荣升岩霞制药的会计了，还不祝贺一下？”说完一口喝了大半杯。

李晓玲轻轻抿了一口酒，吐了下舌头，脸色绯红道：“我刚上几天班，还没摸着门呢。大侦探，最近又忙啥案子呢？”

欧阳林笑了笑：“干我们这行的，瞎忙呗，每天一睁眼，还不知有啥事等着你呢。”

“结婚了吗？”

“每天忙得都找不着北了，哪有工夫想这个，你呢？”

“光棍一条。呵呵，对了，你今天把我约出来，就为吃饭呀？”李晓玲问道。

“对，就是吃饭。”

“得了吧，谁不知道，你是天下第一抠门儿。”

“以前咱不是没挣钱嘛，现在好歹咱也是人民警察，人民警察爱人民嘛！再者说了，请美女吃饭，破费几个总是应该的。”欧阳林继续调侃着。

“破费几个？请美女吃饭，你说破费，不是有病吧！你应该感觉荣幸才是。”李晓玲伶牙俐齿道。

“得，得，算我走嘴，对对，是荣幸。对不起了，李大会计。”欧阳林端起酒，一仰脖喝了下去，然后亮了亮酒杯，“这下总可以了吧！”

接着，两个人又聊起了高中时代的往事，以及高中几个同学的近况。然后，欧阳林才问起了王桂芳的事情。

李晓玲不好意思地笑了笑：“我刚上班，对公司的情况还不太了解，等我有时间帮你打听一下。”

欧阳林叮嘱道：“注意保密。”

李晓玲瞥了一眼欧阳林，有点儿不高兴地说：“知道啦！和你们警察打交道，真没劲，都快把我当嫌疑人了。”

欧阳林涨红着脸，感觉有些尴尬。吃完饭，便说老同学好长时间没见面了，硬拉着李晓玲走进了人民广场。

广场中央是一个大喷泉池，水里面倒映着五颜六色的灯光，一旁是上百人在跳着交际舞，锣鼓喧天，好不热闹。在广场另一侧，则有近百名中年妇女扭着大秧歌，景色可谓蔚然壮观。

“小林子。”旁边一个扭秧歌的中年妇女在向欧阳林打招呼。

欧阳林一看，原来是隔壁的张姨，赶忙道：“张姨，您在扭秧歌呀！”

“锻炼锻炼身体，构建和谐社会嘛。对了，你妈也来了，在那边呢。”说着，她又认真端详了一会儿李晓玲，“多么俊的姑娘。林子，等我给你喊你妈去。”

“别，千万别，您搞错了……”欧阳林吐了下舌头，赶忙想解释。

张姨看着李晓玲道：“我的眼光错不了，我看了你们俩半天了，你等着啊，我喊你妈去。”

欧阳林见状，赶忙拉着李晓玲离开了扭秧歌的人群，来到广场的另一侧，看到不远处的水泥凳子，拉了一下李晓玲的手说：“过去坐坐吧。”

李晓玲道：“我看还是算了吧，让熟人看到多不好意思，还以为咱俩……”

“看见就看见呗，谁没谈过恋爱。”

快晚上十点了，李晓玲提议：“咱们还是撤吧！”欧阳林表示赞同，于是他们起身离去。

李晓玲到岩霞制药上班一晃已经两个月了，这两个月，李晓玲一直是在困惑中度过的。因为在这两个月中，刘芳菲没有安排李晓玲做任何事情。她每天的工作只是打打水，打扫一下卫生而已，把李晓玲憋得够呛，眼看着别人忙忙碌碌，而自己却十分清闲，心中很不是滋味。她隐隐约约有一种被冷落的感觉，但又找不出原因，心想：是自己初来乍到，把话说错了？还是因为什么把刘芳菲给得罪了？她不得而知。

从公司员工们忙碌的身影和每天公司院内车水马龙的情况可以看出，这的确是一家如日中天的企业。但通过与同事们聊天，李晓玲得知董事长徐艳泽是个很厉害的老板，动辄对中层领导吹胡子瞪眼，听说有一次在饭店与几个下属吃饭的时候，竟让下属跪着给他斟酒。公司员工每每提到徐艳泽的名字，都有不寒而栗的感觉。

财务室只有两个人，除李晓玲外，还有一个女孩儿叫徐莹莹，是董事长徐艳泽的女儿，比李晓玲小一岁。徐莹莹长得很瘦小，瓜子脸上有几粒雀斑，身高还不足一米六，给人的感觉是还没有长开似的，身上最显著的特点是耳边佩戴着一对黄金大耳环，与小巧的脸形成了鲜明的对比。她是公司的出纳，每天无所事事，听音乐、玩手机成了主要的工作。

李晓玲对徐莹莹一直毕恭毕敬，毕竟是董事长的女儿嘛！休息的时候，李晓玲总是有意识地和徐莹莹聊一些省城好玩的地方，做一些感情的交流。

两个女孩子之间有不少共同语言，李晓玲经常带着徐莹莹到延北去逛街，品尝延北的特色小吃，还把延北的特产带给徐莹莹，两个人很快就成了好朋友。徐莹莹也不含糊，闲暇时间，开着自己的跑车带着李晓玲去兜风，还时不时地送给李晓玲一些国外的化妆品。尽管如此，凭借女性的敏感，李晓玲感觉到，徐莹莹是对自己存有戒心的，只不过随着时间的推移，由原来的敌视转变成防备。

徐莹莹有个男朋友，叫黄永禄，长得相当精干，看上去就是一个典型南方人。黄永禄在公司任市场开发部主任，负责市场的开拓，经常外出，有时一个月也见不到影子，但只要一回到公司，便和徐莹莹腻在一起。黄永禄不在的时候，李晓玲总想找机会和徐莹莹多说几句话。因为李晓玲知道，必须尽快打开局面，否则的话，自己将会被公司边缘化。

一个月来，李晓玲对岩霞制药公司的内部情况有了大致的了解。岩霞制药公司是徐广泽、徐艳泽共同创办的。徐艳泽原来是内蒙古呼和浩特市一个单位的干部，徐广泽则是一家医院的大夫。徐艳泽在一个偶然的机会得知，草原上一个叫白石仓的赤脚医生擅长治疗糖尿病，尤其有两个祖传秘方专门治疗糖尿病，而且疗效很好。徐艳泽做了市场调查，认为用中药治疗糖尿病的市场需求很大，如果能研制出一种国家批准的治疗糖尿病的特效药，经济效益一定十分可观，同时还能弘扬国粹，政府一定会支持的。徐艳泽花了五万多元购买了这两个秘方，可拿到药方后，徐艳泽考虑到雇别人研制会有泄密的可能，而自己的弟弟好歹是学医的，一家人一是放心，二是也可以共同致富，所以当时就和徐广泽商定好，由徐艳泽负责提供全部资金设备，徐广泽利用工作之便把这两个秘方投入临床，进行试验，将来赚钱后哥儿俩五五分成。不久后，他们在两个秘方的基础上，研制出了“消糖丸 AB 丸”，最后正式定名为“消糖丸”，并通过了省科委组织的科学技术成果鉴定。此后，徐艳泽负责行政管理，徐广泽负责医疗以及消糖丸的配制，徐艳泽的女儿徐莹莹大学毕业后，负责收账，一家人靠卖消糖丸赚了 2000 万元。2011 年，徐氏兄弟投资 2000 万元，在延北市开发区成立了岩霞制药公司。经过几年的发展，岩霞制药公司已经成了延北市响当当的民营企业。

这天下班时分，李晓玲收拾好房间刚要走，徐莹莹叫住了她，冲李晓玲神秘一笑：“晚上我请你吃饭，怎么样?”

李晓玲考虑到黄永禄出差刚刚回来，便笑呵呵地看了一眼徐莹莹说：“黄经理刚回来，你们还不过二人世界？”

“你坏，你坏。”徐莹莹爽朗地笑着。

当徐莹莹和李晓玲走进饭店的时候，服务员便把她俩指引到一个包房。

房间内已经摆上了丰盛的菜肴。瘦小的黄永禄正在一旁吸着烟，看来早在这里恭候多时了。黄永禄看到徐莹莹和李晓玲后，讪笑道：“两位小姐驾到，有失远迎。”

徐莹莹嗔怒道：“黄永禄，你脑袋进水了吧，什么小姐小姐的，你把我俩当成什么人了！来来，李姐，这边坐。”

黄永禄给李晓玲和徐莹莹斟满酒，自己端起一杯，操着浓重的南方口音道：“实在对不起，刚才冒犯了，我先干了，算是赔罪吧。”说完一口干掉。

李晓玲看了看黄永禄，又看了看徐莹莹，端起杯又和徐莹莹碰了一下，抿了一小口。

三杯酒下肚，黄永禄的话开始多了起来，一会儿说李晓玲如何如何漂亮，一定建议董事长把李晓玲培养成公司的形象代言人，一会儿又说李晓玲是名牌大学毕业的，将来一定要把李晓玲安排到一个能发挥作用的岗位上。而徐莹莹也不失时机地在一旁插嘴，简直是一唱一和，夫唱妇随。

黄永禄看着李晓玲俏丽的脸笑嘻嘻地说：“晓玲，我一看你就是天生的美女，如果你再戴上一对铂金耳环和一条黄金项链，一定比电影明星还明星。”

徐莹莹瞪了黄永禄一眼：“就是，李姐本来就是咱们岩霞制药的第一美女。”

一席话，说得李晓玲有点儿云山雾罩，不知道徐莹莹和黄永禄唱的是哪一出。

徐莹莹端起一杯酒，脸色绯红地说道：“李姐，按说我早就应该请你吃饭，公司这么大的摊子，父亲又不在身边，叔叔每天也忙，我和黄永禄在延北市没有别的亲人，今后还仰仗着姐姐的帮助。来，我和黄永禄敬姐姐一杯。”

“这从何说起呢？放心吧，我一定干好自己的工作。”李晓玲有点儿丈二和尚摸不着头脑。

徐莹莹把杯中酒喝净，盯视着李晓玲道：“李姐，我和黄永禄待你怎么样？”

李晓玲说：“不错呀！你和我就像亲姐妹一样。”

徐莹莹脸色绯红地说：“公司里人多嘴杂呢，这些日子你大概也看出来了，我爸仰仗着刘总，控制着公司的一切；我叔叔呢，也在拼命展示着自己的实力。我在公司里根本没法儿和你多说话，我想你不会介意吧！”

听了这一席话，李晓玲仿佛有些明白过来味儿了。

徐莹莹接着说：“李姐，你也看出来了，现在公司正如日中天，以后还要发展壮大的。”

黄永禄点了支烟，认真地说道：“李姐，有些事情你还不知道吧，董事长都已经安排好了，再过三年，他就把公司交给莹莹了，关键的时候，你可要站在莹莹这一边。”

李晓玲这才想起，为什么岩霞制药公司的每一批药品出厂时，徐广泽、刘芳菲和徐莹莹都那么谨慎地盯着，原来岩霞制药公司内部已经有了矛盾。想到这儿，她故意问：“我只是个普通的小会计，能做什么呢？再说我初来乍到，我说话，有谁能听呢！”

黄永禄插言道：“千万别说自己是小会计，慢慢你就知道这个位置的重要性了。我要是你呀，就和莹莹站到一起，将来呢，莹莹当了总经理，你就是第一大功臣。”

徐莹莹也眼巴巴地看着李晓玲：“李姐，说实在话，我真心希望你能帮我。”

李晓玲犹豫了，心想：这是哪儿跟哪儿呀？就徐莹莹现在这个样子，还想当总经理？简直异想天开，她没想到这个富二代会有如此野心。

黄永禄见李晓玲不说话，以为她动心了，便接茬儿说道：“所以呀，莹莹才给你提这个醒，别像王桂芳似的，傻乎乎地被人家当枪使。”

李晓玲明知故问：“哪个王桂芳？”

徐莹莹说：“就是原来坐在你那个位置的会计，说来她也算公司的元老了，公司成立的时候她就来了。后来不知为什么竟然把公司电脑搞瘫痪了，还把账本给弄丢了，最后还在财务室放了把火。”

听了这话，李晓玲惊愕的嘴巴张成了一个“O”形，说：“竟然会有这种事！”

徐莹莹继续道：“大家都怀疑是她干的，但谁也没有证据，我爸说了她几句，她居然辞职不干了。”

李晓玲惊讶地睁大了眼睛：“是吗？账本难道没有备份？”

“好了，不说这个了，来，咱姐俩喝一个。”徐莹莹端起了酒杯。

李晓玲抬眼看着徐莹莹，感觉她是个很有心计的女孩儿，不像当今的富二代那样，只会躺在父母的怀里撒娇。从徐莹莹的眼里，李晓玲看出徐莹莹是想干一番大事业的，只不过她在等待时机。

徐莹莹伸出手在晓玲的胳膊上摸了摸说：“李姐，你的皮肤真细腻。”接着她建议晓玲用一个外国牌子的护肤霜，这样皮肤会更加滑润，李晓玲不置可否地点着头。说罢，徐莹莹就从兜里拿出一个精美的小瓶，挤出少许，涂在李晓玲的手上让她感受。接着，徐莹莹便把护肤霜放进了李晓玲的兜里，“这是一个同学从韩国刚带回来的，你拿去用吧！”

李晓玲推脱道：“别，这怎么好意思呢！”

徐莹莹笑了，帮李晓玲把化妆品装进她的手包：“客气什么呀！”随后，又谈起了美容，说女人靠的是脸蛋儿，只有漂亮的脸蛋儿才能吸引拴住男人，她认识省城一家美容院的老板娘，等有时间带着晓玲一块儿去玩玩。

李晓玲一边听着徐莹莹的话，一边判断着她的用心。

一天早上刚上班，徐莹莹正一边听着歌，一边趴在桌子上吃着快餐，还不时随着音乐的节拍扭动着腰肢。

刘芳菲急匆匆地走了进来，对李晓玲和徐莹莹说道：“你俩把手里的活儿先放一放，快去卸车。”然后就匆匆下楼了。

徐莹莹不紧不慢地说：“哎呀，这才几天，又要去卸车，我还想让晓玲姐给我讲课呢！真没办法，晓玲，走吧。”说着慢吞吞地拿起了一件白大褂。李晓玲见状，不敢怠慢，也拿了一件白大褂追了出去。

当李晓玲和徐莹莹来到院子，看到一辆大货车正停在仓库附近，车子的后门已经打开，全公司的人都在从车上向仓库搬运药品包装箱。原来，每逢印刷厂向岩霞制药公司运送药品包装箱，都是公司大院的人统一搬运。

李晓玲和徐莹莹抬着一个大纸箱吃力地向仓库拖去，没走几步，就累得脸色通红，气喘吁吁。一个保安走了过来，一边帮忙抬箱子，一边用地方话讨好地说：“大小姐，你们女孩子长得细皮嫩肉的，只能坐办公室，玩玩电脑，干这些力气活儿都是俺们爷们儿的事。”

徐莹莹抹了把汗，笑着说道：“是呀，谁说不是呢。可光看着你们干活儿，我们也不忍心呀！”

保安说：“大小姐，听说这次的包装盒比上次多了一倍，看来，今年咱们公司真的要发大财了。”

徐莹莹说：“公司不挣钱，拿什么给你们开工资？”

那个保安顿时愣住了，不自然地笑了笑：“你们别搬了，这点活儿我们做吧。”

当李晓玲和徐莹莹帮忙把车上的药品包装盒卸完，早已累得筋疲力尽了。

回到办公室，李晓玲擦了一把汗，喝了一通水，从抽屉拿出书本，问：“今天还讲吗？”

徐莹莹挥舞着手：“晓玲姐，饶了我吧，我都快累死了，咱们明天再讲吧！”

李晓玲笑了笑：“看来你还真不是干力气活儿的料。”她正说着，脸色突然僵住了，原来徐广泽正衣冠楚楚地向这边走来，她怯生生说道：“徐总好。”

徐莹莹转过身来，见是徐广泽，吐了下舌头道：“叔叔好。”

徐广泽笑吟吟地说：“刚才你们俩累坏了吧，赶明儿这种力气活儿你们就别参加了。”

李晓玲脸色通红地说：“没什么。”

徐莹莹看了一眼徐广泽，笑嘻嘻地说：“忒好了，我们姐俩谢谢你啦，叔叔真伟大!”

徐广泽看了一眼李晓玲桌子上的书本：“你们俩忙什么呢?”

徐莹莹不好意思地说：“叔，晓玲姐正准备给我上课呢。”

徐广泽拿起书看了看，笑了：“好，好，你也应该多学一些这方面的知识了。讲得咋样?”

徐莹莹满足地说：“挺好的。”

徐广泽笑道：“那就好，看来等有时间了，还要请晓玲系统讲一下财会方面的知识。毕竟是科班出身呀，晓玲，你可千万不要保留啊!”

李晓玲不好意思道：“我哪会讲什么课啊，只不过是瞎说说而已。”

这时，刘芳菲推门走了进来，看了看徐广泽等人：“你们说什么呢？这么开心。”

徐广泽笑了笑：“我们在说，让李晓玲给大家讲课的事情呢。”

刘芳菲不屑一顾地看了一眼李晓玲：“她能讲课？讲什么课?”

徐广泽想了想，说：“我是想，让公司的高管都学学财会方面的知识，这样有助于公司的发展。”

徐莹莹拉着李晓玲的胳膊说：“李姐讲得就是好，一说我就懂。”

刘芳菲不怀好意地笑了笑，有些阴阳怪气地讥讽道：“看来徐总是要把岩霞制药变成会计学校喽。”

徐广泽有些不好意思地挤出了一点儿笑容：“刘总，我想让晓玲跟我一块儿到发改委开个会。”

刘芳菲仰着脸，看着天花板说：“去吧，反正她也没什么事，待着也是待着。”说着转身出去了。

徐莹莹不高兴地说：“叔，晓玲姐刚干完活儿，也得让人家歇歇呀，真是阎王爷不瞧鬼可怜，你带秘书去吧。”

徐广泽笑了笑：“秘书被你爸叫走了，我让晓玲去开会，是想让她顺便熟悉一下圈里的人，以后好和他们打交道。讲课的事先停停吧，到时候让晓玲给咱俩一块儿讲。晓玲，你说呢?”

李晓玲看了看徐广泽，又看了看徐莹莹，希望从她身上得到答复。徐莹莹看了看徐广泽，给李晓玲递了个眼色，然后有点儿不高兴地说：“去吧，去吧!”

当李晓玲快走到电梯口回头望去时，看到徐莹莹正站在楼道里看着自己，看样子好像仍对自己不放心。

第三章　人生捷径

发改委的会只开了一个小时就散了，会议传达了市发改委的一些文件，发改委的领导例行公事地布置了一下工作，主管经济工作的薛副市长讲了国家的调控政策。

散会后，开发区的几个老板看到了徐广泽身边的李晓玲，便开起了徐广泽的玩笑：“徐老板，几天没见，怎么换秘书了，够靓的，你得请客呀。”

“徐老板是省城来的嘛，大公司的老板就是不一样呀，净玩大手笔。”

徐广泽也不含糊，胡乱地和几个老板说笑了几句，然后带着李晓玲走出了会议室，上了车。

徐广泽开着车，没有回公司，而是向郊外驶去。大约二十分钟后，车子在一片树林中停了下来。李晓玲下车一看，在绿树掩映中有一家仿树皮装修的餐厅，门脸儿上歪歪扭扭地写着“乡巴佬餐厅”几个字。徐广泽下车后，带着李晓玲七拐八拐，来到一栋独立木质小屋前。服务生推开门，毕恭毕敬地说：“徐总请!”

房间足有30平方米，装修得金碧辉煌，不仅有沙发、电视、卫生间，还有双人床。

徐广泽看了一眼李晓玲：“吃点儿饭再回去吧，行吗?”

李晓玲仍提着公文包站在一旁，看了看徐广泽，不置可否地一笑：“我好说，听您的。”

徐广泽笑道：“晓玲，快坐呀，别光站着，到了这里和在家一样，别客气。”

李晓玲这才把公文包放在茶几上。

服务生来了，徐广泽把菜单递给李晓玲：“晓玲呀，想吃什么，你随便点。”

李晓玲推辞道：“徐总来，我不会点菜。”

徐广泽笑了笑：“晓玲呀，你以后要学会点菜，今后很多场合都需要的。”

李晓玲想了想：“好吧，可是徐总，我不知道您喜欢吃什么呀。”

徐广泽点了支烟，笑道：“只要是你点的，我都喜欢。”

李晓玲简单点了几个延北风味的小菜，徐广泽又要了一瓶红酒。

酒菜上来了，徐广泽要给李晓玲斟酒，李晓玲再三推辞，才接受了一小杯。徐广泽自己也倒了一杯，端起酒杯说：“来公司这么长时间了，早就想找你聊聊，听听你对公司的看法，可一直没有机会，今天借这个机会，聊一聊，来，喝一口。”说着，一口喝了半杯。

李晓玲象征性地抿了一小口。

李晓玲和徐广泽边喝边聊，从延北市的地理环境一直聊到了风土人情，然后聊到了李晓玲的家。由于头一次和领导这么近距离接触，李晓玲胸脯起伏着，抑制不住心中的喜悦。

当徐广泽听说李晓玲的父亲也是军人出身，而且是在一个军的时候，眼睛顿时放光：“真是缘分呢，等哪天我一定登门造访，按说，你应该叫我叔叔才对呀!”

一席话说得李晓玲很是感动，她忐忑不安地端起酒杯，向徐广泽敬酒，这次徐广泽一口把大半杯酒全干了。

接着，两个人自然把话题转到了岩霞制药。但此时，徐广泽却顿时不说话了，只顾闷头喝酒。

半晌，徐广泽才抬头看了一眼李晓玲，透过金丝边眼镜，李晓玲看到的是一张显得略带委屈的脸。徐广泽深深吸了口烟，意味深长地说：“晓玲呀，公司的很多事情你还不了解，以后时间长了，你就知道你徐叔叔的为人了。”

李晓玲通过徐广泽的眼神看出他有很多话想说，但又无法开口，通过今天早上那难看的一幕，已经证实了前几天徐莹莹的那些话是真的。但她转念一想，那是他们家族内部的事情，作为外人，她是不想参与的。李晓玲端起酒杯说：“徐叔叔，我敬您一杯，感谢公司收留了我，我一定会努力的。”

徐广泽从远处收回目光，干笑了两声：“晓玲呀，从面试一开始，我就发现你是个人才，通过今天莹莹说你能讲课，我又有了新的发现，你是一个不可多得的人才。”

李晓玲不好意思道：“徐叔叔过奖了，我哪有那么大的本事，请您放心好了，我一定会使出我的全部本领，为公司效力的。”

徐广泽激动地说：“我就等你这句话呢。说说对公司有什么好的建议吧。”

大概是喝了点儿酒，李晓玲感觉有些兴奋，捋了一下头发，说道：“只要徐叔叔不介意，我就说了啊。”

徐广泽又点了支烟，欣赏地看着李晓玲。酒后的李晓玲煞是好看，青春的脸上白里透红，特别是那双水汪汪的大眼睛，不仅能让他感受到一张生动、性感的脸蛋儿，更能感受到一种女性想要倾诉的青春韵律。

出于本能，李晓玲不敢多看徐广泽的眼睛，而是看着桌上的汤盆娓娓说道：“徐叔叔，这些天，我认真研究了咱们公司的网页，你们兄弟俩创业真是不容易，是我们年轻人的楷模。特别是您，吃住都在公司，每天忙里忙外的，真够累的。”

徐广泽自豪地说：“创业嘛，那是应该的，你对公司的管理有什么好的建议，说说看，好的，我要重奖的。”

李晓玲听了这话也笑了：“奖励我倒不想要，只是希望公司做大做强，公司效益好了，我们的工资才有保障。”

徐广泽认真地说：“这是恭维话，我不喜欢听。”

李晓玲想了想，认真地说道：“徐叔叔，我怕我说出来您不爱听。”

徐广泽认真地看着李晓玲：“说吧，我想听实话。”

“那我就不客气了。”李晓玲鼓足了勇气说道，“作为外人，我说一句话，您别多心，我感觉公司的管理还是有点儿不太合理。比如说发票的报销问题，有签字权的人很多，容易造成浪费；再比如市场部的公关费用，很不透明，业务员说多少就报多少，这很不合理。我虽然不是企业管理者，但我感觉到，这不是一个现代企业的管理方式。”

“说得好。”徐广泽拍起了巴掌，“我没看错你呀。看来你得经常给我上上课，让我了解一下现代企业管理方面的知识。”徐广泽说完话后，随之眼色又黯淡了下来。

良久，徐广泽才抬起头说：“晓玲呀，不瞒你说，我也有难言之隐。岩霞制药是我和我哥共同创立的，成立之初，就有点儿家族式管理的模式，有些事情呢，我也是奈何不了的。你大概也看出来了，我虽然是公司的总经理，但是实际只是个摆设，刘总是董事长的人，还有莹莹，我这里放个屁，我哥就知道了，说白了，我也是打工的。今天早上，你也看到了，唉……”

李晓玲看到徐广泽难受的样子，说道：“徐叔叔，都是我不好，让您生气了，我不说了。”

徐广泽盯着李晓玲说：“晓玲，你说的都对，我要经常听你给我上课，我要改变这种状况，要不然，这个公司就会葬送在我哥的手里。”

“这……”

“记住，在公司里不要和任何人说这件事情，特别是刘总和莹莹，今后我会抽时间找你的。”

“好，徐叔叔。”说完这话，李晓玲吐了下舌头。

李晓玲今年已经27岁了，但李晓玲长这么大，只认真谈过一次恋爱。那是在大学时代，李晓玲的初恋是个富二代，长得也很帅，李晓玲为了他投入了全部的心血，甚至还打过胎。可好景不长，大学毕业后，男生最终离她而去，和父亲到北京发展去了，为此李晓玲暗自伤感了好长一段时间。到了华谊公司后，公司总经理张海东几次暗示她，如果跟了他，每月将得到比一般员工多一倍的工资。李晓玲虽然是“80后”，但还没有下贱到那种地步。不久，公司出现亏损，张海东心生一计，开始倒卖增值税发票，而这一切自然瞒不过李晓玲的眼睛，她曾耐心地劝解他不要干违法的事情，但张海东根本听不进去，李晓玲一气之下，干脆辞职了。

一个休息日的下午，李晓玲的手机响了。电话是武秀菊打来的，她约李晓玲和李梅出来做美容。

李晓玲爽快地答应了。当她骑着电动车来到美容院时，看到武秀菊和李梅早已恭候在那里了。三个女孩儿做完面部按摩，敷上了生态面膜，就开始瞎聊起来。

李晓玲、武秀菊和李梅是在一次朋友的婚礼上认识的。经朋友介绍，她们是同年同月出生的，三个女孩儿一比，李晓玲最大，武秀菊第二，李梅最小，三人便结成了干姐妹。

武秀菊大学毕业后，先在一家房地产公司搞促销，所谓促销，就是动用各种关系，吸引客户买房，每卖出一套房子，就能提取一定的佣金。这两年，赶上房价飞涨，武秀菊的腰包也撑得鼓鼓的。但好景不长，武秀菊通过网上聊天，认识了一个叫喜来乐的网友，喜来乐自称是省城一个电脑公司的老板，有上千万的资产。武秀菊满以为找到了心中的白马王子，开始全身心地投入恋爱之中。喜来乐每次来延北，武秀菊都热情招待，不仅把自己完完全全交给了喜来乐，而且还带着他玩遍了延北大大小小的地方。当然，为了防备网上陷阱，武秀菊曾两次缠着喜来乐带她到省城的电脑公司看看。看着喜来乐和几个员工吆五喝六地说着什么，武秀菊对喜来乐的身世深信不疑。喜来乐还答应武秀菊，将来在延北也开一家电脑城，让武秀菊当老板，武秀菊自然做起了老板娘的美梦。

去年夏天，喜来乐又来延北，和武秀菊同床共枕了一个星期之后，突然说公司要进一批新电脑，资金暂时周转不过来了，想先从武秀菊那里周转十万，一个星期马上就还。武秀菊听后，立刻编瞎话从父母那里拿了六万，又向朋友借了四万，但喜来乐拿走十万现金后便人间蒸发了。武秀菊到省城去找他，谁知那个电脑公司的人根本就不认识喜来乐这个人，上次的那几个员工也不见了踪影。武秀菊到公安局去报案，警察查了一个多月，也没找到喜来乐的影子。武秀菊为此大病了一场，从此她认定了，男人没有一个好东西，抱着破罐子破摔的态度，开始四处勾引男人。过度的夜生活使得她难以和27岁的女人联系在一起，特别是卸了妆的武秀菊，看上去早已徐娘半老。

李梅在高中的时候就是校花，考的是艺术类院校，大学毕业后，被分配到青少年活动中心做群艺工作。所谓群艺工作，就是负责给中小学生上舞蹈课。按说，这是一个令人羡慕的工作，但不到一年，李梅竟然生出了事端。

李梅教的学生家长中有个姓王的局长。王局长在县里的一个重要部门工作，每天都来接送孩子学习舞蹈，在每次接孩子的时候，他都对李梅很客气。最让李梅感动的是，青少年活动中心是周六日上课，而王局长望女成凤，时常请李梅给他的孩子加课，并额外支付一笔费用，但李梅却对此不感兴趣，她有自己的小九九。很快，李梅变成了王局长家的座上客，并拐弯抹角地把自己的想法说了出来，她不想教舞蹈了，想调到一个行政单位工作。大概王局长被眼前漂亮的舞蹈老师摄人魂魄的目光所打动，拜倒在李梅的石榴裙下。打那以后，王局长便和李梅变得难舍难离，为了实现自己的梦想，李梅一方面用尽浑身的本领教王局长女儿学舞蹈，另一方面在王局长面前尽情展示自己的魅力。李梅的心血没有白费，一年后，王局长的女儿考上了艺术学校，王局长也没有食言，把李梅调到了林业局工作，去年又被破格提拔为团委书记。

做完美容，三个女孩儿约定，明天到云雾山郊游。

让李晓玲始料不及的是，第二天一早，武秀菊竟然开着一辆奔驰来了。车上不仅有李梅，还有一个长得肥头大耳的青皮男人，经过一番介绍，李晓玲才知道此人叫李金刚，是城关镇东关村的书记，是武秀菊刚刚结识的男友。

奔驰车载着三个女孩子一直奔云雾山而去。

云雾山在延北市的东部山区，是延北市著名的风景区，每到周末，不少城里的市民便来到这里，又是野炊又是驾船漂流，有的还支起了帐篷，在这里露宿，好不热闹。

三个女孩子一路欢声笑语地游玩着，而李金刚则不停地为她们拍着照，献着殷勤。临近中午，李晓玲一行四人来到泉水边，打开了方便食品和啤酒，开怀畅饮起来。

李晓玲高昂着头，正要把一颗草莓放到嘴里，陡然，一个熟悉的身影进入了她的视线。对，是黄永禄，尽管黄永禄戴了一副大墨镜，但还是没能逃过李晓玲的眼睛。此刻，黄永禄正和一个戴太阳镜的女子勾肩搭背、有说有笑地朝这边走来，那个女的穿着黄色蝙蝠衫和天蓝色健美裤，在这青山绿水中显得尤为扎眼。李晓玲仔细一看，这个女的不是徐莹莹，那会是谁呢？自己同事的男友搂着别的女孩儿游山玩水，如果撞见了，场面该多尴尬，于是李晓玲找了个借口躲了起来。

这个人是谁呢，莫不成是王桂芳？李晓玲想到了欧阳林的话，顿时多了个心眼儿，跟了上去。

黄永禄和那个女人好像情侣一般有说有笑的，不久，便钻进了树林深处。李晓玲蹑手蹑脚地也跟了过去。

黄永禄和那女人来到密林深处，便迫不及待地搂抱在一起，然后开始脱衣服，女人说：“瞧你，猴儿急猴儿急的，你把我都弄疼了，温柔点儿嘛！”

李晓玲掏出手机，把黄永禄和那个女人拍了下来。

李晓玲还要等下去，想听两个人究竟在说些什么，不料自己的手机却在这时不争气地响了起来。黄永禄吓得赶忙从那女人身上爬起来，惊慌失措地拿起衣服，拉着那女人钻进了树林深处。

李晓玲也吓了一跳，一溜烟跑了。

把黑豆留下

赵大河

一

老谭曾是谭所长。退休前他是蛇尾乡派出所所长，人们叫他谭所长。现在，人们叫他老谭。

老谭的生活很快就要发生改变了，可他并不知道。他像往常一样，穿上风衣，勒上围脖，准备关电视出门。

每天这个时候，他都要到街角盘桓两个小时，下棋，或看别人下棋，直到小学放学，他去学校接外孙女琪琪。其实学校离家很近，琪琪完全可以自己上学和回家。因为去年学校出了一档子事，两个小学生在校门口被绑架了，学校就要求家长必须接送孩子。女儿和女婿工作忙，便把他从镇上接来，把接送琪琪的差事交给了他。

他心里清楚，接送琪琪只是一个借口，女儿和女婿的目的是把他弄进城。他们成功了。退休后，他一个人待在镇上，女儿女婿多次劝他进城，他都拒绝了。退休本就不适应，再进城他就更不适应了。他身体健康，不需要子女照顾，进城干什么，坐吃等死吗？可是女儿女婿让他接送琪琪，他再不进城就说不过去了。到城里后，除了接送琪琪，他什么事也没有，寂寞得发慌，心里长满了草。渐渐地，他成了棋摊儿的常客，下下棋，或者看别人下下棋、斗斗嘴，心里竟然不那么空落落的了。

老谭渐渐适应了城里的生活，他想，这辈子就这样了。他没想到一个小小的污渍，会让他的生活拐了一个弯。

前面说到他穿上风衣勒上围脖准备关电视出门，如果他就此关电视出门，他的生活可能会这样日复一日持续下去，不会拐弯。这时候，命运那只看不见的手要捉弄他了。于是，小小的污渍出现了。

老谭正要关电视，一低头，看到裤子上有个污点，像是滴上去的牛奶。他虽不是很讲究的人，但看到了，不能不擦一下。他用毛巾蘸水，三下两下擦去了污渍，这耽搁了他十秒时间。

十秒已经够了，足以改变他的生活。

电视机开着。一般来说，节目很无聊，看不看无所谓。他从未想到电视节目中的事会和自己有什么关联。可这会儿，他突然在电视上看到了黑豆，确切地说，是他认出了黑豆。一瞬间，他的心仿佛被一双粗糙的大手用力地揉搓了一下，极不舒服，非常难受。他想象不到黑豆竟然会落到如此凄惨的境地——

他蜷缩在墙角，像一小堆肮脏的垃圾，如果不是那双眼睛，很难看出那是一个可怜的小生命。他满头癞疮，手上布满冻疮，有的已经溃烂（记者给了特写镜头），脸像是打从娘胎出来就从没洗过，那双眼睛也毫无光泽，如同两粒黑石子。女记者问他话，他一句也不回答，而且面无表情，搞不清楚他是聋子还是哑巴。

“这个孩子在我们的采访过程中没和我们说过一句话，我们都不知道他会不会说话，问附近的村民，村民说他不是哑巴，但就是不说话，平常也不说话。”女记者解说道。

“这样有多久了？”女记者问一个村民。

“四五年吧。”

“从出了那事，就再没听他说过话。”另一个村民道。

“他被吓傻了。”又一个村民笑道。

“是让矮子打傻的。”一个半大小子插了这么一句，跑开了。

……

女记者面对镜头，充满同情地解说道：“这又是一个不幸的孩子，无论家长犯了什么罪，孩子是无辜的，可这些无辜的孩子却遭受了太多的苦难……”

的确是黑豆！他认识这孩子。在采访快结束时，黑豆站起来，面无表情地走了。他的背影逐渐远去，消失在一片灰暗的天空下。让老谭非常惊讶的是，这孩子的个头儿和五年前一样，也就是说，他竟然一点儿没长高！算起来，黑豆应该九岁了。五年前，他将黑豆的母亲送进监狱的时候，黑豆就是这么高，现在竟然还是这么高。是什么让一个孩子停止了生长呢？

这档节目是女记者采访几个服刑人员的子女，有的是跟着年迈的爷爷奶奶艰难度日，有的是流落街头靠扒窃为生，有的（就是黑豆）是跟着非亲非故的侏儒生活，受尽折磨……记者呼吁全社会都来关心服刑人员子女的问题，给他们温暖，让他们能够健康地成长。

老谭关了电视之后，站那儿愣了一分钟，刚才他头脑中倏忽闪过一个模糊的念头，他没有抓住。这会儿他竭力想在头脑内部的茫茫宇宙中找回这束光，可是哪里还有踪影。他摇摇头，感叹真是老了。

他头脑中全是黑豆小小的身影。他清楚地记得当初姚雪娥被判刑之后，他特意交代村支书，要安排好她的两个孩子。后来村支书告诉他，两个孩子都让亲戚领养走了，好像一个是小孩儿的舅舅领养的，另一个是小孩儿的姨领养的。黑豆怎么会到侏儒手上呢？

姚雪娥的案子是他退休前办的最后一个刑事案件，也是他在蛇尾乡派出所当所长期间办的唯一一件凶杀案。这个案子为他的警察生涯画了一个圆满的句号，也成了他吹牛的资本，用他的话说："咱也是办过大案的人……"他吹牛的时候从没想到过姚雪娥的两个孩子，即使想到，那念头也是一闪而过，根本就没在头脑中停留。

今天他从电视上看到黑豆，再也挥不去这个影子。下棋时，他头脑中突然蹦出一个声音：这事与你有关！

他愣了一下，消失在头脑内部茫茫宇宙中的那束光好像又闪了一下，但他仍然没有抓住。该你下了，老郑催促他。他回过神来，跳马。你这马是铁腿呀？老郑捣着棋盘说道。原来马别腿。竟然犯如此低级的错误，他脸红了一下，推枰认输了。他把位置让给了别人。

他又看了一会儿棋，但并没往脑子里去。他还在头脑的宇宙中捕捉那束消失的光——一个模糊的念头。

去接琪琪的时候，他的思维还没有收回来，以至于琪琪到了身边他还没有看到。琪琪问他怎么了，他说没事儿。琪琪说他看上去像是在梦游。

"你知道什么叫梦游？"

"我当然知道了，梦游就是做着梦到处走……"

他看看琪琪的个头儿，比黑豆高多了，而琪琪只有八岁，比黑豆还小一岁。

吃晚饭的时候，老谭头脑中还在不断回响着那句话，这事与你有关，这事与你有关……这让他厌烦透顶。他想，我做错什么了？只不过是机缘凑巧，破了一件大案，惩罚了两个罪犯（姚雪娥和胡老二，他们联手杀死了姚雪娥的丈夫胡老大，一个被判无期徒刑，一个被判死刑），如此而已。姚雪娥的两个孩子，他特意交代过村支书，让村里安排好他们的生活。于公于私，他都问心无愧。

女儿小梅和女婿郑志雄看出他有心事，问他，他说没事，什么事也没有，能有什么事呢？

他们看他不愿说，交换了一下眼神，也就不再问了。

晚上，老谭独自待在自己房间里的时候，他又将姚雪娥的案件回想了一遍，他不得不承认，这事的确与他有关。如果五年前深秋的一天他不去坡头村，一桩可怕的血案就有可能永远被掩盖起来。那样，姚雪娥和胡老二就会逍遥法外。说不定姚雪娥早就嫁给了胡老二，一家子过着平静的生活……黑豆也不会沦落到今天这步田地。

早上起来，头天消失在头脑内部茫茫宇宙中的那束光又出现了，这次是如此清晰，如同一个定格的闪电。他看清楚了，那束光——那个念头，就是：去看看这个小家伙！

他对女儿女婿说他要回趟蛇尾乡。他们问他有事吗，他说有点儿事，但没告诉他们是什么事。现在他不想说，因为说不清楚。他自己也不明白自己的动机。

坐上长途汽车后，他给安东所长打电话，说他要回趟蛇尾乡，能不能叫小郝去车站接他一下。从县城到蛇尾乡的班车一天只有一趟，他怕赶不上。他当所长时，安东是副所长，小郝是司机；现在安东是所长了。安东很会来事儿，他说，干吗让小郝去，他去！老领导回来了，他就是司机，这光荣的差事哪能交给别人。

两个半小时后，老谭坐上了安东的车。安东和他开玩笑，说他进城后把弟兄们都给忘了，一会儿要罚酒。老谭说他梦里不知回来多少次了，每次都被他们灌醉，弄得他都不敢回来了，这次就饶了他吧，他想去趟坡头村。

“那儿还是老样子，什么也没变。”安东说。

“我想去看看黑豆。”他说。

“你是不是看了电视？”

“嗯，我没想到……”

“我也没想到会这样。”

二

老谭和安东在村里找到杨支书，说明来意。杨支书领着他们上山。

路上，杨支书给他们介绍了黑豆的情况："那个案子发生后，黑豆爹死了，他妈和二叔被抓了起来，他就没有家了。人们说他是孽种，没人要他。起初他舅舅将他领去几天，他舅舅家里人生气，过不下去，就又把他送回来了。没有人收养他。人们说他是个灾星，谁肯把灾星领回家。村支部不能看着他饿死，便悬赏二百斤小麦和一百块钱，谁收养他给谁。还是没人要他。这时候，矮子站出来，说他要。我说，矮子，你自己都顾不住自己，还逞能？矮子说，拉出来的屎，还能再坐回去？你听听，多难听。有心不把黑豆给矮子，可是谁要？二百斤小麦和一百块钱归了矮子，黑豆也归了矮子。矮子让他喊爹，他不喊。矮子就打他，他还是不喊。矮子说，除非你不说话！从那时起，人们就再也没听到他说过一句话，五年了。"杨支书叹息一声，接着说，"矮子还对他说，不许他长个儿，他要是敢超过矮子，矮子就把他的脚砍了。不知是真是假，反正有人这样说……"

山坡上一派荒凉景象，草都干枯了，没有一点儿青色。一只母山羊和两只小山羊在啃着刷子毛一样干硬的草，啃来啃去也啃不到多少吃的，三只山羊的肚子都瘪瘪的。黑豆躺在背风的地方，漠然地看着铅灰色的天空。

老谭、安东和杨支书在黑豆跟前停下来。黑豆和老谭在电视上看到的一模一样，不差分毫。尽管老谭已有心理准备，但看到黑豆的那一瞬间他还是很震惊。黑豆穿着又脏又破的空筒棉袄和棉裤，胸前像盔甲一样又明亮又坚硬，几乎能划着火柴，露出来的棉花也都变成了黑色。他流着鼻涕，表情木然，头上长满癞疮；他的手因为冻了，肿胀起来，仿佛在里边吹了气一般，皮肤随时都要绽开。另外，他那么小，还和五年前一样，莫非跟着侏儒生活就会变成侏儒不成？没有这样的逻辑。可是，事实如此，黑豆就站在这儿，他五年没有生长，他成了一个小侏儒。老谭感到自己的心被什么东西狠狠地挤压了一下，异常难受。

"黑豆。"老谭叫道。

黑豆面无表情地站起来。

"你住哪儿？"

他不说话，就像一根黑木桩。

"黑豆，"老谭说，"你能领我们去看看你住的地方吗？"

黑豆看了一眼在坡上啃草的三只山羊，转过身，下山。老谭、安东和杨支书跟在后面。

下一道坡，过一道沟，又上一道坡，他们来到了黑豆住的地方。

这是一处孤零零的宅子，三间瓦房，一个羊圈，再加一个不像样的院子。老谭几年前来过。这是血案的发生地，他每个地方都仔细察看过，自然非常熟悉。几年过去了，这里还是老样子，什么也没变。他没想到黑豆会住在这个血腥的地方，黑豆不做噩梦吗？

老谭说："黑豆还住这儿啊？"

杨支书说："还住这儿。"

老谭围着院墙根儿的那堆石头转了转，说："这堆石头还在。"

杨支书说："没人动。"

当年姚雪娥和胡老二把胡老大杀了，就埋在这堆石头下。后来警察搬开石头，将胡老大的尸体挖了出来。

"从那时候起，再没人动过这些石头。"杨支书说，"那时啥样，现在还啥样。"

老谭要看黑豆住的地方。门没有锁，他们就自己进屋去看。床像个狗窝，乱糟糟的。老谭以为黑豆睡在这张床上，和矮子睡一起。

"你睡这儿？"老谭问黑豆。

黑豆不言，走到羊圈门口，往里指了指。

羊圈里臭气熏天，没有窗子，一片黑暗。老谭什么也看不到，脸上有些疑惑。待适应黑暗之后，他看到角落里有一堆麦秸和一床黑被子。被子破烂不堪，露出黑色的棉花。他不敢相信自己的眼睛。他让安东看，安东看后，又让杨支书看。

三人都看后，你看看我我看看你，无话可说。

"你们都看到了。"老谭说。

安东把杨支书叫到一边，看样子要和他说悄悄话，但声音却很大。

安东说："你都看见了？"

杨支书说："这个矮子太不像话了，看我怎么收拾他。"

"现在是啥年代，这是人住的地方吗？"

"我没想到会是这样……"

老谭点上烟，一个人抽烟，狠狠地把烟往肚里吸，再狠狠地吐出来。黑豆站在旁边，怯生生地看着他。

让安东和杨支书先交涉吧，他等会儿再出面，免得把事情弄僵，毕竟要指望杨支书，不能过于责怪杨支书，老谭想。

三

安东和杨支书是在演戏吗？老谭明白，不在其位，不谋其政，他退休了，身份是老百姓，不便管“闲事”。安东在替他说话。安东是所长，和杨支书交涉，算是工作。他待一边是对的，且听他们怎么说。

二人说着说着就有点儿戗上了。安东让杨支书想办法，杨支书苦笑一下，说：“能有啥办法？该想的办法都想了，不管用。”

安东说：“你是支书啊！”

“支书可稀松。”杨支书不软不硬顶了安东一句。

“那你的意思是，让黑豆继续跟着矮子？”

杨支书用沉默表示，只能这样。

当听到还要让黑豆跟着矮子，老谭心里的火一下子就蹿了起来，他走过去不假思索地说：“要不，我把黑豆带走？”

他本意是讽刺挖苦杨支书，将他一军。

“这再好不过了，”杨支书趁腿搓绳说，“这娃子有福了。”

杨支书不吃他那一壶，反将一军。别看说得轻描淡写，其实很戗人——说着容易，有能耐你把他弄走试试。杨支书本意也只是戗老谭一句，并没真想把黑豆撂给老谭，那怎么可能？

“这不合适吧？”安东拉拉老谭的衣襟，让他冷静。

“没啥不合适的，都不要我要！”老谭突然逞起英雄，他头脑发热，像块烙铁。

“矮子不会答应的。”安东说。他还在为老谭找台阶下，他不能看着老谭跳进坑里而袖手不管。

“他敢！”杨支书突然厉害了，拍着胸脯打保票，“包在我身上，我去找矮子说！”

杨支书刚出门，又折返回来，拉上安东和老谭一起去。

“我想，最好咱们一块儿去，有你们在，我看他敢放个屁！”

杨支书想借安东的虎皮吓唬吓唬矮子，或者，他怕安东打烂锣，才故意叫上他们。

他们在村中间找到了矮子。矮子见了他们筛糠般地抖着，不敢正眼瞅他们。

“知道为什么来找你吗？”杨支书厉声道。

"我……没犯法。"

"没犯法，警察会来找你吗?"

"我……"

"我什么我？知道你犯什么法了吗?"

"不知道。"

"你虐待儿童，知道不?"

"我……没有。"

"没有？你是不见棺材不落泪?"

矮子不敢吭声。

"他们就是来解救黑豆的，你同意他们把黑豆带走吗?"

这时候矮子还能说什么，他被杨支书给吓蒙了，头耷拉下去。

"你们把黑豆带走吧，他同意了。"杨支书说。

杨支书一番不露声色的精彩表演，把老谭给迷惑了，他只得跳进自己挖的坑里——把黑豆带走。

出山的时候，老谭昏倒了。他摇摇晃晃倒下的时候，安东扶住了他，让他坐到一块大石头上。他从口袋里摸出糖块，想剥开填进嘴里，但抖得厉害，糖块掉地上了。安东把糖块捡起来，剥开，塞进他嘴里。过了一会儿，他恢复了意识。杨支书不合时宜地说："要不，把黑豆留下吧?"

老谭摇摇头。

"低血糖，"老谭说，"吃块糖就没事了。"

老谭有糖尿病，必须及时吃饭。杨支书要留他们吃饭，他们谢绝了。安东提议到镇上吃饭。到镇上后，老谭说不在镇上吃，到县城吃。镇上熟人太多，他可不想见人就解释黑豆的事。再者，他怕人们笑话他，他做的这件事想不让人们笑话是不可能的。他能猜出人们会怎样议论这件事，无非是说他傻和疯呗。他让安东停车买了三个烧饼，一人一个，先垫垫。

到县城后，二人心照不宣，都明白领着黑豆去大酒店是不合适的。安东在一家烩面馆门口把车停下，说道："这儿不错。"

这种苍蝇小店，人还不少，可见饭菜便宜可口。

他们进去时，老板娘特意瞅了一下黑豆，皱皱鼻子。如果不是跟着他们，老板娘大概不会让黑豆进去。他们找位置坐下，安东张罗着要了两个卤菜、三碗烩面。

“喝点儿?”安东说。

“不了,”老谭说,“你还要开车。我,医生不让喝酒。”

“那好吧,吃饭。”

安东穿着制服,人们有意无意会多瞅他们两眼,肯定在心里猜测三个人的关系。让他们猜去吧,老谭想。

饭后,安东将车开到洗浴城门口停下。

“时间还早,洗个澡再回吧。”安东说。

安东想得很周到。这个浑身脓疮散发着臭味的小侏儒,身上肯定藏着无数的虱子,不洗洗怎么能往家领呢?即使安东不这样安排,回到南阳老谭也会带他先去洗澡的。

由于是安东在张罗,洗浴城的工作人员虽然嫌恶,却不能拒绝黑豆入内。尽管如此,前台服务员还是忍不住嘀咕:“会影响生意的。”

安东说:“少废话,顾客都是上帝。”

安东向前台要了个塑料袋给老谭:“一会儿把黑豆的破烂儿塞进去,不要了,我去再买一身儿。”

“好。”老谭说。他也接受不了黑豆身上穿的衣服,与其说是衣服,不如说是垃圾,脏、烂、臭。黑豆给人的感觉,不是从哪儿捡的,而是从垃圾堆里刨出来的。

服务生特意交代老谭,要给黑豆洗淋浴,别往池子里去。

黑豆大概从没洗过澡,不知道怎么洗。老谭打开喷头,调好水温。他要黑豆往喷头下站,黑豆不敢,吓得半死。水并不热。老谭将他拉过来,不松手。黑豆渐渐适应了,不再挣扎。老谭带着厌恶的表情给他擦洗。水从他身上流下去,就变成了黑汁。老谭一边给他搓澡,一边自怨自艾:“我可真会给自己找事……你是真不会说话,还是假不会说话,莫非你变成了哑巴……我不知道你傻不傻,我傻倒是真的,我是天下头号傻瓜,没有人比我更傻了……我该拿你怎么办呢?”

黑豆就像是躲进了自己身体的深处,让老谭摆弄他的躯壳。

老谭和黑豆从洗浴间出来到更衣处,服务生将一个袋子交给老谭。“安东让给你的。”服务生说。安东给黑豆买了秋衣秋裤、棉袄棉裤。黑豆穿上新衣服,焕然一新。那袋破烂衣服,老谭塞进了垃圾桶。他们还没离开,服务生就捏着鼻子将垃圾拿出去倒了,真是不给他们面子。

从洗浴城出来,老谭要给安东钱,安东坚决不要,说:“你这不是打我脸吗?

你能这样，我就不能……”

老谭没再坚持，他从安东眼里看出了同情。

安东执意要送他们回南阳，老谭说什么也不让。

“坐上车很快，你何必再跑一趟。”

他想说，这事与你无关，这是我自找的，你不必歉疚，但他没说出来，毕竟安东也是一片好意。

四

回到南阳，天色已晚，街灯都亮了。

老谭领着黑豆从长途车站出来，没有打车，他要走回去。女儿家离车站不远，步行也就半小时。

老谭离开时一个人，回来时变成了两个人，怎么给女儿女婿交代？路上，他一再回想当时的情景，仍然弄不明白这是如何发生的。他肯定是疯了，如果没疯，他怎么会把黑豆带回来呢？他该拿他怎么办呢？

在黑豆家，他头脑里有一个声音：“这事与你有关，你不能袖手旁观，不能让一个孩子过这种畜牲不如的生活。”这声音是从哪儿来的？如果没有这个声音，他也许不会失去理智，把黑豆领回来。

黑豆像狗一样跟在老谭后面。城市里有一种嗡嗡声，如同一个大蜂箱。

老谭突然觉得这个城市很陌生，街上匆匆走着陌生的人，空气中弥漫着陌生的气息，从地下——也许是另一个世界——吹上来陌生的风。

我是不是做得太过分了？他想，连个招呼也不打，就将黑豆领回家，合适吗？

可是，已经没有退路了，他不能把黑豆再送回坡头村交给矮子。“这事与你有关，你不能袖手旁观……”他头脑里又响起了这可恶的声音。谁让我摊上了呢，湿手沾干面——甩不掉了。

他和黑豆进门后，女儿和女婿一下子没反应过来，还以为跟在他身后的黑豆是谁家的孩子走错了门。他介绍说：“这是黑豆。”

他们一脸愕然，不知道黑豆是谁。

他又说：“就是姚雪娥的儿子。”

他们还是不明白：“姚雪娥？”

“我五年前办的那个案子还记得吧？他就是那家的孩子。”

“噢——”他们恍然大悟的样子，但脸上分明挂着一堆问号。

“待会儿我慢慢跟你们说。”

他必须想好怎么说才行，不能让他们指责他犯傻，或者觉得他脑子出了毛病。他们都是有同情心的人，他们会理解他当时的心情（其实不如说冲动更准确些）。如果他们不接受黑豆，他想好了，他就带着黑豆回蛇尾乡去，在那儿可是他说了算。

他们看黑豆，就好像看一只从动物园中跑出来的猴子。琪琪比黑豆高出一头还多，她盯着黑豆的头，他头上的癞疮让她害怕。老谭知道一个治癞疮的偏方，就是在病人头上抹上米汤汁，让狗来舔，一遍遍地舔，要不了多久癞疮就没了，但狗就倒霉了，会变成癞皮狗。他不知道这个偏方灵验不灵验，即使灵验，他也不知道狗会不会舔癞疮。看来还是要去看看医生，涂点儿药膏吧。

小梅将琪琪拉开，让琪琪写作业去。她干什么？是怕琪琪与黑豆靠得太近，传染上瘟疫，还是怕黑豆身上的虱子爬到琪琪身上。他真想说，他下午刚洗过澡，衣服也是新换的。但他没说，毕竟小梅也没做错什么。小梅从上到下打量着黑豆，不但看到了他头上的癞疮，还看到了他手上的冻疮。她既嫌恶又怜悯。她让黑豆坐到沙发上。她问黑豆几岁了，黑豆不说话，表情木然，仿佛没听见似的。她疑惑地看着老谭。

“他不爱说话。”老谭说。

突然把这样一个小侏儒弄进家里，还能指望他们列队欢迎吗？他不应该对任何人的态度不满。郑志雄一副大度的样子，他没什么话可说。小梅假模假式地对黑豆嘘寒问暖，这是做给他看的，不管怎么说，还是给他面子的。琪琪，一个八岁的孩子，没有把黑豆推出门外就算表现不错了。既然如此，他心中为什么还像塞着一个气囊？他是在生自己的气。自己做了不靠谱的事，能怪谁呢？

安排黑豆睡下后，老谭才将黑豆的故事讲给女儿女婿听。终究要面对现实，或者说要面对尴尬，这是跳不过去的。毕竟这是女儿的家，他不能——他没找到合适的词——为所欲为。女儿女婿听完故事，终于明白所要面对的问题了，那就是：他要把黑豆留下。他已经说了，他不能（是不能，而不是不想）把黑豆送回去。

一阵难耐的沉默，每个人都在想心事。

老谭已经做了最坏的打算，那就是领着黑豆离开这个家，租一个小房子住下来，节俭一点儿，他的退休金完全能够应付两个人的开销。他想过带黑豆回蛇尾乡，那是他的地盘，他如鱼得水。但再一想，若带着黑豆回蛇尾乡，他会被人们当作笑柄的。他对自己说，要做到心平气和，无论他们说什么，都不要生气，都接受。他没权要求他们如何如何。然而，他们并没责怪他，只是沉默。这沉默却比责怪更令他难受。

女儿说多一个人并不是吃穿和花钱的问题，而是要对他负责，让他上学，每天接送，辅导作业，另外还有户口问题、学籍问题，要为他的前途考虑，等等。这不是一天半天，一月半月，也不是一年半载，而是……一辈子。

女婿考虑的是另外的问题，他怀疑黑豆的智力也像身体一样没能正常发育，再就是他会不会说话，有没有心理缺陷？

女儿摆的是事实，无须回答。女婿的问题却把他难住了，他老老实实地承认，他不知道黑豆傻不傻，也不知道他还会不会说话，更不知道他有没有心理缺陷。再者，如果黑豆以后还不长高怎么办？他也不知道。这些问题让他更加意识到自己行为的鲁莽，想想看，家里有个小侏儒，邻居们会怎么看他们。

他们都很同情黑豆，但……用他们的话说，没有心理准备。他们决定不着急，再想想办法。

他但愿能有更好的办法。

五

起风了，风像狼一样嚎叫。

躺在床上，似睡非睡中，老谭想，我是不是做了一个梦，白天的一切其实是一场梦？伸伸腿，碰到黑豆，他知道一切都是真实的，就像身下的床铺一样真实。黑豆紧紧贴着墙壁，给他留下了足够大的地方。黑豆睡着了吗？这个不说话的孩子，我该拿他怎么办呢？

这就是逞能的结果，他想，活该你受罪。但他马上就对“逞能”这个词不认同了，我没有逞能，我真的不是要逞能，我是没有办法。一切像是早就注定了似的，他只是“偶然”撞上而已。如果他昨天没有在电视上“偶然”看到黑豆，就不会有今天的麻烦。再往前推，如果五年前他没有“偶然”破那个案子，就不会有后边这些事。他清楚地记得五年前那天，他是去坡头村安排迎接计划生育检查的。

计划生育是国策，一有风吹草动，各个部门都要雷厉风行下去督促，派出所也不例外。听说有个检查组在邻县检查，到不到这个县，谁也不知道。即使到这个县，查蛇尾乡的可能性也只有十八分之一（全县共十八个乡）。即使到蛇尾乡，那么多村，查坡头村的可能性就更小了。但是，不怕一万，就怕万一。万一查到怎么办？这项工作可出不得纰漏，要是出了纰漏，不但丢人，还有可能让书记、乡长丢乌纱帽，岂敢马虎。他在坡头村待了大半天，警报解除——检查组不来了。

他正打算回乡里，突然想起胡老大就是这个村的。胡老大在蛇尾街上卖肉，他有一天割了肉，却发现没带钱，欠下胡老大十块钱。从那以后，就再没见胡老大出摊儿，搞得他一直还不了钱。也许胡老大不干这行了，他想。今天，借这个机会，就到胡老大家里亲手还给他吧。他可不想一直欠着别人。

杨支书说胡老大家不远，便带他去。计划生育不检查了，他们一身轻松。山里人说“不远”，那只是他们的概念，你并不知道有多远。尽管他有思想准备，还是走了好大一会儿，翻过两道坡，才看见一个孤零零的小院子。

“到了。”杨支书说。

院里一个人也没有。但你能感觉得到空气在抖动，暗处有眼睛在看着你。

“有人吗？”杨支书喊。他的声音很大，吓得一只母鸡叫着跑出了院子，墙角一头小猪站了起来，愣头愣脑地张望着。没有人应声。

“我知道屋里有人，出来吧！”

还是没人应声。

“这是派出所的谭所长！”

虽然还没人应声，但是屋里传出了一些响动。一会儿，门开了，一个二十多岁的女人站在门口。她虽然说不上漂亮，但也有几分姿色，在山里属于比较打眼的。她在发抖。

“这是胡老大的媳妇。”杨支书说。

胡老大四十多岁了，媳妇这么年轻，还……真应了那句俗语——好汉无好妻，赖汉娶个娇滴滴。

她看着他。两个小家伙从她身后冒了出来，倚靠着门框，也睁大眼睛好奇地看着他，好像他是外星人似的。

她还在发抖。可能是我这身老虎皮吓着她了，老谭想。

“胡老大呢？”杨支书问道。

这个女人脸色苍白，仿佛皮下的血液被功率很大的泵瞬间抽得一丝不剩了。静得可怕，空气像水泥一样凝固起来了。

“胡老大呢？”杨支书又问。

这个女人抬起下巴朝他们身后指了一下。

他们回头看，背后并没有人。他们疑惑地看着她，她又抬了一下下巴。杨支书觉得这个女人在和他开玩笑，有些生气，声音突然提高了很多。

“在哪儿?”杨支书的声音像一块冰冷的铁。

那个女人从他们身边走过去，在他们身后停下来，指了指院门左侧的一堆石头。一时间他们都没明白过来，不知道她是什么意思。她男人怎么会藏在石头堆里呢?

“你疯啦?”杨支书吼道。

那个女人低着头，不说话。很奇怪，她的身子突然停止了抖动。

老谭看着那堆石头，突然明白了她的意思。

“人是我杀的，我偿命。”她说。说罢，她的脸上浮现出不易觉察的解脱了的轻松表情。那是深秋季节，落叶飘零。

他无意间又瞥到两个孩子，其中一个就是黑豆，另一个是他姐姐。黑豆四岁，他姐姐七岁。他们倚靠着门框站着，像两个受惊的小兽。他们看着他和杨支书，那目光令人难忘，但很难说清楚那目光中包含着什么。有些事情小孩儿是不应该看到的，他在想。

“回去!”她的声音不高，但很严厉。

两个小孩儿不敢违抗，缩回到门里头。

那是他第一次见到黑豆，没有特别深刻的印象。一个普普通通的山里小孩儿，看上去穷兮兮的，但结实健康。他没想到几年后这个孩子变成了小侏儒，而且会和他睡到一张床上……

他很疲惫，可是想入睡却很难。即使睡着了，也不能睡得很死，处于半梦半醒状态。可恶的风在窗外捣乱，一刻也不安生。迷迷糊糊中，他感到黑豆从床上爬了起来。黑豆大概是要小便吧，他想。睡觉前他告诉过黑豆灯的开关位置和厕所的位置，他能自己找到吗?他想到要帮黑豆一把，可是浑身沉困，身上像压着大石头一般，无法动弹。让黑豆锻炼一下吧，他得学会自己照顾自己。黑豆在房间里摸索，像影子一样没有声音。有那么一会儿，他担心黑豆会像影子一样消失，随风飘走，或者融入黑暗之中。他听不到黑豆呼吸的声音，听不到黑豆的脚步声，也听不到黑豆摸索的声音。黑豆在哪里?

老谭打开灯，眼前的景象让他惊呆了。一把明晃晃的水果刀就在他的眼前，离他的眼睛只有几寸的距离。寒光闪闪，近在咫尺。黑豆举着刀，要向他脸上扎来……

六

黑豆举刀的手僵在老谭的头顶。黑豆被定在那儿，一动不动，仿佛被施了定身术。时间凝固了。

老谭从他手中拿过水果刀，不是夺，不是接，是拿，仿佛他的手是一个放水果刀的地方。黑豆像个小木桩，木呆呆地站在那儿。

“你想杀我？为什么？你是哑巴……”

面对一个不说话的人，老谭无计可施。

窗外寒风呼啸，像女人的号哭。黑豆穿着秋衣秋裤，赤脚站在地上，冻得瑟瑟发抖。

一个小小的人儿，不足一米高，竟然要杀人，这还得了，老谭想。他披上衣服，坐起来，从床头柜里摸出酒来，喝了一口。他的心拔凉拔凉，需要暖一暖。

他……就让他站那儿吧，他既然冻死都不会吭一声，那就叫他冻着好了。

这个夜晚也许是所有夜晚中最冷的一个夜晚，寒风在窗外咆哮、呜咽、翻滚，冲撞着墙壁、拍打着门窗、吹着胡哨、甩着鞭子、肆意闹腾。风声听起来就让人起鸡皮疙瘩。老谭终是于心不忍。

“上床吧。”他说。黑豆站着不动。“那你冻死好了！”他恶狠狠地说。一个小人儿，看你能撑多久。就这样，他们一个床上一个床下僵持着。然而，几分钟后老谭撑不住了，他跳下来将黑豆抱上床塞进了被窝里。

剩下的时间都别想睡觉了，老谭时不时地喝口酒，为自己压惊，不管怎么说，也算是大难不死吧。他想，他要是死在这个小人儿手下，人们不但不会同情他，反而只会笑话他——看看，他都干了些什么，就他高尚，活该他丧命。他碰一下黑豆，黑豆像块石头，硬邦邦的。他感到就是理解一块石头也比理解黑豆要容易些，这个小人儿，他心里在想什么？他会不会在想他的母亲呢？

黑豆的母亲，姚雪娥，这个不幸的女人，也是很值得同情的。她杀人的动机很简单——忍受不了丈夫的家庭暴力。

讯问时，老谭问她为什么要杀胡老大，她说胡老大打她，往死里打。

“他为什么要打你？”

“他总疑神疑鬼。”

“他怀疑什么？”

“他怀疑我是破鞋。”

“他为什么怀疑?”

“你问他去。”

她说胡老大总是变着法儿折磨她，胡老大有劲，他的手像铁钳一般，能把她的骨头捏碎，能把她的魂灵捏出窍。胡老大曾用猪尾巴抽打她的下体，打得她那儿肿得像馒头一样高，她好多天小解都困难。胡老大还曾想把啤酒瓶塞进她身体里，但没能如愿。胡老大有一次差点儿把她给掐死了，可是过了一会儿她又活过来了……还有很多，她羞于说出口。

农村经常挨打的女人有一些，但像她这样遭到如此虐待的还很罕见。

“你们枪毙我好了，我不想活了，活着还不如死。”她说，“一命抵一命，我给他偿命。”

……

她很配合调查，用法律术语说，叫“对犯罪事实供认不讳”。

“你就不为孩子想想?”

老谭的这句话触到了她心中最柔软的地方，她的眼泪唰地落了下来，像两眼小泉。她狠命地咬着嘴唇，把嘴唇咬出了血。尽管如此，她还是没能忍住，号啕大哭起来……

老谭永远忘不了她号啕大哭的样子，她好像要通过这种方式将所有的不幸、所有的绝望一股脑儿倾泻出来，甚至将所有的内脏也都倾泻出来。她哭得撕心裂肺，哭得天昏地暗，哭得人心里像猫抓一样难受。

在这个夜晚，老谭又听到了她的哭声，就在窗外，那么真切。他知道这是不可能的，绝对不可能。再仔细听听，原来是风，冬天的风有时候听上去像女人的哭声。

七

天亮时，风弱了许多，但飘起了雪花。很快，整个世界都白了。

老谭本不想将夜里发生的事说出来，他觉得丢人，都是他自找的，可是，转念一想，他不能对女儿女婿隐瞒这件事，毕竟他住在他们家里，他们有权利知道。再者，他不打算在黑豆身上冒险了，那个租房子带黑豆一起生活的念头他也丢开了。他不敢和黑豆单独在一起生活，他怕某一天他的死成为人们的笑谈。

老谭把夜里发生的事说了之后，女儿女婿都很震惊。在他们眼皮底下差点儿发生了血案，想想都后怕。但震惊之余，他们反而有些兴奋，尽管他们竭力掩饰，老谭还是看出来了。他们夜里肯定没少讨论黑豆的问题，一方面，他们不会赶黑豆走，因为要顾及老谭的感受；另一方面，他们对家里多个人又很不习惯。对他们来说，黑豆是个难题。现在问题变得简单了——黑豆不能待在这个家里！

老谭不可能睁着眼睛睡觉，再说了，女儿女婿也不会放心他和黑豆睡在一起。又没有多余的房间和床，怎么安置黑豆？这些都是明摆着的，大家心里明镜儿似的。女儿女婿不愿说出赶黑豆走的话，他们了解老谭的性格，他要是拗起来，十头牛也拉不回。他们等着老谭自己提出来。

老谭想过把黑豆送走的事情，但问题是送哪里？送给谁？送回矮子身边，让矮子继续虐待他吗？那岂不是让杨支书和安东笑话。别的……不能把他扔到大街上，连这种念头都不该有。也不能把他交给警察，老谭当了一辈子警察，知道警察会怎样处理。也不能送到民政局，民政局会怪他多管闲事。那么，送孤儿院吧，可他没听说南阳有孤儿院。这件事把他给难住了，他要好好想想。

他没把他的心思都告诉女儿女婿，让他们去猜吧。

女儿女婿匆匆吃了饭就上班去了，下雪，路不好走，他们要早点儿出门。他们相信那么一个小人儿，老谭完全能够搞定。但他们也没忘记提醒老谭提高警惕，别阴沟里翻船，毁了一世英名。另外，他们顺路把琪琪送到学校，让老谭和黑豆在家待着。

老谭知道，他们把黑豆的问题撂给了他。

黑豆还在睡觉，他起来时没叫黑豆。黑豆大概和他一样，后半夜没睡着吧，天明时黑豆扛不住了，沉沉睡去。让黑豆多睡会儿吧，小孩儿觉多。

天无绝人之路。老谭正在屋里发愁，有人敲门了。他从猫眼中看到一个雪人，看来雪下得很大。那人取下帽子，拍打着身上的雪花。是个女的，中等身材，一头瀑布似的长发，看上去很面熟，但想不起来在哪儿见过。他打开门，问她找谁，她说就找他，老谭。

她跺脚时，老谭从她高筒皮靴上的雪迹判断，雪有好几厘米厚了。

“好大的雪！”她说。

她看上去很兴奋，眼睛明亮，熠熠放光，整个面孔都被那柔和的光所照亮，显得特别美丽。

“你是——”

“我是南阳电视台的记者，我叫叶子。”

他想起来了，她就是采访黑豆的记者，前天在电视上看到过。老谭总觉得电视上的人都离自己很遥远，没想到真人出现在了面前。毫无疑问，她是为黑豆而来的。嗅觉可真灵敏啊，他心中感叹一声。

黑豆已经起来，并吃过早饭，坐在沙发上。一开始叶子没认出黑豆。也难怪，她采访时黑豆就像一堆扔在墙角的破布，和垃圾没什么两样；现在洗干净了脸，穿上了新衣服，变成了一个小小的儿童。

“你不认识黑豆了?”老谭问。

她审视了一会儿，“哦”了一声：“没错，就是黑豆！想不到变化这么大，我都认不出来了。”

“嗨，”她和黑豆打招呼，“不认识我了?”

黑豆木着脸，没有任何反应。

“你知道的，他不会说话。”老谭说。

叶子笑笑说：“没关系。”

“这事儿，”老谭指的是他将黑豆带回来这件事，“你是咋知道的?”

“安东说的。”叶子说，“也许可以做个后续节目，我本能地觉得这里面有可挖掘的东西，这是一种感觉，也不知对不对，所以找您聊聊……”

老谭本意是要拒绝采访的，他可不想让全世界都知道他干了一件傻事，但在和叶子聊天的过程中，他忍不住将昨天夜里发生的事说了出来。当然不是当着黑豆的面说的，他已将黑豆打发到他的房间里了。不说他会憋得慌，说了之后他感到一身轻松。再者，他实在是没招儿了，他想让叶子帮他出出主意。

黑豆要刺杀老谭，这让叶子大为吃惊。她连说想不到，想不到。她的声音里突然有一种职业的兴奋：“这是一个现代版的《农夫与蛇》的故事，做成节目肯定会引发讨论的。”

老谭才不关心什么节目不节目讨论不讨论的事，他想的是黑豆的问题如何解决。如果黑豆的问题不解决，他不会上节目。

雪花在窗外飞舞，那样轻盈，一阵回旋的气流能将它们重新带到天上。有那么一会儿，他们都在看雪，老谭知道他会记住这场雪，叶子大概也会记住这场雪吧。

“这天儿，蛇会冻僵的。”她说，“你看他是一条蛇吗?”

“谁?”

“黑豆。”

“我没说他是一条蛇，是你说的。”

“我有一种直觉，不知道对不对。”

“你说。”

“你认为他正常吗？我是说他昨天夜里做的事。”

“这还用问。”老谭摇摇头。

“他为什么要杀你？”

“我不知道，我想过这个问题，可没想出个所以然来。”老谭又摇头。

“应该问问他。”

他们没办法让黑豆开口，就把黑豆带到专家那儿。叶子认识中心医院的孙大夫，他是本市有名的心理咨询师，他有一双驯兽师般的眼睛，也许他能让黑豆开口，不过老谭和叶子并没抱太大希望。

八

雪下得很大，地上已铺了厚厚的一层，到处都是白的。老谭和叶子带着黑豆来到中心医院，将黑豆交给孙大夫。他们待在走廊里，在走廊尽头看雪。雪将柔和的白光映进来，照在人身上，让人看上去明亮许多。

说实话，老谭并不觉得心理分析能管用，你有再大能耐，给你个木桩，你能让他开口？但是，试试也无妨，不能辜负了叶子的一片好心。

叶子对黑豆母亲的案子很感兴趣，遇到老谭，自然要多打听一些。老谭说：“那个案子完全是撞上的，当时去坡头村督促计划生育工作，我想起欠胡老大十块钱，就去他家还钱。胡老大是个杀猪的，在街上支个案子卖肉，有一天我割了肉，一掏口袋没钱，就先欠着。这一欠，就再没见过他。那天到坡头村，我想起这件事，就让支书领我到胡老大家。胡老大的女人叫姚雪娥，一看警察——我穿着警服——找上门来了，吓得直哆嗦，以为事情败露了，就主动招供，说她将胡老大杀了，埋在院墙边，上边堆了一大堆石头。”

“如果她不招？”

“我也想过这个问题，她家是独门独户，住在半山坡上，她要说胡老大出门打工了，谁也不会怀疑。那样，就不好说了。”

“她为什么要杀胡老大？”

“这得从根儿上说，她十五岁换亲换到胡家，嫁给胡老大。胡老大比她大二十岁，对她很不好，总是打她，虐待她，下手很重。你想想，胡老大是个杀猪的，力气会小吗？她也是实在忍受不了了才……”

"黑豆他二叔?"

"他也是自己跳出来的，本来姚雪娥把所有的罪责都揽到自己身上了，说人是她杀的，她愿意偿命，没想到胡老二跑到派出所说我们抓错人了，胡老大是他杀的，他要我们放了他嫂子。"

"他为什么要杀胡老大?"

"也是因为胡老大打老婆，他看不惯，所以就把他哥给杀了。两个人说的情节都与案情吻合，用的都是杀猪刀，扎的部位都是肚子，杀人后都是把尸体埋在院墙边……"

"一起干的?"

"你猜对了，他们就是一起干的。他们都想为对方开脱，结果谁也没开脱了，胡老二被枪毙了，姚雪娥被判了死缓，后来改为无期徒刑。"

"他们是不是相爱?"

"如果你见过胡家二兄弟和姚雪娥，你就会明白，姚雪娥和胡老二才应该是一对。胡老大五大三粗，腰像门板一样宽，胡老二像杨树一样笔直，算得上标致小伙儿。其实也不是小伙儿了，他那时候已经三十岁了。兄弟俩不像是一母所生。他们肯定是相爱的，姚雪娥嫁过去十年了，胡老二一直没结婚，他自己说是因为家里穷，娶不起媳妇，我想真正原因可能是因为他爱上了他嫂子……"

"没问他?"

"问过了，一涉及这个话题，他就低着头不说话……"

重新回顾这个案件，老谭忽然发现胡老二和姚雪娥是那么相爱，完全配得上"至死不渝"这个词，而当初他并没在意这一点，他在意的只是事实真相。

叶子感叹道:"唉，两个相爱的人!"

孙大夫的门虚掩着，老谭和叶子到门口看看进展如何。已经两个小时过去了，基本上只是孙大夫一个人在说，他的声音不高，但很有穿透力。他颇有耐心。这也许是由他的职业决定的，即使对着墙壁他也能不歇气地说上两个小时吧。他们打算离开的时候，孙大夫的声音消失了，就像水渗入了沙中一样。屋里静悄悄的。接着，又是孙大夫的声音，更有穿透力的声音:"你为什么想要杀谭警官?"

没有声音，寂静。老谭的心提到了嗓子眼儿，他不让它跳动，它跳起来会发出打鼓一样的声音，妨碍他倾听。孙大夫用他驯兽师般的目光注视着黑豆，他要用那如刀的目光剖开黑豆心上的冰。随后，虚无中传来一个陌生的声音:"他是仇人，他毁了我的家!"

老谭的心哆嗦一下，又开始跳动，但跳得很不规律。他脸色难看，叶子用目光安慰他，他摇摇头。

“他是个小孩儿，他还不懂事。”叶子说。

老谭又摇摇头。

仇人，这个词虽然像刀子一样，但老谭并不感到十分意外。按黑豆的逻辑，是老谭将他的母亲和二叔绳之以法，让他没了家，老谭自然是仇人，所以他向老谭举起了刀。真正让老谭感到意外的是，黑豆竟然说话了。黑豆在他面前一句话也不说，而在孙大夫面前却说话了。这说明什么？说明黑豆拒斥他！黑豆不光拒斥他，还拒斥整个世界，他五年间一句话也不说，就是在拒斥一切。

黑豆总共就对孙大夫说了那一句话，之后，他又闭上嘴，恢复了他那一贯的木呆呆的神情。他重新把自己变回了哑巴。

孙大夫指指自己的脑袋，说：“这孩子这儿受过刺激，他心里有一个黑暗的深渊。”这是他单独对老谭说的，此时叶子和黑豆待在外边。

“我明白。”老谭说。

“他需要爱。”

“我明白。”

……

老谭看出孙大夫也没有更多的招儿，就告辞了。大夫不是神，不能解决所有问题，这是孙大夫说的，一点儿没错。但孙大夫让黑豆说出了一句话，这个能耐就不小。老谭还是佩服孙大夫的，有两下子。孙大夫说心理咨询需要很长时间，不是一天两天就能解决问题的。另外，即使花费足够的时间，也不一定都能奏效，这项工作就这样。老谭也不奢望孙大夫能解决黑豆的问题，他想，不会有第二次了。

既然到了医院，老谭顺便给黑豆买了冻疮膏和癞疮膏，他的手和头实在让人看不下去。

出了医院，雪还没停，到处都是白茫茫的。街上车辗过的雪黑乎乎的，很脏。人行道上有行人踩出的脚印，很白，很干净。他们顺着人行道往前走，老谭牵着黑豆的手，怕他摔跟头。

拿黑豆怎么办呢？老谭仍然面临着这个问题，叶子帮不了他，孙大夫更帮不了他。

和叶子分别时，叶子说她对再做个节目很有信心，但这却不是老谭所关心的，老谭不置可否。他们没说下一步怎么办，只说再联系。显然，黑豆的问题还得老谭自己扛着。

雪还在下，没完没了。

九

老谭继续让黑豆住在家里。除了老谭，其他人都和黑豆保持着距离，尤其是琪琪，她很害怕他，总是离他远远的，大概她也知道他要杀她姥爷吧。他是没办法，黑豆是他带回来的，他不能扔下不管。

晚上，他还让黑豆上床睡觉，只是将水果刀藏了起来。白天，他带着黑豆，黑豆像是他的尾巴。他送琪琪上学，带着黑豆。买菜，带着黑豆。下棋，也带着黑豆。老谭对他的棋友说，黑豆是他乡下亲戚的孩子。

黑豆和老谭还是不说话，老谭逼他也没用。

吃饭时，老谭问他："饿不饿？"

他不说话，也没有任何动作，比如摇头或点头之类的。

"不说不让你吃饭，我再问一遍，饿不饿？"

黑豆还是没有任何反应。

"看来是不饿，那就不用吃饭了。"

一家人吃饭，黑豆独自在那儿站着，看他们吃。

"吃不吃？"老谭又问。

黑豆还是没反应。

"你厉害，我服了你了，坐下吃吧。"

过了两天，琪琪不那么怕黑豆了，她送给了他一盒用旧的彩笔。她问黑豆喜欢吗，黑豆点了一下头。别看点头这个小动作，黑豆也是才学会的。由于长时间将自己封闭在狭小的躯壳中，他完全习惯于木然，不会和人交流。

在叶子的帮助下，电视台为黑豆联系了一个去处——太阳村。

这天晚上，小梅送黑豆一条围脖，郑志雄送黑豆一个帽子。他们对黑豆表现出了过分的热情。

第二天一大早，叶子和摄影师登门。他们要全程摄像，这是老谭和电视台达成的协议。电视台出一辆商务车，送他们去北京，一切费用由电视台负担，作为条件，则是允许电视台全程摄像。于是，他们起床、洗漱、吃饭、家长里短，全被拍了下来。

从南阳到北京全是高速，一千公里只用了十个小时，这还包括了吃一顿饭的时间。

太阳村并不是一个真正的村子，而是由一些彩色小屋组成的一个小小的部落，坐落在北京市顺义区赵全营镇板桥村小学的后边。

由于提前联系过，加之有记者跟随采访，他们在太阳村受到了热情的接待。一切都很顺利，黑豆住进了“瑞典小屋”。这个小屋是一位瑞典老太太捐建的。

十

太阳村是退休警察张淑琴创办的慈善机构，专门收养父母被判刑的孤儿。

张淑琴是一位朴素和蔼的老太太，看到她，你很难将面前这位头发花白的老人与她退休前的警衔——一级警督——联系起来。但仔细观察，你仍会从她干练果断的处事风格上看到警察职业留下的痕迹。她并不觉得自己做的事有多了不起，她说只是为这些孩子们做点儿事而已，没什么大不了的。她反复强调“孩子是无辜的”，这几乎成了她的口头禅。

分别时刻到了。张淑琴拉着黑豆送老谭他们出来，黑豆自始至终没说一句话。张淑琴让他和老谭告别，他也没有反应，就像是一根木桩。没有催人泪下的分别场面，也没有热情洋溢的话语，一切都平平淡淡，就像一个平常的周一家长将孩子送进幼儿园一样。再者，这个地方也不像其名字那样光芒四射，而是又小又简陋，还有些冷清。

不要说记者了，就连老谭都觉得分别的场面过于平淡。他心中突然涌起一股莫名的惆怅。他应该感到轻松，可他感到的却是惆怅。

“黑豆有这样一个归宿挺好的。”叶子说。

老谭看着窗外，沉浸在自己的惆怅情绪中。

“你应该高兴才对。”

“可是……”老谭突然不知道说什么好，他心中一团乱麻，理不出头绪来。他有些放心不下黑豆，好像黑豆是他的亲人，让他牵挂。

夜里，在北京的如家快捷酒店，老谭翻来覆去，怎么也睡不着，他想，这可能和到一个新地方有关吧。

他坐在床上，无所事事。当一个人独自面对黑暗的时候，时间是个非常恼人的问题，它会像一面镜子映照出你的空虚和迷惘。退休之后，他如同失重了一般，感到生活轻飘飘的，整个人也轻飘飘的。“我的身体很好，糖尿病不算什么，可我却退休了，‘安度晚年’了。黑豆，就像一块石头绑到我身上，我又感到了生活的重量。现在，我的生活又变轻了……”

上午，他们正要离开北京，突然接到太阳村打来的电话：“黑豆失踪了。”

他们又匆匆赶往太阳村。冬天灰暗的风在窗外呼呼地吹，带着干燥的尘埃气息。天空压得很低，远处已经压到大地上了。

老谭往太阳村打电话，没人接，可能是都出去寻找黑豆了。停了一会儿，他又重拨，响了几次铃之后，一个小孩儿拿起了话筒。

“找到黑豆了吗?”

“没有。”

“还在找?”

“嗯，警察也来了。”

“警察呢?”

“去找黑豆了。”

……

他那么小，没见过世面，又像木头一样呆，还没有钱，他能跑到哪儿呢？天这么冷，但愿……

他们赶到太阳村的时候，警察、老师和学生都在外边，他们呈圆弧形状散开，围出一个空场。在空场中央，黑豆像条小疯狗一样跑着跳着叫着……

老谭的第一感：黑豆找到了；第二感：他疯了；第三感：他说话了。

尽管黑豆在中心医院说过话，可在那前后，老谭都没听到他说过一句话。他顽固地把话语封闭在自己的喉咙里。他脸上也有表情了，不再是那一成不变的麻木和呆傻。

“黑豆——”老谭叫了一声，朝他走过去。

黑豆奇迹般地安静了下来，站在那儿，怯生生地看着老谭。老谭抓住他冰凉的小手，带他回到“瑞典小屋”。

十一

张淑琴希望老谭留下，她说黑豆离不开他。这个小家伙，老谭想，怎么又黏上我了？他第一次感到黑豆对他有一种强烈的依恋，但他并没想过要留下来陪黑豆。

“你考虑考虑。”张淑琴说。

老谭点点头，出于礼貌，他没有马上拒绝。

张淑琴又说："你可以留在这儿帮我，不过没多少钱，差不多算义务的。"

"我能干什么?"

"买菜、烧锅炉、看门，等等。"

就这样的条件，老谭居然答应了，连他自己都感到吃惊。我是不是又发疯了？不，我是自愿的，心甘情愿留下，陪着黑豆，将他从梦魇中拯救出来。

告别叶子时，他请求叶子不要播出这个节目，他怕人们说他又在犯傻。"我不想做个傻瓜，"他说，"可我就是个傻瓜……算了，随便你们，傻瓜就傻瓜吧。"

晚上，老谭和黑豆睡在一起。老谭不怕黑豆再刺杀他，他从黑豆的眼睛中看出，黑豆不会这样干了。

黑豆能说话了，虽然说得不利索，但连猜带蒙，基本能懂他的意思。黑豆说他闭上眼总是看到血，到处都是血，往他身边流，要将他淹没，他怕……

"不怕，有我呢。"老谭说，"我是警察。"

他照顾黑豆吃喝拉撒，每天教他洗脸刷牙，上床前洗脚。他也教黑豆和别的孩子在一起玩耍。这里是个大家庭，不缺玩伴儿，黑豆渐渐有了些改变。

"瑞典小屋"里还住着三个男孩儿——灰灰、瘦虫、麻雀，他们很快就和老谭混熟了，对老谭什么也不隐瞒。老谭虽然对他们的故事感兴趣，但他从不去揭他们的伤疤，除非他们要说给他听。

灰灰说："有一天，我们正在吃饭，是晚上，天已经黑了，我爹从外边回来把我妈叫出去，我妈就再没回来。我爹说我妈去姥姥家了，后来人们在一个枯井里发现了我妈，我妈已经变样儿，认不出来了，我记得我妈那天穿的衣服，我知道那是我妈……是我爹杀的，他又有了女人，不要我妈了……我爹被枪毙了。我和妹妹——我有个妹妹也在这里——我们没人要，肚子饿了就去偷吃的，有时也偷别的去卖钱，没钱不行，病了咋办？人们都见不得我们，把我们赶出村子，我们就在街上流浪，再后来，张奶奶把我们接到了这里……"

他好像在说别人的故事，语气平静如常，但之后他转过脸去。

瘦虫说："我妈不想跟我爹过了，领着我回了姥姥家，我爹就到姥姥家把我妈和我姥姥杀了。他还想杀我，我藏了起来，他没找到，其实他差一点儿就找到我了，我就藏在柴堆里，他还往柴堆上踢了踢，没踢到我；他喊我，我不敢答应，我要答应了，他就会把我杀了。他坐下来，就坐在我面前，用刀在自己脖子上割了一刀，血带着泡泡往外冒，他想用手捂住，血就从他指缝里冒出来……"

他说不下去了，身体颤抖起来。老谭将他搂在怀里安慰他："没事了，别怕，别怕。"

麻雀说："我没见过我爸爸妈妈，我是跟着奶奶长大的，奶奶很老了，腿有毛病，走不动路，后来就爬着烧火做饭，我知道她也快爬不动了，到那时候她就该死了。她常说，她不能死，她要把我养大……有时她也说，她养不了我了，她的骨头都快朽了，阎王在叫她呢，她听到了。我刚到这里不久她就死了，真的死了，我再也见不到了……"

他眼泪和鼻涕一块儿往下流，他抿了一把，把脸弄得很脏。老谭也把他搂到怀里，给他擦去眼泪，帮他擤鼻涕。

他们说的时候黑豆在旁边听着。门外还有别的小孩儿也在听，突然有两个小孩儿被别的孩子推进来，他们叫："我们也没爹没妈——"

外面传来一阵哄笑声和鸡的叫声。院里养着几只母鸡，被小孩儿们给惊扰了。

十二

有一天，老谭突然问了黑豆一个问题。

"黑豆，你爹被杀的时候，你在哪儿？"

"我？"

"你和你姐。"

"我和我姐钻在床下。"

"你们看到了？"

"嗯。"

"看到什么了？"

"看到我爹喝醉酒，要杀我叔……"

"你们为啥钻到床下？"

"我爹喝醉后就打我妈和我们俩，那天我妈下地了，我们怕他打我们，就钻到床下。"

"都看到了？"

"嗯。"

"你爹要杀你叔，怎么回事？"

"我爹先是骂我叔，还骂我妈……"

“平常他骂他们吗?”

“平常也骂。那天我叔不知怎么了，就不让骂，后来他们就打起来了……”

在和黑豆断断续续的交谈中，老谭感到自己变成了黑豆，和姐姐苗苗一起躲在床下，恐惧得发抖，吓得不会说话，他看到了那一幕——

胡老大喝醉了，醉得不成样子，他骂胡老二是畜牲，是猪，是狗。胡老二说，你才是畜牲呢，你做的那些事畜牲都做不出来。胡老大说，她也是畜牲！胡老二说，不许你糟蹋她！胡老大说，我就糟蹋她了，她是我的，我想咋糟蹋就咋糟蹋，你管不着！胡老二说，我就是不许你糟蹋她！胡老大说，她是我的，我要把她杵烂捣碎轧成饼，我要把她吃了，我要把她喝了……胡老二扑上去，把胡老大扑倒在地，平常他打不过胡老大，那天胡老大喝醉了，像堵墙一样倒在地上，他骑到胡老大身上，把胡老大的脸打烂了，鼻子打流血了。他威胁胡老大，你再打我嫂子，我就宰了你！胡老大说，你是不是睡过她?胡老二给他脸上一拳。胡老大说，你一定睡过她了。胡老二又给他一拳，快把他眼珠子打出来了。胡老大说，你们俩都是猪，我要杀了你们。胡老二又打胡老大，打得他脸上全是血……后来，胡老二放胡老大起来，他打累了，坐地上休息。胡老大摸索着从墙缝里抽出一把杀猪刀，他眼睛上糊着血，看不清楚，走路跌跌撞撞。胡老大朝胡老二走去，胡老二起来夺胡老大手中的刀。胡老大不松手。他们扭打起来，打着打着胡老大摔倒了，他脚下绊了一下，刀就插进了他肚子里。胡老大腰弓起来，像只大虾。胡老大把刀拔出来，血流了一地。胡老二看着胡老大流血，说活该！胡老大站起来，拿着刀，想把胡老二杀了。胡老二踹了胡老大一脚，又把胡老大踹倒了。胡老大还想站起来，但是疼得厉害，他皱起眉头。胡老大的肠子不知什么时候掉出来了，冒着热气，他坐在那儿把肠子塞进肚子里，肠子沾上了土，很脏，他想把土捋掉，可是越捋越脏，后来胡老大就不捋了，他咽气了……姚雪娥回来看到胡老大死了，问胡老二，你把他杀了?胡老二点点头。姚雪娥问，为什么?胡老二说，我不让他再骂你再打你。姚雪娥说，要杀也该我来杀。胡老二说，我给他偿命。姚雪娥说，他死就死了，偿啥命。姚雪娥把镢头交给胡老二，说咱们把他埋了吧。天黑了，他们出去在院里挖坑，一下，一下……他们挖了很长时间，然后他们进来把胡老大的尸体抬出去埋了。后来，黑豆和苗苗听到了堆石头的声音，第二天，他们看到靠院墙那儿多了一大堆石头，石头原来不是放在那个位置，从石头缝里能看到一些新土。姚雪娥和胡老二把地上沾血的土都铲了，弄到外边，收拾完之后，姚雪娥说，出来吧。黑豆和苗苗想从床下爬出来，可是胳膊腿都麻木了，不听使唤。胡老二把他们拽出来，放到床上。姚雪娥说，你们什么也不许说，谁要说出去，就把你们的舌头割了……

老谭看到了，看到了，一切，那一切。他感到恐惧和震惊，他的肌肉和骨头都感到了恐惧和震惊。冷，非常冷，身体里仿佛塞满冰块。

他睡不着。后来睡着了，却做噩梦，梦到了血，很多很多血，血像下大雨时道路上的水一样流淌、积聚、上涨……

老谭知道这是黑豆的梦，他做着黑豆的梦。

黑豆说他刚到这儿的时候总是梦到血，一闭上眼就看到血，所以他逃走，疯了般地又跳又跑，他怕……

黑豆现在不做这样的梦了，他把这个梦移植给了老谭。

十三

老谭要离开这里，他对黑豆说他要去弄清楚一件事，一件很重要的事，否则，他就睡不着觉。

黑豆不放他走，堵住门，不让他离开。

他说："我还会回来。"

"那也不行。"黑豆说。

黑豆哭着求老谭不要离开，他说他会听话，让他干什么就干什么，只要老谭不离开。但他一觉醒来后，老谭还是走了。

黑豆两天没吃饭，也不说话。张淑琴打通老谭的电话，让黑豆去和老谭说话。黑豆一听老谭的声音，就"哇"地哭了起来，老谭安抚了好半天，黑豆也没止住哭。自始至终，黑豆哭得没说成话。但这次通话之后，黑豆开始吃饭了。他相信老谭还会回来。

和黑豆通话的时候，老谭已经进山了。他要去寨根。寨根在伏牛山深处，道路崎岖难走，每天只有一趟班车。老谭没坐班车，他不只是要到寨根，还要去离寨根很远的一个名叫小勺子的山村，所以他又叫上了安东。

安东开着他的捷达，带着老谭沿老鹳河旁的公路蜿蜒而上。

过了寨根，又开了十几公里，他们才来到小勺子村。他们把车停在勺子柄上，问一个放羊的老头儿，姚雪花家怎么走。老头儿给他们指了路。这条路太窄，没法儿开车，他们就步行上去。

村边有个小学校，他们在这儿停下来。所谓学校，其实只有三间房子。房子前一根木杆上升着一面国旗。老谭知道，在山里有国旗的地方就是学校。教室里有二十多个孩子，一个五十多岁的男老师正在给他们上课。这个老师又高又瘦，像根竹竿。他们还没到跟前，读书声就戛然而止。

男老师出来，和他们打招呼。老谭问："班里有没有一个叫苗苗的女学生？"

"有。"

"我们想和她谈谈。"

男老师将苗苗叫出来。她长得有点儿像她母亲，但说不上来是哪儿像，也许是两人都有着同样无辜的眼神吧。

"你叫苗苗？"老谭问。

她点点头。

"能领我们去你家吗？"

她在前面走。老谭和安东告别男老师，跟在她后面。男老师目送他们很远才回教室，读书声又响起来。

她家里没有人，门锁着。她从口袋里掏出钥匙，打开门，让老谭和安东进屋。屋里非常简陋，堂屋只有一张小桌子和几把椅子。偏房里拴着一头牛，毫无疑问，这是一家人最重要的财产了。院里有一棵很大的柿子树，这时光秃秃的，但可以想象秋天满树红柿子的情景。坐在堂屋，能看到门外坡上有几只鸡在土里刨食。

苗苗不知道该怎样招待他们，让他们坐下后，就攥着衣裳角站在门边。

"苗苗，你还认识我吗？"老谭问。

她咬着嘴唇不说话，一只脚在拨弄一个小石子。

"苗苗，你想妈妈吗？"

她还是不说话，头扭向外边，看着坡上的鸡。

"你想弟弟吗？"

她把头仰起来，看着柿子树的枝条，还是不说话。

"你知道弟弟现在在哪儿吗？"老谭蹲到她跟前，拉住她的手，她的手在抖。她把手往回缩了缩，大概想挣脱又不敢。她的眼泪扑簌簌地往下落，砸在地上，砸出两个小坑儿。老谭并不是有意要把她惹哭，他只是觉得这样也许她会开口说话。从和他们见面到现在，她还一句话没说呢。

"我们可以带你去看你妈妈。"安东说。

"还可以带你去看你弟弟，他现在在北京。"老谭说。

她突然挣脱老谭的手，跑了出去。

老谭和安东面面相觑。很快门外传来号哭声。他们出去，看到她蹲在院墙外抱着自己的膝盖大哭，哭得坡上的鸡都不刨食了，站那儿往这儿张望。有几个村里人远远地看着这边，并不往跟前凑。

“不哭，咱不哭了啊——”

苗苗说的和黑豆一样，孩子不会说谎。她还补充了一些细节，说她爹死的时候看见了他们，他瞪着他们，嘴张开，想说什么，但已经说不出来了。

她说那天晚上冷得很，风很大，吹得黑夜像床单一样摆来摆去，树叶都像鸟一样从树上飞走了。她和黑豆蜷缩在床上，瑟瑟发抖，一夜没合眼。她妈和她叔以为他们睡了，就又出去搬石头，他们把房子周围能找到的石头都搬到院墙边堆起来，压住她爹。她爹劲大，他们怕他从土里拱出来，所以压那么多石头……

一个抱小孩儿的女人斜刺里飞快地从坡上跑下来，几只鸡惊得飞起来，有的落到树枝上，有的落到房顶上。她一阵风地来到他们跟前，大口喘着气，嘴里呼出的热气快喷到他们脸上。不用说，她就是姚雪花，姚雪娥的妹妹。五年前，是她将苗苗领回来抚养的，为此没少和丈夫生气。

她咄咄逼人：“你们要把她带走吗？”

安东说：“我们只是想了解点儿情况。”

她声音很大，像呼啸而出的子弹：“有啥好了解的，偿命的偿命，坐牢的坐牢，还不够吗？有啥好了解的？”

返回的路上，老谭和安东心情都很沉重，好长时间他们一言不发。老谭突然感到心里难受，颤抖着剥了一块巧克力糖塞进嘴里。

“低血糖？”安东问。

老谭点点头。

“下去就吃饭。”

“没事儿，吃块糖就好了。”

他们到寨根时，早过了吃饭点儿，饭店里没什么人。他们点了两个小菜，要了两碗面。安东没什么胃口，只是动了动筷子。老谭不吃不行，勉强将一碗面吃完了。

“怎么会是这样？”安东说。

这也是老谭想说的，他们熟悉的案件，真相怎么会是这样呢？吃过饭他们就上路了，一路上他们都在思考这个问题：怎么会是这样？

胡老二和姚雪娥供认他们合谋杀人，他们犯下故意杀人罪，为此，胡老二被判死刑，姚雪娥被判死缓，后改为无期徒刑。可事实上，整个事件没有预谋，只是突发的偶然性事件，胡老二不是故意杀人，他并没有想杀他哥哥，那是个意外。姚雪娥在胡老大死后才回来，她没参与，更没指使杀人。

原来老谭认为那是个铁案，事实清楚，证据扎实，又有口供，可以说毫无瑕疵。尽管他同情胡老二和姚雪娥，但那是职务之外的事了。

现在，见鬼，一切都不是那么回事。事实是另外的样子，是孩子眼中看到的样子，而不是他们以为的样子，也不是判决书上所写的样子。

安东将车开到河滩上停下来。老鹳河的水清凌凌的，在他们面前静静地流淌，有几只水鸟飞起来，落到上游的一个水潭里。他们下车，站在鹅卵石上，看水上的云影，看对面的青山，看水鸟，看农民牵着一头牛在路上走……

“这件事，我很震惊。”安东说，“非常震惊，我不知道该相信什么。”

“我也一样。”

“他们怎么那么傻?”

“不是他们傻，是我傻。”老谭说。

“别自责了，我们是人，不是神仙。”

老谭知道安东是想安慰他，可这并不是安慰不安慰的问题，这是一桩错案……

十四

回到南阳后，老谭给叶子打电话，要和她聊聊。他们坐到上岛咖啡厅二楼，窗外是白河橡胶坝拦起的水面，有的地方结冰了，有的地方则没有。河堤上的柳树一片叶子也没有，只剩下柔细的枝条静静地垂着。不远处，卧龙大桥上车来车往。

他们喝咖啡的时候，窗外有小小的明亮的东西飘过：下雪了!

“我们真是和雪有缘啊!”不期而至的雪让叶子兴奋，脸上放光。

“可不。”

很快雪就大了，雪花轻盈地飞舞着，尽情地展示着优美的舞姿。雪的白光映入窗内，给咖啡厅增添了一种梦幻般的氛围。

老谭本来不打算告诉叶子更多的情况，毕竟这只是他的事情，谁也替他分担不了，可是由于这场意想不到的雪，由于雪所营造的梦一般的氛围，他竟然向叶子倾诉起来。他不但给她讲了整个案件的前前后后，讲了这几天的经历，还向她讲了他的苦恼和不安，讲了他感受到的空虚，讲了他看到的沉重……他把自己像布袋一样翻了个里朝外。

老谭为什么要向叶子倾诉？后来他想，也许他潜意识中需要一个知情者和监督者，远远地看着他、鞭策他，让他不懈怠、不退缩、不灰心。太亲近的人担当不了这样的角色，陌生人也担当不了。叶子最合适了，她对他既有同情，也有理解，再加上她的记者身份，简直就是不二人选。

他停下来时，雪还在下，纷纷扬扬，铺天盖地，而黑夜和寂静降临。叶子出神地看着窗外，默默无言，她还没从他讲的故事中走出来。

“想什么呢？”老谭问。

“我在想为什么，姚雪娥和胡老二为什么要那样做？”

“我也在想。”

她突然一拍桌子：“我知道答案了。”

“是什么？”

“我先不告诉你，我要验证。”

十五

通过关系，老谭查看了胡老大案件的全部卷宗，想找出一点儿破绽，可是没有。任何人看了这些证言、口供、照片、报告等，都不会对这个案件提出哪怕一点点异议。这是一个铁案。作为警察，他还清楚办案时没有任何程序上的违法，更没有刑讯逼供等现象。

“你们为什么要认罪呢？”当老谭坐到姚雪娥面前时，他提出了这个问题。

这是在新乡女子监狱的探监室里，从来没有人来探望过姚雪娥，她更没想到来探望她的人会是老谭。她看上去面色有些灰暗，可能是光线的缘故。

“我来看看你。”

“谢谢。”

“我想知道真实的情况，关于当年的案子。”

“我不想说。”

“来之前我去看了苗苗……”

“她怎么样？”她急切地问道。

“住在你妹妹家里，上五年级了，成绩不错。”

她突然咬住胳膊“呜呜呜”地哭起来，老谭看到她左手腕上扎着一条蓝色的小手绢。狱警劝她几句，她不哭了。

“黑豆呢？”

“黑豆在北京，也很好……”

老谭告诉她太阳村的情况，她默默地听着，泪眼婆娑。

“苗苗很想你，我答应她要带她来看你，下次吧。”

“你是个好人……”她说着又哭了起来。

“别哭……在这里还好吧？”

“和上班一样，队长对我很好。”

“你当初为什么不说实话？”

“我不想让他死，不想让他死，”她喃喃地说，“我想替他死啊。”

“你没参与杀人，为什么要承认？”

“我想两个人总比一个人判得轻些，没想到……”她又呜咽起来。

“你为啥不申诉？”

她只是哭，说不出话来了。

队长将老谭叫进她的办公室。队长说：“你能来看姚雪娥，我很高兴，这对姚雪娥改造有帮助。她自杀过两次，你看到她手腕上的手绢了吗？那是她为了遮挡割腕留下的疤。”

“她为什么自杀？”

“她牵挂她的孩子，我们曾想去看看的，可是太远，再说了，也走不开。”

老谭告诉队长黑豆的情况，以及他对这个案件的新发现。她很吃惊。

“这么说她是冤枉的？”

老谭点点头。

“她为什么要这样？”

“爱情！”老谭说，“她以为这样能救胡老二。”

这就是叶子所说的答案。

“爱情＋法盲＋愚蠢＝冤案＝悲剧＝死亡和牢狱”。

这是一个奇怪的等式，这是一个真实的等式。因为爱情，他们争着招供认罪，甚至将不存在的罪行也揽到自己身上，并为此受惩罚。

爱情，在此多么沉重，多么残忍！

走出服装厂（这儿对外称服装厂，也确实是个服装厂），老谭感到心里着急，蹲在门口吃了一块巧克力糖，又吃了一个面包。他蹲了一会儿，他就是在这时下的决心——我要把她“扒”出来！

“你没事儿吧？”门卫朝老谭走过来问道。

“没事儿。”

“你的手在抖。”

“没事儿。”

“你满头汗……”

“一会儿就好了。”

“要不要叫医生？里边有医生。”

“不用。”

门卫没有走开，站在老谭身边看着他，怕他有什么意外。十几分钟后，老谭感到好受些了，擦去额头的汗，站起来，向门卫道谢后离开了。

十六

回到南阳，又赶上一场大雪。从电视上看，中国南方飞雪连天，五十年不遇的冰雪灾害席卷了江南大地。火车停在荒野，高速公路上全是进退不得的汽车，成千上万的人被困在冰天雪地之中。之后，5 月 12 日四川省汶川县发生大地震，有很多人遇难，全民哀悼，举国救灾。再之后，北京成功举办了一届举世瞩目的奥运会。再之后，一场席卷全球的金融危机爆发了……这不平静也不平凡的一年，人们的心都在半空中悬着、被凛冽的风吹打着、被地狱的火炙烤着，也有迷醉的时候，但很短暂。这一年，老谭不合时宜地穿梭在公安局、法院、检察院中，像祥林嫂一样到处给人讲一个爱情故事，为姚雪娥申诉……所有的曲折坎坷，所有的委屈艰辛，与这一年发生的大事相比简直微不足道，不值一提。

说说结果吧。由于有许多善良正直的人帮助，姚雪娥奇迹般地获得了改判，由原来的无期徒刑改判为六年。她已服刑五年九个月零二十七天，也就是说再有两个月零三天，她就可以出来了。

十七

老谭回到太阳村烧锅炉，这份工作很适合他。太阳村里所有的孩子都喜欢他，他也喜欢他们。每天最快乐的时光，是放学之后黑豆和他待在一起的时光。

黑豆总是提醒他按时吃饭，如果他出去买菜或进城，黑豆会在他口袋里装几块巧克力糖，以应付突然出现的低血糖。黑豆每天都会算一道数学题——今天距他母亲出来还有多少天？这道题黑豆从没算错过。

在黑豆身上发生的最神奇的变化是，他长高了。他进太阳村的时候九岁，可身高和四岁的孩子差不多。一年之后，他蹿了一大截儿，一下子赶上了九岁孩子的身高，也就是说，他把五年没长的个儿补回来了。

春天，黑豆常算的那道题，答案变成了个位数：9、8、7、6、5、4、3、2、1。

这天，他们早早起床，穿戴一新，出发去接黑豆的母亲出狱。老谭曾经带苗苗去看望过姚雪娥，她们母女到一起时，两个人隔着玻璃哭得说不成话，整个监狱都充斥着她们的哭声……自始至终，苗苗和她母亲没有说上一句话，她们一直在哭。老谭之所以没带黑豆去，是因为黑豆个子太矮，怕姚雪娥看到伤心。现在黑豆长高了，他可以去见他母亲了。

走在路上，黑豆说："爷爷（他早就称呼老谭爷爷了），我怕。"

"怕啥?"

"怕我妈不认识我。"

"可不，你长高了，成了一个大孩子……"

突然之间，一片乌云疾驰而来，遮蔽了他们头顶的天空，然后纷纷降落，在裸露的田野上变成一个个黑点儿。他们看清了，那是乌鸦。乌鸦成千上万，源源不断。褐色的田野很快就变成了黑色。谁也不知道这么多乌鸦从何而来。他们站在那儿，看着乌鸦一批批降落，惊讶得说不出话来。他们见过乌鸦，但从来没有一下子看到过这么多乌鸦，简直不可思议。他们愣在那儿，看着黑黢黢的田野，一言不发。过了一会儿，乌鸦像一幅巨大的黑色布幔，从地面拉起，向北方飘去。仿佛经历了一次日食，太阳重新放射出光芒，比以前更为明亮……

老谭拉着黑豆的手，又上路了。

盛宴（节选）

宗利华

一

钟子曰不得不承认，在侍弄花草方面，自己实在外行。旺蓬蓬一丛榕树搬回家，再怎么精心伺候，没过几天，叶子会哗啦啦落一盆儿。更别说那些开花儿的，刚摆到客厅里，花骨朵儿还艳得耀目，不久就会一片残红。几年前，钟子曰居然把一株铁树也摆弄枯了，遂不再对养花养草感兴趣。看来，有些嗜好是没法儿培养的。

这方面，他和母亲就形成了鲜明对比。钟子曰的母亲虽在乡下过活，于园艺之道，竟似乎无师自通。老家那方小院子，已越来越像一片小园林。一年四季景色各异，盆景啦，根雕啦，各色或名贵或出身卑微的花草，都被母亲摆弄得像模像样。

这日午后，钟子曰正在步行去单位的路上，忽然想起这档子事儿。一扭头，见那铁栅栏内正有一丛蔷薇旺旺地绽放。猛不丁他停住脚步，脑子里冒出一句话，心有猛虎，细嗅蔷薇。看着，品咂着，突然注意到一个胡须头发都白了过半的老头儿在盯着他瞧。钟子曰被看得有些心虚，就问："老先生，你拿这种眼神儿看我做什么?"

老头儿面带微笑："我给你相相面吧？说对了，你赏我一壶酒钱。说得不对，大路朝天，各走一边。"

钟子曰嗤笑："我这辈子从来不信这些。"

老头儿却不肯罢休："你信不信没关系，我又没逼着你信。我看你像个文化人，和你扯几句闲篇而已。有些东西，说是迷信，生命力旺着呢！就说烧香磕头这套事儿，几千年了，不照样红红火火的？逢年过节，你也要放放鞭炮，祛祛邪，对不对？据说国外一些领导人，逢着大事儿也要去请大师看星相，其实道理相通。”

钟子曰问：“大街上那么多人，老先生怎么就注意到我了？”

“这个简单。你站在那里，端详那丛花，老半天一动不动。这哪里是在看花？分明是回忆这大半辈子。这半生操劳呀，打拼呀，浑身疲惫，到头来却一事无成，这人生过得究竟有什么意义？”

钟子曰被说中心思，不由得微微点头。

“也没什么奇怪，一岁年龄一份心，什么年纪想什么年纪的事儿。”

钟子曰咦了一声：“我还以为你是在路边摆摊算卦的，看来不是。”

老头儿一笑：“那你还想让我给你解一解吗？”

钟子曰看看表，时间还早：“说说也无妨。”

老头儿说：“刚才我说你是文化人，其实不完全对。你眉眼里虽说带着一点儿，但肯定不在文联啦作协啦之类的文化单位。现在要干什么去？上班吗？按说这几天你们该很忙，为什么现在才走？”

钟子曰好奇：“你怎么知道这几天很忙？”

“开两会嘛。你们公务员哪能清闲得了？除非你在单位里头是闲云野鹤。何况你这当警察的，肯定更忙。”

钟子曰更奇怪了：“你怎么知道我是警察？”

老头儿拿手一指钟子曰的眉心：“还是在这里头。”

这会儿，钟子曰真的对老头儿有兴趣了：“那您给我看看未来吧。”

老头儿眯着眼睛端详他半天：“问仕途吗？我第一印象，你好像没那么大野心。”

钟子曰半真半假地说：“老爷子您错啦，哪个男人不想活出个样子来？你要是能看到我的结局，就实话告诉我，省得我再浪费时间，削尖脑袋去钻呀。”

老头儿哈哈一笑：“这话有点儿水分，但可以证明，你多少心存希望。蒲松龄都那么大岁数了还要去考科举，为什么？心还没死，还想弄个乌纱帽戴戴。既然你这么问，我就仔仔细细给你瞧瞧。”说着，老头儿上上下下端详钟子曰的脸，钟子曰居然蓦地感到某种压力。

片刻，老头儿点点头：“你有官运。”

本来钟子曰觉得这老头儿还是有些说道儿的，但一听对方说自己有官运，意识到老头儿也不过如此，即便比寻常算卦的有点儿文化，骨子里还是一样的——拣好听的说。自己究竟有没有官运，自己心里最清楚，否则这些年真是白活了。

不过，他还是做出洗耳恭听的样子："愿闻其详。"

老头儿摇头："一般到这个时候，大师都会说，天机不可泄露。不过，"老头儿又说，"还有一些说法，你这人跟花呀草呀的有缘。"

"这你可说错了，我连铁树都养不活。"继而钟子曰明白了老头儿的意思，笑了，"难道我还有桃花运？那就借您吉言了。"

老头儿意味深长地看着钟子曰："几年前你有过一次，你也别不承认。"

钟子曰心中一凛。

"别紧张，我说的有缘不完全是这个意思。花开花谢，春去秋来，万物有盛必有衰。"见钟子曰不语，老头儿转身慢悠悠走了，一边走，嘴里还念念有词，"心有猛虎，细嗅蔷薇，这话是古人说的。后来有人接了一句，盛宴过后，泪流满面……"

钟子曰心里又是一颤。

单位离钟子曰家不远，过两条街就到，平日里，他上班都是步行。他一边走一边寻思老头儿的话，到单位门口，还是不得要领。市公安局信访处在大院西侧，一栋二层小楼，一楼的几间房子就是他的办公地点。那楼已有些年月，墙体的缝隙间有杂草生出来。远远地，他就听见吵嚷的声音。办公室前，孟飞处长正跟一男一女应付着，孟飞的身子半侧，看架势随时要跑。顿时，一股子烦躁从钟子曰心底涌上来。正琢磨着怎么躲过去，不料孟飞早就瞧见他了："钟处！你来得正好！这是你接的案子，我正想给你打电话呢。"

钟子曰见躲不过，只得走过去。那一男一女一起转身瞧着他，男的说："我见过你，上回我们来，不就是你接待的吗？你跟我们说马上就解决，可到现在还拖着。"

女人立即接上："瘸子跟派出所的老黑是亲戚，派出所护着他！明明他占我家两垄地，硬说是我占他的。天底下还有没有王法？"

前一夜，钟子曰跟几个朋友喝酒，有点儿高了。整整一上午头脑混沌，没等下班，早早回家睡个午觉。醒过来时，上班便有些迟。本来，路上透透气，又加上偶遇那老头儿，已经清爽了不少，此刻被这对男女一搅，脑子顿时又浑浊起来。那女人却是不依不饶，身子往前一凑，唾沫星子溅到钟子曰脸上："我们庄户人靠什么吃饭？就靠几垄地。割倒棒子就种麦子。瘸子满村子转着发狠，说要是我在那两垄地下种子，出来苗儿他就给我拔！你瞧见没？你大哥这身子败了，打不过人家，连瘸子他都打不过……"

男人嘟囔："问题是他不是真瘸！再说咱老实人，这辈子从小到大都没和人动过手……"

女人扭头，咬牙切齿：“你不说话能死啊？”转回身来，面对着钟子曰，“你是钟处长，对不？你说，我一个女人家，你让我怎么办？”

钟子曰抓抓头皮，慢条斯理：“可我听说，你把那男人的下身给抓坏啦？”

女人两眼一瞪：“这死瘸子！睁着眼说瞎话。你到俺村里去问问，他裤裆里那玩意儿到底谁给抓的？我们西村儿不有个小寡妇吗？男人叫车给撞死的。有一天到井上挑水，那个不着调的，在一边调戏人家。你说也巧，叫他老婆碰见啦，当天晚上回家就揍个狠的！第二天赶上俺两家子为地的事儿打仗，你说，怎么算是我抓的？”

“你们两家一吵架，人家住到医院里去，你说这算怎么回事儿？”钟子曰尽量放缓语气，像是跟女人商量。此时不能刺激对方，但基本原则也不能丢。否则你一松口，被抓住把柄，就是个麻烦。“事情嘛，得一件一件办。地的事儿归地的事儿，不就两垄地吗？顶多重量一遍。可打伤人，是得追究责任的。听派出所的民警说，你当时可能也是一激动，没个准头儿，下手也不知轻重，对不对？”

“啊呀，你到底信谁？我一个女人家，再激动，再没个准头儿，我不会挠他脸揪他头发啊？我不会撕烂他的狗嘴？我又不是个女流氓！”

“你说是他老婆抓的，谁做证？人家当天晚上可没往医院里送。”

女人冷笑：“死瘸子赖上我了对不对？你们信瘸子的，不信我的，对不对？”

“不是你说了算，也不是瘸子说了算，证据说了算。证据是什么？你俩打架的时候，有半村子的人在看热闹，个顶个都是瞎子吗？”

“我算是弄明白啦，你跟那王老黑也是一伙儿的！”

费半天口舌，事情依然僵着。钟子曰不能急，他干的就是这份差事。“我看，咱别站在这儿了，先到我屋里去，喝口水，润润嗓子。我打个电话，把派出所长叫来。这个所长啊，我也早想数落数落他了，这么一点儿小事儿都办不利索，他怎么混上所长的？”

女人脸色稍缓：“你别忽悠我啊！农村人没文化，到市里来一趟不容易。”

进了办公室，钟子曰先取出两个纸杯泡茶，然后抓起电话，虚张声势，便开始教训那边姓王的所长。另一头的所长顿时醒悟，事主就在钟处眼前呢。于是一唱一和，答应马上就赶过来。说是马上，钟子曰知道，从下面到市里，至少一个小时。这一个小时里，钟子曰不跟两口子聊案情。聊什么呢？聊地里收成，聊化肥、农药，聊玉米、花生。他出生在乡下，从小没少干农活儿，对此类话题并不陌生。等王所长夹着个小包急匆匆推门而入，他已穿针引线，将一年四季地里的活儿都梳理了一遍。

好说歹说，总算把人劝上警车。王所长却又折回来，悄声说：“钟处，一块儿吃顿饭吧？老是给您添麻烦。”

钟子曰慢慢悠悠地说：“饭我看就别吃啦。你千千万万把这事儿摁下去。你知道，那两口子估计也知道，明天上午，全市的大腕儿都在宾馆礼堂那儿，吹响集结号。这节骨眼儿上你要添乱，真是不长眼。”

所长连连点头：“知道，知道。”

场面话点到为止，钟子曰随手递出一枚甜枣：“放心吧，这事儿我不给你通报。”接着忍不住又问，“你跟我透个实底儿，男人那东西，真是被这娘们儿抓的？”

所长脸上的笑便有内容：“这还有假？咱们到那儿的时候，娘们儿手上还死死地抓着不放！当时肿得挺吓人，后来让医生一收拾，消下炎去，好看多了。只是这娘们儿太难缠，一分钱也不掏！本来想拘她，又怕拘出事儿。”

钟子曰问：“能有什么事儿？够不上？”

所长稍稍犹豫：“下头的事儿，比较复杂，扯扯耳朵腮帮子跟着动弹。不瞒钟处，这女的有个很近很近的亲戚，就在我们县局里头，还是个领导。”

钟子曰暗骂一句，又问：“她来这里，也是那亲戚的主意？”

所长没出声，那就等于是默认。钟子曰说：“你回去，先找她这个亲戚汇报，顺便告诉他，那娘们儿要再来，我就直接打电话，让你们县局一把手来接人。”

送走这伙人，钟子曰仰天长叹，这日子，什么时候才算是个头儿？来到办公室一角的桌子前，铺下宣纸，打算再临一遍《兰亭序》，让心情平静一下。可是，笔上蘸墨，举在那里，却找不到第一笔下去的感觉。习练书法是钟子曰多年的爱好，修身养性而已，跟书法家没法儿比。不过，局里每次举办书画展，倒常见他的墨宝。有喜欢的前来讨要，他也不吝啬，知道自己的字儿还嫩，打不进市场，换不来酒钱。

写下“永和九年”四个字，钟子曰站在那里，歪着脑袋，稍一端详就觉得沮丧。笔画间，分明没有灵动之气，多的却是浮躁。手机响了，是城区分局刑警大队长何刚，当年读警校时的同学。何刚上来便问：“要我去接你吗？”

“接我去干什么？”钟子曰说完才一拍前额，记起中午何刚就对他说，在省厅任职的老同学肖振鹏过来了，晚上几个同学聚一聚。那时，钟子曰半梦半醒，竟给忘得一干二净。他问，“小四儿到了？”

当年在远山警校，这三人住同一间宿舍。舍友里头，何刚年纪最长，钟子曰排第三，肖振鹏比钟子曰还小几个月，于是都叫他小四儿。何刚提醒：“老钟，以后不能再叫小四儿啦！人家振鹏大小也是个副处级。”

下班时间快到了，他先给老婆许佳惠打电话：“肖振鹏来了，晚上几个同学聚会。”

佳惠冷笑：“以后你回家吃饭的时候给个话就行。”

钟子曰嘿嘿干笑：“当老师的，看问题角度果然不一般。”

赶到酒店，肖振鹏早坐在大厅一角的沙发上了，身边坐着另一位女同学崔亚男，是刑侦支队禁毒大队大队长。到房间坐下没一会儿，另几位同学陆续都来了。老同学相聚，总不缺话题。喝酒的时候，钟子曰突然记起午后遇到的那个老头儿，顺便当笑话说出来。何刚问：“他看出你是警察？你就穿这身儿？”

钟子曰点头：“我都查过，身上一点儿标志都没有，腰带都不是警用的。”

崔亚男不以为然：“你敢保证从来没见过这号人？”

钟子曰说：“真想不起来。”

“那老头儿没给你算算别的呀？”

“他说我最近要交桃花运。”

崔亚男哈的一声：“这也算稀奇？你那桃花运，就从没断过。”

钟子曰一脸严肃：“以前是，现在不是啦。”

肖振鹏插一句：“本性难移。”

何刚说：“我有证据。我们家那口子跟子曰的老婆佳惠是同事。有一天回家，我眼瞅着老婆的脸色难看，就问，怎么啦这是？跟谁生气啊？老婆反问我，今天什么日子？我想了半天，结婚纪念日？老婆生日？都不是。最后老婆说，今天情人节！人家佳惠收了这么大一捧花！你看看钟子曰多浪漫！你俩都是警察，还是老同学，人跟人怎么就这么不一样呢？”

众人呵呵笑，钟子曰却绷着脸：“这哪年的事儿？我怎么不记得？”

二

这边正笑闹，孟飞的电话猛不丁打进来，问钟子曰：“在哪里潇洒？”

钟子曰马上意识到，这酒十有八九喝不成了。果然，孟飞说：“刚接到彭局电话，香树街那边又发生火灾，需要我们马上去灭火。我这边有点儿事实在走不开，只好麻烦老弟。彭局已经在半路上了。”

钟子曰暗骂一句老滑头，心说，每逢这种时候你都走不开。但也不能拒绝，只得先行告辞：“老肖，你们先喝，我去摸摸情况，没我什么事儿赶紧往回跑。”

香树街上所谓的“火情”，钟子曰早就有所了解。那是条老街，裤腰带一般粗细，两边卖蔬菜的，卖水果的，卖廉价服装的，卖成人用品的，卖寿衣花圈的，排个密密麻麻。大白天的，没人敢开着车在里头走，一旦堵住根本出不来。不久前，远山市的领导们曾有个谋划，想大刀阔斧开发市西南角那片山的旅游资源。如此一来，市中心有些区域，就很给旅游城市丢脸，必须下狠心去“整容”。没过几天，香树街的整修方案出炉，要把道两边的建筑拆掉，打造仿明清一条街。

却不料，工程刚出草案，还没审议，街上人居然得到了消息。几个胡须头发皆白的老头儿凑到一起，合计一番。其中一个腿脚还算利落的老头儿，手里捏着张他亲手写的材料，挨家挨户找人签名，还摁上血红血红的手印。一帮子老头儿老太太，整天提着小马扎，抖抖颤颤在政府门前一字儿排开，说老街是绝对不能拆的！祖宗留下来的玩意儿，哪能说拆就拆？

街上确实有些古迹可寻，街口距离两个现代派风格的水泥墩子不远，有块黝黑透亮的拴马石，嵌在墙里，稍稍探究一下，挂上个小牌儿，说它是明代的，未必不可信。街中心路段那儿有户人家的房子十分考究，砖瓦一律青色，是民国时的一个票号，这是有史料可查的。街东头有一座面相特殊的建筑，是一座教堂。民国期间有个白皮肤的络腮胡子传教士，曾在里头住过好些年，街上好些人的父辈爷爷辈都见过。有人把拴马石、票号、教堂的照片发到网上，呼啦啦一下子，闹成一桩大事件。

其实，香树街也不乏明白人，知道那些古迹仔仔细细考究起来，没有几处靠谱。房子是老点儿，但绝不至于是明清建筑。稍微了解远山历史的人都知道，整座远山城到明末的时候还是个小小的车马驿站。那座教堂倒是真的，可依照规划，它根本不在拆迁区域内。之所以闹出这么大动静，是有高人指点，为了多拿拆迁补助而已。

搬迁动土的事儿比较敏感，市里高度重视，专门开会研究。仿古一条街的计划已如箭在弦上，停不下来，唯有迅速出台弥补办法。一个专门灭火的工作小组迅速成立，其中就包括钟子曰。差不多一夜间，拿出一份新迁住房的规划图纸，工作人员指着图纸跟老头儿老太们解释，说哪里是厨房，哪里是客厅，哪里是卫生间。说的人头头是道，听的人依然犹豫。纸上的东西，怎么可信？老头儿老太们坐在马路中间不动窝儿。另一个直截了当的方案迅疾出台，既然新建房子比较遥远，那么唰啦唰啦响的钞票声很近，参照市里现行楼房售价，按各家各户居住面积一次性补偿！

这一招儿管用！老头儿老太们嘀咕一番，意见出现分歧，阵营四分五裂。个别脑子转得快的，立刻提起小马扎，躲到胡同旮旯里给儿子闺女挂电话，赶紧回家盖房子！只要能盖得下的地方，哪怕垒出几个鸡窝，也要盖起来！上访队伍人数减少，街上却热闹起来，沿街两边带小院子的住户开始大兴土木。政府又一纸令下，现盖的新房子，一律不在补偿之列。老百姓觉得政府出尔反尔，又迅速集结起来。

当初老头儿老太们堵马路，钟子曰就到过现场。按说，此类事件跟警察有什么牵扯？有一帮巡特警维持现场秩序即可，多数还得穿便衣，否则，满大街到处是穿警服的，被人拍下视频弄到网上去，场面多难看？公安信访的职责相当明确，解决事关内部的信访案件。为此，钟子曰曾在处长孟飞跟前抱怨，说人家市里有套班子蹲那里，咱们算哪根葱？孟飞就一句话："你有牢骚找谭书记发去。"

谭书记叫谭瑛，远山市委历史上第一位女政法委书记、女常委，原是远山大学副校长兼法学院院长。几年前，谭瑛高调杀出校园，不但身居市委常委、政法委书记之位，还兼着市法院院长，一时成为远山民间热议的一大话题。全市政法系统信访部门全力配合市信访局，确是谭瑛提出的，叫全市信访大联动。因此，香树街出状况，孟飞走不开，钟子曰不到场是不行的。

等他赶到那里，果然看见分管刑侦和信访的副局长彭长天的车就停在后院。钟子曰喝了一点儿酒，自知脸上微红，一进会议室，赶紧往角落里躲，四下一瞅，灭火小组全体成员已经聚齐。听了一会儿明白了，市里专门成立的多部门联队在街上工作数日，进度颇慢，反复数次，貌似越闹越紧张。往深里挖了挖原因，竟然挖出一个人来。此人外号叫马三儿，在香树街上，他的话很好使，只因他是知名的泼皮无赖。他在街上有处旧房产，一听要改造，趁机想把水搅浑，以便从中得利。据可靠消息，次日一大早，老头儿老太们要移师远山宾馆，扯横幅、堵大门！照时间推算，那时节，宾馆大礼堂内差不多正在奏国歌，全体起立。这把火，确实已经烧到眉梢。

市信访局局长老于是个瘦得不像话的老头儿，一身衣服在他身上空空荡荡，但办事作风一向老辣。现在，干巴巴的小老头儿目光里透着一股子戾气，几乎是一字一顿地问："就没有办法，让那个人，消停一阵子吗？"

此语一出，整个屋子里寂静无声，大伙儿的目光都看着公安局副局长彭长天。彭长天双手一摊："于老，您说的消停是什么意思？"

老于玩太极一样，把问题推挡回来："警方就没点儿法子？"

烫手山芋到眼前，彭长天硬是没敢接："这个人嘛，我稍有了解。早些年我干刑警队长那会儿，就跟他打过交道。这几年，人倒确实收敛不少。就目前来看，一没嫖，二没赌，三没偷，四没抢，没个合适的理由啊。"

老于眼睛瞪起来："照你这么说，他娘的还是个良民哪！"

“良民倒算不上，可总不至于因为这就让人家‘消停’。于老您知道的，现如今控人容易放人难，那是根老油条，进看守所像回自己家一样，弄不利索，黄泥巴塞进裤裆里，不是屎也是屎。”

“这话在理，可事情就在眼前，火烧屁股。”老于的目光扫向会场，“今儿晚上没外人，一根绳上的，都说说吧。”

一屋子人又是哑口无言。好半天，一个姓王的小伙子举起手：“于局，我这边倒是掌握一条信息，不知管不管用。香树街上有个人，马三儿是怕的。换个说法儿，他只要肯帮着做工作，小痞子是愿意听的。这人姓周，是个退休老教师。马三儿上初中的时候是他的学生。”

彭长天打断小伙子的话：“现如今还有怕初中老师的学生？何况一个小痞子。”

小伙子说：“马三儿的爹原是香树街上的一个老皮匠，他娘呢，早就死了。马三儿小时候家里穷，一直是周老师救济，马三儿管他叫干爹，两人情同亲父子。这是其一。其二呢，周老师有个闺女叫周雪雁，人长得漂亮……”

他的话没说完，一屋子人都笑了。钟子曰心说，这孩子前途无量，干信访工作，修炼成特工了。

小伙子不笑：“问题是，马三儿对周雪雁那姑娘有意思，一直追，就是追不上。”

老于眨巴一下眼睛：“你说那老师，工作好做吗？”

小伙子说：“这位老师早些年写过诗。我们这边也找个文化人去跟他对话，只要话说对路子，工作相对好做。”

老于四下打量一圈儿：“我怎么觉着这事儿不太严肃呢，你们怎么看？”

没人接腔。

“那就死马当活马医。现在快十点啦，那个周老头儿估计已经睡了，赶紧定人，马上去！这屋子里有写诗的吗？”

又是一阵哄笑。钟子曰没笑，脸却一热。估计一屋子里的人，很少有人知道早些年他写过诗，还出过本诗集。大家的笑声，多多少少让他感觉受了伤害，让他忍不住想骂娘，你们尽管耻笑诗人，火燎屁股啦，居然要找诗人去灭火？他早就决定一言不发，等局势缓和拔腿就走。没想到，彭长天一句话把钟子曰推到前台：“我们有人才啊！钟处长就写过诗。子曰，你跟这老师熟吗？”

二十分钟后，钟子曰和小王以及另一个工作组成员敲响了周老师的家门。不用猜，开门的定是周雪雁无疑。借着灯光稍一端详，钟子曰就觉得身后那小孩儿的话不虚。在做青年诗人的时候，他也是从花前月下走过来的。尽管如此，灯光下小丫头的容貌，还是稍微刺挠了他一下。

身穿粉色睡衣的周雪雁只开了半道门："你们干什么？"

钟子曰硬着头皮："我们找周老师。"说着掏出警官证递过去，"打扰你们休息，非常抱歉！只是，事情紧急，需要周老师帮一个小忙，就几句话的事儿。"

周雪雁伸出一只白嫩的手接过去，只瞧一眼，迅速抬起头来，盯着他问："你就是钟子曰？"

钟子曰脱口开一句玩笑："如假包换。"

屋子里有个声音问："谁呀？"

周雪雁回过头去："爹，有个叫钟子曰的来找你。"

话音刚落，门被全部打开，一位老者迎上来。钟子曰稍稍一愣，只觉这老者看着面熟。老者微笑："钟警官贵人多忘事，今天咱俩刚见过面儿。"

钟子曰恍然，急忙上前握手："哎哟，这真叫一个缘分。"

"其实，今儿中午我一眼就认出你啦，所以老头子算得都很准，对不对呀？"周老师哈哈一笑，"好多年前，咱俩在一个诗会上见过一面，前阵子在街上我也远远地瞧见过你。当时你公务在身，就没跟你搭话。"又转过身对女儿说，"贵客来了，上好茶！"

三

钟子曰跟周老师并坐在靠墙的一张旧沙发上，环顾四周，见屋里几乎没几件像样的家具，不免感慨，这日子过得确也清贫了些！正想着怎么把话题引出来，周老师却忽地起身："稍等一会儿，我拿样东西给你看。"说罢，去了另一间屋子，再出来时，手上多了一本书，"你瞧，这本诗集我还一直留着哩。"

钟子曰只看了一眼，心底顿生一声叹。那本诗集，他自己都好久没找出来再看一眼。那是上世纪八十年代末出版的，因是自费，尚有些存货，堆放在储藏室的旮旯里。好几年前，佳惠就想当废纸卖掉，他自然不舍得。诗集的名字叫《声音》，封二上，有钟子曰的生活照。旁边小王咳嗽了一声，钟子曰意识到，来这里不是怀旧的。犹豫片刻，还是把来意挑明："周老师，我万万没想到是你。早知道，打死我我也不会来。"

周老师表示理解："我知道这不是你的本意，奉命行事嘛。钟先生，香树街是一条什么街，你心里应该有数。这街上什么都产，就是不产诗人。真没想到，活到这把年纪，还能以诗人的名义帮政府办点儿事儿。”

钟子曰听老头儿称自己先生，不觉有些羞愧，却找不出别的话去接，唯有点头。

周老师说：“街上的事儿，我倒算是个知情人。实话说马三儿确实来找过我，那张材料上也有我的红手印。但我没跟他们到大街上去，不是我不需要钱，我一个退休老教师，拿着一笔撑不着也饿不死的退休金，不能再去凑热闹。再者，我这把年纪，不能受刺激。血压高啊！一闹起来，死在大街上，不划算。”

周雪雁突然插话：“爹啊，谁说咱不需要钱？钟老师你看看，我们这个家是什么样子。我们也想换更大的房子，对不对？”

钟子曰跟另两个人面面相觑，心说，看来，这条线还不一定能指望上。没想到周雪雁的话又转了向：“我才不稀罕过问马三儿的事儿呢！一个小混混儿，整天折腾啥呀？其实，他心里怎么想，以为我不知道啊？我觉得，做一下马三儿的工作也未尝不可。实话说，这样子闹确实不是个事儿，也没说不给补偿嘛。要是不拆迁，一家人不还是窝在这条破街上？”

周老师说：“香树街有什么不好？你整天就想着离开。”

“我就是不想在这街上住。爹，你到街上去闻闻，都什么味儿？再看看街两边住的，都是什么人？卖菜的，卖水果的，卖羊肉狗肉的，摆小摊儿卖裤头的，一帮农村人。”

周老师一瞪眼睛：“你爷爷那辈上也是农村人。”

“我没说农村人不好，就这一街的农村人也比咱们有钱。街那头儿卖水果的那个，去年就在新区那边买了套大房子。咱这老居民，仗着这点儿老房子，多换一点儿补偿款怎么了？”

钟子曰心说，这丫头的念头一会儿十八转，到底算站在哪一头儿说话的？周老师一摆手：“你到屋里去，这里没你什么事儿。”

周雪雁却没动窝儿，转向钟子曰说：“要是钟老师愿意让我给马三儿打电话，我马上打。我要发话，小痞子还是听的。”

周老师一拍膝盖：“越说你越来劲！我告诉你，以后你少跟马三儿打交道！”

周雪雁龇牙一乐：“好好好，我不跟他打交道。还不是你教出来的好学生嘛！”说完，转身进了里屋。

这姑娘就跟一条鱼似的，游过来，游过去，让钟子曰眼花缭乱。斟酌再三，钟子曰还是觉得任务为重：“周老师，这事儿呢，实在是没办法了，要不我也是不会来求您的。”

周老师沉吟片刻：“你别说啦，这电话我打。要是不管用，你也别怨我。”说罢，拿出手机给马三儿拨过去。那边说些什么，钟子曰不知道，却听周老师最后说，“你也别整天瞎闹腾，过过安稳日子不行吗？”说完，周老师挂了电话，对钟子曰说，“暂时说定，两会期间，大伙儿不去给你们添麻烦。至于以后，我就不再管了。”

钟子曰如释重负：“周老师，你真是帮了大忙。要是你不怕晚，咱俩到街上去喝一杯咋样？”

周老师笑道：“我一个退休老头子，白天反正也没什么事。钟先生明天还要上班，怕叨扰你。”

钟子曰连说：“我没事儿。”他转身让另两人先回去复命，那边一帮人还等着要结果呢。

周雪雁又从屋里游出来：“钟老师要不嫌弃，我给你们炒俩小菜，家里喝多好。街上的小店也未必干净。”

周老师也说：“这么晚，街上也没什么好去处。让丫头随便整个菜，咱俩在家里喝点儿。只是我没有好酒，怕你喝不惯。”

钟子曰说：“您说哪儿去了？只是我来得匆忙，两手空空的。”

周雪雁已经扭身钻进厨房，不一会儿，就传来锅碗瓢盆的声音。这一边，两人已经就着一碟咸菜喝起来。周老师说：“中午一见你对着一丛蔷薇花发呆，我就知道，你这人其实没多大变化，骨子里还是个诗人。我是亲眼看见有些学生如何一步步变化的。进社会没几年，说话办事儿，活脱脱油锅里滚过的钢珠球，跟上学那会儿完全不是一个人。你说，好好一个人，一转眼怎么就变成了这样？”

钟子曰说：“有些人貌似坏人，实际上，内心也在挣扎着。”

周老师说：“能挣扎的，还算好人。”

周雪雁端着一盘菜进来：“爹，在你眼里，天底下就只有两种人，好人和坏人。”

钟子曰抬头说：“我不知该称呼你什么。不要再做菜了，已经够啦。”

周雪雁粲然一笑，两腮边是有酒窝的。周老师一摆手：“咱论咱们的，她是晚辈。”

钟子曰说：“那怎么行？您是长辈。”

周雪雁笑道：“呦，天上掉下个钟哥哥啊！”

周老师呵斥她：“没大没小！钟老师写诗的时候，你爹还没开始呢。”

钟子曰忙说：“惭愧！早没那份激情啦！既没心态，也不是当时那环境了。”

周雪雁说：“钟老师现在做大领导，未必还觉得写诗好玩儿。”

钟子曰叹息一声：“你使劲笑话我吧，看今晚上我做的这事儿，哪门子领导？

活了半辈子，还是个跑腿儿的。”

周老师说：“看你跟我打交道的样子，就知道你心里不知有多少压力。这怎么行？做这个，得狠心，否则怎么办？上头有管着你的，下头老百姓也不好对付。”

两人边喝边聊，已喝了几小杯。酒的度数甚高，加上钟子曰先前已有一点儿做底，不免稍醉，随口问：“周老师，怎么没见阿姨在？”

却见周雪雁对着他挤眉弄眼，左手轻轻摇着，钟子曰立刻意识到问了不该问的。周老师稍微皱皱眉头，没回答。周雪雁笑着接话：“就我们爷儿俩相依为命。是不是这话听起来挺可怜的？”

钟子曰不知该说什么，尴尬一笑。周雪雁说：“钟老师，我也学过写诗，以后跟你多学习。”

周老师说：“小姑娘家的，写什么诗，小心今后嫁不出去。”

“嫁不出去不正好吗？有人给你做饭。”

“我宁肯自己做饭。你瞧瞧，心气那么高，整个一条街都盛不下你。”

周雪雁目光暗淡了一下：“心气高有什么用，我就是个丫头的命。钟老师你知道我在哪里工作吗？”周雪雁看一眼她爹，“毛巾厂，三个月不发工资。”

周老师说：“你别老是抱怨。又不是你一个人不发，企业效益不好是大环境。有多少人下岗啊？能找到这份工作，费了你爹好大劲儿。”

周雪雁低头不说话。气氛稍有些尴尬，钟子曰看看时间确实不早了，起身告辞。周老师没刻意挽留：“以后要有闲情逸致，再来喝酒。”

周老师送到门口，让周雪雁把钟子曰送下楼。两人来到楼下，周雪雁突然说：“你问那个问题，会让我爹伤心的……”

钟子曰无语，不知道再继续问会不会也让她伤心。

四

数日后的一个上午，香树街上像往常一样嘈杂。突然，有两支队伍在街口出现。第一支看穿着就知是城管。街口几个做小本生意的对那身行头并不陌生，顿时慌了手脚，蹬起三轮车就向街里面躲。另一支队伍是警察，分批来的。先过来的是交警和管片儿派出所的警察，又过了十几分钟，街头响起一串串警笛声，一辆阔头阔脸的警车闪着警灯驶到街口，紧随其后的是辆崭新的豪华中巴。门尚未打开，后面几辆小车上一群男女扛着摄像机、举着照相机呼啦啦跑过来。

首先从中巴车上下来的，是一个浑身上下清爽麻利的女人，看年龄五十不到，身材不胖不瘦，戴一副边沿闪光的眼镜。她一下车，身后又带出一大帮子人。不过，香树街上所有人的视线，都被这个女人牵住了。她便是市委常委、政法委书记谭瑛。

随行的人群里，仍有钟子曰。他不能不参加。自从说服周老师后，他在工作组里显得尤为重要。香树街整改期间出现任何风吹草动，貌似他钟子曰都躲不掉了。

谭瑛走到开火锅鱼店的胖嫂门前。胖嫂正用围裙反复擦着两只手，等一伙人靠近，她却扭捏起来，颠着屁股转身就往店里面跑，被一个穿警服的胖子喊住："嫂子，你跑什么？谭书记要跟你聊两句。"

胖嫂站住，掀起围裙擦一下脸。谭瑛的两只眼睛眯成一条线，问："大姐，生意还好做吗？累不累呀？"

胖嫂说："还行啊！就俺两口子，反正一时半会儿还饿不死。"

她的男人，一脸的络腮胡子，在一边骂道："你个熊娘们儿，平日里你那些能呢？满大街都是你的动静，今儿怎么连句囫囵话都不会说啦？报告领导，我们生活得很好！都是党的政策好！感谢政府！"

谭书记大笑："你们两口子还挺有意思呢。等咱们的新街建成，你们不用开这么小的火锅店啦！咱换一个更大的门脸儿，做更大的生意，好不好啊？"

络腮胡子问："新街建起来，恐怕房租就贵了吧？"

他的声音不大，淹没在大家的鼓掌声中。胖嫂还想问个明白，谭书记已经微笑着扭身继续往前走。

这日周雪雁休班。刚从家里出来，本要去香树街中间一家网吧上网，不料撞到这西洋景，也就身不由己走近瞧热闹。眼前的一幕让她顿生感慨，同样是女人啊，人家怎么是这个样子？待那群人走出视线，周雪雁兀自站在街边的梧桐树下发呆。就在这时，感觉身上有目光打量，一抬头，却是身着便装的钟子曰。周雪雁迎上去问："这女人是谁？好威风哦！"

钟子曰说："政法委书记谭瑛。"

周雪雁眼神里满是羡慕："女人到这一步，靠什么啊？我打量这人，即便年轻的时候，也未必貌美如花。"

钟子曰心说，女人看女人，原来也先看这个。嘴里却说："当然比不上你。"这话倒也是事实。

周雪雁叹息一声："香树街上的女人，再漂亮有什么用？怪不得我母亲要走……"

钟子曰恍然，难怪提起雪雁的妈，周老师脸色不好看。

“街上人都说我长得很像我母亲。据说那时候，只要我母亲在大街上走，街上的人哪怕不做生意，也要看她走路的样子。我爹呢，整天跟一帮子诗人玩儿，在街上随便一个小摊儿坐下来，就开始喝，喝醉酒，站在大街上都能朗诵，像疯子一样。”周雪雁抬起头，看一眼自家阳台，“我估计啊，有时候我母亲站在楼上，看着那群疯子一样的人，肯定受不了。所以，跟一个南方做生意的，离开远山，离开香树街，享福去啦。那时候，我刚上小学……”周雪雁的眼角有些湿，突然哈的一声，“跟你说这些干什么呀！”

钟子曰说：“每个人都有伤心事儿，说说心情会好些。”

周雪雁抱起胳膊，瞧他半天，突然说：“真是的，咱俩这才认识几天，怎么感觉那么亲呢？这就是缘分吧！我今天休班，老头儿在家也没事儿，要不，钟哥哥再给个机会，让我展示一下厨艺？”

钟子曰忙说：“今天还有公务，不打扰了，改天等香树街的事儿利索了，我再登门拜访。”

却不料，香树街轰轰烈烈闹过一场后，老街依然还是一条老街，还是那一条裤腰带。两会结束不久，市里的一二把手居然一起被调任别处。那位力主把香树街打造成仿古一条街的市长，到别的地市干市委书记去了。紧跟着，远山大学文学院一位老教授从人类学啦社会学啦等角度出发，洋洋洒洒撰写了一篇长文，批评仿古工程纯是劳民伤财，费力不讨好，既破坏老祖宗留下的玩意儿，又把城市搞成没文化底蕴的四不像。文章发在日报副刊上，又转发到网上，据说得到了新任一把手的高度赞赏，香树街旧城改造工程就此搁置。

钟子曰再次见到周雪雁，是半年之后，地点却是在远山市颇具档次的大富豪酒店。这一次，钟子曰是去蹭酒喝的。

钟子曰有个同村的小学同学，叫魏春。按农村的排辈，两人是曲里拐弯的表兄弟。这位表兄能力非凡，已是市财政局副局长，而且势头颇为强劲，很有扶摇直上的潜力。这日下午，魏春打电话邀钟子曰去吃酒。至于当晚酒局上有哪方神圣、酒局由谁张罗、酒局目的何在，魏春不做任何解释，钟子曰也不问。问什么呢？假如魏春觉得他到场不合适，肯定不会约他。

他报到略早一点儿，进门的时候仅他一个人，立刻意识到今晚的客人必定都是有些来头的。大人物出场要卡着时间，或稍迟一些，这是规矩，事关身份以及颜面。哪像你钟子曰，一听有酒局，两眼就放光。他暗笑自己道行尚浅，没混到让一桌子人望眼欲穿等自己的层次。就在这时，房门被推开，钟子曰抬头一瞧，居然是周雪雁！

小丫头显然不是来赴宴的，而是服务员。钟子曰已经明白了几分——估计是谭瑛书记的香树街之行对她刺激很大，她干脆把老东家毛巾厂给炒掉了，但他还是忍不住问："你怎么在这里？"

周雪雁叹息一声："钟哥，我得吃饭哪！总不能全指望老爷子那点儿退休工资。我到这里，我爹不知道的。你要再碰见他，先替我保密。"

钟子曰问："他不愿意你来干这个？"

"谁家的爹愿意闺女干这种活儿？何况我爹是个老古董，要知道我在这里伺候人，还不骂死我！"

两人正说着话，陆陆续续有客人来。不一会儿，魏春赶到。听魏春一一介绍客人，钟子曰再次肯定了先前的想法，果然个个都是人物。其中一个，估计周雪雁应该更感兴趣，是大富豪的老总宋韬。当晚摆酒局请客的正是此人。

虽说周雪雁天天在大富豪上班，但遇到老总的机会不多，自然是精心伺候。钟子曰冷眼打量周雪雁，突然想起多年前自己高考落榜，在一家单位门口当保安看大门。每天看着进进出出上班下班的人，当时的自己也在想，何时才能混到跟他们一样。如今的周雪雁不就是当年的自己？思来想去，他决定帮周雪雁一把。于是，趁着某个话题的间隙，已处于微醺状态的钟子曰说："宋总，像小周这么漂亮又麻利的姑娘，安排在房间端茶倒水，是不是浪费人才啊？"

大富豪里扎眼的姑娘太多，宋韬本也不以为意。有了钟子曰这句话，他才正眼去打量周雪雁。周雪雁早就铆足了劲儿随时寻找机会呢，此时脱口而出："瞧钟处长您说的，给领导们服好务，是我们的本职工作啊。"

别小瞧这简简单单一句话，一般女孩子还真说不出来。既显得她和钟子曰很熟，又很委婉地把自己介绍给大家，尤其是介绍给宋韬。宋韬当然立马醒悟，小姑娘跟钟子曰有些关系。他当晚是求财神爷魏春办事儿的，听魏局介绍说姓钟的是他表弟。即便不是表弟，单凭钟子曰的警察身份，顺水送个人情也是必要的，说不定什么时候就会求到钟子曰。这小子还算年轻，难说有朝一日不会扶摇直上。于是，他迅速作出反应，咦了一声："小周啊，你人缘儿真是不错。"

这话也透出一个信息，宋韬把周雪雁记住了。酒桌上心思灵光的人不少，魏春端详钟子曰片刻，果断添柴引火："宋总，舍不舍得让你这个美女属下陪我们喝一杯呀？"

周雪雁在第一时间把目光投向宋韬。宋韬非常受用："好啊，小周你坐下！今晚我做主，你只管陪好贵宾，接下来什么活儿你都别干，再去喊个人来。"

周雪雁还举着酒瓶站在那里："既然我们宋总下令，我不敢不从，但我毕竟是个小女子，以前真没喝过酒。能不能提个冒昧的请求，让我先敬各位领导三杯酒，只要你们喝掉，要我怎么喝都行！"

这几句话分明有些风尘气，让钟子曰惊诧之余，心底起了一丝别扭。这节目不是事先安排的，有点儿突然，宋韬微笑不语，其他几个则面面相觑。魏春第一个作出反应，呵呵一笑："喝！我带头喝，所有人都要喝，包括你宋韬。"

周雪雁说："我跟宋总是一家人。敬客人的酒，不包括他的。"

有人起哄："那不行，你们虽说一家子，但他是领导，下属敬酒，必须得喝。"

宋韬一摆手："别说啦小周，我喝！"

三杯酒过后，场上所有男人的注意力齐齐地转向周雪雁。宋韬偶得一个陪酒员，自己卸掉一份压力，乐得在一边瞧热闹。

那晚周雪雁究竟喝了多少，恐怕她自己都计算不清。当然，钟子曰也计算不清，他喝的也不少。其间两人分头去卫生间回来，在门外走廊碰面。钟子曰说："你少喝一点儿。"

周雪雁苦笑一声："哥，要想出人头地，就必须付出代价，对不对？只要我能走出香树街，能活出个人样子，喝这一点儿酒算什么啊？"说完，摇摇晃晃进屋，留钟子曰一人在那里发呆。

酒局结束，钟子曰上了表哥的车，脑袋往后一靠，就要迷瞪过去。魏春伸一根手指戳他："子曰，给我老老实实交代，你跟那个小丫头什么情况？"

钟子曰装糊涂："哪个丫头？"

"别逼着我使出你们刑警队那一套来。你俩肯定有事儿对不对？今天你还真得感谢我给你帮场，宋韬肯定会照顾那个丫头的。那女孩儿确实不错，人耐看，脑瓜子也机灵。你小子眼光还行。你瞧，我们一家子人，帮着你俩公开打情骂俏。"

"哥，你千万别瞎猜。我跟这女孩儿总共见过三次面，没说过几句话……"

钟子曰还想解释，魏春打断他："谁信哪？不过，我先把话撂这儿，这丫头是个人精，你怕是玩儿不转。"

转眼过去半年。一身休闲装的钟子曰刚走进大富豪，身穿黑色正装的周雪雁袅袅婷婷迎上来，一时让他有点儿恍惚，端详片刻，才确定眼前的女人是谁。钟子曰啊呀一声："是你啊雪雁，吓我一跳！"

周雪雁也啊呀一声："几天不见，你就把雪雁妹妹给忘啦？"

钟子曰笑道："看这样子，是升官儿啦？恭喜，恭喜！"

“算了吧哥，别寒碜你妹子。在我们这地方，还叫什么官儿啊?”

半年前的那次酒局，果然让周雪雁一战成名。第二天她就成为楼层领班。一个月后，成了酒店服务部领班。钟子曰这次来的时候，她已是大堂经理了。

当晚是钟子曰请客吃饭，要请的客人正是他赶去香树街救火那晚同学们设宴款待的肖振鹏。一来是肖振鹏难得来一次远山，老同学好好聚聚；二来呢，也是为上次自己提前离席略表歉意。肖振鹏没推辞。信访处虽是清水衙门，可一个副处长吃顿饭，总不至于没地方处理发票。

钟子曰悄声对周雪雁说：“饭菜上给哥照顾一下。”

周雪雁也压低声音：“钟处长请个客，还需要个人埋单?”

“你以为你哥多大一个领导？在你们这么高大上的酒店，也能随便签单?”

周雪雁微微一笑：“那你不要管啦。这饭我请！我还要谢你呢。”

钟子曰问：“谢我什么?”

周雪雁一歪脑袋：“谢你在关键时候的一句很关键的话。”

钟子曰一时竟想不起在什么时间说过什么话，正要问，雪雁一伸手，挽起他胳膊就往里走。钟子曰顿时感到有点儿轻飘飘的。

酒桌上除了何刚、崔亚男等警校同学，还有肖振鹏的几个朋友，算得上成功或半成功人士。与这帮人在一起，钟子曰稍有自卑。他出身农门，老家在远山西南角，在市里准备打造旅游区的山旮旯里面。身在机关，却苦于既没背景，又没经济实力，早已过了而立之年，仅是个副科级小干部。再看看人家肖振鹏，级别早已是副县。省厅那地方，瘦死的骆驼比马大。当然，话说回来，人跟人怎能相比？人家肖振鹏，天时地利人和，哪条都不缺。放以前，钟子曰会为这种想法不齿，处处碰壁之后，才知道当初的自己是多么可笑。

当晚，钟子曰喝了不少，将同学们一一送走，他倒还记得去付账。周雪雁笑道：“记在我账上了，今晚算我请的。”

钟子曰连连摆手：“那怎么可以？我能报销的。”

周雪雁哎呀一声：“你怎么不早说！那就算你欠我一顿酒吧，下次来再还。”边说边搀着钟子曰走到门口，把他推进一辆出租车。

五

魏春来电话，约钟子曰去打乒乓球。

钟子曰从小就跟魏春下河摸虾上山打柴，按农村话叫发小，走动自然勤一些。魏春是市财政局副局长的时候，钟子曰常去他办公室或家里，毫不客气地翻箱倒柜，找好烟抽，或顺手就把人家送给魏春的好酒好茶提走。反正，魏府里头也不缺这些东西，钟子曰丝毫没心理负担。一个多月前，魏春身临险境，明里暗里一番拼杀，由副转正。当上市财政局一把手后，钟子曰在某一天某一瞬突然开了窍，他警告自己，以后再去魏家，不能这么大大咧咧了。魏春已不是早些年那个脏兮兮的小玩伴，而是跻身远山市老虎狮子的行列，经常坐主席台的。你呢，副科级小干部而已。小虾米想跟大鱼一起玩儿，即便没有危险，也得考虑速度问题。何况，魏春当局长后，哪有空闲招呼你个闲人？

不过，魏春倒一直没丢下打乒乓球的爱好。此前魏春一有空闲，想活动一下，就给钟子曰打电话。魏春在办公室旁边专设一间球室，却不愿跟自己的属下打，说没感觉。钟子曰当然知道没感觉是什么感觉。下属跟局长打球，哪是打球啊？钟子曰则不同，没那份压力。何况，业余选手里面，钟子曰透着专业水准，魏春多半打不过他。魏春坦言，他很愿意被钟子曰虐，一则确实能达到锻炼目的，再则能刺激挑战欲望。魏春说，一个在仕途上跋涉的人，应该永远保持这种挑战欲。

钟子曰本以为还是去魏春办公室隔壁，不料魏春说，这次换个地方。他特意强调，挺好的地方！钟子曰不知好在何处，先开车到市财政局，自觉地把车开进停车场。既然魏局说出去打，定有专车接送，自己这辆老爷车还是不要跟在人家屁股后面掉份儿。果然，不一会儿，魏春挺着大肚子下楼。司机跑在他前头，左手举着杯子，右手提着他的包。上车后，魏春歪过头悄声说："今天给你介绍个新圈子。"

去的地方是地处城郊接合部的小草乒乓球俱乐部。钟子曰此前听魏春说过一次，由于离家离单位都远，没有去打过。进去之后，方知名不虚传。偌大一个训练厅，分作两个区域。一进门，靠左的一个区域，两帮孩子正在练球，有一男一女两个教练。右手区域十几张球台，里面空无一人。魏春冲那位女教练摆摆手，女教练袅袅婷婷走过来，走路姿势赏心悦目，面上五官分解开来，并不见得多么精致，但齐聚在一张脸上，一切又恰到好处。魏春介绍说："这位就是传说中的大美女何小草。"

女教练嘴巴一撇："魏哥，咱不兴这么教育人的。就我这样儿，还算大美女？徐娘半老了。"

魏春说："美女不论年龄，只论综合指数，等我抽时间仔细给你列列，先给你介绍新朋友。我老同学钟子曰，市公安局信访处钟处长。"

钟子曰一本正经："副的，副的。"

小草教练说："副的跟正的，相差不到一厘米。看人家魏局，还没抬脚，就变成正的了。"

正说着，门口又闪进几个人。她挥挥手，跟他们打招呼。这几个人钟子曰都不熟，待魏春一一介绍完毕，把个钟子曰唬得一愣一愣的，居然均是市里各个口上的一二把手！一个小小的乒乓球俱乐部，居然呼啦一下子来了一批官场骄子，其缘故怕是不言自明。骄子们很快占据小半个球馆，捉对厮杀。钟子曰是生面孔，处于轮空，就坐在一边冷眼观察。没过多久，不由得微微一笑，这帮人纯是野路子，咋呼得很响，技术却糙得很。移目到另一边，却见何小草已经撤过去，继续指导她的弟子们。不一会儿，魏春招呼："子曰，你跟李局比画一下。"

钟子曰之前观察良久，那个李局跟魏春比，也就半斤八两，根本不是自己对手。下棋不愿跟臭棋篓子下，打球照样不愿跟臭手过招，当然这时候不能表现出怠慢的神情。第一局打得对方比分没过十，那老头儿哎呀一声："原来是高手到了!"

第二局老头儿全力以赴，居然比第一局输得还惨。钟子曰觉得不好意思，毕竟对方是大领导，会不会恼羞成怒？哪想，那位李局根本不服输，继续挑战，当然只有输得更惨。他指着钟子曰问魏春："老魏啊，你找个高手来帮你翻盘吗?"

魏春哈哈大笑："你们一个个的，不都很能吹吗？我就是叫你们看看，什么叫真正的高手。"

一见高手到来，几位局长纷纷过来挑战，一律败下阵来。让钟子曰奇怪的是，手下败将们个个都非常兴奋，似乎虽败犹荣。休息的时候，魏春对他悄声说："就这么打，跟这帮孙子打球，千万别藏着掖着。平日里陪着练球的都是属下，根本就没有挫败感。"

钟子曰似乎稍稍明白，却又稍稍迷糊，心说，也未必个个都是这样子吧？魏春点拨他："可别小瞧这帮子人。在乒乓球桌边上都是一身运动装，看不出大区别，但一个个西装革履坐上主席台，都是好手。别以为这帮人只是打打球，这是个圈儿，甚至可以说是一损俱损一荣俱荣的圈子。这些人想联起手来干一件事儿，你猜会怎样?"

钟子曰心里一紧，终于明白了魏春的用意。魏春宽厚的大手在他肩头一拍："老弟，你也必须进来！必须!"

就在这时，何小草款款登场。魏春悄声说："好戏上演。这帮鸟人，好的就是这一口。"

何小草的打球动作潇洒漂亮，绝对专业水准。钟子曰在一旁看着，不由啧啧称奇。魏春问："怎么样，打得过她吗?"

钟子曰一个劲儿摇头："这屋子里，没一个能打得过她。"

魏春笑："那当然，人家是进过省队的。"接着放低声音，"这个何小草呀，很不简单！你以后就明白了。"

何小草的不简单，没过几天，钟子曰就再次领教了。

一天下午，魏春打来电话，这回不是请钟子曰打球，而是有事拜托。原来，何小草的乒乓球俱乐部开了好长一段时间，却没正式举办开业庆典。魏春明天上午要到省里开会，没法儿到现场祝贺。贺礼都准备妥当了，请钟子曰帮忙捎过去。魏春叮嘱："单独交给何小草就行，别傻乎乎地去记账。你那一份我也包好了，放心，分开的。"

钟子曰没太当一回事儿。可转念一想，魏春没让下属或司机去送，显然旨在避嫌。能让市财政局长费这番心思的，不用说是颇有来头的。何小草与魏局长的关系，恐怕要换个角度去看。

次日上午，到现场一瞧，钟子曰惊讶不已！场面之壮观，气氛之热烈，超乎他的想象。他们那帮子球友居然只是前去捧场的极小一部分，除了当官的，商界、体育界、媒体圈、文艺圈，本市的许多知名人士荟萃一堂，主持人居然是市电视台新闻频道的当家花旦！甚至，还有几个不明身份的男子，胳膊上胸口上，隐隐约约可见文身图案。

这何小草，究竟是何方神圣啊？钟子曰抱着胳膊，远远地打量着在人群中穿梭的何小草。忙得团团转的何小草，当然不会把注意力放到钟子曰身上。钟子曰知道自己有几两重，知道在这样的场面，自己连个小配角都算不上。寻个机会，跟何小草交接完毕，便打算悄然撤退。不料，当他悄然绕到后面停车场时，突然听到有人喊："钟处，请稍等一下。"

喊他的人正是何小草。她的身边站着一个戴墨镜的女人，看上去比何小草年龄稍大。钟子曰站在原处等待，何小草扭回头跟那个女人继续说话。两人的关系看似颇为亲昵。那女人伸手刮一下何小草的鼻子，几句话零星传过来："丫头，你可想好啦？这真是你想要的？"紧接着又摆摆手，"算啦，我不问啦，都这样子了。我不在这里给你添乱。"

何小草说："您老人家能来我就高兴。放心吧，我能应付。"

女人拥抱了一下何小草，转身离去。一辆红得像团火的跑车悄无声息开过来，一个黄头发的小伙子推门下车，把手撑在门上方等待。钟子曰立时明白女人是谁了，他以前没见过这女人，但这辆车，以及车牌号，他早有耳闻。她就是丹妮！

在远山，丹妮这两个字就是一个传奇。据说她是宝岛台湾一富商的遗孀，继承了一大笔怎么花也花不完的遗产，曾在欧洲投资打拼。她在远山的实业是大富豪酒店。许多人都清楚，大富豪老总虽然叫宋韬，但他只是摆在前台的人物，背后的实际掌门人却是丹妮。几年前，远山西南城郊铺建高速公路时，发现一处温泉。这个传奇女人果断出手，迅速盘下那片地，在高速公路出口不远处打造了一家档次颇高的温泉度假村。丹妮在很多场合都自称，她很愿意当个逍遥的村长。村长很有些眼光，那个村子从外面看毫无奇特之处，村子里头，内容却很复杂，很有吸引力。温泉度假村开业后，大富豪的很多非官方酒局都悄然转移过去。

何小草冲那辆车挥手告别，才转身朝钟子曰走来，双手交叉抱着胳膊，歪着脑袋问："怎么，钟处不喜欢嘈杂场面？连我的答谢午宴也不愿赏光？"

钟子曰连说："绝对不是，绝对不是。干我们这行的没人身自由，单位里确实有一大摊子事儿。我出来的时候，接访室里还有两帮子人哭哭咧咧。"说完连他自己都觉得奇怪，居然随口编了一大堆谎话，这又何必？反倒暴露了自己的心态。

何小草微微一笑："魏局经常说起你，可惜，咱俩算是刚刚认识。"接着轻叹一声，"实话说，我对这场面也不习惯，太乱，太吵。"

"我觉得挺好。场面大，有气势，预示着何老板开门大吉，日后定当财源滚滚。"

"这种虚头巴脑的话，不说也罢。"何小草扭过头去，看着飘展的彩旗，"其实对我来说，赚不赚钱没那么重要。"她指一指乒乓球馆，"那里面的，才是我真正想要的。本来我没打算举办什么开业庆典，就想安安静静收几个学生，打打球。可没办法啊！你看，那些人不肯，都是他们帮着张罗。"

钟子曰没弄明白"那些人"是谁，更想不到何小草会跟他说这些，毕竟两人刚刚认识。何小草仿佛沉浸在某种微妙的情绪里，继续说："不知魏春告诉过你没有，那是我的老本行，也是我好多年前的一个梦。谁不想当世界冠军啊？可你瞧，我已经做不到了，扔又扔不下，就以这种方式圆梦吧。如果这些孩子中间有一个能打进国家队，我就知足了。"

何小草的情绪，与开业典礼的气氛稍有不合。钟子曰觉得应该说点儿什么，可又不知说什么好。有人站在乒乓球馆门口喊何小草，钟子曰趁机告辞。何小草说："以后你要常来啊，我还要和你这高手切磋一下。"

两人挥手道别。正要转身，何小草突然又叫住他："其实，咱俩也不是刚刚认识。很多年前，我们俩在一个文学论坛里混过。我读过你好多诗。"

六

次日一早来到办公室，钟子曰首先给魏春汇报，说任务已完成，又问他何教练究竟什么来头。魏春却反问：“来头有那么重要？事在人为嘛!”

钟子曰细细品咂，魏春显然话里有话。他魏春能有什么来头？父母不也是地地道道的农民？魏春说：“出身啦，背景啦，在某个节点上至关重要，但绝对不是长效。好多人实力雄厚，可你硬把他扶上马，他也跑不快。”

钟子曰连连称是：“在你这里，我总能学到刚出锅的知识。”突然他又想起一件事，“何小草跟丹妮怎么挂上的?”

魏春问：“你见到丹妮啦？嗯，何小草开业，我想她是会去的。我问你，那女人跟何小草比，谁更有魅力些?”

钟子曰答：“只能说各有千秋。”

“你喜欢哪一款?”

“哪一款我也不敢。”

魏春说：“跟我不用要花招，实话实说。”

钟子曰反问：“那你喜欢哪一款?”

“哪一款我都喜欢，但哪一款都不能动。子曰，我再给你补五分钟的课。放心，我不收你的学费。你放眼看去，能走到我这个层面的，同时在女人方面又从来不让鞋子湿的有几个?”

钟子曰老实承认：“好像没多少。”

“知道为什么吗？别的你可以不记，这一条，千万记到本子上，而且，一定要经常复习。那就是，不要去碰老婆之外的任何一个女人！暧昧可以，但绝对不能上床。只要上了床，除非你有足够的能力控制局面，否则，你就完蛋啦！有句话叫作常在河边走，哪能不湿鞋？这话也不完全对，去不去河边，有时候不是你自己决定的。去了河边，你别去踩有水的地方，鞋子就不会湿。也许你判断力欠佳，不知道哪里有水哪里没水，那好，先在鞋子上套个方便袋。”

钟子曰说：“好像不是你风格啊?”

魏春说：“我什么风格？我是典型的嘴巴功夫。说归说，绝对不能做，做了，就是你错。凡我认识的，我听说的，不管当官儿不当官儿的，只要沾上老婆以外的女人，没一个有好日子过。还是那句话，跟女人钻被窝这种事儿，除了老婆，千万别干！别的我不敢保证，这一条我绝对对得起你嫂子。”

放下电话，钟子曰嗤笑一声：“谁信呐?”

忙了一阵儿，崔亚男打来电话，张口就问：“老钟，最近没回老家看看?”

钟子曰以为不过是一句寻常问候，随口答道：“最近没有，忙啊。”

崔亚男嘿嘿一笑：“再忙也要常回去转转，看看老爹老娘，还有，必须去祖坟那块地里瞧一眼，是不是满地都在冒青烟?”

钟子曰意识到，乌鸦嘴崔亚男还是一贯风格。他哼了一声：“我家祖坟荒草一地，不小心走了火遍地狼烟有可能，冒青烟的概率很低。”

上警校的时候，钟子曰在学员队里是团支部书记，崔亚男是文艺委员，也算上下级关系。那时的学员队长是何刚。崔亚男生得小巧，嘴巴却不小，呱啦呱啦什么话都敢说。钟子曰他们暗地里送她个外号老乌鸦。她喜欢抢别人的活儿干，比如站在讲台前，大着嗓门儿下个通知什么的。有一天钟子曰突然发现，她这样做自有其目的。钟子曰的活儿她一般不抢，抢的多是队长何刚的。何刚呢，乐得省心，一心一意忙他的大事儿。上学期间能有什么大事儿？当然有。当学生会主席、全省优秀毕业生、入党，这都是无形资产。何刚的父亲在市政法委工作，那时的何刚较之其他同学明显早熟，其志不在经营一个区区警校学员队，活脱脱老谋深算的特工。

崔亚男脑子也不笨，之所以甘当绿叶，去衬何刚这朵红花，是准备把他拿下。麻烦的是，老特工对老乌鸦没感觉。结果，剃头挑子一头热，临到毕业，两人之间什么也没发生。毕业后，崔亚男进看守所看管女犯，何刚去分局当刑警。这种局面，一直到各自成家。等崔亚男从看守所调到市局刑侦支队，早修炼得百毒不侵了。那时崔亚男已离婚，自己一个人过日子。

旁观者清，钟子曰早就知道何刚根本不可能看上崔亚男，不是因为她长得不好看——这女人长相身材都还算得上标致，表面上大大咧咧，却也颇有心计——钟子曰为她担心的，是两人的家庭严重不对等。哪怕何刚真的有意，估计也困难重重。而且，据钟子曰观察，崔亚男明里暗里追何刚，何刚的家庭也是原因之一，做政法委副书记的儿媳妇，当然是一步登天。这就更让钟子曰担心。毕竟，从出身来说，都是农民的孩子，钟子曰的感受跟崔亚男更近些。在他内心里，一直希望崔姑娘不要硬去碰壁，说不定会死得很难看。现在这个结果对他们也算不错，何刚和崔亚男都成了人精，见面依旧说说笑笑，拿捏到位。

钟子曰继续与崔亚男开玩笑：“乌鸦嘴，今天怎么突然对我如此关怀？我家祖坟冒什么烟，你怎么那么关心?”

崔亚男一下子提高声音：“姓钟的，咱好歹也是个领导，你要是再提我当年的外号，我派个毒贩子去灭你!”

钟子曰也不示弱："我怕你不成？我这边的上访户一批接一批，随便拨几个过去，就堵你家门口。"

说罢两人哈哈大笑，有关祖坟冒青烟的话题就此打住。不料几天后，钟子曰跟魏春又去何小草那里打球，崔亚男的话竟然得到了印证。

那天下午，一帮子人起哄似的，非要钟子曰跟何小草决一高下。何小草说："一帮孩子都看着我呢，要是我这老师输了，多丢人啊？"

可魏春等不答应："钟子曰太猖狂了，根本不把我们几个放在眼里，你替我们出口恶气。"

何小草笑道："看来，我肩负重任。那钟处你让着我点儿。"

可真正打起来，谁也没让着谁。钟子曰擅长反手抢拉，弧线压得很低。何小草的正手进攻凌厉异常，削球居然也柔中带刚。最终结果，当然是钟子曰败，但败得舒坦。准备撤退时，魏春擦着脸上的汗，突然若无其事地跟钟子曰说："前几天我跟张市长见过一次，私下里说过几句话，关于你。"

张市长便是市公安局局长张坤。他同时还兼任着市长助理，约定俗成称为张市长。正弯腰收拾乒乓球拍的钟子曰一愣。这个话题太突兀，此前钟子曰几乎从没想过魏春会在他的仕途上起什么作用。他看看身边，悄声问："说什么啦？"

魏春慢悠悠在条椅上坐下，点上支烟："还能说什么啊？你就不想换个地方吗？"

钟子曰一抓头皮："我怎么不想啊？可光想有什么用？"

"你这人，脸皮还是薄一些。前些年写诗时候那股子狂劲儿都哪儿去啦？随时盘算着拯救世界的人，现在怎么变成这样子了？那天我给你上的课，你还得勤复习着。常去跑跑嘛，别老想着什么自尊。这年头儿，自尊跟大白菜一样便宜。你转过频道来就会发现，其中自有乐趣。"

钟子曰还是感到为难："我有点儿跑不动，素质差一点儿。"

魏春嘿嘿一笑："素质也是练出来的。"

迟疑片刻，钟子曰小心翼翼地问："需要我做点儿什么？"

钟子曰跟公安局张局长之间的确缺少一根线来连接——级别太低。张局长对他应该知道，不过只是限于工作范畴。钟子曰呢，不只是脸皮薄，他一向对于某些运作颇感棘手。他问魏春需要做点儿什么，这话可直译为，需不需要准备点儿什么东西。魏春轻轻摇头："目前不需要，他现在有求于我。子曰，你也得改变思维。有时候，有些东西，不是想象中那么关键。到某个层面，或者说，一旦纳入某个体系，钱啊，物啊，没那么有意义。为什么？你想，人家缺什么？你一个副科级，咬牙切齿出一次手，在人眼里就跟一篮子水果差不多，风险系数还大。有意义的是什么？效益。说白了，是有没有用处。有部美国电影《教父》，你看过吗？”

钟子曰点点头。

“开头的时候，好多人去求教父办事儿。一个卖棺材的去求他，他都答应帮忙。为什么？后面很快就有答案，他儿子被人打得浑身枪眼儿，面目全非，那人就派上了用场。道理相通。每一级领导手里都捏着大大小小几枚棋子，记住，大大小小！大棋子办大事儿，小棋子办小事儿。能成为其中一枚小棋子已非常关键，意味着你纳入了一个体系。现在的大棋子都是从小棋子一步步走过来的，做生意也不会一下子成为亿万富翁呀。你还要明白，再大的领导，他也是人。只要是人，都讲感情。感情这玩意儿，要小心翼翼地去呵护、去经营。自古至今，培养自己的嫡系部队，是好大一门学问。”

以前，钟子曰跟魏春凑到一起，也就是打打球、聊聊天、开开玩笑，官场上的事儿基本不涉及。这一次谈话意义非凡。钟子曰往深里一想，乌鸦嘴说的祖坟上冒青烟，还真不是空穴来风！先前魏春给他上课，莫非也是一种铺垫？钟子曰看着眼前的魏春，突然有那么一瞬间，感觉两人的关系不那么纯粹了，不是表兄弟之间的亲情，更像是做了某种私下交易的双方。不过，这感觉只是一闪而过。钟子曰对这种不纯粹并没有多么在意，更谈不上厌恶。十多年前他是会的，那时的钟子曰指点江山激扬文字，十足愤青一个。现在，钟子曰刚刚把一只脚踏入某个体系就明确意识到，自己以前无疑是傻。

好吧，现在唯有等待。等待期内，见了张局长几次，钟子曰小心翼翼，自我感觉已经把自尊放到了几乎于无的境地。弯腰，倒水，笑脸，是的，细节无处不在，在时间和空间交织而成的宇宙里。等待好消息的过程中，钟子曰不禁对崔亚男的消息灵通颇感佩服。以前并没听说魏春跟崔亚男有什么关系呀，在他印象中，这两人根本不认识。即便认识，这种事情怎好随便说？想至更深一层，钟子曰吓了一跳！莫非，魏春跟张局长私下探讨的时候，崔亚男在场？她还不至于修炼到这重境界吧？

不论如何，此后的零星信息证明，钟子曰祖坟冒青烟这事儿原来靠谱。先是传出消息，局里有几个岗位要做调整。接下来通告下发，几个正科级岗位竞争上岗。后面列举了一些条件，钟子曰一一对比，发现自己稳在其中。当然，并不排除其他人也够资格。恰好，这天晚上处里聚餐，孟飞跟钟子曰在洗手间相遇，双手一拱，悄声道：“恭喜，恭喜！”

孟飞的神色一改往昔，让钟子曰稍有点儿不适应。“老孟，恭喜我什么呀？”

孟飞拿右手食指一戳钟子曰胸口："少给我装！老弟啊，到时候别忘了咱们可是在信访岗位上共过患难的。对了，从明天起，你安心备战，班上有我们几个盯着，你不用担心。"

就在钟子曰准备笔试、答辩的过程中，私底下各类消息已如星火燎原，似乎局里所有人都知道，有一匹黑马就要奋蹄冲出。对此，钟子曰不闻不问。有魏春的话做底子，接下来的笔试、答辩，钟子曰心态出奇平稳。没过多久，针对钟子曰的组织考察启动，紧跟着大楼门厅内贴出一张公示，将此事暂时敲定。同时公示的另有几个人，虽然职务不在名单上，但消息灵通的早就心知肚明。等着钟子曰的位置，将是财务处处长。这一年，钟子曰正好四十岁。按何刚的话说，不晚，正是春风得意马蹄疾。

钟子曰这人，平日里话并不多，很沉稳，很低调。听说他要当财务处处长，好多人稍稍有点儿惊讶。消息灵通的，打听到他跟市财政局长魏春有一层表兄弟关系，连说怪不得，关系就是生产力嘛！一纸公示刚贴出，钟子曰的手机铃声响个不停，除了贺电还是贺电。钟子曰索性把手机调到震动，除了重要电话，别的一律拒接。事情没成定局，话怎么说，分寸不好把握。

公示期结束前那晚，魏春的一个电话把钟子曰吓出一身冷汗。魏春是用家里的座机打过来的，口气像开玩笑："子曰，有人要和你抢鸡蛋啊。"

钟子曰稍稍一愣，脱口而出："工会老谭？"

"看来你还不是很糊涂。昨天晚上，人家跟张市长反映问题去了。"

"都这时候了，还能起作用？"

"不好说。一般在这个环节上不会出问题，不过，也有例外。关键看对手的能量，能量巨大，成功在最后一瞬间翻盘，你就是输也无话可说；能量没那么大，就是闹出天大动静也是瞎折腾。"

钟子曰问："公示期内被撤下，有过先例吗？"

"当然有，远山历史上好几例呢，正式任命前一夜，有人逆袭成功。第二天一大早，结局完全扭转。近年来最典型的一个案例，你知道是谁跟谁吗？"魏春稍稍压低声音，"就是现在的谭书记跟当时的政法委副书记何宏才。"

钟子曰哦了一声。魏春说的何宏才，正是他老同学何刚的父亲。自己跟何刚这么熟，居然没听说过这事，看来，自己确实迟钝。

魏春继续说："本来呢，人家何副书记都干副职好多年了，扶正顺理成章，论工作能力、资历，轮也要轮到。可万万没想到，横空杀出一匹黑马。"

"那你觉得，我的对手能量如何？"

"就目前掌握的情况看，姓谭的有些路数，但这匹马的颜色，显然不够黑。

记住，你不是一个人。”

挂掉电话，钟子曰暗暗吃惊，人家反映我的问题，昨天晚上的事儿，居然魏春就知道。还说我不是一个人，那另外的战友都还有谁？难道是那帮打乒乓球的家伙？你钟子曰解决一个职务问题，居然牵动了多方神经？

一夜无眠，次日一早到办公室，他也不敢去打听，坐在椅子上，表面平静，实则内心翻腾。上午九时多，手机响起，正是魏春，话很简短：“放心，该你登台演出啦！”

钟子曰突然觉得视线模糊，只说两个字：“谢谢！”

镜框上的血痕（节选）

苏天才

一

闽南的天空，正在稀里哗啦地下着入春以来第一场特大暴雨，春雷也在这个时候炸响，轰隆隆的，好像要把整个天空撕裂开来似的。闽安县的一辆警车在如注的瓢泼大雨中疾行，闪烁的警灯在雨幕中划出一道道红黄两色的弧线。

弧线在曲里拐弯的山道上忽左忽右，像是在那大山中洒下的一团团多彩明珠，很是夺人眼球。但那叫得震天响的警笛声，却让那些躲雨的飞鸟慌乱不已，张着翅膀扑棱棱地在雨中四处逃窜。

警车离开县城一百多公里的时候，车窗外的瓢泼大雨已经转换成如烟细雨，飘忽不定，绵绵不绝。一路无语的刑警队长大柳把紧盯窗外的目光收回来，自言自语地说："这种鬼天气呀，烦人。"

此时，缩在警车后排座位上的小不点警察葛熊眼皮也不抬地接着大柳的话茬儿说："是啊，要是没有这场烦人的春雨，你们这起案件应该早就破了。"

"也许吧，但也不一定。因为这起案件不比其他案件那么好破，它的侦破难度已经超出了我们的侦破能力，是局里挂上号的A级大案。否则，局里也不会跨警种把你临时借调过来帮我们破案。"大柳讪讪地说。

葛熊听出了他的话外之音，是那种很无奈的，像窗外的绵长春雨割不断，看了心里就烦的滋味。但他没再开口说话，继续闭目养他的神。大柳发现坐在后座的葛熊一声也没吱，就回转过头来拿眼盯着葛熊的脸说："你怎么不说话了，我的'路神'？是不是接到这个案子，你这葛熊就真的变成狗熊了，嗯？哈哈哈！"

"狗熊"是葛熊的外号，在交警队里早已不是什么秘密，这或许应该归功于他的爹和娘，把姓和名这么天衣无缝地结合起来，让人想都不用想就很自然地把他叫作“狗熊”。而外人第一个叫他狗熊的据说是一个找他办事的车祸受害者家属，这个受害者家属是来自河南的打工者，说话带着很浓重的河南腔，他一进门就大着嗓门向穿着警服的警察问：“警察同志，你知道你们这里有个叫狗熊（葛熊）的吗?”警察回话说：“同志，我们这里没有一个叫狗熊的，个个都是英雄。噢，对了，你要找狗熊就到动物园去找吧。”这个警察的话音刚落，就引得满院子的人哄然大笑。那个受害者家属见大家笑弯了腰，就满脸通红地瞪着牛眼说：“是狗熊没错，他昨天打电话亲口告诉我的。”刚才那个接话的警察擦掉笑出的眼泪说：“是狗熊没错，我这就带你去找他。”受害者家属为证实他刚才说的话没错，就边走边补上一句：“我说嘛，他就是狗熊，你们笑什么呢?一群大傻瓜!”这话一出又惹来一阵阵爽朗的笑声。葛熊的名字经受害者家属这一闹腾，真的声名远播了，从此葛熊的名字也就只有在队里局里开大会的时候才能正儿八经地出现。这个被人叫了将近三十年“狗熊”的老警，长得像猴子般精瘦，他的全身虽说不像孙悟空有长毛，却有着孙悟空一般的精灵，特别是那双会说话的眼睛，总有一股穿透力很强的目光透出来。有专门看面相的算命先生看过他的面相后说：“此人的一生吃的就是那双眼睛。”

葛熊见大柳回转过头来，就笑嘻嘻地迎着他直逼过来的目光说：“大柳啊，你这‘大流氓’的外号跟我比起来也好不到哪里去。你说你这流氓应该是拜你老祖宗的柳姓所赐吧?”

“照你这么说，我们俩的外号那是彼此彼此了，哈哈哈!”大柳调侃道。

说话间，警车已经到达圆桶村的村口了。

那个满头白发的村长王树墩依旧站在村口的那株百年老榕树下等候。

村长原本在家里吃着早饭，远远地听到山脚下传来很刺耳的警笛声，就丢下手里的饭碗，撑着一把老旧雨伞，紧赶慢赶地来到老榕树下等候。这些年来，村民们已经很少见到他有这种举动了，有人说，这次跟以往不同，是公安进到村里来破案的，人命关天呢。他要是怠慢了，公安怪罪下来，你村长就得吃不了兜着走。以前，村长有站在老榕树下等候客人的习惯，村民们只要见到他在老榕树下一站，就知道是有山外的吃公家饭的官人要进村来公干了。“文化大革命”的时候是下放干部、知青进出，改革开放后是计生干部往来，他们进村不是抓人去结扎，就是抓躲避计生的人进镇里的黑屋子，待交了罚款赎人。当然，眼下最常见的是“土地爷”和气势汹汹的城管队，他们进村见到谁家有违法搭盖，哪怕是盖个鸡窝或者是牛棚，通通夷为平地，片瓦不留。村民们说村长这些年不再站在榕树下迎接客人，是因为他家里的钱多得没有地方放了，儿子又在省里头做着大官，有钱有势，不用再去巴结现在的年轻镇干部。你吃政府饭的人进村爱怎么着就怎么着，他从不干预，甚至不搞迎来送往那一套了。这次公安进来他又恢复了站在榕树下迎客的习惯，而且每次都要破天荒地予以高规格接待，这让一些村民又有些看不懂了，人们无法读懂读透村长这本官场上的“官书”。而村民们感受最深的是，这些年来很难再得到村长的庇护，私下里对他颇有微词，几届村民选举都想把他拉下来，可是从村头数到村尾，硬是找不出合适的第二个人选来，原因是村里的年轻人都陆陆续续地跑到村外的精彩世界里打工去了。村长就装着很委屈的样子，一任接着一任地继续当下去。村里人见不到有改革开放后的盎然生机，但也知道不会穷死人，他们靠着一笔笔丈夫或儿子从外地往家里寄的打工挣的钱或这几年种的茶叶卖的银两滋润着日子。圆桶村村民的日子平静而淡然，谁家都不是大户，谁家也都不是穷人。这就应了闽南人的一句老话：“两个睾丸平平大。”当然，圆桶村之所以叫圆桶村，主要是地理位置使然，整个村庄是绕着四面山的半山腰筑巢而居的。由于太过封闭，村外的姑娘没有一个愿意嫁过来的，这就形成了一个很不好的风俗，村里的姑娘只能内销，凡是五服之外的男男女女都可以婚配。按照现在的遗传学来讲，这样的婚配可能造成不好的遗传后果，但天从人愿，这里的王姓后代个个发育正常，甚至还出过几十个大学生，成了城里的白领。他们这些人当中有的还在城里做了大官，在厂里做了董事长、经理，并且都娶了城里的婆姨，都把家安在了城里。在村民们的眼里，他们都远走高飞了，再也不会回到村里来了，忘祖了。

要不是这次村里出了人命大案，圆桶村会依然那么平静地走着时光，就像流经村子的那条蓝溪河，平缓而又有节奏地流淌着。

这次警车冒雨入村，村民们的脸上并没有出现过多的惊喜或惊慌的神态，倒是村长王树墩的脸上浮现出一丝不易察觉的微笑，他想你们这些警察应该破不了这个案，看你们那架势，都进村入户查了十多次了，案件还是没有眉目，要是没有遇上高人，这案件很可能永远搁在那里了。在他的心里，他是很喜欢看到这样的结果的，也很喜欢整天脚不着地地跟在他们的屁股后面瞎跑。村长为什么会有这样的心态呢？只有他自己最清楚。当然了，案件破不了，他的日子也不好过，村里的各种流言蜚语也在四处飞扬，说村里的老支书王大头一家四口人的死，是遂了村长的愿，因为这下村里的大权就全部集中在你村长一个人身上了，村里的计生、土地、矿产资源等可以捞到好处的敏感事务就你村长一个人说了算了，再没有人和你抗衡了。也有的人说得更难听，说这次天坑水库要淹没整个村庄，光村民们的拆迁款就是一块巨大的蛋糕，他村支书腿一蹬，这不是秃子头上的虱子——明摆着嘛，到时候还不是你村长一个人吃独食呀！这次公安迟迟没有破案，不是没有能力破案，是故意不想破案，跟村长有着利益勾连。说白了，是村长找了外地的杀手做的案子，你公安拿了人家一大笔封口费，是手下留情。说是进村来破案，只不过是在村民眼前做做样子罢了，鬼才会信呢！

天坑水库是晋南市的一个特大饮水工程，总投资一百八十亿元，集雨面积一千多平方公里，占据闽安县三分之一的土地。它的蓄水量也大得惊人，达到十亿立方米，可供全市十二个县、市（区）八百多万人日常饮用，是一个让全市人民热切期待的大水缸。圆桶村是这个水库的蓄水中心，水库的拦水坝就建在村口的最窄处，坝高达到一百八十米，坝长十公里，这十公里长的坝区需要拆迁的当然不止一个圆桶村，还有剑南村、曲豆村、寨坂村等，拆迁人数达五万多人，等于迁了这个镇三分之二的人口。眼下虽然还没有动迁，但县里的天坑水库领导小组已经进村入户进行了人口登记，测量了房屋、耕地、山地面积，只待国务院批准了。有了水库这个拆迁计划，村民们的心也就随之散了，说得不客气点儿，你王树墩的这个村长也当到头儿了，是溥仪式的“末代皇帝”。就在这个“末代皇帝”在他的村务帝国里快走到尽头的时候，不料却发生了村支书王大头一家几近被灭门的惨案。王大头夫妻被一刀毙命，其儿媳、孙子被掐死。唯独那个长年在外打工的儿子侥幸逃过一劫。他的儿子从外面回来后哭得那叫个死去活来，是那种老天见了也会动容怜悯、陪着落泪的惨兮兮的场景，当时就连看过很多杀人现场、侦破过各种各样杀人案的大柳也惊诧不已。他脑海中闪过的第一个念头是，这杀人现场实在是太残忍了。他的第一个问号是，是谁和他一家人结下这么深的仇恨？一刀直直地捅进心窝，鲜血顺着拔出来的刀口往外喷溅，如注般的鲜血溅在墙上，很快凝固成一幅牡丹花状的写意画，糊糊的、血红血红的，十分扎眼。法医说，一刀毙命，这凶手万分残忍。大柳没有回话，他的心紧抽了一下，又把目光投向脚朝南、头朝北的另一具尸体。这具尸体是个老妇，赤身裸体地仰面躺在地上，头歪向一边，阴部的毛被刮了个精光，阴道被捅了一刀，鲜血顺着两腿之间流了一地，凝成一条鲜红的血带。法医气愤地说，这畜生，毫无人性，简直是变态。这是发生在这栋三层楼房底层的一幕人间惨案。大柳看后还是一声不吭，他的目光投向通往楼上的楼梯口，他脚上的那双沾满泥土的皮鞋在一级一级的楼梯台阶间交错。此时，比大柳早一步进入房间的法医冲着大柳大声嚷道：“柳队长，你快进来看看！”大柳听到喊声，立即回过神来，三步并作两步来到右边的房间。房间里的床上赫然躺着两具尸体。一具尸体是个少妇，面黑眼突地大张着口，不用看，大柳就知道这是被掐脖致死的，躺在少妇身边的是一个七八岁的小男孩儿，死状与少妇一模一样，只是睁大的眼睛透出了万分惊恐的神态。进一步勘查少妇的阴道，法医提取到了男人留下的精斑，是凶手在杀人之后奸尸所留，还是先奸后杀留下的？还有待法医作进一步化验和分析才能得出结论。眼下最重要的是寻找凶手遗留在现场的痕迹物证，以及凶手用于杀人的工具，特别是那把杀人的刀。但是，找遍这栋房屋里里外外的各个角落，哪里还有刀的踪影呢？关于这把刀的去向，大柳分析：一种可能是凶手杀人后，在逃离的过程中随手把它丢弃于沿途的厕所，路边的池塘、水沟或草丛之中，让你公安大海捞针去吧；另一种可能就是凶手逃离现场后，随身带走了这把刀，并且刀不离身，其最终目的就是一旦被警察查到可以搏命。基于这种理论上的分析，大柳连续几天带领他的那帮刑警兄弟，找遍了凶手有可能逃窜的方向的沿途草丛，捞遍了沿途的几十个厕所、三个池塘，最后无功而返。

痕迹检验也不容乐观，一层、二层，包括楼梯，均没有留下杀人凶手的脚印。按照痕迹专家的说法是地砖被狡猾的凶手用抹布擦洗得干干净净，唯一能送进化验室进行化验的，就只有从那少妇阴道里提取到的那些精斑。精斑检验的结果属 AB 型血。查遍全村所有在家的青壮年的血型，有几十个符合血型特征的村民被警方列为嫌疑对象，大柳和他的刑警们带着背包一头扎进村部，大有此案不破绝不收兵的雄心壮志。大柳对侦破这起案件也是信心满满，他不断鼓动大家说，干我们这一行的要嘴勤、腿勤，要和村民交朋友，发动村民提供侦破线索。并且，大柳还带着刑警们在村部张贴悬赏通告，通告上称：若有人发现或提供破案线索，经警方查实的，悬赏十万元；要是能够直接逮住凶手并将其扭送到当地派出所，悬赏五十万元。这下整个村庄火爆了，热闹了。很多村民连续几天都围着通告转，认字的大声念着通告内容，不认字的就竖着耳朵认真地听着，生怕漏掉一个字。毕竟十万元和五十万元的诱惑实在太大了，有人窃窃私语道："这么多钱啊，我这一生打从娘胎里出来就没见过这么多钱，要是能够领到这么一大笔钱呀，我就真的不知道该怎么花了。"被村里人称为"猪猪"的五十多岁的老光棍王申荷接住话茬儿笑嘻嘻地说："我说你这狗狗呀，枉你从娘胎里爬出来这么些年，有三十好几了吧？连花钱这种简单的活儿都不会，真的是糟践了养活你的五谷杂粮。"狗狗听他这么一说，脸就腾地红到了耳根子，他粗着脖子冲着他大声说："你这猪猪，不叫爷的大名，敢叫我的小名，让我多没面子，要是传出去了，传到我那未来的媳妇耳朵里，她会怎么想？你安的是什么心？想让我和你一样一辈子找不到老婆吗？看我怎么收拾你。"说罢不容分说，就真的一个老拳抡到猪猪的胸口上，猪猪猝不及防，被一拳打倒在地，仰面朝天半天爬不起来，双手死死捂住胸口直喊痛死了，狗狗认为他是装死，还想冲过去骑在他身上狠狠地揍他一顿，以解刚才被羞辱的心头之恨。刚好此时站出来一个叫牛牛的大个子王大杆，见到狗狗已经把猪猪打趴在地，还想继续冲上去打，就一个箭步冲到狗狗的面前，大吼一声："住手！"谁知狗狗并没有停下脚步的意思，他就把身体一横，像一堵墙似的挡住狗狗的去路，并伸出一只强健有力的大手抓住他的领口，像拎小鸡似的把他抓离地面，然后在原地转起圈圈来，直转得狗狗连连告饶才作罢。

"都是乡里乡亲的，怎么动起粗来了？要是真弄出人命案来，看今天到咱村里来的警察怎么收拾你。大伙儿也别老站在这里看热闹了，快伸把手把猪猪扶起来，然后该干啥干啥去。"王大杆说到这里，像是自言自语，又像是对着大伙儿说的，"都吃饱了撑的，还嫌村里的人死得不够多，不够凄惶？真是的。"大家正准备散去的时候，突然有人大惊失色地嚷嚷道："狗狗，你不能走，你这一拳把人打惨了。猪猪直喊胸口疼，赶快把人送去医院看医生吧。"这时有人说了一句："事情闹这么大，警察就在村里，还是赶快报警吧。"

二

村长在老榕树下把大柳一帮刑警接进位于距离老榕树一百多米外的村部，正招呼他们落座泡茶的时候，有个年轻小伙子急火火地闯进门来，上气不接下气结结巴巴地说："报告村长，不不，报告公安，出事了，我们村的猪猪被人打趴在地，半天爬不起来了，你们赶快过去看看。""在哪里？"大柳急切地问。那人说："不远，就在祖厝门口。"

祖厝是王姓的发祥地。据王家族谱介绍，王姓祖先在来到圆桶村之前，是一个长年累月在蓝溪河"拔船"的纤夫，之所以会落户圆桶村，据说是一个李家三小姐看中了他。当时她的阿爹就一百个不愿意，原因是王纤夫不但是个穷纤夫，且是个驼背。于是，李姓父女俩就有了这么一个有趣的对话场景。李父说："我们家是员外，你的大姐二姐嫁的婆家也是员外，你呢？"李女回答说："我呀，没那个福气，我要嫁就嫁给穷人。"李父说："穷人遍地都是，你要嫁随便一抓就是一大把。可要找个员外的婆家就不那么容易了。"李女说："我没有阿爹想得那么复杂，我要嫁的人很简单，就是经常从我们家门口'拔船'经过的那个驼背的纤夫。"李父说："你疯了吧？"李女说："阿爹，我没疯，我的脑袋非常清醒，我就是非他不嫁。"李父见她话说得如此坚决，就依了女儿的意思。一日，那王纤夫又"拔船"从他的家门口经过，李老爷就叫住了王纤夫，请他到虎威镇码头把货卸了之后就到他家来一趟，他有要事相商。王纤夫早就认识李老爷，他们平时"拔船"从这里经过时经常要到他的家里讨一杯茶喝，彼此并不生分。傍晚时分，纤夫登门。李父说了想把女儿嫁给他的意思，纤夫听罢，傻瞪了半天眼，然后纳头便拜，口称：“李员外，您快别这么说，您这么说是羞辱我了，我王某人一是个纤夫，二是个驼背，最关键的一点是在这个世界上，上无片瓦下无寸土，说白了流浪汉一个，怎敢奢望您把如花似玉的三小姐许配给我呢？再说了，您这样做，一旦传出去还不让人指着您家小姐的背说三道四，你看李老爷瞎眼了吧，把一朵花插在牛屎上了，多可惜呀？您还是收回成命，饶了我吧！”李老爷一听哈哈大笑道：“你我怎么说都没用，还是听听我那宝贝女儿是怎么说的吧。”说罢，就叫女儿从屏风后面走上前来。李三小姐施礼后笑吟吟地说：“王哥哥不必多虑，嫁给你为妻是我的主意，与他人无关，此事你就依了我爹的话吧。”次日，李家张灯结彩，花烛洞房。之后王纤夫在圆桶村扎根、繁衍。时光飞逝，转眼到了村长这一代，王姓人家在圆桶村已经是第二十五代嫡传了。

再说警察到来后，猪猪被紧急送往镇医院，狗狗被警察带回村部。王大杆也跟在警察的屁股后面进了村部去看“好戏”。大柳亲自升堂审问狗狗，狗狗坐在大柳对面，有点儿拘束，有点儿惶恐，他在心里想，接下来警察不知会对我怎么样，他常听人家说，被警察逮着了，不死也得脱层皮。什么不打不骂脚蹬石篮球，不吭不声眼瞪面前灯。正当他在那里胡思乱想的时候，大柳开口说话了：“你叫什么名字？家住哪里？为什么打架？统统如实招来。”这一开场白真有点儿像电视剧里看到的古装戏里包公审案的台词，惊得他不知身在何处。他不敢拿眼直视大柳的眼睛，只是低着头声音极细地回答：“我叫狗狗，家住圆桶村。你问我为什么打……打……打架，是他猪猪……”“等等，你说，你叫什么名字？”“狗狗。”“狗狗，猪猪，哈哈，村长，你们村里起的名字太有意思了，有没有叫猫猫的呀？”村长被大柳这么一问，不知大柳葫芦里卖的是什么药，就大张着口半天说不出一句话来。倒是站在门外看热闹的王大杆冲着村长大声喊着：“有啊，村长，王老牛的儿子不就叫猫猫吗？”村长听王大杆这么一提醒，就赶忙接住话茬儿说：“队长，你看我这记性，我们村里确实有个叫猫猫的。”“多大了？”“跟这狗狗一般年纪，也是三十来岁的样子。”大柳听了忍俊不禁，说：“村长你应该在你们这个村成立一个十二生肖姓名专属委员会，你来当这个会长。”村长说：“队长笑话我了，我们这个村的人祖祖辈辈窝在这大山里，没文化，以生肖起名字那是家常便饭，你看那个叫猫猫的，还有三个弟妹，分别叫鸡鸡、鸭鸭、鹅鹅。”“村长，你这说得又离奇了，这十二生肖里没有鸭鸭和鹅鹅呀，他老爸是怎么回事？偏离轨道了。”“村长说，队长啊，你这就有所不知了，你看猫猫他爸吧，他给儿女起名的时候是这样的，当他听到小孩呱呱坠地的第一声啼哭时，就会冲着他婆姨的房间里大喊一声，孩他娘，是男是女？他的婆姨此时就会回上一句话，你个造孽的种呀，跟你一样，带烟斗把的。此时，他就会闭上双眼，片刻之后才突然睁开眼睛，如果他睁开眼看到的是猫，就叫猫猫，以此类推。”狗狗见审他的警察和村长对话，觉得有趣，刚才绷紧的神经这时也慢慢放松下来了，就跟着他们一起嘻嘻哈哈的。这时，大柳回过头来了，接着审问。狗狗又开始进入紧张状态了。

窗外的雨不知什么时候又开始肆无忌惮地落下来了，落得整个天空雨雾绵绵，呜呜咽咽。刚才送猪猪去医院的葛熊阴着脸进来了，他在大柳的耳边嘀咕了几句，大柳的脸色遽然变得严肃起来。他拍着桌子，对着狗狗大喝一声：“狗狗，你杀人了，猪猪死了。”说罢就和葛熊一起走到狗狗面前，把狗狗给铐了。狗狗当场大喊大叫：“村长啊，你要救我，我不是故意的，我没有杀人。我只是打了他一拳，至于吗？”大柳不管他怎么叫喊，掏出手机拨通了镇派出所所长李振民的电话，叫他派人来把狗狗带走。狗狗一听警察要把他带走，吓得一屁股跌坐在地上号啕大哭，边哭边说：“警察同志，我要戴罪立功，你们不是要查支书一家被杀害的案子吗？”大柳一听这话，立即喝令他住口。他边说边叫村长清场。他要就地审讯。

王大杆等看热闹的一大帮人被清除出门外。集中到操场的人群便在那里三五成群地扎堆窃窃私语，有人说狗狗肯定是看到了杀人现场，以前不说，现在说了是想保住自己一条狗命。也有人不以为然，哼！他狗狗能有什么发现？明摆着，从他那狗嘴里能吐出象牙来？蒙警察哩！更有人揣度说，这些作案的人说不定就是狗狗的狐朋狗友，或者说狗狗自己也参与了作案。狗狗到底有没有作案？他们说的这些话只是像一阵风刮过这操场的一角，瞬间在操场的上空消失得无影无踪，人们心里清楚，要想真正得知狗狗心里的秘密，还得等着看他对警察是怎么交代的。他们这些人只能在操场上干瞪眼。

狗狗被警察带进村长办公室后，村长知趣地退出门外充当看门的门卫。任何村民想接近村长办公室都会被村长及时喝退。

大柳和葛熊坐在狗狗的对面，大柳问：“狗狗，我们的话题还是先从你今天打架打死人的事情开始吧。”

狗狗抬起头，瞪着一双还挂着泪痕的红红的双眼，那是一副满腹委屈的神态。他想他今天坐在这间屋子里，有可能是他这一生走向死亡的第一个环节。

狗狗面对警察的提问，开始有点儿语无伦次，后来他发现警察坐在那里静静地听他一个人在絮絮叨叨，心里就觉得不那么害怕了，就开始很有条理地交代他今天在祖厝与猪猪打架的全过程。他说他今天撞上了霉运，本想到村部看热闹，没想到一时冲动出拳过重，一拳打倒了猪猪。更让他没有想到的是，他这一拳过去竟然把人家给打死了，这是他没有想到的，也是他不愿意看到的后果。

葛熊问：“你为什么打他？”

狗狗说：“我当时看到你们张贴的悬赏通告，就顺口说了那么一句话。”

“什么话？”葛熊拿眼紧盯他的脸庞问。

“我说悬赏通告上说的那么多钱，我要是能拿到这么一大笔钱，就真的不知道该怎么花了。谁知道我的话音刚落，猪猪就嘲笑我，说我连花钱的本事都没有，枉从我娘胎里爬出来，也难怪我长这么大了还找不到老婆。警察同志，你们说，他这说的是人话吗？”

“你也太小心眼了，他就这么一句玩笑话，你就大动干戈取了人家性命，值得吗？电视剧《水浒传》你看过吗？”

“看过。那武松的拳脚了得，三拳两脚就打死了独霸一方的蒋门神。”

“你以为你比电视里武松打死蒋门神还厉害呀？你想想你开打的过程并没有武松痛打蒋门神那般酣畅淋漓，那么令观众鼓掌喝彩。再说了，你出拳打的是你的同族兄弟，是同室操戈。”

狗狗觉得跟这两个警察说话不生分，还挺有趣的。他曾经听从局子里出来的人说过，进了警察局不死也得脱层皮，他今天到现在为止还不曾有过这种感觉，可是，等一下到了派出所会不会是这种感觉，他不敢肯定，因为他是个杀人犯，进了局子遭遇一番皮肉之苦恐怕是免不了的了。想到这里，他的心就一下子烦躁不安起来，就迫不及待地说：“我要为你们破案提供线索。”

大柳说：“好啊，我正想问你呢，你刚才就说过这样的话，我没有让你说出来，是在保护你，你懂吗？”

狗狗说：“我懂，谢谢！”

大柳说：“现在没有外人了，你可以说了。”

狗狗说：“我要是说了，你们通告上说的悬赏十万和五十万，还能给我吗？”

葛熊插话说：“我这里纠正一下，十万和五十万不可同时兼得。那是两个概念，就好像鱼和熊掌不能兼得一样，知道吗？”

狗狗说：“不知道。”

葛熊说：“不知道是吗？我告诉你，十万是奖给举报有助于侦破的，叫线索费；五十万是奖给直接将杀人犯扭送到派出所的，叫辛苦费。你看，我刚才给你说的，你具备哪一条？”

狗狗说：“具备第一条。警察同志，如果我说出来，你们破案了，我就不要那十万了，可以吗？”

葛熊问：“你要捐款？”

狗狗说："不是的，我……我……"

大柳见他说话吞吞吐吐的，心里有些焦急，就拍着桌子厉声说道："我什么，痛快点儿，再说了，你今天没有资格在这里跟我谈条件。"

狗狗说："那我就不说了。"

大柳听了就火冒三丈，就继续拍着桌子吼道："不说也得说，你以为这里是菜市场呀，可以讨价还价啊？实话告诉你，你进了这个门就很难再走出门去见到太阳了。"

葛熊见大柳动了肝火，话也说得越来越重了，就赶紧插话说："柳队，你歇会儿，我来！"葛熊做了一下深呼吸，并调整了一下坐姿，显得挺拔、神气。

葛熊心平气和地问："狗狗，你刚才不是说要捐款吗？"

狗狗低着头，声音极细地说："我没有说，是你说的。"

葛熊立即接着他的话说："对对，这话是我说的，是我代替你说这话的。我不打扰你了，你接着刚才的话继续说。"

狗狗说："我是想说，如果我不要那十万元，你们能放我一条生路吗？"

葛熊说："这要看你提供给我们的线索有没有用。换句话说，你为我们提供线索，我们破了案，你也就因此立了功，到时候法院判你刑的时候，就会依据你的立功表现给你减刑，你的命就可以保住了。听明白了吗？"

这下狗狗的态度立刻来了个一百八十度大转弯，说话的声音也提高了八度。他说："我就是这意思，你看命都没了，还要那钱干什么？"

葛熊说："算你小子明白，你说，你有什么重要的秘密要向我们透露？"

狗狗说："我们村里有一个叫王大杆的，你们认识吗？"

葛熊说："认识，不就刚才站在门口对着村长大声说话的那个人吗？"

"就是他。"

"是他杀死了村支书一家？"

"还能有谁？他跟村长一家走得最近了！"

"就凭这一点？"

"还有呢！"狗狗说到这里故意不再往下说了，底气十足地拿眼直视着两位警察，好像他就是警察，而警察是他的犯人了，角色转换了。

"狗狗，你说话能不能痛快点儿，不那么欲言又止好吗？"

"我还有个要求。"

"什么要求你说。"

"我说了，你们能不抓我吗？要知道再过几个月，我爹娘就要张罗着为我办婚事了。"

“这一点，我们还得请示上级，我们说了不算。”

“那你们叫一个说话算数的来，不然，我就不说了。”

“不说也罢，待会儿派出所的警察来了就有你想说的地方了。告诉你，你如果想立功赎罪，现在就说，不然，我们今天的审问就到此为止。柳队，我们收队吧。”

狗狗见他们真的站起来了，就急了，慌忙双腿跪下说：“你们别走啊，我把知道的都说出来，反正我狗狗今天是过不了这个坎儿了，说，是死罪，不说，也是死罪，都是一个死。”

大柳和葛熊重新坐回原位。

狗狗也重新坐回自己的位置。

狗狗说：“我口袋里有烟，你们来一个人帮我拿出来，点一支给我抽，我被你们铐着不方便。”

狗狗断断续续地告诉葛熊和大柳，他这人就像他的名字一样，天生嗅觉灵敏，又喜欢扎堆。每年的几个采茶制茶的茶季过后，他的时间几乎是在村里的游荡中度过的。大部分时光是和村里的几个同他趣味相投的人一起消磨。抽烟、喝酒、赌博、玩女人，哪样也不缺。狗狗说：“不怕你们笑话，我们这里地处山区，又是穷乡僻壤，有些人白天是个人，都人模狗样的，可是一旦到了晚上，人就不是人了，男盗女娼，暗香涌动，特别是那些老公长年在外打工的少妇的家里，更是热闹非凡。什么坑沟头的王晓梅，鬼子寨里的王二春呀，猴子山顶的王大妞了，甚至我们村支书家里的王海榕啦，这些个三四十岁的少妇，一见到有男人从她们的眼前晃过，就会立马变成骚妇。”

葛熊冷冷地抛出一句话：“你们村怎么这么乱啊？”狗狗接着话茬儿说：“我不说你怎么就知道了？”狗狗脸上掠过一丝不易察觉的得意，这得意包含着淫荡，“你们城里来的人有所不知，我们这个村的一些习俗真的和别的村不一样。你就说男男女女的那一档子事吧，很特别，这特别之处从结婚那一刻开始就生根发芽了。结婚时男方必须在隔壁房间里再准备一张床。”葛熊有点儿惊讶，就打断了他的话问了一句：“这张床干什么用？不是有婚床了吗？”狗狗就狡猾地窃笑：“这你就不懂了吧？这是专门为日后女方做准备的。为什么？因为女人和老公结婚后，如果一旦走眼了，看上哪个相好的，就可以安顿在这个房间里与之翻云覆雨了。”葛熊问：“她老公不管吗？”狗狗听后哈哈大笑道：“管？管不了，因为他自己也会在外面寻花问柳。当然也会得到同样的待遇的。”葛熊问：“就没有什么禁忌吗？”狗狗说：“有啊，这个禁忌很简单，但女人必须得记住，否则被老公发现了，就会被打得半死。这样吧，我跟你说得更明白一点儿，就是男的进入房间之后，在上床之时，要将脱掉的鞋子的鞋尖朝外，这样一旦她老公在不知情的情况下突然闯进来时，看见鞋的摆样，就会自动知趣地退出，因为这说明他的老婆在做这件事的时候是两厢情愿的，反之，就会被认为是强奸他的老婆，门后那根时刻准备着的扁担就是你挨揍的工具。”

大柳听他们之间的对话，觉得特别有趣，也就任凭他们云里雾里地海侃。他想这狗熊想了解这些看似无聊的事儿，或许对他的侦破思路会有所帮助，也就坐在那里独自一个人抽着软包七匹狼香烟。由于是一根接着一根地抽，房间里早就飘满了层层烟雾。葛熊被呛得眼泪直流。他掏出纸巾边擦眼泪边告饶道：“大柳，你就不能少抽两口吗？呛死我了。”大柳笑着说：“没事儿，你们继续聊。”葛熊说：“你这流氓，你在那里腾云驾雾的，还有我聊的空间吗？我不被你呛死，也会被毒成肺癌的。你没听说过吸二手烟比吸一手烟更可怕吗？”大柳掐灭烟后讪讪地抛出一句话：“谁叫你不抽烟，现在成了真正的狗熊了吧？”葛熊就骂：“你真不要脸，你这叫什么逻辑？”大柳也不回话，却突然转过头来板着面孔对着狗狗大喝一声：“狗狗，你赶快老实交代你的问题，别在那里胡扯些你们村里的花边性事。”狗狗就很委屈地把想诉说的眼神投向葛熊，怯怯地说：“要像他这么说，我就不说了。”葛熊问：“为什么呀？”狗狗说：“我要不把这些杂碎的事情说出来，就没有办法继续往下说，你们看着办吧。反正我今天已经犯下大罪了，我就是说出你们想要的惊天秘密，你们也是会判我死刑的。我累了，我不想说了。”葛熊说：“狗狗你别呀，你刚才说的情况对我们很重要，你就顺着你刚才的思路继续往下说。我们的柳队长他喜欢抽烟，我们就让他在那里接着抽，抽死他。”狗狗说：“你真想要我继续往下说呀？”葛熊说：“你就别吊我胃口了，说！”狗狗说：“那你就再点上一支烟给我抽，否则，我的口水就真的要流出来了，就没有办法继续说下去了。”

三

狗狗说：“我和王大杆、猪猪王申荷、一撮毛王三黑，还有王水帘、王树枝、王老鼠等几个人都是我们这村里有名的地头蛇，同时又是结成统一联盟的死党，就差拜关老爷了。我们这些人平时没干什么正经事，但吃喝嫖赌抽却样样在行，有些人甚至还抽上了大烟。我刚才说了，我们这圈子里的人，除了我和猪猪没有抽上大烟外，其余几个都抽得稀里哗啦的。”葛熊问：“你为什么没有抽？”狗狗说：“我听人家说，抽上这种烟会上瘾的，而且会倾家荡产，我家里本来就穷得叮当响，要是让我给抽上了，日后哪里还有钱找老婆？所以，我不管他们怎么拿话刺激我、拿美女诱惑我，我就是要自始至终坚守我的原则，从不拿这个原则和他们做交易。事实证明，我这样做是正确的，我没有花一分钱在抽大烟上，也让我老爸老妈为我积攒了一笔讨老婆的钱，为我订了一门婚事。我老妈说了，过了今年的这个春天和夏天，到了秋凉的时候就要为我操办婚事。”葛熊问：“你对象是干什么的？”狗狗说：“她是我们村里的，几年前到晋江的一个鞋厂打工。”葛熊问：“你们经常见面吗？”狗狗说：“没有，差不多一年能见上一两次。她说她很忙，请不了假，再说了，就算能请到假也不值当，来来回回的车费是一笔不小的花销。”葛熊说：“你未来媳妇还真会为你精打细算啊。”狗狗说：“只可惜我没有这个福，一拳打死了猪猪，也把自己打进了监狱。”葛熊说：“狗狗，我们先不谈这个，你要相信法律，只要你为我们提供有用的破案线索，有立功表现，你就罪不该死，就有活命的希望。说吧，你要向我们提供什么线索？你前面不是说是王大杆干的吗？”狗狗说：“对啊，除了他还能有谁呢？记得那天深夜，我从坑沟头的王晓梅家里出来，王晓梅是我长期相好的，已经有七八年了。说起来你或许不会相信，我跟她相好是她先勾引我的，或者说是她强奸我的。”葛熊说：“你算了吧，得了便宜还卖乖，鬼才会信你呢。”

狗狗听葛熊这么说，就急了，争辩道：“我说的是真的，我当时才二十来岁，对那些男欢女爱的事情根本一无所知，而她虽说比我才大三岁，但她在这方面却已经是个老手了。她十六岁的时候就嫁过来了，她老公大她十岁。两人婚后不久就分开了，老公到深圳打工去了，后来在那里开了几家茶叶连锁店，据说赚得盆满钵满，现在已经是个千万富翁了。她老公长年不在家，她感到那方面有需求，就偷人了，据她自己说，我是她这一生中的第二个男人。那年，是夏天，天气闷热，那一天傍晚，她只穿着一件背心坐在自家门口乘凉。傍晚的余晖洒在远近的山冈上，错落有致的瓦屋、树木、茶园被涂抹出一片很漂亮的血红。王晓梅坐在一把老旧的竹椅上，手里摇着一把芭蕉扇，口里悠闲地哼着一首台湾歌星江蕙演唱的《无人熟识》的闽南歌，这歌很好听，但却很凄婉。我记得开头是这样唱的：‘你甘有听到落雨声，亲像是别人块笑我……’

“我听着她的歌声，放慢脚步悄悄地走近她，想听她把这首歌唱完，然后再离开。没想到她非常警觉，突然停住歌唱，转过了头，朝我莞尔一笑，轻声细语地说：‘狗狗，你是来看我的吗？’我连忙慌慌地说：‘啊，不！我是路过的，刚才听到你的歌声，觉得很好听，就放慢脚步，想靠近你，继续欣赏你的歌。嫂子，你的歌唱得真的很好听，我很想听，继续唱吧！’王晓梅笑着说：‘要是想听，你改日再来，我再继续唱给你听。今天就不唱了。’我说：‘为什么呀？’她笑着说：‘因为今天的夕阳特别美，又有你这稀客从我家门前经过，我就不唱了，走，进我家屋里坐坐，泡杯茶喝。’我说：‘不了，我还有事呢。’王晓梅听我这么一说，不禁哈哈大笑起来，笑声过后，她说：‘你还能有事？我了解过了，你是个白天没鸟事晚上鸟没事的家伙，来吧，跟你姐进屋吧。’她一边走一边说：‘打这以后啊，你就不要叫我嫂子了，多生分呀，你就叫我姐，姐疼你。’我真有点儿受宠若惊的感觉，因为她是我们村里十大美女之一，虽然没有读过多少书，但为人温柔贤惠，特别是她的长相媚而不俗。你看她十六岁就嫁为人妇，生了两男一女了，还是拥有前凸后翘的身段，鹅蛋形的粉脸上，一副淡红色的勾人魂魄的双唇，两排排列有致的皓齿，淡淡的弯月眉下是一双扑闪扑闪的大眼睛，加上那天穿着的大红背心裹着丰满的胸，看得我这个还是处子的男人心里扑通扑通地一阵乱颤。不过，此时我还是不敢多想，因为她的男人是我们村的帅哥，且为人彪悍。我要是有了歪心思，再传到她老公那里，我这条小命就算是交待了。所以，我进屋后就与她并排坐在她家茶几边上，看她洗茶具、烧开水。她见水还在电磁炉上烧，就进屋去了一会儿，然后出来，继续等待水被烧开。我说：‘你老公最近回来看你吗？’她的脸上掠过一丝不易察觉的冷笑，然后淡淡地说：‘他在外面已经有了别的女人了，已经快一年没有进过这个家门了。’我惊讶地随口说了一句：‘这是为什么呀？’她说：‘没事，两个男孩儿他带走了，就一个牙牙学语的小丫陪伴我身边，这样也好，清净。来，请喝茶，刚出的正炒铁观音，不知合你口味吗？’我连忙呷了一口，脱口而出：‘真香，有韵味。’但是总觉得带有一点儿苦味儿，这苦味儿到底是什么味儿？我不敢问，也不便说，就继续一杯接着一杯喝着她不断递过来的茶。三泡过后，她站起身抛给我一个很深情的媚眼说：‘你自个儿泡着，我去冲个澡，很快，要不了几分钟，怠慢了。’

“浴室离客厅不远，可以很清晰地听到浴室里水龙头喷出的水溅到女人身上的声音，嗞嗞的，很有魔力的那种。我被这嗞嗞的响声吸引住了，就蹑手蹑脚地走到浴室的门边，门没关，是虚掩着的，开着一条很大的缝，可以一览无余地看清王晓梅躺在浴缸里洗澡的样子。她此时似乎也瞥见我了，但她装成没看见。我觉得很羞愧，脸顿时发烧，就赶紧退回到茶几边原来的位置上，傻愣愣地坐在那里发呆。同时，下体那不争气的东西也在这个时候迅速膨胀。不一会儿，王晓梅从浴室出来了，这下更让我惊呆了，只披着一条浴巾向我款款走来的王晓梅，简直就是一朵出水芙蓉。还没等我反应过来，王晓梅就脱去身上的浴巾，软乎乎地坐在了我大腿上。我受不了这刺激，一下子就抱住了她。以后的事情我就不说了，那个晚上，只要是醒着，两个人就没闲着。起初，我惊讶于自己身体怎么这么棒，虎虎生威。后来她告诉我说，她在泡茶时掺入了她老公从深圳带回来的美国伟哥。她说那东西一旦吃下去，雄性激素就会持续大发。这时候我才明白，我被这个女人控制了。但话说回来，我也乐意，甘愿身陷其中，并且乐此不疲。”

葛熊和大柳静静地听着，一会儿，葛熊突然问：“狗狗，你今天说的这些对我们破案有用吗？该不是你想拖延时间或者是想耍我们？”狗狗说：“我可没有这种想法，但我继续往下说的东西对你们破案真的有用。”大柳忍不住了，忽地一下站起来，拍着桌子大声呵斥道：“别以为你那点儿花花肠子我们不知道，说，你肚子里的小九九藏的是什么东西？想跟我们打马虎眼吗？告诉你，狗狗，你要是个男人，要想立功，争取在法律层面上得到宽大处理，你就痛快点儿，直接告诉我们真相。”狗狗不知是被大柳的呵斥给吓坏了，还是被他的气势给镇住了，一时没了刚才的滔滔不绝，倒是有一股冷汗从他的脊梁骨源源不断地渗出来，煞白的脸上也密密麻麻地爬满了汗珠。葛熊见狗狗这副模样，知道这刚起的炉灶里旺旺的大火又被性急的大柳给浇灭了。他心里急啊，本想当面制止大柳的鲁莽行为，叫他不要插嘴，由自己慢慢来审，但又碍于他是这个侦破组的头儿，就只好皱了一下眉头，没有往下说什么。但葛熊又清楚地知道，这狗狗的心里肯定隐藏着一些警方急切想知道的秘密，说不定深挖下去就是一座富矿。正在他们处于僵持的尴尬局面时，镇里派出所的李所长带领一帮警察赶到了。大柳出去和他们办理交接手续。趁着这个空当儿，葛熊继续做狗狗的思想和感化工作。他说：“你狗狗是要在这里说呢，还是要到派出所或者到县局的刑警队里去说呢？”狗狗一脸茫然地望了葛熊一眼，然后不知所措地说：“我很想在这里说，可是你们的另一个警察老打断我的话，是他成心不让我说的。看来，我就只能听天由命了。”葛熊见他一副垂头丧气的样子，就说：“要是我让你在这里继续说，你说吗？”狗狗说：“如果是跟你说，我愿意。最好是他不在你身边。”葛熊说：“那不行，我们在审讯的时候，一定要有两个以上的人在场，否则这份笔录无效。这是规定，希望你能理解。”狗狗意识到他今天再不把他知道的事情一股脑儿说给这位警察听，之后到了派出所就是想说，可能也没有机会了，你看那个被他尊称为柳队的，满脸凶巴巴的，剑眉下的那双大眼睛透出腾腾杀气，恨不得把他一口吞了才解气。再说了，到了派出所之后，面对那群如狼似虎的“黑脚”（警察），日子恐怕也不会好过到哪里去，最好的结局是不死也会脱层皮。想到这里，他就有一种不寒而栗的感觉袭上心头。悲哀啊，我怎么那么冲动，一拳过去打死了猪猪呢？值当吗？俗话说，打死人就得一命换一命，看今天这架势，要想不换都说不过去了。葛熊见他低着头不吭声，就再一次地提醒他说：“狗狗，想得怎么样了？”狗狗听到葛熊的问话，这才意识到自己刚才走神了，就抬起头很坚定地说：“我要在这里说。”

“你想在这里说？说不了了！”大柳走进来，声若洪钟地对着狗狗大声说，说罢又转过头对着站在一旁的李所长说，“把他带走。”这突如其来的变故，不但惊得坐在那里的狗狗呆若木鸡，也让想进一步就地审讯的葛熊措手不及。他走到大柳的身边悄声问：“柳队，你刚才说什么？”“把他带走，带到刑警队。”葛熊说：“你这样做会破坏我的审讯计划的。”大柳冷冷地说：“你那叫什么狗屁计划？老驴拉磨。你没看到狗狗的那副嘴脸，是盏省油的灯吗？告诉你，像他这种人我见多了，他是那种不见棺材不掉泪的主儿。对付这种人就得让他到我们刑警队。再说了，他是个杀人犯，不宜在这里久留。”葛熊说：“我没有想让他在这里久留啊，我只是想让他把话说完，好让我们顺藤摸瓜，赶快破案。毕竟我们进来一趟不容易。”大柳说：“等一下我随李所长去一趟县城，你和小李、小赵留在村里继续走访调查。车子也留给你们，有什么情况及时跟我联系。”大柳说完又简单地留下一句官话，“辛苦你了。”在狗狗被带出门的时候，大柳又回过头来，在葛熊耳边轻声说了一句，“注意王大杆的动向，必要时不用请示，直接抓捕。”大柳很亲切地拍了拍葛熊的肩膀，接着又说，“我相信你不是个狗熊……”葛熊知道他接下来要说什么，就直接接着他的话说：“是英雄，对吧？”

警车拉响警笛，“呜啦呜啦”的超强分贝的声音震得整个圆桶村鸡飞狗跳。刚才还在围观的村民望着警车隐没在村口弯道上没了踪影，才极不情愿地各自散去。

葛熊闷闷不乐地回到村长为他们安排的临时驻地，这时，天色已经开始黯淡下来。他拿出手机一看时间，才五点刚过。这个点要是在城里，傍西的太阳还是红艳艳的。他的临时驻地是村部一间杂物间，里面堆放着一些没有用的杂物，这些杂物有早就过期了的用于广播的大喇叭，“文化大革命”期间天天演出革命样板戏用的锣鼓、洞箫、笛子、五颜六色的男女戏服、一大捆布满灰尘的红卫兵袖章、一根根散落在屋里各个角落红白相间的木棍，当然，还有一个一点儿味道都没有的小便桶和一盏同样没有一丁点煤油的马灯。葛熊带着小李和小赵进屋后借着一盏十五瓦的昏暗的灯，把屋里看了一遍，还没有全部看完，就晕乎乎的了。小李就捂着鼻子站在门外大声嚷嚷着：“葛熊，你是老警哥了，你看看，你住过这样的屋子吗？”葛熊也闻到了这屋里散出来的一股呛人的霉味儿，他想这圆桶村的村长也太不会做人了，怎么能把这么个乱七八糟的屋子安排给我们住呢？我们又不是来你家要饭的，村里不是还有一间村支书和村长联合办公的办公室吗？把那间腾出来让我们住，总比这间比猪圈还不如的杂物间强上几百倍。他心里这么想着，也对村长产生了几分怨意。心想，你村长做人真是太不厚道了，难怪你治下的整个村庄会那么混乱无序不太平。他对小李说的话不置可否，背着双手围着这座只有两间房、孤零零地被抛在一处险崖下的村部转了一圈又一圈，转得小李和小赵头都晕了。小赵忍不住不解地问："葛熊啊，你今天到底怎么了？老是围着这座碉堡转什么圈圈啊，难不成你想拿来炸药把它给炸了？"葛熊听他这么一说就笑了："小赵，你太有才了，你把这座村部联想成鬼子的碉堡，还真有那么一点点像呢。但我们不能把它给炸了，炸了它，我们晚上就要到这崖上去露宿了，那多不划算呀！赶紧的，自己动手，把这屋里的东西搬出来放在门口的屋檐下，小心了，轻拿轻放，说不定这些破破烂烂的玩意儿今后还能卖个好价钱呢。"小李嘟囔着："看你说的，还宝贝呢，要是送我我肯定头也不回地走人了。"葛熊说："咱们别再耍嘴皮子了，都勤快点儿，进屋收拾收拾，待会儿，村长就会过来请我们去村里的一家饭店吃大餐。"小赵根本就不信葛熊说的话，从鼻孔里哼出一句话："你就编吧，我们又不是三岁小孩儿。"

在葛熊他们把屋里清理干净铺上草席和棉被之后，那个满头白发的村长很正点地出现在他们的面前。他说："真不好意思，我们村里穷，建不起豪华的村部供你们吃住，只好委屈你们了。"葛熊说："村长跟我们客气啥呢，比你们更穷的村子我们都住过。行了，你就别自责了，只要这屋子不漏雨就行，我们客套话就不多说了，你快带我们去吃饭，我们的肚子可是饿得咕咕叫了。"村长说："都是我不好，怠慢了大家。走吧，我这就带你们去。"

饭店离村部不远，直线距离看上去顶多就那么两三百米，但山里不是平地，看上去很近，却会让人走老半天。就说这家饭店吧，它是在村部的正对面，中间隔着一条很深的坑沟，从村部出来，顺着一条小路弯弯绕绕到达两百多米深的沟底，然后再气喘吁吁地爬上两百多米高的山坡，到达饭店的时候，大家都上气不接下气地一屁股坐在饭店里的竹椅上喘粗气。

四

或许是已经过了吃晚饭的时间而吃夜宵还不是时候的缘故，饭店里并没有什么食客，小包间里的桌椅整洁、干净、卫生，葛熊和小李、小赵刚落座，村长就冲着正在灶台上炒菜的店老板喊着上菜，端盘子的"店小二"是掌勺的老婆，四十岁开外的年纪，一副高挑儿苗条的身段，皮肤白皙，瓜子脸，樱桃嘴，水汪汪的眼睛里藏着一对黑色的眼仁，笑起来有着一副明星范儿，是那种勾人心魄迷人眼的美人坯。葛熊想，这样的女人放在山村有点儿可惜了，要是在城里给她一个平台，她肯定是个吸人眼球的公众人物，会是什么人物呢？T台上的模特吗？高甲戏舞台上的名角吗？著名企业里的公关小姐吗？抑或是权贵人物的小三也未可知。而她，在这村里，难道就不会招蜂引蝶吗？那么，她的“圈子里”又都是些什么角色呢？小赵见葛熊呆呆地看了这店里的婆姨一眼之后就陷入了沉思，不知他是不是被迷住了，就伸出右手在他的眼前晃了晃说：“葛熊，你可别见了这女人就变成了真狗熊喔。”葛熊说：“你说什么鸟语呢。村长，我们是不是可以动筷子了？”村长说：“可以呀，早就可以吃了，看我这当村长的，好久没有出来招待公家人，连招呼客人吃饭的本事都生疏了，还望大家多多见谅。”葛熊说：“哪里呀，村长客气了。”第一道菜是猪肝炒莴笋，接下来接二连三地端出来的都是一些家常菜，什么湖头米粉配鸡卷、涂岭猪脚下白米饭，还有炒猪肺、猪心焖大肠。葛熊他们也许是真的饿得慌了，不管三七二十一，端起饭碗就着桌子上的菜就吃。吃到快饱的时候，村长说：“大家慢点儿吃，后面还有两道菜，是专门为下酒准备的。”葛熊就放下筷子打着饱嗝说：“村长，你咋不早说呢，我的肚皮都快撑破了，实在吃不下了。”村长说：“你们来我们村已经有十多次了，都是来去匆匆，从没有在我们村里过夜，我想向你们表达一下心意都没机会，今夜，我带来了一瓶据说有三十年历史的贵州茅台，今晚就让我这个不称职的村长表现一下吧。”又大声说，“纯美，把下酒菜端上来。”被叫作纯美的婆姨笑吟吟地把一锅香喷喷的菜端到桌子上。村长说：“这是大头龟，有两斤重，是我到坑沟里抓的，我叫店老板杀了一只土鸡掺下去炖，大补。”葛熊说：“村长，大头龟能吃吗？”村长说：“怎么不能呢？我们村里的人经常吃，这样跟你说吧，大头龟在我们这里是一道非常美味的菜，女人吃了美容，男人吃了壮阳，儿童吃了更是治百病。来，大家举起手里的酒杯，预祝你们早日破案，干杯！”大家一饮而尽。

葛熊几杯酒下肚，思维就开始活跃起来。他边喝边想，村长就是村长，出手就是阔绰，大手笔啊。一个小小的村长，能拿出茅台，吃珍稀大头龟，这钱从哪里来？该不是个喝村民的血、搜刮民脂民膏的贪官污吏吧？想到这里，他就有点儿闷闷不乐，就不想继续往下喝。而小李和小赵才不管这些呢，见到有好酒好菜，就大口喝汤吃肉，大杯喝酒畅怀。村长见葛熊封杯停箸，就笑着说：“没事儿，一瓶酒喝不醉我们，纯美，把打开的茅台拿出来，给这些辛苦一天的警察兄弟每人各斟满一杯。”村长见纯美倒完酒，就又说道，“来，你也别去忙乎了，坐下来陪这些远道而来的警察兄弟喝一杯。”葛熊不等纯美敬酒，就自个儿端起酒杯一口闷了，喝完，他在心里说，看来这村长的水很深呢，这就应了一句老话，叫作真人不露相啊，你看他今晚的表现，先是用好酒好菜热情招待你，等你酒酣耳热了，再用美女来陪侍。够阴的啊，你这老家伙，我今晚倒要看看你演的是哪出戏。村长似乎看出了他的心思，但并不点破，而是慢斟慢饮。这让葛熊更增加了一分对他的怀疑，他想这村长不但贪财，而且还好色，你看这“店小二”能听他呼来唤去，这其中一定有什么奥妙。他得进一步细细观察，怎么个观察法呢？想了想，有了，跟村长和纯美继续喝，看看能不能发现他们之间有什么破绽，然后伺机出击，说不定能突破支书一家四口被杀案的瓶颈。想到这里，他就一反常态，主动端起斟满酒的酒杯，说：“村长，这次进村承蒙村长大力支持，不但给吃给喝还给住，我今晚就借村长你这杯酒代表三位民警首先敬你一杯。”村长见状，觉得有点儿意外，就端起酒杯和他喝了个底朝天。之后，葛熊再次斟满酒，和纯美连干三杯，纯美有点儿受宠若惊，就斟满三杯酒回敬葛熊，葛熊这下就觉得有些招架不住了，就找了个托词上了一趟卫生间，对着抽水马桶吐了个稀里哗啦，随后按一下马桶的冲水开关，再对着水龙头洗了一把脸，然后就昂首挺胸地走出卫生间，还没到桌前就高声嚷着要和村长再喝三杯。村长是个老江湖了，今天喝的这几杯酒只是润润喉而已。他见葛熊此时的酒量已是外强中干了，就假装醉意朦胧地说：“葛警官，我告诉你，其实我今天带来了一箱酒，都是清一色的陈年茅台，管我们这桌子的人喝个够。”葛熊顺着他的话说：“你村长有本事，我今天晚上算是见识了。”村长说：“听话听音，我知道你葛警官想说什么，我告诉你我这些酒都是干净的，比茅台酒还要干净，还要醇厚。”纯美这时也听出了话外音，就解围说：“我们村长是个大好人，他今晚招待你们的这箱茅台是他的大儿子拿来孝敬他的。”葛熊还是有点儿不相信，就说：“村长你真有福气，培养了一个懂事的儿子。”纯美接住话茬儿说：“这都是人家积的德，他的儿子是我们圆桶村的第一个大学生，现在在省城里做着大官，是省纪委的一个大干部，出息着呢！”村长说：“纯美你胡说什么呢，这小子在省城里只是混口饭吃而已。葛警官，你别听她胡说八道，来，我们继续喝酒。”纯美不管不顾继续说：“葛警官，我还想对你说，我这家小饭店能在这村里红红火火地开张，全靠村长的大力支持和帮助，要不然我们一家早就离开‘圣地’出门做乞丐了。”葛熊听后暗自在心里窃喜，我说什么来着，狐狸的尾巴开始露出来了，只要我再深入细致地加以观察和分析，就会从中发现你们之间的秘密。葛熊有些醉意，说话舌根开始打结：“老板娘，你……你……说，你……你们村长怎么支持和……帮帮帮……助你了？”纯美不知是计，就顺着葛熊的话往下说：“这说来话长，一时半会儿也说不清楚。这样说吧，当年，我老公在一次路过村部的时候，被村部后面突然滚落下来的一块石头砸中了头部，当即头部开花，脑浆四溢，不治身亡。我当时哭得是死去活来，你想啊，我老公死的时候，我正身怀六甲，而更为凄惨的是我老公死后，身后留下了一对年过花甲的父母，这对可怜的父母本是年老得子，原想让他养老送终，不想老天不公，让这一对老人‘半路折扁担’。当然，也留下我孤苦无依，年纪轻轻的，就要守寡。是我们村长及时搭把手，在我几近绝望的时候，帮我介绍了一个流落到我们村的‘北仔’，也就是我现在的丈夫。”村长在一旁见纯美对着葛熊像控诉吃人般的旧社会一样，声泪俱下说个没完没了，赶忙横了她一眼，并且大声说：“纯美，你不要再说当年那些陈芝麻烂谷子的事了，我不爱听。再说了，你这样婆婆妈妈地唠叨个不停，会给葛警官他们添堵的。你到厨房去一下，告诉你老公做个醒酒的汤出来，我们都喝得差不多了。”纯美进到厨房就没再端着汤出来，估计可能是喝多了，跑去卫生间翻江倒海清肠子了。

村长急着要结束这场“酒会”，因为他也喝得有些晕乎乎的了，站都站不稳了，就几次冲着里面的厨房大喊大叫，要纯美把汤快点儿端出来。叫了老半天，纯美没有出现，倒是纯美的老公端着一大盆热气腾腾的鱿鱼萝卜汤应声进来了。他边把汤放到桌上边道歉说：“不好意思，让你们久等了。这鱿鱼是干的，做得有些慢了，还望警察兄弟多多包涵。”村长站起来，摇晃着身体说：“大饼，你别走了，坐下来陪我们葛警官喝一杯，我老了，不行了，不比当年了，几杯酒下肚就不知东西南北了。”大饼就听村长的话，就着村长的身边坐下。当他坐定准备端起刚才他老婆喝过的酒杯时，却看清了坐在他对面的葛熊的脸，脸上顿时掠过一丝慌乱，他心里说这世界也太小了，怎么会在这隐秘的地方遇见二十多年前的冤家呢？不过这只是一瞬间的闪念，他想老子偷渡到韩国整过容，如今坐在你葛熊面前的我，已经不再是以前的我了。任你有一双孙悟空的火眼金睛也不会辨认出我是谁了。想到这里，他的心就不再扑通扑通地乱跳，举起酒杯对着葛熊说：“这位警察兄弟，我上桌慢了，按照我们这里的酒规，我自罚三杯。”说罢，就真的连干了三杯。当他再次端起酒杯的时候，葛熊突然对着他说：“大饼，我们好像在什么地方见过？”大饼心里一惊，但他很快镇静下来说：“不可能，我很少外出，怎么可能跟你见过呢？”村长说：“对啊，绝对不可能，你看他跟纯美结婚之后，就整天待在这饭店里，从没离开过，更别说离开我们这圆桶村一步了。这一点我敢保证。”葛熊说：“别紧张，大饼，我只是随便说说，跟你开玩笑呢，你别介意。来，我们接着喝酒，你的手艺不错，我敬你一杯。”葛熊喝完酒，就用眼示意小李和小赵跟大饼接着喝。大饼和这三位警察喝得正酣的时候，饭店的消夜时间也到了，陆陆续续有一帮小伙子进到店里，吆喝着要点下酒菜。大饼说：“好啦，我喝完这杯酒就来。”大饼仰脖连干三杯之后，就抹着嘴说，“对不起了，警察兄弟，我得去做生意赚钱了。”出门时，刚好和一个抬脚进来的人撞了个满怀，大饼张口就道歉说，“对不起，大杆兄弟。”大杆说：“没事儿，是我不小心撞了你，没事儿吧，大饼？”大饼说：“没事儿，你来得正好，替我和这几位警察兄弟好好喝几杯，不能丢了我们圆桶村的面子。”大杆说：“放心吧，我一定会照顾好他们的。”村长这下真急了，他没想到半路上会杀出个程咬金来，慌得他有点儿措手不及了，想叫他别进来搅和，赶快滚蛋，可话到嘴边又咽回去了，他不能当着客人的面驳了自家兄弟的面子，就皮笑肉不笑地对王大杆说：“大杆兄弟，你来晚了，自罚三杯，然后轮回敬我们的警察兄弟，他们为侦破支书一家的案子不辞辛苦，来到我们村蹲点，我们可不能怠慢了人家。”王大杆是村里的酒鬼，外号“醉八仙”，即使刚才村长不打招呼，他自个儿也会闻着酒味儿进来的。他这人就这德行，见到有人在这饭店里喝酒，不管认识的不认识的，他都会厚着脸皮蹭过去讨一杯酒喝，直到喝得烂醉如泥、不省人事才作罢。

王大杆对着三位警察笑嘻嘻地说：“警察兄弟，我认识你们，你们今天把狗狗给抓了，当时我在现场，还是我上前劝的架，凭良心说，狗狗打死猪猪并不是有意的，是失手造成的，不过话说回来，那猪猪也确实不禁打，一拳就被人家打趴在地，真是不堪一击呀。”葛熊静静地听着王大杆说的每一句话，待他说完了，他就想起了狗狗在被审讯时说的话：王大杆是杀死村支书一家的凶手。如今王大杆就站在眼前，如果他真如狗狗说的是凶手，现在就可以依法逮捕他，如果不是，负面影响是显而易见的。根据历年来办案的经验，在强调疑罪从无的今天，葛熊觉得不能仅凭狗狗的几句话就随意把王大杆给办了，这事还是等大柳回来再说。于是，他就接着和王大杆称兄道弟往死里喝。村长这下不高兴了，他怕王大杆这个酒鬼喝过头了会胡言乱语，把他的一些并不光彩的往事给抖搂出来，特别是和纯美的奸情更是他要在警察面前永远保守的秘密。往事不堪回首啊，他当时认为和纯美做得非常隐秘的好事，还是被眼前这个游手好闲、好吃懒做的王大杆给知道了。他当时被王大杆捉奸在床，不但被当场敲诈走一笔数目不小的钱财，王大杆还当着他的面上了纯美的床。他清楚地记得，王大杆在和纯美做爱的时候，还不忘羞辱他一番：“村长大人，干这活儿你落伍了吧？我王大杆今晚不收你半点儿费用，就教你几招，免得你以后总用那些老掉牙的招数折磨人，浪费人家的时间和感情。”王大杆完事后对着大张着口的村长说，“村长大人，你如果还想继续当你的村长，我告诉你，以后我在这村里不论干什么事情，你都得给老子让开一条路。这一点你能做到吗?”村长连忙点头哈腰说：“做得到，做得到，一定做得到!”这时，王大杆才带着满足的微笑、胜利的微笑、淫荡的微笑离开他和纯美，在临关门的时候，冲着他抛下一句话：“村长，从此以后，这女人就属于你了，你慢慢享用。拜拜!”

王大杆酒酣耳热之际，冲着村长笑着说：“村长，你的老相好纯美呢？今夜怎么没看到她的身影呢？难道是你金屋藏娇不成?”村长听了他的话，整个人都傻掉了。他苍白着脸低声说：“王大杆，你不能再喝了，瞧你都胡说些什么，快给我闭嘴，这种话能随便在这种场合乱说吗？当心纯美老公拿刀劈了你。”王大杆听他这么说，不但不止住他的大嘴巴，还借着酒劲更加有恃无恐地说：“村长，你这老东西，快把你的女人给我叫出来，我现在就想让她过来陪我们这几位警察兄弟喝几杯。”这下村长的那张老脸更是挂不住了，他暴跳如雷地说：“王大杆，你给我听好了，你要对你今晚说的每一句话负责，当心我告你诬陷罪，哼！你要是想在这个世界上多见几天太阳，你就立马给我闭嘴。”说完就招呼葛熊他们离开了饭店。

在回来的路上，葛熊就问村长：“刚才怎么回事？怎么喝着喝着就不喝了呢？”

村长说：“你刚才没听到什么吗？”

葛熊说：“村长，你看我都醉成那样了，还能听到什么呀。不信你就问问我们的小李和小赵，看他们听到什么了，看到什么了。”

小李和小赵异口同声地说：“村长，我们也喝醉了，就趴在酒桌上睡觉，什么也没有听到，什么也没有看到。”

村长说：“葛警官啊，你们今晚什么也没有听到、什么也没有看到是对的，因为本来就没有发生什么事。”

葛熊说：“村长，不对呀，喝到后来，我好像发现一个人走进我们的包间，还和我们每个人干了好几杯，那个人呢？我还想和他再干几杯，我不能就这么输给他了。”

村长说：“葛警官，我们今晚都喝得差不多了，还是早点儿回去休息，明天你们还得继续查案子不是？”

葛熊说：“还是村长工作责任心强，你不说，我还不知道今夕是何年呢。小李、小赵，咱们走快点儿，赶快回去睡觉，明天争取早点儿起床。”

到了村部，村长看着葛熊他们三个人走进杂物间，就说：“你们好好睡吧，我们明天见，我走了。”葛熊回应说：“明天见。”

村长当天晚上没有直接回到他的家里，而是返回饭店，他要去找那个捅破他天窗的王大杆说道说道，顺便看看纯美醉成什么样了，他已经好久没有跟她“近距离”接触了，还真怪想她的。

派出所长

刘少一

一

办公室副主任熊雄多年笔杆子没白耍。年初，他在竞争上岗演讲中技压群雄脱颖而出，当上了大帽山派出所所长。

大帽山派出所是上世纪末成立的。1995 年，中国大地上一场动静不小的改革叫撤区并乡。公安机关顺应这股改革潮流以乡建所，大帽山派出所说有就有了。

各乡派出所刚成立那阵，大都没有自己独立的办公场地。上面发一纸红头文件，公安局再派几个穿制服的警察，派出所挂块牌子就算成立了。办公多半都是乡政府腾出几间办公室临时凑合着。条件稍好些的乡镇，出钱给派出所租栋民房单独办公就算蛮不错了。多年过去后，该买的买，该修的修，派出所大都有了自己的窝。只有大帽山派出所至今还寄居在乡政府几间破旧的办公室内。本来，乡政府前年新修了办公楼，可搬家的时候没有派出所的份儿。乡长贺东山安抚民警说："不慌不慌，派出所已经规划好了，单修。"寄人篱下的日子不是个滋味，四名警察就好比过继出去的儿子，一边看老百姓的脸色，一边看乡政府的脸色，两边都是爹妈的脸。所以，局长给熊雄谈话时忧心忡忡地说："小熊，新官上任，我不需要你烧三把火。你只给我办好一件事，用两到三年时间，配合乡政府尽快把全市唯一的这顶无房派出所帽子摘掉，不让警察砸死在危房内。"

履任之前，熊雄了解到的情况是这样：派出所的选址乡政府早定下来了，公安局也拿出了设计图纸，只是因为没钱无法开工。乡政府答应除了无偿划拨地皮外，另外给派出所 30 万元启动资金，不足部分由公安局解决。大帽山乡的财政就好比老婆婆的奶袋子瘪瘪的，公安局担心乡政府吹泡泡，就一直耐着性子在等。可是，地皮上的杂草岁岁荣枯，那 30 万元启动资金至今还没个着落。局里没耐心再等下去了，就拿前任所长向力当出气筒，认为是他工作不力，摆不平乡里主要领导，将他调回局机关，安排到网监大队任教导员，一个地道的“闲官”。因此，熊雄从局长的话里听出了弦外之音。自己走马上任第一件事是要想方设法把乡政府的 30 万元钱哄到手。这笔钱到位，无房派出所的帽子才有可能摘掉。只有摘掉无房派出所的帽子，他头上扣着的这顶大帽山派出所所长的帽子才戴得安稳！

去大帽山乡的简易公路一直和山边一条溪沟纠缠着向上延伸。这条溪沟有个好听的名字叫兰溪。从山脚往上看，云雾深处的大帽山莽莽苍苍，云蒸霞蔚，像一幅山水画远远地铺陈在视野里，很是养眼。相比之下，路边的兰溪却唱着截然不同的反调。干涸的河床上裸露着泥白色的卵石，只有卵石上残留着的枯萎的苔藓，唤起路人对雨水的记忆。偶尔看得见一凼凼红褐色的水，就像营养不良的牲口拉下的尿渍。一种带着矿物质的腐臭气味从河床上散发出来，弥漫在空气里，刺得人的鼻子瘙痒，喉咙发涩。随车来接熊雄上任的派出所教导员张言喜解释说，大帽山煤矿给周边造成环境污染，拉煤的重车把公路压得坑坑洼洼，老百姓因为人畜饮水和交通出行问题一直在闹事，大帽山乡的治安形势短时间内恐怕好不起来。熊雄听在心里，一言不发。警车像一只摇篮颠簸着向山上爬行，他的心也跟着揪紧爬高，渐渐吊起来。

警车转过一个拐弯，熊雄老远地发现前边一座桥面上堵着两辆货车，旁边围聚着许多人。“怎么回事啊？”随行的朱副局长问。

张言喜语气慌乱地回答：“肯定又是老百姓堵路了，我们绕一绕。”

朱副局长从副驾驶座上回过头来，很随意地看了熊雄一眼，然后转过去装睡。熊雄脑海里顿然呈现出古装影视剧里官员鸣锣出行、怨妇拦驾喊冤的画面。他对换挡减速的司机说：“不绕了，开过去看看。”

张言喜从后排伸过头来，看看车载时间，提醒熊雄说：“贺乡长和韦书记在乡政府等着，你看……”

熊雄没好气地说：“我们连路都没得走了，他们等等又怎样？”熊雄心里还想说，碰到问题总想绕着走，能绕得开吗？如果不是考虑到头一次合作，今后还有工作上的配合，依熊雄的脾气，他真想批评老张几句。

说话间，警车驶近桥边。坐前排的朱副局长继续装睡。熊雄、张教导员和政工室主任岳克凡下了车。熊雄看了看情形，这座小石拱桥的东头横着一辆空货车，将一辆驶入桥面的重型煤车呈“T”字形堵住，桥的周围零乱地聚集了三四十个村民。场面和熊雄预期的大不一样。见了警察，人们不是围拢来，争先恐后地陈述事由、发表看法、提出请求，而是一副不以为然的表情，各就各位谁都不动，也没人吱声。好像这帮警察只是吹过桥面的一阵山风，可有可无。张言喜拍拍横在桥面的车厢板问：“谁的车?”

“我的。”熊雄寻着一声拖腔瞥去，桥墩上一个打赤膊的男人举起右手，脑袋扭向一边，眼睛不朝这边看，颇像做了坏事认打认罚的调皮生，样子有些滑稽和刁蛮。

“岩坨，你又在惹事是不是?”张言喜看看车后停着的那辆装得像山一样的货车，问了这么一句。

叫岩坨的人说：“不是我惹事，我是在搞出租，一天两百块。我花钱买车总是要搞生意的吧?”

“你少给我耍花招，赶紧把车挪开恢复交通，不然……”

张言喜的话没落音，那些散落在各处的村民就好比戳破的蜂窝，纷纷攘攘着围上来，七嘴八舌地向张教导员开火。

“岩坨的车是我们大家凑钱租的，谁也没有权力让他开走。”

“你们这些当官的，也不睁开眼睛看看。”一个上了年纪的男人用青筋暴突的手指着后面拉煤的大货车说，“这些家伙恨不得一车拉走一座山，好好的公路让他们碾得稀乱。这是我们大帽山人辛辛苦苦修的路啊，今后还走不走?”

有人开始起哄：“政府不管，我们自己管。有本事，派出所把我们抓去坐牢。”

“对，要坐牢我们都去，反正连出路都没有了，坐牢也不稀罕。”

……

张言喜面对这番猛烈的炮轰无言以对，束手无策。熊雄一直没作声，他在探明真相，静观事态发展。他要搞明白问题的症结到底在哪儿，然后才好对症下药。现在，事情总算明白了，眼看着张教导员也快顶不住，到了熊雄打破沉默的时候。他一步跳上一个最高的桥墩，放开喉咙说：“乡亲们，我是新来的派出所长，叫熊雄……”

“听说刚走了一个熊包，怎么又调来个姓熊的货？这不是臭屁调寡鸡蛋吗?”没等熊雄把话说完，岩坨就抢过去喷出这么一句。他的话立刻引起众人一片哄笑声。

“我在大帽山的工作刚刚开始，以后和大家打交道的时候多，是英雄是狗熊，我们走着瞧。”熊雄心知碰到了刺头，他并不计较岩坨的揶揄，“这样吧，一周之内，我会把大家召集到一起，会同有关部门商量解决好道路运输的问题，尽量让大家满意。现在，请挡路的货车让开放行，大家各自回去忙自己的事情吧。”

熊雄的话没有得到预期的响应。村民们似乎听惯了太多的信誓旦旦，全把熊所长“一周之内解决问题”的承诺当作耳边风。三三两两的人依然扎成一堆，有说有笑地闲聊。这时候，煤车上的司机跳下来，走到熊雄身边，扯开一包“芙蓉王”要给警察装烟。熊雄对司机这种不识时务的拍马屁十分恼火，他摆着手说：“你如果懂味的话，应该去给他们装烟。”

司机正尴尬的时候，熊雄想，公路也确实压得不成样子，看阵势，今天如果不来点儿硬措施，恐怕过不了这一关。他思忖片刻后对司机说：“请问你的车现在载重多少吨？”

司机嗫嚅着说：“这个说不好，大概在12吨左右吧。”

“12吨？你脑壳进水了吧？”岩坨马上反驳，“老子搞车十几年，你这车煤少了20吨我包赔。”

熊雄指着桥头石碑上“最大限载八吨”的魏碑字体对司机说：“那好，就按你说的12吨，请你把超载的部分卸下来，再转运出去。”

司机脸上堆着苦笑，说：“我只有一双手，怎么卸？”

熊雄扫了桥面一眼：“你可以请人嘛。”

众人好像听出了弦外之音，马上附和说：“我们帮你卸车，不要你开工钱。”

司机走近熊雄，闷着嗓门儿说：“熊所长，这是周矿长的货，请你行个方便。”

熊雄知道大帽山煤矿老板姓周，故意问：“哪个周矿长，我不认得。”

“就是大帽山煤矿的老板周大天。”

“我还以为是周天大呢。”熊雄摆摆手，“不要耽误时间了，抓紧卸煤去吧。”

司机知道没戏，只好把车倒回去，退到路边上。熊雄发话说：“乡亲们，大家出把力，帮助司机把车厢板以上的煤卸下来，工钱就免了，只要人家往后不超载，就放人家通行。”

大家等的就是这句话。几个精壮劳力一窝蜂地爬上车，开始往下扒煤。黑金往车下流淌的时候，岩坨也开始发动车，道路在车轮的移动中变得宽敞起来。

警车重新上路。朱副局长沉吟着说：“熊所长，这是你上任的第一堂摸底考试，要我评卷的话，80分。你肩上的担子不轻啊。”

二

警车开进乡政府院子的时候，将近中午时分。乡长贺东山和管政法的书记韦天光早就在院子内等着了。下车后，局里送熊雄履任的朱国清副局长和政工室岳主任，还有熊雄本人上前与两位乡领导一一握手，然后一行人往政府的小会议室内走去。熊雄看见了挂在一楼西头的“岩门县公安局大帽山派出所”牌子。白底黑字的木牌经风历雨已显斑驳，“派”字居然少了最上面的一点水。牌子下面的阶沿上蹲坐着一个男人。男人和熊雄对视了一眼，好像有打招呼的意思。熊雄一抬步，会议室到了。

见面会很简单。先是朱副局长把熊雄介绍给乡里两位大员。朱副局长和他们是老熟人了，没多少客套话，只说：“熊所长，大帽山是你施展才华的舞台，是英雄是狗熊，你要拿成绩单说话。我相信乡党委和政府对派出所的工作会高看一等，厚爱一筹。”前任所长向力就是贺乡长力主调走的，朱副局长的话里暗藏机锋，贺乡长肯定听出来了。他说：“把小熊这么优秀的骨干派到大帽山来，说明公安局对我们大帽山乡的工作很重视、很支持。乡党委书记周国顺因为在县里开会，未能赶回来参加今天的见面会，我就代表乡党委、政府表个态，对派出所的工作我们一定重点倾斜，请熊所长放手大干，乡政府当你的后盾，我就是你们的盾牌。”政工主任岳克凡插话说：“贺乡长这块盾牌和派出所的金色盾牌加在一起，没有什么邪恶挡不住了。”最后轮到熊雄表态发言。熊雄能说会写，顺风赶的话张口就来：“派出所的工作就是给乡党委、政府铺路子、搭梯子、抬轿子。有乡党委、政府的关心支持，派出所没有干不好的工作。”

午饭是在政府食堂吃的。贺乡长指着满满一桌子菜对朱副局长说：“虽说没有外面馆子里气派，但我们这些菜都是政府菜园子内自产自销的土菜，绝对环保，吃着放心。”朱国清和贺东山是高中同学，他俩说话很随便。酒喝开以后，朱国清说：“贺乡长，局里看好我俩的私交，今年调整分工，特意安排我联系大帽山派出所，并且明确今年的头等大事是要把修建派出所的启动资金筹措到位，力争尽早把全市唯一的无房派出所摘帽。我就想啊，这么重的任务，光靠我和熊所长是完不成的，有老同学在这里主政，我就省心了。乡政府要给力啊。”贺东山接话说：“我知道公安局对我们乡政府有意见，而且意见还很大，不然不会临阵换将把向所长调走。”贺乡长的酒杯一直端在手里没有放下来，他环顾左右继续说，“请朱局长、岳主任和熊所长放心，政府办公楼已经落成，今后我们的中心任务就是想把派出所修起来。只要派出所全力配合好政府的工作，这个任务不在话下。说句良心话，要不是派出所几位弟兄没地方安身，那栋破房子我早就拆掉改建食堂了。”朱副局长说：“我给老同学交个底，那顶无房派出所帽子摘不摘我倒不是太上心，我担心的是派出所几条人命，如果真出点儿什么事故，谁都担待不起。既然贺乡长态度这么坚决，信心这么足，就算帮了我的大忙，需要公安局配合的你只管吩咐，我这边尽力而为。来——”他起身邀了熊雄和张言喜，

"我们一起敬乡里领导一杯酒，表示谢意。"

贺乡长喝酒的动作很潇洒。他站起身来，把座椅挪开，人往后退至墙边，然后脑袋朝天一仰，一杯酒甩进喉咙，杯子收回来干净利索。细心的熊雄却发现，贺乡长背后的墙面上湿了好大一块。放下酒杯，贺乡长对熊雄说："熊所长，你只要负责配合乡政府把两件工作落实好，我就可以承诺，修建派出所的启动资金年底到位，明年开工。"熊雄请贺乡长明确示下，贺乡长说，"凡计划外生育的，未缴纳社会抚养费一律不予上户。大帽山这个鬼地方，有些人穷得卵吊精光，没事专门在家造孩子，不知道他们怎么想的。没能力培养成才，你生那么多孩子干啥？所以，这扇门你一定要给我关紧关牢。再就是大帽山煤矿的周边环境一直是个老大难问题，要解决，派出所不能手软，对那几个挑头的人不采取强硬措施不行。说句内心话，前任所长向力人还是蛮不错的，水平有，能力也有，但在这两件事情上，在和乡党委、政府保持一致的问题上打了些折扣，手段软了一点儿，有时背后还搞点儿小动作，耍些小聪明，造成了我们工作中的某些被动，我相信熊所长会改变这种局面。"

政法书记韦天光接着补充说："这两件事情都关系到乡政府的菜篮子，所以贺乡长特别重视。不过，我看要解决好并不难。这里面不光是认识问题和态度问题，还有个方法论的问题。我相信熊所长会比前任做得更好。"

朱副局长和熊雄都听出来了，韦书记的话里有暗示，他是向着派出所说话的，意思是要熊雄他们注意工作方法，不要和贺乡长硬顶硬地抬杠。朱副局长说："是啊，锅里没有，碗里就没有。熊所长要明白这个道理。不过——"他把话锋转向两位乡领导，"小熊一直待在局机关，对公安基层工作有个熟悉过程，加上公安工作有时要在各种困难和压力面前受夹板气，还请贺乡长尽量给派出所松绑，让他们腾出手脚集中精力谋划好建所的事。"

贺乡长嗯嗯着，突然切入新的话题："听说你们在来的途中碰到刁民堵路，差点儿过不来？"

朱副局长看了看熊雄："是遇到了一点儿麻烦，不过很快解决了。"

熊雄从贺乡长口气里听出了一种不好的倾向。他避开锋芒说："贺乡长，这件事情容我调查后拿个解决办法，再专题向您汇报。"

把朱副局长一行送走以后，熊雄朝派出所办公区走去。他发现那个男人还堵在所长办公室门口。男人身边放着一副木制双拐，双拐顶部的布包磨得陈旧发黑。不等熊所长发问，男人就撑着双拐站起来，声称要找新来的所长。张教导员对瘸腿男人说："老袁，我说过多次，你那事属自诉案件，要上法院打官司，派出所不好管，怎么老往这儿跑？"

因为房子紧张，熊雄的所长室内并排放两张办公桌，教导员张言喜坐对面。张教导员54岁了，是全局资历最老的教导员。他是大帽山本土人，妻儿老小就住在大帽山村。每年到了年底，在大山里干久了的警察都向局里递报告，申请往县城里调，只有张教导员认为井里鱼儿井里好，一直鱼不动水不跳。大帽山派出所所长走马灯似的换，教导员张言喜却成了流不动的兵。也罢，局党委正担心大帽山派出所的头头都换成新面孔，工作接续不上呢。

张教导员可能是不想让熊雄在上任头一天遇到糟心的事情，所以想出面将瘸腿男人挡住。熊雄却有点儿烦他了：人家点名找所长，关你什么事呢？他心里这么想，只是嘴里没说出来。

吃了闭门羹的瘸腿男人并不气馁。他不去理睬张教导员，也不问熊雄是不是新来的所长，只管往所长办公室内走，最后在墙边沙发上坐下来。男人看上去50多岁，黄铜色的脸上皮吊吊的，额上几道抬头纹像刀刻似的有棱有角，岁月沧桑的意味很重。他穿一身整齐的旧军装，左脚上的解放鞋破了一个小洞，能看见露在外面的半截拇指。熊所长从饮水机里放出一杯水递给男人，自报家门说："我是新来的所长，姓熊，你找我有什么事请讲。"

男人一看就是那种老上访户。他不慌不忙地掏出一个塑料袋，在里面扒拉半天，拿出份皱巴巴的材料，欠身要呈给熊雄。熊所长趋前一步接过材料看起来。原来，瘸腿男人叫袁世佳，和张教导员住一个村。十多年前在大帽山煤矿下洞子挖煤时，让洞壁掉下的石块砸了腰，住院治好后在家休息了两年。可是，髋关节一直疼痛。袁世佳硬挺了几年，撑不住了，才到省里大医院拍片检查，结果诊断为滑膜炎。关于滑膜炎的成因，医生说应该是曾经受到外力伤害所致。袁世佳想来想去，所谓的外力伤害只有煤矿那场事故。至于滑膜炎的医治，专家说要采取封闭治疗、理疗或者卧床休息配合牵引及药物治疗。说到底，滑膜炎这种病是个终身享受的贵族病，凭现有的医疗技术想完全治好，希望十分渺茫。袁世佳一个平头百姓，怎么患得起这么高贵的病？他只好去找煤矿要钱治病。可是，老袁受伤时煤矿还是乡里的集体企业，后来改制卖给了私人老板，而且先后转卖了三个主儿，谁也不愿站出来认账。再说，你袁世佳离开煤矿多年后，查出个滑膜炎的毛病，又怎么能一口咬定就是那次事故落下的后遗症呢？在家几年，你就不整出点儿事来伤着自己？事情推来推去，煤矿老板最后把责任推到乡政府头上。可对袁世佳来说，找乡政府等于是拿竹竿捅天，他够得着吗？所以，袁世佳拄着双拐，在煤矿、乡政府、司法所和派出所之间讨说法，结果谁也给不了什么说法。他就像一只无家可归的流浪狗，在人家的肉案下被撵来撵去，除了落下一肚子气，连块骨头都没啃上。

熊雄干办公室形成了习惯，看着看着，很自然地从包内拿出笔记本，开始摘录材料上的情况。他发现坐对桌的张教导员在窃笑。男人脸上的表情远不如女人丰富，尤其对一个50多岁的老警察来说，笑也就那么单调的几种。熊雄把张教导员的笑读懂了——自己原来一直趴在局机关办公桌上写八股文章，从没接触基层工作。现在初学剃头，偏偏碰上个络腮胡子。张教导员肯定是笑话自己书生气太重，干了件狗拿耗子的事情。

可在熊雄看来，袁世佳的事情是应该管一管的。袁世佳跑了这么多年，如果心里没冤屈不会坚持下来。这虽不算案子，但至少是个涉稳情况。在局里编《公安简报》时，熊雄经常写一句话："维稳无小事。"这句话不是写在纸上玩的，等袁世佳真闹出什么动静来，一切都晚了。熊雄也有足够的自信，如果连这么简单的事情都搞不定，自己的所长就没什么当头了，不如早点儿卷铺盖走人。所以，熊雄对袁世佳说："老袁，你反映的情况我知道了，派出所需要做些调查，再给领导汇报研究处理办法。总之，你这件事情派出所管定了，我是这里的所长。"熊雄最后这句话是冲袁世佳说的，也是故意说给张教导员听的。

"熊所长，你要做调查，还要汇报研究，估计要好长时间，我等不起了。"袁世佳显然对熊雄缺乏信任，十多年都熬过来了，怎么到了熊雄任上就等不起了？

熊雄说："具体时间表我还说不死，但我会尽力。"

"你不会跟前任向所长一样吧，许了我三年，最后拍屁股走了，让我白等了三年。"

张言喜听不下去了，他呵责袁世佳说："老袁，你说话放客气点儿好不好，又想人家帮你，又要嘴巴臭。换成你，你舒服吗？"

袁世佳根本不买张教导员的账："我只和所长说话，你搭什么讪？你一年四季当翻脚板，有本事也弄个所长当当！"这么抢白了还不算，老袁回头又对熊雄放狠话，"是话是屁，我先信你一回。"说完，袁世佳双拐敲打着地面要走，熊雄要他留下了一份完整的资料。

"张教导员，你不介意的话，我想请教一个问题。"看看袁世佳走远了，熊雄对张言喜说，"刚才我和老袁说话的时候，你在旁边暗自发笑，什么意思？"

"我笑当然是有意思的，但你不要误解，我没别的意思。"接下来，张教导员给熊雄讲了关于老袁的一些情况。

原来，袁世佳的问题现在不仅仅是个滑膜炎的事，他和大帽山煤矿的环境污染绑在一起了。张教导员说："凭良心讲，他的病本来是煤矿事故造成的。当时煤矿效益蛮好，袁世佳的要求也不高，随便几个钱就打发了，哪会闹成现在这个样子？可是，几任乡长都不买单。到现在，大帽山煤矿环境污染和道路损毁的事情一出，老百姓就把瘸腿袁世佳推上前台，动不动封路、堵洞子。麻烦一来，政府就让派出所救火。袁世佳一个瘸子，穷得卵吊精光，你拿他有什么办法！向力所长就是这么被逼走的。”

“许多事情是人为搞复杂的，这成了许多人为官从政的通病。能办的事情久拖不决，非要把人家逼到对立面去，你让老百姓怎么满意！”熊雄说，“张教导员，不管你以前对袁世佳怎样认识，但我认为我们的屁股要坐正。”

“我明白你的意思。我是土生土长的大帽山人，和袁世佳同村同组，儿时就玩在一起，内心不向着他是王八蛋。”张言喜停了片刻又说，“可是，贺乡长那人太难伺候了，心胸只有鸡肚子大，赌气要和袁世佳干到底。袁世佳稍有动作，贺乡长就让我摆平他，弄得我两头不是人。现在有你来帮着挑一肩，我就轻松了。不过，我怕你踩不好这根平衡木，担心你步向力所长的后尘。”

言为心声。哪怕素昧平生，但只要听人说番话，你就能判定出一个人的人品。熊雄情深意长地看着张教导员，内心深处生出无限感慨：人的一生中会遇到许许多多的人，大多数人注定只能擦肩而过，只有极少数人会成为相知的朋友。张言喜应该属于后者。熊雄说：“老张，我需要你的帮助。但你放心，所有的担子我会担起来。我们用心做事，用情待人，共同把所里的工作干好，把难关渡过去。”

“人，真是个命。滑膜炎本该躺在家里休息，可袁世佳这些年东跑西跑，从没停过，他不垮也得拖垮。”张言喜一脸戚然。

三

熊雄需要了解一下大帽山煤矿的情况。

在他看来，招待宴上贺乡长特意提到的两件事情，计划外生育上户似乎不是个问题，倒是大帽山煤矿的事可能会复杂一些。刚上任碰到的张岩坨和袁世佳两个人都与大帽山煤矿有丝丝缕缕的联系。一周之内解决问题是他给堵路村民作出的承诺。所以，不把煤矿相关背景搞清楚，熊雄就不知道该从哪儿下手。

张教导员介绍说，大帽山煤矿是上世纪 90 年代初期建成的中型煤矿，年产量高峰期达到 60 万吨，原属乡里的集体企业。经营几年后，乡里把煤矿承包给私人老板。后来，煤矿不景气，乡里干脆将企业改制，以 500 万元的价格卖给了外地老板，外地老板吃饱喝足后又转卖出去，前后换了多个主儿。山还是那座山，树还是那些树，洞子越打越深，煤渐挖渐少。可是每转手一次，价格都翻着跟头往上蹿，据说轮到现在的周大天成了4500万。有一点让熊雄颇为费解，按说乡政府一锤子买卖，把大帽山煤矿卖给人家，与企业就没多少瓜葛了。可是，从贺乡长的态度看来，乡政府多少有偏袒煤矿打压老百姓的意思。

张教导员说："全县恐怕只有大帽山煤矿的改制是个怪胎。"原来，乡政府在卖煤矿的时候，和乙方签订了一份协议，煤矿每年必须给乡政府上交30万元，而且不管老板换成谁，这个附加条件都不得改变。对贫困的大帽山乡政府来说，这30万元在菜篮子里占了很重的分量。企业老板一个个鬼精鬼精，他们吃进肚内的钱是不会便宜吐出来的。他们就用这30万元绑架乡政府，借一把"营造企业周边环境"的尚方宝剑，有什么麻烦事就往政府推。只要拿住一点儿事由，到年底兑现上交的时候就扯皮，千方百计从30万元中打些折扣。所以，大帽山乡政府和大帽山煤矿的关系就好比一对年深月久的情人，任何时候看上去都有那么点儿眉来眼去的味道。

"现在，最大的麻烦是由于煤矿杀鸡取卵式的开采，破坏了大帽山村的自然环境，给周边村民造成了实质性的生产生活困难。"见熊所长忧心忡忡地记录，张教导员就打开屉子锁，从里面拿出个本子，有理有据地数落起来，"我调查掌握的情况是这样，大帽山村3个村民小组158户539名村民的人畜饮水被破坏，827亩农田灌溉受到影响，47处田地塌陷，7个农户的房屋出现墙体裂缝，好好的一条兰溪断流干涸，12公里村道接近报废。"张教导员一连说出这串数据，然后合上本子，依然锁进屉子内。他敝帚自珍的搞法令熊雄感到奇怪："老张，你有这么过硬的第一手资料，怎么不拿出来向政府汇报，争取早点儿解决问题?"

张言喜不以为然地一笑："我算把姓贺的看透了，瞎子点灯白费蜡，指望不上。"

"那你还当宝物藏着，也没用处呀?"

"等几年我退了休，对不起，如果问题还得不到解决，我就领着村民上访。现在，披着警察这张皮，我不想给大家丢脸。但等到那时候，我就不管不顾了，我要整得那些当官的头痛。"

"老张，你太悲观了。问题不会等到你退休还不解决，我们这些人，包括贺乡长拿着纳税人的钱，端着公家的饭碗，还是要为老百姓干事的，你要有信心。"

这场谈话是在张教导员讲完一个公牛钻洞的故事后结束的。老张说，前年，大帽山村有个老头儿天黑时去地里牵牛，发现系在地里吃草的大公牛不见了。他满处找，最后只看见地中有一处凹陷，公牛的半截牛绳露在地面。"牛钻洞了!牛钻洞了!"他喊来众人，连夜把深埋地下的公牛挖了出来。那是个大热天，牛死得惨烈，卖给谁都不要。老头儿请人剥了皮，将牛肉分给乡亲们吃了。后来，老头儿在外工作的一个亲戚认为牛的死因与煤矿开采有直接关系，要求煤矿赔偿。乡政府心知肚明，最后出面以地质灾害事故为由，让民政办补偿了老头儿500元。

这天早上8点钟，派出所的座机电话响了。张教导员接完电话说：“大帽山煤矿周矿长报案，煤矿的出口又被堵住了，拉煤的车出不来。”熊雄安排民警姚慧敏留所里值班，自己带上其他人出警。警车翻过山垭，熊雄就看到了地处半山腰的煤矿矿区一片混乱，十多辆大小货车乱七八糟地摆放着，车与车的缝隙间填满了人。下了车，熊雄发现摆放在公路出口最外边的货车居然又是张岩坨的。矿区出口的简易公路本就狭窄，张岩坨的车斜停着，再就连一辆摩托车也开不过去。货车两扇车门敞开着，张岩坨横在驾驶室瞌睡，两手枕着头，一双脚搁在方向盘上，鼾打得山响——他是真睡着了。

周大天像盼来了救星，老远地从矿长室跑步迎出来，嘴内嚷着：“让开让开，派出所来人了。”人群中马上有人回应：“警察来了又怎样？警察又不是你老子，他们敢吃人?”熊雄听了这话心里五味杂陈，平时我们都说老百姓是我们的衣食父母，他们才是警察的爹妈！可是，爹妈和儿女的关系现在糟糕成这样了，实在有点儿悲哀。熊雄发现，堵在最里边的一辆重型货车装了满满一车煤，少说也不会低于20吨。他一眼认出就是上任那天让张岩坨堵在桥边的那辆车。周矿长指着那辆车诉苦说：“熊所长你们看看，人家昨夜六点钟就装好了车，一直堵到现在。这股邪气不压下去，我这煤矿没法儿开了。”

在矿长室听了听情况，果然又是张岩坨挑头闹事。起因是这样，现在大帽山村有八辆货车。这些货车本来都是冲着大帽山煤矿的煤运业务买的。原先，煤矿生意红火的时候，八辆车的运力根本不够，周矿长不得不从外面调了些关系户的车进山拉煤。可是这两年，企业日渐式微，煤成了霉货，挖出来堆成山卖不出去。所以，煤车由原先吃不了变成现在吃不饱。既然这样，大帽山的货车车主就容不得那些外地货车跟他们一口锅内抢饭吃，恨不得把他们统统赶走，更何况那些外地超载车压坏公路一点儿也不心疼。这样，矛盾就出来了。别看大帽山村只有八辆货车，但这些车都是一家儿兄弟或几个亲戚合伙买的，这样一来，牵扯到利益的人就远不是八个车主，而是大帽山村人数不少的利益群体。怪不得张岩坨振臂一呼应者如云。张岩坨堵路的这一招够狠，这从周大天的恼火程度上看得出来。这年月，煤市场的情况相当不妙，好不容易联系一单销售业务，让张岩坨他们这么一搅和，如果违约不能按期运到，周大天就死翘翘了。他哭丧着脸说：“熊所长，如果让张岩坨这么堵下去，我今年给乡政府上交的钱是没法儿交齐的。”这话在熊雄听来，简直就是对派出所的一种公开施压和叫板。

熊所长说：“周矿长，派出所不是哪一家的看门狗。我们只做好分内的事情，把这里的秩序管好。至于你和政府有什么约定，我们管不着。”

就在这时候，熊雄的手机响了。贺乡长给他打来电话：“熊所长，听说你赶到了大帽山煤矿，出警神速，作风不错嘛。情况我大致听周矿长说了，这是个极不好的现象。如果容忍这样的行为继续下去，往后的工作就不好开展。我的意见是这样，对带头堵路的张岩坨坚决依法拘留，不留后患。”

贺乡长说话的口气太霸道了，熊雄听了心里很不是滋味。他还是回话说：“贺乡长，这里的情况比较复杂，我们正在调查处理。请领导放心，我保证把这件事情处理好，不给政府添麻烦。您就把这个任务交给我吧，回来再给您汇报。”

贺乡长说：“好啊。你不要畏手畏脚，没什么好怕的!”

收起电话，熊雄想到了自己给张岩坨他们的承诺，心里便有了一石二鸟的解决问题的办法。他对周大天说：“周矿长，我有办法保证在两小时之内让煤矿秩序恢复正常。”

周大天巴不得马上正常运转，眼里放射着热切的光。

熊雄说：“但你得答应我两个条件。”

“你说说看，我看能不能接受。”

“第一，由煤矿在村道与乡道交会处设立转运站，煤由十吨以下车辆转运出去，所有拉煤的重型货车一律不准开进煤矿，只能在转运站按顺序排队装车，外地车辆和本地车辆谁也不能搞特殊。公路也确实坏得不成样子了。”熊雄停下来，观察周大天的表情。此刻的周大天侧着脸，不与熊雄对视，只把目光投向黑压压的煤场。熊雄继续说，“再就是请周矿长从企业利润中拿出两名联防队员的工资，由派出所请人在转运站设执勤室，确保运输秩序正常。你看怎么样?”

周大天转过脸，思忖片刻后抛出话来：“反正羊毛出在羊身上，我同意。”

熊雄听出周大天话里有话，马上堵住他的嘴：“周矿长，我们先把话说清楚，我提出的两个要求不附加任何条件，你别打上交乡政府那30万元的主意。”

“熊所长，你这是拿刀在我身上割肉啊。”周大天一毛不拔的商人嘴脸暴露出来。

熊雄借话说话：“对派出所来说，企业和老百姓手心手背都是肉。周矿长，你说我们的刀子该往哪里割?”周大天当然知道，派出所只能割他身上的肥肉。见周大天没急着答话，熊所长又说，“周矿长，要想派出所给煤矿解围，我只有这个办法。你如果有什么高见也可以说出来，我们听你的。”

周大天的智慧比财富少多了，能有什么狗屁高招？他磨蹭一阵，最后只好鸡啄米似的点头。

熊雄马上让张教导员通知张岩坨，要他们选出五名代表到矿长室处理事情。周大天的外地关系户车主能平等拉煤，大帽山车主们想吃独食的计划落空；重车压坏公路的问题得以解决，满足了大帽山村民们的要求。熊雄这一招等于在周大天和张岩坨之间各打五十板，让谁也没话说。张岩坨他们听了协议内容，也挑不出什么刺来，只好同意接受。

协议书上按下指印后，熊雄宣布，在转运站建好之前，周矿长负责安排专人给货车排队编号，张岩坨负责监督超载。众人散去，皆大欢喜。所有车辆发动，矿区一片隆隆声，车尾吐出的蓝烟弥漫在大帽山的半山腰里，到处飘散着柴油的气味。

四

三间木板屋歪斜在半山坡上。屋门口是一片茶园。茶树看上去很有些年纪了，没有剪枝，粗硬的树枝肆意乱戳着天空。茶树之间的坡地里种着营养不良的苞谷，不知名的杂草像是要和苞谷比高低，大有抢风头的意味。屋后是大片树林，树间杂以楠竹，林子里有雨季的洪水冲刷出的一条白道，方便袁世佳家里的柴火从山上砍倒后顺道梭下来。

木屋是袁世佳的祖辈留给他的。年代久远，柱子和檩条都遭了虫蛀，风一吹，木屑乱舞，整个木屋好像都在晃动，随时要垮塌的样子。木屋整体向东倾斜得很厉害，东面山墙上用三根杉树撑住木扇。

拄双拐的袁世佳和一个小男孩儿，还有一条黄毛狗把熊雄他们迎进屋。“小明，给客人泡茶。”叫小明的男孩儿本来撅着屁股和黄狗玩得正欢，听了爷爷的吩咐，连手都不洗，慌忙火急地从碗柜内找杯子沏茶。袁世佳自己进到歇房内，翻箱倒柜地找烟。张言喜可能是担心小明手脏不卫生，抑或是怕他让开水瓶烫了手，赶忙叫住小明，自己和民警舒继亮动手泡茶。

坐定以后，熊雄问了袁世佳一些情况。问了才知道，袁世佳的腰被砸以后，老婆开始还伺候了他两年，可是，袁世佳的伤病老是不见好转，老婆就完全对他失去了信心。在这样苦寒的地方，一个农家妇女靠不住男人，就只剩下改嫁的路可走。终于在一天早上，老婆上街赶场后就再也没有回来。儿子初中没毕业，只好辍学出门打工，给父亲挣药费。结果，儿子没给袁世佳挣回来药费，倒是给他抱回个孙子。未达婚龄的儿子和一个外地女人好上后，连结婚证都没扯，先把小明生了下来。小明抱回家才两个月大，儿子丢下嗷嗷待哺的一张小嘴、一大包奶粉和不多的钱就跑了，袁世佳把孙子带这么大，还没见过儿媳妇长成啥模样。

熊雄摸着小明的头问："多大啦?"

小明继续和他的黄狗玩得亲热，对熊雄的问话不予理睬。袁世佳替孙子作答："跨过年去就满八岁。"

"怎么还没上学？义务教育不需要花钱的。"

袁世佳叹一口气说："小明没户口，学校不收。六岁的时候就该发蒙，只有当睁眼瞎的命哪。"

熊雄诧异地看了张教导员一眼。

张教导员迟疑了一下，挪动椅子凑到熊所长身边耳语："贺乡长不让解决，派出所不好办。"

袁世佳见张言喜在场，就把责任推给前任说："向所长说我们差手续，准生证没办，出生证也没有，就连儿媳妇的户口页都没一张，派出所没法儿办！我就想，不办就不办吧，明儿跟着我长大，是我袁家的骨肉，也是一个中国人，总不至于把他赶出国去。"

熊雄在笔记本上记了一阵，然后对袁世佳说："老袁，小明该读书了，再不能耽搁。手续没办好是大人的事，不能影响孩子的培养。这样吧，明天把孩子送到学校去，校长那儿我给你安排好，户口的事缓一步再说。"

"小明，听见没有，你有书读了，快来给熊伯伯磕头。"袁世佳颤抖着要起身，让熊雄按住。

机灵的小明听说可以读书，马上不和黄狗玩了，跑到熊所长面前，怯怯地问："真的吗？熊伯伯。"说完，他看了爷爷一眼。

熊雄发现，袁世佳的目光也疑惑地投过来。熊雄想了想，在笔记本上唰唰唰地写了一张条子，然后撕下来，交给袁世佳说："拿着这条子去报名，放心，校长会收下小明的。另外，你方便的话，把你儿子的电话告诉我。"

小明听说要他爸爸的手机号码，马上报出一连串阿拉伯数字。

袁世佳折叠纸条的手抖得厉害。他说："熊所长啊，小明真能读上书，你就是我袁家的恩人，不知道该怎么感谢你。"

"老袁，感谢的话都不用说。我们向你打听一些大帽山煤矿的事，如果真要感谢我们，就请你对我说实话。"综合方方面面的信息，大帽山村有人正在酝酿策划一系列针对煤矿和政府的闹事事件。从袁世佳的个人情况看来，他不可能成为组织闹事的核心人物，但一定会有人把他抬出来当枪使。所以，袁世佳或多或少会知道一点儿内幕。

袁世佳把熊雄的意思听明白了。他说："熊所长，不是老百姓硬要和政府作对，有些事是逼出来的。说句对不住你的话，你跟前任向所长一样，表了态不兑现，屁股一拍进城坐机关去了。我们袁家还要在大帽山上生活，我不可能为了讨好你们，把乡亲们都卖了。"

熊雄思忖片刻，善解人意地说："我能理解你的难处，那你就给我们说说到底是哪些事迫使村民们要闹事。"

袁世佳就从兰溪说开了："大帽山村本来是个山清水秀的地方，好好一条兰溪，四季绿水长流，溪水可以直接挑回家当茶喝，还可以灌溉水田。哪怕百日大旱，也干不着兰溪。早些年，我儿子富贵放学后，经常下河摸鱼回来煎着吃。兰溪是我们大帽山村的龙脉，硬是让贪心不足的煤老板挖断了。大帽山人遭了大罪，好日子到头儿了。"原来，兰溪的源头就在大帽山，半山腰上的岩洞内涌出水桶粗的一股山泉，清冽甘甜，四季不断，养育了兰溪沿途的村民。煤矿开采的时候，村民们一再交涉，不能挖断水源。可是，后来煤矿到了私人老板手里，他们只顾自己利益，洞子不断地向水源深处掘进。

袁世佳说："我那时候就在煤矿下井，对情况最清楚。接近水源的地方，煤层很厚，挖到离水源大概100米的时候，我们不挖了。出了洞子，老板拿着图纸骂我们，要我们只管挖，说距离水源还远着呢，这是科学勘探的，你们懂个卵。后来再往前挖到50米距离时，我们都听到了天河轰隆隆的水声，才停下来。没想到，果然挖过头了。河床终于承受不住压力，垮塌了。天河的水不知沉落到哪儿去了，兰溪成了一条旱河。垮塌的时候是在后半夜，幸好没死人。"

熊雄停住记录，朝山下望去。他看到了兰溪泛白的河床，像一条遗落在山间的纱巾，飘忽在田园农舍之间，似乎在寻找自己的主人。如果真如袁世佳所说的这样，大帽山人再无回天之力，美丽的兰溪要从人们的记忆里永远消失了。此时，初夏的太阳从大帽山顶沉落下去，夕阳的光芒烧红了西天的云彩。"子牙——子牙——"山林里传来悠扬的蝉鸣声。夕岚从山脚浮上来，大帽山到处蹿动着来历不明的风，所有的植物都在晚风夕照里活蹦乱跳。要下山了。熊雄对袁世佳说："老袁，许多事情不是谁表态就能解决的，就算能解决也需要一个过程。所以，我今天也不给你表态，我只劝你一句话，你现在主要的任务是吃药治病，养好身体，再就是让小明好好读书，不要再往外面跑，听别人的瞎折腾。"

袁世佳没回熊雄的话。他脸上是便秘的表情。

回去的路上，熊雄本想责问张教导员为什么不给袁世佳的孙子上户，想想欠妥，最后变话说：“小明上户的事要作特殊情况向贺乡长汇报。张教导员，你负责落实吧。”

张教导员说：“这事恐怕不好办，向力所长曾向贺乡长汇报过，贺乡长说：‘我知道袁世佳是特殊情况，但是，哪家的情况都特殊，这个口子不能开呀。我们可以不罚他的款，但如果公开上了户，别人的工作怎么做？全乡的计划生育岂不乱了套？所以，我们处理事情不能片面化，看问题不能一叶障目，要着眼大局！’”

“老张，你要搞明白，计生部门那叫社会抚养费，不叫罚款。交社会抚养费是人家的义务，上户也是一个合法公民的正当权利。权利和义务不能混为一谈，难道人家一辈子黑户？法律没有哪条规定，不交社会抚养费就不给人家上户！人家真要告状上去，我们是站不住脚的。乡里计生工作不能乱套，但派出所也必须依法办事！”

老张说：“话是这么讲，但我们这边上户也还有问题。小明没有出生证，他母亲的身份情况不清楚，我们无法确认小明是不是拐卖儿童。”

熊雄说：“贺乡长那儿先不要汇报了，看来，不动点儿歪脑筋，小明的户口上不了。上了也会有一堆麻烦。张教导员，这件事我来办。”

五

袁富贵是接到熊雄的电话后从深圳辞工赶回来的。熊所长把他安排在周大天的转运站当保安，月薪1500元，按《劳动法》签了聘用合同，买了相关保险。

得知熊所长想把袁世佳的儿子袁富贵安排到煤矿当保安，矿长周大天先是一惊一愣，继而就表现出欢迎的姿态。有了富贵在矿上蹦跶，周大天认为就能借力打力，捏住袁世佳的命门。所以，他很满意熊所长这种一箭双雕的计策。

后来，熊雄和富贵闲聊过一阵：“小袁，和打工比，工资是少了一些。但是，地域有差别，在我们这里，1500元算不错了，关键是能照顾家里，你父亲身体不好，小明要读书，你有责任和义务留在亲人身边，让他们感受到亲情的温暖。”

袁富贵已经知道熊所长帮他儿子解决了读书的问题，再说，打工虽然每月能多拿一点儿钱，但跑来跑去全扔在路上了。所以，他对当保安这份工作很满意：“放心吧，我会把工作干好的，保证不辜负熊所长。”

熊雄说：“干好了，到年底，我会和周矿长商量给你发点儿奖金。对了，还有你儿子的户口问题，小明的母亲到底是什么情况？”

袁富贵迟疑着，好像不便回答。

熊雄解释说："公安机关是有规定的，为了打击拐卖妇女儿童的犯罪行为，对新生上户的孩子必须要有出生证明。"

袁富贵这才道出实情。原来，小明的母亲是个有夫之妇，姓胡，年龄比富贵大几岁。富贵和她是在厂里打工认识的，一来二去，两人就搞到一起去了。怀上小明后，胡姐要堕胎。富贵不答应，他愿意用自己打工的工资养着胡姐，要胡姐一定给他把孩子生下来。临产的时候，他们没钱去大医院，就在租房内生下小明。胡姐有过生育史，她让富贵当帮手，自己接生了儿子……

熊雄听得头皮发麻。看来，小明的出生谁也证明不了，解决上户的问题只有一个办法。熊雄告诉富贵："想办法说服胡姐，让她配合你给小明做个亲子鉴定，你再把鉴定结果给我。"

没想到回到家里，袁世佳坚决不同意富贵到煤矿当保安。父子俩闹起了别扭。

"这是一个圈套，富贵啊，你上人家的当了。"

"我连一包烟钱都没花，人家没安什么坏心啊。"富贵疑惑不解。

"我想来想去，姓熊的是要收买我们袁家，让我不参加煤矿闹事。可是，我们会让村里人指背骂娘的。再说，我是在煤矿砸的，冤有头债有主，我不可能不找煤矿。"

"爸，是你想复杂了，熊所长并没有提条件，看得出他是真心帮我们家，我们要领情。"

"他是不会提条件，但你想，等你成了煤矿上的保安，我再跑去闹事，像话吗？"袁世佳抹了抹脸，"我这是两块脸皮，又不是两块树皮。"

"爸，我和熊所长说说你的情况，请他帮助想想办法，看能不能解决低保。闹也不一定能解决问题，这么多年，你闹得还少吗？"

"情况他都知道了，他上任第一天我就去找他，话还是说得好听，但当官的话不能当话听，他们都是哄矮子过河。"

父子俩最终闹掰。富贵说："我当我的保安，你该闹还闹，我们不相干。"说完这句赌气的话，富贵就到转运站上班去了。

在村道和乡道交会处，周大天租用一栋民居当作转运站。在这里，富贵和同事阿木尽职尽责，把秩序规范得很到位。富贵和阿木穿着统一的保安制服，样子很威武。尤其是阿木个子高大，体格健硕，连张岩坨那样的角色到了转运站都规规矩矩，不敢造次。转运站距离小明的学校不远，富贵早上吃完早饭带着儿子上学，放学后儿子就在转运站写作业，等富贵下班后父子俩一路回去。只是学校的老师一再催促富贵尽快把儿子的户口落实好，怕上面来检查，学校不好交差。

一天，熊雄和民警下乡路过转运站，想顺便了解些情况。赶巧周矿长也在转运站“视察工作”。见了熊所长他们，周大天把民警请进值班室去，美滋滋地说：“熊所长，能人就是能人。你一张纸就把张岩坨那帮浑小子收拾服帖了。”

熊雄说：“周矿长，你这话说得不对，怎么叫把他们收拾了？这是你们甲乙双方自愿签订的协议，要说收拾，是连你一块儿也收拾了。”

自讨没趣的周大天一边沏茶一边自顾脸面地说：“当然，这对我们大家都好。我是说，熊所长办事有勇有谋，既为我们企业分忧解难，又给老百姓解决实际问题，这叫石头磨刀两面光。”

对这种说话不着调的土财主，熊雄骨子里产生厌恶。他切换话题说：“周矿长，矿上的经营情况还好吧？”

“出问题了，原来是煤挖不完，车子排队等；现在反了过来，煤场上的煤堆积如山，猪肉当成萝卜卖也没人要，我快撑不下去了。”熊雄看着一脸悲观的周大天，心里浮上隐忧：煤矿的效益不好，年底上交乡政府的30万元恐怕会落空，到时候会直接影响到派出所的开工修建。

张教导员说：“周矿长，你发财发在前面了，人的财运会有起落，这很正常。如果连你都撑不下去，这个煤矿就干脆包给我们派出所算了。”

张言喜当然是在开玩笑，大家都打着哈哈，算是结束了一场无聊的闲谈。

袁富贵送熊所长他们出来。不等熊雄发问，他就主动说：“我打过电话了，胡姐不同意做亲子鉴定。”

熊雄听富贵说了过程，觉得富贵和对方沟通不够。他和富贵到学校，等小明下课后将孩子带进校长室。熊雄用自己的手机拨通了小明妈妈的电话，然后摁开免提。小明听到了妈妈的声音。按照熊所长的授意，小明对着电话，甜甜地喊着妈妈，说自己读书了，现在能认好多字，还能背儿歌，鹅鹅鹅，曲项向天歌，老师和小朋友都喜欢他，他一定听爸爸和爷爷的话，做妈妈的乖儿子。熊雄听得出来，电话那端的女人在隐隐啜泣。他对着电话说：“小胡，我是这里的派出所长，姓熊。你儿子小明很听话，我们想给孩子上户，让他有学籍后安心读书，将来才有出息，请你帮助做个鉴定，配合我们的工作。”女人没说什么，最后挂掉了电话。

熊所长蛮有把握地说：“放心吧，富贵，你再找找她，说些好话，她会答应做的。”

6月底，在局里开完半年工作讲评会，熊雄敲开朱副局长办公室。听了汇报，朱副局长说：“小熊啊，这半年，大帽山派出所的工作还算不错，我虽然不经常往你那儿跑，但方方面面的信息还是传到了我这里，我也一直关注着你们所的工作。现在，就只等年底结账了。但我听国保大队的同志讲，好像你们那儿有一个涉稳动向值得注意，据说有人在暗中串联，准备就煤矿的环境污染问题搞一连串动作。你们要有足够的思想准备，要把主动权掌握在自己手里，千万不能失控。这是最能检验你能力和水平的时候。”

“朱局长，我也掌握了一些苗头，正在采取外围措施，逐步化解不利因素，有困难的时候，会向你汇报，请你支持。”说完，熊雄从包内拿出三份要求给袁小明上户的报告递过去。朱副局长看完报告问：“当事人呢？他自己怎么不来？”

熊雄说：“报告都是我代写的，当事人根本不知道……”

听了情况，朱副局长说：“你的意思我明白了。”他给警务督察大队姚大队长打完电话，然后站起身来在办公室来回走动说，“还是读书人点子多，你这是让局里帮你背黑锅啊。好吧，我理解你，只好对不住当乡长的老同学了。”

姚大队长来到办公室后，朱副局长把熊雄的三份报告递给他说：“以警务督察大队的名义发一份督办函，责成大帽山派出所落实解决袁小明的上户问题。”姚大队长看看三份报告上不同的落款时间，什么都明白了。他在基层派出所待过，知道怎么对付许多头痛的问题。只有证据表明袁富贵为儿子上户的事先后多次到公安局上访，公安局迫于压力不得不督办解决，才能摆脱大帽山派出所的干系。

六

晚上，熊雄突然接到田苗苗的电话。

田苗苗是熊雄大学时的女同学，毕业后分在省城一家环保杂志社工作，多年未见，据说现在是个小头目。

“怎么想到往这山旮旯里跑呢？”听说女同学明天要来大帽山采访，熊雄预感到事情不妙。

“来看看老同学不行吗？听口气不欢迎我啊。”田苗苗有点儿撒娇的意思。也难怪，从大三开始，熊雄一直追田苗苗。田苗苗先对熊同学没有感觉，熊雄受到许多冷遇。等后来田苗苗找到一点儿感觉的时候，信心受挫加上自尊心小有伤害的熊雄又莫名其妙地放弃了。最后各自选择不同的职业，云水相隔，除了偶尔联系联系，见面的机会很少。现在，田苗苗要来，多半是冲着职业来的，绝对不会上山来寻那点儿旧情。大帽山煤矿的环境污染问题终于捅到媒体上去了。女同学效力的这家杂志，虽说发行量不是很大，影响面有局限，但它是省里唯一的专业杂志，颇具权威性，省里主要领导都会看的，对报道出的热点问题一定有主管领导过问。大帽山煤矿的环境污染问题如果捅开，派出所的建设多半会搁浅。可是，问题摆在那里，就正如人身上长了个瘤子，因为怕痛不割，瘤子还会在身上，不会自动跑掉，而且可能越长越大，甚至发生异变。想到这里，熊雄试探地问："你不会这么大老远地专程来看我，能给老同学透点儿口风吗？"

"这事瞒谁都可以，绝不会瞒你。杂志社接到大帽山村数百村民联名投诉，说是煤矿开采破坏了当地环境，直接影响到老百姓的生产生活。有这回事吗？"

熊雄说："你既然要来，这个问题我就不必回答了。只是——"熊雄想劝说女同学别来，但他知道劝也没用。田苗苗在大学学生会当宣传部长的时候，火辣辣的性格就让熊雄领教过，他不想自找没趣。

田苗苗听出熊雄似有难言之隐，便说："这事跟你们派出所应该扯不上关系吧？我实话相告，这是主管环保工作的副省长签字督办的。老同学，不是我吓你，你想拦也拦不住。"

江山易改本性难移。田苗苗还是那么强势，嘴上一点儿也不饶人。熊雄问："你跟县里、乡里打过招呼吗？"

"这种采访到处都不受欢迎，人家躲我们就像躲瘟疫。再说，打了招呼让一帮人围着转，也采访不到真实情况。我对老同学说说，跟你的工作八竿子打不着，你不至于反水吧。"

"苗苗同学，到了基层，什么事都能跟派出所扯上关系，具体情况我们见面后谈。这样吧，明天我要到县局办事，你采访完了以后，晚上回县城休息，我安排接待。另外，为了避免不必要的麻烦，你来采访的事我对谁都不说，你也别提我们的同学关系。这算我们之间的君子之约吧，怎样？"

"我明白了，你想当缩头乌龟，这我理解，那我办完事再联系你。"

田苗苗的采访很扎实，第二天晚上 7 点多钟才摸黑赶回县城。熊雄早在全城最好的宾馆安排好了食宿。田苗苗身材还是那么婀娜，眉眼间的清秀和聪颖半点儿没减。她现在是杂志社编辑部的副主任，随同采访的是个小男生，戴着厚厚的眼镜，见人显得腼腆，看样子参加工作的时间不长。

"怎么样？采访还算顺利吧？"熊雄很随意地问。

"老同学，我用一个词回答你：震撼！真是不看不知道，一看吓一跳。"田苗苗翻开采访本，说出一连串数据，也就是张教导员掌握的那些情况。熊雄发现，田苗苗说到工作的时候，还是跟大学读书时一样，情绪激动得脸上都泛红了，一副忧国忧民的情怀。

“据有人给我透底，他们接下来还会有一系列动作，可能直接触及到老同学的职责底线。我原来没把事情想这么复杂，看来，这次是给你帮了倒忙。”

半年过去，熊雄对大帽山乡的情况算是大抵了解了。煤矿污染环境的问题是个脓包，就算没人戳破，迟早总得烂穿。或许，借女同学的生花妙笔炒一炒，对推动工作更有利。熊雄说：“吃饭不谈工作，老同学，你是很能喝酒的，读大学时是我们系的第一把壶。今天，老同学陪你喝，醉了也光荣。”

“本来是该喝杯酒，庆贺你当上派出所长，但情况特殊，今天就请你放过一马，等以后你去省城，我拉上几个同学给你补上。”

熊雄正纳闷，随行的眼镜记者解释说：“我们田主任正在搞希望工程，不能喝酒。”

熊雄本想打听田同学一些家庭生活方面的情况，听这么一说，就不好多问了。但可以想见，一个知识女性，又身居省城要津，到三十大几才谈婚论嫁，感情生活一定不太顺。这么一想，熊雄心里竟然生出一点儿莫名其妙的宽慰。

一顿饭就这么简单吃下来了。把客人安顿好回家，已是十点多钟。女儿笑笑早睡了，单琼还在卧室内叠衣服。单琼每次都是这样，只要熊雄回家，不管等到多久，她都不会先睡。今天，熊雄是去见老同学，而且暗恋那位女同学的事情，他曾亲口说过多次，生活中初恋复辟的情况比比皆是，这让单琼不能不多一份警惕。见丈夫回来，单琼开玩笑说：“没多叙一会儿旧情？回这么早干吗呢？”

熊雄故意说：“哎呀，你不说，我还真把这件事忘了。”说着说着，他走近单琼，一把将女人拥到床上压在身下，把嘴凑上去，像尚未睁眼的乳熊要去叼奶，嘴里邪皮地说，“我回这么早干吗？就干你。”

单琼幸福得气都喘不匀了。她解着熊雄的衣扣说：“快去洗……”

第二天大清早，熊雄赶回乡政府，参加各站办所负责人会议。会议由贺乡长主持，党委书记周国顺和其他班子成员都在场。这种会议的套路是一成不变的，各单位负责人先汇报工作，再由贺乡长做些点评，最后是周书记强调几点。熊雄汇报完，周书记特意问：“熊所长，对我乡的社会治安稳定工作，你有什么困难或者建议呀？”

对这样的问题，熊雄一般是不愿拿到公开场合说的，以他对官场的了解，真正需要解决的问题只能单独跟领导汇报沟通，场面上只说场面上的话。现在，既然书记点名问到了，熊雄不说出个一二三来，也会让大家瞧不起。所以，他就说了两个问题：“据局里国保大队掌握的情况和我们下去调查走访摸到的信息，大帽山煤矿造成的环境污染可能会引发群众上访闹事。另外，关于超计划生育上户的问题，派出所的角色十分尴尬。一方面是要配合好乡政府的工作，保证社会抚养费足额征收到位；另一方面是要为老百姓解决实际问题，争取让人民满意。这是我们目前最大的难题。”

周书记说：“这两个问题，你有没有好的解决办法？”

熊雄当然考虑过，他本想找合适的机会单独向书记、乡长汇报，现在逼上梁山，只好和盘托出了：“环境污染问题是历史原因造成的，不可逆转。现在，煤矿每年给乡政府交了利润，企业的生存也不得不考虑。我认为解决这个问题需要从两方面着手，一是申请农田水利建设专项资金，通过改造治理，切实解决老百姓生产生活中的实际问题，以消化和缓解当前面临的突出矛盾；二是要加强对可能发生涉稳问题的信息搜集和矛盾纠纷的排查化解，掌握工作主动权。至于超生上户的问题，我的看法是不能一概而论，要根据具体情况区别对待，乡政府要拿出具体办法。”熊雄本想把袁小明的户口问题拿出来当例子说说，但他发现贺乡长的眉头皱得像把铁锁，就把后面想说的话咽了进去。

点评工作的时候，贺乡长充分肯定了熊雄上任以来所取得的成绩，对派出所的工作还是基本满意的。但他最后指出：“熊所长啊，基层与机关最大的不同在哪里呢？我告诉你，机关工作多停留在理论层面，是面上的；而基层的工作则注重实际一些，体现在点上的多一些。说白了，站在面上可以说说大话空话、客话套话，但在基层是要实打实地解决问题。现在，许多老百姓不是人心向善，大有刁民化倾向。所以，我们不能一味地迁就他们，特别是派出所，手腕该硬的要硬，一味软弱求稳，你就别想安稳。”熊雄听得出来，贺乡长这是在批评派出所工作右倾。好在最后周书记在总结发言时，还是肯定了派出所的工作。周书记说：“大帽山煤矿建转运站这件事干得漂亮，熊所长是开动脑筋想了问题的，既有效保护了村道，又化解了企业运输中的矛盾。另外，我听说派出所民警在熊所长的带领下还深入村组，为老百姓解决了许多实际困难，不错嘛，值得表扬。”

散会时，贺乡长要熊所长和大帽山村的关支书留下来。等其他人走完后，贺乡长说：“熊所长，昨天省里一家环保杂志来了两名记者，对大帽山村的环境污染问题进行了采访调查，碰巧你又在县局办事，不知道你听说没有？”

贺乡长把“碰巧”二字说得很重，让熊雄产生了疑问：自己请老同学吃饭住宿的事贺乡长是不是知道了？如果知道同学来辖区捅娄子既不报告，又不加以制止，这一壶就够自己今后喝的了。但熊雄是搞公安工作的，他认为事实已经造成了，就算贺乡长明白，他也只能装糊涂。他回贺乡长说：“这个情况我不清楚，怎么不及时通知我们加以制止？”

贺乡长说：“记者的采访活动是秘密进行的，关支书也是事后才知道。”

关支书很可能挨了批，一直没说话。

熊雄请示说："贺乡长，你是什么意思?"

"派出所要协助乡政府做好两件事，一是下村调查清楚，看记者到底接触了哪些人，他们向记者反映了些什么情况。这要形成材料，为后面的工作做准备。二是我通过县环保局打听得知，这次来采访的一个女主任姓田，和你是大学同学。既然有这层关系，就好办事了，请你和女同学约一下，我们明天去省里联络联络。我想，这个面子她会给的。"

熊雄听到这里，完全明白了。贺乡长说通过环保局打探得到的信息是假，他在县城的眼线很多，说不定已经知道了自己在县城接待同学的情况。为了把事情掩饰过去，假装证明自己的清白，熊雄决定当着贺乡长的面给田苗苗打电话。熊雄已经给同学交过底，他想只要自己把握话语权，老同学应该心领神会，配合他把这出戏唱下去。

电话接通后，熊雄把电话开到免提位置，高声高调地说："喂，老同学，你是不是犯了一个低级错误啊?"

电话里说："熊大所长，我不明白你的意思呢。"

"你到我的辖区突然袭击搞采访，我要不是听村干部讲，还蒙在鼓里呢，我说明白了吧。"

田苗苗当然"明白"了，马上一本正经地说："老同学，实不相瞒，我们杂志社接到了大帽山村环境污染的群众投诉，上面高度重视，要调查督办。我这不是怕给你带来麻烦吗?如果不是这么敏感的问题，我绝对要你破费接待的。你别得了便宜还卖乖。"

熊雄看了看贺乡长和关支书，贺乡长点点头，示意熊雄往下说。熊雄就说："老同学，是这样的，我们乡里领导对媒体采访很重视，同时，老百姓反映的问题也有不客观的地方，为了支持配合好杂志社的工作，乡里主要领导想通过我上门和你们沟通一下，联络联络感情。这个面子你一定要给啊。"

田苗苗说："老同学，这件事情我恐怕帮不上忙。这是省里主管领导签字督办的信访件，所以，要想我们不曝光，你跟乡里领导说清楚，找杂志社没用，要他们直接找省里主管领导好了。"

田苗苗的话刚落音，贺乡长把一个纸条递给熊雄。熊雄按照纸条的意思说："老同学，省里领导我们找不上，这样行不行，我明天来省里一趟，成与不成都得和你见个面。否则，我不好交差呀。"

"对不住了，大所长，我明天约好了要去外县采访，下次再来我一定请客。这件事就说到这里吧。"说完，田苗苗挂了电话。

贺乡长听到这里，脸上黑了半边，连招呼都不打，气冲冲地走出会议室。

七

《今日环保》杂志关于大帽山煤矿违规开采造成环境污染的深度报道无疑点燃了大帽山村村民心中的怒火。

熊雄找来样刊看过，《煤矿违规开采，村民苦不堪言》的报道成了杂志当月的头条，文章笔锋犀利，矛头直指黑心矿老板和地方政府，对企业的违法操作有理有据，言之凿凿。尤其是作为煤矿的最大受害者，袁世佳的照片堂而皇之地登上杂志醒目位置。他拄着双拐渴望救助的眼神传递着直达人心的穿透力。干涸的兰溪河床、坼裂的农田和民居墙壁裂缝里透射的阳光像一张张声讨的嘴，无不唤起读者的共鸣……

熊雄有种预感，随着杂志的传阅，蕴藏在村民心中的积怨随时可能爆发。但是，鉴于深度报道的作者田苗苗和自己特殊的关系，他不便把这种担忧向周书记和贺乡长说，怕他们引起不必要的误会，认为自己明修栈道暗度陈仓配合同学搞名堂。他所能做的只能是尽可能掌握动向，最大限度地控制事情的发生。

袁富贵把儿子的亲子鉴定结论交给了熊雄。熊雄要给小明上户的时候，张教导员出面拦住，对熊所长说："这件事你办不合适，交给我吧。记住，领导追问起来，你就说不知道。"

熊雄看看张言喜，心里涌出几分感动。他说："老张，还是我来顶，你年纪大了，最好只栽花不栽刺。"

"过几年我就退休，栽花栽刺都无所谓了。你还年轻，前途无量，要吸取向力所长的教训。"

熊雄不再坚持，他把局里开出的督办函交给张教导员，说："到时候，就拿这个当挡箭牌，拿人民满意的大帽子说事。"

刚刚交接好，大帽山村的关支书到派出所来了。村道硬化的专项资金批了下来，他到派出所办爆破物资的手续。熊雄问关支书，村里有没有治安方面的问题。关支书说："熊所长，你和张教导员应该都知道，煤矿造成的污染是板上钉钉的事实，可是，谁站在老百姓立场说过话？我这个破支书是老鼠钻风箱，两头受气。"

看得出，关支书是个老实人。熊雄随意问："派出所能帮村里做点儿什么？"

关支书说："你们能出把力，把袁世佳的事情解决就好办了。他的要求并不高，能吃上低保就行了。可如今连个低保都吃不上，人还得讲良心。”

“袁世佳家里穷得叮当响，他符合低保条件啊，你们村里应该办，怎么推到派出所来？”

关支书面露难色地说：“每次村里都报上去了，可是到了乡里，个别领导说这样的刁民不够格，不能让他吃着便宜跟政府作对。村里能有什么办法？”

熊雄知道关支书说的“个别领导”是谁，想了想对他说：“你村里今年再报一次吧。”

关支书问：“熊所长有什么路子吗？”

“想想办法吧，我也没有太大的把握。”

等关支书一走，熊雄就给县民政局主管低保的廖副局长打电话。廖副局长和熊雄是小老乡，又是县委党校青干班的同学，一直关系不错。熊所长说：“廖局长，我有件私事想请你帮个忙，是你职权范围内的。”

听说是解决一个贫困户的低保问题，廖副局长大包大揽地说：“就这么一点儿事，让乡里把名字报上来，我给你搞定。”

熊雄说：“现在的麻烦就出在乡里，个别领导卡住了，过不了这一关。要不，我怎么想到求你呢？”

“那我也不好办啊。我说熊雄，乡里压着不给办的事，你都敢顶风作案，关系肯定不赖啊，是不是在山上找了个相好？”

“是的，一个瘸腿老男人，我的同志。”熊雄开了句玩笑后说，“主意我都替你想好了。你直接打电话给贺乡长，就说县里主要领导点名要解决大帽山村袁世佳一家的低保问题。”

“妈的，你这是什么馊主意！”廖副局长说，“到时候姓贺的追问起来，我交出哪个县领导？”

熊雄说：“谅他不敢问，他如果真要问，你就说领导的身份不便告诉他，我就不相信，他还敢找书记、县长对质？”

廖副局长说：“大所长，你这是逼我犯错啊。我问你，你刚才说的袁什么，他家符合条件吗？如果经不住查，我的饭碗就砸了。”

“你放心，我绝对不会给你喂药吃。再说，村里、乡里还是按规定报上来，只要你给贺乡长加点儿压力，过了他那一关就行。这件事不办好，老弟的工作推不动，你知道吗？”

“那我就相信你，你把名字发到我手机上。”

熊雄说：“我回县城请你喝酒。”

“算了，我喝了你的酒，不定哪天又冒出个贫困户来，要我批救济。我还不如请你。”

一周以后，贺乡长打电话把熊雄叫到他的办公室。见乡计生办主任在场，熊雄知道多半是小明上户的事情。贺乡长劈头就问：“熊所长，上任时我和你们朱副局长当面交代你的两件事还记得吗？”

熊雄硬着头皮说：“当然记得。煤矿的事和超生上户的事。”

“那我问你，袁世佳的孙子袁小明是怎么上户的？”贺乡长磕着烟灰，眼睛有点儿发红。

“不可能！”熊雄掏出手机，当面给张教导员打电话，“张教导员，袁小明上户的事情你知道吗……什么？你亲自上的？电话里不多说了，你马上赶到贺乡长办公室来，把事情说清楚，马上就来。”

张教导员一进门，就噼里啪啦解释起来：“贺乡长，情况是这样的，袁小明已年满八周岁，早到了享受义务教育的年龄，但因为户口问题没解决，学校一直不收。家长多次到公安局上访，甚至扬言如果不予解决，就要往省里去，往北京去。县局警务督察大队便开出了督办函，责令我们尽快解决。我想，他们如果真的上访，到时候还得乡里接人，就给他上了户。”说完，张教导员还把督办函递给贺乡长。气愤的贺乡长不接督办函，计生办主任赶紧接了过去。

“张教导员，我问你，这件事你请示过熊所长没有？”贺乡长盯着张言喜问了一句。

张教导员说：“那天，正好熊所长外出开会，我想所里分工我管户口这一块，就没给熊所长汇报。再说，我也担心袁世佳上访给乡政府添麻烦，所以就独自做主……”

“贺乡长，这件事情不能全怪张教导员，我也承担责任。”

见熊雄和张言喜一唱一和，贺乡长把烟蒂摁灭在烟灰缸里，然后边打电话边说：“我和你们朱副局长是有约法三章的，看他怎么收拾你们。”

熊雄和朱副局长早有默契，贺乡长的电话打也白打。不知道朱副局长说了些什么，只听贺乡长说：“老兄，怎么能说公安机关替乡政府背黑锅呢？你们要让人民满意，那我们的国策就可以不要了……我说过的，派出所要配合好政府的工作，到时候我才好替派出所说话，派出所确实要修了，我们总不能因为这么些小的工作失误影响大局，你说对不对？……好了，只要下不为例，我就不计较了。”

放下电话，贺乡长对大家说：“这件事到此为止，当事人那边的工作由派出所去做，让袁世佳一家人嘴巴放紧点儿，千万不能扩散影响，引起连锁反应。还有，这样的事情如果在我不知情的情况下再有发生，我就要对责任人采取组织措施，别怪我言之不预。”贺乡长可能觉察出自己被耍了，最后还补一句，“你们以后干工作注意点儿，我最不喜欢阳奉阴违的人。”

八

村民们终于闹事了。

派出所接到的情况是，大帽山村两百多村民堵在煤矿，要求给他们补偿。熊所长带民警赶到现场时，煤矿的秩序已然大乱，生产停摆。这是一场精心组织的群体闹事，矿区的入口处拉出一条横幅：“惩治违法开采，还我青山绿水”。几名中年人拿着打印的诉求文稿见人就发，矿井的洞口横七竖八或坐或卧着妇女老人，最打眼的依然是三号主井位置的袁世佳，他躺在一床半旧半新的被子上，被子下面铺垫着稻草，旁边放了水壶、茶杯、脸盆和洗漱用具，还有一盒方便面，一根尼龙绳从东边树干上拉到西头的铁架上，上面搭着底色芜杂的毛巾和皱巴的衣服。看样子，他要在这里打一场持久战。

朱副局长肯定是接到乡政府的报告了。熊雄正思量对策，朱副局长就打电话过来，问要不要警力支援。熊雄看看这阵势，知道来再多的警察都无济于事，相反会激起村民的对立情绪，把矛盾激化。他回话说：“朱局长，请局党委放心，我会把这件事情处理好，不给领导添麻烦。”

朱副局长担心地说：“小熊，处理这类群体性事件，你一定要理性地把握好度，千万不能扩大事态，有情况及时汇报，我在局里组织力量随时增援你们。”

电话刚打完，贺乡长带着一大帮人也到了。见面第一句话就问熊所长：“局里增援的警力什么时候到?”

还没等熊雄回答，村民听到这话后开始躁动起来。

一个精瘦的老人指着贺乡长说：“你当的什么狗屁乡长，不为老百姓办事，你还有良心吗?”

张岩坨马上呼应：“调警察来吧，要抓把我们一起抓去。”很显然，他才是这次闹事的主谋。张岩坨本来让熊雄收拾服帖了。可世事多变，矿上的煤卖不出去，他和车主们的运输业务成了问题，转而就迁怒于煤矿。

眼看着事情不妙，熊雄让几名乡干部把贺乡长劝回车内。他拿着电喇叭，跳上一处高地喊话：“乡亲们，我们是人民警察，人民警察是保护人民、打击违法犯罪的。我保证，今天，只要大家依法反映自己的正当诉求，不做出危害社会稳定、破坏矿山生产秩序的事情，我们绝不会为难任何人。”

熊雄的话一落音，袁世佳马上就起哄：“你一个小小派出所长，说话算不了数，姓贺的乡长必须表态解决问题，否则，我们是不会撤出去的，老子就是死也要死在这里。”

熊雄没料到，袁世佳会跳出来当出头鸟。他真担心这么一来，自己暗箱操作准备给他解决低保问题的事又卡在贺乡长那儿。他敲打袁世佳说：“老袁，你的情况我们本来是同情的，总是在想尽一切办法帮助你，你心里应该有数。我们不需要你知恩图报，但你也不应该恩将仇报吧。”

“熊所长，你是好人，我们对派出所没意见。我们只要姓贺的乡长出来给我们一个说法。每到这种时候，他都当缩头乌龟，而是把你们警察当枪使。我们老百姓坚决不答应。”

村民们一片起哄声。

教导员张言喜走到一边，悄悄给转运站的袁富贵打电话，他把袁世佳挑头闹事的情况大致说了。袁富贵一听就在电话里骂父亲：“他真是疯了，我马上赶来把他弄走。”

贺乡长真还沉得住气，进场放过一炮遭到攻击后，怕吃眼前亏，躲在车内任由村民恶语相向，就是不出来正面应对。这时候，办公室主任过来招呼熊所长过去。在车边，贺乡长举着手机问：“熊所长，你说这个袁世佳到底是什么背景？刚才民政局廖副局长专门打电话给我，点名要给袁世佳解决低保，要我们按程序把名字报上去，还说是县里主要领导的意思。”

熊雄说：“妈的，靠山还蛮硬呢。贺乡长没问是谁打招呼吗？”

贺乡长无奈一笑：“这还用问吗，县里主要领导不是书记，就是县长。这分明是要打我的脸嘛！”

熊雄暗自道：“原来，你也是个欺软怕硬的主儿，早就应该办的事情，你非要扛着不办，你是自己找打。”

见熊雄没吱声，贺乡长施压说：“熊所长，你催问一下局里那边，看大队伍什么时候赶到，今天你要做好最坏的思想准备，坚决把袁世佳的气焰打下去，收拾好这个乱局。”

熊雄对贺乡长说：“局里的援兵还在待命，局里指示我们这边尽量做工作，最好不把事情扩大，实在不行，我一个电话过去，他们立马就发兵。”

贺乡长想了想，很严肃地说：“小熊，我给你交底，政府不可能给他们任何态度，我就是有说法也不会在这种情况下给他们。因为这事关党和政府的权威。另外，我给你表个态，把这次事件平息下去，才能保证煤矿年底上交乡政府的30万元到位，到时候这笔钱直接给派出所。看你的了。”说完，贺乡长一挥手，示意熊雄回到自己岗位上去。

贺乡长的话恩威并重，熊雄被贺乡长强有力的挥手推向了风口浪尖。

好在这时候，袁富贵赶到了。熊雄把富贵拉到一边告诉他：“只要你父亲离开这里，今年给你全家批低保。你去告诉他，并把他劝走。”富贵走开几步后，熊雄突然又把他喊转身，“如果他坚持不走，我就要治安拘留他。你跟他说清楚，这是我的意思，叫你父亲放聪明些，最好不要逼我动手。”

袁富贵去了。可父子俩一交口就吵得不可开交。袁世佳说：“富贵，你这个吃人饭不长人肉的东西，现在成了煤矿上的一只狗。”

众人都在这时候给袁世佳帮腔。

“富贵，你爸爸是让煤矿害成这样的，我们是在帮你，你却拉反耙，你忍心啊?”

“是啊，你爸爸成了残疾人，煤矿可以不负责任吗？你要伺候他一辈子的。”

袁富贵看看自己身上的保安服，也感到了一种尴尬。他最终没有把派出所准备拘留他和熊所长承诺解决低保的信息告诉父亲，只是哀怨地望着熊所长他们。熊雄看看时间，过去了将近两个小时。其间，朱副局长和贺乡长都在不断催问，再耗下去，不知还会生出什么事端，对控制局势很不利。他打开喇叭宣布：“派出所民警听着，为了有效维护大帽山煤矿生产秩序，现在开始清场。我命令，民警将不听劝告堵矿井的袁世佳带离现场。谁要妨碍执法坚决依法打击。开始行动。”熊雄的话刚落音，张教导员和姚辉敏已经走到袁世佳身边，把他架起来往外走。蠢蠢欲动的张岩坨回头瞥瞥，虎背熊腰的舒继亮和保安阿木不知什么时候堵在身后，手铐泛着清冷的白光。闹事的村民看看无动于衷的张岩坨和骂着脏话却仍被带走的袁世佳，都木偶一般呆愣着。事情不可理喻地平息下去，熙熙攘攘的煤场像一个汗水湿身的路人突遇冷风吹拂，打了一个寒噤，人群散开后的平地里显得落寞而寂寥……

袁世佳没有被送进拘留所，警车直接开进县城一家中档宾馆的后院。进了房间，熊雄说：“老袁，现在有两个去处，你任选一个：一个是拘留所，另一个就是这里。你好好待在这里，我们管你吃住，五天后送你回去；如果想去拘留所开开眼界，自己掏伙食费去体验五天也可以。”

袁世佳苦着脸说：“熊所长，我回去没法儿交代啊，别人要戳破我的脊梁骨！你还是把我送到拘留所吧。”

“这好办，”熊雄说，“我们对外只说拘留你，让你有交代。另外配合好了，你家低保的事我们负责找乡里帮你解决。”

别看袁世佳跳得蛮凶，但到了动真格的时候，他也稀溜了。再说，他骨子里对派出所和熊所长还是感恩的。只是朱副局长听完熊雄的汇报，倒是皱起了眉头。他手里的铅笔反复敲打着班台，然后说："这样吧，还是把材料搞齐，报局法制室裁决五天拘留，我再在上面签字。我那位姓贺的同学不好对付啊。上次上户的事我已经把他当了一回二百五，这次再让他较起真来，就说不过去了。"熊雄感激地退了出来。朱副局长考虑问题很周密，他不仅把责任担起，还连后面的事情都替派出所考虑到了。这样一来，将来万一贺乡长查问起来，也才说得过去。

裁决拘留的行政处罚决定书出来，朱副局长在上面签下：鉴于当事人袁世佳身体原因，暂缓执行。

九

早在一个月前，也就是国庆节前夕，朱副局长开始过问大帽山乡政府的30万元启动资金是否有了眉目。离年底结账的时候不远了，熊雄心里也急。乡财政的家底他知道，三个坛坛两个盖，揭这个盖那个，总是差一个盖玩不转。再说，通过大半年交道，贺乡长的为人熊雄算是摸透了。就算乡财政现在有大把结余的现金，一下拿出30万元也等于扯掉他一叶肝，他不会爽快答应的。贺乡长上次在处理煤矿闹事时公开许诺，只要把企业秩序维护好了，大帽山煤矿年底应交的30万元就给派出所。

熊雄假装导演的拘留袁世佳一出戏就是专门演给贺乡长看的。派出所在没有借助外力的情况下，能够下狠手把残疾人袁世佳掐了尖，有效震慑了张岩坨那些人，兵不血刃地将整个事件平息下去，贺乡长既感意外，也很满意，回乡政府后直接打电话给熊雄说："我跟周矿长说好了，今年那笔钱由派出所直接收。你随时去找他。"

等到国庆节过后再去找周大天收钱时，熊雄才知道被贺乡长耍了。周大天听说是要催交30万元，一张冷脸变得比抹布还难看："熊所长，这风水轮流转啊。往年煤是金，现在煤是瘟。价钱最好的时候，人家到矿上拉煤，每吨650元不讲二话，抢着装车，全是现金结算。现在呢，每吨520元送上门去，人家还挑精拣肥，一律赊账。等人家把钱赚进腰包，我再去求爷爷拜奶奶催账，财务人员公开要吃要喝要娱乐，还索要回扣。等我把账一算，除去运费、工人工资、税钱等，我不仅没赚到钱，连老本都搭进去了。跟你们说实话，我撑不下去了，大帽山煤矿死气了。跨过年，谁愿意干谁干，反正我不干了。"在周矿长的哀怨声中，熊雄看到了煤场堆积如山的原煤，也看到了冷清的几个井口。煤矿早在半个月前就停了工，工人和周大天都是一个担心：煤卖不出去，就开不出工钱，挖得越多亏损越大，挖那么多煤干什么！

对煤矿这样的经营状况，贺乡长不可能不清楚。他百分之百地知道，周大天由当初的一头肥猪变成了现在的一只瘦狗，不怕你刀子快，再也割不出四两肉来。怪不得贺乡长爽快答应煤矿的30万元直接让派出所收取。现在，不怕要账英雄，只怕欠账真穷。派出所又能把周大天怎样呢？煤，只有打煤的主意了。而且可以预见，再过一段时间逼近年底，各路债主讨上门来，连煤都可能被瓜分。周大天滑得跟泥鳅一样，等到他哪天宣布破产，派出所连西北风都喝不上一口。熊雄对周大天说："周矿长，你就别在我面前哭穷了，瘦死的骆驼比马大，企业有盈亏，这点儿困难难不倒你。你和乡政府的协议是有法律效力的，总不能轮到我们派出所来收钱，你就拿一堆困难敷衍了事吧。"

周大天两只溜圆的眼珠子在熊雄和张言喜身上滚来滚去，然后两手一摊说："两位别误会，我绝对没有别的意思，我实在没办法。"

熊雄旁敲侧击地说："周矿长，你如果真有困难，我们可以从销售渠道帮你想想办法。"

"你有路子？"周大天情知话有不妥，马上收敛起商人的精明，苦大仇深地说，"熊所长啊，你如果能找到买家，也算帮了我的大忙，我拿煤给你们抵账。"

"先说到这儿吧，我们也没有把握。"熊雄想到了自己在县火电厂质检科的高中同学孙立清。

早些年，孙立清每次碰到熊雄时，都鼓动熊雄搞点儿煤生意捞些外快。孙同学开诚布公说："趁现在企业效益好，用煤量大，我也还能帮上忙，你随便弄几个钱揣着，以备不时之需，别死脑筋。"可是，熊雄写八股文章把自己写单纯了。他看不透世事，一说上面有高压线，公务员不能搞第二产业；二说自己是个穷光蛋，搞煤生意拿不出大笔本钱。

看到熊同学一副书生气的怂样，孙立清哀其不幸地说："上有政策，下有对策。现在谁不在挂羊头卖狗肉？瞧你这出息！至于钱嘛，你大小也是个警察，而且当着堂堂副主任，短期周转借几个钱还有困难？况且，真正和煤矿辖区的派出所长把关系搞铁了，就来个空手套白狼，照样赚钱。"

熊雄觉得孙同学的胆子太大了。他真想提醒老同学，千万别玩过了头，到时候毁了自己。但看到孙立清踌躇满志的样子，他感到底气不足，除了婉言谢绝同学的好意，再把其他的话都咽进肚内。

幸好当时没堵着后路，否则这时候还真不好开口。熊雄打通孙立清的电话："喂，孙大科长，我现在算是开窍了，轮上你助我一臂之力。"然后，他就把销煤的事说了。

没想到孙立清会这样说："我的天哪，600多吨？所长大人，你不会是开玩笑吧。现在连山西的煤我们都限量采购，哪轮得到大帽山的货。此一时彼一时也，当初我劝你搞你左也难右也难，等到黄花菜都凉了，你瞌睡才醒。你这不是和自己过不去吗？当上小小派出所长，现在就不怕高压线啦？腰包内也有钱啦？告诉你，火车晚点了！"

"别说那么多废话，实话跟你说，这次你不帮我，我这顶所长帽子就戴不稳了。"

孙立清想了想，无可奈何地说："算我欠你一个人情给你补上，先把样品煤给我弄点儿过来，看质量如何。不过丑话说在前头，就算我给你搞定了，十个点的回扣是要的，关节重重，这是潜规则。"

羊毛出在羊身上。熊雄脑子内闷了一下，三万块钱的回扣将近要60吨煤，周大天买这个账吗？

电厂质检科的化验结果出炉，大帽山煤矿的原煤热量只有5500卡，而一般电煤的发热量必须达到6000卡以上。

现在听了化验结果，熊雄冷了半截腰。这就不是老同学不帮忙了，也非周大天赖账，更不是贺乡长说话不算话。熊雄想，火电厂发电用的煤绝对是要保证质量过关的，现在，大帽山煤矿的原煤热量达不到，县里没有哪家企业比电厂喉咙大，能一口吞得下这么多煤。派出所的30万元启动资金多半又要落空，他无法向局里交代，最终只会落得和向力所长一样的命运。熊雄谁都怪不上，怪只怪自己运气太差。

"办法是人想出来的，质量也不是铁板一块，有同学当质检科长，就没有搞不定的事情。"张教导员看出熊雄心里犯难，给他出点子。张教导员有个亲戚曾经做过煤生意，也是热量达不到要求，最后买通关系，把北方的煤掺和在一起蒙混过关，只是要多撒些银子。

熊所长听了，当即要给孙同学打电话。张言喜一把按住说："这事千万不能在电话里随便说，我们到县城去，约他出来消费，让你那位老同学把电厂主管原煤质量的头儿拉上，摆平他们两个，保证生意谈得拢。"

果然，孙立清提醒熊雄说："线我帮你牵好，能不能搞定就看你的表现了，别小里小气把事弄砸，连我都跟着你丢面子。"

在城北的"小二山庄"，要吃上娃娃鱼不是价格问题，而是身份问题。你出再多的钱，老板在不弄清楚食客身份之前，是绝对不会给你下单的。熊雄通过关系算是订上了娃娃鱼火锅，茅台酒一次也拿了两瓶。这顿下了血本的宴请就是冲着30万元来的。舍不得孩子套不到狼，派出所豁出去了。这么私密的宴请绝对人少。孙立清同学只带电厂主管销售的严副厂长。

严副厂长额头光亮，脑袋顶也光亮。他有一双肥而大的耳朵，嘴唇厚而外翻，总是在笑，样子很随和。孙同学提前把功课做到位了，严厂长很好说话。酒至半酣时，严副厂长说："孙科长，都说三种关系最铁：扛过枪，嫖过娼，同过窗。熊所长和你既然是同学关系，这个面子我不给就不像话了，更何况这么客气地招待，看出人家是尊重我们的。人要受人尊重，你说呢？"

孙立清说："严厂长，你这是给我面子啊。"

张教导员也接话："严厂长，我和熊所长都是知恩图报的人。事后，我们会让严厂长感到你交我们这样的朋友是值得的。"

严副厂长其实一点儿都不严，他完全听懂了张教导员的弦外之音。场面上，许多心知肚明的话赤裸裸地说出来会不对味儿。现在派出所该要表达的意思已经很到位了，而且是通过张教导员的嘴说出来，这就给一把手熊雄留下了回旋空间。严厂长在企业和商人之间长期周旋，深谙其中微妙之处，他不能不暗自佩服熊雄的智慧。他对孙立清说："质检的问题请孙科长把关，老同学的事该怎么运作就怎么运作，我只认结果，不问过程。你们办好就是。"

严副厂长已经把话说得够清楚了。熊雄和张言喜共同敬完严副厂长和孙科长一杯，宴席就散了。

剩下的事情，是向周大天要煤。

十

周大天说："熊所长，你的刀子也太快了，650吨煤，你至少多吃了我60吨。"

熊雄给周大天算完账说："这样吧，周矿长，派出所不做生意，并不指望这笔买卖发财。这中间的潜规则你是知道的。要不，我们帮你拉拉皮条，你付给我们30万就行。"

张言喜说："我们本来就不愿做出力不讨好的事情。周矿长，既然你这么不领情，我们干脆给电厂退信。"

周大天领教过攻关的难度。能一下卖出这么多煤，对他来说也是减轻不小的压力，这样的机会怎能错失！乡政府30万元的上交反正是赖不掉的，擤掉鼻涕脑壳轻。再说650吨，这是一笔可观的业务，换成别人，提成都要拿去不少钱。因此，这单生意千万不能砸在自己手里。他呵呵赔笑说："我给，我给，这650

吨煤给派出所我愿意，就这么定了。”

事情总算有了眉目，回派出所的路上，熊雄心情很爽。联想起自己上任大半年，虽说经历了蛮多的事，而且有些还很棘手，但依靠着朱副局长和张教导员他们的帮衬，有惊无险地走了过来。现在，只等这批煤卖给电厂，拿到30万元，他就可以回局里复命。到了明年，派出所择期开工，修建起来会很快。最多两到三年，等派出所竣工落成，他头上的所长帽子就可以甩给别人，局党委会念他有功，考虑将他调进局机关，安排一份更适合他的工作。那时候，他不仅可以和家人长相厮守在一起，而且会有更大的舞台，让他演绎精彩的警察人生。想到这里，熊雄禁不住对张言喜说：“张教导员，只有经历过痛苦之后的快乐才是放大的快乐啊。”

张言喜读书不多，对熊所长这类绕来绕去的酸话不甚明白，但他大致知道熊雄的好心情。其实，事情越是太顺的时候，往往就会有潜在的变数。张言喜担心，黄瓜才有蒂把把，熊雄可能高兴得早了点儿。只是此刻，他不便给兴头上的熊雄泼冷水。他说：“熊所长，我知道你高兴，事情的来势很好，我也替你感到高兴。可是600多吨煤卖出去，会闹出不小的动静，而且还会牵扯到方方面面的利益，我们要把困难想得复杂些。”

任何人不接触就了解不深。共事大半年，熊雄从骨子里认为张言喜是个合格的教导员，是个好警察，更是他的好兄长和好帮手，只可惜他的警察生涯快要到站，和他合作的机会不会很长。“有老哥你帮我，我们会幸运的。”熊雄最后说。

没过几天，贺乡长把熊雄和张言喜叫到办公室，过问煤矿30万元的事。贺乡长显然早就知道派出所和大帽山煤矿达成的方案，或许连电厂那边的事也多少知道一些。他哈哈笑着说：“值得祝贺啊。今年煤矿效益这么糟糕，我还担心周大天要赖皮。你俩能把30万元拿得回来，连我都不敢相信呢。”

熊雄话里有话地说：“这还得感谢你贺乡长，你不给我们指路子，派出所去哪儿找30万？”

贺乡长肯定听出了话里的异味，叹口气说：“唉，乡财政确实有困难，请两位多理解。你们能替我分忧解难，我得感谢你们啦。”说到这儿，他好像突然想起什么似的说，“今天把两位请来不是公事，我这里有件私事可能要请你们帮忙关照……”

650吨煤的运输业务，熊雄早有考虑。他想给张岩坨。张岩坨是张教导员的本家侄子，熊雄把这笔业务交给他，一方面是给张教导员面子，算是对他的安慰；另一方面也能安抚大帽山村那些车主们。如果通过这件事能把张岩坨这头犟驴收拾下来，派出所往后就少了一个刺头。现在，这点儿蝇头小利居然让贺乡长盯上了，而且他的所谓亲戚不是大帽山人。这如何是好呢？

“贺乡长，你的指示我们肯定要执行，但现在有个特殊情况要给你汇报……”贺乡长的话说出了口，熊雄不能打他的脸。

听出是要把运输业务给张岩坨，贺乡长说：“就是那个带头闹事的坏家伙吧？我先就说了，这不是公事，我的话也不算指示。”贺乡长的话听起来有些冷硬。

如果数百吨煤运业务完全落到外地人手中，张岩坨他们是不会善罢甘休的。年底了，熊雄真不想让张岩坨他们拿住什么事由制造麻烦。熊雄说：“贺乡长，我有个想法你看行不行，把运输业务分点儿出来给张岩坨意思意思，大半给你亲戚。这样有个好处，免得张岩坨多嘴多舌，又生出什么花花肠子来。”

“既然这样的话，我亲戚就不用考虑了。听熊所长这么一说，我还真有个主意，干脆这样吧，派出所建设是大帽山乡人的事，人人都应该出把力。我看就由乡政府统一安排，大帽山村具体负责落实，把任务分配下去，凡在大帽山煤矿有运输业务的车主都无偿给派出所运煤。”贺乡长的话看似在帮助派出所，但骨子里也暴露出他的心胸狭隘——他捞不着的好处，别人也休想得到。对这样的“照顾性”安排，熊雄不予认同。因为到时候，车主们会认为派出所搞特权，乱摊派，把所有脏水都泼给派出所，少花点儿运输费，却落个坏名声，等到人民满意度测评时，满田都是青蛙叫。熊雄不想因小失大，他对贺乡长说：“乡长，有些钱该花的要花，让大帽山村的车主们搞义务工，会给乡村两级带来太多的麻烦。这事你就不用操心了，让你的亲戚直接和张教导员联系，我会办好。”

贺乡长沉吟一阵说：“你们的考虑也有道理，那我就不管了，你们看着办吧。”

回派出所的路上，熊雄和张言喜都在心里骂娘。姓贺的达到了目的。他不是不管，而是把刀子架在了派出所脖子上。

张教导员问：“真把650吨煤全给贺乡长亲戚？”

“卧榻之侧岂容他人鼾睡？贺乡长就是个吃独食的主儿。这一点你还看不清楚？”熊雄无可奈何地说，“两害相权取其轻，我们只好得罪张岩坨他们了。”

贺乡长的亲戚来到派出所，闹了半天才搞明白，那家伙姓宋，自己根本没车，他就是个提篮子的角色。熊雄、张言喜两人和宋老板打了半天嘴巴仗，对方仗着背后有贺乡长撑腰，死咬住运价不让步，最后谈定的价钱比张岩坨他们每吨高出20元。熊雄闷算了一下，光是这一笔，派出所就白白甩了一万三千元。

孙同学是个言而有信的人。派出所把650吨原煤运到电厂以后，熊雄和张言喜还在琢磨怎样弄些北方的煤掩耳盗铃。孙立清说：“算了，对别人还假装做做样子，你熊雄就免了，弄虚作假比假还假。我给你们直接出具质检报告，你找财务科结账就是。”

到这时候熊雄才知道，结账并不是一句话的事，必须先到国税局开具增值税发票。按规定，工业用煤的增值税税率是17%。照这么算来，光这笔钱就要五万六千多元，而且必须是先交钱后开票，然后才能到电厂结账。如果把这笔亏空和宋老板多要的那笔运费加在一起，派出所的30万元中会少了将近七万元。这是没法儿向局里交差的。还有，派出所一时三刻也拿不出缴纳增值税的那么多现金。至此，熊雄才想到张教导员原有的担忧绝非杞人忧天。这30万元，就好比结在树上熟透的苹果，它属于派出所，属于熊雄。但是，你跳起来摸得着，却摘不到。熊雄需要梯子、木凳之类垫脚的东西，才能摘到属于自己的30万元。可是，去哪儿找梯子和木凳呢？

孙同学看出熊雄的难处，干脆帮忙帮到底，给熊雄出主意说："就找宋老板，国税局局长是他姐夫。"

熊雄说："找他就算了，我看见那杂种心里都不好。"

孙立清说："老同学，这就是你的不对了。人家有这样的关系，你完全可以利用起来，甚至还可以卡住他的脖子。"

"此话怎讲？"

"他不给你摆平姐夫，你就不给他结运费。这就是杀手锏。"孙同学还开导熊雄说，"放下你的所长架子吧，人家这叫人力资源。姓宋的在商言商，他无非就是爱财。你舍不得小钱，就拿不到大钱。道理就这么简单，生活中的思维方式与闭门造车不同。"

宋老板果然雁过拔毛，明知道电厂不结账他的运费拿不到手，还是厚颜无耻地说："熊所长，以公安局修建派出所的名义打个报告，我去找姐夫把增值税减下来，总额控制在两万元以内。不过，我们有言在先，派出所要给我5000元劳务费，我不可能白跑路。"熊雄想了想，自己如果去找人，免不了要请吃请喝，还要到处打点，就一口应承下来。

到12月底，电厂的账结算到位。宋老板还算卖力，国税局作为特殊情况把增值税减到一万五千元，加上宋老板的5000元好处费和超出部分的一万多元运费，派出所实际拿到手的钱不足30万元。这中间还要返还给孙立清10%的回扣，派出所总共缺口三万三千元。宋老板到派出所结账那天，贺乡长恰好也来了。熊雄和张言喜算来算去，想不出怎么把缺口填平。最后，还是贺乡长拍板："宋老板，你的运费里少拿3000元，就算是对公安工作的支持吧。"宋老板看看贺乡长，皱着眉头说："公家揩我的油？"贺乡长递一个眼色过去，宋老板旋即改口说："好吧，我认3000元。"

宋老板走后，贺乡长安慰熊雄和张言喜说："另外三万元缺口，我有办法解决。你们不是要给电厂严副厂长三万元回扣吗?”

“贺乡长，和人家说好的事要兑现。”熊雄担心贺乡长打回扣的主意，他不想做个言而无信的人。

贺乡长说：“答应给人家的钱当然要给，否则，今后不好办事。我的意思是给严副厂长送回扣的时候，同时向电厂递交一份三万元的资金援助报告。羊毛出在羊身上。让严副厂长去做工作，电厂不敢不给。”

贺乡长的这一招够阴险，够损。公安机关给严副厂长送回扣，姓严的一定投鼠忌器，他有索贿受贿的把柄落在警察手里，只好下死力游说电厂给大帽山派出所支持。所以，电厂很有可能会拿出三万元。但这么处理问题有过河拆桥的意思，显得做人不厚道。熊雄做不到，张言喜也做不到。

年底，大帽山派出所交给局里的现金是27万元！情况说清楚了，局领导谁都没有责怪熊雄。

第二年一上班，熊雄的工作意外调整，局里通知他回办公室，还干副主任。熊雄问朱副局长为什么，朱副局长未作正面回答。倒是政工室主任岳克凡透出一点儿信息，有人告到县纪委，说熊雄包庇违法行为人、和奸商沆瀣一气损害派出所利益、与乡政府不能保持高度一致……“总之,”岳主任说，“组织上认为你政治上还不够成熟，只适合耍笔杆子。”

面对种种“罪行”，熊雄发问：“谁在捏造事实肆意陷害？组织上出面调查澄清了吗?”

朱副局长拍拍熊雄的肩膀：“安心在办公室好好干吧，有时间多读几本好书。书中自有黄金屋啊。”

朱副局长离开后，岳主任劝慰熊雄说：“局党委研究上报的方案是调你回局里当办公室主任，可最后组织部否决了。我看，你一个读书人，能靠笔杆子捞个副科级，也算不错了，人要想得开。”岳主任还说，“大帽山乡的周书记调县城任招商局局长，现在大帽山乡是贺东山当书记。良禽择木而栖。你选择这时候离开大帽山或许因祸得福，是件好事……”

第二天上午适逢周末，熊雄和单琼带女儿笑笑到城郊的白云山春游。白云山是离岩门县城最近、最高的山，笑笑和爸爸约了好多次要去山上玩，可自从当上大帽山派出所所长，熊雄一直爽约。现在无官一身轻，熊雄正想拉着妻儿出去散散心。

这是个多年来少有的暖春，憋了一冬的草木开始伸腰蹬腿儿，抽鼻抛媚眼儿。山里开得最盛的是樱桃花和山胡椒花。樱桃花开白闪闪，山胡椒花黄灿灿，放眼四望，这里一树，那儿一簇，竞相招惹着游人的视线。阳雀和画眉鸟在树丛间飞来窜去，为争夺地盘吵得不可开交，只有白鹭恬然地歇在松林之巅，鸟瞰山中万事。笑笑像一只飞出笼子的鸟，跑在前面到处乱钻，随便看到什么东西都感到新奇，大声尖叫。单琼总是追着喊：“笑笑，慢点儿啊，注意安全。”

后来，熊雄撇开母女俩独自爬到白云山最高的山顶。站在这里可以俯瞰整个县城。他双手扩胸，做了两次深呼吸，然后放出一串长长的啊哈。长啸过后，熊雄扭身朝北望去，极目远处云水苍茫，大帽山的轮廓依稀可辨。他呆望良久，有些出神……

生死之间（节选）

贺　平

一、小山村惊现尸体

秋天，总是以硕果累累的姿态出现，却也处处肃杀。

初秋的早上，天高露浓，一弯月牙安静地挂在西南边，清冷微弱的光洒在大地上，一切都显得那么幽暗。渐渐地，东方开始泛白，太阳还藏在群山里，乌蓝的天空下，茂密无边的高粱、玉米、谷子地里，此起彼伏的秋虫开始欢快地唱起了歌，绿色翅膀的蟋蟀偶尔也会加上几声伴奏，而庄稼两旁的老树只是阴郁地站在那里，几片叶子犹如飞倦的蝴蝶翩然而下，像是在伴舞也像是在完成某种仪式。

小王村的刘老汉起了个大早，他要去十几里之外的山旺村赶集。家里的烟叶子不多了，趁着新鲜的烟叶子下来，得去囤一些。

刚出村口，他看见不远处的老榆树上好像有一团东西挂在那里。哦，不，好像是个人？老汉感觉眼睛有些模糊了。他快步向前走去，想要一探究竟。

走近之后，老汉着实被吓了一跳！树上挂着的是一个人，确切地说，是倒吊着一个死人！干瘦而且面如死灰！地上还有一摊血！

“啊！”老汉大叫了一声就往家跑，肩上背的装烟叶的袋子掉了都没有发觉。虽然活了这么大年纪，也见过些许的大风大浪，可这还是第一次冷不丁地看见一具尸体，他吓得要命。

嘭嘭嘭！村主任穿个大背心睡眼惺忪地打开门的时候，看见了站在门口直哆嗦的刘老汉。

“刘叔，啥事啊？这一大早的。”

“死人了，死人了……绳子吊着，全是血……”

“啥?！叔，你说咋地了?”

“村口，那老榆树上，有一个死人，还倒吊着，血流了一地，你快去看看吧！太可怕太瘆人了！”

村主任赶紧回屋拿了件衣服，揣上手机，往村口跑，边跑边打110报警。山青市公安局接警中心迅速把这一案情通报给刑警大队，很快，大队长张洪那个都有些看不清按键的破手机便响了起来。

他一个骨碌爬起来，迅速接起电话，单手已经开始穿衣服。这是这些年他做警察特有的动作，一连串动作下来连贯而又迅速，而且，单手穿衣服已然成为他的一个绝活儿。很快，放下电话，张洪也穿好了衣服，再一看，身边的桂兰不知道什么时候已不见人影了，他出门的时候，桂兰把两个热乎乎的鸡蛋递给他。

“小心点儿。”夫妻这么久，张洪最知道这几个字对于妻子的意义。

他一把抓过鸡蛋，点了点头，立刻骑上那老掉牙的破摩托车，呜呜呜地狂奔向刑警队。行至一条小河边，张洪翻身下车，挽起裤腿脱下鞋，扛起摩托车蹚了过去。这些年，跟肩膀上的这个老伙计都十分熟悉了，它每天都跟着自己东奔西跑地办案，张洪对它是十分有感情的。有感情就是这样，扛着一点儿都不沉，唯一有点儿难受的就是这快要入冬的天，河水竟然凉得有些刺骨。可是，这些，对于张洪来说根本算不了什么，他现在一心一意想着的就只有案情，案情。

接警后，山青市公安局迅速部署，成立专案组，由刑警队大队长张洪任组长，带领刑警队赶赴案发现场，调查案件的相关情况。细说这张洪，他可是刑警队有名的刑侦专家，与各色歹徒有过数次“恶战”，鲜有败绩，熟悉的人也都管他叫“张大炮”，因为他遇事很较真，跟人“辩论”就像开炮一样，根本停不下来！他五十多岁的年纪，一米七五的个儿，略瘦的身材，头发泛白还有些稀疏，一双大眼显得格外突兀，在从警三十多年的生涯中，身上留下了大大小小的伤痕无数，也留下了“神探张”“破案王”的美名。

警队就没有张大炮破不了的案子，大家都这么说。

在去往小王村的路上，张洪电话中询问了一些情况，叮嘱村主任保护好现场，不许任何人靠近，接着又给大家简单地分配了任务分配。徒弟唐刚拿出急匆匆买的一兜包子，递给师傅和兄弟们吃。谁料，张洪却拍了拍小唐的肩膀，一脸严肃地说了句：“臭小子，禁止贪污腐败从一个包子做起！”

唐刚知道师傅这是半开玩笑半教育后辈呢，就赶紧笑嘻嘻地接茬儿道：“师傅，人家都说一日为师终身为父，兄弟为手足，我不能自己吃饱不管父亲与手足呀，我这是孝为先，兄弟为大呀！”

哈哈哈哈，车里传出来一阵笑声，张洪居然看起来也不是那么严肃了。

近一个小时的颠簸后，终于到达现场。法医李春明开始勘查，大刘等人则分头询问报案人，观察周围情况，搜寻残留的信息。

“哎呀，扎死我了！张队，张队，马三！这是马三！”法医李春明被尸体上的苍耳扎到了，疼得叫了一声，但是他发现认识死者的时候，还是忍不住大声地向张洪喊道。

张洪轻轻点了点头，没有说什么。他拿出烟口袋，从中抓了一点儿旱烟叶，又从衣兜里拿出了一块儿白纸，熟练地卷成烟卷，点燃后，深吸了一口。其实下车看到尸体的那一瞬间他就知道了，这个人就是他搜遍山青市也没找到的马三！这个惯犯因偷盗犯罪数次被公安机关打击处理，张洪也亲手抓过他几次，对他可谓是“知根知底”。自从上次被放出来，马三好像消停了一段时间，这刚又牵扯到一桩偷盗案，而且数额特别巨大，张洪费尽心思才从纷杂的线索中理出头绪，在众多监控中找到了马三的影子。谁知，他却死在这山村的土路上。此时的张洪，内心百感交集，他隐隐觉得，在那起偷盗案的背后，一定隐藏着更深的阴谋，在马三的背后，也一定有一双巨大的黑手。

“师傅，您觉得按照您的理论，这像是家鸟还是野鸟作的案？”

“你觉得呢？”张洪想顺便考验一下徒弟。

“我觉得吧，这个马三本身就是地痞无赖，坑蒙拐骗偷鸡摸狗的，平素根本不会注意自身打扮，你看他这一身穿着，衣服一看就是很久没洗了，很脏，不像是有钱有势的人，应该不会有人临时起意对他下手，所以肯定不是外边流窜到此地的、随机选取作案对象的候鸟作案。而马三刚被我们查到与梅瓶盗窃案有关，他可能是跟某些无业游民闲聊的时候透露了什么而遭到杀害，所以有周围闲杂人等野鸟作案的可能。最重要的是，马三的盗窃案数额巨大，按他以往的风格来看，他心思没有这样缜密，我在想会不会是幕后有人指使，后因分赃问题，他们内部矛盾激化，马三被同伙杀掉？嗯，师傅，我捋了捋，觉得还是与其熟悉的内部人——家鸟作案的可能性最大。”

“臭小子，行啊。”张洪说完脸就转过去了，留下唐刚一个人在那里回味无穷。

“师傅，你看，这里好像有车辙印。”

“嗯，马三生活在市里，大半夜不可能自己走来，肯定是有车。”张洪淡淡地答道。

“张队，死者是因为左手桡动脉破裂失血过多而死。初步判断排除自杀的可能，人不能把自己这么吊着自杀吧？这难度系数也太高了！”李春明在初步检验后得出这样的结论，“顺着尸体正下方左手自然垂直处，血一直流了半米长，从尸斑和血液干涸程度来看，死者的死亡时间应该是在六七个小时以前，也就是昨晚的11点到12点之间，其他具体情况，还得带回去具体检验后才可以知晓。”

“从地上的血流程度和周围的环境看，小王村应该就是第一案发现场。这个马三，大家应该都熟悉了，35岁，马鞍子山人，是我们正在调查的梅瓶被盗案的嫌疑人。现在突然被发现死在这里，初步判断应该不是自杀，而是谋杀，极有可能与梅瓶被盗案有关，这必须引起我们每个人的关注。”张洪听完李春明的结论转身对身边的几个人说道，“这样，刚子，你跟大刘挨家挨户查一下，昨天村子里有没有什么生人来过，昨晚10点以后有没有谁经过这里，附近的群众有没有听到什么动静。春明，你尽快清理一下现场，对尸体进行进一步检验，看看还有没有其他线索。”

此时，红彤彤的太阳已经出来了，远远地挂在山的那边，如血。村里开始鸡鸣狗叫，屋顶上冒起了缕缕炊烟，村子就这样热闹起来了。

听说村子里出了人命官司，大家三五一群地聚在周围看着。

“哎呀，这人死得真是太惨了，肯定是得罪什么人了啊！”一个大叔说。

“这人咱也没见过啊！你看看，这年纪轻轻的就被人害死在这山沟沟里，不然不得好活头啊！你说说，这一死了，家里的老婆孩子父母怎么办啊！”一个中年妇女有点儿害怕但还是跟七姑八婆的远远地站在一边说着。

“小孩子别看，快回家去，走！”一个农妇看着看着，突然发现自己的儿子不知道什么时候跟了出来，赶忙捂住他的眼睛带着他往家走去。

“据说是刘老汉最先发现的，那老头子都吓得不会说话了呢！”一个青年跟另一个青年说。

“哼，要是叫你一大早的在这里发现一具死尸，你肯定吓得尿裤子吧！”另一个青年挑衅似的回答他。

“我才不怕……”刚开始那个青年，气明显短了一截。可不是，太平日子过久了，大家每天东家长西家短的就够说了，什么时候见过这场面呢？谁要是说不害怕就是硬逞能罢了。

唐刚和大刘看周围聚起的群众都在叽叽喳喳地说着什么，就上前去询问住在案发地周围的一些群众。可是，乡村的百姓夜晚都睡得早，他们在村子里转了几圈也没有什么收获，没有人听见什么响声、争吵声。村里人也都不认识马三，不知道为什么他被害后会倒吊在那里。

就这样，中午饭后，两人无功而返。

张洪从小王村回来之后就把自己关在办公室里，他桌子上摆放着梅瓶案的一摞摞资料——马三的介绍、庞涛的介绍、向恩华的资料……他的大脑在飞速地运转着。先是向恩华报案称梅瓶——元青花云龙纹梅瓶被盗，据称这是丽之都老板庞涛拿来用作抵押货款的，原本这个梅瓶价值上千万元，这次庞涛却只拿它抵了500万元，说是等钱凑齐了之后会再把梅瓶赎回来。可是，梅瓶刚到向恩华手里没几天，就离奇地被人给盗走了！一点儿痕迹都没有！而凑巧的是，梅瓶所在的保险箱在向恩华的总经理办公室里，监控正好坏了，还没修好。在调取公司其他的监控摄像资料时，细心观看，仔细寻找，好不容易才在众多资料中发现了伪装成工人的马三！就在全城搜捕马三之际，他却被发现死在了小王村的土路上。马三死了，那个被盗的梅瓶去哪了？怎么找？

向恩华，庞涛，梅瓶，马三……张洪拿笔在纸上画出了他们之间的关系框架，庞涛把梅瓶抵押给向恩华，向恩华丢了梅瓶报案，查到梅瓶的丢失可能与马三有关，马三死亡……难道这事与向恩华或者庞涛有关？

嘭嘭嘭！一阵敲门声打断了张洪的思路。

“师傅，村民我们都询问过了，最近没有什么生面孔出现，没有人听到什么动静，他们也都不认识马三，白天也没有人见马三在村子里出现过。我怎么觉得这事挺蹊跷啊！”刚子进门就开始说。

看着脸晒得黝黑的刚子，张洪一瞬间有些愣了。其实刚子刚来的时候，是一张白净的娃娃脸。刚从学校毕业不久他被分配到市局，原本是在办公室做风吹不着雨淋不着的文员，可他却坚持要做自己的徒弟，尽管局里很多人都跟他说：“你做他的徒弟，那可是好处没有，工作必须认真，时间不能有丝毫松懈，还得随时忍受他的暴脾气。”但即便是这样，刚子依然做了自己的忠实粉丝，怀揣着他满腔的热情和理想，坚定地留了下来。

“师傅？”刚子看张洪有些愣神儿，喊了一句。

“嗯，的确是有点儿蹊跷。如果小王村是案发的第一现场，而马三死亡的时间是晚上11点到12点左右，那么犯罪嫌疑人肯定提前约马三或者跟马三一起来到这里。就是再低调也不可能一个人都没看见过。如果是现场杀人，就一点儿动静没有？没有争吵，没有喊叫？没有搏斗声？离案发现场最近的人家也就不到50米，会一点儿动静也没听到？不太可能！而且我查过了，马三在小王村没有什么亲戚，与小王村也没什么交集，就这样死在这里？是杀死他的那个人和这里有关系，还是临时起意选择这里？”

“师傅，还有一点我不明白啊，马三的尸体倒吊在小王村进出村子的必经之路，而且还是条大路，杀人不都是能掩饰自己的罪行就掩饰、能隐藏就隐藏吗？

为什么这个好像故意让人早一点儿发现呢？还是他杀人的时候太仓促，根本没有时间去想这一点？还有，那个梅瓶到底去哪了？”听完师傅的话，刚子接着又抛出了好几个问题。

张洪若有所思，这点他在案发现场就怀疑过，他还仔细看过尸体，凭着一个老刑警的直觉，总觉得什么地方不对劲儿，可是又说不出来。这下，马三的死，一下子显得与众不同了。还有那个梅瓶，这真是个难题。心里萌生了很多想法，张洪需要一点点去验证，一点点去解开谜底。

“刚子，你开车跟我走一趟。”

“去哪儿?”

“丽之都。”

正在记账的仓库保管员吴桂兰右眼皮一直在跳。她拿起一张提货单入账，反反复复，这一张就对了好几次。“我这是怎么了？昨晚上没睡好还是咋了?”她揉了揉眼睛拿起电话想打给张洪，早上他那么早就被叫去办案了，不知道这会儿吃饭了没？他那肠胃病年头太久，是老毛病了，可他却总是不在意，在桂兰看来，丈夫就是个只会办案不会生活的人。

唉，还是算了。好几次丈夫正在办案自己打电话过去，被他吼一顿，后来他还是不按时吃，不办完案或者身体不出现大的症状，他是不会意识到的，多少年了都是这样。这一年多，桂兰让张洪带徒弟唐刚回家吃过几次饭，也曾私底下跟唐刚说过，让他多提醒师傅按时吃饭，保护好身体。嗯，刚子那孩子还是挺靠谱儿的。桂兰想了想还是放下了手中的电话，揉了揉太阳穴，继续对起了货单。

去往丽之都的路上，坐在副驾驶的张洪突然捂着肚子，身体蜷缩成一团，不一会儿，豆大的汗珠顺着额头爬满整个脸颊。刚子赶紧靠边停车，递了一瓶水给他：“师傅，你中午看资料没吃饭？我这就带你去吃点儿东西。”

“先去，丽之都。”张洪咬着牙说了这么一句。

“师傅！我师娘说了……”见说不过师傅，刚子想赶紧拿出师娘来“震慑”一下。

没等刚子说完，张洪就知道他要说什么，下一步又该说给师娘打电话了。想想自己这肠胃病的情况，入秋以来越发厉害了，可不能因为这个耽误工作，遂顺着说道：“行了，胳膊肘往外拐的家伙。咱先到前面老牛面馆，吃碗面吧。”

狼吞虎咽，两碗面下肚后，张洪又恢复了精干的模样，他和刚子顶着正午最强光来到了丽之都。要说这丽之都，可是山青市最大的娱乐城，位于市中心最繁华的地段，13 层的高楼富丽堂皇，是集歌厅、舞厅、酒吧、台球、游泳、健身等各种娱乐休闲方式于一身，白日车水马龙，夜晚歌舞升平，是年轻人和有钱人最热衷的娱乐场所。

这里的镜子都被擦得锃亮，地面也能照映出人影来，大厅里人来人往，穿着时尚靓丽，这两人觉得自己与这里有些不协调。在很多人还奋斗在工作的第一线时，这里早已熙熙攘攘。

“他们都不用上班吗？”刚子小声嘟囔了一句。

“管他们干什么！”张洪心里想着轻吼了一声，可是话语声中却也带着对这种场所的轻蔑。刚子见状，轻轻地吐吐舌头，不敢再多言。

“您好，欢迎光临丽之都！”

“哦，你好，跟你打听一下，庞涛庞总在哪儿办公？”张洪礼貌地说。

“请问您跟我们庞总约好了吗？”

“我们是市公安局刑警队的，想找庞总了解点儿情况。”

保安打量了眼前的这两个人，一个上年纪的身着很旧的警用常服，他瘦瘦的身躯包裹在有些肥大的衣服里，病恹恹的，面黄肌瘦像是几天没吃饭，而那个年轻的则是身穿一套蓝色的运动服，平头，看起来很壮实，年纪在30岁上下，浓眉大眼的。“这真是刑警队的吗？”保安在嘀咕。

“那个，你们真是刑警队的？有证件吗？”保安诺诺地问了一句。

“哎，你什么意思啊！还怀疑我们冒充不成？”刚子随手掏出警官证在保安眼前晃了一圈儿，“怎么？证件是对的吗？”

保安看完证件，马上恢复了笑容，他转身就给总经理办公室打电话。几分钟之后，保安转身向张洪他们说道：“我们总经理在开会，麻烦您二位先稍等。”接着便带他们到了休息区。

此时，13楼的庞涛并没有在开会。接到保安的电话后，他内心十分紧张，来回踱着步，开了一瓶陈年红酒给自己倒了一杯，可想了想又没喝，放回了桌子上。

终于，他整理了一下衣服，理了理头发，拨通了电话。

“哎哟，两位警官，让您二位久等了，你看我这一堆的破事给耽搁了。”一看到张洪和唐刚，庞涛就热情地上去握着手说道。

张洪面色铁青没有说什么，礼貌性地握了一下手，说：“我是刑警队的张洪，这是唐刚。”还想继续说什么，却被庞涛抢去了话头：“两位警官大驾光临，我这蓬荜生辉啊，特别是张队您啊，您那‘张大炮’的名号我早有耳闻，为了人民，您辛苦啦！那个，侯秘书啊，给两位警官倒杯茶。就我那珍藏的大红袍吧！来，两位警官这边沙发上坐。”

“不用了庞总，我不喝茶。今天来就是想了解关于元青花云龙纹梅瓶的一些事。”张洪开门见山地表明来意，顺便打量起了这间办公室。办公室大概有一百多平方米，装饰豪华张扬，红木办公台后的书架上摆满了各种书籍，办公台对面立着一个漂亮的大鱼缸，几尾银龙鱼游来游去，自由地吐着泡泡，明亮的落地窗前，可以俯视整座城市的繁华。

“唉，你说那个梅瓶啊！别提了！那可是我的宝贝啊！要不是这次重新装修我这儿资金运转不灵活，我不可能拿它抵出去啊！那可是早些年我花了大价钱从拍卖会上拍来的！太可惜了！虽然抵押给了向恩华，可是过些日子资金宽裕了还会赎回来的！没想到……警官你说是不是向恩华他不想还我才想出这么一计想把梅瓶占为己有啊！唉，警官您一定早日破案，把我的宝贝给追回来啊！”庞涛没在意张洪打量的眼光，而是一口气说了很多，根本没有张洪他们插嘴的余地。这嘴皮子，真不愧是做买卖的老手，张洪又从心里默默地鄙视了一下。但其实能说也好，警察最不怕嫌疑人能说，就怕他不能说，因为只要能说就能从中发现破绽，说得越多，露出破绽的机会也就越大。一边的唐刚看着这个细长眼睛挺着肚子有些肥胖的庞涛上下嘴皮子不停地在动，再配上那细长的小眼睛盯着你看，心生笑意。

“嗯，这个我们肯定会查清楚的。”张洪顺着说道，其实庞涛不知道的是，早在向恩华报案丢失梅瓶之后，张洪第一个怀疑的就是向恩华，随即对他展开了调查，可是并没有发现任何作案动机。在马三死后，张洪也是第一时间查过向恩华，发现他那几天都是跟妻子女儿在老丈人家筹钱给工人发工资，并没有在山青市，没有作案的证据。“对了庞总，我想问问，丢失的那个梅瓶是在哪个拍卖会拍来的？”张洪接着又抛出了一个问题。

“在君杨市，当时看见就喜欢，加上那时生意不错，资金也比较宽裕，就给拍回来了。”庞涛无比真挚和认真地说着。

“冒昧地问一句，当时花了多少钱？”

“哎呀，在那个年代，仔细算来我都花了差不多有600万呢！”庞涛看起来并没有在意他的唐突，回答得很自然。

“看你现在生意不错？”

“唉，不是那么好啦！不然我也就不用拿它抵押给向恩华了！唉，现在经济不景气，我也就是混口饭吃。你也看到了，这么多人，这么多张嘴等着找我要吃的呢，不好做啊！”

“你哥现在还在国外？”

“是啊，出去散心去了。梅瓶的丢失也让他很伤心，他特别珍爱这个梅瓶。”

“听向恩华说，你们还专门去找市里最权威的马大师给出的鉴定书？”

“那可不，这样我们的梅瓶在山青才有通行证啊。”

庞涛边说边观察张洪的表情，可惜的是，他好像总是板着一张脸，就连说话也是没有表情，这还真是个怪人呢，庞涛心里想。

“认识马三吗？”张洪突然抛出了这样一个问题，惊得坐在旁边的刚子都颤了一下。

“哦？不清楚这个人。他是做什么的？您也知道，我们这做娱乐城生意的，平时接触的人比较多比较杂，我也不是全都认识，不过您说的这个马三我的确没啥印象。”庞涛的回答听起来合乎情理。

“他是个惯偷，偷窃技术一流。”

“哈哈，那我可得防范着点儿！”庞涛半开玩笑地说着。

“他死了。”张洪说这话的时候，还是一如既往地面无表情。

“这肯定是得罪什么仇家了吧。”庞涛无比惊讶。

“你怎么知道他是得罪了什么仇家？”

“啊，我也就是随口说说，不然谁会无缘无故杀人呢，是吧张警官？”庞涛听见张洪的一句问话，内心掀起了巨浪一般，赶紧撇清楚自己。等了一会儿，见张洪只是面无表情并没有说什么话，于是又小心翼翼地问了一句，“不知道您来这儿的意思是？”

“我也是顺嘴问问，毕竟你经营丽之都，认识的人肯定多，想看看你能不能给提供点儿线索。”

“哦，我一般很少管下面的事，要是想了解情况，那我安排下面的经理来，张警官可以问问他们。”庞涛一下子长舒一口气。

“太感谢你的配合了！10月6日晚上，你在哪里？”这庞涛也殷勤过头儿了吧？难道他真的是此地无银三百两？想了想张洪接着问。

庞涛心里一颤，努力克制着自己的情绪，竭力平静着自己的心情回答说：“我啊，在酒吧待着呢！”

“一整晚都在那里吗？”

“不是啊，之前在家喝了会儿茶，后来才去的酒吧。”

“去酒吧大概是几点钟？”

“十点多吧。”

“好，多谢配合。”

“支持人民警察工作是我们每个公民应尽的义务！”庞涛内心虽然已经波涛翻滚，但外表看起来还是一片平静，说这话的时候，他那胖胖的脸仿佛一张一合之间都饱含着对人民警察无限的热爱，让人无法怀疑他的真诚。

山青市是个慵懒的北方小城，民风淳朴，城市不大，却独得了老天很多厚爱。铜、铁、大理石、石灰石、陶瓷土、煤炭等资源丰富，尤其是石灰石和煤炭，让这个小城从穷变富，用现在的话说就是变得很有“经济价值”。紧接着，得益于经济基础这个“硬”台子，山青就从一个不起眼的县城跻身到县级市的行列。树大了招风，城市富了有些人歪心眼儿也就动起来了。几个月前，山青市原公安局副局长万强因受贿被双规，山青市公安局内部大洗牌，多位身居要职的人被调查，这在山青引起了很大的轰动。由于新的副局长一直没有到位，各方势力暗流涌动，都想坐上这个位子。

就在这几天，新的调令下来了，新任副局长是省里空降来的袁子仪，军人出身的他一直在省公安厅任职，是山青市临近的水青县人士。这次省公安厅派他来协助局长杨力工作也是做了全面的考虑：一是他的出生地就在山青县周边，对这方热土了解更加深入，这样就有感情能够更加投入地工作；二是他一直在外工作，在山青市的人脉关系相对简单，有利于开展工作，在一定程度上能够预防腐败的产生；三是他本人工作态度积极，多次在省公安厅获得荣誉和嘉奖，为人正直可靠，可谓是不二人选。此人身高一米八五，四十多岁，头发却白了一半，脸很白，眼睛大而圆，鼻子高挺而瘦削，嘴唇很薄，嘴巴很小，人中很长，整个人往那儿一站就很有气场，可他总是对每个人都笑意盈盈的，又让很多人见到他会心生好感。

可是，在他上任的第一天，就明显感觉到了这里不一样的气氛，这些人似乎在有意回避着他，却又总是试探着什么。到任一个星期之后，袁子仪按照局长的指示草拟了一份《山青市公安局从警人员的十项规定》，局长看过之后大加赞赏。局里党委会议后，很快便表决通过，这其中包括很多关于警察自我形象、防止收受任何贿赂等各种细节的规定，让整个市局为之唏嘘不已。

新来副局长的种种作风，让张洪很是欣赏，而袁副局长也增加了对这个“神探张”更立体的认识。资料上显示，他从警三十多年，从来破案都是冲在最前方，没要求过加薪升职，对组织没什么要求，就是一门心思地破案破案再破案，是个十足的工作狂，而且为人比较孤僻，从不拉帮结派，也从不徇私情。据办公室内勤小陈说，有一次原副局长的一个亲属因犯罪被他给刑事拘留了，这位副局长就想找他帮忙，帮这个亲戚办取保候审手续，别在看守所关着了。没想到张洪一听这话，当时就火了，愣是没给这位副局长面子！“不符合取保候审的条件，说什么都没用，我头顶国徽时刻提醒着我做事要公正。不管是谁，只要犯罪了，我肯定会将他绳之以法，绝不轻饶！你副局长来不行，就是局长、厅长来都不行！”当着那么多人的面，他说那么大声，那副局长脸都白了。到最后副局长那亲戚也没能取保候审，得到了应有的处罚。小陈绘声绘色地说着，声情并茂，袁子仪觉得那时候的小陈不像一个办公室内勤，更像一个说书人。可不管怎样，他对张洪这个人更加敬佩了。

这天他下班之后，路过张洪办公室发现他那里的灯还亮着，就想过去看看。他敲了几次门，里面却一直没有响应。难道是人走了忘记关灯了？还是在里面睡着了呢？他用力推了一下，门就开了。桌子前，张洪正在闷头看资料，他双眉紧锁，手中的笔不停地在写着什么，都没有意识到有人进来。

“老张，还在忙呢？”

“啊！袁局！”张洪好像被吓了一跳。

“嗯，我看就你这灯还亮着，敲门也没有反应，就直接推门进来了，没打扰你吧？”袁子仪笑眯眯地说着。

“我在研究案子。”张洪并没有接袁局长的寒暄，他的话永远那么简洁明了。

“行，那你早点儿回去休息吧，别累坏了身子。我不打扰你了，回见。”袁子仪嘱咐了张洪几句就识趣地走了，张洪则是什么话都没说，甚至头都没有抬一下又沉浸在他的案件中了。

家里，桂兰做好了饭一直在等着，女儿张青自己经营了一家小店，专门卖衣服和一些女孩子的饰品，发卡、手链、头花什么的，通常都是八点以后才回家，儿子张帅还在读大学，不过马上就毕业了，现在正四处投简历找工作呢，昨天还打电话来告诉桂兰，可能有个工作要成了，是山青市一家不错的公司，这让桂兰很欣慰。张洪就不用说了，晚上回来很晚是正常的，通常菜都是热好几遍还不见他的身影。

外面一阵开锁的声音。难道是老张回来了？桂兰起身朝着门口走去，一开门是小青回来了。

“妈，生日快乐！嘿嘿，这是我特地为您定的鲜花和蛋糕！”小青一脸兴奋地说着。

“你又花这钱，真是的。”桂兰嘴上责怪着小青，一手却拎过蛋糕，一手抱着鲜花，满心的甜蜜。

“哎呀！妈，五十岁生日咱怎么也得好好庆祝一下呀！”

“你这店里没事了？跑回来这么早？”

“啥事能比得上我妈生日呀！这要不是等一个客户来拿衣服，我早就回来啦！本来还想给老妈露一手呢！”张青对妈妈一边笑一边说，“哎，妈，我爸还没回来啊？”

“嗯，可能还在忙呢！”桂兰放下蛋糕，把茶儿收拾出一个地方，把漂亮的花摆了上去。

“那我再去炒个菜给我妈好好庆祝一下！”说完张青就跑厨房去了。

“小青，咱这够吃啦！”

“没事儿，妈，我做俩您最爱吃的菜，还能一边等着我爸嘛！”说着就听厨房传来叮叮当当的声音。

“这死老头子，不是说好了今天能早点儿回来吃饭吗？”桂兰嘟囔着开门向外看了又看，还是没见张洪的身影。

丁零丁零……家里的电话响了。

“喂？死老头子，你啥时候回来啊？”桂兰接起电话就说。

“妈，我是帅帅，我爸还没回来呢？妈，生日快乐呀！我在学校准备毕业实习，不能回去陪您过五十岁生日啦！等以后我回去咱那边工作了，天天陪我老妈！”电话那边，张帅送来了生日祝福。

“噢，帅帅，你好好准备吧！工作定了吗？啥时候回来啊？”

“妈，一有信儿我就告诉你。别担心我，好好注意身体，也叫我爸别那么拼命，都五六十岁的人了，还把自己当成刚毕业的小青年呢，天天往外冲，冲在最前面的。”

“你这小猴子，有这样说你爸的吗……”

“他也是为工作，为我们这个家！”张帅抢过话头儿，“妈，你要说啥我都背过了！我爸有你赚到啦！”

“你这小猴子！”

“嘿嘿，妈，我这边还有事，先挂了啊，妈生日快乐，永远漂亮！”

放下电话，桂兰心满意足，帅帅这个小猴子，很久没看着他了，还怪想他呢！以后在身边工作，总算能够天天照顾儿子，给他做好吃的了，想想也挺幸福！

“妈，张氏地三鲜、锅包肉到！”小青端着做好的菜从厨房走了出来。

“快给我，别烫着！”桂兰赶紧上去帮忙！

“妈，我又不是小孩子了，没事的！我爸还没回来呢？要不给他打个电话啊？今天是我妈生日，这样不对呀！”

“哎，别再打扰了你爸工作，要不先别打了吧？算了，还是打个电话问问吧！他最近肠胃病又犯了，不按时吃饭我不放心。”说过之后，桂兰还是没有马上打电话，而是坐在一边发呆。

小青摆好碗筷，把蛋糕打开，见老妈还在那里坐着，就直接拿起电话要打给爸爸。这时门外有动静，张洪回来了！

他脱下那件发白了的警用外套挂起来，这才看见桌子上摆了那么多菜，中间还有一个大大的蛋糕，一拍头想起来了："哎呀！我该打，连你妈生日都给忘记了。前些日子我还说这五十岁生日，我怎么也得好好表现表现！"

"得了吧，我可不指望你表现啥，好好地给我注意身体，早点儿退休陪我，我就知足了！"桂兰给张洪倒了一小杯药酒笑着说道。

"哎，爸，这一点儿表示没有可不行！今天可是我妈五十岁生日呢！五十多重要啊，休想蒙混过关！"

"哎哟，我的大闺女！你说让你爸我怎么表现？"回到家后的张洪，看到满桌子的菜和辛苦操劳的老伴还有大闺女，觉得亏欠了她们许多，想补偿她们，不禁也跟着活跃起来。

"嗯，这我说了不算！得我们家皇后娘娘说了算！"小青边笑边从后面搂着妈妈撒娇似的说道。

"你这孩子，别闹了，我跟你爸这么多年还不知道他吗？不早了，赶紧让你爸先吃饭，别饿坏了身子。"桂兰轻轻拍了闺女一下笑着说。

"哎呀，心疼我爸啦？"张青说完又转身向老爸说道，"爸，你看我妈啥时候都向着你！"

"好啦！你爸我自罚，唱一曲《智取威虎山》给你们娘俩下饭！"张洪喝了一口汤，清了清嗓子便开始唱了起来，"早也盼，晚也盼，望穿双眼……"借着京剧的韵味，张洪深情地端起酒杯向老伴祝贺生日快乐，向闺女表达自己的怜惜疼爱。这个从不轻易表达自己情感的铁骨铮铮的汉子，今天竟也分外柔情。

"桂兰，我这礼物以后肯定补上。"话音未落，他端着酒杯趴在桌子上打起了呼噜。

"哎，早点儿退休，多点儿时间陪我就算补偿了！"桂兰看着身心疲惫的丈夫，听着他轻微的呼噜声，小声地笑着说着，接着便和女儿一起，把张洪扶到床上睡下了。

夜深了，小城静悄悄的，除了市中心的娱乐城仍在执着地亮着，其余的楼房都已经陷入黑暗之中，偶尔有几个亮着灯的窗口孤单地点缀着这黑漆漆的夜。窗外蹦跶不了几天的蟋蟀还在轻轻地唱着，伴着人们进入美好的梦乡。

夜，在不同人的眼中被灌注了不同色彩，同样，新一轮的日出在不同人的心里也被赋予了不同寓意。天下熙熙，各为何来？天下攘攘，各为何往？小城里的人们，这座城到底给了你们怎样的眼睛，你们的目光都在找寻着什么？

二、天价古董消失

丽之都舞厅的舞池里，人挨着人跳得很“high”。中间的舞台上，领舞的辣妹们用可怜的几片布遮住了身体关键部位，白皙的肌肤在舞台灯的照射下散发出诱人的光泽。音箱里传来诱惑的呻吟声，辣妹们四散到舞台的边缘，面对着观众做出各异的放浪姿态，人群“哗”地一下沸腾了。一个顶着一头金发的青年在一个角落远远地望着，边摇头边略皱着眉苦笑，不知道他是为这些疯狂的人还是为自己不好的心情。

青年坐在角落的卡座里，面前的茶几上有硕大的水果盘、各式零食和两瓶洋酒，他一个人周身舒缓，把自己摊成个“大”字，舒服地坐在沙发上，时而仰头望着天花板，时而望着周围热闹的人群，沉浸在安静的自我与吵闹的世界之中。

“帅哥，一个人喝酒呢？要不要请我喝一杯呀？”一个打扮时尚、穿着妖艳的姑娘坐到金发青年这里三分笑七分媚地说。

“不要。”金发青年摆摆手示意她离开。

“看帅哥你心情不好，要不要我陪你聊聊天呀？”妖艳女子不甘心。

“滚！”金发青年吼了一声。妖艳女气呼呼地走了。他又拿起酒喝了起来。“呵呵，这里再吵闹再金钱至上也比那个家强。那个家里有的只是母亲的一点儿温暖和父亲无休止的不满与暴躁，真是受够了！”他气呼呼地想着，内心里仅有的被母亲的爱包围着的一点点的温暖，此刻似乎也消失殆尽。他又倒了一杯一饮而尽。不大一会儿，茶几上的酒快没了，水果盘、零食什么的却一点儿都没动。

大眼和小胖已经观察这个人很久了，从他一进来坐在那里点东西开始，他们就觉得这个人应该是个富家子弟，那超帅的手机在这个小城市可不是谁说买就能买得起的。他喝了那么多酒，看起来醉眼迷离，半窝在沙发里，不知道是醉了还是倦了。嗯，是个下手的好时机。

大眼真对得起他的这个名字，一双大眼滴溜溜地转着，什么美女的衣角帅哥的钱包都不在话下，他递了个眼神给小胖，小胖立马领会，轻手轻脚地走到金发帅哥身边，想拿他上衣兜里那若隐若现的红色毛爷爷！眼看就要得手了，小胖迅速抽回手，却被一双有力的手一把抓住！

“嗬，敢偷我钱！你小子不想混了！”金发青年暴躁地睁开眼睛吼道。

小胖吓得一哆嗦钱都掉了，手被抓得生疼，他不敢大声叫，只能哀求道：“哥，我错了，我错了哥，我这是第一次，你放了我吧！”

“Why do you steal（你为什么偷钱）?!”

“大眼，还有洋文，难道是个洋人!”

金发青年又向前一把抓住大眼，说了句：“谁是你哥，你也给我过来!”

这下，两人都傻眼了……

“胆儿真肥，敢偷小爷的钱！活腻歪了!”金发青年一手拽一个人，拿脚开始踹，任凭这两个人怎么挣扎都没能挣开这紧紧攥着的拳头！两个人只能拼命地求饶，可这个人丝毫不为之所动。

这时，酒吧的经理苏玉接到消息赶紧过来查看。只见金发青年用腿压着一个人趴在地上动弹不得，正用手扇另一个人的耳光。周围开始聚集了一些人，有的在笑，有的麻木没表情，有的拿手指指点点，但是没有一个人上去拉开，多半都是在看热闹。见过打架猛的，还没见过这么猛的！苏玉都被吓到了。他赶紧上前去：“帅哥，别激动，咱能不能坐下来说话啊！我是这个酒吧的经理苏玉，有啥事您跟我说，我给您解决，您先放开他们行吗?”

“苏经理，你给解决是吗?”青年没放开两个人，只是停下了手中的动作，斜眼看着苏玉说道。

“有话好好说，您先把人放了，不然出了啥事咱们都去派出所待上半天也犯不上是不是!”

一听到派出所，金发青年眼睛里闪过一丝的不安，稍后便恢复了平静：“行，看苏经理你的面子上，我就先把这俩人放了!”

“好好好，先说事。”苏玉赔笑着说，“大家都散了，去玩吧，没事了没事了，大家‘high’起来吧!”

不一会儿，酒吧又恢复了热闹。苏玉和打架的三个人找了个包间坐下。两个人鼻青脸肿，一个人打着响指翘着二郎腿而坐。

“苏经理，来你这里喝酒本是消遣，却被这俩小贼给气了一顿，这账怎么算?”

此时的大眼和小胖一点儿不敢吱声，求助的目光看着跟他们还算有些交情的经理苏玉。

“这俩人偷东西肯定不对，但是你给他俩打成这样，要是真闹起来也不好说对吧？看你也是个敞亮人，今天这俩家伙也没得逞，这样，我就做个主，你今天的酒记在他俩账上，就当交个朋友，大家握手言和，咱都和和气气的，大圆满，咋样?”

金毛青年不言语，大眼和小胖赶紧倒了杯酒就敬上来了：“哥，以后你就是我们大哥，大眼和小胖求大哥饶我们俩这一次!”

“好，我姓袁，以后叫我袁公子就行。”金发青年将杯中酒一饮而尽。

三个人握手言和，四个人各取所需，袁公子一战成名。

穿过院子里幽长的小径，庞涛拐进了院子中央一个三层小楼。这座外表低调而简约的小楼，是大哥庞维志的住所。庞涛来的时候，大哥正在专心地烧制功夫茶，小壶小盏别有一番风味。

与庞涛不同，大哥庞维志长着一张非常典型的中原人的脸，脸扁平，眼细长，鼻矮塌，酷似一号坑里那些出土的兵马俑，再细看他唇上留了两撇精心修剪的八字胡，举止温文，一笑起来，两撇八字胡几乎成一条直线，又与武侠小说中传奇的陆小凤颇有几分神似。

他很温和，这应是给别人的第一印象。

见到弟弟快步走进来，庞维志示意他在对面坐下，然后给他倒了一小茶碗刚煮好的功夫茶：“来，尝尝我珍藏的台湾东方美人。”

“我的亲哥啊，都这时候了，还喝什么东方美人，我都急死了！”庞涛一屁股坐下，急匆匆又气冲冲地说着。

“这东方美人，是台湾独有的名茶，因其茶芽白毫显著，又名白毫乌龙茶。你看这茶汤水色是较深的琥珀色，尝起来浓厚甘醇，并带有果香和蜂蜜芬芳。眼下正值秋季，天气干燥，燥气当令，宜喝乌龙，益肺、生津、润喉，很利于保健的！”大哥庞维志没理会弟弟的急躁，慢条斯理地说着茶道。

“你可急死我了！”庞涛说完，赌气似的把那一小碗茶倒进嘴里，他不理解，大哥为什么喜欢这些玩意，一碗连一口都不到，还不解渴，有这闲工夫还不如喝几杯红酒或者洋酒，显得多有品位，档次多高。

“好了，你这火烧屁股的性格什么时候才能改改。”

“我是改不了了，我要是再不烧屁股，那刑警队的张洪就把我给烧了。我的亲哥啊，他一直在丽之都问各种人，我真担心。你不是说刑警队有认识人吗？他知不知道什么情况啊？能不能帮我们什么忙啊？我的亲哥，你赶紧给问问去。”

“你放心。回去好好当你的总经理，该吃吃该喝喝该干吗干吗，一点儿事没有。”

“可是……”

“没什么好可是的了，你就当作他闲聊。”庞维志自己呷了一口茶说道，“刑警队那边我注意着呢，听说市局空降了一位副局长，叫袁子仪，你平时在丽之都也注意搜集一些关于他的消息，我们还是需要一棵大树的。那个万强我们养肥了却被人宰了，唉，失误啊。还好我们棋高一招，留了一手才没被牵扯进去，否则，现在还能坐在这里喝茶？估计是坐在监狱里喝白菜汤了！”

“大哥，这个我知道了。还是你高明。”

“你就当作什么事都没发生一样，其他的事我来安排就好了。”庞维志意味深长地说，“自小咱俩相依为命，你要相信，无论什么时候大哥都不会让你有事的，你相信我，这次肯定也没事。有时间你也到国外看看去，散散心。”

“行，我都听你的，大哥。”庞涛情绪渐渐地稳定了，的确，这么多年以来，大哥一直照顾自己，从没让自己受过什么委屈，“我怎么还越老越胆小了呢！”

“哈哈……来，现在继续跟我喝茶吧，这个对身体真的大有益处！别整天喝这红酒那洋酒的，咱这方水土的东西最养咱这一方人。”庞维志给弟弟又满上一杯，笑容满面地说道。

这边，张洪拿大杯子给自己冲好了茶水，盖儿开着，茶水渐凉了却没喝，他专注地看着从向恩华那里拿来的已经看了几十遍的监控录像资料，想找出来那梅瓶到底去哪里了。公司的人进出都是检验随身携带的包裹，不可能出现别人给带出来的可能。虽然监控里马三出来时是拿了个袋子，但是可以清楚地看到，里面装的肯定是很小的东西，梅瓶那么大的体积肯定能够被发现，到底是怎么回事呢？张洪想得太过入神，不小心把旁边的茶水杯子碰倒了，杯子碎了，茶水洒了一地！

“唉……”张洪叹了口气，赶紧找来抹布和拖布开始收拾，“不对，会不会是马三把那个梅瓶打碎了拿出来的？”“怎么可能？那个梅瓶市值最少几百万，他偷出来的怎么可能打碎，那还值钱吗？不是白偷了吗？”“那也不一定啊，也许那是个假的呢？”“可是，假的向恩华会相信？”张洪脑子里像是有两个小人在展开激烈的辩论，可是真相到底是什么呢？

“嗯？也许那个是假的？会是这样吗？既然现在找不到什么线索，试试这条看看行不行呢？”想到这里，张洪赶紧找出向恩华报案时提供的材料、梅瓶的鉴定证书和当时梅瓶参加拍卖时印刷的册子，册子首页各种鲜红的印章也不像是作假。张洪仔细研究着这些证据，突然他眼前一亮！

刚子一接到师傅电话有点儿摸不着头脑，但是他知道师傅肯定是有了自己的想法。他跟大刘带着师傅给的任务再次来到向恩华的公司。距离向恩华报案已经过去一周了，距离发现马三的尸体也有快两天的时间了，这里还能找到什么吗？

还好为了配合调查，向恩华公司在之前就被安排封存好现场，办公室没再用过，这次刚子和大刘一到这里就开始拿着仪器在地上搜寻起来，边边角角都不放过。忙活了一上午，整个办公室都搜寻完毕，还是没有找到张洪所说的“证据”。

“喂，师傅，没找到。”有些失落的刚子打电话给张洪说道。

“你现在在向恩华办公室？这样，你再问问他，看看公司哪些地方是监控死角，再去搜搜看。”张洪简单明了地指明了下一步路该怎样走。

“知道了，师傅！”刚子虽然现在还没把握好师傅的想法，他内心也在反复嘀咕，师傅不会认为是把梅瓶打碎了再拿出去吧？这个想法太大胆了！先不管了，找到瓷片再说！

刚子跟大刘再次找到向恩华询问情况，向恩华有些烦躁，自从梅瓶丢失这几天他一直心神不宁，货款没拿到，公司资金周转不灵，本想着等庞涛“赎回”他的梅瓶，自己可以有钱进一批新设备，给员工发工资补奖金，剩下的还能带女儿去香港迪斯尼游玩一圈，现在可好，一切都没了。

“到底什么时候能破案啊两位警官，你们今天扫这里明天查那里，有线索了吗？你们刚查到马三他就死了，现在怎么办？我这里给工人的工资都快发不出了！都要出去借钱了！”向恩华听到两人又来找什么其他的监控死角，他根本无心想这事，十分急躁不耐烦地回答。

“你越不配合，破案就要拖更长的时间。我们也着急，可这有个屁用！”刚子见状也有些不满。

“向经理，你既然已经报案就要相信警察，我们一定会找到梅瓶，给你一个说法。马三的死我们也正在跟进调查，这些事你都不用管，你只需要配合我们警方做好你该做的事情，调整好心态，想想怎么先解决眼下你工人工资的问题。我们一定会破案的。”大刘在旁边说这席话触动了另外两人的心。

“好，那我带你们去监控死角那里看看。”向恩华对自己刚刚的急躁有些过意不去，不好意思地带刚子和大刘往屋外走去。

这边，张洪接到一个陌生的电话：“喂，张警官吗？我是庞涛。”

“哦，庞总啊，有事？”

“那个，我手底下的人都给你安排好了，你们随时可以找他们询问一些情况。”电话里庞涛无比热情地说道。

“谢谢你配合，我这就过去。”

“好，来三楼酒吧就行了，我把人都给你集中过去了！”

挂完电话，张洪就起身前往丽之都，路上他一直在想，这个庞涛太热情了，肯定是有问题。不是说对警察办案不该热情，只是他与案件有这么密切的关系，他还能保持这样的热情，的确有些反常。凭他刑警的直觉，庞涛这么急切地安排去见他的下属们，难道是有什么其他情况？

来到丽之都三楼，十几个经理都一溜坐在那边等着了，庞涛不在。张洪巡视了一遍，就坐在了大家预先预留好的位置上，有一搭没一搭地跟他们聊着天，他知道既然是庞涛叫他们来的，关于马三的一切事情肯定是无法问出来的，既然如此还不如问一些其他的，从其他方面试着介入一下。

“10月6日那天，你们庞总在哪？”张洪盯着大家问。

“早上9点多，庞总来过办公室，在10点多离开后，就再也没见到。”庞总的秘书说。

“哦？我听庞总说晚上是在酒吧？”张洪接着问。

“是啊，在酒吧。刚开始我不知道，我在包间里陪客人。庞总来了也没提前通知我让安排包间，而是自己在外面找了个位置坐了下来独自喝酒。”酒吧苏玉经理应和道。

“哦？他平时来都是提前告诉你，让你准备包间？”

“绝大多数吧！毕竟咱有这个条件，而且包间里比较安静。”

“嗯，那当天晚上当时周围有什么人没有？”

“啊！那天酒吧那么多人肯定有啊。哦，对了，那天还有个毛头小子不小心拿酒洒了庞总一身，庞总那天可能也是心情不好，两个人还大打出手了，周围好多人都看到了。后来保安来叫我，我才知道。”苏玉看起来是对老板跟人打架的事情有些难以理解，他不可思议地在跟张洪描述着。

“哦？你还记得那是几点钟吗？”

“应该是11点多，我记得保安进来叫我的时候，我起身看了下表说有事失陪一下，客人还说才11点，苏经理你再陪我们喝一会儿啊！后来我们处理完事情，我把老板让到了包间，叫了几个人跟老板又喝了一顿酒，他才渐渐地平复下来。后来，午夜过了，我派人把喝醉的老板送回家。”

“苏经理记忆力真好！”

“哈哈……张警官您可别这么说。我们庞总平时都很斯文的，他这样跟一个毛头小子打架，这事对我来说可是新闻，所以才记忆深刻啊！”苏玉没在乎张洪是不是在恭维，他真切地说着。

“那你知道他是几点钟到的吗？”

“这个，我不太清楚，不过可以问问保安，肯定是10点之后，因为我10点多一点儿还在酒吧各处逛了一圈没见到他呢！”

回到局里，张洪又陷入了沉思。经过查实，庞涛是晚上10点17分把车停在了丽之都门前，酒吧内的监控资料都证明庞涛在案发时间的确是在酒吧而且跟人打架。可是庞涛这个在经理们嘴里温文尔雅的人怎么会为了一杯酒就跟毛头小子打架呢？难道梅瓶真的只是像庞涛猜测的被向恩华据为己有？是自己还没查到？

不可能啊……难道马三的事真的与他无关？还是他雇凶杀人？好多的问题一下子喷涌而出，一个谜团未解，现在未知的可能性似乎更多了。不过作为警察，最不怕的就是谜团多，因为有了谜团，只要解开案子也就浮出水面了，而没有谜团才是最可怕的事情。

丁零丁零，一阵急促的电话声响了。一看是刚子的电话，张洪立马来了精神："刚子，发现什么了？"

"师傅，我们在一间杂物室的墙角发现了一些类似碎屑，还有一小块瓷片，不能确定是不是您要找的东西。"

"马上带回来检验。"

秋天，是个多彩的季节，有着丰收的喜悦和极致而短暂的炫丽，也有着满目萧瑟的悲寂。金秋十月，山青小城已是处处秋风，街上的行人大多都裹着大衣行色匆匆，只有少数爱美的女孩子穿个短裙，露着大长腿，一副秋天你又能奈我何的模样。

张青的小店新进的兔毛大衣卖得特别火，最近这些天她都是在店里待到很晚才回家。下了班的姑娘、饭后遛弯的一对对小情侣都是她的主要顾客。张青人好嘴又甜，这让她的生意比别人好得多。

这天晚上7点多，张青一个人在店里忙乎着，一个红帽子的姑娘正在试一件银色的大衣，镜子里的她不停地对自己笑着，仿佛在肯定这件衣服给她外在的修饰价值。"哎呀，美女，你看你穿这衣服多好看，你本来就白，再加上这衣服的陪衬、这小红帽子的点缀，整个人都是白里透红，美不胜收呢！"

"哈哈，老板娘你真会说话。"红帽子被夸得有些害羞，但还是很乐意接受这样的恭维，"这多少钱呀，我来一套。"

"美女真爽快，看你穿着这么好看我也就不跟你要幌了，实诚点儿你给我三百就拿走！"张青说着就麻利地把这件衣服给装起来了。

接过钱她又朝着旁边那对正在试衣服的小情侣走过去。几个人眉开眼笑的，不知道在说什么。

袁公子靠着自己回国的一点儿积蓄，和新认识的大眼小胖两个人混着，每天住在一起吃在一起，到处闲逛。这天晚上他们仨溜达到了张青小店的门口，张青穿着一件粉红色的大衣，长发披散下来，腰肢纤细，真是美极了。

"这么美的妞我以前怎么没注意呢！"大眼盯着美女的背影大发感慨。

"哥，你白长这么大眼了！"小胖在一边揶揄。

"你丫给我闭嘴。你这块大肥肉要是早发现了不也行吗？你是不是也白瞎这么一身肥膘了?”大眼不甘示弱。

“哥，你说你，每次都是，开个玩笑你就急了，怎么脾气这么暴躁呢！是吧袁公子，你有没有觉得?”小胖说着说着就想拉着袁公子做靠背了。

“哎，袁公子，袁公子!”大眼和小胖对了个眼神，这袁公子见识怎么这么短呢？没见过美女咋的？都看呆了，喊着完全没反应。

“嘿，袁公子!”小胖猛地把脸凑到袁公子脸旁，吓了他一跳。

“小胖你要死啊!”袁公子被吓了一跳大喊了一声。这时店里的粉衣服美女转过头来朝他们看了一眼，有些不满又有些痛苦的神情，这让袁公子觉得心里有些不安，好像也不是不安，就是一种久违的疼惜的感觉。

“哥，这不是背影杀手，还真是个美女呢!”小胖咽着口水说。

“走，我们进去看看!”大眼说着就要往店里走，却被袁公子从后面拉住了。

“不准骚扰这个妞，走，我们喝酒去!”袁公子的话听起来毋庸置疑，让人不敢违抗。不知道为什么，他在看到这个女孩子的瞬间就想保护她，没有原因，无所谓借口，那一刻他只想为她做得更好一点儿，再好一点儿。以后一定要制造一个最好的时机“认识她”，袁公子在心里早已打好了主意。

这边，张青忙完之后就往家走，虽然她想自己在外面住，自己已经长大了不想再给爸妈添麻烦，但是爸妈总是不放心她一个人。张青只能暗下决心，一定好好赚钱，将来让妈妈不用再整天去与那些冰冷的螺丝钉打交道，也能像别人家的妈妈一样每天跳跳舞、健健身，高高兴兴的。爸爸也能停下抓罪犯的脚步，不再东奔西走绞尽脑汁跟罪犯斗智斗勇，不再早出晚归一大把年纪还出生入死在刑侦战场，也能像别人家的爸爸一样每天逗鸟遛狗喂鱼。她的心愿很简单，一家人每天多一点儿时间在一起，爸妈别再那么操劳。为了这，她愿意做得更多。

回到家，妈妈烧好的菜早已摆在桌上，她自己则在沙发里纳千层底，因为爸爸说外出办案要走的路很多，皮鞋走起来不如千层底舒服，老妈就一双双地给做着千层底，这一做就是几十年。看着戴着老花镜的妈妈在台灯下一针一线地缝着，张青感觉那每一个针脚都是爱。

“妈，今年这都纳了几双啦！都这么累了，你休息一会儿看看电视呗！这千层底啊出去也能买得到，到时候我给我爸买一些。”

“哎哟，闺女啊，且不说你买还得花钱，你又不是不知道你爸，刁呀！你以为我不想偷懒呢，可他就认我做的鞋子，只要是买的，他一穿保准知道!”桂兰抬起头，眯着眼睛笑成一朵花，那一刻，在她心里一定没觉得累而是很甜蜜，男人穿着自己亲手做的鞋在外办案奔波，也像是自己守护在身边一样吧。

说话间，张洪也开门回家了。桂兰赶紧放下鞋子，让小青给老爸先倒上一小杯白酒，自己则赶紧去把菜再热一下，一家人一起吃晚饭。

饭桌上看到张洪一副心事重重的样子，桂兰关切地问是不是为工作上的事情烦心呢，张洪没有点头也没有否认。

“妈，你今晚炒这个肉是不是有点儿味儿了呀?”张青吃了一口芹菜炒肉，眉头紧皱地对老妈“控诉”。

“是吗？不会吧，我今早从冰箱拿出来的，想早点儿化冻，晚上炒着吃，都秋天了，这一天的工夫就坏了?”说着桂兰夹了一口肉，的确像女儿说的，有一点点味道。

“妈，你没泡水里吗?”

“没有啊，我拿出来就顺手放灶台上了，本想泡在水里的，一上班着急就忘了，哎，年纪大了啊！算了，这个咱不吃了，我再拌个豆腐去!”

正在吃着饭没说话的张洪，听到这里突然放下了碗筷！“对了，肯定是这样!”张洪不知道是喝酒还是太激动的缘故，他的脸涨得通红，说的话更是让娘俩摸不着头脑。

“老头子，咋了?”桂兰毛愣着问张洪。

“没事儿，案子的事。”张洪说完拿起电话就走进了里屋。由放坏的肉联想到马三的案子，这个尸体的时间是不是有偏差呢？这样一些“嫌疑”看起来就合情合理了，有些谜团也就不再是谜团了。“喂，春明，你重点再检查一下马三的血液问题，看看是不是有什么东西可以暂时抑制血液的凝固，有什么情况打给我!”

“老袁，飞儿这几天都没回家了，你找找他，让他回来吧，爷儿俩还有啥过不去的啊！你俩以前就不对付，你说这都多大年纪了。唉，你也是，飞儿是你亲生儿子啊，这才回来又被你打走了。你说他染个黄毛还能咋地了，现在街上很多孩子不都这样吗？你别对他要求太严格了。”晚饭后，袁子仪的妻子李丽一边咳一边说着。

“唉，这小子就是不争气，学什么不好非得沾染那些流氓习气，你看看我们抓的那些混混儿哪个不是红毛黄毛的，你再看看人家正儿八经上班的孩子谁把头发染得乌七八糟的？让他在外面好好反省反省，不然还不知道能炸毛成什么样呢！你这身子骨也不好，就别总操心他的事了，我会找人看着他的。”袁子仪倒了一杯水递给妻子，又给她的沙发后面加了个靠垫，让她坐着舒服一点儿。

“老袁，你说咱是不是给飞儿娶个媳妇就好了？眼瞅着他也到了该结婚的年龄，娶个媳妇也许他就能有所收敛了吧?”

“就他这样，娶个媳妇那不是害了人家姑娘吗?”虽然嘴里这么说，但是妻子的一番话也让袁子仪有了想法，也许真该给儿子娶个媳妇定定心了。

想来，儿子从一生下来就得到家里每个人的宠爱，姐姐什么事都让着他，妈妈无条件宠着他，自己又是单位的领导，周围的人都好言好语哄着他，于是，他从小就飞扬跋扈，刁蛮任性，任凭自己怎么苦口婆心教育，他都无动于衷。今天推倒张家的孩子，抢走人家玩具，明天扯着刘家女儿的辫子拴在树上，后天故意拿走身有残疾爷爷的拐杖，再长大一点儿就捉弄老师，抢同学的零花钱，让家人十分难堪。

袁子仪恨铁不成钢，为了教训逆子，他也开始动用武力，关小黑屋，用皮带捆起来打，甚至一些给犯人用的刑罚他都用在了儿子身上，儿子却像泡软的藤条，怎么抽打都不变形，依然我行我素。可是，慢慢地，仇恨的种子在袁飞的心里越长越大，他对父亲的恨每一天都在增加，他发誓有一天一定要加倍地羞辱父亲以报这么多年的仇恨。在母亲看来，父子俩只有在玩枪的时候才显得亲近一些。袁子仪是个枪迷，痴迷于收藏各种枪模型与书籍，研究他们的性能，这也让袁飞学到了不少，两个人偶尔也会在一起探讨枪的构造和性能，也会一起组装玩具枪进行计时比赛。但，那样的时光太少太少了。

好不容易高中毕业，袁飞抓住机会说服妈妈和姐姐，让自己出国读书。其实他心里很明白，读书是假，他只是想快点儿摆脱父亲的牢笼，而袁子仪想的是换个环境，也许孩子能学好一点儿。愿望是好的，结果却不怎么令人满意，世事总是这样。在国外的日子，刚开始时还是好的，人生地不熟，袁飞生活得比较简单。后来，也是因为玩枪的关系认识了一群无业的混混儿，从此生活中就只剩下枪和吃喝玩乐。袁子仪知道后，就切断了他的经济来源，可是这样却没有止住他的放浪形骸。袁飞开始跟着一帮混混儿去偷、去抢、去骗，又因为玩枪的技术高明，在一群混混儿中逐渐混得风生水起，成为一个小小的头目。当然，也因此犯过一些案子，看守所几进几出，整个人更皮实了。

袁飞在酒吧里一杯一杯地喝着，丝毫不在意周边嘈杂的音乐和扭动的人群，他深陷在自己的世界里。自己有家不能回，只能在外面吃喝拉撒睡，在亲戚面前永远都是不学无术的反面教材，在邻里之间、朋友之间也永远都是一事无成的浪荡公子，这怪谁呢？对，怪就怪那个人，他整天忙工作不回家，一回家看自己不顺眼就开始打骂，在单位一副谦谦君子的模样，在家就是一头狼，对，一头恶狼！这头恶狼还会在亲友面前揍自己，从几岁到十几岁一直是如此，要不是他自己怎么也不会变得越来越叛逆，世间怎么会有如此的恶狼呢？

想到这里，袁飞狠狠地在桌子上打了一拳，心里暗暗发誓："我一定要干出点儿什么来让他瞧瞧，我袁飞没有他一样可以过得很好！对，一定要干出点儿什么来！我要报复他，让他认识到，我袁飞很强，他再也不能管着我了！”

酒吧昏暗的光线，周围嘈杂的音乐，各色人等扭动的腰肢，五颜六色的杯中酒都似乎跟袁飞的心在碰撞着，撞击出的是一颗肆意生长的灵魂。

这一切都被苏玉看得清楚，以他混迹江湖这么久的经验来看，这个袁公子绝对不是普通人家的孩子。可是试探了几次，袁公子总是不接茬或是岔开话题，让苏玉摸不清底细，就是连着几天一直跟他混在一起的大眼和小胖对于袁公子的身世都是一无所知，甚至连他的真名字是什么都不知道。他到底是谁呢？

苏玉动用自己的关系，在各个系统梳理袁姓的领导，一个个排查，最终根据年龄等各种条件推算，只有市财政局副局长袁念和新来的市公安局副局长袁子仪符合条件，但是关于两个人儿子的事，鲜有人知，没查到什么线索。看来，这个袁公子，还真是挺神秘的，或者，有些东西你越是想了解，它就越神秘。

这样的神秘，在第二天一早后被终结。

“刑警队的张洪找你们谈过了？”早上庞涛把苏玉叫到自己办公室问道。

“是的庞总，他找我们谈过了。”苏玉唯唯诺诺，难道是自己跟张洪说了老板跟人家打架的事，惹老板不高兴了？

“嗯，你都说什么了？”庞涛继续问。

“那个，老板，那天张警官问我10月6号那天你是不是在酒吧，那么多人都看见了，我只好跟他说是，他又继续问我一些事情，还要拿当天的监控资料。”苏玉尽力解释着。

“哎，谁让我那天不知道怎么就喝多了呢。没事儿，苏玉，你继续好好干活儿吧，以后这个事还是少传播少提及。”庞涛看起来似乎有些生气，但还是尽量压抑着自己的情感对苏玉说。

“庞总，我知道。”

“最近酒吧有没有什么事？”

“事倒是没有，就是有一个人，新面孔，自称袁公子，真名不知道，我观察了他一段时间，觉得他极有可能是某位领导家的公子，而且极有可能是财政局副局长袁念或是新来的市公安局副局长袁子仪之子，我想拉拢他，希望能帮到丽之都帮到庞总。”苏玉在这个行业干了这么久，看人还是很准的。

“财政局袁副局长的儿子是军人，现在应该还在特种部队，他为人比较低调。这个新来的公安局副局长倒是有个儿子，听说之前一直在国外。”

“那就对上了！这个袁公子极有可能是这个公安局副局长的儿子，他说话经常随口带几句英语，有些人还认为他在装，这要是从国外回来，就不新鲜了。我再多加留意他。”

“这个袁公子你注意多观察观察。行，没事了，你忙去吧。”

走出庞涛办公室，苏玉深吸了一口气，夹在中间还真是左右为难，还好庞总没追究，否则这个月的奖金该泡汤了。转念他又一想，庞总对袁公子好像挺感兴趣的，自己应该努力争取在这件事情上好好表现，做出一些成绩来，这样不仅能得到庞总进一步重用，还能让自己有些人脉，真是一举两得。

看着苏玉走出去，庞涛也是心里一块大石头落地了，他越发觉得自己的演技有了很大提升，在下属面前表演生气的码数一点儿都没过，应该是没让苏玉看出来自己内心其实是窃喜的。

事情还是朝着预定方向走的，大哥说的一点儿都没错，自己真是杞人忧天了。

麻辣烫

周建新

一

三伏天，我到辽西钼矿区体验生活。这里矛盾多，怪事儿多，镇派出所又是聚焦点，易于素材收集，我就落脚在这里。

第一天，矿山纠纷，全体警察穿防弹衣去了现场，留我看家，怕我出危险，我失去了体验的机会，在办公室闲得五脊六兽。回来后，他们说矿山斗殴，常有的事儿，以后就知道了。可没人详细点儿跟我说，我还是啥也不知道。第二天，尾矿坝下边的村子闹事儿，说大坝是悬在他们头顶上的阎罗殿，必须搬走。警察去维持秩序，双方对峙到日落，没有结果，我白挨了一天晒。大坝十几平方公里，把大坝搬走，不比把科威特搬到美国容易，谁也不敢答应。

第三天，总算平静下来，却接到三起报案。那天气温三十多度，派出所没有空调，民警们都很烦，却耐着性子做记录。

我们的故事就从第三天说起吧。

那天，马所长黑着脸说，派出所没小事儿，谁跟老百姓要脸子，我就要谁的脸子。

我不知道马所长是故意说给我这个作家听的，还是他真的立下了铁规矩，反正大家听了，脸上都讪讪的。

第一宗案子是失踪案，一个绰号叫大辣椒的人丢了三天，他媳妇哭得鼻涕一把眼泪一把，求派出所给找找，再看不到她丈夫，他们家的天就塌了。

接案的警察叫王英，男的，和水浒里的那个矮脚虎一个名儿，生得又黑又胖，满嘴鼻音，枉担了清秀的名字。大家叫他胖老虎，睁着眼睛能打呼噜，改名张飞还差不多。

胖老虎粗大的手指头在键盘上扫了一圈，漫不经心地调出了大辣椒的户籍信息。

我在电脑屏幕上看到了方头方脑胖乎乎的大辣椒，除了脸不是绿的，那模样真像市场上卖的新品种，大甜椒。

大辣椒媳妇说，天底下的人没有比大辣椒更爱家的，从早到晚，忙着干活儿，不抽烟不喝酒更不赌博，赚到每一分钱都交家里，从来没夜不归宿。闺女马上就念高中了，他说趁暑假陪孩子到外地逛逛风景，可人说没影儿就没影儿了，咋不叫人着急？

胖老虎只接案子，不接话茬儿，闷声闷气地要了大辣椒的电话号码，就丢下报案人，到了另一台电脑前，噼里啪啦地打字。派出所有两套网络，一个是独立的公安内网，黑客甭想进来；还有一个外网，可以聊天，玩QQ农场，还可以打游戏。胖老虎鼓捣的那台电脑联结的就是外网。

大辣椒的媳妇说起来没完，恨不得把他们两口子的事儿底朝天地全兜出来，好像她念叨得越多，警察就越有办法，大辣椒就会离她越近。说着说着，她发现胖老虎的眼睛只盯在花花绿绿的电脑屏幕上，根本不听她说啥，觉得胖老虎慢待了她，大着嗓门提醒，你能不能不玩电脑，快点儿出去帮我找男人。

胖老虎王英忍了忍，没耍脸子，却白了眼大辣椒媳妇，回到自己的办公桌，上了公安网，将大辣椒的图像挂到网上，附带着一大串电话号码。号码是大辣椒失踪前两天的通话记录，刚才，电信公司的朋友刚从外网上传过来的。他皱着眉头，不耐烦地说，没看见吗？我正找呢！

大辣椒媳妇说，屁股都没挪窝，这也叫找啊？

胖老虎真的耍脸子了，他说，街上的电子眼，耗子都逃不过去，非得逼警察都出去，满大街喊名字？别弄不明白，满嘴胡吣！

我怔了一下，刚才马所长拉着包公一般的脸，警告大家不许耍脸子，胖老虎没听见一般，该耍脸子照样耍。一个年轻警察哧哧地笑，我悄悄问他，咋回事儿？他附在我的耳边告诉我，胖老虎在咱所地位特殊，马所长不敢惹。我问，怎么个特殊法？他没正面回答，只是说了句：以后就知道了。

又是一个“以后就知道了”。

我扫了一眼大厅，幸好马所长不在，没瞅到胖老虎耍脸子。

大辣椒媳妇的口气软下来，我不是急的吗？接着，又没完没了地叨咕了起来。

我也听得絮烦了，车轱辘话没完没了，不外乎大辣椒怎么怎么好，天底下难找的好男人，就像祥林嫂念叨阿毛。我没有了听下去的兴趣，转身去找马所长，想听他讲讲破案的故事。所长的故事多，没准儿就能给我讲出篇小说来。

所长办公室人来人往，婆媳打架，邻里纠纷，生活无着，入学无门，甚至钥匙锁在屋里，都让马所长给想招儿。他讲的故事经常被打断，就没有了讲下去的兴趣，我听得也是有头无尾半生不熟的，不好再刨根问底了。

这时，第二个报案人进来了。这个人没到办案大厅登记，直接奔所长办公室，神秘兮兮地贴近马所长，一副欲言又止的样子。

这个人，我认识，在市里的名气远远高于我这个作家，还当着市人大的常委。他叫齐大柱，企业家，有一个矿区里最富的钼矿，还有一家日处理矿石二百吨的选矿厂，大家都说他日进斗金，否则也成不了全市民营企业里的纳税大户。

既然齐大老板有事儿找马所长，我想回避一下，给他们一个私密空间。马所长却不许，让我坐下听。我猜想，坊间传闻，警察和大老板猫儿腻多，所长是怕摊嫌疑吧，故意留我在现场，证明他们之间没啥。

齐大柱瞄了我一眼，显然，他不认识我，我在市政协当委员，他在市人大当常委，不搭界。

马所长指着我说，一个码字儿的好哥们儿，不碍事儿。

我有一点儿不高兴，好歹我也是个作家，马所长太不尊重我了，怎么也得介绍一下我的真实身份，诸如主席之类的，居然拿我自谦的话当真了。好在齐大老板不知道我是谁，否则太丢面子了。

齐大柱听说我不是警察，也无视了我的存在，趴在马所长的耳旁，神色紧张地说，三麻子想绑架我、我儿子，还有我媳妇。

马所长听了，笑得把嘴里的茶水喷了出来，他说，你有司机，有保镖，还有一大群矿把头，他连逮个耗子都怕咬手，一个人绑架你们一家三口人？你是不是发烧了？

齐大柱说，不是一个人，是一伙人，踅摸着我们家谁，我都得破财免灾。

马所长没理睬破财的话题，追问道，一伙人都有谁？

齐大柱说，三麻子，大辣椒，烫不熟。

马所长的眼神游离了去，他把齐大柱的话当笑话，漫不经心地问，谁告诉你的？

齐大柱说，烫不熟。

马所长笑得合不拢嘴了，他说，你也不动动脑子，他为啥叫烫不熟？一辈子做不成一件正经事儿，嘴和屁股有啥区别？他的话你也信？就算这是真的，他们那三头烂蒜，别说是绑人，白给他们一头猪也绑不成。再说了，他们密谋绑你的票，还跑过来告诉你呀？我看是你心里闹鬼了。

齐大柱说，烫不熟就是这么说的，他到我这儿领赏来了。

马所长高兴地说，这就对了，你们哥儿四个拜过把子，就你一个人发了，他们仨还受穷呢，就想和你要俩钱儿，给了他们，不就结了吗？

齐大柱摇着头说，不是钱的事儿，落下了挨熊的名儿，谁都敢来敲诈我了，你们得把三麻子抓起来，让他知道动一下邪念都不行。

马所长说，好了好了，有人还说把月球炸了呢，你也信？

齐大柱正颜厉色地说，你得立案，把三麻子抓起来。

马所长满脸的不屑，他说，没发生的案子不能立，你放心吧，我找个人暗中盯着三麻子，就当保护经济环境了。

齐大柱临走时还叮嘱一句，别给我张扬出去。

马所长没吱声，等到齐大柱出去了，他才骂了句，什么玩意儿，报案还怕别人知道。

中午，大家都到镇政府食堂就餐，派出所就在镇政府的院内，没必要单设食堂。刚刚端上饭碗，还没吃上几口，有人在院里突然喊了声，又着火了。

我来镇里三天，着了三把火，一天一场，虽说烧得不算大，损失的不过是些柴柴草草，或是木门、棚子之类，影响却不小，镇里人心惶惶，恐怕有一天会火烧连营，殃及自己的家。这两天，派出所调了电子眼里的录像，纵火案都发生在镇里最偏僻的地段，拍不到作案的现场，几个目击证人登门来访，搬来监控器，硬是从茫茫人海中找到了嫌疑人。

烧掉几堆柴草垛，不算个啥，镇上有消防队，灭火的事儿有人管，警察们只是向外张望了几眼，接着埋头吃饭。

马所长见大家没反应，举起饭碗，猛地摔在地上。一声脆响，警察们吓了一跳，镇政府的人瞅着马所长，停止了咀嚼。食堂静默下来，随即，他爆发出了狼一样的吼叫，耳朵都塞鸡毛了？到各街口堵人去，别让他再跑了！

警察们丢下饭碗，或蹬上摩托，或钻进警车，各奔东西去了。

半个时辰后，人抓回来了，审了十几分钟，还没问出名字。镇上的常住人口，片警们大体都认识，这个嫌疑人大家都陌生，显然不是镇上的。他目光游离，不管问啥，都回答，我没放火，我杀人了。种种迹象表明，这是个流浪的精神病。所以不再审了，等做了医学鉴定，再送到市里的收养所。

一番折腾过后，镇里的食堂管理员已经下班，马所长挥下手，大家到街上吃快餐。镇里没有肯德基，更没有麦当劳，所谓的快餐，就是麻辣烫，在镇政府门外的大街上，老板麻利，用不着等，端起碗就能吃。大家边吃边开玩笑，说今天就是麻辣烫的日子。我想了一会儿，明白了，可不是吗，齐大柱说三麻子要绑架他，大辣椒媳妇找丈夫，烫不熟告诉给齐大柱一个玩笑。这哥儿仨每个人抽出一个字，不就是我们嘴里吃的吗？

马所长辣得直咧嘴，也笑了，真是的，和麻辣烫干上了。他刚要给我讲麻辣烫和齐大柱二十年前结拜的事儿，第三个案子来了，是110转过来的。镇子北边的北地村苞米地里发现了一具尸体，命令派出所马上去保护现场。

好歹才算把麻辣烫吃完，身上的汗还没落，案子又追来了，而且是命案，刻不容缓。出了小店，天空突然暗下来，往东北方向一看，一片彤云滚滚而来。有几个警察想回去取雨衣，被马所长喝住了，三伏天还怕雨吗？现场被人破坏了，案子就没个破了！

我正疑惑，通常都是西北来“天头”，今天怎么从东北来了？莫非是冤魂闹的？或许这个人就是失踪三天的大辣椒吧，等着我们前去认他呢。

二

到了北地村的那片苞米地，警车再也开不进去了。马所长打开后备箱，掏了好几把，掏出一堆警用雨衣，看来他早有预备。他抓出一件，塞进我怀里说，书生娇贵，别让雨淋着。我们分头坐上其他警察的摩托，开进了苞米地间的一条羊肠小道。

没走多远，我就闻到了腐臭味儿，摩托车接二连三地停下，发现死尸的那位村民引领着我们钻了进去。

拨开厚密的苞米叶，蹚出一条人行道，臭味儿越来越重。突然间，“嗡”的一声，天阴了，不是云彩，一群苍蝇腾空飞起，遮天蔽日。接下来，我就看到了躺在垄沟里的尸体，头肿胀得变了形，肚子鼓破了，一团团的蛆，白亮亮地涌动着。

一瞬间，臭气熏天，我再也承受不了，跑了出去，翻江倒海，“哇哇”大吐。

陪我一块儿离开尸体的，还有那个报案人，他没有吐，蹲了下来，眼光呆滞地望着远方。他大概在后悔第一个发现了尸体，如果不是非得下地看一看庄稼的长势，就不会遇到这件倒霉事儿。

有一件事儿，我没来得及去想，这个可怜的倒霉鬼到底是谁？

一股凉风吹过，滚滚雷声平地而起，天上的彤云变成了乌云，气势汹汹地向西南蔓延过去，侵蚀掉了太阳。

一瞬间，黑云压城城欲摧。

不再是可能下雨的判断了，而是一场暴风雨的前奏。马所长从苞米地里跑出来，手伸到我的腋下，一把抢下了准备给我遮风挡雨的雨衣，车钥匙往我手里一塞，让我和那个报案人快快往警车那儿跑，到车里躲雨，顺便等待刑警队的人。

真是风来雨就来。我们沿着小路，还没跑到苞米地外边的警车旁，豆粒般的雨点就下来了。等到我们躲进车里，雨已经下冒了烟儿，车窗外白茫茫的一片，什么也看不见，车里边，黑得仪表盘都看不清楚了。

没多久，车顶棚“嘭嘭嘭”地响起来。雨点再大，也不会这么有力呀？显而易见，下冰雹了。开始的冰雹还没花生米大，溅落在风挡玻璃的雨刷器上，眼见得化掉了。后来的冰雹就不那么温柔了，大得像乒乓球，砸在车顶棚上，声音震得耳朵疼。最终，警车的风挡玻璃被砸出了几圈儿放射性的裂纹。

那一刻，我觉得冰雹像幽灵，拼命地想往车里挤，狠狠地揍我一顿。躲在车里的我，恐惧得直捂脑袋。

一刻钟过后，风声弱了，雷声远了，车顶棚上再没有响动了，天上也露出了一道缝，挤出了一片红霞、半缕阳光。

一场冰雹来也匆匆，去也匆匆。

这时，警笛大作，一排警车闪着警灯，向着我们这片苞米地奔来。第一个下车的就是刑警队的岳大队长，他们刚从市区赶来。看到他们的警车毫发无损，我就知道了，这场冰雹是专门给我们下的。

岳队长我认识，最初体验警察生活时，我在刑警队待过几天。引领他进现场，自然也成了我的责任。

大家顾不上脚上的皮鞋了，蹚进了泥泞的土路，钻进了苞米地里。没多久，就和马所长会合了。

马所长他们狼狈极了，一个个都成了水牛犊子，龇牙咧嘴地揉着脑袋上的大包。那具尸体的警戒线外边，丢了好几件雨衣，尸体和尸体周边的土却是干的。

啥也不用说了，我明白了一切，马所长他们是拼了命，用雨衣遮住尸体，自己裸露在外边，任凭风吹雨打雹砸，死活不让大雨和冰雹破坏掉现场。

岳队长却不领情，也不安慰一下，还一副幸灾乐祸的样子。

马所长见到岳队长，眼泪快下来了，第一句话就是骂人，骂得很恶毒，我操你妈的，你才来。

岳队长眼里没有马所长，眼睛掉进现场里就没拔出来，他在不动声色地勘查现场，回敬的话也非常平淡，骂也没用，我妈早死了。

我做不了别的事情，现场有我也是多余，看都看不明白，尽管刚下过雨，臭味儿却没减少，蛆虫也让我的眼睛无法忍受。让刑警队那些干专业的人处理去吧，我扶着马所长，出了苞米地，帮他揉脑袋上的包。

我的手上揉出了殷红的血。

大辣椒媳妇张牙舞爪地跑了过来，她顽固地认为，苞米地里的死人就是她丈夫。这几天没听说镇上谁家丢人，突然冒出一具尸体，不是她丈夫，还能是谁？她拨开苞米叶子，边往尸体那儿奔边喊着，你咋死得这么冤啊！

我觉得我也有警察的思维了，大辣椒的媳妇真是可疑，还没看上一眼，她咋就知道死的人就是大辣椒呢？除非这个人的死和她有关系，就像古时候的谋杀亲夫案。我尾随在大辣椒媳妇的身后，想亲眼看一看岳队长怎么询问她，让她解释一番，还没见到尸体呢，咋就肯定是大辣椒呢？

怀着好奇心，我忍着奇臭，重回现场。

岳队长呢，没听见一样，该拍照拍照，时不时用放大镜搜索，哪怕地上有根头发丝儿，也用塑料袋装起来。久闻其臭，臭味儿对我的刺激也减弱了，可是面对尸体，我还是有些恐惧，不敢大胆地看，还不如大辣椒的媳妇，爬到了尸体的脑袋前痛哭流涕。

马所长怕大辣椒媳妇弄乱了现场，顾不上脑袋疼，始终跟在大辣椒媳妇的身后。我看到，他怀疑的眼神和我没啥差别。他踢了下大辣椒媳妇的屁股，提醒道，别看着脑袋大就瞎哭，看准了，是不是你丈夫？别哭错了人。

大辣椒媳妇这才左一眼右一眼地看，看着看着，她的眼神就有些怀疑了。岳队长把死者的裤带抽下来，让她认，又让她摸手摸脚，找身上特殊的标志。越看，她的神色越黯淡，眼睛越迷离，最终，她的头便摇成了拨浪鼓，嘴角咧出了一道笑纹。

太阳快落山时，刑警队收队了。那具无名尸装进了尸袋里，拉回去，等待着法医进一步尸检。这时我才发现，有个装着证据的塑料袋沉甸甸的，是两根铁钎子。

我知道了，这桩命案的凶器，就是那两根铁钎子。

回去的路上，大辣椒的媳妇坐进了我们的警车，她不停地拍着自己的胸脯，一个劲儿地说，吓死我了。

我挺佩服马所长的，人家的媳妇都认错了，他怎么一眼就看出不是大辣椒？我想问个明白，全镇三万多人呢，他不可能人人都了如指掌，怎么一下子就排除了他是大辣椒？我的好奇心刚涌上来，却看见马所长的车开得不稳了，脸色煞白，浑身哆嗦不止。

我忙让他停下，接替他，直接把车开进了镇医院。

三天后，马所长出院了。

这三天，我在心里不停地进行案情推理。一般情况，命案有三种，图财，报复，情杀。北地的命案属于哪一种呢？图财？死者手上脚上都是老茧，能有几个钱？情感纠葛？一个年岁大的受穷人，哪个女人不长眼睛，和他婚外恋？在杀人的动机中，只剩下一种可能，因仇杀人。我倒是想知道穷人的敌人是谁。

闲暇时，我想和马所长探讨案情。马所长却避而不谈，他不相信推理，只相信证据。派出所说出的话，外边的人就有可能当成结论，他劝我不要瞎想，更不能瞎讲，好奇害死猫。

我是体验生活的，不想当猫，更何况镇里没有我的熟人。

当天下午，法医报告结果出来了，完全出乎我的意料。北地命案是自杀，死者喝了毒鼠强，难受得受不了，拿铁钎子砸自己的脑袋，砸得颅骨骨折，脸肿得不成样子。假如派出所不把现场保护得那样好，大雨一冲，许多证据就没了，就无法准确地定性为自杀了。

我愕然，无法弄明白，凶杀怎么变成了自杀？人总归活着好，干吗去死？

马所长拍拍我的肩头，让我不谈案子，只谈人情世故，那意思是案子面前，我是幼稚园。

马所长的家也住在市区，和我的家相距不远。我们俩同在异乡，却不能成为异客，我需要熟悉生活，他需要知道更深层次的人际关系，都得和镇上的人打交道。一般的时候，我们俩不回市区，就住在办公室。那天晚上，难得没人叨扰，我们简单地吃了碗麻辣烫，就聊了起来。他吧嗒着被辣麻了的嘴，讲起了麻辣烫和齐大柱结拜的故事。

二十年前，钼矿已经让小镇繁华起来，这种被称为“钢铁味素”的有色金属，使小镇上的人钻进了财富的过山车，喜剧悲剧闹剧开始在镇上频繁上演。镇上的农贸市场虽然与矿山联系得不算太紧密，却也是钱的晴雨表。

那时，他们四个都在市场里做买卖，三麻子卖水果，大辣椒卖蔬菜，烫不熟卖锹镐和锄头等农具，就数齐大柱卖的东西还算值点儿钱，是猪肉，他是屠夫。他们四个借着在市场里待得久的优势，挨在一起，把持着市场里人流最密集的摊位。

市场管理所总想将他们拆散，把他们赶到统一的摊区里，利于类别管理和整齐划一。每一次，三麻子抡秤砣，大辣椒喝农药，烫不熟满地滚，三大家子里的人全涌上市场，围追堵截管理所的人，弄得他们半途而废。唯独齐大柱无须别人的帮助，单刀独立，谁也不敢动他。

四个人尝到了抱团儿的甜头。想牢固地守住地盘，就得让全镇上的人都知道，他们四个人是惹不起的。于是，他们穿上了刘关张和赵云的戏装，大庭广众之下，招摇地行走在大街上，引得镇上的人看马戏一般，跟随在他们的身后。

一行四人走进关帝庙，跪在了关公像前，周围站满了看热闹的人。他们进香磕头，结拜成异姓兄弟，向全镇人宣誓，有福同享，有难同当，不求同年同月同日生，但愿同年同月同日死，谁敢动他们的摊床，就让他娘的白刀子进去，红刀子出来。

说过这些话，齐大柱“当啷”一声，把杀猪刀扔了出去。追到庙里看热闹的人，“哄”的一声，全散了。等到他们卸掉戏装，重新回到市场，附近几个摊床都让出了一大块，生怕惹祸上身。

那架势，好像那一片最好地段的摊床，就是他们的“革命根据地”，谁也动不得。

说到这里，马所长笑了。他接着说，管理所熊了，镇政府败了，税务所更没招儿，这哥儿四个占了十几个摊床，没人敢问，最后都求到了派出所。那时候，我还不是所长，所长也不想惹人，就派我去处理。那时，我年轻，胆儿也大，我他娘的要管，就得一招儿毙命。我是警察，让他们欺负住了，我在镇上还咋待？

那天，我是拎着枪去的，一路上我就大声嚷嚷，派出所是干啥的地方？是杀人不用偿命的地方，谁敢给我戴眼罩，我要他脑袋。到了市场摊床旁，他们果然没敢把家里人都聚过来，也没敢围攻我们。我他娘的心里就有底儿了，勒令他们收拾东西，滚蛋。

你想，滚蛋滚走的是钱呀，他们肯定不甘心，三麻子开始跟我耍横，说我不讲理。我他娘的没时间和他掰扯，你们哥儿四个你不是头儿吗？我就拿你开刀，冲着他就开了三枪。他当时就吓软了，腿迈得像鸭子，一路屁滚尿流，摊床上的水果都不要了。

我说，你就不怕把人打死？

马所长一笑，派出所的霸道都是装出来的，否则镇不住。那时，警察允许佩枪，我他娘装的是空弹，吓唬他的，只要他搬到水果专区，就结了。谁知道这个狗东西，没真能耐，落荒而逃了。

我说，你这是野蛮执法。

马所长又笑，别书生腔了，对付浑蛋，就得用昏招儿，让你去，给他叫爹都不好使。

我说，他们四个是结盟的生死兄弟，就不怕人家暗算你？

马所长说，狗屁，人最不可靠的就是结盟。

我默认了。

关于麻辣烫后来的命运，马所长没有给我讲。接下来的几天，我断断续续地又听到了一些。墙倒众人推，当天他们都被挤出了农贸市场，再也没回来。后来，三麻子承包了老爷庙村一座荒山上的果园，种上些瓜果梨桃。大辣椒回家整理庭院，耕耘园田，种上些时令蔬菜，自产自销。烫不熟开了个铁匠铺，修理农具，钉马掌，没几年就黄了，不会干别的，就在家闲待着。只有齐大柱豁出去了，拎着杀猪刀进了矿区，承包了谁都没看好的一座钼矿，没想到一炮炸出了钼精脉，一夜之间发了大财。

三

矿区里一夜暴富或一日倾家荡产的故事，比比皆是，故事听得再精彩，也没有亲眼见到的印象深，我要亲自去体验。可是，暴富的人怕露富，躲我远远的，倾家荡产的人没脸见人，我更是捞不着边儿，没人让我去体验，我还得老老实实地待在派出所。

大辣椒的失踪案，马所长交给了胖老虎王英和我。所里人手少，忙不过来，我就成了胖老虎的跟班儿，冒充警察，陪他办案。好在失踪案涉及不到枉法，以调查为主，属于为人民服务，我有没有执法权，无所谓。

大辣椒到底去了哪儿？还需要我们从头捋清楚。

胖老虎把大辣椒失踪那日镇上和主要交通干道上的监控录像都拷贝进了硬盘，我们盯着电脑屏幕，一帧一帧地看回放，甚至不厌其烦地反复看，从头盯到了尾，眼睛都看出汗来了，看人都是重影儿了，居然没有发现他出现在镇里。这只有一种可能了，大辣椒失踪前，没有到过镇里。

人丢了，总会留下些蛛丝马迹，大辣椒不留痕迹地从人间蒸发了，怎么查？我不敢再发挥作家的想象了，想象的东西，没准儿会南辕北辙，北地的命案就是证明。

胖老虎盯着大辣椒最后几个通话记录，一个劲儿地摇头，也是一筹莫展。那几个和大辣椒通电话的人，逐个查清楚了，都是至亲和家里人，内容也都是家长里短，每个人所讲的内容，大体上和通话时间相吻合，没什么价值。

想找到失踪的真相，还真得靠脚板儿。

胖老虎发动了警车，带着我直奔大辣椒的家。

大辣椒住在镇子东边七八里远的曹田屯。和镇里其他的村落一样，曹田屯的房子高高矮矮，参差不齐。新房子红墙碧瓦，高耸威严，高墙大院，大门紧闭。旧房子低矮斜歪，窗损墙裂，新冒的茅草飘满房顶。显而易见，高房大屋大多是在矿上有些雾气的人家，属于吃夜草的马。茅草破屋，不是在矿山落下了硅肺病，就是找不到赚钱门路的人家。

只有为数不多的几家，虽是旧房，却不很破，与邻居新房有着悬崖一般的落差，却不卑不亢地挺立着。大辣椒家的房子就是这样，院子里的景象比许多人家还要好一些，菜园子井字田一般规规整整，层次分明，每一寸土，都种上了各种花花绿绿的蔬菜。

不用猜，大辣椒就是个勤快人，他媳妇没说谎。

大辣椒的媳妇不在家，邻居们说，成天披头散发地找丈夫，快魔怔了。

进了屋子，我们见到了大辣椒的闺女，她倚着门框，对我们的到来表现得不咸不淡。

胖老虎里里外外打量着大辣椒的家，那眼光，似乎能把大辣椒的生活轨迹中遗留下的DNA都打扫出来，聚在一起，女娲一般重新攒出一个活灵活现的人。他装出一副有一搭无一搭的样子，问大辣椒的闺女，你爸和你妈吵架不？

闺女显然是处在叛逆期，反问道，你爸和你妈就不吵架吗？

胖老虎笑了，他说，你猜对了，吵架。又接着问，他们俩谁对你好？

闺女答，谁对我都不好，要个手机都不给，我们班的差生都有了。

胖老虎说，你爸说，拿手机耽误学习，带你去旅游，花的钱不比手机还多吗？几天没见你爸了，想他不？

闺女哭了，凭啥想他？答应去旅游，怕花钱，躲到谁也找不到的地方去了，非得等到我开学，他才回来。

我和胖老虎面面相觑。

离开了村子，胖老虎的车开得慢，我们都是心事重重，感慨现在的孩子真不懂事儿，没意识到父亲的失踪到底意味着什么。我一路上瞅着胖老虎的眼神，企图从他的脸上找到希望，希望大辣椒只是活不见人，没有那下半句。我觉得，希望总归会有的，只是我们没有找对大辣椒失踪的原因。

我说，每个人都有逃避这个世界的理由。

沉默了片刻，胖老虎说，看样子，我离开市区，跑到乡镇来，也是逃避了？

我没有回答，但我知道，胖老虎心里的话装不住了，要揭自己的短儿。

他说，你大概已经知道了，我是城区里的派出所长，被免职到了这里。

怪不得镇派出所的警察对他另眼相看，怪不得马所长不敢惹他，原来如此啊。我问，因为啥？

他说，我他妈的一门心思抓逃犯，忽略了检查辖区里的洗浴中心，有个卖淫嫖娼的被举报了，老板为了逃避责任，硬说我是保护伞。局长虽然不信，却问我，为啥灯下黑？我没法儿回答，就免了呗。

我说，就这么简单？

他说，警察丢饭碗，比穷人丢媳妇都容易，当警察比当贼还难，没让你扒掉警服，就算捡着了。正好，无官一身轻。

我忽然明白了，我刚来的第三天，马所长刚刚强调不许要脸子，他就无所顾忌地和大辣椒媳妇要起了脸子，原来如此啊。

我建议下一站去老爷庙。从曹田屯开车往东五六里，爬过虹螺山坡，就是老爷庙村。村上边有一座荒山包，稀稀落落地生长着一些果树，树林中间有一座简易的石头房，房子里住着一个孤独的人，那就是三麻子。既然到了派出所，我也学会了侦查，事先打听到了他的住所。

大辣椒和三麻子是结拜兄弟，虽说失踪前几天他们没通过电话，可这些年，他们没断了交往。亲戚中找不到大辣椒的踪迹，没准儿从三麻子这里能问出线索呢。

可是，胖老虎王英一口否定了我的建议，不找三麻子，硬要去镇西的龙王庙，找烫不熟。我说，顺路的事儿，何苦东奔西跑呢？

他瞅了我一眼。我很敏感，感到眼神里带着一种不屑，意思是说，你我谁是警察？谁懂得办案？

在真警察面前，我没有了话语权。

警车穿过镇子，驶向龙王庙。镇上街道两旁的楼房在车窗外一一掠过，扩音器里的叫卖声，穿过车窗，留在我的耳畔，一直带进了龙王庙村。

和镇里其他村子没啥差别，龙王庙村的房子高的高，矮的矮，街巷七扭八歪，道路坎坷泥泞。

烫不熟家也是个低矮的旧房子，却不如大辣椒家的规整和干净，破得房檐都耷拉了下来，房顶上新茅草拱着旧茅草，也不怕下雨漏了房。院墙边上稀稀落落地长了几株苞米，除了院门到屋门踩出光溜溜的一条道儿，满院子都是杂草，蚂蚱和蝴蝶成了院子里的新主人。

还有两只动物被我忽略了，两只奶羊倚在墙角，不紧不慢地啃着草，大奶子鼓得像棒槌。

烫不熟在家呢，大白天躺在炕上睡觉，裤带都没系上。

一见到烫不熟，我就涌出了哀其不幸怒其不争的感觉，他的五官有点儿挪位，一副歪瓜裂枣的样子，明显是过着没有女人的日子。

我说，这么大院子，不种点儿啥，浪费了。

烫不熟懒洋洋地说，我家养羊呢。

胖老虎王英黑着脸，眼里透出一道凶光，咄咄逼人地瞅着烫不熟，好像烫不熟刚刚犯下滔天大罪，看得烫不熟把眼光躲在墙上，贴着墙，不敢挪动。他用眼睛逼视烫不熟的同时，还没忘了用余光扫视我，那种怀疑一切的目光，刀子般犀利地扎向了我。我觉得，他黑着脸面对烫不熟，也在含沙射影地暗示我，你不过是个跟班儿的，不要多嘴，警察的职责是抓住每个人心里的小鬼，别跟他套近乎。

没有人说话，也没有人动弹，中午的阳光很勉强地照进屋里一点点，屋里很暗，气氛沉闷压抑得要死。

良久，烫不熟的眼光从墙上掉下来，丢在地上，还是不敢移动，只是脚活了，不再僵硬，不安地搓着地面。胖老虎敏锐地抓住了这个细节，双手扳过烫不熟的脑袋，让他的眼睛无法躲闪，饿虎扑食般盯着烫不熟。

烫不熟沉不住气了，翻着眼白，愤愤不平地说，找我干啥？

胖老虎不怒自威，找你干啥？你能不知道吗？

烫不熟说，不知道。

胖老虎说，想！拍脑门想，警察闲的，没事儿找你？

烫不熟把头扭过去，想不理睬胖老虎。

我瞅着胖老虎，心想，不就是想问出大辣椒的下落吗？人家又没犯法，何苦诈来诈去的。

胖老虎的双手突然揪住了烫不熟的两只耳朵，不让他的眼睛躲开，目光箭一般射入烫不熟的眼睛里，咬牙切齿地吼道，你真他妈的是烫不熟啊，非得让老子把你的棺材抬出来。告诉我，你们合谋绑架齐大柱的事儿！

我觉得，胖老虎有些多余了。马所长交代过，警察够累的了，别没事儿找事儿。本来是找大辣椒的，问什么绑票的事儿，况且绑票那个案子是子虚乌有，顶多是打电话警告一声，何必当真呢？

烫不熟眨巴眨巴眼睛，居然连连摇头，矢口否认。

本来，我挺同情烫不熟，就那么点儿破事儿，齐大柱已经告诉我们了，你说出来不就完了吗？看到他睁着眼睛说谎，忽然觉得胖老虎怀疑一切，不是没有道理。没有问题，哪儿来的答案？

胖老虎冷笑一声，话锋突然一转，说起了我们一直没提起过的大辣椒，他故意放慢语气说，大辣椒被人杀了。

我吓了一跳，我们正在找大辣椒呢，这个世界，丢人已经成了新常态，城市里寻人启事满街贴，丢人不再是丢人的事儿了，无缘无故的，胖老虎咋突然说大辣椒被人杀了呢？

胖老虎打雷一般向烫不熟吼，咋死的，你最清楚！

烫不熟眼睛直了，连忙说，你们怀疑我？我没杀人，我们是兄弟，我不知道他是咋死的。

胖老虎把脸一沉，你他妈的撒泡尿我都知道，跟我撒谎，整死你！

烫不熟六神无主了，脸上汗气腾腾，那副蒸不熟煮不烂的模样没了，喃喃自语，前几天还好好的呢，咋会死了呢？他抬起头瞅着胖老虎，连连摇头说，我真的不知道。

胖老虎扯过一个凳子，坐下来，跷起二郎腿，歪着脑袋瞅烫不熟，不阴不阳地说，知道害怕了？警察的眼睛是不揉沙子的，别再撒谎了，说实话吧。

我忽然明白了，胖老虎知道烫不熟的性格，故意玩指桑骂槐、声东击西的把戏，就是想让烫不熟别耍小聪明，把知道的东西，竹筒倒豆子，全说出来。

烫不熟擦了把汗，努力要摆脱自己的杀人嫌疑，结结巴巴地说，其实，也不算是撒谎，我答应不说出去，可警察问了，我不说，也是不对……

接下来，他大体上讲述了三个人是如何谋划绑架齐大柱的。

他说，我们不是非得要绑架齐大柱，你看我们三个人，是那块料吗？当初在镇里的市场上，我们不过是想多赚几个钱，没坑谁，也没骗过谁，拜把子不过是想造造声势，不让别人欺负了。马所长那个王八犊子，非得说我们欺行霸市，硬是把我们赶出市场，砸了我们的饭碗。

我瞅了眼胖老虎，烫不熟骂警察呢，看他有什么反应。没想到，他闭着眼睛，竖着耳朵听，边听边点头，一副赞同的样子，根本不想打断烫不熟。

烫不熟继续说，我们哥儿四个结拜的时候，对天发誓，同生共死，同享富贵，可是，齐大柱发了，把我们全忘了。他手指缝流出的钱，就够我们三家过上富日子，可这个忘恩负义的狗东西，却是个铁公鸡，一毛不拔。

除了在市场上看小摊儿，我们没有别的本事。半个月前，我们哥儿仨在三麻子的果园里喝闷酒，把肚里的苦水全倒出来了。三麻子承包果园，说起来挺好听，可是，农药涨价，化肥涨价，人工涨价，果树没完没了地换新品种，早年赚的钱赔了不算，这三年越干赔得越多，梨挂在树上，到了老秋都没人摘，卵子都赔青了。大辣椒还算好些，菜种得好，不赔，可就那点儿菜园子，窗台上都种菜了，只够养活一家三口，过着狗撵气的日子。我呢，就别提了，老婆孩子都跑了，活着也没啥奔头儿，一个人吃饱，全家不饿，混一顿是一顿吧。

其实，我们也不想混日子过，可越想干点儿啥，就赔得越多，铁匠铺赔得我见到铁就哆嗦。出去打工，工头欠着你的工钱，死活不给。想来想去，干啥都不如待着，一亩三分地够活了。

开始的时候，我们都想到矿上干，矿上的钱赚得鲜灵。齐大柱防着我们，像防着偷嘴的狗一样，不让我们碰，说我们吃不了那份苦，还带坏了别人，就是受穷的命。我们哪是那个命啊，人都是两腿支个肚子，凭啥他发财，我们受穷？不就是差我们没拎着杀猪刀，冲向矿山，夺下矿石。三麻子就和我们俩商量，绑他娘的，不管他们家谁，绑了他，不信他舍不出钱来。

胖老虎越听越感兴趣了，他睁开眼睛，瞅着烫不熟，鼓励他接着说。

烫不熟说，没了，就这些，我们只是说说，没动真格的。

胖老虎说，你们仨可真熊，怎么个绑法，就没分分工？

烫不熟说，分了，喝酒时吵得可热闹了，大辣椒长得憨厚，他负责把齐大柱或者他老婆儿子骗出来，我呢，把人质哄到老爷庙的山上，三麻子负责把人绑了。

胖老虎又问，后来呢？

烫不熟说，没有后来了，喝酒说着玩呢。

胖老虎忽地从凳子上站起来，他说，后来，你出卖了那两个兄弟，把你们密谋的事儿告诉了齐大柱，齐大柱奖励了你两只奶羊，让你靠卖羊奶过日子。

烫不熟睁大眼睛看着胖老虎，问道，你咋知道的？

夕阳西下，日光不再毒辣，胖老虎不紧不慢地开着车，晃晃悠悠地往镇里走。

我看了眼胖老虎，不由自主地重复着烫不熟的话，羊的事儿，你咋知道的？

胖老虎只是淡淡地说了句，职业习惯。

我又问，直截了当问大辣椒有可能去了哪儿，不一样吗，何苦拐了那么多弯儿，较了那么多劲儿？

他依然说，职业习惯，警察就是较劲儿的，不较劲儿问不出真话。你不知道曲径通幽的妙处，我问话的弦外音，你永远不懂。

我被胖老虎绕晕了。

四

有个电话打进来，看神色便知，是胖老虎王英的内线。警察各自发展自己的线人，互不打听，也互不相扰，情报怎么来的，没人去问，只要准确就行。大多数线人，都是出来混社会的，五行八作，什么样的人都有，能量大，消息灵通，左右逢源。当然，线人也有不三不四的，平时混在黑道上，有时还要挟警察替他们做事儿，给他们壮胆儿。但行有行规，线人胆敢提供假情报，好日子就混到头儿了。

胖老虎很高兴，换了套便装，对我说，走吧，咱俩会会齐大柱。

我真的觉得胖老虎有问题，有点儿纳闷地问他，这么简单的事儿也要线人，打个电话，预约一下，不就结了？

胖老虎很生气地问我，去大辣椒和烫不熟家，我们预约了吗？

我意识到他在批评我，人都是平等的，不要攀附富贵，看人下菜碟。

胖老虎说，别说见私企老板，就是见市长，我也不会预约。当警察的习惯突然袭击，人在不防备的状态下，最容易说真话。

我觉得，胖老虎的语气中有一点儿愤世嫉俗了，是不是被免了所长，心里不平衡？动不动就小题大做。我们是在找人，不是破案，找到大辣椒就行了，没必要离题太远，问那么多无关紧要的事儿，有意义吗？跟着胖老虎，我有点儿别扭，想跳槽了。跟马所长破几个案子，哪怕是宗盗窃案，一块儿出去抓贼，也挺有意思。成天无聊地当着胖老虎的跟屁虫，没啥收获，我有点儿倦怠。

胖老虎貌似粗鲁，心比针鼻还细，他看出了我的心思，拍着方向盘问我，作家，看看外边的庄稼，和昨天有啥区别？

我眼睛瞥向车窗外，一片碧绿，没觉出和昨天有啥不一样，不解地瞅了胖老虎一眼。他笑着说，你十天不跟着我，就不认识外边的庄稼了。

我也笑了，明白了他的意思，那就是再过一段日子，案子就大不一样了。我收起了非分之想，起码，我还没把胖老虎研究明白。

不知不觉，车已经开到了矿山，阳光才从山顶上跳出，天还没热起来。

齐大柱的矿，大门紧闭。现在，夜班的矿工还在井下，早班的矿工还没到来，只有换班的时候，矿口的大门才会打开，放人出入。大门的警卫穿着不戴警标的警服，警惕地打量着没穿警服的胖老虎，还有戴着眼镜的我，态度粗暴地让我们滚开。

这应该是胖老虎的口气，却从警卫的嘴里冒出来，我以为，胖老虎会暴跳如雷。没想到，他却若无其事地笑了，没在乎狐假虎威的警卫，很随便地把警官证丢了过去，平淡地说，叫齐大柱见我们。

警卫认真地瞅着警官证，里面外面瞅了个遍，生怕是个假证，还念叨出声来，城中区派出所所长王英。

显然，警官证没有换，还是老职务，而且是跳出辖区去办案，警卫狐疑，也属正常。

胖老虎等得不耐烦了，吼道，看够没有？

警卫看胖老虎凶巴巴的样子，才把警官证还了回来，脸上立刻堆起了笑容，嘴巴甜得抹了蜜，连说对不起，忙着打电话。电话通了，是齐大柱不耐烦的声音。警卫尴尬地看着我们，说对不起，董事长正在会客，没时间。

胖老虎立刻摔了脸，他说，告诉你们董事长，阎王爷有时间。

说完，胖老虎拉着我，重新坐回警车，大鸣着警笛往回走。

没走多远，齐大柱开着大吉普急速追过来，打开车窗，示意我们停下，接二连三地赔不是。胖老虎的脚踩在刹车上，眼皮一耷，一句话也不说。直到齐大柱说了句我该死，他才调转车头。

齐大柱把头探向警车，同胖老虎说话时，也发现了我。我心里暗笑，马所长说我不是警察，现在我又和警察一块儿出来办案，他肯定认为被马所长涮了。

我们被引进了会客室，我的眼睛立刻不够用了。这哪里是会客室，装饰得像金碧辉煌的酒吧。吧台上摆着加拿大的冰酒、苏门答腊的麝香猫咖啡、武夷山的第一代大红袍，每一样都是贵比黄金。吧台旁站着两位小姐，宛若电影明星，笑容可掬地问我们喝什么。

齐大柱不认识胖老虎，毕竟，胖老虎刚来不久，镇上的人不认识他实属正常。齐大柱不敢深问胖老虎的来路，说正在办公室谈一宗买卖，让我们稍等，随后，他向两个服务小姐使了个眼色，那眼神里含着的内容不言而喻。

我不怕被他腐蚀，反正我是码字儿的，没权力，不用担心被利用，这样的机会，我一辈子也遇不到一次。胖老虎刚刚坐下，看到齐大柱的眼神，还有小姐脸上的笑容，屁股被火烫了一般，立刻弹起。他挥了下手，让齐大柱交换一下，把客人领进来，我们去办公室。

我有一点儿不大情愿，但也没办法，我是胖老虎的跟班儿，虽说美女养眼，也不能露出贪婪。心里却在嘀咕，又是没事儿找事儿，既然同意了齐大柱先见客人，我们坐哪儿等不一样，非得要进人家的办公室？

办公室没那么奢华了，却宽阔得很，地上铺着绿地毯，像在草原。

等待的时间挺寂寞，胖老虎坐进了齐大柱的老板椅，左一圈儿右一圈儿地转圈儿玩，快活得像个孩子，一个劲儿地夸，当老板真好，椅子太舒服了，还挑衅地对我说，就是不让你坐。

看着胖老虎不着调的样子，我哭笑不得。我们是找大辣椒的，怎么觉得离我们的出发点越来越远了呢？

胖老虎不转了，双手拍拍椅子的扶手，对我说，过一会儿，你就知道这把椅子有多重要了。

没多久，齐大柱送走了客人，回到宽阔的办公室，扫了好几眼，才从门后拽了把折叠椅，坐在了老板台的对面。虽说同样是坐着，老板台外的齐大柱立刻显得矮小了，说话的语气也壮不起来。

胖老虎拍了几下老板台，皮笑肉不笑地说，怕阎王了吧？

齐大柱显然对自己的座位被别人霸占了很不高兴，他说，我是市人大常委，你是人民警察，为人民服务的，不应该吓唬我。

胖老虎说，我哪儿是吓唬你呀，是提醒你，倒是你拿人大常委吓唬我。实话告诉你，今天不想抓你，用不着向市人大打报告，你的常委证没有用。

齐大柱说，这么大的企业，忙得我团团转，有啥事儿，直接说吧。

胖老虎在老板椅上转了一圈儿，瞅着齐大柱，依然皮笑肉不笑地说，一个要死的人了，忙那么多事儿干吗？不如陪我聊聊天。

齐大柱的脸唰地一下子白了，他咽下几口唾沫，强作镇定地说，我的活祖宗，别折腾我了，直接告诉我，到底是咋回事儿？

胖老虎盯着齐大柱的眼睛，用食指点着他的鼻子说，三麻子、大辣椒、烫不熟他们三个想绑架你，是不是？

齐大柱长舒一口气，瞅了我一眼，知道秘密没法儿守住了，只好点头。

胖老虎又说，大辣椒失踪的事儿，你知道不？

齐大柱恢复了放松的样子，又点了点头。

胖老虎说，你就没想想，大辣椒的失踪，和你有啥关系？

齐大柱满脸的茫然。

胖老虎把老板椅转过去半圈儿，背对着齐大柱说，根据现有的线索，大辣椒的失踪，还有两种可能：一是潜伏到上海，伺机绑架你念贵族学校的儿子；二是弄炸药去了，目标就是你。

齐大柱望着胖老虎的后背，惊愕地张大嘴巴。

胖老虎这才把椅子转回来，瞅着齐大柱问，你们有啥血海深仇，非得弄个你死我活？

齐大柱急忙辩解，没有啊，我们井水不犯河水，我和他没有仇。

胖老虎说，没有仇？镇上开矿的人多着呢，为啥不绑别人，偏偏要绑你们家？如果不是这样，那就是第三种可能，你先下手为强，把大辣椒做了，以防后患。

齐大柱眼泪都急出来了，他是谁？我是谁？我一个企业家，犯得上和一个穷光蛋玩命吗？

胖老虎微笑着说，别忘了，你们是同富贵、共生死的兄弟，他要找你玩命。

齐大柱闭上了眼睛，长长地叹口气，就算我错了，我不该不管他们，可你也没问问，我为啥不愿意管他们。

说到这里，齐大柱的眼泪下来了。

他说，刚开矿那阵子，我把三兄弟都请来了，打仗亲兄弟嘛，开矿和打仗没啥区别，需要齐心协力。可是他们呢，像进了土匪窝子，谁也不干活儿，排起了座次，当着二老板、三老板、四老板，弄得下矿的人不知听谁的，气走了帮我找矿脉的人，赶跑了我的工程师，弄得矿工离心离德，我哪天都得赔进万八千块。那时候，人人都羡慕着万元户呢，他们每天给我弄丢一个万元户，我已经负债累累了，找我要钱的人排成队，逼得我上吊的心都有。他们却不知道愁，还在吆五喝六地当着山大王，不撵走他们，我只有死路一条。

要说有仇，就是这么结下的。后来，赶跑了这三个冤家，我慢慢地恢复了元气，钼价高涨时，突然炸出个钼精窝子，一下子就发了。这哥儿仨还想回来，我说啥也不肯了，请神容易送神难，我是缺爹还是缺祖宗，非得让他们回来祸害我？

你们也不是不知道，我不是给钱叫爹的人，建希望小学，养孤儿弃婴，自然灾害捐款，人大开会赞助，我都没少拿钱。我为啥偏偏不给他们仨钱？他们长着胳膊长着腿，凭啥不劳而获地占便宜？

我盯着齐大柱，陷入了冥想中，我看不清楚什么是他的真实面目。

世上的事儿，就是这样怪，公说公有理，婆说婆有理，进院的时候，我还恨齐大柱为富不仁呢，现在他却成了热衷公益事业的慈善家，而那哥儿仨呢，却成了好逸恶劳、流氓成性的恶棍。

仔细想一想，齐大柱虽然说得理直气壮，却不一定在理上。既然是患难兄弟，投资给三麻子的果园改良品种，让他种上畅销的红富士，高接换头成南果梨，再把滴灌引上山，不信三麻子成不了庄园主。对于勤劳的大辣椒，更容易了，帮他承包十几亩塑料大棚，种上紧俏的蔬菜，一季就能翻身。还有，矿山需要那么多设备，最基础的耗材就是电钻头、铁钎子、铁球子，烫不熟讨厌庄稼活儿，愿意和铁打交道，帮他开个店，有啥难的？这些都能互利互惠的事情，干不到一块儿，各干各的，也未尝不可。

可是，人就是这种怪物，像油和水那样，只能待在不同的层次里，不愿意混在一起。高贵了的齐大柱，会把儿子送到全国最贵的贵族学校，和世界名人的儿女成为同学，将来要成为上流社会的一员，他能将儿子送进希望小学，与民同乐吗？那样的话，他儿子就真的没有希望了。

水总想变成油，革命就是这样爆发的，比如麻辣烫想绑架齐大柱。

不用担心绑架的事情发生了。马所长给了放羊的一只破手机，放羊的就成了所长的眼线，只要三麻子出了石头屋，破手机的信号就唤醒马所长的手机，手机的提示音是，老爸，吃饭了。一次所里开会，马所长忘了静音，电话响了，越吵越急，好像不去吃饭，儿子就要饿死了，全所的警察笑了一下午。

马所长有个怪癖，电话铃声不用音乐，怕和别人弄混了。他喜欢人的说话声，他的线人多，不同的人，不同的语音提示，谁打来的电话，手机揣在兜里就知道，不用看，就知道是啥事儿，别人却在云里雾里。

胖老虎对此嗤之以鼻。他手机的铃声是萨克斯乐《回家》，每次接电话，他都先听一会儿音乐，不着急接，反正找他有事儿的人，不会轻易地挂掉电话。听音乐时，我看到他的眼睛空洞着，一副想家的样子。

那副样子，像掉了魂儿，还没从被免了所长的窝囊中走出来。

从齐大柱的矿上回来，我总觉得不太舒服。那哥儿仨不是不勤劳，也不是不努力，为什么总是挣扎在穷困线上？镇上的人都说麻辣烫是坏人，可除了二十年前的那场闹剧，见过他们干过啥坏事儿？连打麻将缺手了都不找他们，嫌他们没钱。

胖老虎吓唬齐大柱，我不反对，我不喜欢变色龙，哪怕他是个人物。这小子泥鳅一样钻在社会的各阶层，都能影响到市里的决策层了，该有人收拾收拾他。可我总觉得，“收拾”有悖于当警察的原则，没有证据，就这么诈人，万一让人家告一刁状，别说恢复所长的职务了，警服能否穿在身上还不一定呢。毕竟，我们“收拾”的人，是市人大的常委。

我把担心说给了胖老虎。

胖老虎哈哈大笑，摇头晃脑地说了句《红楼梦》里的话，假作真时真亦假，无为有处有还无。

五

按常理，下一步该找三麻子了，胖老虎迟迟不动。

三麻子穷得没有手机，曹田屯到老爷庙是土路，没有监控，大辣椒失踪前是否找过三麻子，查不出证据，大辣椒的媳妇也没说出个所以然。三麻子这条线，看起来没啥价值了，否则，胖老虎不可能单独丢下三麻子。

马所长布置的大辣椒失踪案，胖老虎不想查了，全国十三亿人，失踪的事儿多着呢，别说丢个种菜的，就算丢个县长，又能怎样？地球照样转。反而，他对未遂绑票案越来越感兴趣，提出改办那宗案子。马所长说他胡闹，别说是未遂绑架案，就是未遂谋杀案，只要没有犯罪的准备和实施，就不能算成案子。

胖老虎偏说，预防犯罪，更是警察的职责，警察没案子，社会才算真安定。

马所长没办法，只能答应，人家也是当过所长的人，级别不比你差，只是暂时栖身在此，勉强不得。他不给胖老虎派助手，继续让我这个体验生活的人跟着他，体验一下什么叫警察闹情绪。

案子是经常发生的，否则就不叫派出所了，尤其在矿山，每时每刻都有利益在纠结。

马所长正在赞赏老天爷，送走了桑拿天，不再热得透不过气，一个电话突然打进来，派出所里的气氛“轰”地一下子又热了起来。有人报案，齐大柱的车遭到了炸药包和手榴弹的袭击，生死未卜。我一激灵，第一反应是大辣椒终于现身了，可我没敢说，怕说错了，只能跟着全所的警察一窝蜂跑向警车。

案发地点在兰家沟的沟底，路很窄，弯弯曲曲的，两侧是山崖，是个伏击的好地方。警笛大鸣着往那里赶时，间歇的爆炸声还一声一声地传来，显然，作案人不把齐大柱炸成人肉酱决不罢休。

远远地，我们看到了齐大柱的车，歪斜在路上，轮胎已经着火。幸好我们的警车上有灭火器，胖老虎夹在腰间，第一个跳下车，去灭火。马所长跳下车，吼了声，刑警片警搜山，其他的救人！

胖老虎和马所长都不要命了，撂给我一句待着别动，就奔向了燃烧的车。

我真没敢下车，这时候嫌疑人扔下一颗手榴弹，我们全得报销，好歹和现场有点儿距离，还有车挡着，我多少有些安全感。同时，我的心也提到了嗓子眼儿，为警察们担忧。他们除了警棍，没有武器。突发事件，他们没有时间请示佩枪。我在担忧，对付有炸弹的嫌疑人，遇到了危险怎么办？

这种担心渐渐地成了多余，嫌疑人的目标只有齐大柱，没想袭警，借着茂密的山林，嫌疑人逃得无影无踪。可是，轮胎燃烧的烟越来越浓，胖老虎的灭火器只能控制火势，无法将火熄灭。

我从对搜山警察的担心转为对胖老虎和马所长的担心，担心火烧到油箱，汽车爆炸了，那样的话，他们将会尸骨无存。幸好镇消防队及时赶到，消防车后面又跟来了120的救护车。

还是消防车厉害，三下五除二，火灭了。

这时，我便担忧起了齐大柱，不管齐大柱怎么有争议，终归是条人命，终归做过些好事儿，终归有需要他养的妻儿和员工。我们到这儿有一阵子了，车里面还没有动静，莫不是早就车毁人亡了？

事实不像我想的那样悲观，火灭的那一刻，车门忽然从里面打开，爬出个又粗又壮的家伙，那是齐大柱的保镖，满脸是血，一手拿手机，还在打电话，另一只手往副驾驶上指。大家七手八脚地抬出一个人，平躺着放在地上，那便是齐大柱。

齐大柱紧闭双眼，一点儿动静也没有。趁着120的护士扛着担架往这边跑，胖老虎的指甲按向了齐大柱的人中。齐大柱长长地吸入一口气，苏醒过来。

好了，人没死。120救护车拉上齐大柱，绝尘而去。

剩下的事情，就是现场勘查了，这是个细活儿，不急。过了一会儿，市区的刑警队也来人了，尽管没产生严重的后果，毕竟是一桩故意爆炸杀人案，性质恶劣，何况被害人还是市人大的常委，惊动了市里。局长下令，必须尽快将凶手缉拿归案。

我虽然不是警察，也判断得出，从案发，到我们赶到现场，那个受伤的保镖始终清醒着，求救的电话肯定始终没间断地打，因为直到被救出时，手机还在他的耳朵上。可是，到现场施救的人，除了警车、消防车、救护车，没见到其他的车。

兰家沟就在矿区，比派出所到现场近了许多。齐大柱那些所谓的死党、朋友和员工，居然无人到场。我忽然明白了，生死面前，钱不是万能的。

我不明白的是，车的轮胎着火了，按常理来说，车里的人不被烧死，也会被烟呛死，齐大柱和保镖怎么会死里逃生，没有多大的事儿呢？

胖老虎告诉我，齐大柱早就防备着这一天呢，他的车是防弹车，能阻燃，也能隔绝空气，开进地雷阵里也没事儿，美国总统才坐得起。

后来的现场勘查渐渐地还原了事情的原貌。嫌疑人早就侦察好齐大柱的行车路线，路中间埋下了炸药包，使用的是手机遥控装置，电话一拨通，炸药包就响，吉普车就会掉进坑里出不来。所谓的手榴弹，都是易拉罐做的，除了能点燃轮胎，对防弹车来说，没啥威力，产生不了致命的伤害。初步判断，齐大柱是被安全气囊弹晕的，只是受了点儿惊吓。

山上嫌疑人的藏身地点已经找到，是胖老虎的功劳，他从防弹车的位置推断，在密林深处找到了那个窝儿。那个隐秘的藏身处，能够清楚地观察路面，有几行脚印进进出出好几次，还有两个易拉罐手榴弹没有投出，上面有清晰的指纹，这是难得的证据。

我怕别人听到，趴在胖老虎的耳朵边问，是不是大辣椒？

胖老虎反问道，你想当福尔摩斯？

我赧然一笑。

胖老虎说，天知道。

齐大柱只住了一天医院，出院的第一件事儿是到派出所答谢，谢救命之恩，第二件事才是修车，修那辆保了他一条命的防弹吉普。

那天早上，齐大柱扛着一面锦旗走进了派出所，感谢警察在危险面前冲在前面，不畏生死地挽救人民生命财产。当然，说这些话的时候，他面对着的是马所长。马所长忙谦让，把功劳推给了胖老虎王英。还说王英是市里的分局长，到镇里蹲点儿来了，以后你们就熟了。弄得胖老虎左右不是，只能傻笑，那双胖手不知道往哪儿放了。派出所的警察们背过身去哧哧地笑，只有齐大柱蒙在鼓里，不知道马所长是在捉弄人。

齐大柱第一次见到王英时，就感觉到了那股咄咄逼人的霸气，怎能不信以为真？他不失时机地抓住了胖老虎的手，称赞道，王局长真是神探，早就知道有人暗算我，没有你的舍命相救，我真的见阎王了。

我心中暗笑，觉得马所长的玩笑开得过分了，齐大柱这么庄重地来了，他却不正经地对待人家，是不是天天摆弄人，玩出瘾来了？又想起了在矿上，胖老虎拿见阎王吓唬齐大柱的话，觉得警察的话，真是没处听去，都一个样儿，只不过吓唬齐大柱和后来发生的事儿，是放屁赶点儿上了——臭（凑）巧。胖老虎瞅了我一眼，我们都想到了这个无法相信的巧合，会心一笑。

接下来，齐大柱摆出了大老板的架势，显出了难得的大方。他坐在马所长办公桌旁，拿出一张支票，铺在桌面上，握着笔等着，只要马所长说个数儿，他就往上填，哪怕是个天文数字，他也不会卡壳，多少钱也买不回来一条命啊。

胖老虎不想从王局长的调侃中走回来，他要把“王局长”装到底，拿起支票，不断地往左手掌上拍，拍得“啪啪”山响。他说，人哪，有时命贱得就是一张纸，比如判决书，比如死亡证明，比如一张支票，国家还养得起警察，你还是收起来吧，找个缺钱的地方，积点儿厚德。

齐大柱站了起来，脸转向了马所长，眼光里流露出一种乞求，他说，派出所的警车还没有犯罪分子的车好，设备还没有嫌疑人的先进，这怎么能行，我给派出所买几辆好车？

马所长并不领情，他说，你那点儿心眼儿我还不知道，无事不求人，想干啥，直接说。

齐大柱说，早点儿把大辣椒抓住吧，有他在，我度日如年啊。

我终于明白了，他和我一样，怀疑大辣椒。

齐大柱前脚从派出所走出去，胖老虎就跳了起来，拿警棍抽马所长的屁股。马所长嬉笑着讨好，兄弟，兄弟，别急眼，我是看你心情不好，怕你闷坏了，少了个警界精英，逗你开心嘛。祝你早日当上分局长，做我的顶头上司，那时候再收拾我，好不？

胖老虎终究比马所长小十几岁，总算饶过了他。

午后，烫不熟迈着小碎步，小心翼翼地迈进了派出所的门，来找胖老虎和我。

胖老虎一改以往又蒙又唬又诓又诈的说话方式，客客气气地让座，又是端茶又是倒水，好像遇到了多年不见的家乡人。

我偷偷说，你的热情有点儿过度。

他说，底层人，不容易，到咱派出所做客，理当热情。

我觉得，这话虚伪，肯定有啥不可告人的目的不想让我知道。

被别人叫了四十多年的烫不熟，被胖老虎的热情和热茶给烫熟了，眼眶里含着泪，显然，从来没有人对他这么好过。

我的眼眶也热了，老百姓真是见不得好，几句温暖的话，敌人也成了朋友。

烫不熟说，齐大柱又给了我四只羊，是绵羊，三只母羊，一只公羊，让我把它们养成羊群，那时候，媳妇就回来了。你们说，这羊，我要，还是不要？

胖老虎说，当然要，他欠着你们的。

烫不熟说，可齐大柱有个条件，找到大辣椒，这羊才真的归我，否则，人家还得要回去。

胖老虎圆睁着眼睛说，他敢！羊肯定就是你的了，齐大柱敢往回要，你就说王局长答应了，让他找我来要。找大辣椒的事儿，你就交给派出所吧，那不是你的事儿。

烫不熟没听懂，不过意思明白，羊是他的了。

我心里叹了口气，胖老虎真敢夸海口，在马所长面前刚刚推掉找大辣椒的案子，调过身来就向烫不熟打包票，有这么做人的吗？

过了一会儿，胖老虎好像想起了什么似的，睁大好奇的眼睛瞅着烫不熟，问道，你们谋划绑架齐大柱的事儿，我没记住，再说一次，说细一点儿，好不？

烫不熟纠正道，不是我们，是三麻子。

胖老虎应和着，对对对，三麻子。说说，那天三麻子给你们买的是什么酒？

烫不熟陷入深思中，连窗外知了的叫声都听不见了。他说，我们这样的穷人，能喝得起啥好酒？就是小烧呗。小卖点打的那种，三四块钱一斤。不过，不是假酒，村里人自己的烧锅烧的，酒糟就是牛饲料。菜也没啥，大辣椒从家里带来几把青菜，三麻子在果园的空地上种了点儿花生，炒一炒就当下酒菜。

我们哥儿仨喝着喝着就哭了，哭命苦，生在富得流油的矿区，就是找不到赚钱的门路，看着那些占奸取巧的人都发了财，老老实实扑在土地上的人还在受穷，觉得活得真没意思。除了当年在市场上我们风光了几年，这二十年来，我们连点儿非分之想都没有。

三麻子抱怨，就是因为没有了非分之想，我们才受穷的。他指着山下的选矿厂，指着山那边的矿山，问我们俩，齐大柱能一把杀猪刀闯天下，我们就不能拿着杀猪刀把他的天下分了？咱们当初是发过誓的，有难同当，有福同享，分了他，咱们也不亏理。

可是，怎么分他，我们没了招儿。商量来商量去，只有绑他的票最稳妥，越有钱的人越怕死。可是，绑他的票，也不是件容易的事儿，你想啊，人家走到哪儿都前呼后拥，没法儿下手。绑他老婆孩子还容易些，可他儿子在上海念贵族学校，老婆在那边陪读，我们去市里一趟还迷路呢，去上海，做梦都不敢想。

喝酒的时候，我们吵圆了，最后捏着大辣椒的鼻子，让他干第一步，把齐大柱骗出来，否则，一碗酒大辣椒就得全干了。大辣椒没有酒量，他想要赖……

听到这里，胖老虎忽然说，慢一点儿，慢一点儿，这一段儿你细点儿说。

六

大辣椒媳妇疯疯癫癫赶到派出所，破马张飞地喊，不是我们家大辣椒干的，他连点炮仗都害怕，还敢拿炸药包、手榴弹？你们一定把他找回来，当面澄清，他就是老实巴交种菜的，不是那种人！

胖老虎指着椅子说，坐下，坐下，有话好好说。

大辣椒媳妇不坐，依然在喊，全镇上都在这么传，你们得为他正名！

胖老虎说，就算不是他干的，他想绑架齐大柱，你知道不知道？

大辣椒媳妇怔了下，又吼道，他没那个胆子！

胖老虎说，我是警察，我说话是讲证据的，他有那个胆子，就不会畏罪潜逃了。

大辣椒媳妇说，你的意思是说，不是他干的，他跑了，还活着？

胖老虎扭过头，不瞅大辣椒媳妇，回敬道，我没这意思。说罢，转身就走。

大辣椒的媳妇黏上了马所长，马所长的眉头拧成了山川。

我们没去找三麻子，三麻子自己找上门来了。他在派出所门口探头探脑地往里边瞅，一个协警向他招招手，把他喊了进来。

胖老虎听说三麻子来了，不管马所长是怎么安排的，抢着去接待，当然，少不了我这个跟班儿的。

一般来说，派出所接待人，不在会议室，就在办公室，可胖老虎却别出心裁，把三麻子带进了讯问室。我意识到，胖老虎又要玩花招儿了，非要折腾一番三麻子不可。

讯问室其实就是审讯室，改个名称，不让人难堪而已。屋里没有窗户，灯光也很暗，只有一张讯问用的桌子，对面是嫌疑人坐的椅子。椅子是固定在地面上的，挪不走，一旦把人和椅子铐在一起，那是寸步难移，插翅难飞。

三麻子没等坐下，就一口咬定，炸齐大柱的事儿，是大辣椒干的。

胖老虎盯着三麻子，一言不发。

接下来的事情，果然被我猜中，胖老虎来了个下马威，三麻子的屁股刚一挨椅子，胖老虎的手猛地拍在桌子上，"啪"的一声，像炸雷，吓得三麻子弹簧一般跳起。

胖老虎说，交代你的罪行！

三麻子一副茫然的样子，我是来举报的，我没犯法。

胖老虎说，没犯法？你也没瞅瞅，你进的是哪个屋子？现在说，还来得及，算你投案自首。

三麻子说，这位警官，你怎么能冤枉人呢？我是来举报大辣椒的，他炸了齐大柱。

胖老虎还是不接话茬儿，别给你脸不要脸，这个屋是讯问室，不是接待室，别人的事儿与你无关，就说你自己的事儿。

三麻子说，大辣椒和齐大柱有仇，他犯的案子，凭啥审我？

胖老虎发出了一连串的问题，你和齐大柱没仇吗？他不花钱买你，你能来派出所指控大辣椒吗？你没策划绑架齐大柱的事儿吗？大辣椒的失踪和你没有关系吗？没有证据，能把你带到讯问室吗？

三麻子躲闪着，咬牙说，没有，没有，你这是诬陷！

胖老虎站起来，说道，你回去吧，和亲人道道别，有啥交代的，赶紧说，要不，就没有机会了，别让我拿手铐子逮你去，自己回来。

三麻子走出派出所时，脚步很慌乱。我说，看你把人家吓的，问了这么多，你有证据吗？

胖老虎笑了，有证据就直接铐他了。

我说，没证据吓唬人家干吗？

胖老虎冲着我神秘地一笑，又是一句，你不懂。

马所长与刑警在一起，全心全意地办爆炸案。没出几天，案子就破了，推翻了所有人的判断，与麻辣烫三人毫无瓜葛。作案人是个高中生，成绩还很优秀，尤其是物理和化学，全校拔尖，偶尔也玩一玩电脑游戏，却没耽误过成绩。一个孩子，把案子作成这样，算得上是天才了。

我很惶惑，一个高中生，本该是单纯的年龄，甚至和齐大柱不怎么熟，怎么会有如此的深仇大恨？

没多久，谜底揭开。孩子的父亲、哥哥都在齐大柱的矿里上班，患了严重的硅肺病，无钱医治，双双毙命。母亲拼死拼活地供他上学，累得不行了，没法儿继续供了。高中生和母亲数次为父兄讨要医疗费和丧葬费，均无果而终，好像他们的死是自找的，和矿上无关，不赔偿是天经地义。

高中生义愤填膺，把父兄在矿山时留下的炸药制成炸药包和易拉罐手榴弹，埋伏在齐大柱巡视矿山时必经的兰家沟，制造了一起震惊全市的爆炸案。

我在同情高中生的同时也在想齐大柱，难道说他做了那么多公益事业，纳了那么多的税，都是假的吗？为什么还有这么多人恨他，恨他不死？是他自身的原因，还是体制或者制度上出了啥毛病？善与恶怎么会如此扭曲地集中在一个人的身上？

一个花样的青春，一个才华横溢的学生，即将把大好时光消耗在牢房里，我替孩子惋惜。

线报说，三麻子三天没出屋了。

这不是好苗头，胖老虎带着我到老爷庙山上的果园找三麻子。那天，下着小雨，虽不太热，路却很滑。坑坑洼洼的山路，到处是砾石，警车没法往上开，刮底盘，我们走得歪歪斜斜。

用不着胖老虎拽，马所长主动跟随着过来了。以前，胖老虎对马所长拿他的案子不当回事儿，特别有意见，现在意见云消雾散了。被拉到山上的，还有烫不熟。我有点儿不解，我们办案子，带上烫不熟干什么，累赘。

已经立秋了，山上的梨长得像核桃，钻心虫在梨上钻出了黑痂，梨不再生长了。其他的果树，也没认真剪枝，生得枝叶繁茂，果实很多，却不大。不用问，果园没人用心管，也缺少农药和化肥还有水的灌溉与滋养，几乎快要弃管了。

果园中间的小石屋，安静得很，除了雨唰唰地打，没有别的声音。石屋的门，半掩着，一只山猫机警地从屋里钻出，跳到树上，转瞬间，消失得无影无踪。

不用猜，屋里肯定没人。

大家进了石屋，果然空空荡荡。被褥松散地丢在炕上，一只小炕桌还在炕中间，上面放着两只碗，饭碗没洗，饭粒结在碗沿上，已经干得硬翘翘的了。胖老虎用手指蹭了下炕桌，又摸了几下灶台，几道浮尘没了，留下的是深深的痕迹。

屋里还有一股怪味儿，那是野山猫的尿味儿，我觉得，是不是三麻子没有伴儿，野猫当成家猫养了。

胖老虎却敏锐地说，三麻子跑了。

我还是不明白，无缘无故的，三麻子跑什么？

马所长已经明白了，怪不得胖老虎绕着三麻子打圈圈，原来，三麻子真的有事儿。

胖老虎叫过烫不熟，还是问那天喝酒时的情景，烫不熟已经说了无数次了，他还在问，假如把齐大柱弄到了山上，会藏在哪儿？

这确实是个问题，小石屋就这么一间，藏不住人。

烫不熟出了屋，手掌挡在雨帽下边的额头上，四处张望着，他对胖老虎说，记得果园里有个小果窖，因为都是山砬子，挖得不深，就荒弃了，三麻子说，把人绑在那里最保险。

胖老虎问，果窖在哪儿？

烫不熟带着我们开始在果园里转圈儿，走得泥箍满了我们的鞋，再走下去，只能光脚了。果园里石头多，蒺藜狗子也多，不被石头划破，也得被蒺藜狗子扎伤。转到最后，烫不熟拍着脑袋，纳闷地说，真他妈的怪了，就在眼前来的，咋就没了呢？

果园再小，在山上也是一大片呢，况且都怕受伤，果窖又不会飞，等天气好了再找也不迟。我们只好返回。

天气没有好转，雨越下越大，下成了暴雨。

雨停的时候，天上的乌云立刻散尽，艳阳唰地一下子照射进来，远处的山与近处的庄稼爽朗地呈现在眼前。这就是秋天，痛快。

乌云散了，老爷庙村却出现了奇异的景象，上百只老鸹盘旋在山上。胖老虎听到这个消息，脸都白了，喊了一声，坏了！然后，唤上马所长，从协勤的手里抢过两把摩托车钥匙，跨上摩托，向着老爷庙的山上疾驰而去。

我抱着胖老虎的腰，风刮得我眼睛都快睁不开了，马所长在后边跟得很吃力。又是一次玩命跑，我恐惧得不得了。

雨后的山路，更加艰险，好在是摩托车，没有底盘，总能在砾石间找出缝隙，冲上山去。小石屋外的情景，让我惊呆了。一圈儿漆黑的老鸹挤在一起，“呀呀”地叫着，互不相让，翅膀折腾出了纷飞的黑羽毛。天上依然盘旋着众多的老鸹，寻找着缝隙，准备俯冲下来。

胖老虎重新加大油门，冲着老鸹群猛冲过去。

老鸹们“呀呀”地怪叫着，“轰”的一声，腾空而起。

这时候，我看到了一个快成了骷髅的脑袋，大雨把掩盖着果窖的泥土冲开了。

胖老虎和马所长的两辆摩托车围着骷髅，呈“八”字形。马所长打电话到派出所，让外勤警察都到山上来。胖老虎给刑警队打电话，报告了这里的命案。

我恍然大悟，这么久的折腾，就是胖老虎要的结果，大辣椒找到了，只不过成了尸骨。我小心翼翼地问了句，是大辣椒吧？胖老虎看了一眼马所长，对我说，你也可以当刑警了。

这哥儿俩，演双簧呢，早就知道咋回事了，只不过是分兵作战。

没有了老鸹，苍蝇们乘虚而入，胖老虎折下一根树枝，轰赶着。

警察们都来了，挖大辣椒的过程，就像挖出土文物。大辣椒的肉已经腐烂了，碰一下，就会掉块肉，除了快被老鸹啄净了的脑袋，警察们尽量保持身体的完整。

一股臭味儿袭来，我承受不了，再一次躲开了。

大辣椒媳妇赶来了，望着挖出来的遗体，居然没有哭，趴在泥水里，扶都扶不起来，脊背在抽搐着。

大辣椒女儿凄厉地哭喊着，你不是说带我去旅游吗，怎么躺在这里了？

街头上、电视里都是通缉令，通缉涉嫌杀人的三麻子。

我忽然想起了马所长说的那句话，人最不可靠的就是结盟。如今，这生死四兄弟，全部反目成仇，都应验了马所长的话。

可是，三麻子为啥杀大辣椒，我一直搞不明白，他们俩没有怨，更没有仇。胖老虎不解释，让我耐心等待，等抓住三麻子，真相就会大白了。

这几天，胖老虎带着我，一直奔走在三麻子的亲戚家、朋友家，奔走在三麻子有可能落脚的地方。不分昼夜地奔走，累得我有点儿吃不消了，我毕竟不是警察，没有抓人的权力，更没这份义务。胖老虎却是精神抖擞，因为成功离他只有一步之遥，他要把三麻子撵成无窟可归的兔子。

通缉令中明文规定，提供线索者赏，窝藏者坐牢，三麻子不是八路军，没人愿意把麻烦和祸根藏在家里。

三麻子很快就现形了，两万元的悬赏，让许多人眼热。有人举报了三麻子的行踪，而且地点特别详细，虹螺山怀抱中的天然寺。通缉令不能往庙门上贴，和尚不管俗间事，也就不会问三麻子为啥来到庙里头。究竟是谁想领奖金，没人会告诉你。

得到消息时是晚上，马所长和胖老虎带着派出所里的警察全部出动。因为三麻子身负命案，担心他负隅顽抗，警察们带足了警棍和警绳，唯一没带的就是佩枪，因为没时间向上级请示。马所长骂了句，不让警察带枪，牺牲了多少好兄弟。都注意安全，别玩命。

三麻子早就是惊弓之鸟了，没等警察接近天然寺，便仓皇地往山上逃。好在警察们的手电光特别强烈，追着三麻子的身影，让他无处藏身。

毕竟，三麻子常年在山上，也没断了劳作，虽然年龄大了些，往山上爬的速度却一点儿也不慢，我们都被甩下了。

有两个受过特警训练的警察，离三麻子越来越近了。三麻子不甘心被抓，向那两个警察甩石头。那两个警察没有枪，只能用石头回击。

山上，是一片石头大战，三麻子居高临下，石头甩得远，两个警察的手电筒都被击中了，人也受了伤，眼看着追不上了。

三麻子的黑影离我们越来越远，我以为，煮熟的鸭子又飞了，没人能跑得过他，没有枪，就没有震慑，他更不会束手就擒。

可是，意外是经常发生的，得来全不费工夫。三麻子脚下打滑，一个趔趄倒下了，从山上哧溜哧溜地往下滑，一直滑到我们面前。居然送上门来了，马所长和胖老虎喜出望外，带着好几个人一拥而上，七手八脚地把三麻子按在底下。

马所长掏出了手铐，边铐边骂，妈了个巴子的，看你还往哪儿跑！

胖老虎突然跳起脚来骂，操你妈老马，你把我的手铐上了！

七

押着三麻子回到了派出所，怕他再跑，脚镣子也戴上了，另加一套保险，把他绑在了讯问室的椅子上，等待着刑警队来提人。

大辣椒媳妇听说三麻子被抓住了，披头散发地追进来，有警察拦着，不让大辣椒媳妇进。胖老虎使了个眼色，让她进来。大辣椒媳妇扑在三麻子身上，连打带咬，新伤加旧伤，疼得三麻子直叫娘。

我们当作没看见。

大辣椒媳妇质问三麻子，凭啥害死大辣椒？

三麻子说，我们是兄弟，我没想害死他，让他把齐大柱哄来，他不敢，我拿铁锹打他，逼他去。我打的是他的屁股，没想到，他吓得一缩身子，铁锹就砍到了他的脑袋。我把他埋在果园里，就想天天对他说，对不起。

说到这里，三麻子仰起头，长叹一声，我们哥儿仨是活废物啊，本想从齐大柱手里弄点儿钱，没想到把自己弄得人不人鬼不鬼的。

胖老虎瞅了我一眼，一切尽在不言中了。大辣椒媳妇发泄一通过后，我们俩扶着她的胳膊，把她架出了讯问室。

麻辣烫的故事讲完了，他们兄弟几个人的样子渐渐地淡出了我们的视线，还有许多事情要做，我们的故事还没有完。

后来的日子，马所长调走了，调到市区里的分局，给他的位置他还算满意，起码不让他寝食难安了。胖老虎恢复了所长的身份，不过，不在市区，留在了镇里。我体验生活的日子还没满，留下来陪胖老虎。齐大柱偶尔也来派出所坐一坐，想和派出所套近乎，也想赞助点儿钱，胖老虎对他只有一个字，滚！

晚上，我俩时常到镇政府外的那家小店，简简单单地吃碗麻辣烫。有时，我们被辣得合不上嘴，直到咽下去，嘴唇却是麻酥酥的。之后，我们同时说，好爽。

这就是生活。

国之盾（节选）

——鲜为人知的中国警察故事

蒋　巍

第四章　A 级通缉令：“死亡约会”

怀着深仇大恨，李芳和妹妹默默等了十年，盼了十年。

终于等到了这一天。2011 年年底的一天，身在四川省某市的李芳泪流满面，拨通了哈尔滨市一位陌生警察的手机：“你是许建国队长吗?”得到对方肯定的回答，李芳扑通一声跪下了，她恸哭着说，“我现在在四川，是跪着给您打电话的……刚刚在报纸上看到你破获的一个大案子，抓住潜逃十多年的杀人恶魔杨树彬、戢红杰。今天又恰好是我的生日，您是让我获得重生的大恩人啊……”

哈尔滨的一个女性沈玉梅，则为等待这个结果足足熬了十九年，从满头青丝熬到两鬓霜白。

一、魔鬼的钻戒

人不可能把钱带进棺材，钱却可以把人带进棺材。

1999 年夏，深圳某高级社区，阳光明媚的下午。一辆的士疾驰而来，停在一幢公寓楼门前，两个花枝招展、穿着性感的女孩儿下了车。这幢公寓楼是新建的，住户不多，来往的人很少。轻风中，两个女孩儿裙裾飘飘，长发乱飞，高跟鞋一路响亮地穿过大堂，进入电梯，升到第十四层，然后按响了一间套房的门铃。

门开了，迎接她们的是红红。三个女孩儿都是深圳一家豪华夜总会的舞女。昨天夜里，在 KTV 包房，红红把一位年轻英俊的老板介绍给这两个女伴。她说：

“老板姓周，是做煤电生意的，现在唯一让他发愁的就是钱多得花不出去。你们看，他是不是长得特像香港影星周润发，熟人都叫他发哥。”姑娘们媚眼一飞，这位发哥身材高大，浓眉大眼，肤色白皙，留一头齐整的板寸，身后还跟着一位文质彬彬的秘书和一个黑壮保镖，确实很有范儿。随后，唱歌跳舞，喝酒聊天，发哥表现得很绅士，话语不多，表情深沉，对姑娘们彬彬有礼，绝不动手动脚。但他似乎对其中一个女孩儿婷婷特别情有独钟，一曲舞过，发哥掏出一个小巧的红丝绒盒子递给婷婷：“这是我的一点儿小心意。”

婷婷打开盒子一看，哇，一枚闪闪发光的钻戒！

发哥接着说：“明天，你可以拿到珠宝店鉴定一下是不是真货，然后打电话告诉我，也算证明我是真心实意的。”

第二天上午，婷婷跑到珠宝店鉴定了那枚钻戒，果然是真的！天哪，婷婷不由得心荡神驰，看来发哥真为自己倾倒了……就在她痴痴地梦想着自己和这位“高富帅”的种种可能与未来时，红红给她发来短信：“我已到，速来。”

婷婷没有丝毫的犹豫，匆匆约上一个女伴赶去赴约。两个女孩儿刚刚迈进房间，厚厚的防盗门就从里面锁死了。发哥从卧室走出来，脸上的笑很诡异，婷婷喜滋滋迎上去刚要问好，秘书和那个保镖猛然从身后扑上来扼住她和女伴的喉咙，随即用胶带封住了她们的嘴巴。发哥的表情也变得狰狞可怖，抡起大巴掌猛扇过来，两个女孩儿顿时鼻口蹿血，摔倒在光滑的地板上……

一切都是那枚钻戒惹的祸。

这位“发哥”就是杨树彬，“红红”就是戢红杰，另外还有那个秘书和保镖，共计三男一女。出道之初，杨树彬多次约夜总会女孩儿上门，都遭到婉拒。这些风尘女孩儿深知来夜总会寻欢作乐的客人鱼龙混杂，因此很注意自我保护，一般情况下绝不上门“服务”。于是杨树彬想出一个“金钩钓鱼”之计：拿钻戒当诱饵。一枚价值数万元的钻戒白白送你了，我难道还不是阔佬吗？这难道不是爱的表示吗？

此后几天，杨树彬、戢红杰和两个同伙对女孩儿用尽种种酷刑，逼她们交出自己的钱财。两个女孩儿为求活命，不得不交代了自己的银行卡密码和住处，几年来出卖青春的全部收入都归了发哥一伙。两人还被尖刀、铁钳逼着，以“患了急病”或“有急用”为借口，向亲友“借”了很多钱。数十万元到手后，发哥冷冷地说，该处理“后事”了。第七天清晨，透过一扇窗口，在那栋公寓楼的套房内，两个一丝不挂的女孩儿遍体鳞伤，静静地躺在席梦思床上，脸部、乳房、手臂、大腿有很多处被烟头烫伤和铁器重创，所有红指甲都被铁钳夹碎。

随着杨树彬一声令下，房间仿佛变成了医院的外科手术室，薄薄的塑胶手套戴上了，一堆闪闪发亮的刀具、铁器摆了出来，煤气灶也点燃了……很快，两朵青春之花被肢解了，碎裂了。

窗外的朝阳冉冉升起。“讨厌！天这么快就亮了！”在满室腥臭的雾气中，响起戢红杰喑哑的声音，随即唰的一声，窗帘拉上了。

戢红杰，眉眼俏丽，身材窈窕，1981年出生在吉林省舒兰市溪河镇四家子村一个贫苦农民家庭。母亲患有癌症，父亲性格暴戾，好喝酒，醉了以后对家人非打即骂，家里几乎没什么收入，也看不到任何希望。十七岁时，戢红杰逃离这个冷冰冰的家庭，南下深圳在夜总会当了陪舞女。两年后，她被杨树彬用那枚钻戒勾下水，一夜风流之后，成了他的情妇与帮凶。此刻，戢红杰照例穿着自己特殊的“工作服”，半裸的身体只遮着一副黑色乳罩和一件黑皮短裙，连鞋都没穿——一切为了避免染上血迹。屋里太热了，而且整整忙了大半夜，大汗淋漓的她点燃一支细雪茄，冲着发哥说：“他妈的快饿昏了，出去吃点儿东西再干吧。”她的声音因疲惫而变得十分嘶哑，像电锯切过空气。

“快干！这就完事儿了。”发哥说。另外两个瘦男人像冰冷的机器人，一个俯身在浴盆前细心而专业地切割着，另一个站在煤气灶前鼓捣着蒸锅。四个杀手紧张地忙碌着，凶光在闪，血光在闪，煤气灶的火光在闪……三四个小时过去了，临到中午，所有的活儿都利索了。红红打开窗户，腥臭的雾气很快消散。此刻，地板光滑如镜，浴盆被冲洗得干干净净，洁白发亮。三个男人套上笔挺的西装，红红套上一件蓝色牛仔马甲，蹬上高跟长筒黑皮靴，然后对镜拢拢汗湿的披肩发，得意地摆出一个S造型——一个妖冶的狐狸精显形在穿衣镜里。发哥走过去揽住她的纤腰说：“走吧，我们可以出去吃一顿牛排了。”

一次“死亡约会”宣告结束，两个夜总会女孩儿彻底人间蒸发。因为她们从事的是难以告人的暧昧职业，对外报的是假名字、假住址，对家人说的是假工作，因此在以后很长很长的时间里，没有多少人关心她们去哪儿了，为什么失踪了。其家人因久久打不通她们的手机，才急忙赶到这座城市，哭求警方帮助查寻。

警方的记录只能是“失踪”。

接着，又是连续几个“失踪”……

这是令人痛心的警示：所有渴望一夜暴富的天真女孩儿，千万要小心！把青春出卖给魔鬼，那是刀尖舔血的游戏啊！

二、许建国：一直“惦记”着发哥

2011 年盛夏，夜幕下的哈尔滨。

傍晚，哈尔滨市公安局巡（特）警支队第七大队大队长许建国身穿便衣，出现在哈尔滨中央大街。这条街是哈尔滨最亮丽的风景线，时尚女孩儿都把它当作长长的 T 台，每来散步总是穿着最漂亮、最性感的衣裙，结伴成对，招展来去。距中央大街不远，在景灯的照耀下，暗红色的索菲亚教堂和它高耸的圆顶直伸夜空。

许建国，中等身材，结实健壮，板寸头，团圆脸，一双圆溜溜的老虎眼，平日与人交往总是笑呵呵的，像笑口常开的弥勒佛。其实同事们都知道他是狠角色，说话狠，办案狠，对自己也狠。每年冬天，零下三十多摄氏度，松花江上凿开一米多厚的冰层，开出一个泳池，许多冬泳爱好者年年在这里劈波斩浪，许建国就是其中的健将之一。曾有很多同事裹着厚厚的羽绒服跟他过来看热闹，只见他穿一条泳裤，站在冰跳台上展臂一跃就消失在漂着碎冰的江水里，上来时浑身红鲜鲜的，活脱脱一只红烧大虾！

此刻，许建国的思绪完全萦绕在公安部发动的“清网行动”上。2011 年 5 月 27 日零时，公安部组织的重大战役——追捕网上在逃人员的“清网行动”在全国展开，由副部长刘金国（现为中纪委副书记）直接指挥。数十年来，全国 A 级、B 级通缉犯和网上挂名的在逃人员约有 32 万人，公安部设定雷打不动的行动目标：通过为期一年的追捕，各地在逃人员数量必须下降 50% 以上！全国公安系统“全警出动”，追逃指标层层分解，落实给每一支战斗分队甚至每一位警察。200 万警察闻风而动，雷霆出击！

许建国时任哈尔滨市公安局巡（特）警支队第七大队大队长，按职责分工只管路面控制、社会维稳，不管破案，但他和战友们自觉承担了部分追逃任务。接到任务指标后，许建国浑身肌肉都绷紧了，像一只时刻准备跃出丛林扑向猎物的猎豹。第一个闪入他脑际的名字就是——杨树彬！

这家伙在逃整整十八年了，许建国一直“惦记”着他。一则因为沉甸甸的职责，二则因为放不下的记忆。

两人是一对天生的冤家。许建国比杨树彬大六岁，都出生于哈尔滨市老工业区平房区，家住前后街，从小就认识。二十世纪八九十年代，国企处于艰难的改革初期，工人下岗分流，生产举步维艰，社会管理松弛，街头上游荡着许多小混混儿，杨树彬就是当地最有名的一个。他幼时丧父，缺少管教，书读得一塌糊涂。当时武侠片《霍元甲》《陈真》《少林寺》正在热播，其母便送儿子到五台山学了一阵子武术，想让他以后当武打演员混口饭吃。回来后，杨树彬自恃有一身武功，剃了光头，拢了几个坏小子整天在街上打架斗殴，人送绰号“武和尚”。杨树彬生性残暴，出手不计后果。有一次他和两个同伙把一个对头打得死去活来昏过去了，三人竟把那人抬到马路中央，用草帘子盖上，然后坐在路边一边抽烟聊天一边瞅，看哪辆车能轧死他。瞅了半天没车轧，杨树彬和同伙才晃晃悠悠走了。

许建国在家排行老二，从小练单杠双杠，练出一身疙瘩肉，且酷爱冰上运动，是哈尔滨东安厂冰球队的著名前锋，因此在当地小有名气。有一次，还是初中生的“武和尚”杨树彬在街头欺负放学回家的女孩子，被许建国抓住暴打了一顿，从此杨树彬见了许建国就装出一副老实相，开口闭口叫“二哥”。

二十世纪九十年代初，全国各行各业兴起经商热。许建国毅然从东安厂辞职，办了一家汽车零配件商店，专向平房区几个大型国企提供快捷服务，生意做得红红火火。1992 年夏，公安部门见这个小伙子头脑灵光，很有能力，说我们想以“特殊人才”的名义把你调进来，干不干？许建国闻言两眼放光，腾地站起来：“要是让我当警察，我啥都不要了！”晚上回家，他进门就给老爸老妈立正敬个军礼，老爸哈哈大笑说：“哪有警察穿大裤衩子敬礼的！”

从警以后，许建国干得虎虎生风。进入新世纪后，他调入巡警支队，出任第七大队大队长。上任那天，几十位属员见这位警长一副胖圆脸，笑呵呵像个弥勒佛，有些高等警校出来的年轻人心里不太服，私下说，这位警长开个机床、做点儿小生意还行，当大队长也就是磨磨脚板搞搞巡逻，至于抓坏人破案子嘛，有点儿悬！

上级领导把群众的议论反映给许建国，让他努力工作当个表率。许建国大大咧咧地说：“我又不是人民币，怎么能让人人喜欢我？铁杵能磨成针，木杵再磨也是根牙签，是什么料走着瞧！”

时过不久，许建国就来了个“壁虎爬窗台——露一小手”。

一个连续作案抢了五名夜行女工的“黑衣大侠”企图再次行抢时，被连续几夜蹲坑儿守在街角的许建国和其他巡警一举擒获。紧接着，九个来自四川大山深处的彝族飞贼乘盛夏之际潜入哈尔滨。他们黝黑精瘦，手长腿细，身轻如燕，登高攀爬，快捷如猴（后来我从北京市公安局了解到，这伙飞贼在家乡得过祖辈真传，个个是盗窃高手，“征战”过许多城市）。午夜过后，乘人们熟睡，他们带上专业作案工具，分散到各个社区，攀墙登壁，或割开纱窗，或跳进阳台入室行窃，最高的能爬到八楼。第二天一早，他们即将赃物打包通过火车物流寄回老家，住地不留一点儿痕迹，即使被警察抓住也无证物。

十几天他们连续作案几十起，哈尔滨人心惶惶。当地《新晚报》使用的标题是：“何来蜘蛛王？惊梦哈尔滨！”许建国发了狠，带队昼伏夜出，加强巡逻。一个深夜，发现远处有两个长衣长裤的瘦子，一边走一边东张西望，他当即判断：“注意，这两个王八蛋很可疑！”正值炎炎盛夏，这两人还是长打扮、塑胶鞋，显然不合常理。他打手势让警员不得出声，悄悄跟在后面，等到两个飞贼攀爬作案、双脚落地的当口儿，警员们如饿虎扑食当场将两个飞贼按倒。随即根据口供，许建国和警员们直扑火车站附近的出租房内埋伏。“满载而归”的飞贼们回来一个抓一个，瓮中捉鳖，人赃俱获，被一网打尽。

连破“黑衣大侠”和“蜘蛛王”两案，队里的年轻人对许建国心服口服了。

后来，许建国和战友奉命驰援汶川大地震，远赴新疆参加反恐战斗，屡立战功。在哈尔滨一次次维稳行动中，他也是一马当先冲在第一线。不过，他给下属警员定下一条铁律：如果是官员失职引起的纠纷，绝不可用粗暴的手段对付老百姓，而是要求官员出来表态，给群众一个合情合理的交代。一次，一个婴儿因患禽流感死亡，一群家属把孩子尸体放到医院办公桌上，闹闹哄哄要求“追责”。事态迅速扩大，孩子尸体放在那儿谁都不敢碰，医院陷入全面混乱。闻讯赶到的许建国镇定自若地走上去，抱起孩子尸体走出医院，通过劝说很快平息了家属的怒气。

在第七大队，在哈尔滨市公安系统，许建国的胆气、豪气有口皆碑。

1993 年年初，平房区那个有名的街坊“武和尚”——二十三岁的杨树彬，再度引起许建国的关注。1 月 7 日晚八时许，杨树彬和同伙刘某、李某在哈尔滨上游街 116 号台球室与另几人发生争执，双方乱成一团打起了群架。杨树彬当场刺死一人，另有两人受伤。其同伙刘某、李某很快被抓获，主犯杨树彬却逃得无影无踪。此后，死者郝洪滨的妻子沈玉梅不得不走上漫长的上访之路，无数次到公安机关哭诉，要求将凶手杨树彬抓捕归案，让九泉之下的丈夫得以安息。

一个寒冬的早晨，许建国骑车到上游街 76 号队部上班，早就候在那里的沈玉梅扑通一声跪倒在他面前，未说话眼泪先下来了。许建国赶紧扶她起来，问有什么事。沈玉梅说，她在报纸上读到报道，称许建国是破案高手，于是大清早来堵他，请求他为丈夫郝洪滨报仇，设法抓住潜逃多年的杀人凶手杨树彬……

“武和尚”在哪里？自此成了许建国念念不忘的“牵挂”。他特意找到杨树彬的家，向杨母交代：“您儿子杀人潜逃，犯了死罪。如果他跟您老联系，您要好好劝他投案自首，还可以宽大处理。他要是不回来，就是逃到天涯海角，我也要把他揪出来！”

奇怪的是，许多年里杨树彬不见踪影也毫无动静。2011 年 5 月 27 日，公安部“清网行动”在全国展开。许建国想，杨树彬从 1993 年潜逃至今，整整十八年无影无踪，被害人郝洪滨的寡妻沈玉梅已届中年，孩子也已长大成人。杨树彬是死是活必须搞清，必须给被害人家属一个交代。如果他还活着，必须抓捕归案绳之以法，还法律一个公正！

三、连环血案：第十个专案组

2002 年 9 月，吉林市某夜总会，“死亡约会”在继续上演。

一支舞曲终了，美貌如花的年轻歌手燕燕登台了，全场响起一片热烈掌声和尖利的口哨声。燕燕是当地有名的“小歌后”，每唱完一首歌，都会有老板、大款捧着鲜花上去拥抱一下，在脸蛋上吻一下，然后把一卷小费塞进她的胸罩。半个月前，杨树彬一伙潜入吉林市，戢红杰一直在这里坐台“钓鱼”，已经和燕燕混成姐妹了。一天夜里，燕燕唱完了，戢红杰招手让她过来，悄悄贴耳说：“燕妹，我给你介绍一位钱主儿，人称发哥。别看年轻，人家可是开发电厂、做煤电生意的大老板。好好侍候，以后可别忘了姐姐啊！”

发哥揽住燕燕的纤腰，款款走向舞池……

同一枚钻戒，又戴到燕燕的无名指上。

第二天上午，即 2002 年 9 月 11 日，燕燕如约来到吉林市船营区一处住宅楼七层的一间房屋。厚厚的防盗门关严后，接下来都是惯例了，经百般折磨殴打，燕燕被迫交代了银行卡密码，又电话约来另一名女孩儿小凤。两个姑娘的钱财被全部取光后，三个杀手仍嫌不够，逼着燕燕以各种理由给家人和亲戚打电话要钱。燕燕的父亲曾在公安机关工作过，警惕性很高。他想，女儿自己的存款不少了，为什么这几天一再跟家里要钱？他预感事情不妙，于是匆匆开车赶往吉林市。接到女儿第四个要钱的电话时，他说：“你不要急，我已经向公安局报案了，下午就会赶到吉林。孩子别怕，爸爸很快会找到你！”

听燕燕的父亲说报了警，三个杀手大惊失色，当即勒死燕燕和小凤，碎尸后拌入大量花椒大料冲进下水道。忙到中午，三人都累了也饿了，下楼聚到一家小饭店胡乱填饱了肚子，然后回到社区，准备收拾工具逃跑。没想到，这时他们租住房屋的那栋楼前已经挤满居民，正叽叽喳喳嚷着什么。三人有些心惊，挤进人群一听，原来是一层住户的下水道堵了，马桶里浮上一层层碎肉馅，散发着刺鼻的花椒大料味，物业叫来管道工人正在疏通。围观的居民很气愤，纷纷说：“这年头儿有些人富得不知东南西北了，刚买的肉馅都倒掉扔了！”“堵成这样子，足有几十斤了，谁家能买这么多肉馅?”“谁会把肉馅扔掉啊？应当叫警察来看看……”

三个杀手脸色大变，挤出人群，走到僻静处。杨树彬压低声音说：“看来这事儿要露了，可屋里还有咱们的手包什么的，必须设法拿出来。”他对张玉良说，“你小子长得文质彬彬的，不会引起注意，赶紧上去把东西拿出来。注意别紧张，装成楼里的居民，溜达着走。”

身材细长、肤色白净的张玉良吓得脸无血色，嘴唇直哆嗦：“怎、怎么往下拿呀？要是引起注意就完了。”杨树彬抬头瞅瞅楼房，立马有了主意：“你从后窗扔下来，让红杰假装你老婆，在下面接着!”少顷，张玉良努力镇静着自己，双手插兜，一路吹着口哨上了楼，遇见邻居还礼貌地打个招呼。进了七层的那扇房门，他迅速收拾起各种物件，然后探身冲楼下的戢红杰喊了一声：“老婆，接着!”

两个包从七层窗口扔下来了，三个杀手很快逃离了吉林市。

大约半个小时后，110 警员赶到。他们一层层敲门查问是谁家扔的肉馅，家家都说不是他们的。一直上到七楼，再三敲门，房内没有任何反应。警员不得不用工具撬开房门。后来一位警队队长回忆说：“门一开，满屋热气蒸腾，一股恶臭扑鼻而来，地上摆着七八个大塑料桶，里面装的全是碎尸块，我干了一辈子警察，从未见过这么血腥残忍的场面，他们简直就是一群变态杀人狂!”

经警察现场勘查，三个凶手都留有指纹。在衣柜上方顶盖上，赫然发现一本驾驶证，证主：张玉良!

张玉良潜回房内收拾东西时，紧张之中显然忘记自己的驾驶证藏在柜顶上了。吉林警方顺藤摸瓜，查到哈尔滨市平房区，查到吉林市下属的舒兰市，查明三名犯罪嫌疑人的真实姓名为杨树彬、戢红杰和张玉良，他们还有另一个同伙叫吴宏业，不知何故未参与此次作案。三名男性凶手皆出生于哈尔滨市平房区，戢红杰出生在吉林省舒兰市溪河镇四家子村。

“9·11”血案震动全吉林，震动公安部。吉林警方组成专案组，对凶犯全力追查。但这四个杀人魔鬼匿名隐身，时而分散时而聚合，逃得无影无踪。2003 年年初，四人潜逃到浙江省台州市，继续用“死亡约会”的方式杀害了两名青年女性，敲诈勒索近 20 万元。不久，杨树彬和吴宏业再潜入浙江省嘉兴市，杀害一名女性，掠得近 8 万元。此后，四个杀人恶魔突然销声匿迹，再无动静，仿佛这个世界上他们从来不曾存在过。吉林市公安局及各地警方先后组成九个专案组，负责追查他们的下落，都无功而返。

2006 年，公安部在内部网上对这四名犯罪嫌疑人发出 A 级通缉令。

2011年5月，“清网行动”全面展开，全国一盘棋，公安大合围，网上“在逃人员登记信息表”上的名字雪崩般纷纷塌落，不断被勾销。那些日子，哈尔滨市巡（特）警支队第七大队大队长许建国不断翻查网上动态，他发现，1993年在哈尔滨市一家台球室杀害郝洪滨的杨树彬，2002年9月11日突然出现在吉林市，和两个同伙在那里杀害肢解了两名青年女性，遭公安部通缉。许建国还注意到，这个犯罪团伙中的吴宏业，是他小学时同级不同班的同学，另一个同伙张玉良曾在东安厂当过工人，他也认识。不过奇怪的是，2002年吉林“9·11”血案后，杨树彬一伙似乎金盆洗手退出江湖，迄今近十年再无任何动静。

许建国据此推断，杨树彬一伙一定有了一个较为安稳、固定的藏身之所。“他妈的，兔子有窝就好找了！”他对同事们说。

为擒获杨树彬这伙杀人狂魔，许建国主动找到哈尔滨市公安局局长请战，要求组成专案组尽快投入战斗。他信心满满地说：“我瞄上他不止一年两年了，这小子一直流窜作案，这些年没动静，估计一定在一个什么固定地方安家落户了，应当好抓了。”局长微微一笑，大笔一挥，批下一行字：“时不我待，更待何时。同意！”

专案组随即组成，这是多年来中国警方为抓捕A级通缉犯杨树彬杀人抢劫团伙成立的第十个专案组，代号“9·11”专案组，这个日期太好记了！

8月1日，会议室兼大队长办公室里，八位战警集中了。说实话大家都有点儿挠头，从1993年算起，杨树彬已潜逃整整十八年，全国各地公安先后组成九个专案组追查他的行踪，都无果而终。现在咱们手上毫无线索，大江南北茫茫人海，上哪儿摸他去？许建国一口接一口吸烟，不动声色，先听大家的。末了该他说话了，他横着老虎眼狠狠扫视一圈：“杨树彬是哈尔滨人，他的第一起杀人案也是在哈尔滨犯的，抓不着他是咱哈尔滨警察的耻辱！杨树彬逃了十八年，死者郝洪滨的妻子沈玉梅告状告了十八年，告到她老了，孩子长大成人了，告得市局接待室的人见她脸就红，没法儿答复人家，到现在孤儿寡母的眼泪还没干！你们知道不？这是咱的责任，也是咱的耻辱！”

许建国眼睛血红，还有点儿湿，后两句几乎吼起来了。满屋烟雾腾腾，一片静寂。

许建国停顿一会儿，接着说：“其他省市先后组织了九个专案组没干明白，这不怪他们。他们不熟悉哈尔滨人情地理，不了解平房区情况，一个知情人都摸不着，咋破案子？咱是第十个专案组了，压力是够大的，再干不明白，那真是光屁股拜年——转圈儿丢人。不过，咱有咱的优势：其一，杨树彬团伙除了那个女的家在吉林，其余三人都是平房区的，肯定留有大量社会关系和行动的蛛丝马迹，我本人就见过他们。外地警察摸不着的线索，我们肯定可以摸到。其二，这次‘清网行动’规模大，声势强，同时有了网上作战平台，为我们提供了全新的更有效的侦查手段。咱们必须下定决心，拿出真本事，下点儿苦功夫，在‘清网’时限内把这几个杀人恶魔抓捕归案！这件事是我主动请战的，干不成，我许建国丢不起这个人，一定向局领导请罪辞职！”

这无异于壮士断腕，背水一战，铿锵有声，句句震撼！

专案组兵分两路，迅即展开全面排查。一路在网上寻找可疑踪迹，电话清单、医保档案、户籍资料、网络使用信息、银行账户等，都尽可能全面排查。另一路由中队长郑玉金率领贾玉琢、王维、孙岩三位警员在平房区围绕杨家居住处，走访附近几条街的老居民。一条重要信息很快反馈回来：杨树彬逃亡后，家里只有其弟杨树凯和母亲刘凤云，不过数年前杨树凯悄悄把房子卖掉，和母亲迁往外地，不知去向。

再查戢红杰的老家吉林省舒兰市四家子村，发现其母早年去世，其弟戢守营、其父戢景志也已迁往外地，不知去向。

几天下来，专案组走访了 50 多个单位、300 多位老居民，终于大海捞针似的发现一条重要线索：前几年，一位中年街坊去医院看望住院的父亲，路经神经内科病房时，见里面躺着的一个人很像杨树彬的弟弟杨树凯，不过床头挂着的名牌好像叫“王什么凯”。他觉得自己可能认错了人，没再理会就走了。专案组对此线索如获至宝，迅速赶到该医院，经翻阅病历档案，“王学凯”的名字赫然显现！

专案组会上，许建国兴奋地说：“这是本案的重大突破！两条信息反映了一种可能：杨树彬逃亡十多年没动静，其母和弟弟杨树凯却悄悄迁走了，戢红杰的父亲和弟弟也迁走了，这件事很可能是杨树彬一手策划的，其目的只有一个：切断我们的追查线索。此外，杨树凯返回老家看病，改名为‘王学凯’，证明他很可能与杨树彬有联系。据此推断，杨树彬一伙很可能漂白了身份，找到较为隐蔽的住处，于是让两家人全部改名换姓，迁往同一住地。我们只要找到这个‘王学凯’，就一定能够抓住杨树彬的狐狸尾巴！”

许建国还分析说，杨家和戢家都是北方人，不可能躲到南方去，因为语言不通，习俗不同，很容易引起注意。他因此给部下设定：以东北三省、内蒙古、山西等地为重点，以黄河以北的北方、西北地区为搜索范围，按杨树凯出生的 1972 年上下各延伸四年，全面上网搜寻所有“王学凯”的身份和来历。

天哪，那是上百万的海量搜索啊！许建国和警员们守在电脑前，通过公安内部的户籍网一个个查阅，一张张照片比对。没黑没白，昏天黑地，眼睛痛了就滴眼药水，饿了就吃方便面，实在困了就趴桌上打一会儿盹儿。十几天夜以继日大浪淘沙，全部查完，没一个像的，也没一个背景可疑的。

“上下再延伸一年！”许建国来了狠劲儿。

查阅量又增加数十万，还是没有！

“这个王八蛋明明活着，明明在，我就不信查不到，再延伸一年！”主查的年轻警员孙文明是警校毕业的高才生，精通电脑网络，入队以来以吃苦耐劳、能征惯战著称，连他也叫苦不迭，说上下各延伸六年，就是整整十二年内出生在中国北方的“王学凯”，这要查到何年何月啊！“查！”许建国瞪着老虎眼吼道，“查不到就让你赵钱孙李挨个儿查！”在场警员哄堂大笑。

那天凌晨三时，一双双困顿血红的眼睛对着电脑，一个个“王学凯”翻了过去，突然，许建国瞪大眼睛叫：“停！翻过来再看看这个！”

这个“王学凯”被重新翻了回来。其出生日期标明为1978年2月12日，比底档中的杨树凯小了六岁，但仔细一看，这个“王学凯”虽然胖了一些，两人模样却相差无几！

“就是他了！”许建国高兴得像中了彩票大奖，蹦起老高，几位战警也爆出热烈欢呼，纷纷给许建国叫好，连骂人词儿也用上了：“许队，你真他娘的是神算子！”

这个“王学凯”的现住址为：内蒙古包头市昆都仑区钢铁大街某社区8栋24号！

不过令人费解的是，这个“王学凯”出生地标明为：河南省柘城县。

难道天下碰巧有长得这么相像的两个“王学凯”吗？

事关重大，情况迅速报到市局领导那里。局长说：“不入虎穴，焉得虎子。是真是假，只有到了包头才能查清楚。而且行动要快，以防生变。如果杨树彬也在包头，这家伙反侦查能力很强，狗鼻子闻到味儿一旦脱逃，你许建国这辈子就甭想抓到他了。”局长补充说，“到了包头也要高度保密，不得惊动任何部门，包括公安，一是防止走漏消息打草惊蛇，二是给自己留个余地。这不是不信任兄弟单位，万一到人家地方搞错了，悄悄去悄悄回，等于给自己留点儿面子。”战警们都笑了。

就在这时，一直在网上不停搜索的警员孙文明砰的一声闯进门，兴奋地叫：“查到‘王学凯’的母亲了，叫刘凤云，也住在包头，她就是杨树凯的生母，真名实姓，只是出生年份从1945年改为1948年！”

目标就此锁定。2011年10月中旬的一天，哈尔滨市公安局派出巡警支队副支队长张晓波、张航带领先遣小分队前往包头，进行秘密侦查。

四、金蝉脱壳：从发哥到礼哥

包头市昆都仑区钢铁大街，某豪华小区。

傍晚时分，一个叫王学礼的中年男人穿过草坪上的甬道，漫步走出社区大院。他人高马大，身材粗壮，衣着体面，体重足有一百多公斤，一看就是社会上的成功人士。步出花草芬芳的社区后，他向左拐进入不远处的一家足道馆。多年来，在那里洗足，按摩，品茶，同按摩女郎春风一度调调情，然后睡上一小觉，或者和朋友洗脚后再喝酒聊天打牌，是他的最爱。王学礼有很多朋友，大家都知道他开了三家店：一家足道馆，两家台球厅，生意都很火。不过王学礼从不到自家的足道馆去，那里由妻子一手打理，做点儿什么暧昧事情不方便，再说去了等于白占了自家客人的位置，何必呢。

听谈吐看举止，王学礼如同他的名字，是个层次很高的人，朋友圈知道他是不显山不露水的千万富翁，都礼貌地尊称他礼哥。礼哥性情随和，善结人缘，而且有一个好习惯，每天坚持看《新闻联播》，国内外各种大事知道得一清二楚，酒桌上总能眉飞色舞娓娓道来。当地一些官员朋友对他敬佩得五体投地，说："礼哥，你比我们见过的当官的素质还高，当年应当从政啊！"王学礼笑说："小时候我家生活太困难了，因此一心想挣钱养家。要是走从政的路，怎么也能混个师长旅长干干。"

不过，这天王学礼到足道馆去，心情似乎很差。那里的老板娘见他到了，赶紧满面春风地迎过来："财神爷到了，有请有请！礼哥今天怎么了？有什么国家大事要你操心了？"王学礼一惊，这个娘们儿眼光够贼的，显见自己的心情挂在脸上了。他赶紧调整表情，展颜一笑说："老母亲身体有点儿病，我这个当儿子的惦记啊！"

"我知道，"老板娘说，"礼哥是大孝子，老人家有你照应着，是前世修来的福分啊！"

躺在幽暗的洗足室里，按摩女的一双手照例在他身上乱摸一气。"滚，今天用不着你！"王学礼压低声音把她吼了出去，然后静静想自己的心事。昨天晚上的《新闻联播》播出一条新闻，称公安部展开为期一年的"清网行动"，启动数月来，"各地公安部门雷厉风行，加大力度，集中精兵强将，追逃已经取得阶段性重大成果……"

这条新闻令王学礼心惊肉跳。他想，这段时间风声太紧，必须深居简出，小心在意了，还得提醒哥们儿和家人，少出头露面招惹是非。他掏出手机，给哥们儿张玉良、吴宏业和家人连打了几通电话。

行文至此，王学礼的真实身份读者肯定已经知道了，他就是曾经以“死亡约会”为营生的杀人恶魔杨树彬。不过那个杨树彬早已不存在了，人间倒是凭空多出一个老实厚道、腰缠万贯、广结人缘的老板王学礼。

躺在暗黑幽静的按摩室里，王学礼不知为什么觉得有些气闷。他整整衣装，跟女老板告了别，然后漫步走上街头。这是一片新区，行人不是很多。王学礼神态悠闲，徐步而行，一桩桩往事却像黑白电影似的掠过脑际……

自2002年吉林市“9·11”血案后，杨树彬一伙潜逃到南方，又作下几个案子，掠到手里的钱足有数百万元了。杨树彬觉得，应当找个地方躲起来歇歇手了。那么躲到哪里好呢？他进行了斟酌，选择方向与许建国后来的判断大致相同：

——去南方不行，语言不通，习俗相异，很容易引起当地老百姓和警方注意；

——一线大都市也不行，警力太强，管理太严，且来往人多，容易遇到熟人；

——三线小城市也不行，人太少，不宜隐身；

——最好在北方找个二线的、较为偏远的、商业活动不很发达、旅游观光景点较少的城市。

杨树彬铺开全国地图反复掂量，最终选定了包头。这里的语言和生活习惯与东北三省几无差别，人口很多，外来人较少，一切都适合他们长期隐身。而且包头还有一个好政策：买房就可以落下户口。杨树彬设想了“三步棋”：第一步，他和三个同伙改名换姓，漂白身份，彻底隐身；第二步，买房落户，开店洗钱，做个“良民”；第三步，一切安顿好以后，将他在哈尔滨的母亲和弟弟、戢红杰在吉林市溪河镇的父亲和弟弟悄悄迁出来，全部改换身份，彻底割断警察循迹追踪的可能。杨树彬对戢红杰、张玉良和吴宏业说：“这三步棋走成了，警察想抓咱们比登天都难。”

四个杀人恶魔悄悄潜入包头，在富人区租了两套房，杨树彬和戢红杰住一套，张玉良和吴宏业住一套。他们告诉房东：“我们是来投资做生意的。”

要改名换姓，漂白身份，另立户口，大城市户籍管理严，很难办，必须找个偏远的容易操作的小地方。机会终于来了，一次去小饭店吃饭，在那里当服务员的马丽容是山西省兴县人，不到三十岁，风姿绰约，性情泼辣。大概也算缘分吧，吴宏业和她眼风一搭就来了电，当天晚上就睡到一起了。闲聊时，马丽容抱怨她老公王华眼（一个奇怪的名字！）怎样怎样不中用，没本事，过年过节连件新衣服都买不上，逼得她不得不扔下老公，带上两个孩子闯到包头讨生活。吴宏业寂寞已久，觉得这个风情女子很可心，只是她还拖着两个年幼的孩子，有点儿麻烦。心计多多的杨树彬经过一段观察后，对吴宏业说："这个女人很有用，你就把她收下吧。"接着贴耳密授一番机宜。

过后，按照杨树彬的指示，吴宏业对马丽容说，既然咱俩要白头偕老，我总得去拜见一下岳父岳母大人吧。马丽容很感动，觉得碰上这么一个真情实意的老板是一辈子的幸福。"不过，"吴宏业接着说，"我们弟兄几个是从外地来包头投资做生意的，经济上来往多，给人送礼的事儿也多，用真名不太方便。我大哥希望我们改个名字，新办个户口。估计在你们那个小县城办起来容易些，你先回去做做铺垫工作，用多少钱吱一声。"

马丽容满口答应："县里我有很多熟人，没问题！"

三天后，马丽容带上两箱时装和礼物，打扮得花枝招展回到老家兴县，住进县城最好的一家宾馆。不久，人们发现，她和当地某派出所几个民警天天混在一起，喝酒吃饭，彻夜打牌，出手大方。所领导不仅在牌桌上大获全胜，连马丽容也成了他的"战利品"。到这时候，马丽容说啥所长办啥了。她说："我老公叫王华眼，这是什么鬼名字啊！干脆给他改名叫王华炎吧，你给办个二代身份证。"所长立马办了。

她又说："我在包头找到老公王华眼几个失散多年的远房亲戚，都是三姑二大爷的，身份证就一起给办了吧。"女人上床痛快，所领导办事也痛快，又办了。

杨树彬就此改名换姓叫"王学礼"，张玉良改名叫"王学国"，通过所里在当地办理了第二代身份证，岁数都改小了。

马丽容接着说，我在包头还认了个干姐戢红杰，合伙做生意，她想和我做亲姐妹，改名叫"马海燕"，父亲戢景志改名"马景志"，弟弟戢守营改名"马骏"。所长也给办了，赏金也收了（2011 年，杨树彬犯罪团伙成员被逮捕归案后，兴县数名民警因此受到严厉惩处）。

马丽容风尘仆仆回来报功，吴宏业对杨树彬说："你们的名字都改了，我咋办啊？"杨树彬哈哈大笑："你是坐享其成。马丽容不是给老公王华眼办了新身份证叫'王华炎'吗？从今以后你就叫'王华炎'，也就是那个娘们儿的合法老公了，谁知道她在兴县老家还有个王华眼啊？"吴宏业恍然大悟，不得不佩服杨树彬"一举两得"的精妙算计。

当然，马丽容也不是傻透腔的娘们儿，她明白这伙人改名换姓肯定干过什么不可告人的坏事恶事。但她死心塌地爱着吴宏业，夜里躺在床上，她说："我不管你们过去做过什么，只要你好好爱我，咱俩以后好好过日子，我什么都不在乎。"

现在就剩杨树彬的母亲刘凤云和弟弟杨树凯尚未改名了。外地在包头打工做生意的人很多，很容易拉上关系。不久，通过关系人的疏通，杨树彬的母亲刘凤云落户在河南省柘城县，出生地改为柘城县，出生年份从1945年改为1948年。杨树凯改名“王学凯”，出生地也改为柘城县。如此一来，从户籍资料上看，“王学礼”是山西省兴县人，母亲刘凤云和儿子“王学凯”是河南省柘县人，双方不是一家人了，因此在包头，他们对外以堂兄弟相称。

2005年前后，经杨树彬周密安排，母亲和弟弟，以及戢红杰的父亲和弟弟，先后秘密迁入包头。他们都不明白杨树彬为啥给他们改了名，杨树彬解释说，现在生意场上骗子很多，为防止骗子把咱账上的款抽走，用假名才稳妥。两边的老人都信了。

杨树彬的第一步棋走得顺风顺水，圆满成功。他想，今后只要小心在意，别惹是生非，就不会出什么纰漏了。为此他严格要求张玉良和吴宏业老老实实做生意，不得欺骗，不能张扬，低调做人，不能在外头乱搞女人惹乱子。他还要求自家人和戢家人，绝对不许再踏入哈尔滨老家和吉林老家一步，不得让老家任何人得知他们的新住处、新身份，彻底割断和老家的一切联系。不过，他的弟弟杨树凯不知道杨树彬曾做下惊天大案，没把哥哥的话当回事儿。前几年患了坐骨神经痛，他想，哈尔滨老家的医院有熟人，好办事，于是私自跑回去住了几天院。杨树彬听说后火冒三丈，把弟弟暴打了一顿。事实证明，杨树彬确是一只狡猾的狐狸，他的预感是对的：化名“王学凯”的杨树凯这次回哈看病住院，恰被邻居撞个正着，为许建国提供了极其宝贵的破案线索。

所有关系人的身份都漂白了，四个魔头彻底人间蒸发了，两家人、八个“合法公民”通过购房，摇身一变全成了包头市市民。随即，杨树彬开始了第二步棋：开店洗钱。他开了一家足道馆、两家台球室，由化名“马海燕”的戢红杰一手操持。化名“王学国”的张玉良娶了一个当地女人，开了一家保健磁疗用品商店。化名“王华炎”的吴宏业在市郊煤场与人合股做煤炭生意，并和马丽容及她的一对儿女过得和和美美。为避免引人注意，平时他们很少来往，对外以堂兄弟相称。只是过年过节，杨树彬才把几个哥们儿和老人叫到一起，喝一顿小酒，只谈生意和亲情，绝口不提往事。

张玉良肤色白净，长得文质彬彬，1972年出生于哈尔滨市平房区，比杨树彬小两岁。在学校，他本是品学兼优的好学生，大专毕业后进国企当了工人。但他太想发财了，没干几年就决定下海做生意，结果赔得一塌糊涂，只好求“发小”杨树彬指点一二。杨树彬把他带到深圳，第一笔“生意”就是杀人碎尸的“死亡约会”。张玉良吓得魂飞魄散，但打捆儿的几万元钱像大砖头一样砰的一声扔过来，走投无路的他只好认了——他知道自己如果不从，就会被杨树彬毫不留情地干掉，从此他成了发电厂大老板发哥的“秘书”。

吴宏业，比杨树彬大六岁，初中时与许建国同在一校，同级不同班。他也是做生意赔了，被杨树彬拉下水，成了一条道儿走到黑的同伙。两人对心黑手辣的杨树彬既敬服又畏惧，跟着这个魔头制造了一次次“死亡约会”。现在身份漂白了，日子安定了，但心里仍然十分惧怕杨树彬。酒桌上只要是杨树彬没碰过的菜，他们绝不敢沾一口，生怕这个魔头为求自保而杀人灭口。

日子稳当了，化名“马海燕”的戢红杰却不肯安生了。她还年轻，风韵犹存且风流成性。她与大她十一岁的杨树彬本来就没有什么真感情，完全是为了劫财杀人而勾搭在一起的。在包头打理足道馆和台球室期间，戢红杰很快认识了几个帅哥猛男，一来二去勾搭成奸，动不动跟杨树彬玩“失联”。杨树彬也有自己的相好，他对戢红杰红杏出墙虽然很恼火，但两人共有那段罪恶的历史，且已有了一个五岁的儿子，怎么也扯不开了；再说戢红杰性情火爆，做事不计后果，打起来怕引起注意，杨树彬只好睁一只眼闭一只眼，忍了。

五、哈尔滨上游街76号：从起点到终点

这四个杀手一路走来，干的都是杀人抢劫的营生，哪里会做什么生意？时间长了，都觉得钱不够用了。吴宏业天天泡在郊区煤场里，认识了许多煤老板。聚餐时，他们曾秘密商议，选一个财大气粗的煤老板，找个时机再干一个“大票”，抢他几千万。他们正琢磨着，公安部“清网行动”开始了。杨树彬叮嘱同伙，这个阶段要特别小心在意，别惹事儿，少出门，哪怕开车让“二把刀”撞了或遇上碰瓷儿的，都让着点儿赶紧走，别让警察把指纹、驾照、身份证什么的弄走。他凶狠地说：“你们谁敢给我惹事儿，我拿勺子把你眼珠挖出来当泡儿踩！”2011年8月中旬，他特意带上戢红杰、张玉良和吴宏业到五台山走了一趟，焚香跪拜求菩萨保佑。但什么都不管用了，悄悄抵达包头的哈尔滨市公安局先遣侦查小分队很快查明：杨树彬（化名王学礼）、戢红杰（化名马海燕）、张玉良（化名王学国）、吴宏业（化名王华炎），以及杨、戢两家人都在包头，住处相距不远。

那天，杨树彬和几个朋友去饭店聚餐，店里人满为患，邻桌有三个男人正在吃饭聊天。杨树彬很警惕，倾耳听他们的谈话，谈的都是煤炭、钢铁之类的生意，后来三人都喝醉了，东倒西歪不成样子，杨树彬放心了。其实，这三人是哈尔滨市公安局巡警支队第七大队副大队长杨为国和两名特警……

戢红杰每天接送五岁的儿子上幼儿园。那天，哈尔滨市公安局巡警支队副支

队长张晓波和第七大队副大队长张兴旺乔装成一般市民模样，远远跟着戢红杰，见她把孩子送进幼儿园后，风情万种地坐上一个情夫的轿车走了，第二天又换了另一个男人……

再一天，张玉良开的磁疗保健用品店来了两个男人，竟为一点儿琐事与站柜台的女人争吵起来，而且不依不饶，吼声如雷。正在后屋的张玉良闻声走出来，态度特别和蔼，像日本人似的连连鞠躬道歉。两个男人的火儿消了，与张玉良握手告别。出了门，杨为国副大队长对战友周嘉林说："没想到这个杀人犯变得这么好脾气。"

吴宏业与人合伙开了一个煤场，地处包头郊区。一天，两个男人到煤场联系买煤，几经周折终于见到了他……

犯罪嫌疑人全部查明，住址皆在手中。2011 年 11 月 3 日，随着增援力量到来，抓捕行动全面展开。

这天，杨树彬照例又去附近的足道馆享受按摩的快感。昏暗的房间里，在按摩小姐灵动的十指下，杨树彬昏昏欲睡，一百多公斤重的胖大身体软成一摊泥。许建国事先提醒张晓波："这小子身高体壮，力大无穷，咱们动作要快！"两人查清他所在的房间，轻轻推开门，然后猛虎扑食般扑过去，手枪一左一右抵住杨树彬的太阳穴："警察！不许动，枪顶着火呢！"说时迟那时快，没等杨树彬反应过来，许建国猛地把他掀翻过去，张晓波迅速给他铐上手铐。

"你们是哪儿的？凭什么抓我？"杨树彬趴在软榻上大叫。为防止他拼死反抗，许建国故意说："我们是省厅的。你的足道馆和台球室涉黄涉赌！"杨树彬一想，这算什么屁事儿？交点儿罚款就可以出来，于是没做任何抵抗……

与此同时，二十九岁的戢红杰穿一袭白色驼绒短大衣，正在地下商业街闲逛。副大队长张兴旺迎面将她拦住，举着通缉令说："我是哈尔滨的警察，上面的照片是你吗？"戢红杰那张抹得粉白的脸立刻灰了，她默默点点头，手铐戴上了……

在磁疗保健用品商店，杨为国等几位警察把张玉良铐起来时，他的女人突然举着一把菜刀从后屋冲出来，嘶声喊叫："你们凭什么抓人？他是好人！"特警周嘉林拿出真功夫，伸腿一拨顺手一夺，那女人扑通一声摔倒在地，菜刀也在周嘉林手里了……

在煤场的经理室，吴宏业束手就擒。

2011 年 11 月 3 日，以杨树彬为首的四个血债累累、不断上演"死亡约会"的杀人恶魔在潜逃十八年后终于全部落网。经初步查实，从 1998 年至 2004 年，这个犯罪团伙在山东省文登市、青岛市，广东省深圳市，浙江省台州市、嘉兴市，吉林省吉林市等地，以“死亡约会”诱奸、绑架、抢劫、杀害十名女青年，获赃款200余万元。此前的1993年，杨树彬在哈尔滨上游街的一处台球室曾刺死一人，他共负有十一条人命。如今被哈尔滨的警察缉拿归案，意味着杨树彬终于从起点走到终点。

哈尔滨市公安局成功破获吉林市2002年“9·11”大案，抓获杨树彬等四名犯罪嫌疑人的事情迅速传遍全国，媒体做了广泛报道。2012年春的一天，哈尔滨市公安局就此召开新闻发布会，相关警员正在按照事先写好的通稿介绍案情和侦办经过，局长皱皱眉头问：“这个案子是许建国主办的，他怎么没来？”工作人员回答：“他正在核查两个受害人的事情。”

“通知他赶快来！”

不多时，许建国带着一位脸色憔悴的四川青年女性匆匆赶到——她就是本章开头提到的李芳。案情介绍完毕，许建国指指李芳介绍说：“这是刚刚从外地赶来的李芳同志。据我所知，凡是落入杨树彬犯罪团伙手中的女性，最后都被碎尸灭迹，极少有逃出来的，李芳姐妹是不幸中的万幸，活下来了。她是专程来给哈尔滨市公安局送感谢信的，她要求一定上会讲讲自己的遭遇，就请她说说吧。”

又一桩残忍的血案被揭开了：

李芳和妹妹李丽出生于四川，容貌姣好，身材高挑儿。1998年，姐妹结伴去广州打工，很快成了一家公司的白领职员，接触的都是较高层次的人士了。2000年，妹妹李丽嫁给一位富商，李芳在一家四星级宾馆做前台经理，收入颇丰。朋友圈里都夸这对姐妹花命好，出来三年就成了“白富美”。2001年春，杨树彬、戢红杰、张玉良住进这家宾馆，结识了李芳。一天，戢红杰以打麻将为由，将两姐妹骗到一处出租房内，动用种种酷刑折磨了她们整整十三天，勒索了所有存款，又逼迫两姐妹给亲戚朋友们打电话，以“做生意”为由借钱骗款。

第十三天上午十时许，戢红杰的手机突然响了——按照杨树彬的规定，他们每到一地，都花高价购买本地的号码“777”或“888”之类，为的是蒙人并图个吉祥，完事后再把手机彻底毁弃。这个电话是房东大妈打来的，她说：“你们租住房屋一个月的期限已到，一会儿我就带新房客去看房子。”杨树彬一伙闻言大惊，来不及杀害李氏姐妹，当即收拾东西仓皇逃窜。被捆着的李氏姐妹爬到一起，背靠背撕开对方手腕上捆绑的胶带，跑到公安局报了案。但杨树彬等三人已逃之夭夭，姐妹俩不知罪犯的真实姓名，案子只好挂起来了。姐妹俩在被关押期间饱受折磨摧残，身体伤痕累累，李芳的乳房严重变形，腿部肌肉萎缩，下体被铁钳重伤，丧失了生育能力。十年来，姐妹俩满怀悲情仇恨，天天看报纸看电视看新闻，渴盼能找到凶犯的消息。2011年年底，李芳从媒体上看到杨树彬、戢红杰被捕后的照片，姐妹两个抱头大哭一场。李芳千方百计找到哈尔滨市公安局许建国的手机号码，通话时她长跪不起，泣不成声，表达了自己的感恩之情："今天恰好是我的生日，我和妹妹感谢你抓获了那伙灭绝人性的凶犯，替我们和所有被害女孩儿报了仇。我会专门去哈尔滨，向你、向哈尔滨市公安局表示感谢……"

在哈尔滨市公安局报送公安部的相关报告上，孟建柱部长批示："有关立功同志要予以奖励。"刘金国副部长批示："真是骇人听闻，令人震惊！……公安部要通令嘉奖！"张新枫副部长批示："这是哈市公安局将'清网行动'与侦破重大积案相结合的成功案例，无论是追逃还是侦查、审讯等环节均搞得很出色。"

许建国荣立个人一等功，此前他曾两次荣立二等功和一次三等功。2014 年 9 月初，在哈尔滨上游街 76 号，我采访了许建国，不久前他已升任哈尔滨市公安局道里分局副局长。他说："杨树彬作案前期，曾有一个得力帮凶，绰号关胖子，也是哈尔滨平房区人。这家伙后来逃回老家，被警方发现围捕，他自知罪孽深重，难逃一死，用猎枪把自己脑袋崩碎了，带走很多秘密。实际上，被杨树彬犯罪团伙杀害的青年女性远不止我们已经查明的十人，他和关胖子等人通过'死亡约会'干的血案肯定还有很多起。现在杨树彬抓到近三年了，案子还没结，他为了多活几天，正在一点一点往外吐……"

泣血长城（节选）

紫　金

引子

2014年6月30日深夜，我终于完成了这部报告文学的写作。采访三百八十七人，完成二十万字的初稿，后又重写两次，历时四年。其间，由开始的怀疑、焦虑，到最后的坚定、冷静，我清晰地走过了从文字匠到作家的旅程，也清晰地体会了成长中的每一缕创伤、每一次心痛。我把这段心灵史也写进了这部作品，不是为了宣泄，更不是为了炫耀，而是为了一种最真诚的表达。是普鲁斯特教给了我这种方式，他对文学的贡献并不只是开创现代派写作的先河，还有将自己的心灵当作历史去叙述、去剖析的新方式。这其中有最鲜艳的血和剧痛的痉挛。把写作当作一条路，勇敢地走过来，完成自我的涅槃。这不啻是一次酷刑，有多难、有多苦，报告文学作家徐迟作了注脚。他读了《追忆似水年华》后，写作《我的文学生涯》，最终却经不住心灵的折磨，以自杀完成了作品的最终结局。

我仔细地将最后的定稿存盘，深深地舒了一口气。我为自己庆幸，命运和阅历都不足以令我这个小女子与巨人比肩，所以，我可以学习他们的方法，而不必付出鲜血、剧痛甚至生命的代价。

夜已深，丈夫和女儿都已安睡。完成了这部作品，卸下了四年的重负，我的心情愉悦而轻松。顺手点开网络，想在临睡前浏览一下，就像在夜的街头徜徉。世界却仿佛幡然变脸，一条短讯赫然出现：大连中石油输油管线发生泄漏爆炸，火势异常凶猛，全城消防车赶赴救援！

就像一颗子弹射进了我的心脏，先是剧痛前的麻木，接着恍若隔世，仿佛回到了自己的作品里。2010年7月16日晚，同样的中石油输油管线发生泄漏爆炸，同样的火势异常凶猛、全城消防车赶赴救援，险些酿成人类历史上罕见的惨祸：六百万人口殒命、美丽的大连变成黑色油海里漂浮的死城！因此，上万名英雄血战火场，用自己的生命书写了保卫城市的一曲悲歌，也因此催生了我历经四年的采访和写作，催生了这部《泣血长城》。难道一切又要重演，难道大连真的命该绝于中石油之手？

最深重的痛还不止于此。2010 年 7 月 16 日，我所在的大连市公安局，全体党委成员悉数赶赴火场，他们跟普通的消防战士一样，落进了地狱中。那是比死都残酷的地狱——清清楚楚、每分每秒都在体验，即刻就要诀别这个世界、诀别父母妻儿的锥心痛苦。而我的丈夫是大连市公安局现任工作人员，如果今夜“7·16”真的再次上演，他同样在劫难逃！冷汗湿透了我的胸口和掌心，手在抖、腿在颤，我离开书房，来到客厅。丈夫的手机放在茶几上，我盯着它，眼泪霎时盈眶。也许，铃声马上就会响起；也许，今夜我会真的成为自己写过的故事主角，实现与巨人的比肩。

我盯着茶几上的手机，就像等着即将落下的一把刀。在这煎熬中，我做了决定：万一惨祸重演，就跟随丈夫一同去那地狱。不为别的，只为三百八十七次的采访、三百八十七位勇士，我知道那其中的血，那其中的泪，还有那酷刑一样的痛。我找出牛仔裤，也想好了如果今晚离家该留给女儿的话……

午夜后，悲剧终未再次上演。我为自己庆幸，更为大连这个美丽的城市庆幸。我们总应记住一些事情，记住那些为了它，曾经准备献出生命的勇士和英雄……

第三章　天上的孩子　地上的父亲

采访进行到这里，我已欲罢不能。一种全新的现实扑面而来，令我情不自禁，要继续深入、再深入……我手里第二个事迹材料的主人公叫张良，在“7·16”救援中牺牲了，生前是大连市公安局消防支队战勤保障大队的战士。

水和泡沫是消防灭火战斗中必不可少的弹药。7 月 16 日当晚，由于火势极为猛烈，不过几个小时，现场的消防水就已告罄。在关键时刻，战勤保障大队的一套能够远程抽取海水做消防水的设备派上了用场。它产自荷兰，价值上千万元，是目前国内唯一的、最先进的供水设备，能把数公里外的海水抽到岸上，用于灭火。在“7·16”事件发生的几年前，时任大连市副市长、大连市公安局长的张继先同志，几经努力，从政府讨来巨款，专门购买了这套设备。他曾经是国家大型石化企业的厂长，深知一旦出事，这套设备能救一个城市的命。事实的确如此，在“7·16”救援中，就是它让海水变成了取之不尽、用之不竭的消防水，源源不断地供向灭火前线。

这套设备由海上浮艇泵、长途管线和现场供水机器组成。张良的任务就是和另一名战士韩晓雄看管海上浮艇泵。它漂在海里，两个战士在附近的舢板上，十几分钟、半个小时左右，便要潜下海，察看浮艇泵的水下发动机，将上面缠绕的各种杂物处理掉，以保证它的正常运转。由于过度劳累和天气原因，张良被海中暗流卷入深水而牺牲。年轻的战士已逝，准备代替他在各类报告会上发言的是战勤保障大队的指导员郑占宏。

在采访郑占宏之前，我对他是抱有成见的。在“7·16”事件中，一个记者抓拍到了张良牺牲时的照片，可怜的战士无助地漂浮在厚厚的油海里，渐渐沉了下去。这张照片被数家媒体转发，它是如此的真实与残酷，深深地触动了每一个看见照片的人。我的朋友曾毫不客气地对我说：“你们军警没有人性，让战士守在海上，几天几夜不休息，难道就不会换换人？”

多年的公安工作经验让我深知，在这个行当里，许多看起来有悖大众理念的东西，都深深地隐藏着无奈的合理性。所以，听了朋友的激烈抨击，我没有表态。但心里也确实与她有同感，毕竟一个风华正茂的战士牺牲了。

约定的时间在上午九点。八点五十分的时候，我将车子开进了战勤保障大队的院子里。刚熄了火，手机就响了，是女儿用电脑上的 Skype（即时通信软件）打来的电话。我按下接听键，还未等开口，她就说：“我在图书馆里，周围有同学，你别说肉麻的话。”

我马上迫不及待地回答：“好，宝宝。”

手机里顿时传来一阵哄堂大笑。好脾气又极懂事的女儿从小到大，经历了许多类似的尴尬，早已练就了化干戈为玉帛的本事。果然，一句轻松的自嘲就化解了同学们善意的起哄。

我知道又惹了祸，赶紧正襟危坐：“有什么事情？”

“我这段日子在上文学课，教授布置的作业是写一篇三千字的论文，评价美国著名诗人惠特曼的诗歌。”

我一听，差点儿昏过去。女儿主修数学和经济学，咋也想不通，她所在的大学为何要让这类学生上文学课，布置的作业难度还如此之高。女儿从小就对文学缺乏兴趣，家里的小说堆上了天花板，她只冷眼相待。我也不勉强，但为了扩大她的知识面，会时常用讲故事的方式，让她了解文学名著的大概内容。跟女儿谈这类话题总是挺费力，她可以在高二的时候，就自学大学微积分课程，并通过了有相当难度的考试，但对文学中的诗意、境界却是汤水不进。

惠特曼是罕见的天才诗人，一生只写了一部《草叶集》。从第一版的九首诗歌，发展到第九版时的四百余首，其时间跨度、历史变迁和诗人的经历令人目眩。此时，要让女儿写出具有相当水准的关于诗人和作品的论文，拔苗助长都来不及，简直就是逼她直接从种子变成花。但我知道，女儿一定很着急才会打电话求助，只好硬着头皮想办法。

思忖了片刻，我说："你先从阅读惠特曼的传记入手，看他所处的历史背景，结合诗人的经历，寻找他对当时社会的认知和界定，这就是他的诗歌的灵魂。如果精力允许，再了解一些他所生活的时代及地域的风土人情，对理解诗歌会有很大帮助。动笔写论文前，首先要确立自己的观点。这个观点不求最大，也不求最佳，因为早已有许多评论家做过，你很难超越他们。你的论文只求最怪，只要角度、观点不同于其他人，就有可能赢得高分。"

女儿听了我的话释然，又问我最喜欢惠特曼的哪首诗。

我说："《有一个孩子每天向前走去》。"

收了线，就见手机屏幕上显示出两个未接来电。再看表，与指导员郑占宏约定的时间已经过去了二十多分钟。我立即紧张起来，赶紧回电，果然是郑占宏。我一边连连致歉，一边下了车，跑进办公楼，跑上了楼梯。

郑占宏三十多岁，个子不高，举手投足都带着口令规范之下的棱角，浑身散发着军人气质。只是他的脸色灰黑，看起来很不正常。简单寒暄后，我连忙解释："刚才，上大学的女儿有急事打来电话，所以耽误了时间。"

我没有找其他借口，是因为尽管心里对他怀着成见，但这是第一次见面，人家还是一个部门领导，公务繁忙，又等了二十多分钟，我总应该表达些诚意。

听了我的解释，郑占宏对我的女儿产生了浓厚的兴趣，开始详细询问她的成长过程。我知道这个话题离采访太远，但也是与陌生人沟通的良好途径，于是，顺着他的思路交谈起来。

郑占宏问："你说，要培养出一个优秀的大学生，家长应该怎么做？"

这个话题有点儿大。刚见面，我不好问人家的私事，看他的年龄，孩子应该上了小学，于是回答："要从很小的时候，就介入他成长过程中的每一个细节，比如接送上下学，在路上就能倾听孩子每天的经历，大事小情中，都可能蕴藏着教育的机会。这样做，可以潜移默化地引导孩子，树立正确的看待世界和处理问题的方法，这是他以后成长之路上最重要的基础。"

郑占宏听得入神，又问："大多数家长过于注重孩子的学习，我总觉得这样做太片面，你怎么看？"

我本想赶紧进入采访，但见他问得认真，只好继续回答："你的感觉是正确的。培养孩子有三件事要做：首先是保证身体健康；其次是形成良好的心理和人格；最后才是学习优秀。"

听到这里，郑占宏情不自禁拍了一下桌子："你说得太好了。我总在想这些事情，现在总算明白了。"

我问："你的孩子多大？"

郑占宏愣了一下，旋即说："七个月，是个女儿。"

我无奈地笑了："你也太心急了，孩子才七个月，就开始打算将她培养成优秀的大学生。"

郑占宏认真起来："我要提前学习。否则，什么都不了解，会耽误了孩子。"然后，又饶有兴致地问我，"如何才能让她在学业上出类拔萃？"

谈到这里，我有些感动了，很少遇到如此关注培养孩子的父亲。每个父母都希望自己的孩子有一个灿烂的明天。但真正落到琐碎、艰苦的培养过程中，大多没有耐心，缺乏足够的毅力。而郑占宏看起来很有诚意和决心，于是，我认真道："要想让孩子在学业上出类拔萃，首先要培养他的专注力。天才总是极少数，绝大多数的普通孩子，要经过艰苦的训练才能走上正路。没有必要报无数个特长班，只要选一项孩子有兴趣的科目，乐器、数学、书法，甚至体育、舞蹈都可以。然后，持之以恒学下去。从每天投入半个小时、一个小时、两个小时，逐渐延长。在这期间，要求孩子全身心投入。经过几年的努力，就能培养出良好的专注力，这是孩子将来应付艰苦学习最有力的武器，同时，又练就了一项具有专业水准的特长。"

郑占宏听得眼睛发直，半天才回过神，又问："你女儿学的什么特长？"

"钢琴。从四岁半开始，每天练习半个小时；五岁以后，一个小时；六岁以后，两个小时。到了初中，已经练到了'740 教程'，相当于专业音乐学校的水平。每天练琴不能少于三个小时，否则，无法通过老师检琴。"

郑占宏吃惊了："都说初中以后，学业压力很大，她如何兼顾练琴和学习？"

我说："初一下半学期时，我征求她的意见，是去考音乐学院附中，还是继续上普通中学。女儿说，还是最喜欢读书。我答应了。从那以后，她的主要精力都投入到学习中了。不过，童子功还是非常神奇的，女儿尽管已经多年不练琴，但至今还能弹奏贝多芬的奏鸣曲。"

郑占宏问："弹钢琴对她的学习有什么帮助？"

我说："练琴需要识谱、背谱，弹奏每一个音符都要精益求精，时间长了，就训练出了超常的细心和记忆力。同时，因为大脑、手脚并用，也锻炼了智力和反应力。"

此时，郑占宏的眼睛里已满是憧憬：“我也要女儿学钢琴，小女孩儿坐在钢琴旁，是一件多么美好的事情啊！”

我忍不住笑了：“行啊，不过，你现在还不急，先当个好父亲吧。”

郑占宏连说：“是，是，我也这么想。”

我又随口道：“你的女儿一定很可爱，像爸爸还是像妈妈？”

事情到了这里，一百个慈祥的父亲就会有一百个拿出随身携带的照片晒晒自己幸福的举动。可此时，眼前的郑占宏不拿照片。他的脸色更暗更黑了，声音变得极低沉，拿出的是一张令人肝胆俱裂的心灵碎片：“她已经不在人世了。”

如五雷轰顶，我顿时热泪盈眶：“你不是说，她已经七个月了吗？”

郑占宏点点头：“是七个月，七个月大的胎儿，跟着出了车祸的妈妈去了天堂。”

我再也撑不住，捂着嘴抽泣了。人生还能多不幸，挚爱的妻子，梦中的女儿，已将郑占宏的心带进了天堂，在煎熬、在燃烧，只留下一张黑色的面庞。

我的心中回响起惠特曼的诗歌《有一个孩子每天向前走去》：

> 或者是早开的丁香，那么，它会变成这个孩子的一部分
> 还有青草，绚丽的朝霞，那红色白色的苜蓿草，以及菲比鸟的啾鸣
> 还有那三个月大的小羊羔，淡粉色的一窝小猪，小马驹和小牛犊
> 谷仓空地上或泥泞的池塘边叽叽喳喳的小鸡一家
> 池中好奇的鱼儿，以及美丽迷人的湖水
> 池中的水草优雅地摇曳
> 所有的这一切，都成了这个孩子的一部分
>
> 四五月间，天地里的幼苗变成了他的一部分
> 还有冬季浅黄色的玉米苗
> 缀满花朵的苹果树，以及路边最普通的野草
> 从小旅馆踉跄而归的醉老汉，路过这里到学校去的女教师
> 争吵的男孩子，整洁而面带羞涩的姑娘
> 以及这城市和乡村的一切变化

多么希望这诗歌就是现实，让那个天上的小女孩儿，真的变成这世间的一切，让地上的父亲在转身回眸之间，都能看见她的身影、她的笑容……

我哭得难以自持，郑占宏却并没有掉泪，只是用力吸烟，一根接一根。我几

经努力控制住泪水，尽力用平静的语气说："我们谈谈张良吧。"

他立即表示赞同，并脱口说："张良真是个好兵。参军多年，几乎没有人说得出他的缺点。永远军容整洁，永远脆生生地喊报告。交给他的事情，从未出过差错。战勤保障大队的各种专业器具很多，他都能一一研究清楚。驾驶技术也过硬，队里有辆带拖车的消防车，长近二十米，中间还有灵活的转轴，只有张良能一次就将它倒进车库。

"他总是能做到服从命令听指挥，就算交给他极不擅长的工作，也能尽心尽力地完成。有一次，支队举行演讲比赛，战勤保障大队缺乏这类人才，思来想去，我找来了张良。他很为难，因为从未登过舞台，又说不好普通话。写演讲稿也是个难关，战勤保障大队的工作平凡琐碎，缺少激动人心的英雄壮举，张良的文化程度也不高，完成这样的任务，实在有些难为他。可张良依然服从命令，不但参加了演讲，还获得了很好的成绩，可想而知，他付出了多大的努力。"

听到这里，我心里对郑占宏的成见憋不住了，顺口就溜了出来："既然是这么好的一个战士，在'7·16'救援现场，你为什么不能对他多些关照，哪怕只给他一点儿休息时间?"

听了我的话，郑占宏腾地站起了身。刚才，提到他逝去的妻子、女儿没有流泪，此时，却控制不住了，眼泪滚滚而下，说出的话像咬碎了心："难道我愿意让张良死？他是我的兄弟、兄弟啊……"说完，捂住脸，哽咽抽泣，难以自持。

过了片刻，郑占宏用力抹了一把脸，说："好吧，我告诉你他是怎么死的。"随着他满含泪水的讲述，一对生死兄弟的沉重命运，终于浮出了张良牺牲的那片黑色油海。

"7·16"发生时，郑占宏的妻子和女儿离世还不足一百天。那段时间，他白天坚持正常工作，晚上在无法忍受的痛苦中煎熬，几近崩溃。张良看在眼里，默默伸出了援助之手。他是老兵，人又聪明细心，深谙战士与领导之间的进退深浅，让郑占宏在不知不觉中接受了他的帮助。每天早晨，张良都会在屋外喊报告，叫醒郑占宏，然后，替他打理生活琐事。工作中更是尽心尽力，主动为大队操心分忧。他不准郑占宏独自开车，每遇出门，都由他亲自驾车。无论时间多长、多晚，张良都会耐心地等，直到把郑占宏送回宿舍。善良而体贴的张良，成了郑占宏熬过苦难的精神支柱。

正当两个人努力将已经无法进行下去的生活继续下去的时候，"7·16"特大原油火灾发生了。对于正在痛苦中煎熬的人来说，这看起来真是一件好事，个人的一切都被抛在了脑后，郑占宏带着自己的大队和那套远程供水设备赶到了现场。

二十多个兵，分布在灭火现场、五公里长的供水管线和海上。其中，最重要的岗位是在海上看护浮艇泵。它若出现任何偏差，海水供应不及时，岸上就会告急。别说救火，现场官兵的生命都难保证。因为战士们卷在火里，全靠手中的水枪与大火保持距离，如果稍有减压，瞬间就会被吞噬。上千名战士命悬一线，此任务当然非张良莫属，他不但对浮艇泵的构造和使用方法烂熟于心，并且心细如发，有着超强的责任心。

理所当然，郑占宏将张良送到了海边的船上，负责看护浮艇泵，还派了另一名战士韩晓雄配合他的工作。有一位住在附近的大婶，见两个年轻的战士很辛苦，就守在海边，帮忙寻找需要的工具，或者从家里端碗热乎乎的粥，以解他们的燃眉之需。

一切看起来都无危险可言。小船离岸不过两三米，两个战士下到海里，脚触到了底，头还能露在水面。7 月 16 日，最惨烈的夜晚过去了；7 月 17 日的白天和晚上也过去了；到了 7 月 18 日，一场地狱之火已成过眼烟云，各级领导和消防官兵都在庆幸没有一个人员伤亡，当地政府还积极组织百姓，准备欢送由全省各地赶来增援的消防战士，火场内外一片祥和喜庆的气氛。可就在此时，死神降临了。

清晨，忽然起了大风。天空阴云密布，海面波涛汹涌。但张良所在的位置却风平浪静，看不到一丝波澜。这是因为从岸上流淌下来的原油，覆盖了小船周围的海面，将无数暗流、波涌藏在了水下。这样的事情，住在海边的人都知道，可那位帮忙的大婶，偏偏就在那天来晚了。张良和韩晓雄对此一无所知，脱了衣服，只穿了条作训短裤，便跳进了海里。仿佛一眨眼的工夫，两个战士就觉得双脚够不到海底了，再一眨眼，离岸已经十几米远了。正在此时，那位大婶赶来了，她立即看出了危险，拼尽全身力气呼救。凄厉的喊声传到了正在数百米之外的供水管线上忙碌的郑占宏的耳朵里。他疯了一样朝海边跑去，远远地看见，两个战士已经越漂越远。

“张良——”郑占宏发出了撕心裂肺的呼喊，他一边喊一边跑，一边甩掉了身上的衣服，到了海边，不顾一切扑进了黑色的油海里。其实，郑占宏也已经连续两天两夜没有休息，跳进暗潮汹涌的海里，无异于自杀。但在那一刻，他心里只剩下了一个念头，无论是死是活都要跟张良在一起……

赴死的决心给了郑占宏无穷的力量，他居然穿过厚厚的油海，游到了两个战士身边。张良稍近，韩晓雄稍远，郑占宏伸手就去抓张良，摸到了他的胳膊，但海水混了原油，又滑又腻，根本抓不住。郑占宏心急如焚，张良却静静地看着他，既不挣扎，也不呼救。郑占宏又去托他的下巴，结果还是滑脱了。此时，旁边传来了韩晓雄的呼救声，郑占宏一愣神，张良的头顶就没入了油海中……

侥幸救回了韩晓雄，郑占宏呆呆地坐在岸边，刚刚发生的一切就像巨大的梦魇。濒死的张良还在眼前，不挣扎，不呼救，油黑的脸上只露出雪白的牙齿，静静地看着自己的兄弟，自己的指导员……

说到这里，郑占宏已经完全失控，像一头绝望的狮子从胸腔里发出了粗重的哽咽："在当时的情况下，张良稍有慌乱挣扎，就有可能拖着我一起沉入大海。可他只静静地看着我，清楚地表达了自己的心意：他要在生命的最后时刻，将活下去的希望留给我。可是……可是，这个傻兄弟，他怎么就不明白，我是多么想随他而去，跟他在一起，跟我的妻子和女儿在一起……"

我哭着离开了郑占宏，离开了战勤保障大队。回程中，我抹净泪水，痛下决心，无论如何要写下这些故事，不管以什么方式，遭遇什么困难，都要写下来。写作十几年，直到此时，我才看清了文学的本来面目，它不是炫才、炫技，更与各种奖项荣誉无关，它应该是只温柔的手，去触摸、去表达人类心底最隐秘、最深刻而又无法排解的痛苦。面对郑占宏和张良的故事，我不需要在乎体裁，什么"报告文学已经死去"，什么"报告文学不是诗歌、小说，缺少技术含量，只能歌功颂德"，等等。我更不需要任何人的认可和界定，因为无论是谁，都没有权利漠视我们的战士，漠视如此的痛苦、如此悲壮的命运。

第四章　爱情故事

我已经采访到的这些事情，是无法写入宣传事迹材料里的，因为它们不适合在各种报告会上宣讲。要想让这些真实的故事重见天日，只能通过写作文学作品才能实现。但又谈何容易？文学毕竟不是只有感动，它还需要很多东西支撑。要想让世人皆知，就必须写得好。深刻的思考，精密的构思，都是不可缺少的。直觉告诉我，手里现有的素材还不足以支撑写作，只有扩大采访，寻找更多的线索，才有可能成就一部优秀作品。

事情到了这里，一个我总在下意识躲避的人，就再也躲不过去了，他就是张良的妻子，年仅二十五岁的女孩儿李娜。女孩儿和妻子本是两个概念，却在李娜身上成了矛盾统一体。说是妻子，因为她和张良已经登记结婚；说是女孩儿，则是因为婚礼还没有举行，张良牺牲的那天正是他们相约去拍婚纱照的日子。那是一个女孩儿的人生开满粉色玫瑰的阶段，却被死神覆上了黑色的披风。

对于人世间类似的不幸，我向来脆弱至极。过去，有个同事病逝，撇下了十五岁大的女儿。那孩子爱唱歌，也唱得非常好，是少年宫里的合唱团员。曾几何时，同事带着七八岁的她，我带着两岁多的女儿，一起乘班车上下班，车厢里总是回荡着那孩子清亮的歌声。在同事的追悼会上，唱歌的女孩儿非常坚强，自始至终没有掉一滴眼泪，我却握着她的手，哭得险些晕过去。那真是一件尴尬至极的事情，从此以后，我就尽力逃避类似场合。

为了写作，李娜成了我躲不开的磨难。起因来自郑占宏，他告诉我，张良和李娜的感情非常好，是一对在现今年轻人中罕见的情侣。这真是一件闻所未闻的事情，相爱到罕见的程度，别说在当今时代年轻人里，就是在我的阅读和生活经历中，也不过是天方夜谭般的梦想。这引起了我的采访欲望，于是，通过郑占宏联系李娜，她答应了与我见面。

见面的地点在我并不熟悉的西安路附近。我本想在市中心见面，可李娜在电话里说，她很少进入市区，哪里都不认识。我问："你熟悉哪里?"她说："西安路，因为总在附近的商场打工，所以很熟。"我立即答应了。

在一个晚秋的黄昏，我开车来到了西安路的一座大厦前，这是我与李娜在电话里约好的地方。等了半天，却不见李娜。看了看表，已经过了约定时间，我拨通了她的手机，原来，她没有想到我会开车来，就去有轨电车站等我，已经在人流中转来转去，找了我许久。弄清了状况，李娜说："我马上到你那里。"

过了一会儿，车子的后视镜里出现了一个女孩儿。个子不高，清瘦落寞，一袭黑衣几乎淹没了她，只有腋下紧紧夹着的黄色手提包显得格外扎眼。秋风吹乱了她的长发，零乱的发丝中，露出大大的眼睛、俏丽的脸庞。我不禁想，真是个漂亮的女孩子。

我下车，锁好了车门，她也走到了面前。我问："你是李娜?"她轻轻一笑，露出了可爱的小虎牙。我的心颤抖了，上前握着她的手，将她带到了附近的一家咖啡馆。坐定后，我问她："喜欢吃什么?"她摇摇头。

我不敢看她布满忧伤的脸庞，低着头说："客随主便，我点什么你吃什么。"见她太瘦，一定很久没有认真吃过东西，我就点了牛排和女孩子都喜欢的西式巧克力蛋饼。

李娜由衷地说："谢谢你，姐姐。"

我说："我的孩子已经成年了，叫我阿姨吧。"说着话，我还是不敢看她的脸。李娜也有些拘谨，低头摆弄着怀里的手提包。

我找到了话题："过一会儿要吃饭，你把提包放在旁边的凳子上吧。"

她本能地应了一声，却并不放下怀里的包，反而抱得更紧了，仿佛生怕被谁抢了去。

我不好再干涉，李娜也聪明，马上换了话题："这里真好啊，我还是第一次进咖啡馆。"

我有些吃惊："不会吧，恋爱中的人都会到这种幽静的地方……"说到这里，我忽然意识到自己说走了嘴，直接戳到李娜的痛处，连忙将后面的半句话咽了回去。

李娜似乎不在意，眼神迷离，好像回到了过去的时光里，嗫嚅道："是真的，这里太贵了，我们没有钱。"

听了她的话，我不知说什么好。正尴尬间，服务员端来了牛排。李娜依然眼神迷离，将脸凑近了盘子："吃牛排也是第一次。"

我的心碎了，拿过刀叉，准备帮她切牛排，发现煎得老而硬了，于是喊来服务员："去换一份。"他为难，我说，"结账时，我会再付一份钱。"服务员高兴了，端起盘子就要走，李娜慌着站起身，连说："没关系，没关系。"

我拦住了她，示意服务员端走了牛排。

新的牛排端上来了，还有巧克力蛋饼。我说："你先吃饭，我们慢慢谈。"于是，她拿起了刀叉，吃着她人生中的第一次西餐。

我看着她，真希望没有过去，也没有未来，只有眼前的这一刻，让这个可怜的女孩儿留在永恒的安宁与幸福中。

李娜毕竟只有二十五岁，单纯、透明，我的一点儿真心、真情，彻底感动了她。吃过了东西，她就将几年来与张良相处的点点滴滴，全都告诉了我。

十七岁的时候，她从锦州来到大连，在西安路的长兴农贸市场帮姨妈经营小杂货摊。那时，张良正在附近的消防大队服役，常和同班的一个战士到李娜的摊子上买烟。一来二去，那个战士喜欢上了李娜，悄悄地告诉张良："我爱上了雪糕。"两个人背地里一直叫李娜雪糕，是因为他们每次去小杂货摊，都看见女孩儿在吃雪糕。

可喜欢吃雪糕的李娜不喜欢那个战士。背运的追求者只好求助张良，经常托他给女孩儿捎封情书，或者带点儿小礼物。张良憨厚，情场上拔刀相助，兢兢业业地替人家跑腿儿。只是见了吃雪糕的女孩儿，不抬头，也不说话，办完事就转身离开。这倒让李娜注意上了张良，不禁想，那些礼物和情书要是他的该多好啊。

十七岁的女孩儿不知如何表达自己的心情，只好任两个年轻的战士折腾。一个想追求，不敢露面；另一个来了走、走了来，却不追求。这美好的青春、美好的爱情，懵懂纯真，就像夏日夕阳里的一抹微笑……

故事终于有了进展。有一天，张良又来了，依然带着礼物，是一个用七色线编制的手链，上面还拴着小兔子形状的香包。李娜属兔，看见这份独特的礼物，立即爱不释手，摆弄了半天，又仔细地戴到了手腕上。张良在旁边看着，说：“今天是端午节。”李娜应道：“嗯，我知道。”张良憋了半天，又从嘴里挤出了一句话：“希望它能保佑你平安健康。”李娜还是没在意，说：“麻烦你回去告诉那个战友，谢谢啦。”张良彻底憋不住了，脸涨得通红，嗫嚅道：“这，这是我送给你的。”说完，转身跑得无影无踪。

说到这里，李娜的脸上露出了凄然的笑容，仿佛回到了过去的日子里。

我也被这纯真、美丽的爱情打动了，不禁问：“你喜欢张良什么？”

李娜眼神迷离，好像又看见了自己的恋人：“他永远穿着干净、整齐的军装，脸庞端正，一笑就会露出雪白的牙齿。”说到这里，她有些难为情，顿了一顿，才道，“还有，张良很专情，无论在什么场合，对不相干的女孩儿，连看都不看一眼。他说，今生只爱我一个人。相处这些年，他真的做到了，从未让我担心会失去自己的爱情。”

听了李娜的话，我心下凄然，这是我在生活中第一次见识到这样的传奇。许多女人都在爱情中，可谁敢说从未担心会失去挚爱的恋人。李娜年轻、单纯，没有深刻的心机或者宽阔的胸怀，要想让这样一个女孩子从不担心失去自己的爱情，可想而知，张良会是一个多么令人羡慕的情人。

在我的经验里，爱情其实很短。应该在年轻的战士送出小兔子香包手链的那一刻就定格了，剩下的则是漫长而了无意趣的琐碎生活。但张良和李娜却是个例外，相处几年后，依然还在热恋中。有一次，张良参加为期三个月的封闭训练，不能与恋人见面，他就在艰苦的训练之余，每天写一篇日记，叠三只小鹤，从未间断。其中承载了多少思念与牵挂，令人唏嘘。

爱情虽美，却有着致命的缺欠。作为恋人，张良什么都有，就是没有钱。家在农村，父母多病，还有一个生活困难的哥哥和没结婚的弟弟，他自己只是个拿津贴的战士，随时都会面临复员后漂泊不定的命运。李娜自己不在乎，但只有她一个女儿的父母却说什么也不同意，原因很简单，他们无论如何都不能接受女儿从此就有了一眼望到底的人生——贫困交加，艰难度日。

为了说服自己的父母，李娜决定回锦州。在火车站上，来送行的张良掏出了一张银行卡说：“这里有一千元钱，你尽管用。我发了津贴，还会存进去。”李娜听了，眼里就有了泪。那时，张良每个月只有几十块钱的津贴，还要时不时接济家里，天知道，他是如何攒下了这笔钱。

回到锦州，李娜用尽所有的办法，让父母了解自己的爱情，可两位老人就是不同意。李娜失望至极，大哭着说：“如果你们不接受张良，我就从此没有这个家!”说完，就乘火车跑回了大连。

跟父母闹僵了，姨妈家也不好住下去，张良成了李娜唯一的亲人和靠山。俗话说，天无绝人之路。就在山穷水尽之时，张良因为在部队里表现优异，转为一级士官，每个月可以拿到一千多元的工资。领到银行卡的那一天，张良就将它交给了李娜，从此，喧嚣的尘世中，就多了一个美丽的爱情小巢。

显而易见，清贫是他们生活中难以摆脱的主题。李娜没有正式工作，靠打工度日，收入不稳定，大多要靠张良的工资生活。一千多元钱，租一间小房就所剩无几。张良又极富同情心，家里家外都想尽最大努力帮助遇到困难的人。一会儿是父母要看病，一会儿又是哥哥遇到了困难，还未等喘口气，要好的战友又碰上了难心事。李娜说，跟张良在一起的这些年，他们的钱总是不够花。有一次，她不小心被开水烫伤了腿，却不敢去医院，躺在床上硬挺。张良休假回来，一见恋人的惨状，二话不说，抱起她就要出门。李娜一边挣扎一边喊：“我只有两百元钱，不能去医院!”

二十一岁生日那天，李娜的兜里只剩下两块钱。她委屈至极，趴在床上哭了一天。张良回到家里，见自己心爱的恋人如此伤心，沉默了许久，说：“你换一个男朋友吧。”话一出口，两个人都哭了。

这件事让张良深受刺激。从那以后，每逢恋人过生日，他都会想方设法送上最独特的礼物。时光荏苒，李娜又长了一岁，她也坚强、平和了许多。生日的那天，她照常去商场打工，晚上九点多钟，临近商场关门的时候，张良打来了电话：“我在门口等你。”

李娜喜出望外。张良是战士，晚上很难请下假，他居然赶来了。欣喜之余，李娜幻想着，也许恋人手里有一束花或者自己向往已久的生日蛋糕。但理智又在不断提醒她，那些东西太贵了，自己不该奢望。

欢喜的女孩儿像只蹦蹦跳跳的小兔子，来到了张良的身边。果然，张良的手里没有她最简单的梦想。李娜有些失望，但还是上前搂住了恋人的胳膊。

张良顺势抱起她：“你太累了，我抱你回家。”李娜知道他每天都要进行艰苦的训练，比自己不知累多少倍，就想挣脱恋人的怀抱，但终是拗不过张良，只好随他。在寒冬的夜晚，在杳无人迹的黑暗中，两个真心相爱的年轻人，留下了最明亮的爱情脚印。

到了他们租住的楼房前，张良放下李娜说：“你等一下，我先上楼。”说完，就跑进了楼里。片刻后，一层层楼道的窗户亮了起来，随之传来了张良的喊声：“你上来吧!”李娜困惑了，慢慢走进去，慢慢上了楼梯。每到一个缓步台，地上就有一颗燃烧的心，直到家门口！原来，是张良用沙土画好了心的形状，再浇上少许汽油，点燃了，就成了一颗颗铺在恋人脚下、静静燃烧的心！

张良送给李娜最后的生日礼物，是一个条幅，上面写着：李娜，我永远爱你。这最普通的爱情誓言，被张良做成了荧光字，会在最深暗的夜中闪闪发光。这成了他在人世间为恋人做的最后一件事，不久，张良就牺牲了。那个会闪闪发光的条幅，将为他的恋人照亮每一个伤痛无尽的夜晚……

听了这些事情，我心潮澎湃。在这个年代，还有谁会真心相信爱情，相信纯真、美好的心灵。我却在人到中年之时，又与这样的故事、这样的年轻人相遇，就像回到了自己的少年时代，回了那个槐花盛开的傍晚。可我的年龄和阅历，毕竟早已让自己的心充斥了泥沙俱下的各种经验，于是问李娜："难道张良就没有缺点?"

单纯、直率的女孩儿立即说："有，他的缺点就是太富同情心。即使再为难，也无法拒绝要求帮助的人。"有一年秋天，他的嫂子打来电话说，家里的秋菜收了，想拉到大连来卖个好价钱。从未出过远门的农村妇女，不懂城市的艰难，只幻想着多挣一点儿钱。张良不忍拒绝，就答应了。秋菜从家乡拉来了，困难也跟着一起拉了过来。大连遍地都是卖菜的农民，哪里还有立足之地？哥嫂急得发疯，张良也无法帮忙，总不能穿着军装去街上吆喝。李娜只好站出来，每天打工之余，再去卖菜。从未干过粗活儿的漂亮女孩儿，风里、雨里，抱着秋菜到处上门服务，总算帮哥嫂渡过了难关。

要结婚了，张良的父母倾其所有拿出三万元，做了李娜的彩礼钱。两个清贫惯了的年轻人，面对这笔巨款，憧憬无数。可现实又是那么猝不及防。张良的哥哥忽然遇到了过不去的坎儿，急需用钱。于是，一万元马上救了急。钱包还未合上，张良又说，战友的母亲得了重病，没有钱住院，咱们帮一下吧。李娜只好再掏钱，两个人的婚礼为此又短了五千元。在相处的几年中，除了借钱给别人救急，他们从未有过几百几千的花费。

能与心爱的女孩儿结婚，是张良今生最大的愿望。他平时不喝酒，但每逢参加战友的婚礼必醉，回到家里，就抱着李娜说："我们什么时候才能结婚?"就这样熬着、盼着，终于，两个人到了结婚的年龄。李娜的父母也屈服了，他们迎来了登记的日子。

在明媚的五月天里，张良换上了新军装，还特意借了一辆车，带上心爱的恋人奔向婚姻登记处。老天仿佛要考验张良的诚意，让一个包青天般的女办事员接待了他们。

黑着脸的女人，面对两个年轻人，就像遇上了即将入境的恐怖分子，认认真真、反反复复地审查每项手续，恨不得用放大镜找出蛛丝马迹。终于，她的努力奏效了，张良的士官证因为洗衣服的时候忘了掏出来，致使钢印略有模糊，兢兢业业守着“国境线”的女人立即警觉起来，指着士官证上的钢印说：“这是怎么回事？”

张良马上诚恳地、带着央求的口气介绍了士官证被洗的过程。黑脸女人却断然否定：“伪造也不是没有可能！”

张良继续央求：“您看，我这一身军装也能做证。”

黑脸女人翻着白眼：“这世道，假军人多了去了。”

听李娜说到这里，我气红了脸，提高声音说：“你们就不会反问她，这世道有冒充军人行骗的，难道还有冒充军人登记结婚的吗？”

李娜苦笑：“她根本不听我们的解释，硬逼着张良回十多公里外的市消防支队开证明信。”

将恋人安置在登记处的走廊上，张良开着车赶回了支队。急三火四开了证明，又急三火四地赶回了登记处。

黑脸女人接过证明信，仔细端详了半天，又发现了问题：“印章模糊，无效！”

张良气炸了肺，强忍怒火问：“您说，怎么办？”

“回去重开，把印章盖清楚！”

张良转身又要走，被李娜拉住了，她劝阻道：“时间不早了，你回去再赶回来，怕是要关门了，我们抽时间再来吧。”

张良说：“今天一定要登记，你在这里等着，我很快就回来。”

李娜告诉我，反正是要结婚的，她并不在乎早一天或者晚一天登记，可张良却像着了魔，任由黑脸女人折腾，终于在婚姻登记处临近下班的时候，拿到了结婚证书。

生命无常，世事难料。谁能想到，一个多月后，张良就牺牲了。正是他在婚姻登记处的执着和坚持，才使失去恋人的李娜拥有了烈士家属的身份，让这个娇弱的女孩子在以后的生活中，能够得到国家的照顾。

第五章　海之殇　情之殇

结束了对李娜的采访，已是晚上八点多钟。我问：“你住在哪里？”她说了一个我从未听说的街名，我又问乘车路线，才弄清楚，那里在偏僻的城郊，于是就说，“我送你回去。”李娜一再婉拒，我还是执意让她上了车。

出了市区，又走了半个多小时，路况开始变差，到处坑坑洼洼，飞沙走石。

车子在黑暗中颠簸，一辆接一辆趁夜间运送土石的大车从两旁呼啸而过，我不得不小心驾驶。李娜双手抱着黄色手提包，眼睛望着车窗外的黑暗。许久，她忽然开口，幽幽道："阿姨，你相信人有灵魂吗？"

我不知该如何回答，只好含混过去："也许吧。"

她又说："我以前并不相信这件事。可现在，每天晚上，都能梦见张良回到了家里，静静地看着我笑，就像活着的时候一样，穿着整齐的军装，露出雪白的牙齿。"

说到这里，李娜仿佛回到了恋人的身边，低下头凄然而笑："以前，他总是穿军装。跟我一起出门，不许靠得太近，更不许拉手或者做点儿亲昵的举动。乘公共汽车时，不管有多少空位子，他都不会坐下来，总是站得笔直，就像在部队里一样。"

也许，大连市公安局政治部的女作家，在阅历简单的女孩儿心中有高高在上的感觉，所以，在几个小时的采访中，李娜面对我，自始至终都在控制着自己的情绪。此时，坐在我的车上，同在无边萧条的暗夜里，我们的距离静静地拉近了。她再也撑不住，饱含泪珠的眼睛望着我，像个孩子般哭着说："阿姨，张良能带走皮皮，为什么就不能带走我？"原来，皮皮是他们养的狗，张良牺牲后，它不吃不喝，过了十几天，就随主人而去了。

我的眼泪决堤而出，谁能安慰这样的女孩儿？谁又能伴她度过无尽的暗夜？

近十点钟，我的车子终于开到了李娜住的居民楼前。望着黑黢黢、没有安装防盗门的楼洞口，我的心禁不住怦怦地跳，硬着头皮对她说："我送你上楼。"

李娜用手背擦干眼睛，扬了扬始终紧抱在怀里的黄色手提包："不怕，有张良陪着我呢。"说着，她打开包，拿出一个塑胶口袋，里面装着红色的结婚证，李娜抚摸着它说，"我每天都带着，就像跟张良在一起。"

我的眼泪再次涌出。李娜却说："您别担心，自从张良牺牲的那天起，我就不知道什么是害怕了，这一辈子的恐惧都在他牺牲的前一夜经历了。"

我不禁问："难道你对这件事有预感？"

李娜摇头："没有，可就是害怕。那天，我给张良打了很多电话，他只回了一次，说是大火已经扑灭了。我问：'什么时候能回家，明天还要去拍婚纱照。'其实，在那一刻，我并不急婚纱照的事情，就是感到害怕，就是想马上看见他。张良说：'大概要推迟了，我还不能回家。'这是他留给我的最后一句话。再打他的手机，就没有了音讯。"

说到这里，李娜哭了："到了晚上十一点多，我还是睡不着。平时，张良不管怎么忙，都要在临睡前打来电话，听见我锁上卧室门，才会放心。唯有那一夜，他没有打电话。凌晨时，我实在熬不住，迷迷糊糊睡了过去。半梦半醒间，忽然，听见外面的客厅有动静，我以为是张良回来了，连忙爬起身，打开卧室门，并没有人，只见客厅的窗口敞开了，我吓出了一身冷汗。因为张良担心有人会爬窗而入，用钉子做了个简易插销，从外面根本打不开。我捂着狂跳的心，查看屋里的东西，发现张良的一双新鞋不见了，桌子上还放着半瓶矿泉水。我真的吓坏了，不敢待在家里，胡乱洗过脸，便出门上班。

“那是星期天的早晨，公交车上的人很少。一路颠簸，我又陷入了半梦半醒之间。忽然看见了张良，然后就是大海，正疑惑间，张良就沉入了水里……”

听到这里，我早已泪如泉涌，抖着声音说：“你太孤单了，让人担心。”

李娜说：“我不怕。”顿了一顿，又道，“现在，除了大海，我什么都不怕。”

“你回锦州吧，回到父母身边。别留在大连，因为这里到处都是海！”我流着泪，央求道。

李娜却回答：“我不能走，张良还在这里，我要跟他在一起！”

我说：“傻姑娘，你总不能一辈子守着结婚证和无处不在的大海啊……”

李娜又将她的手提包紧紧地抱在怀里：“张良家乡的烈士陵园正在翻修，等建好了，当地政府就将张良的骨灰接回去。到那时，我就走，跟他一起走。”

夜已深沉，李娜下了车，站在路边，目送我的车子离开。倒视镜里的女孩儿越来越远、越来越小，渐渐隐没在无边的黑暗中。我的心碎成了漫天的星星，在夜空中无望地企盼，谁能照进她的窗口，安慰她孤单而忧伤无尽的心。面对痛失恋人的女孩儿，我无能为力。只有靠手中的这支笔，写出将人间的哀痛与悲伤化作挽歌的《安魂曲》！

破冰之战

——广东省公安厅“雷霆扫毒”专项行动首战纪实

衣向东　初曰春

引子

1839年6月3日是一个载入史册的日子。这一天，距离广州城五十多公里的虎门滩上人山人海，午后二时许，随着钦差大臣林则徐一声令下，震惊中外的虎门销烟开始了。此后二十三天，两百多万斤鸦片在这里化为灰烬，中华民族向各国列强宣告了禁烟的决心。

一百七十四年后，2013年7月30日，中共广东省委、省政府召开“雷霆扫毒”专项行动动员会，发起了一场围剿毒品犯罪的战役。在这场持久战中，广东省公安机关以前所未有的力度，打击整治制毒、贩毒团伙。在这次新时期的“虎门销烟”中，参与办案的公安民警以更加坚定的决心、更加果敢的行动，向世人宣告：决不允许毒品毒害、侵蚀我们的社会！

毒情形势骇人听闻

广东省作为中国第一经济大省，GDP从1989年至今连续二十四年稳居全国第一。站在改革开放的最前沿，依托便利的交通条件、开放的投资环境，广东省成为全国经济、文化最为活跃的省份之一。然而，就在经济飞速发展的同时，广东省也遭遇了毒品犯罪的空前冲击。资料显示，截至2013年6月，广东省登记在册的吸毒人员就有37.35万，占全国的六分之一。在广东省范围内，吸毒人员超过一万人的地级市有十五个，吸毒人员超过一千人的县（市）、区有九十七个。

全国17%的海洛因、40%的冰毒、60%的合成毒品，均来自广东。香港《大公报》称，广东省已取代云南省成为全国制毒、贩毒活动最严重的地区！

毒情形势骇人听闻！它不但影响了广东省的整体形象，更严重干扰了当地的经济社会环境。

2013年7月初，张海跟往常一样早早地来到了单位，他先打扫了办公室的卫生，又给自己冲了一杯乌龙茶。这个刚进入政府部门工作才一年的小伙子，打心底里想通过自己的努力，赢得领导和同事们的认同。做完一系列上班前的准备工作，张海坐到椅子上打了个哈欠，他下意识地抬头看了看挂在墙上的石英钟，距上班还差半个小时。张海站起身，一改刚才风风火火的劲头，步履沉重地走向洗手间。他打开水龙头，掬一捧冷水洗了洗脸，短暂的凉爽让他清醒了不少。伴着“哗啦啦”的流水声，他用掌心拍打着自己的脸颊和额头，忽然间，他跟疯了一样，狠狠地掴了自己几个巴掌……

走廊里传来了杂沓的脚步声，张海努力调整好自己的状态。他拿着一份写好的材料，敲开了领导办公室的门。但接下来，张海担心的事情发生了，领导看了材料，鼻子不是鼻子脸不是脸地把他训了一顿。张海气呼呼地走了，什么狗屁领导，唧唧歪歪地说我文科硕士把书念到狗肚子里了，分明是在故意找碴儿！我重点大学毕业，你一个中专生，分明就是嫉妒！这个想法已经不止一次出现在张海的脑子里了。每逢这种情况，他都会强压心头的怒火挨到下班，然后去找一个老同学寻求“帮助”。可这一天，他忍不到下班了。

张海关了手机，拔了办公桌上的电话线，头也不回地走出单位。二十分钟后，张海出现在一家娱乐场所门前。这个时候人家还没开门，他便给老同学打了电话。糟糕的是，这一次老同学说什么也不肯给他“东西”，还说自己不是慈善机构，让张海先把欠的钱还上再说。

张海沮丧地挂掉电话，钻进了旁边的一个小巷子。时间一下子变得漫长起来，十几分钟后，等张海接到老同学的电话时，他感觉自己已经经历了几番寒暑，身上忽冷忽热，把他折磨得几近虚脱。这一次，为了得到那些“东西”，张海毫不犹豫地答应了替老同学到车站“送货”。就在这次“送货”途中，他被警方抓捕。

在看守所里，张海终日以泪洗面！一年前，张海接到工作单位报到通知的当天晚上，几个高中同学给他摆宴庆祝。大家都非常高兴，张海更是志得意满，觉得自己前途一片光明。酒过三巡，当有同学让他尝点儿K粉时，他没有拒绝。进入工作单位之后，本想大展宏图的张海却和自己的部门领导难以相处，心情郁闷的他就找老同学喝闷酒吸K粉，没多久就上了瘾。

现在张海才痛心地意识到，什么都晚了，工作丢了，名声丢了，所有的一切都丢了！

被关进看守所后不久，有一天张海突然发现有两百多名吸毒人员同时被送了进来，其中有些人他还认识。这么多人一起被关进来，说明公安机关有行动。张海只猜对了一半，公安机关有行动没错，但这次不是一般的行动，不会一阵风头过了就没事了，广东省公安厅已经下定决心，彻底整治全省的制贩毒犯罪！

“雷霆扫毒”专项行动拉开序幕

2013年6月初，刚到广东省就任副省长、公安厅厅长的李春生接到了一封书信。这封信是国家禁毒委副主任、公安部禁毒局局长刘跃进写的，这位昔日的老同事选择用书信的方式跟他交流如何根除广东省的毒患。这封沉甸甸的信让李春生陷入了沉思。

对广东省的毒情，李春生早有耳闻，但真正调来相关资料，他才意识到自己肩上的担子有多重。那些冷冰冰的数字让他触目惊心：30.34%的冰毒来自汕尾陆丰地区，占全国的三分之一。全国2010年至2012年查获的氯胺酮（俗称K粉），20%来自惠州惠东地区。更可怕的是，广东省的吸毒人员数量全国第一！制造毒品犯罪全国第一！毒品的集散量全国第一！“金三角”的海洛因通过越南，经广西流入广东；南美的可卡因从海路流向广东；阿富汗的海洛因通过航空邮寄渠道流入广东，再辐射到全国……

面对如此严峻的毒品犯罪形势，李春生寝食难安。习近平总书记强调抓工作要“踏石留印，抓铁有痕”。在充分了解了广东毒品犯罪情况之后，李春生决心拿出这种劲头，彻底消灭肆意泛滥、危及民生的毒品犯罪！

前些年，广东省各级公安机关开展了一系列专项整治行动，但毒品犯罪仍是屡禁不绝。以惠州市惠东县为例，2011年，该县被广东省综治委挂牌整治，可2012年“摘帽”后，该地的毒情又大幅反弹，很快成为广东省乃至全国K粉的重要源头，2013年再次被挂牌整治。

冰冻三尺非一日之寒。广东省严峻的毒情形势，跟其地理位置和开放程度有关。这里毗邻港澳台和东南亚，旅居海外的华侨多，定居广东的老外多。开放的广东打开窗户迎来了新鲜空气，也不可避免地会进来一些苍蝇蚊虫。而一些地方政府片面追求经济效益，忽视了对制贩毒犯罪的整治，个别政府领导甚至睁一只眼闭一只眼，不是主动打击制贩毒犯罪，而是听之任之，导致“公安前脚整，毒贩后脚制”的尴尬局面。更令人瞠目结舌的是，个别基层干部对禁毒工作积极性不高不说，还为毒贩充当“保护伞”。最典型的是汕尾陆丰市的甲子、甲东、甲西三个镇，在这里，毒品犯罪已经到了半公开化的程度，形成了制毒“堡垒村”，村干部成了制毒的组织者和参与者，一些制毒者居然拥有 AK－47 冲锋枪等制式武器，明目张胆地与警方对抗。

制贩毒品犯罪的猖獗，让广东省被扣上了一顶“毒帽子”，省委、省政府要求公安厅把彻底解决毒品问题作为当务之急，组织部署一场深入持久、扎实有效的禁毒战役。

刚刚履新的李春生全面分析了形势之后，立即组织召开公安厅党委会，会上研究决定开展“雷霆扫毒”专项行动，集中打好惠东和陆丰的清剿战役、查处娱乐场所吸毒及管控战役、打击外籍贩毒团伙战役、广州和深圳两地打击毒品犯罪战役、追捕涉毒案犯战役和全省通道查缉及截堵战役等六大集群战役。为了让这六大战役取得实实在在的成效，广东省公安厅党委要求，全省公安机关逐个问题、逐个地区，集中优势警力，有计划、有步骤地全面推进广东省禁毒整治斗争，确保完成“首战六个月大见成效、一年内扭转毒情严峻被动局面”的工作目标。

“雷霆扫毒”专项行动的战斗号角正式吹响！

办案民警乔装进村

按照省公安厅党委的部署，惠州市公安局立即展开行动。但让很多人搞不明白的是，在上级领导意图明确、打击力度空前的态势下，市公安局却紧急撤回了在一线办案的缉毒民警。一些已经查到了线索的民警非常焦急，有些甚至发起了牢骚，认为领导决策失误，因为谁都明白，临阵换将是用兵大忌。原来，为了防止树大招风、泄露办案机密，惠州市公安局决定临时撤兵，与此同时，他们已经挑选好精兵强将，成立专案组，秘密开展工作。

惠州市博罗县公安局刑侦大队的侦查员杨扬是第一批被抽调进专案组的。杨扬敏感地意识到，这次任务绝不是像市局通知的那样，参加什么省纪委的专案组，而是跟省公安厅部署的“雷霆扫毒”行动有关。杨扬猜对了，为了将惠州地区的特大制贩毒团伙一网打尽，2013 年 8 月 15 日，惠州市公安局正式成立了“1301”专案组，而杨扬就是局里从刑侦、缉毒、技侦等警种中抽调的骨干之一。

早在2013年7月，惠州市公安局侦办“902”特大制贩毒品专案，在查找何锦峰制贩毒品团伙的制毒“料头”（制毒原料）来源时，发现何锦峰团伙主要成员郭光发与陈汉雄制贩毒品团伙联系密切、交易频繁。惠州、惠东两级公安机关从这条重要涉毒线索入手，循线深挖，何锦峰、陈汉雄、林佛球为首的三个制贩毒团伙相继浮出水面，重点涉案人员达一百余名。这三个团伙既相对独立，又相互合作，他们不但长期控制着惠东县域内的制贩毒网络，甚至一度成为左右了全国K粉市场行情的“晴雨表”。

面对如此众多的涉案人员和如此巨大的毒品交易量，惠州市委书记陈奕威震惊了，他要求：“惠东绝对不能成为毒品源头，惠东绝对不能让制毒贩毒成气候!”先后召开了七次市委常委会、六次四套班子主要领导碰头会，专题研究部署禁毒工作。副市长、公安局局长李敏连续组织各县区公安局及市局各部门一把手召开相关会议。惠州市禁毒工作全面提速。

一场真正的较量开始了!

首先要做的是将精兵强将们隐藏到暗处，才好排兵布阵，出其不意，把犯罪团伙一网打尽。

台风给专案组帮了大忙。那几天，“尤特”台风刚过，惠东县境内下起了瓢泼大雨，很多道路被阻断，高潭、宝口等镇成了孤岛。杨扬换上了电业局的工作服，摇身一变成了电力抢修工，蹚着齐腰的浑水，深一脚浅一脚地走进了山里。其他专案组成员跟杨扬一样，有的把自己打扮成通信公司的抢修工，有的把自己乔装成地方政府抢险救灾的干部……总之，他们像演员似的，极尽所能地利用台风变换着自己的身份。那些日子，专案组成员没有睡过一个囫囵觉，他们必须借助这场天灾消灭人祸!

9月20日傍晚，杨扬站在山坡上，揉了揉红肿的眼睛，无可奈何地叹了口气。他目光所及之处，是重灾区之一的高潭镇，那里亮起了灯光，说明供电抢修队的工作已经结束了，杨扬不能再“冒充”电力抢修工了，他必须想别的办法掩护自己。就在杨扬心里犯愁的时候，“天兔”台风又来了。真是“天公作美”。

9月23日凌晨，台风像神话里的魔鬼一样，卷起地上的杂物，打着呼哨摔打在屋顶上，原本还闪着几点星光的天空出现了如烧焦的棉絮般的云块，暴风把雨水搅拌起来，一股脑儿倾泻而下，天地间顷刻变得混沌不清了。这股四十年来最强的台风，给杨扬和其他专案组成员提供了深入侦查的好机会。

天还没亮，专案组成员就顶着肆虐的台风出发了。刚刚遭受“尤特”台风摧残的惠东，一夜之间再次满目疮痍。危险自然不必多说，杨扬就眼睁睁地看着直径一米多粗的榕树被连根拔起，砸在自己跟前的民房上，房顶的瓦砾带着风声从耳边呼啸而过。突如其来的险情让杨扬他们有点儿措手不及，作为人民警察，他们必须一面协助救灾人员疏散转移群众，一面要用心观察，寻找制贩毒团伙的蛛丝马迹，把何锦峰、陈汉雄、林佛球三个团伙的制毒窝点、销售地点、活动场所全都摸清楚、找出来。

杨扬作为惠州市博罗县公安局刑侦大队的骨干，相比惠东县本地的办案人员要更忙碌一些。他利用贩毒分子对自己不熟悉的优势，化装成外地人，以买房或租房为借口，转了惠东县城的几个居民小区，通过查看这些小区的户型，摸清了犯罪嫌疑人落脚处的房屋结构，为下一步的抓捕行动做好了准备。

这是一个貌似平静却暗流涌动的战场，办案民警必须有足够的智谋和过人的胆识才能跟犯罪嫌疑人周旋、较量。在巧妙周旋上，惠东县公安局刑侦大队副中队长冯伟忠算得上是一个智多星。

专案组在每天例行的晚间总结会上梳理出一个线索，惠东县白花镇石陂村一处在建民房有重大嫌疑，但办案民警之前已经多次经过该村，如果再深入村中调查，极易暴露。为难之际，一直在角落里沉默不语的冯伟忠主动请缨。

次日凌晨，冯伟忠穿上一身破旧的衣服，扣上一顶烂草帽，骑上摩托车独自上路了。“突突突”的马达声惊起了一阵狗叫。冯伟忠把车子熄了火，拎着一个编织袋接连叩开了几户人家的大门，一路走到那处在建民房门口的时候，他的鼻尖上已经沁出了汗。冯伟忠摘下草帽扇了几下，冲正在修屋的瓦匠说：“有废品吗?”

正在用泥瓦刀在墙上抹泥灰的瓦匠头也没回：“没!”

“有酒瓶子吗?”

对方还是一个字：“没!”

“这大兴土木的，还能不喝点儿酒?”

“哪儿凉快哪儿待着去！有也是人家老板的，我打工干活儿的，做不了主。”

“啧啧，你家老板真阔气，刚遭了灾就有钱盖房子。你们也有福，有活儿干，哪像我，成天东跑西颠也挣不上几个钱。现在生意难做，还是你们手艺人好，怎么也能混口饭吃……”

也许是冯伟忠的真诚打动了对方，也许是他的诉苦让对方产生了一点儿同情，那个瓦匠的脸上有了笑容，他停下手里的活计，扔给了冯伟忠一支烟。就这样，瓦匠坐在墙头，冯伟忠站在地上，两个人你一言我一语地聊起了家常。

通过这种方式，冯伟忠很快证实了专案组先前的判断，此处正是犯罪嫌疑人何锦峰在建的新房子，而且他还摸清了何锦峰平时来此处看房子的时间段。

尽管化装侦查的专案组民警获取了大量线索，但惠州市公安局的领导们意识到，专案组人数有限，长期这样下去的话，他们就会成为当地的熟面孔，难免会暴露。而专案组民警面对的却是躲在暗处、穷凶极恶的犯罪嫌疑人。为了保证他们的人身安全，也为了让侦查工作顺利开展下去，他们决定另辟蹊径。警花钟晓意和陈晓兵就是在这个节骨眼上被紧急调入了专案组。

“大众女友”紧急上阵

2013年9月中旬的一天下午，钟晓意的母亲突然觉得不对劲儿，在警校培训的女儿好几天没给家里打电话了。她给女儿打去电话，可女儿的手机一直处于关机状态。她慌了神儿，赶忙联系集训队的领导。领导告诉她，钟晓意被省纪委抽调去协助工作了。钟晓意的母亲一颗悬着的心这才放了下来，她想，过两天女儿一定会给她打电话或发短信的。然而日子一天天过去了，女儿那边没有半点儿消息，急得她每天不停地查看手机。钟晓意的母亲有些生气了，女儿从小到大一直很乖，有什么事情都会跟她商量，可现在，被省纪委抽调这么大的事儿，不仅没跟她说一声，这么些日子，连个问候的电话也不打了。

焦急的不止钟晓意的母亲一个人。陈晓兵的父母也正眼巴巴地瞅着手机，等待女儿的电话。他们不明白，孩子怎么就突然人间蒸发了？

2013年3月才新入警的钟晓意接到紧急通知时，还真以为是要去省纪委工作。然而，当她赶到惠州市公安局副局长黄闻坚的办公室时，才知道自己的任务是侦查国内最大的制贩K粉团伙。

当警察就会面对危险，这个心理准备钟晓意早就有。但接到这个任务，她还是不由得紧张起来。以前只是在影视剧里见过那些要钱不要命的毒贩，现在要面对面跟这些人打交道，自己能行吗？

领导专门叮嘱钟晓意，这次的任务属于高度机密，不能告诉任何人。钟晓意特意给自己买了几件宽松的T恤和几个很扎眼的耳饰，因为她观察过，在整个惠州地区，这些东西是今年女孩子中最流行也最大众的。钟晓意把自己精心打扮一番后，便和一个个不同的“男朋友”上街“拍拖”。

第一次执行任务，是跟“男朋友”去惠东县的商业街逛街。钟晓意挽着男侦查员的胳膊，一会儿在皮鞋摊前挑挑拣拣，一会儿又跟“男朋友”窃窃耳语——在这个全国闻名的女鞋生产基地，“外地游客”钟晓意显然对这里的女鞋有很大兴趣。

这次任务，钟晓意给自己的表现只打了五十分。毕竟是第一次经历这种阵势，她非常紧张，甚至有些胆怯。另外，对于没谈过恋爱的钟晓意来说，她对“男朋友”的言谈举止还很不自然。钟晓意把自己的一举一动认真梳理了一遍，找出不足，让自己尽快进入实战状态。经过几次自我调整，钟晓意成了专案组的得力女将，做起了专职“女朋友”，掩护专案组侦查员出入各种不同场所。

虽然对可能发生的情况都做了充分的准备，但计划赶不上变化的情况还是时有发生，钟晓意经常被突如其来的危险惊出一身冷汗。

9月底的一天上午，专案组把车开到惠东县白花镇四平村村口，准备对犯罪嫌疑人的住处进行侦查。侦查员刚一下车，一个老人就用好奇的眼光打量他们，还用方言对老伴儿说：“这是来干事的。”当地人把公安办案称为“干事”。

另一位侦查员听到老人的话，赶忙跳下车，用当地方言问：“老人家，您这儿哪儿有吃饭的地方？我们到这儿收香蕉，还没吃早饭。”

在得到老人的指点后，侦查员还请老人带路，把车子开到了村里的米线店。几位侦查员故意放大了嗓门——

“说了现在收香蕉过了季节，你偏不听！”

“废话，我当然知道时节有点儿晚，今年香蕉不是行情好嘛！”

“来之前先联系好嘛，害得我们跟着跑冤枉路！还有啊，早晨你不在宾馆喝早茶，跑到这儿吃什么米线？”

“不是起晚了嘛……”

几个人一唱一和，故意把自己的行踪暴露给老人。

这次行动虽然没有碰到什么险情，但还是让钟晓意捏了一把汗。如果不是专案组里有人会说当地的方言，那后果就难料了。当然，这时的钟晓意并不知道，专案组的所有成员，包括她本人，都是市公安局精挑细选的，每个人都各有特长，其中当然不乏熟悉农村的风土人情、能说当地方言俚语的“本地通”了。

惠州市公安局不但在用人上动脑筋，还在用车上做了不少文章。为了方便侦查人员办案，市局安排专人去深圳二手车市场买回不同辖区牌照的地方车，过户到跟公安局无关的私人名下。此外，市局还买了不少旧摩托车和旧自行车，毕竟，更多的侦查任务是要到大山深处去完成的。

惠东县是个面积三千五百多平方公里的沿海县，巍峨的莲花山脉分布在北部和东北部，南部沿海则多为丘陵。县域内仅海拔一千米以上的高山就有二十七座，其中最高的莲花山主峰海拔1337.3米。那些制贩毒分子便把自己深深地隐藏在这层峦叠嶂之间。山路崎岖而逼仄，钟晓意他们只能靠骑摩托车或自行车，甚至是步行来完成任务。

刚开始，钟晓意压根儿没把这当回事儿，不就是在山里骑车嘛，那么美的风景，应该很惬意的。可办案不是游山玩水，一天自行车骑下来，钟晓意感觉自己的骨头都快散架了。不仅如此，他们还要根据情况随时调整侦查方式。

在去白花镇石陂村侦查时，钟晓意就领教了“随时调整”这四个字的分量。路程走到一半的时候，他们发现骑自行车的人越来越少，侦查员们再骑下去无异于自报身份，但此时换摩托车已经来不及了，只能借助“11 路公交车”，用两条腿步行了。这可苦了穿着高跟鞋的钟晓意，晚上回到住处，刚脱下鞋，她就倒吸一口冷气，袜子完全被血黏在了脚上，整个脚肿成了馒头。

不过这点儿苦对钟晓意他们来说都是毛毛雨，对他们真正的考验是要随机应变，化解随时可能遭遇的险情。

在白花镇的上老塘村，钟晓意就险些露出破绽。钟晓意跟踪犯罪嫌疑人进了村子，眼瞅着对方进了一所民房，关上了房门。钟晓意便跟到了门前，想看清楚门牌号码。不料犯罪嫌疑人走进院子后，突然又转身打开房门，跟钟晓意打了个照面，直直地瞪着她。钟晓意灵机一动，笑着问：“帅哥，我要找一下我的工友，就在咱上老塘村，我们之前一块儿在深圳打工，她回家以后就没再联系，麻烦跟您打听一下她家住哪儿……”

犯罪嫌疑人皱紧了眉头，不耐烦地摆摆手，把门哐当一声关上了。

钟晓意有些后怕，她琢磨过，如果当时跟犯罪嫌疑人面对面的是男民警，或许就不会轻易过关了。她忽然明白，市局让她充当男民警的“大众女友”，实际上是对这些民警的一种保护。

完成任务后，钟晓意才告诉父母，自己之所以突然失踪，其实是参加了“雷霆扫毒”行动。母亲摸了摸女儿晒黑的脸，略带埋怨地说：“傻孩子，这事儿你早该告诉我。”等女儿把一些大致情况讲完，钟晓意的母亲早已泪流满面，“早知道是这样，打死我也不会问你，我情愿一辈子也不知道！”

险象环生的较量

尽管何锦峰的犯罪团伙在惠东涉毒人士内部尽人皆知，但狡猾的他却屡屡逃脱公安机关的打击，一直逍遥法外。专案组成员开动脑筋，想方设法要摸清他这个团伙的所有窝点。

中秋节前几天，侦查员们提着月饼礼盒进村了，这次，他们把自己打扮成到乡间走亲戚的外地人。按理说，赶上节日的时候，村里多几个陌生人是情理之中的事儿，但何锦峰的马仔对所有陌生面孔都十分警惕。专案组民警王小峰注意到，几个不怀好意的小混混儿骑着摩托车，在他身边晃了几个来回。王小峰已经做好准备，如果被他们盯上了，那就豁出去，挨上一顿揍，只要不开口，没人知道自己的真实身份——从专案组成立的那一天起，王小峰和其他民警就上交了所有身份证件。

还算幸运，那些混混儿没纠缠王小峰，但这还是给他提了个醒。接下来，王小峰决定冒一次险，用儿子做“道具”，帮助自己化装侦查。

小辉听爸爸说要带他出去玩，当场就蹦了起来。但紧接着，这个可爱的小男孩儿就用怀疑的目光盯着王小峰：“爸爸，你没骗我吧?”

“骗你干吗?”王小峰漫不经心地说。

小辉毕竟只有九岁，他相信了爸爸。看着儿子兴高采烈的样子，王小峰的妻子没好气地埋怨：“别再把儿子当小孩儿了，再这样下去，他会对你失望的。”

妻子说得没错，王小峰是一个优秀的警察，但绝不是一个称职的丈夫和父亲，每次答应带儿子出去玩，却总是被这样那样的任务耽误了。2013 年的“五一”假期，王小峰本来说好了要带儿子去广州玩，可后来连个招呼都没打就出差了。小辉倒是没哭也没闹，只是在当天晚上突然跟妈妈说：“能借我一点儿钱吗?我想给爸爸发两天的工资，让他陪我玩两天……”这件事让王小峰难过了好久。

这个周末，王小峰骑摩托车带着小辉去白花镇兜风。虽然没有好玩的游乐场，但能和爸爸在一起，小辉显得非常快乐。他并不知道，父亲正在暗暗地侦查犯罪嫌疑人的制毒场所。在小辉的“帮助”下，王小峰没有引起制贩毒团伙马仔们的怀疑，获取了重要的线索。事情过后，王小峰决定把这事儿烂在肚子里，如果让妻子知道了，肯定会跟自己翻脸。

侦查中的危险无处不在，专案组的民警跟毒贩打交道，向来是明枪易躲暗箭难防。

一天傍晚，杨扬开车从白花镇返回惠东县城专案组驻地平山镇，在这仅有九公里的路程中，他跟一辆深圳牌照的汽车上演了一场生死时速。

杨扬驾车经过一个十字路口时，右侧一辆越野车突然闯过红灯飞速朝他冲来。杨扬向左猛打方向盘，两辆车擦身而过。越野车马上掉头，继续纠缠杨扬。就在越野车加速企图横在杨扬车前的一刹那，杨扬猛踩一脚刹车，迅速挂上倒挡又挂前进挡，向右打方向飞驰而去。

可是，杨扬并没有摆脱纠缠，很快在后视镜里，他又看到了那辆越野车。但这次越野车没再贸然跟进，只是阴魂不散地尾随其后，忽远忽近忽快忽慢。到了岔路口，杨扬转向进入弯道，短暂加速，又收起油门，踩一脚刹车，车子来了个侧身漂移。这个在惊险电影里才能看到的漂亮动作，让杨扬彻底摆脱了越野车的跟踪。不过，杨扬没有直接回专案组驻地，他又在路上绕了很大的圈子，直到夜里十一点多，确认没有盯梢车辆了才返回。

何锦峰归案后供认，他在发现杨扬的车辆后觉得可疑，就安排马仔跟踪，并企图制造车祸给警方点儿颜色看看。何锦峰还供认，他手下的马仔给他做了一张表，把公安局的车辆信息统计全了，只要警方的车辆在他的地盘上出现，他就会闻风而动。

在一般人印象中，犯罪团伙的马仔都是一脸横肉，凶声恶气，但现实中并不全是这样。何锦峰的马仔高平看上去一脸和气，标准的国字脸上五官分布得恰到好处，小平头干净利索，显出几分英气。专案组侦查员在白花镇长塘村侦查的时候，高平热情地迎过来，得知他们是要考察投资环境，便如数家珍地介绍村里的情况："这个村子往北九里路就是白花镇政府，村东北部有平深公路穿过。你们现在看到的是白花河，也从村里通过，这条河把整个村子分为四个行政村、二十个村民小组，村民小组之间都通了水泥路。那边是一千平方米的厂房，租金不贵，唯一的缺点是还有六个村民小组没通自来水。至于人手嘛，现在村民大都外出打工了，留在家里务农的主要是种植水稻和荔枝……"

高平对村子的熟悉程度让办案民警误以为他是村干部，险些中了圈套。谁也没想到，高平是在故意拖延时间，等待其他马仔。在忽悠侦查员的同时，他已经偷偷发了短信。很快，那些接到短信赶到长塘村的马仔一拥而上，将侦查员们团团围住，高平也原形毕露，恶狠狠地问："说，你们到底是来这儿干什么的?"

侦查员镇定地回答："我们想到这里办厂。"

"办厂？办什么厂?"

"来，吸支烟，你不是也说了嘛，这儿有平深公路通过，交通便利啊……"

"废话少说，你们鬼鬼祟祟的，怎么看也不像生意人。"

"出门都是为了赚钱，我脸上也不会写着自己是生意人啊。"

"你做生意就开这么个破车?"

"本来就是小本生意，再说，就算是真有钱也不能露富啊。"

被高平招呼来的那些马仔早就不耐烦了，他们当中已经有人打开了侦查员的汽车后备箱一通乱翻。侦查员们极力保持镇定，说尽好话请高平一伙高抬贵手。如果不是高平接了一个电话匆匆离开，侦查员们恐怕真的会被暴打一顿。

为了逃避法律制裁，何锦峰可谓煞费心机。"上帝欲使之灭亡，必先使之疯狂。"多行不义必自毙，何锦峰犯罪团伙的狂妄和嚣张，预示着他们离覆灭的日子不远了。

K粉“开山鼻祖”露出马脚

2013年9月中旬的一天下午，何锦峰团伙主要成员何斌鬼鬼祟祟地钻进了一家咖啡厅。化装侦查的民警装扮成顾客，跟何斌背对着背，他听见何斌对约会的人说：“买的母鸡产了鸡仔，回头拿报纸换鸡仔。”这显然是暗语，虽然专案组一时难以破译，但有一点可以确定，何斌的出现说明何锦峰团伙极有可能顶风作案。

何锦峰是惠州地区制造K粉的头号人物，正是他把K粉制造技术引进惠州的，被惠州同行称为制造K粉的“开山鼻祖”。

2005年9月，因盗窃罪入狱的何锦峰刑满释放。家人本指望他能从此踏踏实实过日子，但他的心早已不安分了。这个村民嘴里的“蟾蜍盖”（当地骂人话，很蠢的意思），小学还没毕业就开始混社会，从偷自行车到偷摩托车，而后又发展到偷汽车，两次铁窗经历非但没有让他浪子回头，反倒让他学到了更多的“犯罪技巧”，并具备了一定的反侦查能力。这个他的追随者眼里的“蟾蜍盖”非但不蠢，反倒精明过人。何锦峰确实够精的，只不过他没把自己的聪明劲儿用到正道上，总是梦想一夜暴富。

出狱后，何锦峰利用狱中结识的关系，暗地里谋划制造K粉。2008年，何锦峰制造的K粉出炉了，他掘到了第一桶金。有了钱的何锦峰开始沉迷于赌博，每次的赌注都是几百万元甚至上千万元的大手笔。纸醉金迷的生活让何锦峰变得愈加贪婪、凶残，在罪恶的道路上越走越远。

何锦峰喜欢穿军装，据说他曾经从网上买了假军装，拍了照片做成假证件，赫然以正连职军官的身份出现在马仔面前。

他不单是喜欢那身假军装行头，还喜欢研究军事理论，甚至用部队的管理模式对自己的贩毒“生意”实施“军事化管理”。为了让自己的路走得更长远，他用了将近一年的时间打造自己的“根据地”。

何锦峰在老家的半山腰上承包了一个养猪场，依山而建的房屋旁拴着两条恶狗，房前有一个晒谷场，晒谷场前和屋后各有一个大水塘。他参照军事地形学，把“指挥部”设在了养猪场里，这样，无论车辆还是行人，不管从哪个方向来，都逃不过他的视线，不仅如此，他还在山顶安装了视频监控系统。

每次交易之前，何锦峰会通过电话请买家到这里喝甲鱼汤。当然，何锦峰不会亲自打电话，他让“大内总管”何斌负责传话，替他发号施令。每次跟买家碰头，他都会安排马仔在村口“放哨”，一旦有风吹草动，屋后的山和前后两个水塘都是藏身之地。

至于“母鸡”、“鸡仔”、“拿报纸”这一类接头暗号，则是借鉴了解放军的军语——“母鸡”是料头的意思，“鸡仔”指的是K粉，而“拿报纸”就等于拿钱。何锦峰还根据当地农作物生长的周期，指使何斌借用“荔枝熟了、橘子红了”之类的暗号，把交易时间和交易地点通知给买方。尽管警方早就确定了他有制毒贩毒的重大嫌疑，苦于缺乏证据，一直未能端掉他的毒窝。

何锦峰费尽心思编织自己的罪恶梦想，他把最核心的任务交给了自己的家人，管理两个制毒窝点的是他的两个大舅哥，采购“料头”的是他的四弟，而负责销售的则是他的堂哥。即便是自己的亲戚，何锦峰也制定了严明的“纪律”，任何人都必须各司其职，绝不能越俎代庖。

何锦峰不仅胆大妄为，而且非常善于伪装。那些与他近在咫尺的村民，对他背地里干的勾当一无所知。平时邻里之间发生纠纷，他都会出面当和事佬。如果双方发生口角，打架受伤，他还会自掏腰包，替双方付医疗费。碰到镇上、村里修桥修路缺少资金，他也会慷慨解囊。就是通过这些表演，何锦峰被村民贴上了“大善人”的标签。何锦峰被捕后，个别村民还不敢相信，这个乐善好施的“农民企业家”居然是制造K粉的头号人物。

何锦峰喜欢豪车，特别是大型越野车，但他从不开丰田普拉多、汉兰达进山。为了不引起别人的注意，每次去养猪场的时候，他都开皮卡车或厢货车，有时候他还会搭乘农用三轮车。凭着这些伎俩，狡猾的何锦峰把自己见不得阳光的事儿，全都隐藏在了偏远的山沟里。

在所谓的“人脉经营”上，何锦峰也有一套。靠过去销售赃车的经历，他不仅与港台的毒贩子接上了头，为他制造的K粉打开了销售渠道，还伙同三个台湾人，建立了产销一条龙的制贩毒品渠道。

何锦峰最得意的是，因为他对手下很“仗义”，那些马仔都肯为他卖命。何锦峰的大舅哥冯杰刑满出狱，找不到工作，何锦峰二话没说就“委以重任”，让其负责管理潼湖镇的制毒窝点。号称“四大金刚”的四个制毒技师也跟随其多年，何锦峰对这几个“技术骨干”向来出手阔绰，这也诱惑了更多小混混儿投身其麾下。

原本在惠东县城开摩托车载客的李刚是何锦峰犯罪团伙的马仔。李刚第一次参与制造K粉是在2011年春节后，每次五千元的报酬，比他在大街上守株待兔挣辛苦钱不知强了多少倍。这天上掉馅饼的事儿，让他找不着北了。李刚在接受讯问时供认自己参与了三次制毒，经反复讯问后又改成了六次，问及原因，李刚说是怕遭到报复。何锦峰对手下的控制可见一斑。

很显然，何锦峰的这个制贩毒团伙，已经由单纯的家族式犯罪团伙，演变成有涉黑背景的团伙了。他躲在幕后，操控他人制毒贩毒，而且凭借多年与警方较量的经验，多次逃过公安机关的打击。靠着那些所谓的“管理模式”，何锦峰被制贩毒圈里的人传得神乎其神，好像他真有三头六臂一般。

就在何锦峰自以为其制贩毒网络天衣无缝，准备再次顶风作案的时候，惠州、惠东两级公安机关已经撒开了天罗地网。

目标相继浮出水面

2013 年 7 月，惠州警方在办理郭光发制贩毒案件时，顺藤摸瓜发现了他的“老大”何锦峰犯罪团伙，随后又发现了林佛球犯罪团伙，前者被定为“1301”专案，后者被定为“902”专案。在“1301”专案组全力以赴侦查何锦峰犯罪团伙的同时，“902”专案组也在加紧开展工作。

何锦峰贩毒团伙侧重于家族式犯罪，而林佛球团伙经营的则是另一种模式。林佛球把手下的马仔划分为八个小团伙，各个小团伙之间在 K 粉的加工和销售上是相对独立的，但在“料头”的购买方面，林佛球会组织几个小团伙合作，共同出资，共担风险。由此看来，林佛球团伙的模式近似于信用合作社形式。在每次制毒前，各个小团伙会像“股东”一样，根据自身需求“入股”，等筹集好资金后，通过一伙江苏盐城籍的犯罪分子购买“料头”，然后再进行分配。

与何锦峰相似，林佛球也具备极强的反侦查能力。“雷霆扫毒”专项行动开展以来，惠州警方加大了对毒品犯罪的打击力度。风声紧了，林佛球团伙的犯罪成员也跟着远走他乡，在广东省的河源市紫金县、梅州市五华县、韶关市新丰县等地以及江西省鹰潭市设立了八个制毒窝点，试图通过转移阵地来躲避风头。林佛球看起来比何锦峰胆子小，实际上却比何锦峰更狡猾，也更难缠，因为他们异地作案，既增加了侦查难度，耗费了更多的警力，又把毒品隐患传到了更远的地方。

林佛球团伙的转移让警方之前掌握的线索都断了，但“902”专案组没有人叫苦，没有人喊累，斗志反而更加旺盛。

专案组去惠东县大岭镇秘密调查了林佛球的鞋厂。鞋厂里倒是有几个工人，但除了鞋子样品和空包装盒之外，丝毫看不到与制鞋生意有关的迹象。侦查员旁敲侧击地问及这个问题时，负责打理生意的林佛球父亲解释，是金融危机导致生意不景气。无独有偶，惠东县银基商贸城四楼林佛球租用的商铺同样生意清淡，只是摆放了一些成鞋样品掩人耳目。鞋厂和商铺肯定有见不得人的猫儿腻，但要想把林佛球绳之以法，还得找到真凭实据。

专案组很快得到了一条线索。

阿勇是惠东县一名以捕蛇为生的猎人，平日，他总是在人迹罕至、偏僻难行的山沟里寻找猎物，现在，他又多了一个狩猎目标——制贩毒嫌疑人。

这天，阿勇跟往常一样进山捕蛇。在溪边休息时，他听到不远处原本寂静的竹林里发出阵阵异响。阿勇以为有野兽出没，但他很快就发现，声音是几个背着背包的男子弄出来的。阿勇赶忙隐蔽起来观察几人的动静。那几个男子一声不吭地匆忙赶路，根本没注意到阿勇的尾随。

这些人跑到深山老林里干什么？正纳闷儿间，他闻到一股刺鼻的气味。前些日子，阿勇参加过禁毒宣传活动，他突然意识到，莫非这些人就是制毒犯罪分子？他立即拨通了派出所的电话。

林佛球犯罪团伙终于现身了。在 K 粉交易市场，“惠东造”是一块“金字招牌”。为了追求品牌效应，让自己的货卖上一个好价钱，林佛球指示手下把在外地制造的 K 粉运回惠东。林佛球知道这样会增加风险，但在利益的驱使下，林佛球已经几近疯狂。

经过专案组的努力，林佛球团伙里的邬大海、郭光发、钟黎明、彭严等七名主要涉案人员相继进入警方视线。至此，“1301”专案和“902”专案的两个犯罪团伙的犯罪事实已经完全确定，他们之间错综复杂的利益关系，极其隐秘的犯罪场所、藏身之地等，也被专案组民警抽丝剥茧一般越理越清晰。这时候，有人主张立即收网，但局长李敏却不同意，因为除了何锦峰、林佛球犯罪团伙之外，还有一个大毒枭陈汉雄没有着落，必须摸清陈汉雄的犯罪事实后，才能将三个犯罪团伙一网打尽。

李敏局长说：“树上有五只鸟，打下一只还有几只？”

大家明白了他的意思。很明显，只要对何锦峰和林佛球采取行动，就会打草惊蛇，让狡猾的陈汉雄逃之夭夭。

据粗略统计，惠东市每年 K 粉的产量达到六十吨，这个数字与来自“金三角”地区海洛因的数量相当。惠东作为制造贩卖 K 粉的重灾区，销售辐射区域已经覆盖到港澳台和东南亚，而能够左右 K 粉产销量的人全都在惠东市：白花镇的何锦峰，多祝镇的林佛球，稔山镇的陈汉雄。这三大毒枭的共性是，行踪隐秘，组织严密，网络复杂，反侦查能力极强，犯罪链条长，对制毒原料生产、购销、制毒、贩毒、走私等毒品犯罪各个环节均有涉及。但这三个团伙又各有特点，其中，陈汉雄团伙的特殊之处在于，他打开了惠东K粉走私出境通道。

针对惠东地区的制贩毒情势，副省长、公安厅厅长李春生在行动之初就强调："抓到这几个毒枭只能得六十分，端掉整个链条才能打九十分……三个团伙必须一起到位，一个都不能少！"

为了实现这一目标，在对何锦峰、林佛球两个犯罪团伙展开侦查的同时，惠州警方同步成立"913"专案组，负责侦办陈汉雄犯罪团伙。然而，陈汉雄一伙人似乎嗅到了什么气息，总是按兵不动，不肯露面。

战斗前的艰难抉择

李同新跟阿科第一次见面是在东莞市常平镇的一家火锅店。吃饭的时候，阿科提出要货，李同新说眼下正在风口浪尖上，老板已经不干活儿了。阿科留下话，说回头再商量。

李同新嘴里的老板就是陈汉雄，而阿科是台湾人阿茂的马仔。阿科跟李同新要的货正是K粉。李同新把话传给了陈汉雄，陈汉雄决定先放一放再说。

三天后，阿科又把李同新约到了东莞市常平镇，在欧亚酒店附近的一个烧烤摊儿上，阿科跟李同新一起喝了不少酒。两个家伙在酒精的刺激下，替自己背后的老板达成了协议，李同新更是夸下海口，说一定会让老板出货。

李同新说的不是酒话，作为陈汉雄的得力干将，他知道该如何说服老板。李同新的理由很简单，因为阿茂不是第一次开口了，如果再拒绝，恐怕会丢掉这个大客户。为了保住好不容易才打开的市场，陈汉雄点头答应出货。他派李同新第三次去了东莞，不久后，李同新带回了将近两百万的定金。

这一切都逃不过办案民警的眼睛，陈汉雄终于露头了。

专案组逐步掌握了何锦峰、林佛球、陈汉雄三个犯罪团伙的一百三十六名成员信息，他们以物流、鞋厂、酒庄、物业、养猪场等为掩护进行制贩毒品犯罪活动，犯罪地域涉及广东、广西、湖南、江西、江苏、河南、山东等七省区及港澳台地区。

2013年9月9日，惠州市公安局将侦查情况向广东省公安厅汇报，厅领导高度重视，决定成立由主管副厅长郭少波和惠州市公安局局长李敏为组长的专案组，省、市、县三级公安机关三管齐下。

9月12日，广东省公安厅将侦查情况汇报给公安部，公安部禁毒局局长刘跃进要求对案件进行“深水区作业，抓住大鱼”，打毒枭，端窝点，斩链条。同时，将该案定为公安部目标案件，由公安部统一组织收网行动。

9 月 13 日，广东省委召开常委会议，省委书记胡春华在听取汇报后，再次要求尽快解决惠东制贩毒突出问题，为扭转全省严峻毒情带个好头。

各级的指示要求简单而具体，但其中的每一个字，放在具体办案人员身上却重若千斤。

黄闻坚副局长是 2013 年 8 月开始分管缉毒及刑侦工作的。那些日子，黄闻坚的嘴里总是又干又苦，咽喉也像着了火似的，可就是这样，他还是忍不住要给自己点上烟。透过从指尖弥漫开的烟雾，放在办公桌上的文件材料显得有些缥缈，他揉揉酸痛的眼睛，继续研究案件的每一个环节。

“保密是生命线，早动是关键，毒枭是重点，时机是核心，理念是前提”，这是局里早就定好的调子。但抓捕那么多犯罪嫌疑人，如何在行动前把方案做得密不透风？现在三个犯罪团伙的底儿已经摸清了，何时动手？三个毒枭狡猾至极，能否让他们顺利归案？这一连串问号在黄闻坚的脑子里闪过，让他感到了巨大的压力。

黄闻坚当过刑警，担任过县、区公安局的主要领导，有着丰富的办案经验，在理解领导意图和执行上级命令上向来不打折扣。他心里明白，在这个节骨眼，组织把自己安排到这样的位置上，让他分管禁毒工作，是对他的信任。这一次任务非同小可，不允许有半点儿纰漏！

一整夜都没合眼的黄闻坚，把办公桌上的空烟盒收起来，去了李敏局长的办公室。这天上午，他们初步确定了收网方案的思路。对于黄闻坚来说，真正的战斗才刚刚开始，他要组织相关人员一条一条地研究方案，把所有细节都考虑到。

9 月 25 日至 26 日，广东省公安厅召开了全省公安局长会议。会议一结束，李敏就找到了李春生厅长，向他汇报情况。李春生顾不上休息，立即组织广州、深圳、东莞、江门、河源、韶关等六市公安局的一把手开会。会上，他神色凝重、语气坚定地宣布，近期要打响全省“雷霆扫毒”专项行动的第一枪！

李春生亲自挂帅，担任行动的总指挥。当天夜里，他在灯火通明的办公室里来回踱步。墙上挂着全国地图和广东省地图，李春生在看地图的时候，脑子里想的是《孙子兵法》，这部中国最古老、最杰出的兵书，让他的思路越来越清晰。

马上就是国庆节，长假期间，如果犯罪嫌疑人外出旅游、探亲，会影响全盘计划。凌晨时分，李春生果断作出决定，国庆节后收网！这个决定给专案组留出了充足的时间。

大战在即，每分每秒都显得弥足珍贵，先前的三个专案组合而为一，在郭少波副厅长的带领下，又一次重新梳理了每一个细节。

“惠州是主战场，与广州、深圳、东莞、韶关、汕尾五市和江西、云南、江苏、福建等省份公安机关将在一百一十五个抓捕现场同时开展收网行动。点多、线长、面广，这些客观原因给我们的排兵布阵带来了很大的困难。而两百五十多辆汽车的调配、两千多名警力的集结等，都容易暴露我们的意图，这要求所有工作必须在绝密的状态下进行！”郭少波斩钉截铁的话语在会议室里回荡。参加会议的人员都眉头紧锁，思考着可能碰到的问题。

在研究了警力安排、车辆调配、抓捕组的设置等问题后，惠州市公安局刑警支队副支队长佘海强又想到了一个问题。这个问题仍然跟保密有关。试想，这么多的警力出动，是名副其实的大兵团作战，很多人员可能是第一次参与这样的任务，因为缉毒工作的特殊性，他们对缉捕、缴毒、取证等工作不一定了解。麻烦的是，为了保密，事先还不能跟参战民警交代相关事宜，这会不会导致行动时出差错？

佘海强把抓捕所需要的东西一项一项地记录在笔记本上：车钥匙、搜查证、扣押物品清单、搜查笔录模板及笔录、现场称量笔录模板及笔录、搜查用的手套、印油、笔、物证袋、标签贴、头套、储物袋、执法仪、抓捕工作规范及注意事项、指挥部电话、嫌疑人相片、嫌疑人车辆、嫌疑人住所材料……写完这些，佘海强灵机一动，如果把这些内容统一装进一个公文包，让办案民警照着葫芦画瓢，便能防止他们在执法过程中出错。

这个公文包被专案组称为“抓捕工作包”，他们没有为它取一个花哨的名字，因为这都是实实在在的工作，要不得半点儿花架子。实践证明，“抓捕工作包”在行动中发挥了不可替代的作用，而这个在工作中想出来的点子，在当今警界可算是绝无仅有。

追捕神秘失踪的嫌疑人

跟往常所有节假日一样，2013 年的国庆节，民警们仍然在加班。但和以往不同的是，受领了任务的民警面色凝重、行色匆匆，他们每个人虽然分工不同，肩头的担子却同样沉重。

惠州市公安局刑警支队侦查员谢俊恺提前进入了战斗状态。为了追踪犯罪嫌疑人林佛球，国庆节期间，谢俊恺去了美丽的边陲省份云南。但一路上，他的心里可美不起来，因为妻子给他下了最后通牒，如果他再忙得不回家，就要跟他离婚。在这之前，谢俊恺跟妻子已经冷战了半个月。

9月18日一大早，谢俊恺就被两岁大的儿子吵醒了。孩子一个劲儿地哭，谢俊恺笨拙地拿起玩具逗儿子，可儿子的哭声却越来越大。妻子把儿子抱起来，发现儿子发烧了，就大声喊："老公，快开车去医院！"就在这个时候，谢俊恺的手机响了，他的心里"咯噔"一下。谢俊恺的预感没错，来任务了。他一把抓起衣服就往外走，妻子急得在身后喊："你滚出去就别再回来了！"

在去市局的路上，谢俊恺心里很不是滋味。谁不心疼自己的儿子？但局领导亲自打来电话，说明这次任务非同小可。

谢俊恺在黄闻坚副局长的办公室只待了三分钟，黄副局长用最简练的语言交代了任务：负责跟踪二号毒枭林佛球。当然，黄副局长最后没忘叮嘱一句："绝对保密，跟任何人都不能透露。"

谢俊恺领受了任务，刚走出黄副局长的办公室，妻子的电话就来了。他对妻子说："别闹了，我要跟几个朋友去旅游，这就走，去河南。"说完，谢俊恺就挂断了电话，妻子哭哭啼啼的声音也戛然而止。

为了让自己能够专心完成任务，谢俊恺把手机设置成静音模式。他先去了交警支队，以调查偷车贼的名义，调出了惠东县境内各个路口的视频录像。对付行动诡秘的林佛球，最原始的方法最管用。谢俊恺在交警支队指挥中心待了两天两夜，累了就在椅子上打个盹儿，饿了就吃一碗泡面。功夫不负有心人，他终于在视频中找到了可疑车辆。谢俊恺趁热打铁，直接开车出发了，又是两天的时间，行程一千多公里，只为了寻找林佛球的行踪。

目标锁定后，谢俊恺又遇到一个难题，总不能一直跟在人家屁股后边吧？怎样才能不打草惊蛇？动了一番脑筋，谢俊恺大胆地向专案组提出建议：给犯罪嫌疑人的车装上GPS定位仪。就这样，谢俊恺蹲在加油站里守株待兔，冒充加油站工作人员，借着给车辆加油的机会，偷偷地把定位仪安在了犯罪嫌疑人的车上。

GPS定位仪提供的数据显示，犯罪嫌疑人林佛球的车从惠东出发，一路向西，走走停停，离开了广东。时间一天天过去，一眨眼，国庆长假就要结束了，林佛球的车已经开到了云南。虽然不知道收网行动定在哪天，但不能让林佛球打乱收网计划，专案组临时决定，马上安排谢俊恺赴滇，伺机而动。

10月7日上午，在黄闻坚的办公室，谢俊恺跟其他六位民警领受了任务。几位民警问他到底去哪里出差，以便准备合适的衣物。黄闻坚幽默地说："不南不北，衣服看着带。"

当天夜里十一时二十分，谢俊恺等人乘坐的飞机在昆明长水国际机场着陆。一出航站楼，他们就马不停蹄地赶往云南省公安厅。此时，GPS定位仪显示，犯罪嫌疑人林佛球已经到了香格里拉。林佛球下一步会不会去西藏？这个想法一下子从谢俊恺的脑子里冒了出来。进藏旅游的最佳季节是每年的7月至9月，现在刚刚10月初，也不算晚。一旦林佛球进藏，那抓捕起来可就费力气了。谢俊恺恨不得给自己插上翅膀，立马追上林佛球。

在把相关情况报告给专案组的同时，谢俊恺请求香格里拉警方协助在车辆停放的宾馆查找林佛球。然而，当地民警在宾馆查看入住登记时，却没有找到林佛球的名字。原来，林佛球是用同案嫌疑人黎三江的身份证开的房间。好家伙，一下子冒出了两个！抓还是不抓？

专案组经研究决定，对林佛球和黎三江提前实施抓捕。继而联系云南警方，在香格里拉将林佛球和黎三江缉捕归案。

这次抓捕有惊无险，在整个行动结束后，谢俊恺把事情的经过简单地告诉了妻子，然后忐忑不安地注意着妻子的表情变化，等候“判决”。妻子没笑也没哭，她瞪着眼看了他半天才说：“你们警察，都是骗子！”

打响战斗第一枪

10月9日凌晨三点，李春生厅长早早地坐到了省厅指挥中心。此时，他心里百感交集，因为这次收网行动将打响全省“雷霆扫毒”专项行动的“第一枪”，这一仗是六大系列战役的第一战，直接关系到今后全省肃毒整治工作的成效。

这是破冰之战，只能成功，不许失败！

这期间，各个抓捕小组已经悄无声息地抵达了指定地点。为了防止车队过于集中，引起犯罪嫌疑人的怀疑，一百三十个抓捕组、两千余名民警，分乘二百五十多部租来的车辆，分别从广汕路、广惠高速、潮莞高速、惠南大道进入预先指定的停靠点，等待指挥部下达收网命令。

三时五十五分，郭少波在惠州前线指挥部通过视频向总指挥李春生汇报：“此次收网抓捕行动，目标是三个重大制贩毒团伙，清查一个重点村，共出动两千余名警力。惠州为主战场，广州、深圳、东莞、汕尾、韶关等地为分战场，广东省公安边防总队的官兵联合出击，部署抓捕犯罪嫌疑人一百一十五名。行动涉及江苏、福建、江西、云南等省，警力已全部到位，进入战斗状态。”

听完郭少波的汇报，李春生宣布：“收网行动开始！”

凌晨四时整，战斗正式打响！各抓捕小组频频从前线传来捷报！

四点零三分，一号毒枭何锦峰被成功抓获！

之后九分钟内，九名抓捕对象先后落网，平均一分钟一个！

四点十四分，三个团伙的主要犯罪嫌疑人全部被擒获！

总指挥李春生得到这个消息，兴奋地从椅子上站了起来。在这之前，他一直坐在那里，目不转睛地盯着大屏幕上实时传回来的视频画面，足足坐了八个小时。现在，他心里的一块石头终于落地了。

“好！继续扩大战果！”

第十三抓捕小组是动用警力最多、抓捕对象最多的一个小组。这个组的五十余名成员负责夜袭惠东某居民楼，因为楼内住了五名犯罪嫌疑人。目标区域位于惠东县平山镇黄排综合市场附近，该居民楼高十层，周边小巷错综复杂。为了防止嫌疑人藏匿和逃离，抓捕小组组长在行动前反复叮嘱：“外围包抄，重点突袭；封锁电梯，沿楼梯把守各楼层，破门组迅速前往三楼、五楼和七楼，其他队员重点把守一楼的商铺；持冲锋枪的武警在前，破门组跟上！”

随即，第十三抓捕小组分成五个小分队，直奔各抓捕对象住所。“破门！”小组长一声令下，民警迅速冲进三楼一处住所，将一名嫌疑人控制住。令人吃惊的是，嫌疑人身怀六甲的妻子和其他家人出奇地平静，像看客一样看着嫌疑人被抓走，没有拉扯，没有哭喊，甚至连一句话都没有。犯罪嫌疑人故作潇洒地对家人说：“没事儿，你们什么也别说。”

他们的镇定自若有些夸张，民警们断定，这肯定是一条“大鱼”。

五名犯罪嫌疑人在同一栋居民楼内落网。李春生拿起笔，在抓捕犯罪嫌疑人的名单上作了标注。

第五十三抓捕小组的目标地点是惠东县白花镇上坑村一个偏僻的屠宰场。听到汽车声，屠宰场里的狗就狂吠起来。“已经惊动了，不能让他们逃掉！”小组长提醒抓捕民警。车还没停稳，民警们就冲了出去，屠宰场里顿时乱作一团，犯罪嫌疑人个个惊慌失措。“我是杀猪的，不关我的事儿！”“我是买猪肉的，你们抓错人了！”

没等他们嚷嚷完，民警们已经搜到了制毒工具一套、吸毒工具一套、假深圳车牌两副、现金一百五十万元。

屠宰场的犯罪嫌疑人落网了！李春生又拿起笔，在抓捕犯罪嫌疑人名单上逐个画圈儿。

在惠东县城东方楼一楼的一个商铺里，抓捕小组冲进去之后发现，一张麻将桌上只有三位麻友，空着的位子上只有一摞赌资和一个不见了主人的手机。第四个麻友去哪儿了？外围组的成员得知抓捕对象失踪的消息后，迅速包抄过来，开始对周边进行地毯式搜查。小组长为大家鼓劲：“放心吧，他逃不了，他就在我们的包围圈内。”话音刚落，外围组就传来佳音，企图逃跑的犯罪嫌疑人已经被控制。

正在打麻将的犯罪嫌疑人被成功抓获！李春生面前的名单上，被作了标记的人名越来越多。短短半个小时，众小组便抓获犯罪嫌疑人四十二人，缴获毒品三百多公斤。

英雄无悔从警路

2013年10月9日五点四十分，郭少波从前线指挥部向省厅指挥中心汇报初步战果：“当日部署抓捕对象一百一十五人，已成功抓捕一百人，另有九名不在计划内的犯罪嫌疑人也一同落网。其中，广东省抓捕八十八人。从四个不同地点成功缴获K粉三百七十五公斤，其中最多一批达三百公斤；捣毁制毒窝点两个，包括江西一个、惠州一个，并在其中一处抓捕现场缴获毒资一百五十万元。”

一夜未眠的李春生禁不住带头鼓掌。

回到办公室，李春生顾不上休息，立即给郭少波打电话，了解受伤民警的情况。

张燕雄是这次行动中唯一受伤的民警，这位黄埠派出所的优秀民警在抓捕犯罪嫌疑人林学泰时，遭遇暴力拒捕。

根据前期侦查，林学泰的父亲林正廉在惠东县城开有一家酒店，林学泰有可能藏匿于家中，也可能在该酒店藏身。依照部署，黄埠派出所副所长朱新明、王德茂带领十名民警到林学泰的家中进行搜捕，张燕雄则带领抓捕组五名民警在惠东县城大象山酒店门前观察。

在观察过程中，张燕雄发现，嫌疑人林学泰出现在大象山酒店一楼，正准备往外走。他当即上前抓住了林学泰。林学泰奋力反抗，其父林正廉闻声赶来，指使酒店保安人员阻挠执法，围攻殴打张燕雄等人。场面顿时陷入混乱。

张燕雄立即鸣枪示警，但林正廉一伙仗着人多势众，对鸣枪示警全然不顾。林正廉为了掩护儿子逃跑，竟然发动汽车向张燕雄撞去。

面对疯狂撞向自己的汽车，张燕雄大喊：“不能让他跑了！”同时瞄准汽车车轮连续开枪，但因距离太近，张燕雄躲闪不及，被汽车重重地撞倒在地，右腿当即鲜血淋漓。此时，他的子弹已全部打光！林正廉等人更加猖狂，持凶器向张燕雄乱砍，张燕雄的额头、脸部、手臂多处受伤。

虽然增援民警及时赶到，将暴力抗法的歹徒全部控制，但张燕雄还是因失血过多陷入休克。

受伤民警张燕雄只是缉毒参战队伍的一个缩影。正是因为有这些基层民警的默默奉献，惠州警方才能对制贩 K 粉的三大毒枭实施准确打击。而惠州一战只是广东省公安厅“雷霆扫毒”专项行动的第一枪，“雷霆扫毒汕尾行动”成功与否，才是“六大战役”第一场战役成败的关键。

“书呆子”举报冰毒“堡垒村”

这里有个不得不说的小插曲。

赵军是 2013 年的师范毕业生，主动要求到乡镇一级的小学工作。然而，现实社会的残酷给了这个书生重重的一击。

赵军的班里有个叫蔡小伟的学生，品学兼优，赵军自打到甲西镇小学当老师的第一天，就喜欢上了这个聪明的孩子。

可半个多月以来，蔡小伟上课总是走神。问原因，小家伙哭着说父亲让他退学，这让赵军很不解。一个月之前赵军还见过蔡小伟的父亲，那个地地道道的渔民拉着赵军的手千叮咛万嘱咐，让他教好自己的孩子，这怎么说变就变了？

赵军决定去家访。刚一进村，他就发现村口垃圾堆旁边竖着一个并不显眼的公告牌，上面赫然写着“严禁乱倒制毒垃圾”，落款是博社村村委会。带着满腹狐疑，忍着古怪的气味，赵军跳过一条条臭水沟，一路打听着找到了蔡小伟的家。还没等他敲门，几个村民就把他堵到了旮旯里，推搡着他问他到村里干什么，还让他拿出身份证、工作证。闻声而来的蔡小伟给赵军解了围。来到蔡小伟家，赵军问他为什么不去上学，他吞吞吐吐地说自己在家挣钱，再问他干什么、能挣多少钱，蔡小伟说就是干一些搬运的活儿，每天干三五个小时，能挣三五百元。赵军对这“高额报酬”的活儿感到很惊奇，又问蔡小伟搬的是些什么东西，他却怎么也不肯说了。赵军突然想起曾在网上看到过一则新闻，警方侦破一起毒品案，犯罪分子雇用“童工”参与制毒。想到这里，赵军不由得打了个冷战，他坐不住了，立即离开了蔡小伟家，打车回到汕尾市区，告诉父亲陆丰甲西镇很有可能有人在制毒。

没想到，父亲听了他的话，不耐烦地说：“你一个当老师的管这么多干吗？事不关己，高高挂起，懂不懂？”

“爸，你知道毒品的危害有多大吗？”

“你不是救世主！抓毒品能抓出政绩吗？GDP 才是硬道理……”

“总不能靠毒品拉动经济吧?”

“书呆子，你懂个屁!”

赵军跟父亲不欢而散。他越寻思越不对劲儿，蔡小伟住的村子里，那股刺鼻的气味隔老远就能闻到，肯定不止一家在制毒。

赵军急了，立即向汕尾警方举报了蔡小伟村子的情况，却迟迟听不到消息。其实赵军不知道，此时，警方正在放长线钓大鱼。汕尾市公安局在省公安厅的指挥下成立了专案组，赵军举报的时候，他们已经开展侦查两个月了。

汕尾市西连惠州市，与惠东县接壤，南濒南海，与香港隔海相望。近三十年来，“十年走私、十年假币、十年制毒”，是这里乱象的真实写照。而现在，博社、西山、上堆、濠头、大陂、建宁等制贩冰毒的“堡垒村”更是名声在外，尤其是甲西镇的博社村，早已成了占据中国冰毒市场三分之一份额、“享誉”国际毒市的“中国制毒第一村”，全村有两成以上家庭直接或参股从事制贩毒活动。

博社村何以从一个以渔业为主的淳朴渔村演变为一个毒枭聚集的“中国制毒第一村”? 这里的制毒带头人蔡东家“功不可没”。蔡东家曾是博社村的党支部书记，早年参与制贩毒品，近年来则充当制贩毒品的“幕后老板”与“保护伞”。多年来，他利用自己曾为汕尾市人大代表、村党支部书记的身份，收集警方侦破毒品案件的信息，在警方行动前通知涉案人员潜逃，且通过行贿等手段，帮一些被捕毒贩逃避打击。

村上八十多岁的老人蔡八斤祖上曾经在林则徐的手下当过差，在博社村德高望重。他用手里的拐棍指着蔡东家的鼻子质问:“孽种，你这干的是断子绝孙的事儿啊!”蔡东家连脸都没红，还指使马仔毒死了跟老人相依为命的小狗，老人的孙子在上班路上也莫名其妙地出了车祸。蔡八斤知道是蔡东家在背后捣鬼，气得大病一场，只能眼睁睁地看着村里人一个个加入到断子绝孙的产业里。

博社村的制贩毒活动逐渐形成了“家族式运作、产业化经营、地方性保护”的特点，胆子小一点儿的村民，在自家弄个小密室小打小闹地生产冰毒，胆子大的就直接把原材料或是半成品存放在屋外。他们在“保护伞”的遮蔽下，长期疯狂作案，甚至集体暴力抗法，已经到了肆无忌惮的地步。

这些明目张胆的制贩毒行径，让“雷霆扫毒汕尾行动”专案组的成员怒不可遏。他们顶住各方面的压力，以蔡东家为圆心，以他的社交圈子为半径，梳理了各种错综复杂的关系，画了一个圆，把所有犯罪嫌疑人都圈了进来。

是该再次发起冲锋的号令了!

一举摧毁冰毒犯罪集团

博社村是“三甲”地区制贩冰毒第一村，周边地区制贩冰毒的犯罪分子中流传着一句话：“生意做不做，关键看博社。”很显然，博社村已经成了他们的“风向标”。由此，拿下博社村成为“雷霆扫毒汕尾行动”的重中之重。

李春生厅长审时度势，决定在2013年12月29日出动重兵，清缴冰毒“堡垒村”。

作为冰毒“堡垒村”的头号人物，蔡东家是抓捕行动的重点。警方在高度保密的状态下，请求当地政府配合，想借蔡东家12月28日回村开会的机会实施抓捕，没想到，蔡东家却玩了个神秘失踪。原来，蔡东家的堂弟蔡良火于12月12日被惠州警方抓捕归案，蔡东家是带着马仔携现金去惠州“捞人”去了。但这一次，他没能像以往一样“捞出”堂弟，反而自投罗网。

在整个行动中，蔡东家的落网只是成功地开了一个好头。

博社村面积只有0.54平方公里，一万四千多人口，村子靠山面海，地形复杂。那些制毒谋财红了眼的村民们手中有仿制手枪、土制手雷和AK－47冲锋枪，如果直接入村扫毒，极易发生流血事件。根据广东省公安厅作出的风险评估，李春生厅长决定异地出警，重兵压阵。

12月28日夜，月朗星稀，富有古村落气息的博社村在月光下就像一个大迷宫。来自武警、边防和汕头、惠州、梅州、河源四市公安局的三千多名警力全副武装，组成一百零九个抓捕小组，趁着浓浓的夜色，在短时间内将博社村包围，封控、设卡、破门、抓捕、取证、带离，一系列动作一气呵成，大多数目标还没反应过来，就已经被警方控制。

与此同时，针对博社村南面至海边只有2.5公里，村外东南面已发现多个可疑制毒窝点，且海边相关建筑物可能成为涉毒物品进出港中转站等情况，为同步清查该区域制毒窝点、防止村内不法分子闻风走水路脱逃，省公安厅组织五十名边防警察从甲西新寨陆路进入博社村南部海边区域，同时派遣六艘舰艇在博社海湾集结，做好拦截准备。

在空中，省公安厅派出两架警用直升机在目标区域上空执勤，进行空中管控，负责执行探照追踪、高音喊话、空中警戒、航拍取证、快速用兵、紧急救援等任务，形成海陆空全方位立体防控网。

四点零六分，九名犯罪嫌疑人被擒获。

四点十七分，十九名犯罪嫌疑人被擒获。

四点二十五分，落网犯罪嫌疑人达到二十五名。

随后，“陆丰派”冰毒制造权威人物蔡旋和操控国内部分省区冰毒市场的“重量级毒枭”蔡昭荣相继被抓获。黎明时分，一百五十六名博社籍毒枭及骨干分子悉数落网。警方一鼓作气，共抓捕犯罪嫌疑人一百八十二名，缴获冰毒二点九吨、制毒原料二十三吨，捣毁制毒工场七十七个和一个炸药制造窝点。经过十二个小时的连续奋战，十八个特大制贩毒犯罪团伙被一举摧毁！

这一仗兵不血刃，不但打出了气势，更赢得了民心，成为广东省“雷霆扫毒”专项行动的标志性战役。还没出半天的工夫，那些没有涉毒的本分村民就将喜讯传了出去。他们虽然觉得这“一夜成名”把老祖宗的脸丢尽了，但还是对警方的行动交口称赞，甚至编了顺口溜：“博社毒村不得了，高压电线随处走，发电机组摆门口，豪车名宅装探头，租用老屋富流油，异味刺鼻污水流，天天结婚花车俏，十家制毒准八九，法理不容人头掉，断子绝孙死翘翘。”

百姓的赞扬，或许是对所有参战民警的最高褒奖。

不是尾声的尾声

“雷霆扫毒”专项行动自 2013 年 7 月 30 日开展以来，广东警方共破获毒品案件 9311 宗，抓获犯罪嫌疑人 10836 名，缴获各类毒品 8135 公斤。

在采访即将结束时，我们专程走访了民警曾经战斗过的两个地方——白花镇和博社村。

来到制贩 K 粉的“一号毒枭”何锦峰的家乡白花镇的时候，山里边起了雾，车子停在了崎岖的山路上。踩着雾霭，我们走进那个曾经被何锦峰当作“指挥部”的养猪场。养猪场里静悄悄的，三角梅、荔枝、香蕉、竹子散布在四周，郁郁葱葱，让人怎么也无法想象，几个月前，这里曾发生过一场惊心动魄的较量。

在养猪场办公室门口一侧，我们看到一个石碑，碑上刻着“姜太公在此百无禁忌”的字样。石碑的上方还挂着一幅八卦图，上面写着“吉星高照，出入平安”。但这些都无法保佑何锦峰，他的罪恶行径必将受到法律的严厉制裁。

在白花镇派出所为民服务大厅的墙上，我们看到大大小小十一块牌子，那上面印着禁毒工作职责、毒品危害常识等相关内容。副所长徐仕强举了个例子，该镇联丰村有一百零一名党员，目前他们已经建立了党员包户联系制度，每一名党员都要为自己的包户负责，确保让制毒贩毒者没有藏身之地。

离开白花镇派出所，在短短两公里的行程里，我们又看到七个打击毒品犯罪的条幅，全民动员、全警参战的一张大网已全面铺开，“雷霆扫毒”专项行动首战告捷之后，必将取得一个又一个胜利。

不知什么时候，雾已经散尽了。太阳从云中跳了出来，放射出万道耀眼的光芒。阳光打在沾满露珠的草木上，绿油油的叶子变得“波光粼粼”了。

在去蔡东家“大本营”博社村的路上，几名边防官兵把我们的车子拦了下来进行检查。据我们了解，2014 年全年，广东省公安边防部队将留驻四百名边防警察，配合当地公安机关，在甲东、甲西、碣石、南塘、陂洋检查站和博社村周边等重要路段开展公开拦截查缉工作。

博社村里难闻的化学品气味还没消去，我们在村子里不时见到民警们忙碌的身影，他们是汕尾、陆丰两级公安机关派驻的精锐力量，正在开展连环滚动打击，重点对博社村内外涉毒场点开展全方位围剿清查。

在这里我们得知，当地已查处十几宗涉毒案件，牵涉二十一名党政工作人员，包括三名派出所所长和部分民警，其中七人已被“双规”。陆丰市人社局主任科员蔡水宝和金厢镇党委副书记蔡伟宋已经到博社村走马上任，分别兼任该村党支部书记、副书记。他们组织召开了党员生活会，在一百四十九名党员中认真甄别，筛选出年轻有为、不沾毒的党员，并重新改选了支委。2014 年新年第一天的夜里，蔡水宝召集四个蔡氏家族“房头”（家族分支）的主事长辈开会，几位老人约定不准族人再染毒，还起草了族约张榜公布。与此同时，陆丰市委、市政府加派六个由市领导带队的工作组，进驻甲西镇博社村等六个重点村，继续打击漏网之鱼，同时启动了民生工程，帮助深受毒害的村庄恢复正常生产生活秩序……

毋庸置疑，陆丰一战，是广东有史以来打击毒品犯罪用兵规模最大、抓捕对象最多、打击震慑效果最好的一次标志性经典战例，对解决陆丰、汕尾乃至全省、全国制贩毒突出问题都具有十分重要的里程碑意义。

在近日召开的中央政法工作会议上，中央领导同志高度评价了“雷霆扫毒”专项行动所取得的战果，并强调指出对毒品犯罪就要保持高压态势，露头就打，保证人民群众免受毒品的危害。

广东警方有关人士在接受我们采访时表示，成绩只能代表过去，“六大战役”才刚刚开始，战斗还将继续。

（文中部分涉案人员为化名）

“小联合国”秘书长

李　动

一

当评选十佳优秀社区民警评委时，在一堆材料中，见到黄浦公安分局豫园派出所民警的事迹后，眼睛突然一亮。陈国梁，三十岁，众鑫城小区社区民警，上海公安专科学校毕业。该同志除发扬爱民为民的好传统外，还发挥了英语特长。该小区现居住境外居民来自四十六个国家和地区，有三百多户，占小区总户数的一半以上，境外人员近五百人。居民戏称小区为“小联合国”，社区民警则被称为“小联合国”秘书长。

在现代化社区的管理中，探索总结出境外人员管理的“433”工作法，即注重四项能力：会语言交流、会辨认护照、会调处纠纷、会处罚教育，知晓三种情况：知来、知情、知去，做到底数清、情况明、信息灵。他的“433”工作法得到了公安部的高度赞赏，这个被誉为“小联合国”的小区十多年来无重大刑事案件发生、未发生一起盗窃案件，也未发生一起火灾事故，为“小联合国”打造了一个安静、祥和、温馨的环境。他先后被公安部树立为“社区和农村警务建设每日一星”，被上海市政府授予新长征突击手荣誉称号，荣立二等功一次。

看完材料，虽然文字简单抽象，但我隐约感到这个小区有上海特色和时代特征，这个民警有创新精神，小区里发生的故事，有着开风气之先的特点。于是，我决定马上前往采访。

第二天下午两点，我来到豫园派出所底楼的一间办公室。进门后，见陈国梁是个阳光帅气的小伙子，有着一张国字脸，皮肤黝黑，留着三七开小分头。

一阵寒暄后，陈国梁指着坐在对面的一位中年男子介绍说："这是我的师父，老白。"

陈国梁很谦虚，让白师父先介绍。老白有点儿谢顶，皮肤黝黑，一脸的沧桑。一笑满脸的皱花儿绽放了。他抽着劲很大的万宝路香烟，抓起一只大号的咖啡瓶，喝了一口浓茶，说开了。

"小陈是2001年公专毕业分到我们分局的，骑自行车当了两年的巡逻民警，两年后调到我们派出所，跟着我当社区民警，分管方西小区。几年前，这个小区还是个'穷街'，住的大多是工薪阶层和自由职业者，石库门紧挨着石库门，许多住户是两代人一室，甚至有三代同堂。为了解决生存空间，不少居民屋内叠屋架床，楼顶开墙破顶，利用阁楼的空间当住房。石库门里的厨房大多合用，为了生活琐事，自然矛盾多多。这些陋屋里还没有卫生设备，每天清晨居民们第一件事便是倒马桶。这里最头痛的不是刑事案件，而是邻里纠纷。为了电费、水费和公用部位东西放的多少矛盾不断，真可谓大闹三六九，小吵天天有。"

陈国梁插话说："我发现白师父有一手绝活儿，虽然小区大吵纠纷多多，但他会讲普通话、上海话、苏北话等诸多方言，只要他一去，用当事人的方言调解几句，矛盾便化解了。因为他已熟悉了每家每户主人的性格脾气，办事也公道，所以大家都买他的账。白师父是老先进了，他管理的方西小区多次被评为市级安全小区。"

白师父调侃地自嘲："这些都成为历史了，如今是老革命遇到了新问题。石库门动迁了，众鑫城小区里住进了那么多金发碧眼的老外，我想摸清他们的基本情况，但不会讲国际普通话——英语。不懂英语，无法与这些洋居民交流沟通，我这个自以为身怀社区基础工作十八般武艺的老法师，突然间被英语废了，没了用武之地。小陈很谦虚，善于学习，现在的'80后'有文化，所以我们这些'50后'该淘汰让贤了。他们懂英语，会电脑，现在是年轻人的天下了，看你们的了。"

陈国梁认真地说："英语和电脑只是工具而已，但调解居民纠纷、处理各种违法乱纪，以及帮助失足青少年等事情，还是师父有经验，老辣，厉害。"

我评价说："老的传统不能丢，但社会发展了，也需要你们年轻人去探索，老人家早就说过，世界是你们的，也是我们的，但归根结底是你们的。"

师徒俩点头认可。

我问老白："社区民警到底有哪些职责？"

老白想了想，掰着手指说开了："社区民警到底有哪些职责，谁也说不清道不明。概括起来就是'上管天文地理，下管鸡毛蒜皮'。你看，社区民警管的事有户口管理、治安防范、侦破案件、调解纠纷、帮教失足者等，甚至拆迁违章建筑、杀鸡杀鸭、计划生育等事都要找到社区民警，真可谓是‘上面千条线，下面一根针’。居民都戏称社区民警是‘百管部长’。不是说家庭是社会的细胞嘛，里弄其实就是社会的缩影嘛。社区民警承包着小区这块‘责任田’，确保小区的一方平安。

“所长见陈国梁已跟我学了一年多，有了一定的基础工作经验，见这个小伙子英语基础好，又会电脑，人也蛮机灵的，就让他单飞了。陈国梁可谓是初生牛犊不怕虎。他昼夜苦练英语，虚心好学又善于动脑，边学边干，通过一段时间的实践摸索，很快就适应了与老外打交道，并摸索出了一套适应‘小联合国’的工作路子，而且干得风生水起，有声有色。”

二

陈国梁想了想，说：“那我先谈谈自己来到新小区的感受，再给你讲几个小故事。”

“小联合国”与“穷街陋巷”外表反差甚大，而老外的思想观念和生活习惯与中国人更是大相径庭。动迁之前，民警可以在石库门里随便串百家门，可以说是静态的。可现在这个“小联合国”里的情况完全变了。这里每户人家都大门紧闭，且都装有坚固的防盗门，彼此之间是鸡犬之声相闻，老死不相往来。独门独户的居民不喜欢民警上门，老外更是惊讶民警无事打搅，陈国梁上门问老外一些基本情况，他们认为是隐私，会拒绝回答。

这里的居民与户口大多分离，许多人都是临时租房，连房东都不了解住户的情况，邻居就更不知情了。这里完全是一个流动的状态，需要上门了解，这就出现了“民警要上门，居民反感上门”的两难窘况。尤其是因东西方文化背景的不同、理念上的碰撞，陈国梁与老外打交道遇到了许多尴尬。

有一次，陈国梁走访一户法国人家，敲开门见一位性感的金发碧眼的女士穿着浪漫的“三点式”兀立眼前。陈国梁一看差点儿晕过去，以为来到了北京的“水立方”游泳池，颇为尴尬地挠头抓腮。这位法国女郎见警察突然上门，也瞪着美丽的蓝眼睛惊讶地问：“出什么事了？”陈国梁不知所措地说：“没，没有什么事，只是上门了解一下情况。”这时，陈国梁想溜又不好意思，想进门又不敢进门，正进退维谷踌躇不定之时，法国女郎却大方地说：“Come in（请进）。”陈国梁红着脸用英语害羞地说：“小姐，我觉得你穿上外衣会更加漂亮。”女郎马上理解了中国警察的意思，微笑地扮了一个鬼脸，回卧室穿上了外衣又出门迎客，一场尴尬就这样化解了。

女郎换好衣服，一脸惊讶地问："我犯了什么法没有？"陈国梁解释说："在中国，不一定非要犯法了警察才上门。我是这里的社区警察，想了解一下情况。"对方明白后感到更是奇怪，她告诉陈国梁："在我们法国，警察是不随便上门的，只有犯了法才上门的。你们中国的警察挺有意思，没有违法也上门。"她说罢围着陈国梁转了一圈，好奇地问，"我们法国警察都是腰上别着手枪，威风凛凛的样子，你怎么腰上没有手枪？"陈国梁解释说："中国破案的刑警才佩带枪，社区警察是不带枪的，因为我们这里的秩序比较好，到社区不需要带枪。"她又问："你会中国功夫吗？"陈国梁解释说："在警校里学过擒拿格斗，会一点儿。"女郎告诉陈国梁："我们那里的警察整天脸上没有笑容，你却满面春风，挺和蔼可亲的，我与你照张相，回去给朋友看看。今天晚上我与妈妈通电话时也将告诉她，我没有什么事却与中国的警察聊天了。"在她的要求下，陈国梁与她合了影。临别，她还幽默地做了个敬礼的手势。因彼此的文化不同，老外对陈国梁上门感到惊讶而有趣，陈国梁亦感到老外挺幽默。

外国人入住有登记制度，但大多数老外不知道居住需要登记的中国法律，所以也不会主动来到派出所登记，这样势必给社区民警掌握住户的情况带来困难。不了解住户的情况，就无法对社区进行有效的管理，住户出现什么违法情况更是茫然不知。陈国梁开始为此有些苦恼。通过摸索，他建立了一个信息员网络，以居委干部、物业人员、电梯工、清洁工等作为小区的"第三只眼"，依靠他们的配合，成为眼观六路的"火眼金睛"和耳听八方的"顺风耳"。

为了做到对住户基本情况的了解，尤其是对境外人员入住情况的掌握，陈国梁坚持上门对老外宣传中国法律，动员新来的洋居民及时到派出所来办理登记。但要找到这些来上海的老外非常难，几次上门都是铁将军把门，他意识到这些老外大多早出晚归。于是，他利用早晨老外出门前和周末休息日上门，效果甚好。大多数老外对"不速之客"都感到惊讶，但他们一旦知晓了中国的法律后都及时地来派出所登记。

给陈国梁印象最深的是新天地的常务副总经理德国人杨先生。新天地如今在上海非常火爆，除了外滩、城隍庙之外，成了上海新的旅游热点，里面有几十家酒吧、饭店和商场，还有电影院、剧场。

那天，陈国梁得知新天地的副总经理杨先生借住众鑫城小区的公寓，却没见他到派出所来办理登记手续，便一个电话打到新天地，秘书接的电话，陈国梁问秘书："你们副总经理杨先生居住在众鑫城有多长时间了？"秘书说："大约有两个星期了。”陈国梁说：“他为什么不来派出所登记？你转告一下，请他抓紧来登记。”秘书解释说：“他太忙了，外国政要、名人、大企业家和国内、市里的领导三天两头来参观，他整天忙着接待，没有时间来派出所登记。他很严厉的，你还是自己与他联系吧。”

陈国梁不是他的部下，也没有什么顾忌，一个电话打了过去，杨总接电话后，陈国梁自报家门：“我是你居住小区的社区警察，听说你住进小区两个星期了，为什么还不来办理登记手续？”杨总解释说：“我最近很忙，实在是没有时间。”陈国梁提醒他说：“你的工作重要，还是签证重要？如果你的签证出了问题，比工作损失更大，更麻烦。”杨总被提醒后，明白了问题的严重性，他对陈国梁说：“好的，我今天下午三点准时来办理登记手续。”

中午吃饭时，所里接到了110火灾报警，大家一起赶到现场忙活起来。扑灭火后陈国梁一看手表，哇，已是下午两点五十分，陈国梁赶紧骑上自行车往所里赶。当陈国梁气喘吁吁地走进派出所大厅时，只见杨总绷着脸，见到陈国梁劈脸就质问：“不是约好下午三点整的吗？怎么迟到了七分钟，我这么忙赶来，你却让我空等了七分钟。讲好的时间，怎么不守信用？”陈国梁见这个一米九的大个子，西装笔挺，皮鞋锃亮，注意细节，果然是个严谨和严厉的家伙。陈国梁解释说：“对不起，民宅发生了火灾，刚扑救完火，我请假匆忙赶来了。”杨总听罢马上道歉说：“对不起，我不知道原委，我接受你的道歉，但是以后再遇到这样的事，你应该提前打个电话，重新预约时间。”陈国梁点头道：“我也接受你的批评，以后遇到紧急情况，一定提前通知对方。”

双方和解后，陈国梁言归正传：“按照中国的法律规定，到小区居住二十四小时内必须到当地派出所办理登记手续，你已延期两个星期，为了教育你以后遵守中国的法律，罚款五百元。”杨总双手一摊地解释说：“我确实不知道中国的法律，每天早出晚归，我的员工也没及时提醒我，我认罚，以后再也不会发生类似错误了。”

陈国梁按照程序做了笔录，开裁决书，陪他秘书去银行交款。秘书窃笑地告诉陈国梁：“这个杨总平时特严厉，办什么事都严格按照规矩来，别人出错后，他责备起来一点儿不给情面，现在自己错了，态度好得令人惊讶，老老实实地坐在你的面前，双手放在膝盖上，像小学生受老师罚一样老实，与平时简直是判若两人。”

前后折腾了三个小时才办完。临别，杨总对陈国梁诚恳地建议道：“现在外国大多数城市的警察局都是电脑办公，迅速高效。上海也是个国际大都市，也应该配备电脑办公提高效率。”陈国梁点头接受，但有苦难言。

打那以后，杨总每次出国回来都让秘书及时来办理登记手续，再也没有超时。德国人确实做事有板有眼，一丝不苟，陈国梁从他身上学会了严格按规矩办事，以后也再没发生迟到和失约的事儿。

陈国梁感到杨总建议电脑办公不无道理，但派出所在二十一世纪之初尚只有几台公用电脑，一时难以做到。他干脆自己买了台手提电脑，拿到了派出所率先开始电脑办公，不仅处理对外事务用上了现代化工具，而且在户籍内册和管理上都试探地用上了电脑。

经过电脑打印的英语笔录，不仅字迹清楚一目了然，而且速度明显加快，更重要的是正规化了。还有那本户籍内册，原来是手工抄写的，每次户口变动都要重新抄一遍，厚厚的一本，每次查找要一张一张地翻阅。在过去很少变动的静态情况下，手抄本还能适应，但如今日新月异不断变化的动态情况下，手抄本显然是跟不上时代发展的步伐。

陈国梁见缝插针地将小区里住户的基本情况全部输入了电脑，制作成电子文档，并将信息划归分类，将常住人口涂层白色，外地人口涂层灰色，境外人员涂层橙色。整个大楼一百六十四户，什么地方的人层次分明，清晰易辨，并使之汇编串联，形成信息网页。整个小区的情况轻点鼠标，一目了然，大大提高了办事效率，促进了对各类人员的有效管理。

三

听完陈国梁介绍新天地的杨总的故事，我提议到那里去感受一下。陈国梁想了想说："那个德国的杨总很忙，我先带你去见见那个意大利的李老板，这个老板很有趣，我们可谓是不打不成交。"

陈国梁颇有感触地说，老外不是都一样的，文化背景不同国家的人各有其特点，通过一段时间的接触，他感到德国人最严谨刻板，日本人次之，其后是英国人，他们严格按照规矩办事，而法国人、意大利人就比较浪漫随意，南美人就没谱儿了，完全是随心所欲。陈国梁发现小区里的老外也不是都主动自觉遵守中国法律，有的是不知情，也有的是故意躲避，甚至明知故犯。如果放任自流，不去管理教育，他们就会将中国的法律视为儿戏。只有动真格，老外们才会引起重视，才会自觉遵守中国的法律。

去新天地的途中，陈国梁又讲起了一个叫李文莱的意大利老板的故事。他在新天地开了家叫"乐美松"的餐厅，为了吸引食客，他招来了俄罗斯、乌克兰、罗马尼亚等国金发碧眼的女演员来餐厅表演歌舞，那些袒胸露臂的异国女性果然吸引了大量醉翁之意不在酒的食客，生意马上红火起来。为了解决女演员的住宿问题，老板在新天地附近的众鑫城小区租了四套房子，每套房子里住了十多个女演员，且白天晚上错时居住，一批昼伏夜出，一批早出晚归，人员流动频繁，都不到派出所去登记。陈国梁从信息员那里获悉情报后，一大早上门清查，见房间里居住着一大帮年轻漂亮的外国女郎。她们睡眼惺忪、披头散发地听了陈国梁宣传中国的法律后，表示来去匆匆，没有时间上门登记。陈国梁感到照章办事每人都来派出所登记确实有点儿难，应该上门找老板商量，想个法子解决一下这个实际难题。

陈国梁离开了住地，直奔“乐美松”餐厅。老板听说警察上门商量演员住宿之事，开始也不当回事，叫了一位中国男招待来应付。陈国梁吃了“软钉子”后，当天晚上又突击清查一下，发现有一个没登记的就开一张五百元的最高罚单，三套住房一下子开了二十来张罚单。第二天老板就意识到了问题的严重性，赶紧派了一位女员工上门来处理罚款事宜。她邀请陈国梁晚上去餐厅坐坐，一切消费免单，又提出可否放一马。陈国梁婉拒道：“我们有纪律不能到自己管辖的地方去消费，老板的心意我领了。至于罚款并不是与你的老板过不去，而是为了让他像招揽生意一样，对演员的住宿引起重视。”

给了老板一个“下马威”后，陈国梁又来到“乐美松”餐厅找老板。老板主动地站在门口恭候，握手寒暄，热情异常。陈国梁解释了中国的法律后，从实际出发，诚恳地对老板说：“听说你每天也搞不清走马灯似的一批一批的演员，让你这个房客一一来登记不现实，让那些来去匆匆的演员来登记也没有时间。我看这样吧，你派一个专职人员，制作一张表格负责登记每个演员的基本情况，然后由专人到派出所来统一登记，你看这样行吗?”老板一听这法子好，激动地握着陈国梁的手，连声说：“Thank you very much（非常感谢）!”又真诚地邀请陈国梁晚上务必来用餐，观看表演，陈国梁又婉拒了，老板伸出大拇指动情地说，“中国警察 OK!”从此以后，那个女员工专门落实登记住宿，每次变动住宿人员都及时上门申报，做到了如数登记，有条不紊。

陈国梁带我进了这家餐厅，找到了这位意大利老板的办公室。李老板见到陈国梁到来，热情地上来与陈国梁拥抱，他们操着英语叽里呱啦，我虽然学过多年英语，却听不懂。只见李老板有点儿像米开朗琪罗的雕塑，卷发隆鼻，肌肉分明。

陈国梁用中文告诉我，李老板想请我们吃饭，但他婉言谢绝了。李老板热情地送我们到餐厅外，伫立门口不停地招手示意，直到我们步出弄堂口，令人感动。我能感受到这位意大利老板对陈国梁发自内心的尊重和热情。

走出新天地已是万家灯火，陈国梁要请我吃饭，我谢绝了。我们约好后天采访时他直接带我到老外的住处看看，陈国梁爽快地点头答应。

四

第三天下午，我准时来到众鑫城小区，陈国梁先带我来到居委会，他热情地喊爷叔、阿姨，不停地与熟人打交道，将我领进了一间办公室，继续聊了起来。

小区里有来自四十六个国家的洋居民，现在感到仅用英语交流明显力不从心。陈国梁注意在小区里发现小语种人才，从该地区的留学生、有境外打工经历者、退休的老工程师，以及涉外婚姻的配偶中挖掘和物色“临时翻译”，弥补了自己语言上的不足。不过，为了与各国居民沟通感情，陈国梁还自学了德国、日本、意大利、韩国等国家简单的问候语，上门前还特意关心该国的风土人情和地理历史，彼此交流时一下子拉近了距离。他注意把握好每次社区便民、安全宣传和物业服务的机会，通过一些身边小事尽力提高中国警察的亲民形象，也为今后上门办事做铺垫。

居住的老外除了督促他们办理登记手续外，邻居纠纷、违法乱纪等各种事都会冒出来，经过陈国梁机智果敢的处理，均得到了圆满化解。陈国梁给我讲起了不久前发生的一件事。

那年春节前夕，有一对到上海来做钢铁生意的美国父子遇到了头疼事。起因是儿媳妇怀孕了，正巧楼下的住户开始装修房子，噪声刺耳，油漆刺鼻，尤其是中国民工早晨六点多就开始用电钻钻墙，将尚在美梦里的老美惊醒，老头儿愤怒地来到楼下，比画着手势让他们不要再闹，但民工一句话也听不懂，望着愤怒的金发碧眼，不知发生了什么事。等老美走后不久，他们又用电钻打洞，老美对此无可奈何。

楼下的装修一点儿也不讲时间段，没有星期天，没有夜晚与白天，严重地影响了他们的休息。美国老头儿担心影响儿媳肚子里的小孩儿，决定走为上策。而房东李经理却是来上海做生意的东北人，他回沈阳做生意了，走之前将买下的房子与房客签了三年的租赁合同。他接到美国房客的电话后，为难地说：“你应该提前一个月告知我，我可以赶来协商此事，马上就要过年了，现在我是最忙的时候，没空儿过来。”美国人不理解过年是怎么回事，你再忙坐飞机来一下，也就一天时间处理了，怎么连一天时间也抽不出来？

美国房客实在无法忍受，便决定不辞而别。星期六早晨，老美叫来了搬家公司的卡车，准备搬走自己买的家具，但保安看到后不准他们随意搬走，要房东同意后才能搬。老美立马给房东李经理打手机，李经理为难地说："我正在哈尔滨办事，没法儿赶过来，等半个月过完年后，我才有时间过来。"老美解释说："我有一个月的押金还在你那里，我们可以等你来了再协商，现在我不搬你的东西，只是搬我自己的东西。"但李经理认为房客提前一年擅自解除合同，应该负全责，故不同意他搬家具。

老美不理解房东的做法，第二天深夜十二时，他让搬家公司的卡车像鬼子进村一样，悄悄地开到地下车库，神不知鬼不觉地搬走了自己的家具，另外租了房子。

春节过完后，房东李经理风尘仆仆地赶到上海，按门铃里面却没有一点儿动静，他打房客的手机对方没有反应。这时，李经理才感到事情的严重性，你现在没有解除合同，人家还有居住权，你不能擅自进门，否则私闯民宅打官司肯定输。

李经理住在宾馆里一连过来按了三天门铃，里面毫无动静，打手机对方始终不理，李经理感到再等下去也是白等，急得像热锅上的蚂蚁，无奈找到物业求助，物业带着李经理又找到了派出所的社区民警陈国梁。

陈国梁听说是3号楼的那对老美父子，对他们印象颇深。过去陈国梁上门送法律宣传材料时，他们都热情接待，陈国梁还在今年春节前给老美送过红色的中国结和儿童粘贴画，老美很是喜欢，马上就将中国结挂在了客厅里，将儿童画贴在厨房的玻璃门上，连声地夸奖喜欢，彼此结下了友谊。

这次，陈国梁听说房屋纠纷后，不清楚老美为何不接电话，陈国梁也不知他搬到哪里去了。他过去给过老美一张警民联系片，上面印有自己的手机，并告知他有急事可以找警官，一定热情协助。

陈国梁心想，这个美国人平时彬彬有礼，一般不会如此不讲理的，一定是这个东北人有什么事得罪了他，所以引起了他的不满。一问李经理，果然有前因后果。陈国梁批评了李经理后，抱着试试看的心理拨通了老美手机，对方见是陈警官的手机后便接了，陈国梁开门见山地问："听说你租房子的房东赶来了，你们联系上了吗？现在事情处理得怎么样了？需要我帮忙吗？"老美听说房东声音马上变了，生气地说："为了房子的事，我非常生气，我儿媳妇大着肚子受不了噪音，我联系他，他却不理我们，还让我等半个月，所以我也'以礼相待'。要不是你陈警官打来电话，我不要这一万五千元押金了，看他怎么办。"陈国梁劝慰他说："作为中国警察，我给你提个建议，这事拖下去不是办法，中国有句古话叫和为贵，房东大老远赶来，能与房东了结此事最好。”老美还是余气未消地说：“我是不会与他联系的，请他与我的律师联系。”陈国梁一听与律师联系便放心了，马上记下了律师的电话。陈国梁放下电话对房东说：“这是房客律师的电话，你与律师好好讲，不要再闹大了。”

第二天，房东便送来了感谢信和花篮，他感激地说：“律师说是看在陈警官的面子来谈的，否则房客准备不要押金与他僵持下去。这样我还要来上海，也不知是什么结局，现在一切手续都办妥了。谢谢陈警官！”

陈国梁讲完这个事，告诉我说：“这个老美搬走了，无法带你上门，我带你到另一个意大利房客家去看看，她也是与我不打不成交，现在见到我非常客气。”

上门之前，陈国梁说起了这个意大利女人的故事。那是初春的一天上午，居委会主任向陈国梁反映：“3 号楼 6 层有位外国女士在家里办幼儿园，又是吹哨，又是吵声，影响邻居休息。楼下的居民上门反映多次，都没用，居委会和物业也上门打招呼，做手势示意请她轻点儿，但她叽里呱啦讲了一通谁也听不懂的话，不以为然，还是那么闹。”

陈警官听到反映后，立刻来到 3 号楼 6 层，见面感到似曾相识。陈警官操着英语一问，她是 6 号楼 24 层的房客意大利女士琳达，她的丈夫在意大利一家公司当总代理。陈警官反映了居民的意见，但是琳达却解释说：“请几位朋友的孩子来家里玩玩违法了吗？”陈警官见房内没有家具，墙上贴满了儿童画，地板上铺着海绵垫，便提醒她说：“居民反映你在家里办幼儿园，每天都有吵闹声。”琳达女士伸出手来问：“有证据吗？”陈警官无言以对。老外都讲究证据，你没有证据人家不听你的，而且办幼儿园要通过工商、房地局办手续，也不是警察管辖的范围。无奈，陈警官只好走人。

提醒她没有效果，陈警官有点儿郁闷，他体会到与老外打交道，要有证据意识。于是，第二天一大早，他来到小区门口，见带孩子的老外就问：“你们去哪里？”都说去 3 号楼 6 层，陈警官又用英语追问金发碧眼的小孩儿，“去阿姨家干吗？”金发女孩儿天真地答：“去幼儿园。”陈警官问了几个送孩子的家长后，了解到琳达确实在办私人幼儿园，上午二十人，下午二十人，每小时收费一百元。

陈警官马上请在场的居委会干部和门卫写了几份证明材料，他带着整理好的材料又上门对琳达女士说：“据了解，你是在办私人幼儿园，我先说明一下，没有办理执照在居民楼里办幼儿园是不可以的。”琳达女士先是一愣，继而追问：“有证据吗？”有备而来的陈警官将笔录递上去，她不服地表态说：“这样吧，你找我的律师谈吧。”陈警官也不想把事情搞大，便对其说服教育：“你这是属于非法务工，我们通过调查，你还收费了，上面有签字。”琳达接过笔录认真地看了起来，虽然写的都是方块汉字，她不认识，但意识到是证据。最后，琳达表态说："好的，明天我就搬了。"

这件事情虽小，但促使陈国梁悟到与老外交涉必须重视证据。

我们来到3号楼6层这户意大利人家，陈国梁按了一下门铃，里面有动静。他用英语讲了一句"我是陈国梁警察"，门马上打开了。

琳达热情地欢迎我们，陈国梁要脱鞋子，琳达女士不停地说："No（不）！No！"但我们自觉地脱鞋来到了客厅。经过一番介绍，琳达女士热情地让座，要去冲咖啡，陈国梁坚持不让她冲咖啡，解释说："记者来感受一下就走。"琳达女士与陈国梁比画着手势聊了起来，我趁机给他们拍了一张合影。

出了琳达女士的家门，陈国梁颇有感触地说："就是这个女士教会我如何与老外打交道的，就是要有证据意识。那次4号楼发生了邻居纠纷，我就注意采用证据，最终圆满地解决了一起中外纠纷。"

这起中外纠纷发生在2008年"黑色六月"高考前的一天晚上，一帮老外来到4号楼聚会，喝酒弹琴、唱歌跳舞，好不热闹。其实，老外在异国他乡很寂寞，周末那些"天涯沦落人"一起聚会热闹一下也无可厚非，关键是不要扰民。正巧楼下有位考生第二天要参加高考，睡觉时被楼上的吵声闹得无法入眠，于是，他家拨打了110，警察赶来后，请老外们声音小一点儿，他们点头说："Yes（好的）！"等警察走后，我行我素，甚至声音更大了。派出所第二次接到报警后，陈国梁因会英语便一起前往。他知道老外讲究证据，特意带上了录像机和录音笔。这次警察敲门，里面大声弹唱，置之不理。敲了十分钟的门还是不理你，气死你。这时正巧赶来一位高个子老外，他用法语一叫，芝麻开门了。

老外进门后，陈国梁准备跟他进去，里面的人却不让进门，陈国梁见里面有二十多人，便用英语告知进去协商一下，但他们坚持关门，陈国梁用脚抵住门，一帮人满嘴酒气地围过来，大声责问："你没有经过主人的同意不准随便进来，你这是侵犯人权！"陈国梁解释说："已经这么晚了，楼下的孩子明天要高考，被你们吵得睡不着觉，请你们理解一下。"对方却理直气壮地反问："有这么响吗？"陈国梁问他："你叫什么名字？请出示一下护照。"对方大声地嚷道："我没有护照。"陈国梁严厉地告知："你没有护照违反了中国的法律，请跟我到派出所去接受调查。"

三个老外拿出了手机拍照，又给法国领事馆打电话，陈国梁也让同事录像和录音，双方打起了证据仗。

僵持了四十分钟，那位声称没有护照者只能取来护照，陈国梁检查护照时，一位华裔法国太太忍不住出来了，她一把抢过护照，用上海话责问："警察有什么了不起?”陈国梁重申：“已经是深夜了，你们如果还大声吵闹，我们就要治安处罚你们。”这下了对方被镇住了。警察走后，果然声音轻了许多。

第二天上午，陈国梁叫来了房客。他酒醒后，态度冷静了许多，但还是责问：“为什么不能派对？违反了中国的法律吗？我要找法国领事馆和律师。”陈国梁说：“你们先看一下录像，然后再说。”当他们看完自己喝酒失态的录像后，马上偃旗息鼓了，主动表示歉意：“我们错了，以后一定注意，谢谢你的关照。”一场纠纷在证据面前化解了。

这种聚会吵闹倒是比较容易理解，这些老外背井离乡来到万里之外的上海，远离亲人，寂寞孤独时，找几个朋友聚会唱歌，无可非议，关键是不要干扰邻居。但有的老外与房东发生的纠纷却比较棘手，陈国梁曾经遇到过这样一起八卦的事情，说来有点儿好笑，也佩服老外的智商。

过去陈国梁总以为老外一般比较讲诚信，但事实教育了他，不管是什么地方的人都有无赖，老外也不例外，也会干出偷梁换柱的勾当，实在是让人叹为观止。有一次，陈国梁发现有一对新来的南非夫妇住进了6号楼的三室两厅，便上门检查了他们的护照，发现他们来上海没有工作，又是短期签证，一般短期签证没有必要租借公寓房。职业的敏感使陈国梁感到蹊跷，他便给房东打电话，对方却反问：“我租借房子与你有什么关系?”陈国梁提醒他注意，他不耐烦地挂了电话。

几天后，陈国梁又打他的手机，他一听是社区民警，不耐烦地说了一句“我正在看牙”，便挂了手机。

半年后，房东却主动给陈国梁打电话，语气哀求地说家里东西被人偷了。陈国梁赶去后，他指着客厅里那台破旧电视机说：“我原来是台日本原装进口的夏普全高清液晶42寸彩电，一万六千多元钱买的，却被换成了18寸的国产长虹电视机；那台西门子三门大冰箱被换成了国产二手货，还有西门子的洗衣机也变成了老式的水仙牌洗衣机。”房东哭丧着脸说罢，又乞求道，“没想到外国人也这么垃圾，中国警察一定要帮中国人忙。”陈国梁双手一摊无奈地说：“我上次就提醒过你，你却说与我没关系，现在出事了你才感到与我有关系了。这事比较难办，因为房客已不辞而别，你到哪里去找？他们早已远走高飞了。”陈国梁让房东取出租房合同，仔细一看，合同上只是粗线条地写一台电视机、一台冰箱、一台洗衣机，他告诉房东，“即使找到他们，你也没办法。一台电视机不是还在吗？因为你的合同不严谨，所以你找到房客打官司也肯定输掉。老外到底素质不一样，这属于智能犯罪、文明犯法，是个雅贼。”房东听罢似有所悟，无奈地说：“等于让这两个赤佬白住了两个月，以后不会再吃外国骗子的药了。”

五

采访了几次，我对“小联合国”有了一点儿了解。我有些好奇地问：“你总结一下洋居民与中国居民有什么区别。”

陈国梁笑着说：“客观地说，老外们大多遵纪守法，文明礼貌，做事讲规矩，但他们缺少一点儿中国人的热血仗义，对邻居的事有点儿冷漠。这大概是国情和文化不同的缘故吧。”说罢，他讲起了一起中外完全不同看法的救人事件。

那是几年前夏天的一个傍晚，5号楼5层有一对中国夫妇吵架，女方一时想不开，从阳台上爬到了4层至5层的平台上，声言要跳楼自尽。老公见之吓得马上报警。警察风风火火地赶来后，好言相劝，稳定其情绪，但这位外来妹站在高楼边缘不愿下来，彼此僵持着，围观者众多。晚上七点十分，分局领导闻讯赶来坐镇指挥，并调用了交巡警控制了现场的秩序。警察苦口婆心地劝说到晚上九时许，女子的情绪又波动了起来，并从4层平台爬到了501室的阳台上，随时有可能跳下来。陈国梁决定派民警通过501室就近营救女子，他敲开了501室瑞典夫妇的家门，提出想请他们配合一起营救女子时，没想到遭到对方一口回绝：“这种事在我们瑞典是警察的事，与我们无关。万一女子出事了，我们要负法律责任的。”陈国梁解释说：“不会的，这你完全可以放心。”陈国梁解释后，他们还是摇头。

所长听了汇报后，对陈国梁说：“你可以找个愿意帮助我们的外国人进入501室，劝说这对瑞典夫妇，也许他们容易沟通，让愿意相助的老外麻痹阳台上情绪激动的女士，然后见机行事。”陈国梁急中生智，想起了15层有一对丹麦夫妇，平时与他们聊天时谈起美人鱼和安徒生童话，这对夫妇像是遇到了知己，对陈国梁很友好。情急之下，陈国梁不顾一切地敲开了丹麦夫妇家的门。丹麦男子安德森见警察老朋友半夜上门，一脸惊讶，陈国梁急切地求助道：“5层有个女子与丈夫吵架情绪失控想跳楼，非常危险。她现在站在501室的阳台上，有随时跳楼的危险。我想请你们协助营救一下。”

“我们不是警察，没有这个义务。”对方两手一摊表示拒绝。陈国梁极力劝说：“这对中国夫妇只是吵架，女士一时冲动想不开。你们西方人很重视人的生命，现在那位女子的生命受到了威胁，希望你们从人道主义出发，协助警察一起挽救她。”男子有些犹豫地问：“她身上有武器吗?”陈国梁解释说：“我们只是想请你们夫妇劝说那对瑞典夫妇离开房间，你俩扮演房屋主人进入房间，然后自然地打开阳台的门，假装没发现外面有人，随后回到屋里关灯，等我们进去营救女子。”

经过二十分钟的劝说，这对夫妇终于同意协助营救。安德森夫妇随着陈国梁一起来到了501室，他们进屋与瑞典夫妇一阵交流后，这对瑞典夫妇走出了房门，并随手打开顶灯，丹麦夫妇开始唱主角。阳台上的女子见房间里灯突然亮起，敏感地向里张望，见是一对外国夫妇，又发现他们在灯下接吻，女子放心了。须臾，外国女子打开了阳台门，又拉上窗帘离去。不久，房间里的灯熄灭了。突然，四五个黑影闪电般地冲入阳台，将彷徨中的女子一下子抱住，营救终于成功，楼下顿时响起了激动的掌声和呼叫声。此时已是凌晨二时五十分。

第二天下午，陈国梁特意买来了鲜花上门感谢安德森夫妇。他们见到警察送鲜花后非常激动，安德森笑着说："我与中国有缘。在中国我认识了现在的妻子，结婚在中国；我的事业在中国发展，公司规模扩大了许多。昨晚又经历了客串警察救人，可谓终生难忘。"陈国梁高兴地夸奖他："你真会说。你对我们营救工作的支持，令人佩服和感动。"安德森自豪地说："我是搞推销的，要说服客户买我的产品，当然表演是我的天赋啰，你找我算是找对人了。"彼此在笑声中又加深了友谊。

还有一件事令陈国梁特别感慨。有一位台湾回来的老兵，是个豪爽的山东人。陈国梁走访他时，这位老兵向晚辈侃起了自己当年在黄埔军校的"辉煌历史"，他太寂寞了，滔滔不绝地陶醉在如烟的往事里。陈国梁告别时，他拉着陈国梁的手恳望他多来走走。从此，陈国梁经常到老兵那里去转转，聊聊天，特受老人欢迎，老人说他不缺钱，但精神上缺少交流，所以陈国梁每次上门，老人都眉开眼笑。重阳节到了，陈国梁上门还带去了糕点、水果等慰问品，老兵感叹地说："我现在想明白了为什么当年共产党军队打败了国民党军队，就是像你这样爱护老百姓！人心哪，这就是人心！"

陈国梁颇有感触地说："其实，不必刻意地去做好事，只要有人找我办事，我都热情地办好每一件事，就是学习马天民。"

我点头认可。

采访完毕，离开众鑫城小区，已是华灯初上。与陈国梁握别后，我开着小车汇入了滚滚的车流，见鳞次栉比的高楼大厦里都亮起了灯光，霓虹灯更是闪烁美丽。上海这座国际大都市充满着活力，外国的诸多大公司纷纷注册入驻进来，外国的管理人员和员工也随之大批涌入上海。许多外国创业者在上海租房，甚至买房，各国的老外因风土人情迥异，这就对上海社区民警的语言、处事和执法等能力的综合素养提出了新的、更高的要求。

陈国梁堪称新一代社区民警中的佼佼者。

西风胡杨（节选）

——一名特警的援疆手记

连忠诚

第一辑　义无反顾

有一种责任叫作义无反顾，快速出击，从不拖泥带水，准确定位，雷厉风行，演习、实战，我们从不厌烦，每一次都在力求完美。我们必须快速赶往新疆，维护稳定变得刻不容缓，所有的困难都会因我们的团结被克服。相信和谐的力量远远超过邪恶。即使是对视，我们和暴徒势不两立。我想我来新疆援助一直是不确切的，因为这么多天我的所见所闻一直在"援建"我，让我认识到民族团结的力量是伟大的，是各民族的相互团结与坚定一直在激励我努力工作，提高我的思想境界。正是因为各族人民的团结让更多的反动势力望而却步，同时也改变了我以前的那种狭隘偏见的民族主义思想，这种偏见让我觉醒。

边陲的紧急电波

2009年7月7日　星期二　温度28—35℃　晴转多云

快速出击，从不拖泥带水；准确定位，向来雷厉风行。演习、实战，我们从不厌烦，每一次都力求完美。

七月天气，骄阳似箭。连续高温闷热的郑州终于下起了蒙蒙细雨。今天是我公休的第一天，我像往常一样骑着自行车，来到文化路郑州大学工学院看书。走进教室，浮躁的心情一下子沉静了下来。也许是留恋往昔的大学校园生活，离开校园多年我仍保持着那份学生时代的激情与纯真，喜欢在工作之余忙里偷闲，投入这充满浓郁书香气息的大学校园里，感受知识赐予我的快乐，对知识的孜孜追求能陶冶人的心灵，更能濯洗心头沉积的灰尘，让自己的心灵空间和思想境界得以拓宽延展，从而完善自己的品格，完美自己的人生，更好地学习为人民服务的本领，为一方百姓提供高质量的社会服务，做一个“人民警察人民爱”的人民公仆。

我，一个从大山里走出来的孩子，倍加珍惜这来之不易的工作与学习机会。21时许，我接到单位电话，说新疆乌鲁木齐发生暴乱需要立即去执行紧急任务。危难当头，作为一名中国共产党党员，一名身着警服、头顶警徽的人民警察，我没有丝毫的犹豫，立即收拾书本打出租车回到单位。见到同事正在紧张地整理背包，我也立即快速行动。防弹背心、枪支、警棍、盾牌、手电、手铐以及个人的作战皮靴、特警制服等，很快准备完毕。执行这种异地紧急任务已不止一次，加上我们训练有素，所以能迅速准确地到位，大家都紧张地等待领导发号施令。

郑州特警支队支队长李文正今年54岁，中等身材，是一个耿直又和善的老头儿。23时25分，他站在整齐的黑压压的队伍——206名郑州特警面前，表情威严而又刚毅，用富有磁性的声音动情地说：“同志们，我们已经历了青海藏区维稳、四川抗震救灾、北京奥运安保，我们已圆满地完成了这些任务，今天我们又要出发了，前面不知道有什么困难，但使命在召唤我们，维护国家安定是我们义不容辞的责任。我相信，我们有这样多的经验，一定能出色完成好这次任务。”警灯蓝蓝的光打在他的脸上，显得肃穆而悲壮。他顿了一下，铿锵有力地喊道，“同志们有没有信心？”“有！”如巨浪打在礁石上，黑压压的人群发出气吞山河的声音，余音在黑暗中久久回荡，划破绿城的茫茫夜空。

我和搭档中队长为中队全体队员做行动前的最后思想总动员，号召全体中队成员要在关键时刻冲上去。12个人都激情澎湃，异口同声、斩钉截铁地表示要用行动证明自己的承诺。

对我来说，类似这样的突发性任务已不是第一次了，特别是在2008年参加了四川汶川地震抗震救灾、北京奥运安保等任务后，对于这一次的突发任务，我们没有任何抱怨，迅速集结，时刻准备出发。

大家都在和家人简单通话告别。0时，我们乘车到新郑国际机场，李文正支队长亲自带队指挥，主管我们支队的杨玉章局长也在现场安排交代最后的工作，从紧急登机到飞机起飞仅仅耗时8分钟。我看了一下时间，真没有想到这支特警队伍能如此神速，不愧为“绿城飞虎队”。我心里暗自为之骄傲、为之自豪。

“那边局势怎样了？”我这是第三次坐飞机了，此刻没有了第一次的好奇和异想天开的设想，更多的是对新疆当地情况的惦念与担忧，电视中血淋淋的、惨不忍睹的镜头再一次闪现在脑海中，新疆维吾尔族也是我们中华民族大家庭中的一员啊！

“7月5日”、“乌鲁木齐”、“打砸抢烧事件”，这些出现频率过高的字眼充斥在我的脑海里挥之不去。不，绝对不可能！那里有我的兄弟姐妹，那里是我们祖国的西部边陲，那里是我们祖国不可分割的一部分，绝不允许任何人去玷污和亵渎！然而，事实揭示了这个残酷的现状：境外的“三股敌对势力”和国内的分裂势力内外勾结，他们有组织、有预谋地制造了“7·5”严重暴力犯罪事件，他们甚至连几岁的孩子、怀孕的妇女、耄耋的老人都不放过！简直灭绝人性！

消息传来，刻不容缓，我们必须快速赶往新疆维护稳定。但那一刻，我的心在滴血。中国人向来都崇尚“和为贵”。早在孔子时期形成的儒家中和思想培养和造就了中华民族温良、敦厚、崇尚和平的精神特质。这些精神特质被凝聚在我们民族的血液之中，成为中国文明的精髓。直到如今，如何走出困境，如何正确处理人与自然、人与社会、人与人之间的关系，仍然离不开以和谐统一为精髓的中和精神。

制造“7·5”事件的暴徒是天性使然，还是受教唆，受欺骗？我百思不得其解。

3小时40分钟后，飞机降落在乌鲁木齐市地窝堡国际机场。训练有素的特警快速下机，在乌鲁木齐市警方的安排下进驻乌鲁木齐新市区的新疆组工大厦。这时天已微亮，乌鲁木齐市却安静得像一个熟睡的婴儿，静静地躺在祖国的西部边陲，面对远道而来的我们，似乎已无力诉说刚刚发生的惨剧。与郑州相比，这里像刚刚经历了一场暴风雨，冷清而又静谧，城市的大街小巷没有了行人的身影，只剩一片死寂……

我们在支队领导的安排下紧张有序地把装备放入会议室。没有多久，大家就在疲惫与饥饿中趴在会议室的桌子上，浑然不知地进入了梦乡，甚至发出呼呼的打鼾声，除此之外，一切都安静得有些异样。

武装巡逻第一天

2009年7月8日　星期三　温度26—35℃　晴转多云

虽然困难重重，但是总能收获征服后的喜悦，那兴奋难以抑制。

8时，紧张地吃完早饭，我们全副武装，防弹背心、钢盔、枪弹等全部上身，开始了一天的步巡。因为交通管制，大街上几乎没有行人。

8时30分坐上大巴车，戴上头盔并带好警棍、盾牌，我们来到六道湾派出所。今天，我们的任务是在主干道上不间断地武装徒步巡逻，震慑并打击犯罪分子的嚣张气焰。作为中队指导员，我紧紧跟在中队队伍后面，一圈一圈地在大街小巷步巡，穿梭在各个社区。笨重的皮靴、沉重的头盔、几乎泛满白碱的衣服紧紧贴在背上，后背上黏黏的，一阵阵瘙痒难忍。但似乎是一个无声的约定，大家都没有叫苦叫累，也没有人掉队，队列中特警们的步伐反而比平时训练时更整齐、更有劲。

乌鲁木齐市与北京的时差大约是两个小时，这里的14时相当于北京时间的12时。此时，大家肚子饿得厉害，咕咕直叫，但都认真坚持着，一遍一遍地巡逻，震慑着恐怖分子的嚣张气焰。18时突然下起了小雨，但没有人抱怨，雨水也阻挡不了我们巡逻的步伐。我明白，多一次巡逻与震慑将会给市民带来多一份安宁。有我们在，他们会踏实；有我们在，他们会走出恐惧，走出伤痛，重新开始新的生活……

下午，我和队员们巡逻了十几公里，脚底下又多了几个血泡，一踩下去钻心疼。这几天乌鲁木齐热得要命，地表温度接近60摄氏度。白天，我和队员背着六公斤重的警用装备巡逻，只要走几步，训练服就湿透了，巡逻回来一看，衣服上留下了厚厚一层盐花。尽管条件艰苦，但我们还是精神饱满，警容严整。走在乌鲁木齐市的大街小巷，看着街上日益增多的人流，大家的内心是充实的、高兴的，感觉吃的这些苦，都很值得。

20时回到驻扎地休息备勤。匆匆吃饭后，我洗了一个温水澡，这时才发现自己的脚已经磨起了好几个大水泡，但因为紧张疲劳没有一点儿疼痛的感觉。吃了两片消炎药，我躺在床上辗转反侧、难以成眠。想到自己此时身处我国西部的乌鲁木齐市，一股带着陌生味道的熟悉感涌上心头。记得2000年，我大学毕业后在郑州某中学当辅导员，暑假时护送两名新疆少数民族学生回乌鲁木齐市过假期。坐了整整三天三夜的火车，才算把学生送到乌鲁木齐市火车站。我虽然没有时间去美丽的阿尔泰、喀纳斯、国际大巴扎看看，但两位学生家长的盛情款待却给我留下了深刻的印象。但真正触动我的，是维吾尔族人民与汉族人民之间的深厚情谊。遗憾的是，随着时间的流逝、工作的忙碌，我与这两位学生的联系也不那么紧密了。到我去公安机关工作时，已完全和他们失去了联系，但维吾尔族人民的善良与热情一直静静封存在我心的角落。直到今日，当我重新踏上这片热土，眼前熟悉的景色在一瞬间勾起了我尘封已久的回忆与感动……

艰难抉择

2009 年 7 月 9 日　星期四　温度 26—35℃　晴转多云

虽然感到愧疚，但是有了“小家”的齐心协力，相信所有的困难都会被大家紧握的手击退。

5 时醒来，一开机就接到姐姐的电话：“爸爸患肺心病，病重得腿都肿了……”突如其来的消息让我直想哭。爸爸的身体一直不好，最大的愿望就是看着我早日成才，早日成家。后来，病痛折磨得他身体消瘦，体重不到 50 公斤，他担心给我们做儿女的添麻烦，一直不告诉我们，直到最后发展成肺心病。尤其是今年年初奶奶的离世，对父亲是个不小的打击。他和妈妈为培养我上大学，尝尽生活的艰辛。母亲早先在稻田干农活儿时大腿被撬掀了一大块肉，多年来不能务农，一家人吃饭全靠爸爸的两只手。妈妈体弱多病，哥哥姐姐都在上学，父母省吃俭用节约钱供我们上学。为了我的大学学费，爸爸每天早上挑着青菜去离家 10 多里路的小镇赶集。为防止小偷偷菜，他几乎一年四季都在菜棚旁边睡觉看守菜园。多年来他从没给自己添置新衣服，每天劳动的工作服还是我上学时穿的迷彩服，四季轮回都不曾更换。穿着它，父亲将辛勤的汗水挥洒在烈日炎炎下的田间地头；穿着它，父亲挑着新鲜的蔬菜起早贪黑走遍了蜿蜒曲折的乡间小路；穿着它，父亲挤在热闹拥挤的村镇集市。那一身被我“遗弃”在家的迷彩服，穿在他的身上，显得格外惹眼……

父亲用并不算强壮的身躯扛起了全家人的生活，无怨无悔，而今那抹岁月的银花，盛开在父亲的肩头，厚实的老茧证明着岁月的艰辛。我这个飞速长大的孩子，上中学，考大学，离开家，忙工作，并没有太多时间来陪伴他。而今，晚年的他疾病缠身，越来越现出苍老的痕迹，我才惊觉原来长大的过程会忽视一些东西，但这些东西又是那样弥足珍贵，这种有意无意的忽视让我深感愧疚。

父亲说“父母心在儿女上，儿女心在石头上”，可是您驻守边疆的儿子心有牵挂却不能在您的病榻前尽一尽微薄的孝心。想着想着，我的眼泪不禁滑落下来。爸爸，是儿子不孝，是儿子让您受苦了！请原谅儿子的不孝，因为儿子深知在这危难关头没有大家哪有小家啊！正当我为难的时候，队里知道了我的情况，恰好有一名队员家里也有事，于是我们就一起向领导请假，赵伟教导员与李文正支队长再三叮嘱我们路上注意安全，先回家处理好家里事。

8 时 30 分，我们一起坐上奔向机场的出租车，清凉的微风吹散了几天来的燥热，给乌鲁木齐市带来了一个凉快清爽的早晨。一阵阵清风，像初春一样使人倍感惬意。干净整洁的街道两旁有很多休闲的市民在看报，上班的人们步履匆匆，很多天真无邪的小孩儿在父母的带领下去公园游玩或去培训班学习，马路旁边许多卖馕饼的维吾尔族兄弟正热火朝天地叫卖着，道路两旁等公交的乘客也在有序列队候车。眼前疾驰变幻着的风景映照在玻璃窗上，心儿却早已飞到千里之外我的亲人身旁，忽明忽暗的斑驳的树影在车窗上摇曳舞动着，眼前浮现出亲人熟悉慈祥的脸庞。无论走到哪里，家都是我一生永远的牵绊，因为我终究欠你们太多！

匆忙之中，我看望了重病的父亲。他已经做了手术，妈妈、姐姐都在照顾着，见父亲脸色比以前好，我一直绷紧的心弦终于放松了下来。听说我在乌鲁木齐市是为了维稳，全家都支持我立即赶回乌鲁木齐市，为维护民族团结尽一份绵薄之力。

“我们都没有工作，有充裕的时间，爸爸由我们照顾，你就放心去工作吧！”哥哥、姐姐怕我放心不下，就一直宽慰着我。我是家里的老小，在家里一直很受照顾。尽管不舍，还是就这样把爸爸托付给家人后匆匆赶回了新疆。

“哥哥、嫂子、姐姐，让你们受委屈了。记得小时候就是你们悉心地照顾我，像父母一样地关心我；长大上学了，你们还供养我读书；如今我工作了，又是你们毫不犹豫地扛起赡养父母的责任。而我自己真的很羞愧，羞愧自己那么自私、那么无能、那么不体谅你们，我不知道怎么报答你们的恩情。可你们总是安慰我说长哥长姐如爹娘，但是你们也有家啊，也有老人、孩子需要照顾……”我心里想着，泪水涌上眼眶。

与维吾尔族医生的邂逅

2009年7月12日　星期日　温度28—35℃　晴转多云

没有丝毫的犹豫，再次出发让我感到力量无穷。9时，带着家人的嘱托，我没有犹豫，踏上了西去的列车。我深知无论有多少困难，多少险阻，只要有我们24小时全副武装大街小巷威慑步巡的坚守，乌鲁木齐市市民就有一道安全的屏障。对于我们特警来说，这是一份沉甸甸的、责无旁贷的重任。

这次“7·5”事件，很多维吾尔族人民都在无私地帮助汉族人民，正如电视上接受采访的那位上海教师所言：“我在护送学生回乌鲁木齐市时不幸遭遇打砸人群的暴徒，是维吾尔族兄弟与他们短兵相接保护了我，维吾尔族人民是汉族人民的兄弟姐妹，打我的有七八个人，但营救我的却有七八十人……”

在列车上，我遇到了一个去乌鲁木齐市的维吾尔族医生，他有着黝黑的脸庞、深深的眼窝，头戴一顶颇具民族特色的穆斯林小帽。我们一路聊天谈心，虽然他是维吾尔族人，但汉语说得相当好，当然我们谈得更多的还是“7·5”事件。说到动情处，他的眼角竟渗出点点泪水，看出他对和谐生活环境的期盼是多么强烈。因情绪激动，他几次欲言又止。后来，他还谈到自己和一位郑州知青一起参加战斗兵团的往事……

当我说了自己的工作，他突然递了一瓶饮料，执意让我当场喝下去。这令我心里流过一阵暖流。我自己有饮料，但瓶已打开盛情难却。

为打开老人的话题，我一直深情地注视着那张几经岁月沧桑、满是皱纹的脸庞。老人一定有很多记忆、很多感慨要向我诉说。

20时到达新疆哈密市，我们在一点点地向祖国的西部靠近，微微凉风吹来，让人倍感惬意。马上又要回到那个需要我的城市，与战友一起战斗了，我心中涌出激昂而又豪迈的激情。

列车上的遥远记忆

2009年7月13日　星期一　温度28—35℃　晴转多云

“为什么我的眼里常含泪水？因为我对这土地爱得深沉!”

透过玻璃窗，视野非常开阔，看见远处的大西北戈壁滩，山叠着山，有远际的雪山风情，更有山谷的草原牧马。五颜六色的面包式的毡房，远远望去像蘑菇，又像一朵朵祥云，映在蓝天白云之间，显得格外美丽。

列车上邂逅的医生已五十多岁了，据他讲，他和郑州的一位知青，曾经战斗在新疆边远的兵团牧场。火车快速行驶，我们面对面相视而坐，他脸上的皱纹与两鬓的银丝见证了他的往昔岁月，深深的眼窝、高高的鼻梁、棱角分明的脸庞，显出维吾尔族人特有的英俊面孔，我似乎感觉得到他内心的火热与记忆深处的骄傲和感动。

人生的滋味和生命的追求借着黎明的开启与快速行驶的列车慢慢打开，透过玻璃，他深情地望着窗外，显得有些无奈又感慨万千，岁月已把他在艰难中对感情、对职责、对使命的执着坚守，酿成了一次次真实的感动……

“那位郑州知青是一位资深中医专家，是他教给我很多医学知识。为了援建新疆，他不远万里来到西部边陲，把自己的根与心深深扎在这片沃土之中。为了让我更好地掌握医学知识，他花了很多心血学习维语。那时候我仅仅是一个小小的部队卫生员，因为贪玩多次放弃学习中医的机会，是这位德高望重的老中医感动并激励了我，如今我也到了他那个年纪，可是他却早在1994年就因病离开了人世……

“我们一起喝下涝坝水，住地窝子，每次他从郑州来总是不忘给我带礼物，有板栗、茶叶等。我们也经常给他邮寄杏干、核桃、大枣、葡萄干等。因为路途遥远和通信困难，这种联系渐渐中断，但那份厚重的感情在心中依然延续，难以割舍……”

如今，对面的这位老人已是一名医学专家。当他回忆那段难忘的往事时，那份厚重的深情，仍难以掩饰自己激动的心情，老人眼角的泪水直往下流。我被他言语里透露出来的平和与真诚深深震撼了，他那眼角的老年斑迹再次见证了维吾尔族和汉族两族人民的深厚情谊，他深邃的目光流露出温和的、期待的眼神，诉说着我们是一个大家庭。

15时，我们到达乌鲁木齐市，我帮老人扛着行李，护送他上了出租车。我将永远记住和这位老医师的列车之旅。很遗憾的是，匆忙之中我们并没有相互留下联系方式，更可笑的是我因为太专注于故事而忘记了他的名字。可是这又有什么关系，我们都生活在这片凝聚着爱的国土上，我们都是相亲相爱的一家人，我们的心都在一起跳动，我们有一个共同的母亲——中国。

坐了三天两夜的火车，终于到站了。下了火车，我及时与驻扎地教导员赵伟联系，打出租车来到新驻扎地陕西大厦。教导员言语中感动带着责备，让我赶紧上楼休息。主管我的刘宇队长向教导员说，大家能在困难时候齐心再次赶来是一件很不容易的事。他们都有妻子、孩子，家中还有老人需要照顾，却发扬舍小家、顾大家的精神，守卫着西部边陲，维护民族团结的大局面，我还有什么可委屈的！

罪恶的暴徒

2009年7月13日下午　星期一　温度28—35℃　晴转多云

中国公安特警、武警官兵保持了最大限度的克制，面对无辜群众和自身生命受到严重威胁，有的甚至被暴徒打死打伤的情况下，在鸣枪示警无效时，依法开枪制止暴力犯罪，当时击中12名暴徒，其中3人当场死亡，有9人在救治中死亡。14时开始巡逻，一名中年男子欲煽动“圣战”。14时30分左右，位于解放南路的白大寺正在像往常一样进行宗教活动（晌礼）。当时，寺院里大约有150人，分成三四排。突然，坐在第三排的一名维吾尔族男子站了起来。“他大约40岁，中等个子。”阿布都许库尔·热合木图拉说，“这个男子越过信教群众，快步向我走来，要抢我的话筒，并说：‘我有话要说！’‘你没有资格在这里讲！’我断然拒绝，‘这是讲经的地方！’并用目光示意他坐下。那个男子并不理会，大声嚷嚷：‘我就讲两句！’我坚持道：‘这是做礼拜的地方，不是谁想讲就能讲的！大家说，让他讲还是让我讲！’信教群众朗声回答：‘你讲！’那名男子才悻悻地退回原位。其实，他当时想说什么，我也不知道。是想要点儿钱还是想说别的？”阿布都许库尔·热合木图拉对记者说，“按照伊斯兰教教规，做礼拜时，是不允许别人说话、捣乱的，于是，我们继续做礼拜。”几分钟后，这男子又站起来，粗暴地大声喊：“我们要反抗！”并从怀里取出一面宣传“圣战”的绿色旗形标语，声嘶力竭地狂呼，“圣战！圣战！愿意跟我们的就一起走！”阿布都许库尔·热合木图拉当即决定结束礼拜，并坚定地说：“我们绝对不跟你走。你出去！”

“这是宗教场所，你出去！我们不会跟你们去做危害社会的事情！快出去！”信教群众没有一人愿意跟举旗男子走。白大寺民主管理委员会主任阿布力孜·库尔班、保安和10多名信教群众一道，把这名男子往外赶。

这时，第三排又“噌”地站起两名男子。“我当时都没注意到这两人，更没想到他们是同伙。”阿布力孜·库尔班对记者说。这两人趁大家做礼拜时，偷偷地把一个大包带了进来，上面是一大堆袜子，下面藏着20多把刀，13名男子各自取出一把长约60厘米的砍刀，大喊：“真主至大，跟我们一起进行圣战！”但是，仍旧没有一人响应。相反，大家都把他们往外赶。他们恼羞成怒，向信教群众刺去。群众四散开来，有的跑向门口，有的跑进地下室。

危急关头，一位维吾尔族保安冲到3名暴徒面前，一边制止暴徒行凶，一边拿手机拍照取证。暴徒遂停止砍杀群众，穷凶极恶地冲向保安，挥拳将手机打落在地，同时挥刀没头没脑地朝保安砍去。为了将暴徒引开，保安且战且退，穿过白大寺的大门，来到了寺外马路上。暴徒仍穷追不舍，保安边朝远处跑，边大声呼救。

此时，正好天山区公安分局南关派出所民警和特警们巡逻路过。见此情景，遂火速包抄过去。面对穷凶极恶的持刀歹徒，特警严令喝道：“放下砍刀，缴械投降！”歹徒不但不听劝阻，反而持刀冲向民警。“砰！”民警朝天鸣枪警告，但暴徒置若罔闻，继续追杀。特警依法果断开枪，当场击毙暴徒2人，击伤1人，伤者在送往医院后不治身亡。阿布都许库尔·热合木图拉现年41岁，1993年毕业于新疆伊斯兰教经学院，担任二道桥清真寺伊玛目，2001年至今担任白大寺伊玛目。“我出生在乌鲁木齐一个普普通通的家庭，从小就生活在有维吾尔族、汉族、回族居民的院落。”阿布都许库尔·热合木图拉说，“那时候，大人之间互相尊重，互相理解，犹如一家人。小朋友之间不分你我，不分民族，情同手足，渴了在你家喝杯水，饿了在他家吃块馕，从来没有隔阂。”

阿布都许库尔·热合木图拉向我讲起，一些暴徒的暴力犯罪行为丧心病狂、令人发指，是我们伊斯兰教所不能容忍的，也是我们穆斯林所坚决反对的。

第二辑　同仇敌忾

全国人民的团结不是哪一个人哪一件事情可以破坏的。经过这次火与血的斗争洗礼，全国各族人民会进一步懂得民族团结的无比珍贵，更加珍惜和维护民族团结这一生命线，更加珍惜各族人民共同团结发展的大局面，以坚如磐石的团结力量彻底粉碎境内外的一切反对势力的分裂图谋。我仍坚信乌云遮不住太阳，正是各民族之间休戚与共、生死相依的历史渊源，才使得那个黑色的星期日，许多维吾尔族兄弟为众多不相识的汉族兄弟打开了一扇又一扇的生命之门，避免了更多的生灵涂炭，患难之中见证各族人民的大善大爱和真情厚谊，这样的故事平添了这个夏天的美丽和凉爽。

生日快乐

2009 年 7 月 14 日　星期二　温度 21—35℃　晴转多云

养兵千日，用兵一时。我们今天的主要任务是在驻扎地备勤训练。

馕饼在郑州的街头已屡见不鲜，但乌鲁木齐市的馕饼却别有一番风情，圆圆的，像太阳，像圆月，中间还有美丽的花纹，吃起来特别香。很多时候，我们在路边巡逻，看见维吾尔族大哥烤得香喷喷的金色馕饼直发馋，因为大家几乎都没有吃过。

今天总算尝了鲜。中午在餐厅就餐，吃到一半时，服务员手捧一个馕饼“蛋糕”走了进来。“蛋糕”中间插了蜡烛，跳动的火苗，在空中闪闪摇曳，映着大家喜庆的脸庞。一曲生日快乐的歌悄然响起，一个特别的生日宴会拉开序幕……

我队的队员谢东雷今天过 28 岁生日，教导员赵伟为他办了一个别开生面的生日宴会，让他感动无比。东雷一席感激的话语，让整个餐厅的气氛顿时活跃起来，大家都在享受着这温馨的气氛。一个硕大无比的馕饼被我们迅速“瓜分”了，很多人和我一样都是第一次吃这样好吃的馕饼，大家说着笑着，以清茶代酒相互祝福着。

东雷在执行任务中迎来 28 岁的生日，有领导的关心和战友的帮助，我们还有什么可委屈的？还有什么困难是不能克服的?!“生日快乐！有生的日子天天快乐！快乐与幸福是一种境界！祝福你生日快乐！我们心手相连，紧紧相依在一起，用民族团结的力量来反击分裂分子的残暴行为！正义终究会战胜邪恶!”

晚上召开支队会议、大队会议、中队会议，一级紧扣一级地传达上级分配的任务。大家都认真记录在工作日志上，没有人敢马虎大意。

静夜，西部边陲的静夜，霓虹灯下的城市，马路显得格外宁静，像一个老人在讲述一个美丽的西部传说，他渴望安定，渴望和谐与稳定。

昨夜今晨，我们有惊无险

2009 年 7 月 15 日　星期三　温度 17—35℃　晴转多云

我们仍然相信真理和正义的力量，坚信我们的政府定会严惩罪犯，相信全世界善良而爱好和平的人们最终会明辨事实的真相。

——《中国新疆作家、艺术家告世界书》

上午 7 时，驻地的哨声响起来。作为指导员，我必须做好表率，当好排头兵，一切要带头干，大到勤务，小到卫生，都体现一个人的素质、修养与觉悟。

打开窗户，山青树茂，绿草茵茵，清澈澄明的天色，一望无际的蔚蓝天空和着扑面而来的清新气息，让我感到一下子进入了凉爽的清秋时节。习惯了郑州的高温，有点儿不适应这里晨间的凉爽，一切都很新奇，一切又都是那么真实而美丽。

下午 17 时接到支队任务，晚上要与新疆武警某部队一起机动巡逻沙依巴克区。乌鲁木齐沉睡在西部的夜色中，繁星和月亮已经占据了整个夜空。23 时 50 分，赵伟教导员与刘宇副大队长带领我们一起从驻扎地出发，开始接岗巡逻。

深夜的乌鲁木齐市显得格外宽阔，路上尚有零星的生意人在打理最后的买卖。此外，就是各地集调来的公安特警，我们这 12 名郑州特警也是其中的一份力量，共同构成一道安全屏障，在无声地守卫着西部边陲的安宁。

万家灯火陆续熄了，辛苦劳作了一天的人们，已进入了香甜的梦乡。一切是那么安宁，那么和谐。昏黄的街灯下，唯有我们这些特警战士，昂然守卫在街头，用坚毅与执着去守护这座城市的平安。这是祖国使命的召唤，是警察神圣的天职。

我们一中队 12 个人都穿着厚重的防弹衣，戴着重得压疼脖颈的头盔，在全副武装的武警部队的带领下，开始了例行的 8 个小时安全巡逻。飕飕的冷风一阵阵向我们袭来，我们穿着短衬衣，上了部队大卡车。车又高又大，两边可各容纳50人，没有座位，我们一直在冷风与黑暗中孤独地坚守着。但也许我们并不孤独，因为与我们一起同行的还有天边那一轮明月和无数颗闪耀的星星。透过云海，它们正把光辉洒向乌鲁木齐市的每一个角落，驱散黎明前的黑暗和人们心头的阴霾，始终为这片土地送去夜的光明。

天是蓝的，湛蓝湛蓝，而我们头顶的警徽是亮的，荧荧闪光，镶嵌在这湛蓝之间，显得伟岸而有张力，像一幅画，和谐而又美丽。

1时10分，我们的大卡车紧跟在部队卡车后面，因为路面高低不平，我们一路颠簸着前行。大家都高度警惕，严格落实支队“眼观六路，耳听八方”的八字警惕方针。

3时10分，在辖区整整巡逻了两个小时。换防的时间到了，我们的卡车驶回武警部队大院，休息时间只有20分钟，大家稍事整顿，又提起精神在3时30分出发。

5时10分回到营地，路上已经有勤劳的环卫工人开始了一天的劳动。

5时30分又出发，这时大街小巷已经有勤劳的市民在为上班族准备早点。

6时10分再次回营地换防。月亮和星星才和我们说再见，渐渐消失在天空中。

大家一路上都相互依偎着形成了两道坚固的长城。因为穿着短衬衣，胳膊都冻得冰凉，但是我们紧紧相依，传递着彼此的温度。虽然大家看不到彼此的面庞，但是那份历练过的敏锐和刚毅，使我们的身影显示出了勇者的气魄——神圣而不可侵犯。这种隐形的震慑力量浩大无边，它们隐藏在我们的精神里面，随时等待爆发力量，燃烧激情。

东边的天空，启明星已经高高升起，马路上渐渐有了车辆，山上的房屋里也透出了点点灯光，新的一天又来了。晨风送来丝丝清爽，我握了握手上的钢枪，仿佛觉得腰板更加挺直了，双腿也更加有劲了。7时许，橘红的太阳从东方冉冉升起，勤劳的市民已在晨曦中买早点、晨练。

7时30分再出发，天已大亮，城市中的每一栋高楼都披上橘红色的灿烂阳光，这座睡醒了的美丽城市显得更加温柔。

1秒钟2秒钟3秒钟……

1分钟2分钟3分钟……

1小时2小时3小时……

8时回营地交接。

我们终于战胜了黑夜，战胜了寒冷，战胜了危险，战胜了疲惫，守护了这座城市一夜的甜睡。

结束一夜的坚守，迎来了一个美丽清新的早晨，一轮红日冉冉升起，霞光与市民祥和从容的笑脸，构成了一道亮丽和谐的风景线。它无比闪耀，像天边的一朵亮丽的彩云，辉映在中国的西部边陲。

领导的重托

2009 年 7 月 16 日　星期四　温度 14—33℃　晴转多云

信心是美好生活的动力，我们各族人民要携手重拾信心，因为我们对未来的生活充满期盼，充满渴望。

早上在武警部队等待交接班的车来接送我们回驻地吃早饭，因为交通工具有限，10 时 30 分大家终于带着一夜的疲劳进入梦乡。

20 时，支队召开全体中队长以上会议，李文正支队长语重心长，再次号召我们强化形象意识与安全意识。

21 时，大队召开会议，落实支队会议精神。会后，我和搭档又召开中队会议，落实规章制度和注意事项。

明天还要早起，不规律的作战巡逻方式让我们格外疲惫，看着电视中讲述的“7 · 5”事件真相，身临其境的我们义愤填膺……

我相信，“7 · 5”事件动摇不了新疆的大局，动摇不了各族群众的信心与决心。正如歌曲《阿达西》所传达的信念一样，各民族之间的友谊坚不可摧。

天使在作战

2009 年 7 月 17 日　星期五　温度 30—38℃　晴转多云

陕西大厦 510 房间，有一位医护人员每天都忙碌地给我们特警扎针、取药、量血压，还肩负着心理疏导的工作。她时时微笑着面对每位特警，但汗水却经常从额头一滴一滴往下掉，她是新疆医科大学第六附属医院的一名普通护士，这些看似平凡的工作，却是我们特警维稳工作的坚强后盾。白衣天使的精神激励着我努力工作，她们奔波在生死一线却不顾自己的生命安危，发扬着南丁格尔精神；在她们眼里没有民族界限，没有贵贱之分，她们在守候着每一个特警的健康和平安，抚慰着我们的心灵。因为对西部边陲的气候不太适应，在紧张繁忙的工作中，我们难免出现感冒发烧、心脏不适、血压增高等症状，但在郑州特警驻扎地总有一个身着白衣忙碌的身影穿梭在特警队伍中，甚至在巡逻的途中也能见到，她无怨无悔地关心着我们。她们是凡人，却非同凡人。她们是医护人员，更是战士。她们被我们郑州特警亲切地称为“战地天使”。

繁多的勤务让我们的生活变得很不规律，支队制定了严格的作息制度约束我们的进餐与就寝时间。8 时、13 时 30 分、19 时 30 分、0 时开饭，每次都要提前 15 分钟下楼集合列队就餐。

因为口腔溃疡严重，不能吃饭，我只好上五楼医务室取药，两位白衣天使戴着美丽的燕尾帽正在紧张地给我的队友量血压、取药，通过了解我得知她们是自治区卫生厅派过来的新疆医科大学第六附属医院的内科大夫唐庆和护士宋风琼。“7·5”事件发生后，这些白衣战士紧张地穿梭在救护病房进行一场又一场生死大营救，发扬救死扶伤的人道主义精神，舍小家、顾大家，争分夺秒地与死神抗争……

护士宋风琼向我讲述了当天发生的一切。提起 2009 年 7 月 5 日那天发生的事情，她仍然心有余悸，眼里充满恐惧，但更多的还是对暴徒残忍行径的愤慨。当时，护士宋风琼正值公休，听到紧急的救护声，她第一时间跑步来到单位，眼前的一幕令她震惊，在急救室，躺着一个个因为失血过多或伤势严重而抢救无效的伤者，这是宋风琼做梦也没见过的场面。但并没有太多时间留给她悲痛，因为人手不够用，宋风琼主动担负起从急救室料理尸体、清理卫生并运往太平间的工作，那时她心里已没有了恐惧，只是一心想着让死者安息。自己洁白的衣服被鲜血染红了，她却毫无知觉……

后来她听从医生医嘱，给那些重伤的病人挨个输液、包扎、换药，协助检查治疗，很多病人手臂上全部沾满了血迹，细心的宋风琼打来热水帮助他们擦洗、整理衣物，进行心理安抚。很多人因失血过多血管变得很不明显，扎针时几乎找不到血管，凭借多年的护理经验，这些困难都没能难倒她。整整一个晚上，上至医院领导、书记、院长，下至保安人员都没有合眼。

到 6 时许，整个病区才算安静下来，大家都已是筋疲力尽，她自己的护士服已经染成红色，双手更是沾满血迹。过度疲劳的宋风琼稍作清理就一头倒在值班室床上……早上 9 时，清理完自己的衣服，她就毅然放弃公休时间，放弃和女儿出外旅游的计划，一纸决心书送到总护士长张秀华的办公室，请求把自己安排在医院最需要的位置，并主动到爱心献血中心为伤者献血。

白衣战士，一个很平凡的岗位，却折射了不平凡的感动，现在她们又在守护着我们的平安。有了我们警民鱼水相连的密切配合和战斗，那些“恐怖分子”的残暴行为只不过是飞蛾扑火，螳臂当车。

因为职责所在，战斗在生死的第一线，恐惧已无足轻重，职业的使命使她们难以顾及个人的得失。有很多医务人员连续作战几天几夜，甚至没有来得及跟家人联络。在这里他们让我感受到了民族团结的向心力与凝聚力，我感动于我们祖国总能在遇到大灾大难时涌现充满正义之人，他们的爱心像潮水而涌，没有民族种族界限，没有高低贵贱之分。

“天山青松根连根，各族人民心连心。”“7·5”事件动摇不了新疆的大局，动摇不了我们各族群众团结和发展的信心与决心。

我想我来新疆援助一直是心怀愧疚的，因为多日以来我的所见所闻一直在“援建”我，让我认识到民族团结的力量是如此伟大；是各民族的相互团结与坚定一直在激励我努力工作，提高我的思想境界。正是因为各族人民的团结让反动势力望而却步，同时也改变我以前的那种狭隘的民族主义思想。

用生命践行使命

2009 年 7 月 18 日　星期六　温度 11—38℃　晴

0 时到二宫派出所，民警以及武警部队上街巡逻。武装步巡是我们一直坚持的巡逻方式。

今天是“7·5”之后的第二周了，燥热的天气持续多日后，乌鲁木齐市忽然风起雨落，有点儿冷飕飕的感觉。昨日城中热气正盛，但今天则是清风拂面，细雨蒙蒙，路边的榆树叶子上面有许多晶莹的露珠，还城市以清新的颜色，还天地间以正气。

终于可以喘口气了；下雨刮风可以涤荡污浊净天地，洗去世间尘埃。

二宫派出所临着一条名为河南路的宽敞大道，路的两旁是高大的榆树，树下面是青青的草坪，还有一些小花点缀着。河南路听起来是那么熟悉，让我们这些远道而来的河南郑州特警听起来倍感亲切温暖，仿佛置身于中原河南，就在老家门口。因为河南路这个名字，我们在步巡时就多了几分踏实和亲切，守卫好这条路，就好似为河南人争光，为家乡的父老交出一份答卷，也是为民族团结做贡献。

一步一步，一趟一趟，我和队友不知道在这条路上留下多少汗水。大家都从容镇定，周围市民也在熙攘中穿梭着。我们在一位叫王海的派出所民警的带领下，一直不厌其烦地用两条腿无声地丈量着乌鲁木齐市。王海老家是河南的，他浓浓的乡音让我瞬间感受到了久违的家乡的气息，那么亲切，又那么温暖。

4 时 10 分左右，一位 12 岁的名叫祖玉祥的少数民族男孩儿被送来求救。送他的热心司机叫苗红伟，是河南漯河人，在开出租车的过程中，发现这个小男孩儿一个人在黑夜中哭泣，于是他让孩子上了车，然后开车向我们求救。

通过了解，我们得知男孩儿是因为没有做作业被父亲打了一顿，才跑了出来。我们把他护送到辖区河南路派出所，河南路派出所救助热线的标牌，在灯光的照耀下显得耀眼而醒目。值班警察热情接待了我们并做好交接，回二宫派出所已经快7时了。

12时，回到驻地的我们打开电视，正好看到“千人含泪送别万金刚”的新闻。新闻中介绍，万金刚是乌鲁木齐市某武警部队中队长，在这次“7·5”事件中，头部遭暴徒的猛击，他临危不惧，镇定指挥，顽强抗击，在被送往医院后因伤势过重，抢救无效，壮烈牺牲。2009年7月5日18时20分，连续两周没回家的万金刚正在陪妻子和女儿购物，突然接到中队的报警电话：“国际大巴扎一带大量人员聚集，有闹事迹象，上级要求中队加强巡逻区的兵力配置。”接完电话，万金刚直接赶往大巴扎。为争取时间，他还让上勤战士把他的警服和警棍直接带到事发现场。很快赶到国际大巴扎的万金刚发现，情况远比预想的严重，数百名不法分子手持棍棒，高呼着反动口号，在大巴扎西侧一带游行示威。交通严重堵塞。整个大巴扎一片混乱。这时，在这里执勤的排长曹炼接到巡逻队的求援呼叫，万金刚接报后又立即率领官兵赶往山西巷。19时40分左右，万金刚率领官兵行至阿亚斯宾馆前，发现道路中间的隔离护栏被推翻，5辆公共汽车受阻。不法分子正疯狂地用砖块、棍棒砸公共汽车。

万金刚指挥官兵们上前将不法分子驱散，保护了车上群众的安全。但此时，山西巷内突然涌出上千名不法分子，将万金刚和战友团团围住。尽管万金刚迅速收拢人员，形成防护队形，但难以抵挡雨点般袭来的砖块、石头，8名官兵全部受伤。险境之中，110名官兵及时赶到，与他的队伍会合，成三角队形向南冲击。万金刚挥起手中的警棍冲在队伍最前头。向南冲出100多米，却被从大巴扎方向冲来的千余名不法分子迎面拦住。不得已部队只能反方向冲击。原本冲在最前头的他，一下子变成了为部队断后的一道墙。就在他掩护战友向北冲击时，3名暴徒用地砖近身击中他的后脑。班长刘峥辉回忆说：“发现队长没有冲出来后，我们又返回阿亚斯宾馆门前。那时，才发现队长倒在地上，后脑勺鲜血直涌。”

执行任务中，万金刚所在的中队有27名官兵不同程度受伤。身负重伤的副班长姜兴卫在昏迷了一天一夜后，醒来后说的第一句话是“快救队长”。

生动鲜活的电视画面、深情动人的播音讲解让我很感动，感动于这个和平年代新时期军人的英勇与顽强，感动于舍弃小家顾及大家的勇气与崇高。暴徒应该早日严惩，受害群众生产生活应早日恢复正常，以慰烈士在天之灵。

万金刚，一路走好，天堂里不会有凶残的暴徒。

二宫古墓清真寺

2009 年 7 月 19 日　星期日　温度 11—30℃　晴

8 时坐车到建材市场，执行步巡任务。武警、派出所民警与我们特警三支队伍会合。我们的保护辖区是二宫古墓清真寺，在这个清真寺里面有一个古朴典雅的教堂，像一个美丽的公园，一切显得都很清静，庄严肃穆，一棵大榆树在清真寺院内中间，像一个教主备受众人的尊重与敬仰。曾记得《古兰经》中介绍道：宗教是呼唤一种宽容，人类也在呼唤宽容，现实生活也在呼唤宽容。人类是否站在人类文明的前列，要看你的宽容精神有多大。无论哪一种宗教都是宣传一种包容，放弃报复不是懦弱与耻辱，真正的高尚行为是宽恕，那些能抑怒又能宽恕人的人将作为行善者进入天国。但愿大家都能沐浴宗教的阳光，享受自由和谐的生活。

路上很多维吾尔族、哈萨克族、回族、汉族的市民热情地为我们送水，我们都婉言谢绝了。烈日像针一样扎在我们身上，厚重的防弹衣与腰间的武器大约重 5 公斤，我紧跟在队伍后面，没有丝毫退缩。

在教堂的正门下面，挂着醒目的红色条幅，有维语与汉语的双语标志，“牢固树立稳定压倒一切的思想，坚决与三股势力作斗争”。

从标语到这里的场景，我感到这里的一切显示出立场的无比坚定，各族人民的信仰虽不一样，但维护民族团结的意识却深入人心。

我感动于祖国五十六个民族相互团结再次超越了民族界限的人性光辉。

20 时，支队召开援疆会议，传达学习公安部会议精神。

一名普通女警的 72 小时

2009 年 7 月 27 日　星期一　温度 11—30℃　晴转多云

新疆发生的“7·5”事件已经过去 20 多天了。

我们在水磨沟派出所民警的带领下巡逻在市区，派出所民警王蕾——一个干练的女警察带着我们巡逻。

在休息的间隙，她向我讲述了她所经历的三天三夜，那些可怕的回忆像噩梦一样一遍一遍在眼前掠过。有人说：“戎马一生，难以忘却。”可对于她来说，却找不到合适的词语来形容当时那几天的情形，只能用“惊心动魄，难以忘却”来描述吧。她时而满怀深情，时而义愤填膺，向我讲述起 7 月 5 日到 7 月 7 日这三天三夜的故事：

7月5日紧张而混乱的半天

7月5日上午，我正在家计划着一天的活动，好不容易有个完整的休息日，一定不能浪费掉。手机响了，一看是单位的号码，不禁皱了一下眉头。“又有什么事?”心里犯着嘀咕。电话里值班人员通知16时开会，我一叹气，哪里又出事了？无奈地跟老公说：“你只能自己带着女儿活动了。”思前想后了半天，我决定把所有洗过的警服都带上，以免后面再一趟趟拿，麻烦！现在想起来，可能自己都没有意识到这一举动似乎暗示注定不能回家了。在家门口遇到了老公处里的司机，我还佯怒地对他说：“都是你，昨天说我怎么不加班，这下好了，又要加班了，乌鸦嘴!”到了单位，问同事，没有人知道怎么回事，一开会才知道，原来收到情报，一些维吾尔族人要利用广东韶关事件聚集示威游行，要求所有民警在派出所备勤。开完会，各回各办公室，谁都没当回事，我连便装都没换，想着没什么事，预计最晚19时30分就应该可以处理完了，坐着等吧!

18时50分，办公室的警官接到天山区同事的电话，说广场有上千人聚集，已经开始闹起来了。听完这句话，我的脑袋突然嗡的一下。不会吧，怎么就闹起来了？第一反应就是冲到楼上把警服换上，将装备准备好，再回到办公室。大家都已经很紧张了。正在说话间隙，有民警上来说，天山区已经开始打砸抢，有人已经到派出所报案了。从楼上往下望，看见了一辆箱式货车，前挡风玻璃全被砸烂了，驾驶座上都是砖头。一看表，19时23分，事态怎么变得这么严重？大家都在议论着，正说着，就接到命令要抽调人员支援天山区。所领导组织民警在楼下集合，分三辆车，民警都带了单警装备。还没有出发，就有两辆出租车开到所里，都是被砸的，驾驶员还被打了。所长指示我组织民警分工进行登记、做笔录。当我拿着照相机拍照时，我还是很疑惑，怎么没有控制住呢？所长、教导员、副所长带着民警出发了。分局办公室的人员也来支援我所留守。我听着对讲机里混乱的指挥，听着各个点越来越复杂的汇报，知道今天是出大事了。我将联防岗位布置好，又在派出所转了一圈，没有发现任何可使用的工具，便让人到地下室找了一些钢管，又让人把铁锨、扫把头都折了，留下木棍备用。这时对讲机传来命令：“所有民警佩带武器。”边骂着娘边安排内勤拿枪发枪，顺便将所有的防刺服、防弹服拿出来，放在门口备用。正在这时，又有一名司机来报警，车被砸，手机被抢。

不断有拉着警报的车辆飞驰而过，中间还穿插着运兵车、清障车。想联系支援的所领导，可对讲机怎么也不通，电话也打不出去，只是干着急。忽然又想到，万一有人冲进来扔燃烧瓶怎么办？急忙回到派出所将灭火器拿出来放在大厅两侧。出门和分局办公室主任一起，指挥所有停放在派出所门口的车辆开到家属楼门口，防止发生连锁反应。

刚忙完，就听到对讲机里又有命令！“所有支援人员回原单位，保护好自己的单位。”又获悉，天山区两个派出所已经遭暴徒攻击。在路口等待民警回来的同时，又给亲戚朋友打了电话，询问情况，得知表姐在回家时被人打了，幸亏打得不是很严重，只是脸肿了。此时老公也忙起来。再想想女儿要在这样的环境中入睡，幸好她还不懂事。终于等到前去支援的民警回所，听着大家议论着所见所闻，就两个字“悲愤”！所有的民警都闹不明白一场本来已经有准备的仗怎么打得毫无头绪，乱七八糟。现在谁也不知道该干什么，只能等待。

已是凌晨1时，所有人都无法入睡。不断有朋友打电话给我，询问情况，我都不知道该怎么跟他们说，只能告诉他们暂时不要出门，也不要再乱打电话了。

凌晨2时，接到通知要设卡盘查，教导员带着我们4个人在一家饭店门口设卡。那么晚了还看见有救护车不停地跑来跑去，每次透过窗户看见里面都是坐满的，只看这些就知道，情况只会比拉萨糟糕！当时我们都很想知道具体情况，比如受损情况怎么样。设卡设到4时返回派出所换班，回到办公室，在沙发上躺下，怎么也睡不踏实，脑子里乱七八糟的。迷糊到早晨7时就醒了，8时又去换岗。紧张而混乱的半天就这么度过了。

7月6日异常平静的一天

7月6日对于乌鲁木齐这座遭受了“7·5”事件影响的城市来说，是异常平静的一天。没有后续事件再发生，在水区看不到群众的生活受到什么大的影响。只是陆续接到朋友的短信，是关心和问候。中午换岗后，抽空回了趟家，拿了一些日常用品。老公也穿上了迷彩服，部队比我们还是要放松一些。跟老公说，看这架势，一时半会儿是回不了家。

在6月底给女儿和保姆定好机票，让她们回保姆老家西安玩，我们也刚好可以休息。现在看来，这是多么明智的一个举措。女儿正在午睡，不忍把她打扰醒，和保姆说了几句话，轻轻地亲了一下女儿胖乎乎的后背，赶紧离开了家。17时许，接指挥室通知，家乐福后面有人聚集。在不到5分钟时间，水区200多名民警到达指定地点，才发现原来是三个青年打架。回来后，大家好好笑了一场，开玩笑说："这三个青年看到那阵势，估计得说，不就偷个白菜吗?"22时许，和一个少数民族民警一起去买脸盆，突然发现，以往热闹非凡的管区居然连个人影都看不见，转了一大圈才找到一家开门的超市。天哪，这在平时，我们辖区是人挤人，现在静得让人瘆得慌。我跟那位民警说："明天我们不会再去保护清真寺吧?"其实早都知道自己的嘴是铁嘴，那天真不该乱说!

7月7日极其恐惧的一天

经过了7月6日平静的一天，第二天清晨一起来，我们发现，所有的汉族老百姓手里都多了一些东西，不是木棒就是钢管或者刀。上午还不是很明显，越到中午以后，这种情形就越来越严重。

13时30分，我正在派出所食堂吃饭，突然接到紧急命令，要求全部到华凌市场旁集合。所有人异口同声地说："暴徒又来了。"但同时又都质疑。又是所领导带着人走了。我把联防工作安排妥当，便跟着联防队员在路口巡视，突然发现路旁有十几个维吾尔族群众在聚集，连忙让联防上前询问。问后才知道，他们看见对面汉族人都拿着棒子防身，有些害怕。我连忙让联防翻译，告诉他们不需要惊慌，只要他们不出门乱跑，不会有事的。

这时值班室内的110报警电话也不断接到来电，到处都是人员在聚集。等外出执行任务的民警回所后，我们就再没闲下来，不管接的警是真是假，都得去看一趟。在街上我看到群众聚集得越来越多，手里的东西五花八门，有的女同志拿的木条还没我大拇指粗，也当作防身武器，我们看到这种情形都哭笑不得。所有小区里的男女老幼都站在小区门口说要誓死保卫家园。

我说："这样下去，暴徒将会得逞，他们还没被制服，我们民警却累死了!"17时许，我已坐在教导员车上拿着喊话器给群众宣传市委下发的宣传材料，看着身边走过的人们，我真想跳下车告诉他们："你们快回家吧！都回家了就什么事都没有了。”所有人都惊恐万分，时刻提防着，稍微有点儿风吹草动就会有大的爆发。谣言满天飞，有的说天山区清真寺被烧了，有的说暴徒冲进小区了，连我们警察都无法分辨消息的真伪了。

女儿是18时的飞机，7月6日还和老公商量好回家吃顿饺子送女儿走。到了7日上午，我看回家已经无望了，就要求老公把女儿带到派出所让我看一眼再走。看到下午这种情形，我连派出所也回不去了，老公打来电话，告诉我他们到派出所了，我只能让女儿接电话，肉麻地和她道了个别，心里只是暗自庆幸，孩子走是对了！这下没牵挂了。

已是21时，街道已经开始交通管制，其实也无所谓交通管制了，没有车愿意出来，到处都是人。我们接警接得都疲乏了，坐在派出所门口乘凉。不久又接到报警：辖区内石油大厦十字路口有人打架。所长听后，让教导员拉上我和他一起到现场，离现场还有200米，我们就知道情况不对，只见人山人海，人声鼎沸。

我赶紧联系巡逻的武警，让他们从市公安局赶到现场。当我和所长下车一看，吓了一跳。在人群中一辆桑塔纳轿车被砸得稀烂，六道湾街道办事处的党工委吴书记在现场制止群众的行为，还有两名交警也在努力维持着秩序。我身边又有群众说："那边还有两个人也被打伤了。"我从人群中抽出身来，跑到一个小区门口，看见有两个男青年已经躺在地上，已经有120急救车到了门口，我协助医生把两名男青年送上急救车，又急忙返回十字路口。一名交警把我拦住了，说："你不要再去了，进不去了。"我又召集了一些群众，让他们去劝解聚集的群众尽快散去。当我在十字路口拦截群众时，突然有了后怕的感觉：我在执勤时，如果有人从后面给我一刀，可真就殉职了。

我又担心所长的安危，赶忙和武警联系，我几乎是用尽力气对着电话喊："你们赶快、赶快，跑步、跑步！"

有群众看见我们束手无策的样子，说："你们的人呢？怎么就你们几个人？"是啊！我们的人呢？那时也是我最想知道的，十字路口的人们似乎到了疯狂的状态，已经开始掀车……像是过了好几个小时一样，我终于看见武警往我们的方向跑过来，我赶紧迎上去给武警带队领导简单通报了情况。20多名武警战士把人群驱散开。我又看到了分局派来的一些民警，直到从人群中看到了所长我才舒了一口气。

好不容易把人都劝散了，我回到派出所，还没进门又接到通知速到街道办事处门口……回到派出所已经凌晨2时了，我却一点儿睡意都没有，到所长办公室又商量了一会儿工作。3时，所长又去分局开会，回来后又召集支部成员开会，要求民警连夜把困在聚居区的群众带出并妥善安置。经过我们的努力，那一夜我们运走了31名少数民族兄弟，加上白天在派出所躲避的9名、晚上被打的4名，我们共解救了44名少数民族群众。后来获知，被打的4名群众无一人伤亡。

把这些工作忙完，天已经亮了。小睡了一会儿，我便和所长一起去接前来增援的特警。从那时开始，我们的生活才慢慢步入正轨。警察是公平、正义的化身，谁错了，我们就要去制止谁，不管他是哪个民族。我们是一个大家庭，这就是我们的职责所在。直到现在我跟我辖区的居民、我的朋友都是这么说的。

再想想“7·5”事件给我们新疆留下了什么？是愤恨，从未有过的愤恨，这种情绪在一年、两年甚至更长一段时间内不会轻易散去。7月7日那天因为没有时间看电视，不知道电视上公布了一些比较残忍的画面及情况，才彻底激怒了群众。我还想，这些人好好地在家，怎么会有这么大的愤怒。直至后来自己亲眼看到一些视频，才被震撼了，甚至对自己的职业产生了怀疑，一度也想过辞职。但回过头想想，以后新疆的稳定肯定离不开我们的努力。我们流的每一滴汗、每一滴泪都是为新疆的稳定添砖加瓦，暴徒们的残暴行为虽然一时得逞，但我们五十六个民族的心是紧紧相连的，我相信我们有能力把我们自己的家园建设好、维护好。

在“7·5”事件后，我跟同事说：“当兵时，最多就是去拉练、参加演习；当了警察，每天都在办案，没有什么惊心动魄的事情。这回我确实是经历了，这是我生命中永远不能忘却的一段记忆!”

听完她的讲述，我了解了一名普通警察的思想变化。她的脸庞透露出一丝疲惫，目光又是那么镇定。一名普通的女警察却有如此高的思想境界，让我佩服。

微信危信

丁一鹤

“遇到疯子”，这四个字是吴硕燕在山东招远麦当劳餐厅发出的最后一条微信。

2014 年 5 月 28 日，山东招远发生故意杀人案，微信和网络的广泛传播，让我们知道了一个邪恶的词——“全能神”。犯罪嫌疑人在事发餐厅向就餐的顾客索要电话号码，遭到受害人吴硕燕拒绝后，残忍地将她殴打致死。五名犯罪嫌疑人落网，警方初步调查，他们都是“全能神”邪教组织成员。犯罪嫌疑人张立冬在接受媒体采访时称，之所以索要电话号码，是因为他们觉得如果对方留下电话号码就是“神的子民”，如果不给就是恶魔，而他们打死被害人吴硕燕，就是因为她没有给电话号码。

“全能神”成员为什么要索要陌生人的电话号码呢？是不是为了发展邪教组织成员，我们不得而知，而被害人吴硕燕发出“遇到疯子”的微信之后，随即倒在了血泊之中，再也没能醒来。

以往我们遇到危险的时候，要么是喊一声“娘唉”，寻求亲友的帮助；要么是打电话给“110”报警，请求执法机关帮助。而吴硕燕在遇到危险时，选择传递信息的方式却是微信。

我国古代传递危险信息的重要方式之一是烽火狼烟。信息传递方式的变化，不仅仅是工具的变化，更意味着人们交往方式的变化。

微信是一种快速的即时通信工具，具有零资费、跨平台沟通等功能。像短信，但不用打字就可以语音留言；像电话，但不用立刻回复对方。微信支持用户查找所在位置一千米范围内其他使用微信的人，同时还可以通过“摇一摇”等方式认识附近更多的陌生人。

“摇一摇”和“查找附近的人”，是微信最独特也是最强大的交友方式。只要是在同一时间摇动手机的微信用户，不论你在地球的哪一个角落，都可以通过这个功能认识彼此。只要你开了微信，随时会被附近的微信用户找到。当然，这其中有好人，也有坏人。

通常，我们分不清对方是不是好人，甚至搞不清对方是男人还是女人。

微信成为广受人们热捧的新型网络社交工具，能迅速打破人际边界，让两个近距离的陌生人迅速相识、相见甚至相恋。然而，正是由于其便捷高效的特性，微信也正在成为犯罪分子觊觎的新领地。

无须细细分解，剖析几个真实案例，就能窥一斑而知全貌。

微信引爆危情

一切都从微信开始，一切都从危情开始。

四十一岁的京城名企高管李子奇因微信泄露婚外情，在“911”之夜奔赴情人之约后，一把尖刀架在了他的脖子上，他转身逃跑却被一刀扎进大腿，然后被塞进面包车，与他的情人捆在一起，开始了九天九夜的惊魂之旅。

半个月之后，二十一岁的女大学生田甜同样在微信的邀约下奔赴玫瑰之约，在同一把尖刀的威胁下被两次强暴。当警方抓获二十六岁的犯罪嫌疑人袁翔时才惊奇地发现：他本是个感情伤员，却通过报复和伤害他人来寻找平衡和疗伤。“微信”在危情之下变成了“危信”。

2012 年 9 月 11 日晚上十点，刚从河北衡水老家回到北京的袁翔，黑着脸对妻子董婷说：“我还是想不明白为什么他要占你便宜。我得跟他谈谈，你带我去，把微信上的事情说清楚。”

“我不是都跟你说了吗？都是我的错，你想怎么着都行，想离婚我也答应。这么晚了，明天再说行不行啊？”董婷哀求着。

“不行，今天晚上我就过不去心里这个坎儿，我老婆凭什么让别人睡了？而且还是一个四十多岁的老男人，我哪点不如那个老男人？”袁翔执拗地说，“你要不去，信不信我弄死你！”

董婷知道性格固执的袁翔说到做到，只好答应和袁翔一起去北京顺义空港区她的工作单位，找袁翔所说的那个老男人。那个老男人是董婷的上司，公司审计部长李子奇。

二十五岁的董婷和比他大一岁的袁翔结婚很早，生了孩子后，董婷来到北京打工，并成为一家著名企业的审计工作人员。而文化水平不高的袁翔在北京朝阳区给一家公司开面包车拉货。两人买不起房子，董婷又常常跟着审计部长李子奇出差，所以就住在单位宿舍，而袁翔也只好凑合着住在公司里。两人把孩子送回衡水老家，遇到周末或者节假日，两人才能回老家看看孩子和父母。

2012 年 9 月初，袁翔带着董婷回衡水老家看孩子。到家后，袁翔拿起电话想看一下自己的微信，打开之后才发现是妻子的手机。正当他准备放下手机时，一张妻子与一个中年男人的亲密合影吸引了袁翔的目光。再翻下去，是很多极其肉麻的对话。袁翔吃惊地发现，就在十几天之前董婷去外地出差的时候，与本单位一个微信名叫作“奇迹”的人在同一个房间里过夜。照片上的“奇迹”是个四十出头的中年男人。

“说吧，到底是怎么回事?”袁翔拿着手机，指着微信上露骨的照片和肉麻的对话，恶狠狠地问。

“没什么事啊，俺俩只不过是同事关系，他是俺领导，爱开玩笑，你别瞎想啊!”

董婷的辩解被袁翔一耳光打断：“玩笑？你们把玩笑都开到床上去了！是想开老子玩笑吧？你要不跟我说清楚，看我不弄死你!”

董婷只好把前几天出差时与李子奇上床的事情如实告诉了袁翔。袁翔一言不发，黑着脸开车回了北京。

袁翔越是风平浪静，董婷越是提心吊胆。9 月 11 日晚上十点，让董婷最害怕的事情终于发生了，袁翔逼着她把李子奇叫出来，他要向李子奇问个清楚。至于问什么，董婷哪里知道?

袁翔开着面包车拉着董婷来到其单位门前，把电话交给董婷说：“不要用微信了，直接打电话叫他出来吧，你知道怎么说。”

董婷拨通了李子奇的电话：“你现在有空吗？我想跟你见个面，我在单位门口等你。”

这么晚了，董婷直接打电话过来，让李子奇略感意外。以往两人早已达成默契，私人交流都通过微信联系。李子奇突然想起，董婷前两天回河北老家去看孩子，难道她刚回来就迫不及待地想跟自己见面了？李子奇忙跟家人说：“我单位里有点儿急事，要去处理一下，你们早点儿休息吧，别等我了，今晚我不一定回得来。”

赶到单位大门口，李子奇并没有见到他日思夜想的董婷。他打电话问：“婷婷啊，我在单位门口呢，怎么没见着你啊，你在哪儿?”

“我在单位东边的马路上呢，你来这边找我吧。”

李子奇想都没想就跑到偏僻的东马路，见董婷站在一辆面包车前招手，他连忙一溜儿小跑过去。正当李子奇张开双臂想给董婷一个拥抱时，一把尖刀架在了他的脖子上。李子奇惊恐地扭头一看，持刀的正是董婷的老公，他在董婷的微信里见过袁翔的照片。李子奇心里暗叫一声：“坏了!”

“咱俩谈谈吧，上车。”袁翔一手拿刀，一手抓着李子奇的胳膊。

李子奇一边作势上车一边想着应对之策。袁翔押着他进车门的时候，李子奇趁其不备推开袁翔拔腿就跑。可还没跑出去两步，那把尖刀就深深插进了他的左腿，鲜血顿时迸溅出来，染红了裤管。

“还跑吗?”袁翔问。

“跑不了啦，哎呀！哎呀!”

李子奇被袁翔塞进车里捆了起来，在他对面是同样被捆得结结实实的董婷。

袁翔在捆李子奇的时候，把他的手机和钱包都拿走了，然后问：“哪张卡里有钱？借我点儿钱用。”

“我刚出差回来，卡里只有六百块钱。”李子奇如实回答。

“穷成这样还想玩女人？说密码!”袁翔冷冷地说。

李子奇说了密码，袁翔开车到顺义区北小营镇的一台取款机上取了五百元钱。一路上，李子奇惊恐地挣扎着想跳车逃走，但试了几次后发现，不但绳子解不开，即便解开了跳车呼救，在这荒郊野外也不会有人听到，何况自己的大腿被扎伤，根本跑不了。

最后，面包车来到一片杨树林边，袁翔将车子停下，先从车上拖下董婷拳打脚踢一顿，再拖下李子奇没头没脑地狂揍，直到累得浑身无力才住手。袁翔坐下来休息了一会儿，又揪着躺在地上的李子奇的头发问：“说吧，你把我老婆怎么了?”

“我跟你爱人什么事都没有啊，就是一起去出差，经常开个玩笑，顶多算暧昧关系。”李子奇说。

“别跟我咬文嚼字，你就说睡没睡过我老婆吧!”袁翔咬着牙问。

“没有!”李子奇一口咬死。

“我都认了，你也认了吧。”董婷知道袁翔的执拗脾气，李子奇越不认账，越会激起袁翔的怒火，李子奇越会遭罪。

但李子奇硬是不承认。电光石火之间，“咔嚓、咔嚓”连续两声脆响，李子奇的嘴巴里多了两颗半截的被敲掉的门牙。满嘴血沫子的李子奇两眼冒金星，泪眼迷蒙中，他终于看清楚了，袁翔的手里不知道什么时候多了一把锤子。

“你以为你是铁齿铜牙纪晓岚啊，认账吗?”袁翔继续问。

“嗯！嗯!”张不开嘴巴的李子奇鸡啄米一样点头承认。

“认错就好，那就休息吧，你俩睡车里面，我睡车门口。姓李的，你要是想跑就随便跑，别让我逮着你就行。”说完，袁翔放平车座倒头便睡。

李子奇和董婷战战兢兢一夜无眠。第二天日上三竿袁翔从睡梦中醒来，继续对李子奇刨根问底，让他说出和自己妻子发生性关系的细节。李子奇不说就会挨揍，说了被揍得就更厉害。打累了，袁翔到一个小卖部买了两根蜡烛，点着后一根塞到李子奇手里，一根塞到董婷手里，命令他们互相拿着烧对方。袁翔说：“你们在一起不是舒服了吗？今天我让你们更舒服。烧吧，不烧就挨揍，哪个舒服你们自己选。”

为了不挨揍，两人只好闭着眼，将点燃的蜡烛戳向对方，滚烫的蜡泪滴滴答答落在对方的皮肤上，直烧得两人龇牙咧嘴。

折腾了一整天，折腾饿了，袁翔去附近农村的小卖部买了面包、火腿肠和矿泉水，三个人凑合着填饱肚子，晚上依然睡在车里。当然，李子奇和董婷一直被捆绑着。

第三天，李子奇和董婷都没力气拿着蜡烛烧对方了，袁翔只好自己动手。这一次他用的不是蜡烛，而是把矿泉水瓶子点着，将熔化后还带着火苗的塑料滴在李子奇和董婷身上。

连续三天，除了吃喝睡觉，袁翔持续不断地折磨李子奇和董婷。李子奇的皮肤烧烫伤总面积达 20%。再加上拳打脚踢，李子奇和董婷几乎体无完肤。

9 月 14 日下午，连续在野外折腾了三天的袁翔也许是厌倦了，也许他也不知道下一步该怎么办，最后，他开车把两人拉到了顺义区杨二营村的一个出租屋里，这是他一个亲戚租的。

此时，李子奇和董婷遍体鳞伤，袁翔都不知道该在哪儿下手了。李子奇见袁翔的态度有些缓和，就劝他：“你打也打够了，气也出得差不多了，别再打了，不然打死我们，对你也不好，你也不想要我们的命是不是？”

袁翔没再动手。三人在出租屋里待了四五天，到 9 月 18 日，李子奇的家人打来电话，问李子奇为什么不回家。李子奇支支吾吾地说：“我有点儿私事，等处理完了就回去，你们放心吧。”

有什么私事七八天处理不完呢？李子奇的家人觉得不对劲儿，忙问他：“你是不是遇到什么麻烦了，要不要我们报警啊？”

“千万不要报警，我真的没事，马上就回家了！”

随后，李子奇对袁翔说：“别把事情闹大了，不然我家里人报警就麻烦了。你先让我回家吧，只要我回家他们就不会报警。”

这时候的袁翔已经六神无主，只好顺坡下驴：“要走你就走吧，我送你到公共汽车站。”

9月19日中午，袁翔开车把李子奇送到顺义区南法信镇的一个公共汽车站。李子奇没敢直接回家，而是约家人到一个宾馆里见面。当家人见到遍体鳞伤的李子奇后，立即报了警。警方赶到他们曾经住过的出租屋，早已人去屋空。

警方四处查找袁翔下落的时候，袁翔正开着面包车到处乱转。他已把妻子董婷送到医院疗伤，受伤的妻子并没有报警，所以没人知道袁翔的下落。

10月5日下午，袁翔用“华尔街男人”的网名，与刚在微信上认识的二十一岁女大学生田甜天南地北地聊了一下午。为了增加自己的吸引力，袁翔告诉田甜自己在海关工作。两人互相交换了电话号码。

晚上八点，袁翔拨通了田甜的电话：“你坐地铁来顺义新国展吧，我请你吃夜宵，到了给我打电话，我开车去接你。”

一听袁翔是在顺义空港区，又是开车到地铁附近来接，天真的田甜连忙答应，打扮一番兴冲冲地乘地铁来到顺义。

晚上十点半，袁翔开着面包车接到了田甜。本以为接自己的是个风流倜傥的海关帅哥，没想到却是个拉货的司机，田甜大失所望。袁翔哪里顾得上观察田甜的反应，他心里只想着占她的便宜。既然别人能占自己老婆便宜，他占了别的女人便宜才能平衡。况且袁翔觉得，第一次微信聊天就能轻易约到郊区来见面，这个小女孩儿一定很容易搞到手。

他将车开到一条偏僻的路边停下，迫不及待地说：“我想找一个无话不谈的朋友，想保持那种关系，又不影响现在的生活。”说完，还没等田甜有所反应，他便扑过去抱住她。

没想到田甜极力反抗，高喊着：“我有艾滋病！”

袁翔知道这是托词：“你这个狐狸精，出来害人必须付出代价！”

说着，袁翔拿出那把扎过李子奇的尖刀在田甜面前晃了晃。田甜一个二十一岁的小女孩儿哪里见过这样的场面？深夜无人的路边，田甜叫天天不应，叫地地不灵。

事后，急于脱离袁翔魔掌的田甜说要去厕所，袁翔便开车拉着田甜来到首都机场一号航站楼的肯德基餐厅。田甜想通过求助他人逃离，但袁翔一直跟在她身后，她始终没有找到逃离的机会。

从肯德基出来，袁翔拿着田甜的手提包，拽着她来到附近一家宾馆。袁翔说：“你不能现在就走，我得带你去查查你有没有艾滋病，要是有，我就杀了你全家。”

在宾馆里，田甜被袁翔再次强奸。第二天上午，袁翔离开宾馆前，为防止田甜报警，将她摁在床上拍了裸照。但袁翔一出门，田甜马上打电话报警。

由于田甜只知道袁翔的微信号，为了抓到他，警方也用上了微信。他们注册了一个极具女性化特征的微信名，加袁翔为好友，然后以彼之道还施彼身，以邀约为名抓获了袁翔。

袁翔如实供述了自己的犯罪过程，对于自己拘禁殴打李子奇和董婷，他称宁愿负法律责任也要惩治这对狗男女，而对于强暴田甜，他则追悔莫及。

2013 年 7 月，北京市朝阳区法院以强奸罪判处袁翔有期徒刑五年，以非法拘禁罪判处其有期徒刑两年六个月，合并执行有期徒刑七年。

通过这个案子我们可以发现，利用微信作案的犯罪嫌疑人大多为青年男性。通过微信聊天，他们在短时间骗取受害人的信任，为进一步约见受害人实施犯罪做好准备。微信犯罪案件中的受害者却不仅是不谙世事的女孩儿，而是男女老少，无所不包。这些人群的普遍特点是喜欢接触新鲜事物并且比较信赖陌生人，对潜在的危机缺乏预见性。微信社交通常是在较为封闭的空间中进行，是一对一完成的，外人很难知道。因此，微信犯罪具备犯罪成本低、风险小、成功率高的特点。

微信犯罪同时给警方的侦破设置了障碍。因为犯罪嫌疑人多使用虚拟身份，与受害人又是单线联络，加上微信软件没有实行实名制，也不用身份验证，案发后，受害人能够提供的犯罪线索只是一个微信号。

但我们也要认识到，微信只是一种工具，就像我们每个家庭的厨房里都有菜刀。菜刀本来是切菜劈瓜的，但也可以变成杀人利器。如果我们不去探究犯罪者的犯罪动机和原因，而是要把责任推到菜刀上，那就是缘木求鱼。

类似的话，钱钟书说过："浪漫主义者主张摒弃物质文明，亦误以为物质文明能使人性堕落，不知物质只是人性利用厚生之工具，病根在人性，不在物质文明；石斧石箭杀人之效果不如原子弹，然而用石斧石箭之原始人与用原子弹之文明人，其存心一也。"

微信作为一种交友和通讯工具，本身并没有对和错，但袁翔却在"危情"之下让微信变成了"危信"。在这个案子里，危情才是伤人利器。

微信约来色狼

与田甜一样，二十二岁的河北女孩儿尚馨予，通过微信遭遇一个色狼。

尚馨予大学毕业后的梦想是留在北京，在国贸一带的高档写字楼里当一个外企白领。虽然她天生丽质长相出众，但她只是一所普通大学的本科生，根本无法与那些国内名校毕业生甚至海外归来的研究生、博士生一较高下。大学毕业前后，她参加过无数次招聘都一无所获，但她没有放弃努力，一直奔波于一场又一场招聘会之间。

最后，尚馨予在女同学王雅的指点下终于找到了一根救命稻草——微信。根据“查找附近的人”的精准定位，尚馨予锁定了一家世界名企的“老总”，希望借此挺进外企顺利圆梦。尚馨予能如愿吗？

2014 年 4 月，北京市朝阳区法院判决的一起强奸案，为尚馨予的梦想打上了一个重重的感叹号。

2013 年 2 月，二十二岁的尚馨予参加完一场跨国投资公司的招聘，正准备赶地铁奔赴下一场，突然收到同学王雅发来的微信：“小武来找过你，他好像回老家找工作去了，你赶紧联系他。”

小武是尚馨予的男朋友，他们和王雅是大学同学，也都是河北老乡。尚馨予连忙拨打小武的电话，只听小武冷冷地说：“我实在无法坚持陪你在北京找工作了，我回老家了，已经在去西客站的路上。”

尚馨予的眼泪“哗”地一下涌了出来，她连忙冲进地铁奔向西客站。当她气喘吁吁地赶到西客站时，并没有见到小武的身影，打电话小武也再没有接，只给她留了一条微信：祝你梦想成真！

看来，这一次小武真的是去意已决。

五年之前，尚馨予和小武一起考入位于北京昌平区的一所大学，因为都是河北老乡的缘故，两人走得很近。每到周末，尚馨予都要让小武陪着她坐一个多小时的公共汽车进城，去感受一下昔日皇城的气息。四年下来，进城的交通工具从公共汽车变成地铁，他们的关系也从老乡同学变成了亲密恋人。

转眼到了大四，随着毕业季的来临，尚馨予这个从偏僻小县城考入北京的大学生，从天之骄子变成了迷途羔羊。她曾经的梦想是在北京读大学，到外企去上班，像杜拉拉一样通过奋斗在北京买车买房结婚生子。可是，她只是个普通学校的大学生，因为英语不过关没考上研究生，要跟那些名校的博士硕士甚至海归竞争，在气势上就矮了几分。毕业后，尚馨予想留在北京找工作，小武为了爱情甘愿陪伴她留在北京，与他们一起留在北京的，还有同学王雅。

在王雅的建议下，三人在北三环安贞桥租了一处小房子住下。可是半年多过去了，三人一直都没找到心仪的工作。

眼看花掉了家里好几万块钱，工作的事情却一点儿都没有着落，小武多次劝尚馨予回老家。只要两人相爱，平淡一生又何妨。可尚馨予坚决不肯，为此与小武大吵过几次。无论小武怎么说，尚馨予态度坚决：宁愿留在北京当难民，也不回老家当公主。

无奈之下，小武独自撤离北京，回老家了。

尚馨予怅然回到出租屋，迎面见到的是喜气洋洋的王雅，她兴奋地说：“馨予，我找到工作了！到一家文化公司做宣传企划。”

尚馨予忙问：“你遇到什么贵人提携了？”

王雅神秘一笑，拿出手机在她面前一晃：“微信！”

原来，王雅今天路过朝阳区三里屯一带，突然有人加她为微信好友。百无聊赖的王雅与对方聊了一会儿，就应邀与其在三里屯酒吧街见面。没想到的是，王雅遇到的竟然是一个文化公司的老板。走出酒吧，王雅就成了这个公司的宣传企划，明天就正式上班。

“就这么简单？你赶紧教教我！”尚馨予愁容尽扫。爱情关上一扇门，事业又给她开了一扇窗。

尚馨予的手机上早就安装了微信，但除了跟朋友聊天之外，也就是玩玩游戏，没想到还能用它找工作，这可是意外之喜。

王雅告诉她，通过微信的“摇一摇”，可以偶遇陌生人，这其中说不定就有能改变你命运的“贵人”；通过“查找附近的人”，也可以结识很多所在位置附近的陌生人。随即，王雅简单地在手机上点击几下，马上找出了一大批附近的人，加上好友一聊，果然定位非常精准。

尚馨予似乎找到了奋斗方向。自己的身材、长相和能力，一点儿也不比王雅差，差的只是个机会。如果能邂逅一个外企高管，凭自己的相貌与口才，绝对能把对方搞定。于是尚馨予把希望寄托在了微信上，在她看来，微信就是帮她锁定前途的绝密武器。

尚馨予首先将自己最漂亮的照片放在微信上，接着又用手机自拍了很多或美艳或清纯或妩媚的照片。随后，尚馨予在四处求职的同时，经常于晚间精心打扮一番，出现在朝阳区国贸中心一带，因为这里外企云集，通过微信查找，很容易就能找到附近她所需要的名企的相关人员，然后主动发出交友申请，等待对方回复后成为朋友。

尚馨予满怀信心，但理想之光却没有照进现实。虽然她用这个办法见到了几个大企业的白领，可是人家友好地表示，自己只是外企员工，没有能力帮她应聘外企工作。

工作没找到，尚馨予觉得也许是机缘未到，她坚信随着交往范围的扩大，机会总是有的。再说，即便找不到工作，跟陌生男子在高档餐厅喝喝咖啡吃个饭，也是不错的享受。只要喝酒不醉，就不会给坏男人机会。她像打了鸡血一样，在国贸、三里屯一带的咖啡店、电梯间、酒店大堂，拿着手机摇啊摇。

她天真地以为，也许下一个微信好友就是自己命运的福星。她总是梦想着，中午时分在燕莎邂逅一个人，也许这个人就是主管人事的副总；晚上在世贸天阶，她很可能与某个国际名企的中国区经理擦肩而过。所以她必须时时刻刻保持最好的状态：妆容精致，服饰得体，笑容可爱……

女孩儿的美貌的确是利器。尚馨予经常在微信上更换自己的照片，长发飘飘、明眸善睐，加上偶尔搞怪的萌照，特别引人注目。只要是她主动加的好友，很少有人拒绝，而且被加了好友的男士，多数都会主动约她见面吃饭。

这段时间，尚馨予不是在饭局上，就是在去饭局的路上。吃喝玩乐不愁，却总没遇到一个真正能拍板聘用自己的大老板，想包她做二奶的倒是有好几个。对这些想入非非的男人，尚馨予立刻把他们拉黑。尚馨予找的是工作，不是男友，更不想当二奶。

就这样，眼看春暖花开，理想的工作依然没有着落，尚馨予不由得心急如焚。

2013 年 3 月底的一个晚上，尚馨予约到一个中年男子在建国门外一家日本料理店吃饭。这个男子看到尚馨予一边卖萌自拍一边上传，忍不住善意地提醒她："你明不明白男人拿这个软件做什么？为什么你总有吃不完的免费晚餐？你想过为此你会付出什么没有？"

尚馨予摇摇头，她只想着靠这个找工作，在没有找到工作之前，把自己的一日三餐先解决了。

这个男人无奈地说："微信本来是一款正常的通信软件，但现在它已经成了女人找帅哥、男人找一夜情的工具。没有什么老总会用这种方式和你正常交往的！"

尚馨予一脸阴云，两个人不欢而散。

2013 年 4 月中旬的一天，尚馨予惊喜地发现，一个名为"轩轩"的手机用户加她为好友，标注的供职机构是世界五百强的跨国名企。尚馨予开心地跟他打招呼，对方也表现得很热情，主动介绍说自己是大中华区的副总，刚从国外出差回来。"轩轩"还说，他上微信的原因是自己会议太多，很枯燥，偶尔上微信聊聊天放松一下。

第一次两人聊了没几句，"轩轩"就下线了。接下来的日子里，每天尚馨予只能与他简短说几句，对方就匆忙下线。以往与尚馨予聊天的微信好友，看到她微信上的照片，总是忍不住约着要见面吃饭，但"轩轩"仿佛不为尚馨予的美貌所动，只是偶尔不咸不淡地聊几句而已。"轩轩"越是这样，尚馨予越是对他充满无尽的想象。

2013 年 5 月 22 日，这一天正是尚馨予的生日，她特意把这个消息告诉了“轩轩”。“轩轩”说晚上为她庆贺生日，可尚馨予在朝阳区工体附近的一家酒吧等到很晚，“轩轩”却没有来。

这天晚上，尚馨予不停地给“轩轩”发微信，直到 23 日凌晨一点钟尚馨予准备离开的时候，“轩轩”才开着黑色奔驰车匆匆赶来。尚馨予激动不已，非要拉着“轩轩”一起到酒吧玩，但“轩轩”递过手中的鲜花说：“我正在谈一个重要的项目，这会儿偷偷跑出来给你送鲜花，马上还要回去开会。今晚实在抱歉啊，我会给你补上这回生日宴的。”

望着奔驰车远去的灯光，尚馨予怅然若失。在微信上与“轩轩”相识之后，尚馨予制造了一系列机会，希望与“轩轩”见面，但总是阴差阳错。生日那晚，尚馨予惊奇地发现，“轩轩”竟然是个刚刚三十出头的“80 后”青年才俊。除了求职，她甚至还想与他发生点儿别的什么了。

5 月 27 日下午四点，正在出租屋里发呆的尚馨予突然接到“轩轩”的微信：“要是有时间，出来见个面吧。所谓应聘，在我而言也就是走个形式，我打个招呼你就能上班了！”

突如其来的好消息让尚馨予有些不知所措。她连忙梳洗打扮，换上一身性感着装，洒上香水飘然出门。

在朝阳区安贞桥下，尚馨予上了“轩轩”的奔驰轿车。“轩轩”说：“下一步想干什么，你说。从现在开始，我属于你了。看电影、吃饭，还是去酒吧，一切由你做主。”

尚馨予连忙说：“还是听你的吧。”

“天还早，我先带你兜兜风吧。”“轩轩”说着，一脚油门直奔北五环望京方向。

转来转去，两人转到了北五环欧尚商场附近一条小路的尽头。此时晚霞满天，“轩轩”下车后递给她一瓶矿泉水，两人有一搭无一搭地聊着。天慢慢黑了下来，远处灯火辉煌，但四周阒无一人。尚馨予穿着短裤，在这春风沉醉的晚上微微有些寒意，便提出去吃饭，说完打开车门坐在了副驾驶的位置上。“轩轩”掐灭了手中的烟头，也拉开车门挤坐在副驾驶的座位上。尚馨予一边退让着一边说：“咱们回去吧。”

“先玩会儿再说，那么着急回去干吗啊？”“轩轩”说着把副驾驶的座椅放平，一下子骑在了尚馨予的身上。

尚馨予奋力挣扎，推着“轩轩”说：“干吗呀？这两天找不着工作心情不好，你还这样对我。”

但不论尚馨予怎么反抗，怎么咒骂和推搡，都无济于事。事后，尚馨予跟“轩轩”摊牌：“我要报警！”

没想到“轩轩”一副无所谓的样子：“你报警吧，顶多算男女朋友之间的性行为，怎么了？”

尚馨予尚存一线希望，如果“轩轩”能够给自己安排一份外企的工作，她也会忍气吞声，但“轩轩”却说：“你这是在恐吓我吗？你这样的女孩儿我见多了，想报警你随便。想要补偿，你死了这条心吧！”

六神无主的尚馨予一直坐在车里哭，“轩轩”把尚馨予送到海淀区金源燕莎商城后，开车离去。尚馨予给王雅打电话讲明实情，王雅坚定地说：“你说的这个‘轩轩’绝对是冒牌货，绝对不是什么外企老总，赶紧报警吧！”

2013 年 6 月 15 日，“轩轩”被抓获归案后，尚馨予才知道，“轩轩”真名李轩，根本不是什么跨国名企的中国区副总经理，只不过是从黑龙江来北京打工的一个只有初中文化的农民，给一个私企老板开车而已。得知尚馨予梦想进世界五百强企业，他便编造身份忽悠尚馨予。没想到尚馨予竟然信以为真，数次约他见面求职。5 月 27 日，恰巧老板到外地出差，他才有机会单独开车约见尚馨予，色胆包天的他最终将尚馨予强奸。

2014 年 4 月，法院以强奸罪判处李轩有期徒刑三年六个月。

尚馨予求职心切，为自己招来大祸。手机软件虽然可以精准定位人的位置，但它不能定位人心，更不能判断哪个是骗子哪个是色狼。

李轩的犯罪动机并不复杂，而且具有普遍性的特点。微信引发的刑事犯罪中，性犯罪占了差不多三分之一。在性犯罪案件逐渐减少的今天，其比例之高，令人吃惊。很多利用微信犯罪的嫌疑人，其犯罪轨迹大多经历四个阶段——

第一阶段是犯罪嫌疑人对于微信交友这种新的人际交往方式存在好奇，通过微信约来异性朋友，心理上开始感受到某种刺激。

第二阶段是犯罪嫌疑人从网上看到一些所谓的“约炮秘籍”之类的文字，然后盲目进行模仿。此时，他从心理上已经有了很大程度的犯罪自觉。

第三阶段是从寻求刺激向实施犯罪转化的过渡阶段。刚开始，当事人主观并不认为自己在犯罪，因为很多寂寞女性对于约见微信好友充满各种期待，不乏初次见面就半推半就开房上床的经历。正是因为这种最初的成功与刺激，使得犯罪嫌疑人误认为只要答应见面，感觉好就可以上床了，不上床才是不正常。由此，犯罪嫌疑人觉得拒绝或者反抗的女孩儿不过是装清纯而已，从而使用霸王硬上弓的手段占有女性，最终导致了犯罪。

第四阶段是有预谋组织实施犯罪。北京法院曾经审理过一起轮奸案，一个有着共同“爱好”的团伙，在组织者预谋下，通过微信约出被害女孩儿实施轮奸。这种团伙犯罪令人发指。在这种不良青少年群体中，犯罪动机会互动发酵相互感染。不良的人际交往，成为一条黑色的犯罪脐带，是微信犯罪的温床。

微信招来骗子

家产千万的已婚富豪卢江通过微信结识了两个美女“空姐”。在约会第一个“空姐”何玉琦之后，卢江又被第二个嫁入豪门的“空姐”陈娇的美貌迷惑。为帮助陈娇逃出豪门，卢江给未曾谋面的陈娇打款一百七十二万元之后发现被骗，而骗他的正是与他相见的第一个“空姐”何玉琦。这桩微信诈骗，究竟是一场“爱情考验”，还是财色追逐？

福建福清市的年轻老板卢江，2012 年 8 月遇到了烦心事：他在微信上结识了两个愿意以身相许的美女，但他不知道自己该选择哪一个才好。

三十一岁的卢江在福清经营着一个家族矿业公司，是个身家数千万的时尚老板。业务上的事情不大用他管，闲极无聊便爱上了微信等时尚手机软件，就连偶尔陪着老婆孩子逛商场，他也不忘搜索一下附近的人聊一聊，用来打发多余的时间。

2012 年 7 月的一个周末，妻子让卢江开车送她和儿子去逛商场。卢江将妻子和儿子送进商场后，独自在商场外等候。闲极无聊，拿起手机“摇一摇”，没想到竟摇到了一百米之内的一个名为“琦琦”的用户。卢江被对方清纯靓丽的头像吸引了，连忙加为好友聊了起来。果然，“琦琦”就在商场里购物呢。

卢江一直跟“琦琦”聊到妻子大包小包从商场出来。第二天，卢江上线对“琦琦”说：“我知道你离我不远，我请你在附近的咖啡厅喝一杯，给不给面子？”

“琦琦”欣然应约。见面后，卢江方知“琦琦”芳名何玉琦，二十六岁，2009 年毕业于福建南洋学院空乘专业，两次应聘空姐都没如愿，现在福州一家服装连锁公司当经理。见卢江长得一表人才，说话幽默机智，又有老板的气派，是当下流行的“高富帅”，何玉琦芳心大动。此后两人微信聊天越来越投机，不到半个月就开始在微信上谈情说爱。

卢江当然不止跟何玉琦一个人在微信上玩暧昧。凡是主动加他为好友的美女，他一概同意。2012 年 8 月 12 日，一个名为“晴晴”的女孩儿加他为微信好友，“晴晴”的微信上挂着几张美女照片，气质超群，非常养眼。卢江大为心动，与“晴晴”越聊越热乎。后来卢江得知，“晴晴”真名陈娇，上海人，以前在一家航空公司当空姐，因为经常跑国际航线，时间长了精神特别紧张，去年辞职后来到福州，有意找一个知疼知爱的男人，过平静幸福的生活。陈娇甚至暗示，要是能找到卢江这样体贴的男人就好了。

陈娇的主动示好，让卢江心里甜如蜜。从此之后，一有空闲卢江便周旋于何玉琦和陈娇两个微信好友之间。当然，卢江的情感天平开始有了倾斜。从长相上，何玉琦和千娇百媚的陈娇显然不是一个重量级的；从身份上，何玉琦想当空姐没当上，而陈娇是飞国际航线的空姐；从距离上，何玉琦是福清本地人，要是玩出感情不好收场，而陈娇是上海人，怎么着也不可能闹到福清来，顶多花点儿钱打发了事。

渐渐地，何玉琦被卢江忘到九霄云外，而对陈娇，卢江许诺一直把她当最好的朋友，会在她遇到困难的时候竭尽全力帮助。

2012 年 8 月底的一天，卢江在微信上对陈娇说：“咱俩都聊得这么好了，是不是该见上一面了？”

“我正有此意。”陈娇并没有拒绝，她表示很想知道在微信中对自己呵护体贴的男人，现实中是不是也是这样。陈娇还暗示，如果真心想让她到福清，总不能让一个女孩子自己出路费吧？

2012 年 8 月 25 日，卢江给陈娇报来的银行卡号汇去了五千元。然而陈娇却没有如约前来，她发来微信说：“咱俩聊天的微信被我老公发现了，他现在让保姆全天候监视我。”陈娇一再请求卢江原谅，当初因为怕卢江在意，隐瞒了自己结婚的事实。她通过微信告诉卢江，她当初在国际航班做空姐，在上海飞往法国的航班上，结识了乘坐头等舱的福州地产商人林世光。林世光主动追求她，不但经常乘坐她当班的航班，还给她买礼物。每遇她轮休，林世光就跑到上海来陪她。她经不住豪门的诱惑，辞职嫁给了林世光。原以为嫁入豪门会很幸福，没想到婚后成了笼中金丝鸟。林世光对她处处防范，只要发现她跟某个男子说上几句话，就对她施以家暴。她的生活非常压抑，每天只能靠微信与外界交往。这一次她要见卢江的微信正好被老公看到，不但对她一顿痛打，还派保姆和保镖二十四小时监视她，根本找不到逃出来的机会。

卢江想，如果自己有这么一个神仙美眷，也怕她跟别人跑了。他对陈娇的处境非常担心，还叮嘱陈娇看完自己发的微信就删掉。然而，事情的发展出乎卢江意料。陈娇接着发来求助微信：“我想逃出豪门去找你，得花钱贿赂掌管手机的保姆，不然手机都没法用。我不想与你失去联系，现在只有你能帮我逃出牢笼。不知道你当初许诺愿意帮我的话算不算数，如果你不愿意，我也不怪你！”

卢江生出一股英雄救美的豪情，随即按陈娇的要求，往她的银行卡里又汇去了五千元。就在汇钱的第二天，他突然收到一个陌生短信，对方自称是陈娇的老公林世光，责问卢江为什么多管闲事，要掺和他们夫妻间的事。卢江义愤填膺地为陈娇打抱不平，在解释自己与陈娇只是普通微信好友的同时，还警告林世光对陈娇实施家暴是违法行为，劝林世光给她自由。面对卢江的警告，林世光用挑衅的口气回复："既然你关心陈娇，我就更要让她吃一点儿苦头。"

与林世光一番唇枪舌剑，卢江愤愤不平又爱莫能助。果然，卢江随后接到陈娇发来的微信，说老公请了几个打手看着她，需要贿赂打手，不然会经常遭到毒打。卢江又按陈娇的要求汇了五万元。此后，每隔几天，他都会收到陈娇的求助微信。陈娇在微信中描述的悲惨遭遇，让卢江心急如焚。每次他都按陈娇的要求汇钱，到 2012 年 10 月底，他先后分十六次汇出了六十七万元。

2012 年 11 月初的一天，陈娇发信息告诉卢江，她已聘请律师办理离婚手续。她担心丈夫会转移财产，让卢江汇一百万元办理财产保全，这样，离婚后她就可以拿到丈夫的一半财产获得自由了。等逃出豪门后，她会及时把钱还给卢江。

用一百万元保全财产，可以预想这笔财产不会小，况且这笔钱是要交到法院的。卢江想都没想就给她汇去了一百万元。几天后，陈娇再次让他帮忙支付律师费五万元。2012 年 11 月 15 日，卢江汇出这五万元后，就再没有收到陈娇的微信。刚开始，卢江以为陈娇有可能被丈夫林世光控制，无法与自己联络。直到 11 月 29 日，卢江在整理抽屉里的汇款收据时才意识到，从 2012 年 8 月底给陈娇汇出第一笔路费开始，在两个多月的时间里，他竟然给一个从未谋面的微信好友汇出了一百七十二万元巨款。

卢江隐约意识到，自己很可能遇到了骗子。2012 年 12 月 1 日，卢江向福清警方报案。办案民警听了卢江的叙述觉得不可思议，但卢江手中那沓厚厚的汇款收据的确是一百七十二万元。福清警方通过银行查询陈娇给卢江提供的汇款账号，发现了一个奇怪的现象：每次卢江将钱汇到陈娇的银行账户后，马上就从福州一家银行柜员机转到另一个建行账户上，账户名叫何玉琦！

办案民警调取了银行监控录像，发现每次出现在柜员机前转账的人都是同一个年轻女子。卢江辨认后大惊失色，这个人就是他见过的微信好友何玉琦！

警方将何玉琦传唤到案，何玉琦承认这一切确实是她所为，与卢江微信交往的"陈娇"其实就是自己。但何玉琦坚称，她这样做是因为卢江不但冒充未婚男子跟她谈情说爱，欺骗了她的感情，还在与她交往的同时移情别恋"陈娇"。愤怒之下，何玉琦才如此惩罚他。

这究竟是怎么回事呢？随着何玉琦的交代，谜底终于揭开。

原来，有过两次网恋受骗经历的何玉琦，不太相信卢江这样的“高富帅”轻易就会喜欢上自己。她曾向卢江说过自己的顾虑，卢江解释说：“我虽然管理着一个家族企业，但感情上也有自己的苦恼。有些女子想接近我，但都比较肤浅，更看中物质，让我很不满意。要找到一个令我心动的女孩儿不容易，而你正是我喜欢的那种。”

卢江的解释合情合理，那份诚恳的态度，让何玉琦很受感动。自己年龄已经不小了，父母也催着自己找个好人家，如今遇上卢江这种各方面条件都不错的男人，错过了实在有点儿可惜。可两人毕竟是通过微信认识的，总是不太放心。犹豫再三，她萌生了一个想法：何不化身一个更漂亮的微信好友考验他一回，看他能不能经得起诱惑。如果他立场坚定，自己就不用顾虑；如果他花心，就尽早分手。

于是，2012 年 8 月 11 日晚上，何玉琦重新注册了一个微信号，又特意从一家女性网站下载了几张美女照片挂在微信上。经过一番准备，8 月 12 日，何玉琦用新注册的微信号化名“晴晴”加卢江为好友。

发出申请后，何玉琦心里还一直期望卢江能拒绝，没想到卢江很快接受。经过仔细斟酌，何玉琦首先给卢江发去一条略带暧昧的微信：“我是突然心血来潮，想凭自己的感觉，选择一个微信好友。在茫茫人海中选择加你，应该是一种心灵感应，希望我们能成为好朋友。”

“我也是个很相信缘分的人，非常乐意成为你的好友。”一个漂亮女子主动发来这样的微信，卢江有些喜不自禁。

而何玉琦一下子就试出了这个男人花心的本性，她大失所望。此后，卢江一有空闲就追着“晴晴”聊天，还主动把自己是公司老总的身份透露给她。何玉琦为了能让卢江对“晴晴”更加死心塌地，她自称家在上海，还编出了空姐的身份，当卢江追问她的姓名时，她随口报了自己表妹陈娇的名字。想想当初卢江对自己信誓旦旦，竟然都是假的，她产生了报复的念头：你骗我，那我也要捉弄你。

半个月后，卢江主动约“晴晴”见面。何玉琦故意给卢江一种暧昧的暗示，并让卢江汇路费。卢江欣然答应打款。

银行卡号会显示客户的名字，而何玉琦的名字卢江知道。何玉琦对正在自己店里打工的表妹陈娇说：“我的银行卡和身份证丢了，有个人要给我汇钱，打到你的卡里吧。”

当时何玉琦并没有把讨要路费的事特别当真。她觉得卢江毕竟是一个大老板，有一定社会经验，不可能轻易就给一个素未谋面的微信好友汇钱。哪知卢江收到卡号后，还真把路费给汇来了。

何玉琦收到钱，当然不可能去见卢江，随口编了一个空姐嫁入豪门被老公控制的谎言。她以为卢江如果知道“陈娇”已婚，肯定会断了念想。让何玉琦意想不到的是，卢江不但对“陈娇”一往情深，还不断给她汇钱。贪恋美色的卢江一次次打款，无非是因为照片中的那个“陈娇”比现实中的自己漂亮，想到这些何玉琦就来气。原本想就此收手的何玉琦改变了主意：要让卢江为好色付出代价。

随着一笔笔款项轻松到手，何玉琦买了一张电话卡，冒充虚构的“陈娇”的老公“林世光”给卢江发短信，把戏演得更为逼真。何玉琦用各种借口让卢江汇钱，而卢江总是有求必应。陆陆续续收到一百七十二万巨款后，何玉琦害怕了。她换掉手机号，不敢再与卢江联系。而卢江汇来的一百七十二万元，她一分都没动。

2012 年 12 月 3 日，何玉琦被抓获归案，警方如数追回了卢江的一百七十二万元。此时卢江才知道诈骗自己的竟然是微信女友何玉琦，而何玉琦更是悔泪长流。

由于何玉琦存在虚构事实的欺诈行为，在收到卢江汇来的钱款后，又马上转入其他账号，诈骗性质明显，2014 年 4 月，福清市人民法院以诈骗罪判处何玉琦有期徒刑十一年，并处罚金人民币五万元。

在微信犯罪案件中，诈骗和敲诈勒索犯罪占了大约四分之一的比例。很多人都希望有“机缘巧合”的馅饼砸到自己头上，可现实是，天上掉雨点、掉雹子，一般不会掉馅饼，就是掉了馅饼也砸不到你头上。有些人追求生活刺激，却因此落入骗子的陷阱，男人被骗财、女人被骗色的例子不胜枚举。卢江之所以一次次被骗，首先是因为他想占女人的便宜。

有资料显示，最近几年间，中国的微信注册用户超过三亿，其中年轻人是主流。在街头，无论是走路还是坐公交，你都会发现很多人在低头玩微信。起码三分之二的手机用户同时又是微信用户，微信与手机的形影不离导致微信使用人数爆炸式增长。这种新型的社交方式因为人人都在使用，才使很多人放松了警惕。

科技开发了人性的多面性，又有意无意地利用了人性，甚至无情地嘲弄着人性。有调查发现，在美国，78% 的盗窃犯会借助 Facebook 等社交网络平台锁定下手对象。15% 的受访者会在平台上表示已离开家里，35% 的用户还会利用智能手机的功能公开自己目前所在位置，从而为歹徒提供便利条件。还有 78% 的“IT 小偷”会使用 Google 街景观察“客户”门前的状况，将社交网络的“负能力”发挥到无以复加的地步。

微信引发血案

通过微信与劣迹斑斑的“江湖大哥”交往，犹如怀抱一颗定时炸弹，随时都可能让自己粉身碎骨！在京城打拼的浙江青年商人罗武，应京城的“江湖朋友”之约驾车到北京郊区游玩，没想到从此杳无音讯。可罗武的六张银行卡突然在河北承德疯狂取现十四万元，他的股票、黄金期货账户也被人抛售一空！警方锁定的犯罪嫌疑人竟然是罗武相识十多年的好朋友李晓志。

罗武来北京后，通过微信联系上了早年好友李晓志。他哪里知道，“仗义大哥”李晓志身后，还站着一个劣迹斑斑的叔叔李国，以及他们以狱友为核心组成的“江湖”。正是他们设下圈套，绑架杀害了罗武和其女友韩笑！

一对粗心情侣“与狼共舞”的故事，展现在人们眼前……

2013 年 4 月 16 日一大早，一个三十多岁的男子满头大汗地跑进北京市丰台区公安分局刑侦支队报案：“我弟弟罗武肯定出事了！你们快帮忙找找！”

报案人名叫罗文，他的弟弟罗武和女朋友韩笑 4 月 13 日驾车去延庆玩，临出门时弟弟的全球通手机落在了罗文家。罗文连忙给弟弟的另一个电信手机发微信，告诉他手机忘带了。罗武在微信中留言说：“我跟韩笑到延庆玩，你帮我收着，有人找我的话，你让他打我的电信手机号就行。”

4 月 14 日下午五点，罗文发现弟弟的手机收到了一条短信，他看了一下，是银行发来的，提示机主罗武的银行卡刚在承德取款两万元。

“这小子跟韩笑一定是玩疯了，又从延庆跑到承德去了。”罗文嘀咕了一句，没放在心上。孰料，随后罗武的手机接二连三收到取款短信，到 15 日晚上，取款金额达到十四万元之多。这下罗文坐不住了，连忙给弟弟发微信询问，却没有得到任何回复。拨打弟弟的电信手机号，关机；他又拨打弟弟女友韩笑的手机，也是关机！罗文急忙拨打弟弟几个朋友的电话，他们都没见过罗武；他又联系韩笑的家人，家人都说联系不上她。

警方立案调查后，发现罗武和韩笑曾出现在延庆县大榆树镇一带。民警调取承德的银行监控录像，虽然取款人刻意躲避镜头，但罗文根据侧面和背影判断：“这个人很像我弟弟的好朋友李晓志。”

据罗文介绍，二十九岁的李晓志是与罗武相识十年的好友，罗武委托他取款也有可能，但他为何刻意躲避监控？要解开这个谜团，必须找到李晓志。罗文拨打李晓志的电话，却已关机。种种迹象显示，罗武和女友有可能遭遇绑架，李晓志有重大作案嫌疑。罗文感到不可思议："我熟悉李晓志，他为人仗义，应该不会这样做……"

警方四处寻找李晓志的踪迹，发现他4月14日晚在承德火神庙普都宾馆住宿，此后失去踪迹。4月20日中午，罗文自己的手机也收到一条短信，提示他的一张北京银行信用卡在承德商厦首饰柜台有八千二百元的消费记录。这张卡是弟弟初来北京时他送给弟弟的，但是弟弟一直没有使用过。他将情况反馈给警方。经商厦售货员辨认，刷卡人正是李晓志！

4月28日晚，李晓志驾驶着一辆黑色桑塔纳返回北京。在京承高速金山岭收费站，民警将李晓志抓获，同车的还有李晓志的亲叔叔李国。随后，李国的同伙王大明在北京市昌平区马池口镇落网。

李晓志是罗武、韩笑的好朋友，李国跟这一对小情侣也很熟悉，还曾经帮他们排忧解难。双方一度相处非常融洽，叔侄俩为何将罪恶的双手伸向了他们？

二十六岁的罗武是浙江人，他与李晓志的相识始于十年前。那时，哥哥罗文在成都开网吧，十六岁的罗武暑假到哥哥的网吧里面帮忙。在这里，他与来自北京的李晓志相识。当时李晓志自称"王平"，因为跟家里人吵架离家出走，到成都后进入罗文的网吧做网管。李晓志和罗武很快成为要好的哥们儿。后来罗武回老家继续上学，李晓志也回到北京。

2010年罗武大学毕业后，和女友韩笑一起来北京闯荡。一到北京，罗武就通过微信和"王平"联系上了。听说罗武想在北京开一家经贸公司，经营日用小商品，李晓志热心地帮罗武租房子、找办公场所，还带着他们跑工商、税务等部门办手续。最后，罗武在丰台区租下了一套两居室，客厅用来办公，卧室用来居住。直到此时罗武才知道，"王平"的真名叫李晓志。李晓志解释说，当年他跟家人吵架出走，不想让家人找到，就使用了"王平"的假名。

不久，经罗武引见，哥哥罗文也见到了当年的手下"王平"，得知他真名叫李晓志，罗文颇感意外。罗文私下对弟弟说："用化名在外面混的人，还是提防一点儿好！"

但罗武不以为然，他认为两人已经有十年的友谊，李晓志真诚仗义，是值得信赖的江湖大哥。何况罗武在做正当生意之外，还悄悄做点儿增值税发票的买卖，有个本地大哥罩着，总归心里踏实些。

2012年3月的一天，罗武和女友去泡吧，漂亮的韩笑引起邻座两个男青年的注意，过来搭讪要加韩笑为微信好友，韩笑不给，罗武与他们发生肢体冲突。对方又叫来一群混混儿围攻罗武，要求他赔偿医药费。罗武无奈，赔偿了对方三千元。不料对方讹上了罗武，三天两头上门骚扰，罗武和女友烦恼不已。

罗武把这件事通过微信告诉了李晓志，李晓志说："你下次悄悄把骚扰你的人拍个照片，或者录个像，发到我的手机上，剩下的事情我来摆平！"

李晓志找到自己的叔叔李国求援。时年五十岁的李国曾因抢劫罪和盗窃罪两次被判刑，出狱后一直没有正当职业，与一群狱友厮混，在当地混混儿中有一定影响力。他听说侄子的朋友受了欺负，当即拿出一副江湖做派去吓唬那群小混混儿。从此，那群小混混儿再也不敢来闹事了。罗武与女友感激李国、李晓志叔侄，特地请他们吃饭。李晓志得意地对罗武说："兄弟，你放心，我叔是这一片的老大，有我叔罩着，在北京没人敢欺负你们！"

此后，李国偶尔路过罗武的公司都会进来喝杯茶聊聊天，罗武每次都热情接待。不过韩笑总对李国心存畏惧，她对罗武说："李叔叔看人的眼神很冷，挺吓人的。"

罗武笑着说："他是江湖人士，接触多了你就知道，他为人很仗义的。"

罗武觉得，自己在北京做生意，尤其是卖增值税发票这种不法生意，可能遭遇各种麻烦，与李国、李晓志这样的江湖人士交朋友有备无患。他坚信："他们讲江湖道义，再坏也不至于害朋友！"

在微信上，罗武不时地晒出他买卖股票、投资理财的收益和心得，有时候还会跟李晓志分享赚钱经验，今天告诉李晓志他赚了多少钱，明天又说他卖了多少增值税发票。可以说，李晓志非常了解罗武的经济状况。

罗武见李晓志没有固定工作，创业之初曾邀请他加盟。可李晓志见罗武的公司刚起步，创业艰难，不愿入伙。后来，罗武的公司进入正轨，悄悄进行的增值税发票生意更是日进斗金。李晓志眼馋，想跟着罗武干，可买卖增值税发票的人之间有个潜规则，那就是只有老乡或亲戚才在一起干，因此罗武没有表态。韩笑推辞说："李哥，我们这个庙太小，供不起你这尊大神啊！"

这句话让李晓志很不舒服，脸色马上阴沉下来。罗武忙说："李哥，你任何时候来我都欢迎，只是现在我们还开不起太高的工资，怕委屈了你啊！"

此后，李晓志仍然经常跟罗武喝酒聊天。罗武问他在忙些什么，李晓志却避而不谈，只是随口说："没什么，瞎混呗。"

罗武不知道的是，李晓志从小就深受李国的影响，跟随叔叔的团伙多次参与盗窃倒卖汽车、碰瓷和敲诈勒索等违法犯罪活动。

2013年3月5日，李晓志在承德的女友杨萍说家里要买房，向他借两万元。李晓志没有钱，就去跟叔叔商量怎么弄钱。3月16日晚，李晓志和李国在北京朝阳区盗窃了一辆黑色桑塔纳轿车，送到承德一家修理厂修改车架号和发动机号码，并改漆成银色。可是，由于没有正规手续，一时无法出售。3月30日凌晨，李晓志跟着李国和王大明两人，在石景山区八角北里抢劫一名小区业主，因为遭到激烈反抗没有得逞……

接连几次作案没有弄到钱，李晓志急得团团转。4 月 2 日下午，走投无路的李晓志只好来找罗武借钱。罗武当即带着李晓志到街头的银行柜员机上取了两万元给他。罗武做梦也没想到，此举给自己和女友带来了灭顶之灾……

这天晚上，李晓志和李国、王大明等三人一起喝酒，李晓志说起了跟罗武借钱的事。李国眼睛一亮，问道："这个小罗很有钱吗?"

李晓志想了想说："应该有点儿钱。他说在股市里套了不少钱，还买过黄金期货。"

王大明眯着眼对李国说："这小子有钱，值得干一票!"

李晓志说："不合适吧，罗武是我朋友!"

李国开导说："小子，我告诉你，做这一行，只有熟人没有防备。"

李晓志多次跟随叔叔作案，很快就被说服了。想起罗武和韩笑拒绝他加盟的旧怨，他找到了自我安慰：他们并没有把我当真正的好朋友，抢他们就当教训一番！但李晓志还有些不放心："我们是熟人，他们报警咋办?"

李国说："我们可以演一场双簧，到时把你也绑起来，说我欠了老王的高利贷，走投无路，不得已找他借点儿钱还债，以后有钱了一定还他，你到时再替我求求情。再说，他倒卖发票也怕警察抓，不会报警!"

接下来又讨论如何把罗武股票和黄金期货账户里的钱弄出来。李晓志说："这个好办，罗武电脑上有股票和黄金账户，到时问出交易密码，将他的股票和期货在网上卖掉就行。"

罗武有随手扔钥匙的习惯，李晓志趁罗武和韩笑不注意，用肥皂偷偷将罗武放在茶几上的房门钥匙拓下来，然后交给李国。随后，王大明在延庆县大榆树镇刘家堡村租下一个农家小院，并准备了手铐、绳索、胶带、五个黑色塑料编织袋、斧子和剔骨刀等作案工具。

4 月 13 日上午，李晓志给罗武发微信说："我有几个朋友在延庆那边，一起去吃农家菜吧。"

当天中午十二点，李晓志开车跟罗武在黄寺大街碰头。让李晓志意外的是，韩笑也在车上。去延庆的途中，李晓志发短信通知了叔叔。李国听说多来了一个人，马上跟王大明做了分工，由他对付罗武，王大明对付韩笑，等问出银行卡密码后杀人灭口。

来到那个院子，李国领着罗武和韩笑进了屋子，李晓志守在院子里。说时迟，那时快，李国一回身，抡起用衣服包着的石头砸在罗武的头上，罗武当即昏倒在地。王大明也将韩笑制伏。韩笑大喊："李晓志，李晓志，你骗我们！"李晓志听到后更不敢进屋了。

随后，韩笑的嘴就被胶带堵上了，再也发不出声音。不一会儿，王大明把李晓志也绑了起来。等罗武苏醒过来，李国对他说："你别怪李叔，我欠了别人八十万元高利贷，实在没办法了，想找你们借点儿钱花。我写借条给你，我侄子也要给我钱。"

罗武吓得魂不附体，颤声说："李叔，我给你钱，你别害我，千万要放了我们，我们保证不报警！"

李国和王大明将他们身上的东西一样一样往外翻，找到一个钱包、六张银行卡，还有一千多元现金。王大明让他们将银行卡、股票期货交易密码说出来。罗武说股票和期货账号太长，不记得，只告诉了他们交易密码。然后，李国让李晓志去就近的银行柜员机核查密码的真假。六张卡里一共有四万两千元，但股票和期货账户没法查。李晓志提出，可以去罗武家的电脑上查。

李国让李晓志乘车回城去罗武家拿电脑，顺便找到罗武驾驶的那辆轿车的全部手续，以便销赃。李晓志走后，李国和王大明一起进屋，撕掉罗武嘴上的胶布，阴笑着说："对不住了孩子，放了你你肯定会报警，我不能冒这个险，你只能怪命苦吧。"

李国和王大明用一块湿布紧紧捂住罗武的口鼻，将他捂死。在杀害韩笑前，李国先将她强奸，随后又将她捂死。杀死这一对小情侣后，他们用刀斧分尸，装进五个塑料袋里，分别埋在附近的山林和大秦铁路南侧的防护林里……

李晓志当天下午赶到罗武的住处，用偷配的钥匙打开房门，将罗武的手提电脑和车辆购置全套手续偷了出来。上网查实，账户里面有价值十万元的股票和期货。李国指示他第二天上午一开盘就全部卖掉，将钱转到罗武的银行卡内，然后跟他在承德会合。

第二天，李晓志处置完罗武的股票和黄金期货后赶到承德，得知罗武和韩笑已经被害，心中顿时一片冰凉……

下午五点，李晓志和李国上街从柜员机里先后将五张银行卡里的十四万余元取了出来，然后将卡扔掉；其中一张信用卡背面有罗武的哥哥罗文的签名，李晓志舍不得扔，留在身上。李国打电话叫来王大明，三个人在宾馆分赃。李国和王大明每人拿了四万五千元，其余都归李晓志。

王大明分了钱就回了北京。李国和李晓志担心取钱后会被罗武的亲友和警方发现，他们不敢继续住在宾馆，就来到李晓志的女朋友杨萍家避风头。4 月 20 日，李晓志刷罗文的信用卡给女友买了一个价值八千二百元的手镯，这个贪心之举彻底暴露了他的行踪……

落网后，李国不仅如实供述了杀害罗武和韩笑的过程，还交代了他与同伙的另一宗命案；为了立功保命，他又检举了三名狱友抢劫杀人的犯罪事实。

四条人命七宗罪，这起由微信牵出来的团伙犯罪骇人听闻。2014 年 5 月，法院作出判决，判处被告人李国、王大明死刑，李晓志有期徒刑十九年。

在法庭上，李晓志放声痛哭，向罗武和韩笑的亲属道歉，说自己不知道叔叔会杀他们。或许他确实无心杀害好友，可当他深陷“江湖”，与叔叔一起作案、一起伸出黑手的时候，悲剧已经注定不可逆转！

这个案子的教训尤其深刻：“仗义大哥”李晓志的背后站着一个劣迹斑斑的亲叔叔，随时都可能将他感染。这种所谓的“江湖人士”一旦露出魔鬼本色，就可能六亲不认。罗武在微信中轻易地泄露隐私、暴露他的财产情况，他的所谓“江湖朋友”变成了他的灾星。

微信只可微微信

网络时代的微信社交，拉近了人与人之间的距离，提供了更便捷的交流平台，但也确实暗藏凶险。近年来，利用微信、QQ、陌陌、微博等新型网络聊天工具实施犯罪的案件，出现大幅上升的趋势。这些案件牵涉的罪刑有十几种，其中诈骗罪和强奸罪约占一半，无知少女、寂寞少妇、炫富男子成为三大受害主体。

犯罪嫌疑人多是以虚构身份、地位和财富等作为诱惑，比如虚构姓名、年龄、职业、经济实力，或隐瞒婚姻家庭状况，打着谈恋爱结婚的幌子进行自我包装。惯常的手段是在头像、相册中展示生活的富裕和高品位，豪车、名表、高级度假地等是常见道具，具有一定的欺骗性与迷惑性。接下来，犯罪嫌疑人利用微信等聊天工具，或约受害人见面实施强奸、抢劫等犯罪，或通过获取受害人私密照片进行敲诈勒索，或发送广告招揽非法业务。

年轻女性容易对他人产生信赖、依赖等情感，不法之徒正是瞅准了这一特点利用微信套近乎，待对方放松警惕之时便出手骗财骗色。大部分年轻女性即使受骗也会倾向于绝口不提，更不用说报警了。

还有一些犯罪的目的和侵害对象非常明确，最常见的是“酒托女”利用微信、陌陌等聊天工具，主动加男士为好友，搭讪聊天后与上钩的男士相约见面，约到酒吧等高消费场所，以美色、红酒、咖啡、玫瑰为道具，疯狂诈骗钱财。而这种犯罪，往往是一抓一大串儿。在此之前的这类犯罪，通常是以网络聊天室的方式进行，而手机聊天软件的普及，使得这种犯罪更便捷、更易发。

微信中的个人信息真假难辨。玩过微信的人都明白，你想要起个什么名字、用什么照片全在于自己，隔着聊天工具，即便你面对的是一只凶恶的灰太狼，你也无从查明真相。所以，使用微信一定要慎重发布个人信息。要知道，查“附近的人”，查到的不一定是好人；“摇一摇”，摇来的可能是大灰狼。

根据北京市法院系统审结的案件情况分析，涉及微信犯罪的案件具有如下特点：

一是犯罪嫌疑人大多数为年轻人。

二是被侵害对象大多数为女性。首先是涉世未深的年轻女性，她们大多心思单纯，不能预见潜在的危险。其次是离异或者单身的中年女性，她们大多由于家庭、婚姻、心理等原因，为排解内心空虚、心理寂寞，虽然能够预见与微信好友见面会发生危险，但是在猎奇和寻求刺激的心理驱使下，她们仍心存侥幸，置身险境。

三是犯罪手段大多为犯罪嫌疑人利用微信邀请被害人见面，随后实施犯罪。

四是以盗窃、抢劫、诈骗、强奸、敲诈勒索等侵财和人身侵害案件为主，特别是针对年轻女性的强奸犯罪，上升趋势明显。

五是犯罪地点多为宾馆房间或野外隐蔽的地方。

六是作案者大多为个人，团伙犯罪相对较少。微信犯罪主要以个人单独作案为主，但是以微信为手段的共同犯罪团伙也呈现出上升趋势。例如在抢劫案件中，女性犯罪人邀请男性被害人在宾馆见面后，其他犯罪人对男性被害人实施抢劫。

相对于其他犯罪，利用微信等交友软件犯罪成本较低，不容易被发现，犯罪的风险小，公安机关也较难破案。再加上被害人缺少防范意识，微信犯罪的成功率较高。

那么，对我们普通老百姓而言，如何预防微信犯罪呢？

首先要增强自我保护意识。对主动加你的微信好友要谨慎对待，不要随意与微信好友见面，实在要见面，那就多留个心眼儿。如果涉及钱财，更要三思而后行。发现问题，及时向警方求助。

二是有关部门要加强对微信的监管。微信是一个新生事物，对新生事物不能一棍子打死，但要通过监管使之健康发展。

三是有必要立规立法以便规范微信等聊天工具的使用，构建科学合理的微信监管机制，行政部门、运营商以及用户共同参与，从源头上减少微信犯罪行为的发生。

当然，我们必须清楚地看到，虽然微信频繁地成为犯罪分子的作案工具，但这并不是微信本身的问题，问题的根源出在人身上。就像我们厨房里的菜刀，能在厨房里切菜，离开厨房也能砍人。菜刀本无罪，有罪的是持刀的人。我们不能因为有人拿着菜刀杀人，就禁止生产和使用菜刀。

因为使用微信被骗财、骗色甚至丢掉生命的案例提醒我们，微信在给人们带来快乐和便利的同时，也给不法分子以可乘之机。在使用微信时，如何保护我们的个人信息不被泄露、保障我们的人身安全不被侵害，这是使用者、运营商和相关管理部门都要面对的新课题。

2014 年 5 月 27 日，国家互联网信息办公室联合工业和信息化部、公安部召开专门工作会议，决定从即日起在全国范围内开展为期一个月的微信等移动即时通信工具专项治理行动，集中整治移动即时通信公众信息发布服务中的违法违规行为。

此次专项行动重点整治移动即时通信工具的公众平台等公众信息发布服务环节，特别是具有传播和社会动员功能的公众账号，严厉打击移动即时通信公众信息领域传播谣言、暴力、恐怖、欺诈、色情信息等违法违规行为，严厉打击境内外敌对势力对我国的渗透破坏活动，对不认真履行管理责任的企业将依法追究责任。

对于在互联网上传播违法违规信息，我国相关法律法规已经有相应规制。不过，对诸如微信等带有“自媒体”性质的信息发布平台，则尚无专门的规范。有关专家表示，在现有环境下对微信等移动即时通信工具进行监管还比较困难。对违法违规信息进行打击，首先应有一个执法的基础，即实名制。在实名制的前提下，信息源是清楚的，人们对自己的发言和行为才能承担相应的责任。在实名制基础上，微信等即时通信工具的公众平台还应有相应的事前审查、事中管理和事后辟谣制度。

总之，微信不可不信，也不可全信，只可以微微信。